Anne Jacobs

Incontro alla Villa delle Stoffe

Traduzione di
Rachele Salerno

GIUNTI

Titolo originale:
Wiedersehen in der Tuchvilla by Anne Jacobs

Questa è un'opera di fantasia. Ogni riferimento a fatti accaduti
e a persone esistenti o realmente esistite è puramente casuale.

Traduzione: Rachele Salerno per Studio editoriale Littera, Rescaldina (MI)
Realizzazione editoriale: Studio editoriale Littera, Rescaldina (MI)

www.giunti.it

Via Bolognese 165 – 50139 Firenze – Italia
Via G. B. Pirelli 30 – 20124 Milano – Italia

Prima edizione: febbraio 2023

Gli abitanti della

VILLA DELLE STOFFE

LA FAMIGLIA MELZER

JOHANN MELZER (1852-1919), fondatore della fabbrica tessile Melzer

ALICIA MELZER (1858), nata Maydorn, vedova di Johann Melzer

PAUL MELZER (1888), figlio di Johann e Alicia Melzer

MARIE MELZER (1896), nata Hofgartner, moglie di Paul Melzer, figlia di Luise Hofgartner e Jacob Burkard

LEOPOLD, detto LEO (1916), figlio di Paul e Marie Melzer

DOROTHEA, detta DODO (1916), figlia di Paul e Marie Melzer

KURT, detto KURTI (1926), figlio di Paul e Marie Melzer

ELISABETH WINKLER, detta LISA (1893), nata Melzer, divorziata da von Hagemann, figlia di Johann e Alicia Melzer

SEBASTIAN WINKLER (1887), secondo marito di Lisa Winkler

JOHANNES (1925), figlio di Lisa e Sebastian Winkler

HANNO (1927), figlio di Lisa e Sebastian Winkler

CHARLOTTE (1929), figlia di Lisa e Sebastian Winkler

KATHARINA SCHERER, detta Kitty (1895), nata Melzer, vedova Bräuer

ALFONS BRÄUER (1886-1917), primo marito di Kitty Scherer

HENNY (1916), figlia di Kitty Scherer e Alfons Bräuer

ROBERT SCHERER (1888), secondo marito di Kitty Scherer

ALTRI PARENTI

GERTRUDE BRÄUER (1870), vedova di Edgar Bräuer

TILLY VON KLIPPSTEIN (1896), nata Bräuer, figlia di Edgar e Gertrude Bräuer

ERNST VON KLIPPSTEIN (1891), ex marito di Tilly von Klippstein

ELVIRA VON MAYDORN (1860), cognata di Alicia Melzer, vedova di Rudolf von Maydorn

I DOMESTICI DELLA VILLA DELLE STOFFE

FANNY BRUNNENMAYER (1863), cuoca
ELSE BOGNER (1873), cameriera
MARIA JORDAN (1882-1925), dama di compagnia
HANNA WEBER (1905), cameriera tuttofare
HUMBERT SEDLMAYER (1896), domestico
GERTI KOCH (1902), dama di compagnia
CHRISTIAN TORBERG (1910), giardiniere
GUSTAV BLIEFERT (1889-1930), giardiniere
AUGUSTE BLIEFERT (1893), cameriera
LIESL BLIEFERT (1913), sguattera di cucina, figlia di Auguste Bliefert
MAXL (1914), figlio di Auguste e Gustav Bliefert
HANSL (1922), figlio di Auguste e Gustav Bliefert
FRITZ (1926), figlio di Auguste e Gustav Bliefert

PARTE PRIMA

1

Aprile 1939

La sagoma della Statua della Libertà si rimpicciolì fino a diventare una minuscola striscia grigia all'orizzonte, per poi scomparire del tutto nella foschia. La *Brema* uscì nell'Atlantico, beccheggiando fra le onde più violente. In sottofondo si udivano i motori della nave lavorare a pieno regime.

«Non rivedremo mai più la mamma?» chiese il tredicenne Kurt, in piedi accanto a Paul sul ponte, fissando il punto dove fino a poco prima si distinguevano ancora New York e la costa.

«Certo che la rivedremo, sciocchino» rispose Dodo prima che Paul potesse decidersi a parlare. «Torneremo a trovarla a New York l'anno prossimo, forse anche prima.»

«Ma un anno è lunghissimo...»

«Il tempo passerà più in fretta di quanto pensi, Kurti.»

Il ragazzo tacque. Con le mani strette alla ringhiera bianca di metallo, fissò le onde scure che lambivano lo scafo.

«Ho di nuovo la nausea» mormorò.

Paul riuscì a scuotersi dalla tristezza che lo attanagliava da giorni e che si era trasformata in un dolore lancinante al momento della partenza.

«Ma no, stavolta andrà bene, vedrai» disse, accarezzando i capelli scuri di suo figlio. Erano ricci e morbidi, come quelli di Marie.

«Ti dico di no» insistette Kurt. «Mi viene da vomitare.»

«Scendiamo in cabina» suggerì Dodo. «Scartiamo i regali della mamma.»

L'espediente funzionò. Kurt annuì, prese la mano della sorella maggiore e si lasciò guidare verso le scale.

«Vi raggiungo fra un attimo» disse Paul. «Ho bisogno di una boccata d'aria...»

I due continuarono a camminare senza voltarsi. Probabilmente non l'avevano sentito, ma non importava. Era grato a Dodo per l'affetto con cui si prendeva cura del fratellino minore. Avrebbe alleviato il dolore della separazione dalla madre e l'avrebbe aiutato a ritrovare un equilibrio.

Era la seconda volta che faceva visita a Marie e Leo a New York. Due anni prima era andato a trovarli da solo. In quel periodo Kurt era impegnato con la scuola e Dodo era nel collegio in Svizzera. Paul era rientrato in Germania pieno di speranza, fermamente convinto che presto o tardi Marie sarebbe tornata a casa, mettendo fine alla sofferenza di quella separazione. Ora non si spiegava come avesse potuto essere tanto ottimista. I segnali del futuro tetro che incombeva sulla Germania erano evidenti già da allora, ma probabilmente lui non aveva voluto vederli. La gioia di ritrovare Marie aveva eclissato tutto il resto. I pochi giorni di felicità, trascorsi fra passeggiate a Central Park ed escursioni sulla costa, erano volati. Dopo un breve imbarazzo iniziale, avevano ritrovato un'infatuazione simile a quella dei primi tempi della loro storia. E da quell'euforia Paul aveva tratto la ferma convinzione che niente e nessuno avrebbe mai potuto separarli, né la cultura straniera, né l'Atlantico, né tanto meno Adolf Hitler, che prima o poi sarebbe scomparso come un fantasma cattivo.

Si era sbagliato di grosso. Il tempo aveva lavorato contro di loro, allontanandoli sempre di più. Negli ultimi due anni si erano scritti assiduamente. Prima della seconda visita, sapeva già che Marie gestiva un atelier e guadagnava abbastanza da coprire buona parte della retta del collegio di Dodo. Ma non riusciva a essere sinceramente contento per il successo di Marie, perché sapeva chi l'aveva aiutata ad allestire il negozio e sostenuta finanziariamente all'inizio: Karl Friedländer, l'uomo sempre cortese e gioviale che – Paul non riusciva a vederla in un altro modo – gli aveva portato via la sua amata moglie. Marie gli era fedele, certo. Lo sapeva che non andava a letto con quell'uomo. Eppure Karl, come lo chiamava lei, condivideva con Marie aspetti essenziali di cui si nutre l'amore: le conversazioni, gli incontri quotidiani, gli sguardi, i sorrisi, il sentimento di appartenenza, l'essere presenti l'uno per l'altra. Karl Friedländer godeva del privilegio di essere al fianco di Marie, un privilegio che a lui, il marito, era stato negato. E Paul non poteva nemmeno esprimere la sua rabbia al riguardo, no: doveva reprimere il fastidio e la gelosia, e fingere gratitudine nei confronti di quell'uomo.

Tutto ciò gli era stato dolorosamente chiaro nel corso di quella seconda visita, ma non era l'unico peso che aveva sul cuore. Il peggio era che la speranza che tutto finisse presto era svanita.

Le profezie di Robert si erano avverate nel modo più terribile. Gli iniziali provvedimenti con cui agli ebrei venivano precluse alcune professioni ma si garantiva la possibilità di esercitare il commercio erano ormai un lontano ricordo. Gli eventi del novembre dell'anno prima, quando le sinagoghe di molte città tedesche erano state date alle fiamme e gli ebrei deportati, avevano messo in chiaro il disegno dello Stato nazista: privare dei diritti civili ed espellere tutti gli ebrei rimasti in Germania. Tornati dai campi con i capelli rasati e il terrore negli occhi, quasi tutti gli ebrei di Augusta avevano deciso di emigrare, ma Paul sapeva da Robert che le tariffe imposte dal governo per uscire dalla nazione erano così alte che i migranti restavano quasi senza un soldo in tasca. Era ancora convinto che Marie, in quanto sua moglie, sarebbe stata al riparo dalle vessazioni, ma non aveva affrontato l'argomento durante quell'ultima visita.

All'improvviso sentì freddo e si abbottonò la giacca per ripararsi dal vento. I passeggeri che avevano guardato insieme a lui il continente allontanarsi all'orizzonte si erano sparpagliati su tutto il ponte. Alcuni erano tornati nelle cabine, altri si erano avvolti nelle coperte e accomodati sulle sdraio. Inspirò a fondo e si avviò per tornare da Kurt e Dodo.

Viaggiavano in seconda classe. Paul condivideva una cabina esterna con Kurt, mentre Dodo aveva scelto di dormire con una giovane spagnola in una cabina interna, meno lussuosa.

«È bello che Kurti possa guardare il mare dal letto. A me non importa, se ho voglia di vedere il mare posso uscire fuori» aveva detto.

Dodo – che aveva ormai ventitré anni – sapeva quanto la traversata fosse costosa. Sulle prime, dal momento che la famiglia aveva già speso troppo per il suo collegio svizzero, aveva insistito per non partire. Ma il padre era riuscito a convincerla facendole notare che Marie, e soprattutto Leo, erano impazienti di riabbracciarla.

In cabina, Paul trovò Dodo e Kurt circondati da una montagna di scatole e carta da regalo. Marie non aveva badato a spese per il figlio minore. In più c'era un regalo di Leo e un altro dell'onnipresente Karl.

Kurt era rannicchiato per terra, raggiante di felicità mentre provava le nuove macchinine da corsa che si muovevano senza bisogno di essere caricate. A casa, nella Villa delle Stoffe, Paul e suo figlio avevano costruito un'enorme pista di legno per i modellini di latta. Quelli di gomma, meno costosi, erano allineati ordinatamente sulle mensole, a prendere polvere.

«Allora, hai trovato qualcosa di utile?» chiese Paul con finto entusiasmo.

«La Mercedes ce l'ho già» borbottò Kurt. «Ma non fa male avere due Frecce d'Argento. Questa è un'Auto Union Type D, papà. È nuova di zecca, me l'ha regalata Leo. E Karl mi ha preso una stazione di servizio. Guarda! Puoi sganciare il tubo e fare il pieno.»

«Peccato che si debba pagare in dollari» osservò Paul, dopo una rapida occhiata alle scritte in inglese sul giocattolo.

«Pazienza. Ci sono rimasti dei dollari, no?»

«Bene, allora verrò a fare il pieno da te, d'ora in poi» rispose Paul.

«Anch'io!» intervenne Dodo. «Non appena avrò la mia nuova macchina.»

Per un periodo Dodo aveva guidato l'auto di Marie, prima che venisse regalata a Kitty, il cui "macinino" come la chiamava lei, aveva smesso di funzionare. Intanto, zia Elvira aveva firmato un contratto a nome di Dodo per una delle nuove Volkswagen, che presto sarebbe stata disponibile al prezzo di 998 marchi. Funzionava così: si pagavano cinque marchi alla settimana e quando si raggiungeva quota 700 si veniva inseriti nella lista d'attesa degli acquirenti. La casa di produzione avrebbe iniziato a consegnare le automobili a partire dall'anno successivo.

«Un dollaro al litro!» stabilì Kurt.

«Cosa?» esclamò Dodo. «È una cifra esorbitante! Un litro di benzina costa trentanove pfennig, ed è già abbastanza caro!»

«Nella mia stazione di servizio costa un dollaro» insistette Kurt, ostinato. Poi afferrò la nuova Freccia d'Argento e la fece scorrere sulle scarpe del padre. «*Brrruuuumm*!»

Il mal di mare sembrava dimenticato. Paul, finalmente sollevato, si accinse a mettere via scatole e carta da regalo.

Un grande baule conteneva i doni destinati a Kitty, Henny e Robert, a Gertrude e Tilly con le loro famiglie, a Lisa, ai bambini e ai dipendenti della Villa delle Stoffe. All'inizio Paul si era rifiutato di portare con sé tutti quei pacchi, temendo di avere problemi alla dogana, ma era bastata l'espressione delusa di Marie a farlo capitolare. In fondo era una testimonianza del suo legame con la famiglia e con la Villa delle Stoffe. Perché avrebbe dovuto opporsi?

Si sentiva leggermente meglio. Il dolore della separazione dalla moglie non era passato, ma iniziava ad attenuarsi. Si erano salutati nel suo appartamento, con le valigie già pronte e il taxi giallo che aspettava giù in strada per accompagnare lui, Dodo e Kurt al porto. Vestita per andare al suo *shop* e con addosso un profumo americano, di colpo Marie gli era sembrata diversa dalla persona con cui aveva dormito abbracciato quell'ultima notte insieme.

«A presto, amore» gli aveva sussurrato all'orecchio.

Paul l'aveva baciata, ma non era riuscito a rispondere. Quando si sarebbero rivisti? Impossibile prevederlo, tanto più che la Germania marciava inesorabilmente verso la guerra. E lui sapeva bene cosa significasse, avendo combattuto nel conflitto mondiale.

Si inginocchiò sul pavimento per giocare con Kurt. Più tardi avrebbero pranzato nella sala riservata alla seconda classe e, se il ragazzo non avesse avuto il mal di mare, avrebbero esplorato la nave e magari fatto un paio di partite a shuffleboard. Kurt era tutto ciò che gli restava. Mostrava già le doti per diventare un ottimo ingegnere e, con l'aiuto di Dio, un giorno avrebbe preso il suo posto alla guida della fabbrica. Marie aveva rispettato la decisione di Paul di tenere il figlio in Germania, nonostante fosse considerato di "razza mista", come i suoi fratelli. Non aveva affrontato la questione durante l'ultima visita, e quando Kurt si era messo a piagnucolare per restare con sua madre, Marie aveva trovato le parole giuste per calmarlo.

«Cosa ne sarà di Willi se non torni da lui?»

Willi era un grosso cane marrone che in realtà apparteneva a Liesl, pur essendo il compagno di giochi preferito di Kurt. In effetti, l'argomento si era rivelato efficace. Il ragazzino aveva guardato Marie a occhi sgranati e aveva risposto: «Hai ragione, mamma. Non posso lasciare Willi da solo».

Paul aveva sorvolato sull'offesa nascosta in quelle parole: era ridicolo pensare che per suo figlio un cane fosse più importante di lui.

A pranzo, nella sala in seconda classe, l'atmosfera era allegra. Da ogni angolo si sentivano lodi sperticate sui comfort offerti dalla *Brema*: oltre a cabine accoglienti e pasti soddisfacenti, la nave garantiva ai passeggeri delle due classi superiori una buona dose di intrattenimento. Inoltre, la traversata fino in Europa sarebbe durata meno di cinque giorni. Solo una nave francese di cui nessuno conosceva il nome era più veloce.

Il maggiordomo li accompagnò a un tavolo dove erano già sedute due donne di mezza età, che sarebbero state le loro commensali per il resto del viaggio. Si presentarono. Le due si chiamavano Ingeborg Hartmann ed Eva Kühn, erano sorelle, entrambe vedove. Venivano da Amburgo e in America avevano fatto visita al fratello, emigrato anni prima e ora proprietario di una grande fattoria nel Wisconsin.

«E tu ti chiami Kurt?» chiese la signora Hartmann, la più anziana delle due, rivolgendo un sorriso materno al ragazzo.

«Ehm... sì...» rispose lui, fissando come ipnotizzato gli incisivi superiori della signora, che si erano staccati per un istante dalla mascella.

«Sei un bel ragazzo» disse la signora Hartmann, che ovviamente non si era accorta dell'incidente. «Abbiamo due nipotine di dodici e tredici anni a cui piaceresti molto.»

«Gli piacciono le macchine da corsa?»

«Non saprei, ma sanno cavalcare. E Lizzy, la più grande, guida il trattore.»

L'ultima informazione colpì Kurt. Anche a lui sarebbe piaciuto portare il trattore nei campi intorno ad Augusta.

«Anch'io vado a cavallo» si limitò a rispondere.

«Ma tu guarda!» esclamò la signora Kühn, e si voltò a guardare Paul, impegnato con la zuppa di pomodoro. «Possiede sicuramente una grande tenuta, signor Melzer, se ha dei cavalli.»

Paul aveva notato gli sguardi attenti delle signore. Già all'andata si era accorto di essere oggetto di curiosità per il fatto che viaggiava senza moglie, con un figlio adolescente e una figlia adulta. Donne di diverse età gli rivolgevano la parola, gli facevano complimenti, si mostravano amichevoli o addirittura civettuole. Durante la serata danzante, a cui aveva partecipato per accontentare Dodo, era quasi stato travolto da una schiera di affascinanti signore. L'assalto si era placato soltanto quando sua figlia aveva esclamato ad alta voce: «Peccato che non ci sia la mamma, vero, papà? Si sarebbe divertita un mondo, stasera».

Paul non se l'era presa con Dodo, anzi, aveva trovato divertente il suo fastidio per l'invadenza delle signore. D'altra parte, nonostante avesse cinquant'anni, era ancora un uomo attraente, con un fisico slanciato e poche ciocche grigie, a malapena visibili, nei folti capelli biondi.

Anche a tavola, Dodo venne in suo soccorso.

«I miei genitori possiedono una fabbrica di tessuti ad Augusta, signora. I cavalli appartengono alla mia prozia, che però adesso è anziana e ha smesso di allevarli.»

«Oh, interessante» osservò in tono cortese la signora Kühn, mescolando la zuppa con il cucchiaio. «Anche a me è capitato di andare a cavallo, da bambina, nella tenuta in campagna di nostro nonno. Trascorrevamo sempre delle splendide vacanze da lui, vero, Ingeborg?»

La sorella annuì pensierosa e domandò se anche la signora Melzer cavalcava.

«No. È una stilista, disegna abiti da sera.»

«È molto pratico» osservò la signora Hartmann, rivolta a Paul. «Lei produce i tessuti e sua moglie gli abiti. È proprio un'impresa a conduzione familiare.»

Si tamponò le labbra con il tovagliolo e lo gettò con noncuranza sulla scodella vuota.

«Esattamente» si affrettò a rispondere Paul. «Ad Augusta amiamo essere pratici. Le è piaciuta la zuppa, signora?»

«Non era male, per essere uscita da una lattina. Ovvio che con gli ingredienti freschi sarebbe stata più buona.»

Nemmeno Kurt ne era entusiasta. Il prezzemolo era stato sparpagliato su tutta la superficie del piatto ed era impossibile evitarlo. Però mangiò il ragù di pollo con grande appetito, mentre Dodo osservò che non era all'altezza di quello della Villa delle Stoffe. Paul sorrise soddisfatto e allungò al figlio anche il suo dolce: budino al cioccolato con panna. La porzione era così ridotta che sarebbe stata comodamente in un bicchierino da liquore.

«Spero che ci vedremo stasera» salutò la signora Kühn con un sorriso seducente. «Ci sarà un'interessante conferenza sull'Ordine Tedesco.»

Paul aveva visto la locandina. *L'Ordine Tedesco. Pionieri della natura germanica nell'Est.* L'oratore era un certo Breitenbach, la cui qualifica per affrontare il tema non era chiara. Probabilmente si trattava della solita propaganda dei nazionalsocialisti. Paul aveva poca voglia di ascoltare quelle chiacchiere.

«Temo che dovrò declinare» disse in tono educato. «Ho promesso a mio figlio che avremmo giocato a carte insieme.»

«Allora forse potrebbe unirsi a noi la signorina sua figlia» insistette la signora Kühn, decisa a non lasciarsi sfuggire l'opportunità di conoscersi meglio.

«La signorina sua figlia» disse Dodo con enfasi, «ha già dei programmi per la serata, signora.»

Ciò detto si alzò, fece un regale cenno di saluto alle due dame costernate, sorrise a suo padre e si allontanò. Paul colse l'occasione per congedarsi a propria volta, insieme al figlio.

Kurt trovò un quindicenne di Brema con cui giocare a shuffleboard, quindi Paul si sedette in un angolo della sala e assistette alla partita. Il ragazzo non se la cavava male. Si prendeva il suo tempo, misurava la distanza con gli occhi, mirava con calma, e poi, se il colpo falliva, si chiedeva cosa fosse andato storto. Paul approvava quella tattica. Anche a scuola suo figlio si dimostrava in grado di concentrarsi su un problema e approfondirlo senza distrarsi. Dopo le vacanze di Pasqua avrebbe ripreso a frequentare il liceo Sant'Anna, e i suoi voti oscillavano dal buono all'ottimo. In aritmetica era molto più avanti dei suoi compagni di classe, come confermavano gli insegnanti. L'unico problema era la testardaggine. Era successo diverse volte che si fosse rifiutato di partecipare alle lezioni per protesta contro quella che considerava una punizione ingiusta. Restava seduto al suo posto con le braccia conserte, chiuso in un ostinato silenzio. Paul temeva che quell'atteggiamento potesse fornire una scusa per espellerlo dal liceo, nonostante i suoi voti. Non bisognava dimenticare che la madre di Kurt era ebrea.

Senza volerlo, ripensò alle ultime due settimane. Non si capacitava di come suo figlio maggiore, Leo, fosse diventato per lui quasi un estraneo. Il giovane riservato e insicuro che era partito per New York con Marie quattro anni prima si era trasformato in un uomo adulto che aveva trovato il proprio scopo nella vita e gettato le basi per il proprio futuro professionale. Un giovane americano che seguiva la moda americana, sfoggiava un taglio di capelli newyorkese e sapeva comunicare senza sforzo con chiunque incontrasse per strada: nero, bianco, asiatico o mediorientale che fosse. Del suo straordinario talento musicale, che Paul aveva sminuito per anni, aveva fatto un lavoro. Leo dirigeva un'orchestra privata, organizzava diversi spettacoli e componeva colonne sonore per film, un'attività piuttosto redditizia.

Per poter lavorare indisturbato – almeno così diceva –, aveva preso in affitto un piccolo appartamento dove talvolta si fermava a dormire. In realtà la casa fungeva in primo luogo da nido d'amore, perché Leo aveva una ragazza, una ballerina di nome Richy che aveva presentato al padre come la sua *sweetheart*. I due non sembravano avere in mente di sposarsi, cosa che anche Marie trovava strana, ma Paul non intendeva affrontare la questione con suo figlio. Non si sentiva in diritto di farlo.

Nutriva sentimenti contrastanti sulla fidanzata di Leo. Era bella, magra, con i capelli corvini e gli occhi scuri e provocanti.

Da uomo, la trovava affascinante e probabilmente si sarebbe innamorato di lei, se avesse avuto l'età di suo figlio. Come padre, però, aveva delle riserve, perché Richy era tanto carina quanto ambiziosa. Al momento era disoccupata, perché il corpo di ballo di cui faceva parte si era sciolto. Capitava spesso a New York, c'erano molte istituzioni culturali private costrette ad autofinanziarsi, molte più che in Germania. Richy aveva in programma diversi provini e gli era parsa nervosa e irritabile, se ne era accorto anche Leo.

Ma soprattutto lo aveva notato Dodo. L'incontro fra i gemelli, all'inizio molto caloroso, aveva preso una brutta piega proprio a causa di Richy. Né Paul né Marie sapevano cosa fosse successo esattamente, certo era che Dodo non andava d'accordo con Richy, e Leo alla fine si era schierato dalla parte della fidanzata, contro la sorella. Dodo si era offesa e aveva interrotto i contatti con il fratello. Aveva trascorso gli ultimi giorni nell'atelier di Marie. Aveva anche incontrato un paio di volte Walter Ginsberg, l'amico di Leo, che era stato molto felice di rivederla e aveva condiviso in pieno la sua opinione su Richy. Come Marie, anche Walter aveva cercato di convincere Dodo a richiedere la cittadinanza americana e studiare negli Stati Uniti.

Tuttavia, lei aveva rifiutato. Voleva restare in Germania, sperava di frequentare ingegneria aeronautica al Politecnico di Monaco. Aveva contattato il progettista Willy Messerschmitt, con il quale aveva svolto un tirocinio ad Augusta, e lui le aveva promesso di sostenerla.

«Hai dimenticato che tipo di aerei vengono costruiti in Germania?» le aveva fatto notare Marie. «Sono tutti caccia destinati all'impresa bellica!»

Ma Dodo non aveva voluto sentire ragioni. Era vero, in Germania si costruivano soprattutto aerei da guerra, ma anche aerei di linea e da turismo. «Ed è lo stesso in tutti i paesi» aveva affermato. «O vuoi dirmi che negli Stati Uniti non producono aerei militari?»

Paul era contento che Dodo fosse tornata a casa insieme a lui e Kurt, ma temeva che presto o tardi sarebbe emigrata. E temeva che l'influenza di Willy Messerschmitt non sarebbe bastata a permettere a una donna di origini ebraiche di studiare ingegneria aeronautica, nonostante all'apparenza Dodo fosse esattamente il tipo di donna che la nuova classe dirigente approvava: bionda, occhi azzurri, longilinea e con i capelli corti e ricci che la facevano quasi passare per un ragazzo.

La consapevolezza che il futuro dei gemelli li avrebbe portati lontano dalla patria, in America, era più che amara. I nazisti avevano diviso la famiglia di Paul, avevano portato via la sua amata moglie e scacciato dal Paese i suoi figli. Cosa gli restava? Perché stava tornando ad Augusta?

Tornava per la fabbrica, l'eredità di suo padre. Per le poche persone care che lo aspettavano a casa. E per il figlio minore, su cui poggiavano tutte le sue speranze.

«Tre vittorie!» L'esclamazione di Kurt lo strappò ai propri pensieri. «Martin ha vinto soltanto due volte, ed è più grande di me. Posso mostrargli le mie macchine, papà?»

Che meraviglia essere giovani, pensò Paul. *Giocare, scontrarsi, vivere nel presente. Dovrei prendere esempio e smetterla di rimuginare.* Bisogna accettare le cose come vengono, affrontare la vita un giorno alla volta, risolvere i problemi e andare avanti. E poi avanti e ancora avanti. Finché se ne ha la forza.

«Certo, Kurt. Ma prima deve avere il permesso dai suoi genitori.»

«Andiamo subito, papà.»

Martin si rivelò un ottimo compagno di giochi. Ammirò il

considerevole parco macchine di Kurt e si prestò al ruolo di volenteroso benzinaio. Paul li guardò giocare per un po', ma a un certo punto sentì il bisogno di prendere una boccata d'aria e di andare a controllare la figlia. La trovò sul ponte in mezzo a un gruppo di giovani con le quali stava discutendo animatamente. Sembrava che andassero d'accordo, di tanto in tanto si udiva una risata e la voce cristallina di Dodo. Paul le fece un rapido cenno di saluto e si avvicinò alla ringhiera, inspirando a fondo e lasciando che la brezza marina gli accarezzasse il viso. Il cielo era terso, a parte qualche impalpabile nuvola, molto più in alto, che però non toglieva forza al sole di aprile. I raggi si riflettevano sulle onde blu e in sottofondo si udivano un ronzio e la leggera vibrazione delle turbine. Per un attimo Paul fu sopraffatto dall'ammirazione per quel capolavoro della tecnologia che avanzava solitario nell'immensità dell'oceano Atlantico.

«Esatto» tuonò una voce maschile non lontano da lui. «Le regioni orientali sono state colonizzate dai tedeschi fin dall'alba dei tempi. Pertanto è giusto e doveroso che la città di Danzica venga liberata dai diritti portuali polacchi e diventi tedesca, proprio come richiesto dal Führer...»

Doveva essere Breitenbach, l'oratore che avrebbe tenuto la conferenza serale, oppure qualcuno che la pensava allo stesso modo. Paul sbirciò senza farsi notare e vide la signora Hartmann e la sorella impegnate in una conversazione con due uomini.

«La Polonia ha dei bellissimi paesaggi» osservò la signora Kühn. «Ci siamo state l'anno scorso a trovare un amico che possiede una fattoria.»

«Certamente» rispose uno degli uomini in tono educato. «È un bel Paese, e i polacchi non sono un popolo indegno. Purtroppo è una nazione piena di ebrei, signora. Una tragedia! Controllano il commercio, la finanza, e sono coinvolti nel governo.»

«Oh, davvero? Non lo sapevo...»

«Grazie a Dio, da noi il Führer si è preoccupato di liberarci dalle macchinazioni del popolo ebraico. Ma Paesi come Polonia e Ungheria devono essere ripuliti a fondo...»

Paul conosceva quei discorsi. Ormai erano all'ordine del giorno, purtroppo, e aveva imparato che era meglio tacere, perché ogni tentativo di controbattere risultava del tutto inutile.

«Oh, sì» disse la signora Hartmann con un sospiro. «Gli ebrei sono una disgrazia, è risaputo. Anche se... Alcuni sono brave persone, non è vero, Eva? Il tuo insegnante, per esempio, è andato in guerra pieno di entusiasmo per l'imperatore e la patria, ed è tornato con una gamba sola...»

«Sono rare eccezioni» la interruppe la voce maschile. «Per quanto riguarda la questione ebraica, non bisogna indulgere in sentimentalismi. Non esistono ebrei buoni o cattivi. Un ebreo è un ebreo. E gli ebrei devono sparire dall'Europa!»

«Ha ragione» convenne la signora Kühn. «Nostro padre ha preso in prestito del denaro da un banchiere ebreo. E pensi, quando non è più riuscito a pagare le rate, quello gli ha pignorato la casa...»

«Vede, signora? Ecco come sono gli ebrei: tutti tagliagole!»

«Siamo impazienti di assistere alla sua conferenza, signor Breitenbach...»

Paul si voltò e si diresse verso il lato opposto del ponte. Per un po' camminò avanti e indietro, irrequieto, quindi si fermò a guardare i giovani che giocavano a shuffleboard. Si sentiva profondamente avvilito.

Perché non aveva obiettato? Perché non aveva avuto il coraggio di esprimere la propria opinione? Perché era rimasto in silenzio, come un codardo?

Per paura. Paura per suo figlio, per la sua fabbrica. Per le persone che amava.

Quella notte il mare era agitato. Paul lottò fino all'alba contro una violenta nausea, che non aveva avuto durante il viaggio di andata.

2

Agosto 1939

Sarebbe stata un'altra giornata calda. Per precauzione Christian, il giardiniere, aveva annaffiato le fucsie e le petunie dell'aiuola nella rotonda di fronte alla Villa delle Stoffe. Anche i prati del parco avevano sofferto le alte temperature ed erano punteggiati di macchie giallastre. La città di Augusta era coperta da una foschia che si addensava a nord, dove sorgevano le fabbriche della MAN.

In cucina, i domestici erano riuniti per la seconda colazione. Di lì a poco avrebbero dovuto liberare il piano di lavoro per permettere a Liesl di preparare un dolce. Il bricco del caffellatte stava facendo il giro del tavolo e i panini venivano riempiti di prosciutto o salsiccia. Annemarie, tenuta in grembo da Fanny Brunnenmayer, aveva la bocca imbrattata di marmellata.

«Gesù, Fanny, fai attenzione!» gridò Liesl alla cuoca, in tono di avvertimento. «O ti sporcherai di nuovo il grembiule di marmellata di fragole.»

Nonostante fosse ufficialmente in pensione, Fanny Brunnenmayer trascorreva ancora buona parte del proprio tempo in cucina. I domestici avevano foderato una sedia con due cuscini e le avevano messo di fronte uno sgabello per le gambe doloranti. Appollaiata sul suo trono, l'anziana cuoca continuava a dirigere le operazioni e non si tirava mai indietro dall'esprimere la propria opinione.

«L'importante è che piaccia alla piccola» disse bonariamente, pulendo la bocca della bambina con un panno. «Ha già mangiato mezzo panino con la marmellata di fragole. Ha il palato fino, la nostra Annemarie.»

La figlia di Liesl e Christian aveva tre anni. Era magra e bionda e aveva ereditato gli enormi occhi azzurri dal padre. Per fortuna non aveva preso da lui le orecchie a sventola, mentre la timidezza di Christian sembrava appartenere anche alla sua natura. Fatta eccezione per i genitori, la nonna Auguste e Fanny Brunnenmayer, non si avvicinava a nessuno e se il postino o uno dei fattorini entravano in cucina, lei correva a nascondersi dietro la cuoca, la cui notevole stazza le garantiva una buona protezione. Invece era molto affezionata a Willi. La mattina, mentre Kurt era a scuola e il cane si aggirava in cucina, non era raro trovarli rannicchiati fianco a fianco sotto il tavolo, a condividere dei biscotti o una fetta di pane.

Auguste, che era stata chiamata dalla signora Alicia, tornò ansimando in cucina, si asciugò il sudore dalla fronte con un lembo del grembiule e prese un panino dalla cesta.

«Secondo voi cosa mi ha chiesto?» disse, scuotendo la testa. «Voleva a tutti i costi gli stivali di pelle bianca con la pelliccia, la signora. Proprio oggi che si muore di caldo. Ho passato ore a cercarli, si era convinta che qualcuno li avesse rubati...»

«Santo cielo!» esclamò Hanna, sorpresa. «Quelli di pelle con mille bottoncini?»

«Sì, esatto» rispose Auguste, sorseggiando un caffè.

«Li abbiamo donati all'opera di soccorso invernale due anni fa. Non ti ricordi?»

«Certo! Ma non avrei dovuto dirlo alla signora, perché lei non si ricorda e mi ha accusata di mentire. Passami il prosciutto, Humbert.»

«Una a testa!» la ammonì Fanny Brunnenmayer quando vide che Auguste aveva già infilzato la seconda fetta.

«Calmati» brontolò. «Mi è rimasta attaccata alla forchetta.»

«Lo dico solo perché ieri non c'era più niente per Christian, che arriva sempre per ultimo!»

«Sarà stato Willi» replicò Auguste con una faccia innocente, stendendo la fetta di prosciutto sul panino.

«Sono preoccupata per la signora Alicia» sospirò Else. «A volte dice cose senza senso. Ieri mi ha detto che le si è rotta l'aorta nel ginocchio. Non sapevo cosa risponderle.»

Alicia Melzer aveva compiuto ottant'anni l'anno prima e godeva ancora di buona salute, ma purtroppo le sue stranezze erano ormai difficili da ignorare. Sempre più spesso chiedeva a Hanna e Auguste di portarle oggetti, cappelli o abiti di cui non aveva bisogno o di cui si era disfatta da tempo.

Qualche giorno prima aveva rimproverato Auguste di "aver perso" il fazzoletto ricamato usato al battesimo di Paul. Anche il suo linguaggio, che era sempre stato discreto e appropriato, adesso era cambiato. Humbert era rimasto sconcertato nel sentirle chiamare sua figlia Lisa con lo sgradevole appellativo di "grassona".

«Meglio non approfondire» suggerì Humbert. «Facciamo il nostro lavoro, comportiamoci in modo gentile e proviamo a distrarla quando si fissa su qualcosa. L'importante è non contraddirla.»

«La fai facile, Humbert» lo schernì Auguste. «Tu non hai quasi mai a che fare con lei. Siamo io e Hanna a soffrire.»

«Oh, non è niente di grave» intervenne Hanna in tono rassicurante. «Sta solo diventando un po' strana, ma ne ha il diritto, alla sua età.»

«Ecco Hanna, l'anima buona della Villa delle Stoffe» disse Auguste, beffarda, e addentò il panino al prosciutto. «Un giorno ti daranno l'Ordine al Merito del Reich per la gentilezza e la docilità.»

La piccola Annemarie iniziò a dimenarsi e si divincolò dalla presa di Fanny Brunnenmayer per scomparire sotto il tavolo, dove la aspettava Willi. L'animale sgranocchiò soddisfatto il mezzo panino imburrato che la bambina gli tendeva.

«Non mi piace che stia sempre con quel cane» brontolò Auguste. «Perde un sacco di peli e magari ha anche le pulci.»

«Oh, lasciala stare, mamma» replicò Liesl. «Fra poco Kurt tornerà da scuola e poi potremo salutare Willi.»

Hanna versò dell'altro caffè e osservò che il povero Kurti passava troppo tempo da solo in camera. «Non è normale che un ragazzino debba studiare così tanto. E in estate, per giunta, invece di giocare nel parco.»

«A breve cominceranno le vacanze» intervenne Humbert. «E potrà smetterla di sgobbare.»

«Gli manca sua madre» disse Fanny Brunnenmayer. «Ed è anche peggio da quando è stato a New York con il signore e la signorina Dodo. Non è giusto che una parte della famiglia viva qui e l'altra in America. Ma purtroppo è così che deve andare, i maledetti nazisti vogliono far sparire gli ebrei dal Paese.»

«Non dovresti prendertela sempre con i nazisti» si lamentò Else. «Certo, la cosa degli ebrei è sbagliata, ma il Führer non può farci niente. È colpa di Himmler. E anche Goebbels ce l'ha con gli ebrei. Ma il nostro Führer Adolf Hitler non ha colpe.»

«Soltanto perché ti sei fatta abbindolare dai suoi occhi azzurri!» la canzonò Fanny. «E ti sei convinta che sia una sorta di

Gesù Cristo. Quanto si può essere sciocchi a lasciarsi incantare da un tizio del genere?»

Ma Else, che due anni prima aveva visto il Führer durante una visita ad Augusta, non voleva sentire ragioni.

«Non sai di cosa parli, cuoca» replicò. «L'ho visto da vicino, è passato a meno di due metri da me. Il tettuccio della macchina era abbassato e l'ho guardato dritto negli occhi. Non c'è niente di sbagliato in quell'uomo: è un prescelto, una persona straordinaria. Te lo giuro.»

«Ora non te la prendere, Else» disse Auguste. «Hitler è sicuramente una persona straordinaria. E ha fatto molto per la Germania, è vero. Ha tolto i disoccupati dalle strade. Maxl guadagna così tanto al vivaio che ha già assunto tre dipendenti, e anche la fabbrica del signor Melzer si è ripresa.»

Else annuì soddisfatta e gli altri tennero per sé la propria opinione.

In Germania le cose andavano meglio, i negozi erano pieni di merce, la gente poteva di nuovo permettersi di comprarla e chi voleva lavorare non aveva problemi a trovare un impiego. La MAN, in particolare, dove si producevano motori e grandi macchinari, era sempre in cerca di operai. E la Bayerische Flugzeugwerke dava lavoro a centinaia di persone, tra cui molte donne. Dei poveri si occupava la Volkswohlfahrt, l'organizzazione per il benessere popolare nazionalsocialista, sui cui manifesti un motto annunciava che nessuno in Germania doveva morire di fame.

Tuttavia, né Hanna né Humbert trovavano nulla di positivo nel nazionalsocialismo. Hanna non faceva commenti solo perché non esprimeva quasi mai le sue opinioni, ma non le piacevano le spacconate dei nazisti e non apprezzava che denigrassero la chiesa. Humbert, invece, che leggeva il giornale tutti i giorni, continuava a ripetere che Hitler era in guerra e che presto le cose sarebbero tornate come a Verdun. Non spiegava esattamente cosa intendesse, ma tutti sapevano che al fronte aveva vissuto esperienze così terribili da spingerlo sull'orlo della pazzia.

«Ora finite di mangiare» disse Liesl, infastidita da quelle discussioni. «Devo preparare la torta e non ho ancora impanato le cotolette per il pranzo.»

«Vuoi cacciare tua madre?» protestò Auguste. «Non ho nemmeno finito il panino.»

«Mi dispiace, mamma. Ma c'è ancora molto da fare. Stasera arrivano il signor von Klippstein e sua moglie.»

Auguste non ne sapeva nulla. Andò subito su tutte le furie.

«Di nuovo! Da quando vengono alla Villa delle Stoffe ogni due settimane? Prima si presentavano al massimo una volta ogni due mesi, ed era già abbastanza spiacevole. Oh, bene! Non ci resta che accogliere la graziosa signora Gerti e ascoltare le sue impertinenze. Fino a poco fa sgobbava insieme a noi qui in cucina, ora gioca a fare la signora e ci comanda a bacchetta. Manca soltanto che debba inchinarmi a lei.»

Gerti, che adesso si faceva chiamare "Gertraut von Klippstein", era stata una domestica della Villa delle Stoffe prima di contrarre un matrimonio di convenienza, come amava ripetere Auguste, diventando così la moglie di Ernst von Klippstein. Per un periodo quest'ultimo era stato socio della fabbrica di tessuti Melzer, poi aveva sposato la cognata di Paul, Tilly, e si era trasferito a Monaco con lei. Il matrimonio non era durato a lungo: Tilly sposò il dottor Jonathan Kortner e von Klippstein, da anni convinto nazionalsocialista, trovò la felicità con la bionda Gerti.

«Ho preparato la stanza degli ospiti stamattina» disse Hanna. «Resteranno per due notti, poi torneranno a Monaco.»

«Nemmeno il signor Melzer è entusiasta di queste visite» affermò Humbert, alzandosi dalla sedia e porgendo a Hanna la tazza e il piatto da lavare. «Pare che il signor von Klippstein stia ficcando il naso a destra e a manca nella fabbrica, controlla i libri contabili e dà ordini sulla produzione.»

«Come si permette?» chiese Auguste con rabbia. «La fabbrica appartiene al signor Melzer. Nessuno può comandarlo, giusto?»

Humbert si tolse qualche briciola dai pantaloni e infilò la giacca della livrea.

«Non ci giurerei» rispose, accigliandosi. «Il compito di von Klippstein è visitare vari stabilimenti industriali e verificare che si attengano alle regole.»

«Controllerà se hanno i giusti sentimenti nazionalsocialisti» disse Fanny Brunnenmayer, alla quale non sfuggiva nulla di ciò che riguardava la fabbrica e i residenti della Villa delle Stoffe. «È per questo che il nostro signor Melzer dev'essere gentile con lui, anche se gli costa fatica.»

«Che disgrazia» si lamentò Auguste. «Ecco perché quella stupida oca si pavoneggia tanto. Anelli di diamanti, abiti all'ultima moda, scarpe che costano una fortuna. È piena di soldi! Ed è diventata così grassa che fra un po' il seno le traboccherà fuori dalla camicetta...»

«Non dovresti essere gelosa, Auguste» disse Else in tono beffardo.

«Non mi sembra proprio di essere piatta!» ribatté, sporgendo il petto in fuori con orgoglio. Lanciò uno sguardo sprezzante a Else, le cui forme femminili non si erano mai palesate.

In quel momento squillò il campanello di Auguste. La signora Elisabeth la convocava nell'ala nuova. Hanna si armò di spolverino, secchio e straccio per pulire a fondo lo studio in vista della serata, mentre Humbert si affrettò a ripulire i resti della sontuosa colazione in sala da pranzo e ad apparecchiare la tavola per il pasto di mezzogiorno. Liesl tirò fuori la figlia da sotto il tavolo, le pulì le mani e la prese in braccio. Poi andò ad aprire la finestra.

«Chissà che fine ha fatto tuo padre. È così preso dai fiori che ha dimenticato la colazione.»

«Papà! Fiori. Pitune...»

«Vuoi dire petunie, vero?» rise Liesl.

«Petune... Pettumme... Pettute...»

Liesl intravide suo marito vicino alle stalle e gli fece cenno di raggiungerla in cucina.

«Fritz ha portato le due giumente con i puledri nell'altro recinto e ovviamente Christian ha dovuto aiutarlo» disse, scuotendo la testa. «È troppo buono.»

I Trakehner che Elvira von Maydorn aveva portato con sé dalla Pomerania qualche anno prima venivano ora accuditi dal figlio più giovane di Auguste, Fritz. Il preferito di Elvira, lo stallone Gengis Khan, era morto all'improvviso l'anno precedente, con suo immenso dolore. Il veterinario non aveva potuto farci nulla. Di conseguenza Elvira, già affaticata dai problemi alla schiena, aveva deciso di affidare l'allevamento dei cavalli a mani più giovani. E aveva scelto Fritz Bliefert, che da anni trascorreva ogni minuto libero nelle stalle. Il ragazzo aveva finito la scuola dell'obbligo, viveva in una stanzetta in casa del fratello maggiore e si dedicava ai suoi adorati Trakehner dalla mattina presto fino a tarda notte.

«Dammi la ciotola e il cucchiaio di legno» brontolò in sottofondo Fanny Brunnenmayer. «Inizio ad ammorbidire il burro. Preparami anche le uova, la farina, lo zucchero e il lievito.»

Liesl scrutò il recinto per capire se Christian si era accorto dei suoi segnali. Quando constatò che stava tornando alla villa, chiuse la finestra e mise giù Annemarie.

«Non è troppo stancante, Fanny?»

«Basta che non muova le gambe, ma le braccia sono ancora forti. In fondo ho maneggiato pentole e coperchi per quasi cinquant'anni.»

Mentre la cuoca ammorbidiva il burro, Liesl si accinse a battere la carne e spolverarla di farina prima di impanarla. La piccola Annemarie, intanto, era tornata sotto il tavolo e si era accoccolata accanto a Willi.

«Fanny» esordì Liesl dopo qualche istante di silenzio. «Christian ha avuto un'idea. Ma volevo chiederti prima cosa ne pensi.»

«Chiedi pure.»

Liesl inspirò a fondo e si fece coraggio, perché la proposta le sembrava un po' indecorosa.

«Ecco, allora... Christian... No, entrambi, io e Christian, vorremmo avere un secondo figlio. Stavolta un maschio, dice Christian...»

«Un altro bambino?» commentò Fanny Brunnenmayer con scarso entusiasmo. «E come pensi di fare con due marmocchi? Non riusciresti più a lavorare!»

«Ma no, me la caverei.» Intinse una cotoletta nelle uova sbattute. «Però è come la prima volta. Ci stiamo provando, eppure niente, non succede.»

Fanny si accigliò. Voleva bene a Liesl e pensava che fosse la persona perfetta per prendere il suo posto nella cucina della Villa delle Stoffe, ma voleva sapere il meno possibile della sua vita privata. Non erano affari suoi e non poteva darle consigli, non essendosi mai sposata.

«Christian dice che potrei aver bisogno di cambiare aria» continuò Liesl. «Magari andare in montagna per una settimana, in una piccola locanda poco costosa. Maxl gli ha dato un indirizzo...»

L'altra smise di mescolare e prese le uova che Liesl le aveva preparato.

«E qui casca l'asino» disse, con un sorriso. «Vuoi sapere se posso fare a meno di voi due per una settimana. Che posso dirti? Non sarà facile, ma ce la caveremo.»

«Hanna e Auguste potrebbero darti una mano» propose Liesl, esitante. «Ma se il pranzo viene male? Se arrivassero altri ospiti? Non lo so, forse non è il caso.»

La cuoca ruppe tre uova nella ciotola con il burro e mescolò delicatamente il composto prima di aggiungere lo zucchero.

«Ora ascoltami, ragazza. Finché avrò occhi per vedere e bocca per parlare, il pranzo alla Villa delle Stoffe sarà sempre un successo. Penso proprio che tu possa andare in montagna con il tuo Christian senza preoccuparti. Ma ovviamente devi discuterne con i signori e chiedere il permesso a loro.»

«Certo» disse Liesl, sollevata.

«Sono felice per voi» aggiunse la cuoca, prendendo la farina. «Ai miei tempi non si parlava mai di ferie, al massimo qualche giorno libero, ma io restavo quasi sempre qui, perché non sapevo dove andare. Non ho parenti ed esplorare posti sconosciuti da sola non fa per me...»

La porta che dava sul cortile si aprì e Christian entrò in cucina tutto sporco di polvere. Scambiò una rapida occhiata con Liesl, e quando la vide sorridere il suo sguardo si illuminò.

«Dov'è il mio tesoro?» chiese, chinandosi a spiare sotto il tavolo. «Vieni da papà, piccola, ti faccio volare!»

La bambina strisciò fuori dal suo nascondiglio e gli corse incontro, gridando di gioia.

«Volare papà!»

«Ma non in cucina!» urlò subito Liesl. Christian aveva preso in braccio la figlia e la stava facendo volteggiare. «Altrimenti mi riempite le cotolette di polvere.»

Christian, allora, uscì in cortile con la figlia e un attimo dopo ricominciarono a ridere e strillare insieme. Più tardi tornarono in cucina e si sedettero al tavolo che Liesl aveva già apparecchiato con gli avanzi di pane, burro e prosciutto.

«Buon appetito. Domani presentati puntuale alla seconda colazione, non posso sempre metterti qualcosa da parte.»

Lui annuì e spalmò il burro sul panino, ostacolato nei movimenti da Annemarie che si dimenava fra le sue braccia.

«E così presto andrete in vacanza» disse Fanny Brunnenmayer, porgendo a Liesl la ciotola con l'impasto. Liesl lo coprì con un canovaccio pulito e lo mise a lievitare sulla credenza. Poi staccò dal gancio la padella più grande e accese il fuoco, diffondendo altro calore nella cucina già rovente. Fanny si era opposta energicamente al progetto della signora Elisabeth di acquistare un fornello a gas.

«Finché ci sarò io» aveva detto, «in questa casa si cucinerà col carbone. Quando me ne sarò andata, potrete comprare quella cosa puzzolente e velenosa».

«Se lei è d'accordo, signora Brunnenmayer» disse Christian, scambiandosi un'occhiata con Liesl, «vorremmo andare in montagna. Annemarie potrà vedere com'è bella la sua patria.»

«Per me va bene» rispose la cuoca, estraendo il fazzoletto dalla tasca del grembiule per asciugarsi la fronte. «Quando vorreste partire?»

«All'inizio dell'autunno» cinguettò Liesl. «In quel periodo non c'è molto da fare nel parco. Poi bisogna iniziare a piantare e non ci sarebbe più tempo.»

Christian cullò sua figlia e annuì alla spiegazione di Liesl.

Poi, all'improvviso, si bloccò e tirò fuori dalla tasca un foglio accartocciato.

«Quasi dimenticavo» disse, buttandolo sul tavolo. «È arrivato ieri, ma Humbert me l'ha dato stamattina.»

«Cos'è?» chiese Liesl, e gettò nella padella un bel pezzo di lardo. «Non sarà un conto da pagare, vero? Per il lettino siamo a posto.»

«No» rispose lui, incerto. «È una stupidaggine, una convocazione della Wehrmacht. Sarà un'altra esercitazione. Devo presentarmi lunedì.»

«Un'esercitazione?» indagò Fanny Brunnenmayer. «E per cosa vi esercitate?»

«Forse vogliono mostrarci delle nuove armi che dobbiamo imparare a usare. Nel caso ci fosse una guerra, capisci?» Guardò Liesl, che si era voltata verso di lui con espressione allarmata.

«Non preoccuparti, Liesl» le sorrise. «Sono due settimane al massimo. Tornerò prima della nostra vacanza.» Poi afferrò al volo Annemarie, che gli era quasi caduta dalle ginocchia.

3

Devi soltanto aspettare, pensò Henny con rabbia. *Un giorno mi vendicherò. Pagherai per tutto quello che ci hai fatto.*

Guardò con compassione lo zio Paul, che stava usando tutta la diplomazia di cui era capace per opporsi alle richieste di Ernst von Klippstein. Aveva poche speranze, purtroppo. Von Klippstein era un funzionario della Camera di Commercio del Reich e faceva regolarmente visita alle aziende tedesche per "offrire sostegno alla direzione". In realtà era soltanto un controllore delle opinioni, una schifosa spia, e di conseguenza un tipo molto pericoloso.

«Passiamo al punto successivo» disse von Klippstein, alzando gli occhi dall'elenco che aveva di fronte. Prima aveva fatto un giro della fabbrica con Paul, ficcando il naso dappertutto, aveva parlato con i capisquadra e gli operai e consultato i libri contabili in amministrazione.

«Penso sia necessario ridurre ulteriormente la produzione di tessuti in cotone stampato e passare a qualcosa di più resistente, come il lino grezzo misto al cotone.»

Zio Paul accolse il suggerimento con espressione impassibile, nonostante non fosse la prima volta che sentiva quella proposta. I tessuti grezzi e resistenti potevano essere utilizzati per realizzare zaini e altri equipaggiamenti della Wehrmacht, ecco il motivo.

«Sarebbe un peccato, abbiamo molti clienti per i tessuti in cotone stampato. Vanno a ruba.»

«Può darsi, Paul» disse von Klippstein, poco impressionato. «Ma gli acquirenti privati sono secondari per la fabbrica. Se vuoi continuare a ricevere materie prime in quantità sufficiente, dovresti orientarti soprattutto sulle commesse governative.»

«Ed è quello che facciamo» intervenne Henny per dare manforte a suo zio. «Produciamo principalmente tessuti per le uniformi della Wehrmacht. Solo una minima parte della produzione è dedicata all'industria dell'abbigliamento. Del resto, le donne tedesche ci tengono a vestirsi alla moda.»

Come al solito, von Klippstein ignorò il contributo di Henny alla conversazione. In genere fingeva di controllare gli appunti o di bere il caffè mentre lei parlava, per poi proseguire il discorso come se non l'avesse sentita. Henny lo odiava per questo. Nella visione del mondo di von Klippstein, una donna doveva restare a casa, fare figli e preparare da mangiare. Il fatto che Henriette Bräuer ne sapesse quanto suo zio Paul riguardo la fabbrica era inconcepibile per "Klippi", come lo chiamava sua mamma.

Anche stavolta, come previsto, non le rispose. «Mi aspetto una decisione al riguardo entro i prossimi quindici giorni» disse a Paul.

Era un ricatto a tutti gli effetti! Henny provò l'impulso di lanciargli in faccia il contenuto della sua tazza di caffè. Ovviamente non lo avrebbe mai fatto, sarebbe stata una sciocchezza. Ma immaginarlo le diede un po' di sollievo.

«Inoltre, e questo è un altro punto» proseguì il rompiscatole, «a lungo andare tenere in piedi sia la filatura sia la tessitura mi sembra antieconomico. Per non parlare della tipografia, quella si può proprio chiudere.»

Certo, come no. Per le uniformi non servivano motivi colorati. E nemmeno per gli zaini. Bastava un tessuto grigio e insignificante. Il destino degli operai della tipografia non gli interessava.

«Questo credo sia un problema» obiettò lo zio Paul. «Se chiudo la filatura, dovrò comprare i filati. E non posso aumentare la produzione della tessitura, perché non ho i macchinari.»

«I filati potrei procurarteli io» disse von Klippstein, sorridendo. «Potresti liberarti dei vecchi filatoi – ormai non sono più all'avanguardia – e installare dei telai meccanici. Ti aiuterei anche a trattare il prezzo dei filati. Pensaci. Ne va del futuro della fabbrica.»

«I nostri filatoi funzionano alla perfezione, non ne esistono di migliori in tutta la Germania» azzardò Henny. «Sarebbe un peccato disfarsene.»

Anche stavolta von Klippstein ignorò la sua obiezione. Era stato Jacob Burkard, il padre di zia Marie, a progettare i filatori ad anelli e gli altri macchinari. Ed era ebreo, cosa che von Klippstein sapeva bene.

«Dove prenderesti l'attrezzatura necessaria per ampliare la tessitura?» domandò zio Paul, nel tentativo di smontare la proposta. «Bisognerebbe spendere un sacco di soldi per i macchinari. No, temo sarebbe un progetto fallimentare.»

Von Klippstein non si lasciò smontare da quell'osservazione. Si limitò a sorridere con aria misteriosa e assicurò che non doveva preoccuparsi.

«Penso di poterti dare una mano, Paul. Abbiamo alcune aziende che devono chiudere per vari motivi. Potresti procurarti ciò che ti serve per pochi spiccioli.»

Zio Paul annuì e fissò in silenzio il piatto di pasticcini che Angelika von Lützen, la nuova segretaria, aveva preparato per i “signori”. Dal suo punto di vista quella era una riunione fra uomini, mentre Henny era lì solo in qualità di protocollista.

«Sai, Paul» continuò von Klippstein in tono amabile, «ho sempre un’attenzione particolare per la vostra fabbrica, perché ne sono stato socio, e anche per i miei legami con la famiglia Melzer.»

«Lo so bene.»

Purtroppo non si poteva negare che la fabbrica lavorasse a pieno regime grazie alla protezione di von Klippstein, mentre molte altre aziende tessili della zona erano state costrette a introdurre l’orario ridotto per mancanza di materie prime. In cambio, la Melzer produceva sempre più tessuti per le uniformi della Wehrmacht. E presto avrebbe prodotto anche tessuto ruvido e resistente per gli zaini delle forze armate.

«Abbiamo finito?» chiese Paul spazientito. «Alla Villa delle Stoffe ci aspettano per il pranzo.»

Von Klippstein controllò nervosamente l’orologio. La sua carissima Gerti ci teneva alla puntualità dei pasti.

«Soltanto un altro paio di cose» mormorò, facendo scorrere la penna sulla sua lista. «Ho parlato con Bäumler. Non apprezza la tua scarsa disponibilità a collaborare. Le esercitazioni previste non sono state completate e la costruzione del rifugio nel seminterrato procede a rilento.»

Bäumler era stato nominato direttore della difesa antiaerea della fabbrica ed era una spina nel fianco, sempre in giro ad assillare tutti, interrompere il lavoro e correre nell’ufficio di Paul per lamentarsi. A quanto pareva non si era lasciato sfuggire l’occasione di fare la spia con von Klippstein, il codardo.

«Sto facendo del mio meglio per mantenere buoni rapporti con il signor Bäumler» disse Paul, non nascondendo il fastidio per il fatto di doversi giustificare. «Ti assicuro che rispetteremo gli impegni, Ernst.»

«Ti consiglio vivamente di farlo» replicò von Klippstein, fissandolo da sopra gli occhiali con sguardo severo. «Il Reich va incontro a un momento epocale. Il Führer ha rivolto lo sguardo a est per riconquistare territori che sono sempre stati tedeschi. Tuttavia, dobbiamo proteggerci da eventuali attacchi nemici. E sappiamo che arriverebbero dal cielo.»

Le esercitazioni antiaeree erano state introdotte da anni, richieste nelle scuole, nelle fabbriche e negli uffici pubblici. Anche i privati dovevano farle. Il governo aveva distribuito maschere antigas e ogni sorta di attrezzatura utile in caso di attacco proveniente dall'alto.

«Ho detto che avrei fatto il possibile» insistette zio Paul, irritato. «Ma non posso continuare a interrompere la produzione per le esercitazioni antiaeree.»

«Lo capisco» ammise von Klippstein, allungando la mano verso la tazza per finire l'ultimo sorso di caffè. «Tuttavia è importante che non ci rimproverino qualcosa.»

Adesso parla anche al plurale, pensò Henny, a disagio. *Come se fosse il proprietario della fabbrica.*

«Ora possiamo andare?» lo incalzò zio Paul, alzandosi.

«Un'ultima cosa...»

Fra poco gli torco il collo. Cos'altro vuole? Non abbiamo pulito abbastanza bene i vetri?

«D'accordo, ma sbrighiamoci. Non voglio far aspettare la mia famiglia.»

«Si tratta delle tue operaie. A quanto ho sentito, non tutte sono entrate nel Fronte tedesco del lavoro. È un peccato, perché difendiamo i diritti dei lavoratori e abbiamo concesso il 1° maggio come giorno festivo retribuito. Ti suggerisco di organizzare una serata a tema, in cui far intervenire un funzionario del Fronte.»

Henny alzò gli occhi al cielo. Conosceva quegli oratori, erano dei pifferai magici. Ciononostante, le operaie della fabbrica non mostravano grande interesse per il Fronte del lavoro nazionalsocialista: molte di loro, in precedenza, erano state iscritte ai sindacati della SPD e del Partito comunista, ormai sciolti da tempo dai nazisti.

«Per me va bene» bofonchiò zio Paul, con l'evidente speranza di rimandare il tutto a data da destinarsi.

«Meraviglioso!» esclamò soddisfatto von Klippstein, raccogliendo gli appunti per rimetterli nella ventiquattrore. «Allora grazie per l'incontro proficuo, caro Paul. Non vedo l'ora di pranzare insieme in buona compagnia.»

E ringrazia anche! pensò Henny con rabbia. *Un vero attore. Spero che il cibo gli resti incastrato in gola.*

Von Klippstein sembrava essersi ricordato della sua presenza, perché le tenne la porta aperta. Nell'anticamera, passarono davanti alle segretarie che fecero mostra di lavorare alacremente.

«Buon pranzo, signori» disse von Lützen, rivolgendo un sorriso smielato a von Klippstein, che ricambiò. Angelika von Lützen era alta, bionda e formosa, esattamente il suo tipo. Hilde Haller sorrise a labbra strette e guardò Paul con compassione. Era una persona timida, le piacevano i libri e ammirava il direttore. Henny sospettava che avesse una cotta per suo zio.

In cortile, l'autista di von Klippstein li aspettava al volante della Mercedes-Benz. Quando li vide arrivare, posò subito il panino e saltò fuori dalla macchina per aprire la portiera al suo capo.

«Dopo di te, cara Henny» disse Ernst von Klippstein, facendo un gesto con il braccio.

«No, grazie» rispose lei fredda. «Preferisco camminare. Ho bisogno di una boccata d'aria. A dopo.»

L'espressione sbalordita dell'uomo non la turbò affatto. Avrebbe lasciato a zio Paul il compito di spiegare che intendeva fare la strada a piedi con il fidanzato. «Non abbiamo speranze che preferisca noi!» avrebbe aggiunto suo zio con una battuta. E Klippi avrebbe risposto con il solito sorriso tirato che faceva pensare che avesse mal di denti.

Felix la aspettava alla casetta del custode. Salutò con un cenno educato i due uomini che gli erano appena passati davanti in macchina, poi si voltò verso Henny con un sorriso ironico.

«L'autorità di controllo è tornata a colpire, eh?»

Si salutarono con un rapido bacio, sotto lo sguardo corrucciato del custode Kroll. Era scapolo e con ogni probabilità lo sarebbe rimasto, prima di tutto perché era secco e bruttino, e in secondo luogo perché era un idiota. Almeno, così la pensava Henny.

«Siamo sopravvissuti» rise lei. «Purtroppo si trattiene fino a domani. Stasera ha invitato alla Villa delle Stoffe alcune "personalità importanti" di Augusta.»

Felix non commentò. Le prese la mano e svoltarono in un viale che portava alla Villa delle Stoffe, tagliando attraverso i prati. Il giovane aveva ripreso gli studi di legge a Monaco, quindi riuscivano a incontrarsi solo nel fine settimana, ma durante le pause del semestre dava una mano in fabbrica e alloggiava in Frauentorstrasse. Non era entusiasta della facoltà di legge. Anche lì si respirava aria nazionalsocialista, con ovvie conseguenze sull'interpretazione delle leggi. Ciononostante, aveva deciso di andare avanti perché voleva imparare una professione rispettabile e sposare la sua Henny. Non parlavano da tempo delle attività segrete di Felix all'interno di un gruppo comunista.

Henny preferiva non fare domande, ma sapeva che molti membri erano stati scoperti e arrestati. Era successo anche al povero zio Sebastian, glielo aveva rivelato lo stesso Felix. Non sapeva dove si trovasse al momento, ma nutriva il forte sospetto che l'avessero internato nel campo di Dachau.

«Hai idea del perché i Klippstein vengano così spesso in fabbrica, ultimamente?» riprese la conversazione Felix.

«Non lo so, ma la cosa mi preoccupa. Qualunque sia il motivo, non promette niente di buono per noi.»

Il giovane si fermò per togliersi la giacca. Il sole bruciava. Faceva così caldo che i ruscelli erano quasi secchi. Il ronzio delle api si mescolava al frinire dei grilli nascosti nei prati.

«Ho un sospetto» disse lui, prendendo di nuovo la mano di Henny. «Spero di sbagliarmi, ma tutti gli indizi puntano in quella direzione.»

«Non pensi che voglia rilevare la fabbrica, vero?»

«Non credo gli basterebbe. Penso che voglia trasferirsi ad Augusta. La fabbrica sarebbe un contorno, per così dire.»

Henny scosse la testa. Perché Ernst von Klippstein avrebbe dovuto lasciare Monaco di Baviera? Aveva un'ottima posizione lì, era un pezzo grosso del partito.

«Ha provato a diventare Gauleiter» le ricordò Felix. «Ma non ci è riuscito, hanno dato il posto a un altro. Giusto?»

«Sì. Però tornare ad Augusta sarebbe comunque un passo indietro per lui.»

Felix respinse una zanzara fastidiosa. «Non vanno tanto per il sottile, quando si tratta di incarichi importanti» disse. «Forse a Monaco ha dei compagni di partito che gli impediscono di fare carriera e pensa di avere più possibilità qui. In ogni caso, è interessante che si metta a organizzare ricevimenti alla Villa delle Stoffe. Immagino già chi avrà invitato.»

«Il sindaco, pare. Il direttore della Buntweberei. E alcuni rappresentanti della direzione locale dell'NSDAP.»

«Ecco, vedi...»

Henny non era convinta. Klippi era un funzionario della Camera di Commercio del Reich, l'organo in cui i nazisti avevano riunito tutti i settori dell'industria, dell'artigianato e del commercio precedentemente organizzati in libere associazioni. Eppure aveva sempre tenuto d'occhio la fabbrica di tessuti Melzer, di cui un tempo era stato socio. Henny pensava che fosse perché aveva sempre avuto una cotta per zia Marie, ma adesso c'era la sua Gerti e zia Marie si era trasferita in America da quattro anni.

La solida struttura in mattoni della Villa delle Stoffe sembrava brillare al sole. Soltanto uno dei camini, quello della cucina, produceva una debole voluta di fumo. Un gruppo di piccioni stanchi era appollaiato sulla ringhiera del balcone al primo piano, ma le aiuole del cortile risplendevano di luminosi colori estivi grazie a Christian, che le annaffiava due volte al giorno affinché sopravvivessero al caldo.

La Mercedes di von Klippstein era parcheggiata all'ingresso. L'autista non c'era, probabilmente era sceso a rifocillarsi nella cucina della villa.

Hanna aprì la porta ai due giovani e sussurrò: «Vada di sopra, signorina. Hanno già iniziato senza di voi».

«Grazie» disse Henny. «Ma prima vorrei rinfrescarmi.»

Nemmeno Felix aveva fretta. Si lavarono le mani e si sciacquarono la faccia.

Henny tenne il dito vicino al rubinetto per schizzare l'acqua addosso al fidanzato, che rispose con una serie di baci appassionati.

«Su, andiamo...» sospirò lei. «Altrimenti non resta più niente.»

La tavola era apparecchiata per dodici persone. La zia Lisa aveva messo i due ragazzi tra Gerti von Klippstein e zio Paul, il che significava che Gerti sarebbe stata la vicina di posto di Felix, mentre Henny poteva sedersi accanto a Paul. «E allora? Avete fatto una piccola deviazione, vero?» commentò zia Lisa a proposito del loro ritardo.

Anche Paul sembrava infastidito e nonna Alicia fece notare che era consuetudine presentarsi puntuali per il pranzo.

Felix si affrettò a spiegare che avevano fatto il prima possibile e sorrise educatamente a Gerti prima di sederle accanto.

«Oggi si muore di caldo» disse lei, in tono rassicurante. «Non si può correre, altrimenti si rischia un colpo di calore. Sedetevi, sono sicura che Humbert ha ancora della zuppa per voi.»

Il domestico, che stava già servendo la portata principale, andò a prendere la zuppiera e riempì i loro piatti. Affamati, Henny e Felix divorarono il brodo di manzo con l'uovo, mentre gli altri attaccavano il roast beef con cavolo rosso e spätzle.

A Henny non dispiaceva affatto Gerti. Si era adattata piuttosto bene al ruolo di signora von Klippstein e, cosa a dir poco sorprendente, teneva in pugno suo marito. Con ogni probabilità Ernst non le parlava mai del proprio lavoro, ma in qualunque altro ambito pareva ansioso di compiacerla ed esaudirne ogni desiderio. Sembrava la amasse davvero, e lei aveva tutta l'aria di ricambiare i suoi sentimenti. I gusti sono gusti, non c'è che dire. Mentre Gerti si era notevolmente arrotondata negli ultimi anni, lui aveva perso peso e il collo gli si era riempito di rughe.

Se un tipo del genere entrasse nella mia camera da letto, scapperei urlando, pensò Henny divertita. Ma Gerti sembrava felice.

«Questo è il signor von Klippstein, Elvira?» chiese la nonna Alicia, dall'altra parte del tavolo. Da quando il suo udito era peggiorato, parlava sempre a voce troppo alta.

Johannes, che con i suoi quattordici anni era il figlio maggiore di zia Lisa, alzò gli occhi al cielo. Kurt fissò intensamente la nonna da sotto le sopracciglia abbassate, mentre Charlotte assunse un'espressione imbarazzata. Che strana domanda. Non era certo la prima visita del signor von Klippstein alla Villa delle Stoffe. Solo il dodicenne Hanno era troppo immerso nei suoi pensieri, come al solito, per prestare attenzione alla scena.

Zia Elvira sospirò. Soffriva molto per le stranezze della sua cara cognata Alicia.

«Certo. Non lo vedi?»

«Sì, Elvira. Ma Ernst von Klippstein non aveva i capelli biondi?»

Ovviamente il diretto interessato aveva sentito tutto e cercò di superare l'imbarazzo con una battuta: «Un tempo ero un giovanotto dai capelli ricci, signora» le disse. «Purtroppo le ingiurie del tempo mi hanno ingrigito.»

«Non ha mai avuto i capelli ricci» sentenziò nonna Alicia, sempre rivolta a Elvira. «Non era sposato con la nostra Tilly? A proposito, dov'è la cara Tilly?»

Humbert intervenne a salvare la situazione. Porse alla nonna il piatto e sottolineò che la carne era particolarmente morbida e saporita. Per tutta risposta, Alicia si lamentò della salsa insipida e degli spätzle troppo duri.

«Non capisco cosa stia succedendo al personale. Se il mio buon Johann fosse qui, convocherebbe immediatamente la cuoca. Non il bordo, Humbert, mi dia quell'altra fetta...»

Von Klippstein si schiarì la gola per l'imbarazzo, bevve un sorso di vino e, visto che Paul era alquanto taciturno, si rivolse a Henny.

«Mi fa sempre piacere notare con quanta diligenza si dedichi ai verbali dei nostri incontri. Paul è davvero fortunato a poter contare su una segretaria così capace...»

4

Settembre 1939

Kitty mancò per un pelo la rotonda con i fiori, strinse la curva appena in tempo per non colpire i gradini di arenaria e schiacciò forte sul freno. Il motore emise un ultimo gemito di protesta, prima di spegnersi.

«Per l'amor del cielo! Si è spenta di nuovo. Non importa, tanto sono arrivata. Humbert? Oh, Humbert, sarebbe così gentile...»

Il domestico aveva già aperto la porta d'ingresso e si stava precipitando giù per le scale per aprire la portiera alla signora Kitty Scherer, la figlia minore di Alicia Melzer. Come al solito arrivò troppo tardi: lei era già scesa dall'auto e stava armeggiando con una borsa gigantesca sul sedile posteriore.

«Aspetti, signora. La aiuto... È troppo pesante...»

«Che fastidio, si è incastrata. Stia attento, ci sono i regali per i bambini, lì dentro. Si assicuri che non si rompa nulla... Ha letto il giornale, Humbert? Non è terribile?»

«Sì, signora...»

«Ma c'era da aspettarselo... Glielo dico io, comincerà già domani, Humbert... Oh, se dopo potesse spostare la mia macchinina... Da non credere, si è spenta di nuovo. Stavo per parcheggiarla più lontano, per non intralciare mio fratello quando rientrerà dalla fabbrica...»

Humbert, abituato agli sproloqui della signora, annuì educatamente, sorrise e aspettò di recuperare la borsa dal sedile posteriore.

Kitty era già corsa su per i gradini e stava salutando Hanna, in attesa sulla soglia.

«Oh Hanna, non è terribile? Non hai saputo? Non hai letto il giornale? Mia madre è sveglia? No? Grazie a Dio! Lasciamola dormire, devo parlare prima con Lisa.»

Si precipitò nell'ingresso, dirigendosi a tutta velocità verso l'ala nuova. Kitty Scherer non dimostrava i suoi quarantaquattro anni. Era ancora minuta e magra, indossava quasi esclusivamente abiti e tailleur confezionati da Marie a New York, e i capelli neri, tagliati a caschetto, non avevano un accenno di grigio. Di questo, a essere onesti, doveva ringraziare Henny, alla quale chiedeva regolarmente di tirarle con una pinzetta i pochi fili bianchi.

Sua sorella Lisa la aspettava nel soggiorno dell'ala nuova, costruita qualche anno prima per fare spazio alla giovane famiglia Winkler. I primi anni di matrimonio erano stati felici. Lisa aveva conosciuto la gioia di crescere tre figli con un marito amorevole e un padre responsabile come Sebastian. All'inizio del regime nazista, però, lui era cambiato. Da comunista convinto, non aveva accettato i nuovi governanti. Per mesi aveva subìto carcere e torture, finché si era unito alla resistenza, facendo perdere le proprie tracce. Lisa sperava ancora che il suo amato fosse vivo e che un giorno sarebbe tornato alla Villa delle Stoffe. Le probabilità che ciò accadesse erano scarse, ma nessuno in famiglia aveva il coraggio di toglierle quella speranza.

«Kitty!» le gridò sua sorella, andandole incontro. «Che ti

prende? Sono felice di vederti, ma avrei preferito che mi avessi avvertita. Ho appena finito di preparare i bambini per la scuola e di sbrigare delle faccende qui a casa...»

Kitty realizzò che l'altra era ancora in vestaglia e non si era pettinata. «Non hai visto il giornale, Lisa?»

«Il giornale?»

«La "Augsburger Tageszeitung"! L'hai letta?»

Lisa sembrava stanca e di cattivo umore, come sempre. L'eccitazione di sua sorella le stava dando sui nervi.

«Credi davvero che abbia il tempo di leggere il giornale al mattino?» chiese, furibonda. «Devo badare a una famiglia di nove persone, prendermi cura dei bambini, dare indicazioni ai domestici... E siamo anche senza giardiniere, perché hanno convocato Christian per un'esercitazione della Wehrmacht...»

Poiché Humbert era entrato in soggiorno con la borsa dei regali proprio in quel momento, Kitty si trattenne un attimo prima di esplodere. Non litigare mai davanti ai domestici, era questo che Alicia Melzer aveva insegnato alle sue figlie. Una regola che persino Kitty aveva interiorizzato.

«Si parla di una guerra, Lisa!» sbottò angosciata non appena il domestico ebbe lasciato la stanza. «I giornali hanno pubblicato un appello del Führer. Dice di tenersi pronti. L'ultimo tentativo di mediazione è fallito. Ora lo farà: invaderà la Polonia.»

Lisa emise un pesante sospiro e scosse la testa. Non aveva nessuna voglia di discutere delle mire espansionistiche di Adolf Hitler di prima mattina.

«Che lo faccia» gemette. «Che invada la Polonia. Ha già invaso anche la Cecoslovacchia. L'importante è avere un patto di non aggressione con la Russia, perché i russi sono pericolosi. E comunque, io ho ben altro di cui preoccuparmi anziché di queste sciocchezze politiche...»

«Sciocchezze politiche!» le fece eco Kitty, indignata. «Si tratta del destino di tutti noi, Lisa! Robert ha detto che è soltanto l'inizio, Hitler non si fermerà finché non avrà l'intera Europa in pugno. Una guerra! E tu te ne vai in giro cieca e ignara di tutto, ti preoccupi soltanto del tuo orticello...»

Lisa fece una smorfia e premette il campanello della servitù.

«Vuoi un tè?» chiese con calma. «O preferisci una limonata fresca? Non credo che questo caldo faccia bene alla pressione, siediti e cerca di riprenderti.»

«Hai i nervi tesi, Lisa, capisco. Ma se non vuoi ascoltare me, aspetta che Paul torni dalla fabbrica e vediamo cosa ne pensa lui. Tè? No, grazie, al massimo un caffè. Non sarebbe male, dopo questo spavento...»

Hanna, che stava riordinando le stanze dei bambini, si affacciò dalla porta e promise di tornare con caffè e limonata.

«Siediti, Kitty» la pregò la sorella in tono lamentoso. «Mi stai innervosendo, a forza di camminare avanti e indietro. Perché non mi dici cosa c'è nella borsa che ha portato Humbert? Non saranno altri regali dall'America?»

Kitty seppellì la rabbia con un profondo sospiro di rassegnazione. Doveva immaginarlo che Lisa non avrebbe visto oltre il proprio naso e non avrebbe capito le proporzioni della catastrofe che incombeva su di loro. La mediocrità di sua sorella era incredibile. Le interessavano soltanto la casa, la famiglia, i bambini. Tutto il resto non era degno della sua attenzione. Cascasse il mondo, Lisa avrebbe continuato a chiamare la cuoca per definire il menu del giorno.

«Oh, giusto, i regali» disse, sprofondando irritata sul divano. «Marie li ha mandati settimane fa, ma continuavo a dimenticarli. Li avevo lasciati in corridoio e ci sono inciampata stamattina, mentre uscivo...»

«Sei sempre stata una maestra dell'organizzazione, cara Kitty. Per poco abbiamo rischiato di non riceverli, per colpa di questa presunta guerra alle porte!»

«Un tempo facevi battute migliori.»

Lisa scoppiò a ridere e Kitty si appoggiò allo schienale, offesa. In quel momento arrivò Hanna con il vassoio, e le sorelle rimasero in silenzio finché la cameriera non ebbe servito caffè e limonata.

«Andiamo, Kitty» disse Lisa, versandosi il caffè. «Fammi vedere cos'hai portato prima che arrivi la mamma. Ultimamente fa un sacco di confusione.»

«Povera mamma. Dobbiamo essere pazienti con lei.»

«Per te è facile parlare. Non abiti qui» replicò Lisa, stizzita.

Nemmeno i regali che la sorella tirò fuori dalla borsa e posò sul tavolo erano di suo gradimento. Kitty iniziava a infastidirsi. Marie aveva speso un sacco di soldi, il minimo che potesse fare era mostrare un po' di gratitudine.

«Oddio, è troppo colorata!» esclamò Lisa alla vista di una bellissima sciarpa di seta dai motivi persiani. «Cosa le è saltato in mente? Alla mia età non posso più andare in giro vestita così!»

Kitty ignorò il commento. Aveva già fatto notare più volte a sua sorella che si trascurava: i capelli spettinati e raccolti alla bell'e meglio sulla nuca, il vestito non stirato, ai piedi un paio di pantofole logore. Era anche in sovrappeso e, ciliegina sulla torta, negli ultimi tempi aveva cominciato a mangiarsi le unghie.

«E per chi dovrei farmi bella?» aveva replicato Lisa quando ne avevano parlato. «Tu hai il tuo Robert, puoi essere felice. Io non ho nessuno. Soltanto tre bambini e una madre che sta perdendo il senno. Questa è la differenza!»

Di certo per lei non era facile, ma nemmeno nella vita di

Kitty filava tutto liscio. Solo che, al contrario della sorella, non aveva l'abitudine di lamentarsi costantemente. Lisa viveva da sempre nella convinzione che Kitty fosse stata più fortunata.

«Una penna stilografica per Hanno!» si lagnò Lisa. «Ha dodici anni, cosa dovrebbe farsene? A scuola scrivono con le matite e i pennini d'acciaio...»

«Non hai detto che gli piace scrivere?»

Lisa sventolò la mano con aria sprezzante. «Sono tutte manie passeggere, Kitty. Hanno legge troppo, deve cambiare di nuovo gli occhiali. Preferirei che andasse in montagna o in campeggio con i suoi compagni di scuola, come Johannes.»

Hanno era un "topo di biblioteca", per usare la definizione sprezzante di suo fratello maggiore. Da quando aveva imparato a leggere, viveva praticamente rintanato nella propria camera, rannicchiato sul letto con un libro a pochi centimetri dal naso. *Winnetou* di Karl May, *Tarzan delle scimmie*, *Viaggio al centro della Terra*, *L'isola del tesoro*, divorava ogni titolo su cui riusciva a mettere le mani, ed era un assiduo frequentatore della biblioteca pubblica. In primavera Lisa aveva trovato nella sua stanza una pila di quaderni scritti da cima a fondo in una grafia minuscola, pieni di macchie d'inchiostro e cancellature.

«Cos'hai combinato, Hanno? Devi scrivere bene!» lo aveva rimproverato.

Lui aveva chinato il capo, come fosse stato sorpreso a fare qualcosa di imperdonabile, e aveva mormorato: «Non è per la scuola, mamma. Sono cose che ho scritto per me».

Lisa si era pentita amaramente di aver mostrato i quaderni alla sorella. Kitty aveva letto con grande entusiasmo l'avventura di un ragazzo che scappava di casa, veniva preso come mozzo su una nave e arrivava in America.

«È meraviglioso, Lisa!» aveva esclamato. «Scritto in modo

scorrevole, ricco di idee insolite ed entusiasmanti. Tuo figlio sarà uno scrittore! Come Lion Feuchtwanger e Jakob Wassermann. Forse addirittura come Thomas Mann!»

Lisa era rimasta scioccata dal paragone con quegli autori. Le risultava che le loro opere fossero state bruciate dai nazionalsocialisti. Ma Kitty era fatta così, non si curava di certe cose.

«Uno scrittore! Tu e le tue fantasie da artista! Hanno deve sostenere l'esame di maturità e andare all'università. Potrebbe diventare insegnante. O avvocato. Ma scrittore mai e poi mai. È una professione da pezzenti!»

Kitty sistemò la scatola con la penna stilografica sul tavolo del soggiorno e prese il regalo successivo, destinato al fratello maggiore di Hanno, Johannes.

«Un coltellino, ci mancava soltanto questo!» sospirò Lisa, posando il contenitore con un sospiro.

«Penso che a Johannes piacerà» osservò Kitty dopo una leggera esitazione. «Ha quattordici anni, in fondo, è grande abbastanza da maneggiare un oggetto simile. Guarda: ha due lame, una grande e una piccola, un apriscatole e un cavatappi. È molto utile, non trovi?»

Lisa la osservò aprire il coltello con grande destrezza.

«Potrebbe piacergli» disse, scrollando le spalle. «Ma non è quello che vuole. Finalmente è entrato nella Gioventù hitleriana e ho dovuto comprargli un mucchio di roba. Camicia marrone, berretto e fazzoletto nero. Tracolla in pelle, cintura con la fibbia e quant'altro. E ora vuole a tutti i costi un coltello con il fodero. Non è proprio necessario, ma ce l'hanno tutti...»

«Perché non può usare il coltellino?» chiese Kitty, che non amava le uniformi e tutto ciò che le accompagnava.

Lisa le lanciò un'occhiataccia. «Lo conosci, dev'essere il migliore in tutto» disse, in tono di rimprovero. «E nella Gioventù hitleriana per esserlo devi avere il coltello con il fodero. Temo abbia preso dal nostro caro papà...»

Johann Melzer, di cui Johannes portava il nome, aveva fondato la fabbrica di tessuti Melzer alla fine del secolo precedente. Era un vero padre padrone, sia in casa sia in fabbrica, un uomo collerico che non si sottraeva alle decisioni difficili e non si lasciava comandare da nessuno.

«Se ha il suo stesso fiuto per gli affari» rispose Kitty, che era sempre stata la prediletta del padre, «puoi essere orgogliosa di lui. Farà strada.»

In realtà il nipote di Johann Melzer non mostrava nessun intuito per gli affari. Era un ragazzo forte, con i capelli rossi e le guance paffute, sempre pronto a risolvere i problemi con le mani. Un "attaccabrighe", come lo definiva suo fratello Hanno. Quando Sebastian viveva ancora con la famiglia alla Villa delle Stoffe, gli scontri fra padre e figlio erano all'ordine del giorno. Lui disapprovava fermamente la prepotenza del primogenito e aveva fatto del suo meglio per educarlo alla tolleranza e all'autocontrollo. Purtroppo senza alcun successo. Da quando Sebastian Winkler aveva lasciato la Villa delle Stoffe per andare a combattere clandestinamente il regime nazista, Johannes non aveva più parlato di suo padre. Tuttavia, l'anno prima, a scuola, si era verificato un increscioso incidente a seguito del quale Lisa era stata convocata dagli insegnanti: Johannes aveva litigato nel cortile con un compagno di classe, che aveva rimediato un orecchio squarciato e un taglio sulla tempia.

«Ha chiamato mio padre "sporco comunista"» si era giustificato Johannes. E aveva aggiunto: «Anche fosse vero, resta sempre mio padre. E chi lo insulta non può passarla liscia».

Lisa era stata felice che l'insegnante si fosse mostrato ragionevole e non avesse dato troppo peso alla vicenda. Ma era possibile che a ciò avesse contribuito l'entusiastica adesione di Johannes alla Gioventù hitleriana, in cui il ragazzo ricopriva una posizione di spicco. Il gruppo aveva acquisito una grande influenza nelle scuole e ormai la maggior parte dei docenti si era unita all'NSDAP.

«Prima o poi si riprenderà» disse Kitty, memore dell'episodio. «Al più tardi quando si innamorerà di qualcuno.»

Lisa non poté fare a meno di alzare gli occhi al cielo. «Se Marie ha inviato qualcosa anche per Charlotte, non posso darglielo prima di due settimane» disse. «Fino ad allora è agli arresti domiciliari. Niente regali.»

«Arresti domiciliari?» si accigliò Kitty. Il pacco per Charlotte conteneva delle mollette colorate e una catenina d'argento con un ciondolo. «Non capisco perché tu sia così severa con lei. È una bambina, ed è adorabile.»

«Con te, forse» protestò Lisa. «E tu non sei sua madre. Quando sei qui la riconosco a malapena, ma appena lasci la Villa delle Stoffe diventa maligna, altezzosa e ribelle. Sono seriamente preoccupata.»

«Davvero?»

Kitty pensava da tempo che Lisa trattasse i figli in modo sbagliato. Era iperprotettiva e ansiosa, e gliene lasciava passare troppe. Quando finalmente si decideva a intervenire, però, superava il limite. Due settimane di arresti domiciliari per una bambina di dieci anni? Era assurdo.

«Pensa che» esordì Lisa, fermandosi per bere un sorso di limonata, «ieri l'ho sorpresa al mio tavolo da cucito a tagliare tutti i rocchetti di filo con le forbici.»

«Non è carino, in effetti» ammise Kitty. «Perché lo ha fatto?»

«Non ne ho idea! Ogni giorno è un nuovo capriccio. Una volta non vuole andare a scuola, un'altra non le piacciono i vestiti, un'altra ancora fa commenti sfacciati.»

Kitty sapeva che Charlotte aveva anche dato della vecchia a sua madre. Era un commento irrispettoso, ovviamente, ma secondo Kitty non del tutto ingiustificato. Lisa si trascurava, e questo alla bambina non piaceva.

«Se vuoi, puoi mandarla da me in Frauentorstrasse dopo la scuola» suggerì. «Cambiare aria potrebbe farle bene.»

«È fuori questione! E poi non voglio che venga a trovarti finché c'è Felix da voi» aggiunse, indignata. «Non capisco perché lasci che lui e Henny dormano nella stessa stanza, non sono nemmeno sposati! Di fatto sei colpevole di lenocinio.»

«Santo cielo, da quando sei diventata così pudica?» rise Kitty. «Stanno insieme da tre anni, dovrei metterli in stanze separate?»

«Come credi, ma non voglio che Charlotte abbia cattivi esempi. Se all'inizio del semestre Felix torna a Monaco, forse... I regali sono finiti?»

«Sì, a Paul e Kurt li ho già dati. E anche l'osso di gomma a Willi.»

Lisa tacque, ma la sua espressione tradiva un'irritazione che Kitty conosceva fin troppo bene. Sapeva cosa stava pensando. Gli altri avevano avuto i loro regali, compreso il cane. Quelli per lei e i suoi figli erano rimasti in un corridoio per settimane, dimenticati.

«Vuoi passare a salutare la mamma?» chiese a Kitty. «A quest'ora starà facendo colazione con zia Elvira.»

«Certo» rispose l'altra, intuendo che la sorella voleva sbarazzarsi di lei.

«Ora scusami, ma devo occuparmi della casa e trovare qualcuno che sostituisca Christian finché lui è via con l'esercito...» Si interruppe e lanciò una rapida occhiata al giornale ancora piegato sul divano. «Oh, non importa!» disse, sventolando una mano. «Tornerà fra quattro settimane.»

5

Ottobre 1939

Caro Leo,
grazie per la tua lettera. Era da un sacco che volevo scriverti, ma continuavo a rimandare. Sì, ero arrabbiata, e ne avevo motivo, perché continuo a pensare che Richy non sia la persona giusta per te. È egoista, spietata e fredda, si approfitterà della tua bontà. Mi ha trattata male perché è gelosa e vuole averti tutto per sé. Dovevo dirlo, ma ti prego, non buttare via la lettera, voglio comunque scusarmi con te.
Mi dispiace di essermela presa tanto. In fondo è la tua ragazza, l'hai scelta, la ami, e io devo rispettarlo. Per favore, accetta le mie scuse. Mi conosci, a volte esagero. Ero anche delusa e triste perché le cose fra noi sono cambiate. Nonostante sappia che è stata anche colpa mia.
Se voi due andate d'accordo, per me va bene. È okay, *come dite voi. Resti sempre mio fratello e il mio migliore amico, la persona di cui mi fido di più e con la quale sono sempre onesta. Anche a costo di infastidirti.*
Immagino tu abbia letto sui giornali americani cosa sta succedendo qui in Germania. Hitler ha conquistato la Polonia e si è spartito il territorio con Stalin. La stampa tedesca è entusiasta

della vittoria, non fanno che esaltare il genio del Führer e il fatto che abbia finalmente garantito al "popolo senza terra" il necessario spazio vitale. Zia Lisa è convinta che la questione guerra sia archiviata e che, essendo la Polonia lontana, non abbiamo nulla da temere. Papà non è d'accordo. È molto preoccupato, ma non ne parla mai. Sembra che gli interessino soltanto Kurt e la fabbrica. Il modo in cui si occupa di nostro fratello è quasi asfissiante, e le cose in fabbrica non sembrano andare molto bene, al momento. Hanno chiuso la filatura e devono installare nuovi telai per produrre tessuti per le uniformi e roba del genere. Il cambiamento è stato voluto da von Klippstein. Henny ce l'ha con lui perché pare che si intrometta troppo nella gestione dell'azienda, ma dato che ha un ruolo importante nella Camera di Commercio del Reich non possono fermarlo. Comunque, finché la fabbrica lavora dovrebbe andare tutto bene. Mi dispiace soltanto per i nostri vecchi filatoi ad anelli, che avrebbero funzionato bene ancora per decenni e invece sono finiti in magazzino a fare la ruggine.

Ma veniamo alla notizia più importante della mia lettera. Tieniti forte, Leo! Sono stata ammessa a ingegneria aeronautica! Andrò all'Università di Monaco!

Quando mi è arrivata la conferma, non riuscivo a crederci. Ho iniziato a camminare avanti e indietro come una pazza e lo raccontavo a tutti. Non riuscivo nemmeno a dormire per l'eccitazione. Ho avuto paura per niente: sì, sono di razza mista, e allora? Messerschmitt mi ha raccomandata e sono stata ammessa. È così che funziona, qui in Germania: se sei meritevole, ti danno una possibilità!

So che la tua esperienza all'Università di Monaco non è stata entusiasmante, ma le facoltà tecniche sono diverse. E comunque, ormai non ci sono più docenti ebrei...

Per oggi è tutto, caro Leo. Spero che tu stia bene e che continui a comporre. Salutami la mamma, le scriverò a parte.

Ti abbraccio con affetto.

La tua pentita e felicissima sorella
Dodo

Leo posò la lettera e sorrise. Dodo, sua sorella! Leggendo ne aveva sentito la voce, immaginato l'espressione, i gesti eccitati, gli occhi accesi dalla rabbia e dall'entusiasmo. Mesi prima le aveva scritto una lettera lunga e dettagliata per offrirle il suo punto di vista sul loro litigio e spiegarle cosa aveva da rimproverarle e come si sentiva. Lei aveva impiegato così tanto a rispondere da farlo infuriare per quella testardaggine. Ma la verità era che gli mancava immensamente. Ora che il ghiaccio era rotto, si sentiva felice e sollevato.

Non riusciva a credere che fosse stata ammessa all'università. Avrebbe scommesso un occhio della testa che non sarebbe successo, ma a quanto pareva aveva sottovalutato l'influenza di Messerschmitt. Non c'era da stupirsi, del resto: quel tizio aveva progettato i migliori aerei da guerra di Hitler.

Il sorriso di Leo sparì. La Germania aveva invaso la Polonia e stretto un accordo con Stalin, lo aveva visto a Times Square, in un cinegiornale dove si potevano seguire gli ultimi eventi bellici in Europa. Nessuno sapeva se Hitler si sarebbe accontentato di quella conquista. La mamma pensava che fosse soltanto l'inizio, che l'avanzata sarebbe continuata. Il Führer avrebbe attaccato anche la Francia e l'Inghilterra e, una volta conquistata l'Europa, sarebbe passato all'America. Da parte sua, Leo pensava che fosse pura utopia.

Si alzò dal letto per andare ad aprire la finestra e arieggiare il suo minuscolo appartamento. Da qualche mese conviveva con

Richy, che era ancora disoccupata e non poteva permettersi una stanza. L'aveva convinta a trasferirsi da lui dopo averla vista contare ogni centesimo. All'inizio era andata bene: cucinavano insieme, e mentre Leo sedeva al pianoforte per elaborare nuove idee, lei faceva i suoi esercizi in un angolo. Ballare era come suonare: fermarsi significava tornare indietro.

Tre volte a settimana Richy si allenava con le amiche in una palestra presa in affitto, ma ovviamente era troppo poco, doveva esercitarsi almeno quattro o cinque ore al giorno, altrimenti poteva scordarsi di trovare un lavoro. Nel frattempo aveva iniziato a fare la cameriera in un ristorante di Times Square, per guadagnare qualche soldo. Però non le piaceva. Di solito tornava molto tardi e faceva lunghe docce per togliersi l'odore del cibo dai vestiti e dai capelli, ragion per cui litigavano con i vicini, disturbati da quel rumore notturno.

A dire il vero, anche fra loro avevano cominciato a litigare fin da subito. All'inizio facevano pace in fretta, e ogni volta lui si convinceva che non sarebbe più successo. Ma i litigi non cessavano, anzi, erano diventati sempre più violenti. Si urlavano addosso, Richy gli lanciava piatti e tazze, in un'occasione Leo era stato costretto a rovesciarle in faccia un bicchiere d'acqua fredda per farla calmare. Non sapeva più cosa fare. Lei aveva fatto provini per varie compagnie di ballo: cinque l'avevano rifiutata subito, un'altra l'aveva tenuta sulle spine e poi silurata per posta. Lui, al contrario, continuava ad avere successo e a comporre per la radio, per i film e per i cinegiornali. Aveva composto anche musica da ballo, tutte cose che un tempo l'avrebbero fatto inorridire, ma che ora gli piacevano e, soprattutto, venivano vendute e suonate ovunque. Era l'America. Lì nessuno ti accusava di scrivere musica "superficiale", un compositore di musica leggera valeva quanto uno che scriveva pezzi "seri". L'importante era fare bene il proprio lavoro.

Chiuse la finestra, preoccupato che il vento facesse volare via gli spartiti. La vista dall'ottavo piano sulla Trentanovesima Strada non era un granché, si vedevano soltanto gli edifici marroni sul lato opposto, e alle loro spalle i grattacieli che svettavano nel cielo grigio.

Tre settimane prima era salito con Richy sull'Empire State Building e avevano guardato Downtown dall'alto. Era stato fantastico. La vista spaziava fino a Lower Manhattan, dove si incontravano l'Hudson e l'East River. Le isolette più al largo erano come macchie scure, sulla destra si intravedeva la piccola Liberty Island con la Statua della Libertà. A differenza di quattro anni prima, quando era arrivato lì con sua madre, Leo non si sentiva più un estraneo in quella città. New York era la sua nuova casa, e ne era orgoglioso.

Non gli mancava la Germania. Aveva nostalgia solo delle persone che amava. Più che altro di Dodo, ma anche di suo padre, di suo fratello Kurt e di tutti gli altri...

Si preparò un caffè e lo portò al pianoforte. Rilesse la composizione che aveva appena iniziato e sistemò lo spartito sul leggio. Bevve svogliatamente un sorso dalla tazza, poi si allungò sul letto per lisciare i cuscini e le lenzuola e sistemare il copriletto. Non gli piaceva il disordine, e questo era un altro motivo di scontro con Richy, che lo accusava di essere un "borghese tedesco", cosa che lo infastidiva molto. Ma quelli erano litigi superficiali e passeggeri, che quasi non lasciavano traccia. La discussione della sera prima, invece, non smetteva di tormentarlo.

Richy gli aveva raccontato di un'amica che era entrata in una compagnia di ballo dalla quale lei era stata rifiutata.

«Non mi sorprende, visto che è andata a letto con il direttore» aveva detto. «È così che funziona.»

Leo sapeva che molti lavori venivano assegnati in quel modo. Non sempre era colpa degli uomini, talvolta le ragazze erano insistenti e gli si lanciavano letteralmente fra le braccia. Ma c'erano anche tanti farabutti che si approfittavano della propria posizione di potere. Purtroppo era così. Il tono con cui Richy lo diceva, però, gli aveva fatto drizzare le antenne: aveva sentito qualcosa di strano, quasi fosse tentata di farlo...

«Ci sono altri modi» le aveva detto.

Lei aveva alzato le spalle e aveva risposto che anche le ragazze perbene trovavano lavoro, certo, ma come cameriere o donne delle pulizie.

«Prima o poi ce la farai, Richy. Devi credere in te stessa.»

«E quando? Quando sarò troppo vecchia e non potrò più ballare?»

«Se è così, troverai qualcos'altro. Prendi lezioni di recitazione. Impara a cantare...»

Avevano litigato fino a notte fonda. Lei voleva ballare, punto e basta. Era il motivo per cui era venuta a New York e ce l'avrebbe fatta. A qualunque costo.

Poi si erano rappacificati in modo superficiale. Avevano fatto sesso, come spesso capitava dopo uno scontro, ma era stato una specie di anestetico. La lite non si era risolta, era rimasta come una spina piantata nel petto. Al suo risveglio, lei era già uscita. In cucina Leo aveva trovato una tazza di caffè sporca e una scatola di cereali aperta. Nessun biglietto.

Per quanto gli costasse ammetterlo, forse Dodo aveva ragione. Lui e Richy non stavano davvero bene insieme. Eppure la amava. La amava ancora. E non riusciva a immaginare una vita senza di lei.

Decise che non aveva senso starsene seduto in quell'appartamento soffocante, visto che non era dell'umore giusto per lavorare. Aveva bisogno d'aria, svagarsi lo avrebbe fatto sentire meglio. Indossò un paio di scarpe pesanti, cappotto e cappello, quindi uscì chiudendo a chiave. L'ascensore era una scatoletta vecchia e traballante, il suo vicino ci era rimasto bloccato già due volte, ma per ora Leo era stato fortunato. Sulla Trentanovesima, fu accolto da un vento gelido che sollevò la polvere e sospinse in aria un pacchetto di sigarette vuoto. Si calcò meglio il cappello sulla testa e si preparò ad affrontare le raffiche. Comprò un panino con uova e roastbeef a un chiosco sulla Quarantaduesima e lo divorò affamato: non si era mai abituato alla colazione a base di latte e cereali. Intorno a lui, New York brulicava di vita. La gente correva, macchine, camioncini e autobus rombavano, qua e là capannelli di persone si riunivano intorno a un'attrazione: un predicatore, un venditore che offriva un affare imperdibile, un musicista di strada. Questi ultimi erano per lo più neri, e alcuni avevano un talento incredibile.

Guardò l'orologio: le dieci e mezza. Sua madre probabilmente era impegnata nell'atelier con le clienti. Intanto poteva sedersi sul retro, prendere un caffè e aspettare che trovasse del tempo per lui.

L'Atelier des Modes si trovava sulla Quinta Avenue, all'angolo con la Quarantaseiesima Strada, una posizione eccezionale. All'inizio dell'anno precedente Marie aveva saputo da una cliente che un negozio di sigari in quella via stava per chiudere e ne aveva parlato con Karl Friedländer. Si era occupato lui di tutto: aveva preso in affitto il locale e si era addirittura fatto carico delle spese di ristrutturazione. Lei gli versava una quota mensile, perché non voleva regali, ma Leo sapeva che suo padre era a disagio per il fatto che Friedländer l'aveva aiutata finanziariamente.

Cercò di reprimere la brutta sensazione che sempre provava quando pensava a suo padre. Non avevano più molto da dirsi, come era stato chiaro durante la sua ultima visita. Ma la cosa peggiore era che gli dispiaceva per lui. Ad aprile gli era sembrato molto depresso, avvilito per la separazione dalla mamma. E infastidito dalla presenza costante di Karl. Leo lo capiva benissimo, ma non poteva dirglielo. Erano ormai troppo distanti per affrontare un argomento così personale.

Diede un'occhiata alle enormi locandine esposte fuori da un cinema: *Dodge City*, con Errol Flynn e Olivia de Havilland, non era il suo genere. Un cinegiornale sulla situazione della guerra in Europa e Shirley Temple in *La piccola principessa*. I cartelloni pubblicitari di Camel, Coca-Cola, Peanuts e Chevrolet tre volte più grandi delle pubblicità dei film. Durante il giorno avevano l'aria scialba, ma di notte, quando erano illuminati, diventavano uno spettacolo. Le strade si trasformavano in un mare colorato di luci, scritte e gigantesche insegne lampeggianti che invitavano i clienti in bar e ristoranti, illuminavano le vetrine dei negozi e promuovevano i servizi degli hotel a suon di slogan.

L'Atelier des Modes si trovava tra una profumeria e una drogheria. Nelle immediate vicinanze c'erano una piccola gioielleria, un ristorante messicano e un albergo con un baldacchino rosso all'ingresso. L'atelier andava bene, aveva molte clienti facoltose che compravano abiti ispirati allo stile delle grandi stelle del cinema americano. Gli abiti da sera erano particolarmente richiesti e venivano sfoggiati addirittura alle prime della Metropolitan Opera, dove le signore dell'alta società scendevano da carrozze di lusso avvolte in pellicce bianche. Il successo era dovuto in primo luogo al talento di Marie nel disegnare l'abito adatto per ogni cliente, enfatizzandone i pregi e nascondendo abilmente i difetti. Inoltre era una brava commerciante, aveva ottimi modi, sapeva quanto valeva e non cercava mai di convincere le clienti a comprare nulla. Al contrario, le signore si consideravano fortunate a ottenere un appuntamento con lei. Anche il suo inglese era migliorato, nonostante l'accento tedesco fosse ancora marcato.

Nell'atelier c'erano due clienti, probabilmente una madre con sua figlia. Leo salutò in fretta e andò sul retro, nel salottino per il personale. Marie aveva assunto tre sarte, più una giovane apprendista e una signora anziana che la aiutava con le prove. Due delle sarte erano nere e l'apprendista era sudamericana. Andavano tutte molto d'accordo, durante le pause il salottino risuonava di chiacchiere e risate. Solo la più anziana era scontrosa e tendeva a fare commenti sarcastici sulle clienti.

In quel momento il salottino era occupato da Karl Friedländer, immerso nella lettura di un quotidiano. Quando Leo entrò, l'uomo abbassò il giornale e lo salutò con un cenno del capo. «Buongiorno, Leo! Vuoi un caffè? Credo di aver sentito una tua melodia alla radio, ieri, in una pubblicità di cereali...»

«Buongiorno, signor Friedländer. Può darsi, l'ho scritta l'anno scorso. Grazie, un caffè caldo è quello che ci vuole, con questo tempo...»

Friedländer insisteva a parlargli in tedesco, il che a volte era un fastidio, dato che si esprimeva in modo arrugginito e incerto. E la pubblicità dei cornflakes non era un bel ricordo, per Leo: lo avevano pagato bene, sì, ma gli avevano fatto riscrivere la composizione tre volte, per poi inserirne solo uno spezzone brevissimo. Non era più costretto ad accettare lavori simili, per fortuna.

Karl tornò al suo giornale. Probabilmente aspettava la mamma per discutere d'affari. Leo aveva sentito che stava pensando di aprire una catena di negozi in cui Marie si sarebbe dovuta occupare soltanto di realizzare i bozzetti dei vestiti. Conoscendo sua madre, non credeva che avrebbe accettato, ma Friedländer continuava a insistere. Il ragazzo si sedette accanto a lui e iniziò a sfogliare svogliatamente una rivista di moda, ma la posò subito, appena notò che una delle modelle somigliava troppo a Richy. Perché non provava a fare l'indossatrice? Aveva un corpo perfetto e un viso molto carino. Ma no, era inutile che le proponesse delle alternative: lei voleva ballare, ballare, ballare.

Quando entrò nella stanza, la mamma sembrava agitata. Si sedette accanto a Friedländer e si versò un bicchiere d'acqua.

«A volte è difficile mantenere il controllo, lo ammetto» disse, passandosi le mani tremanti fra i capelli. «Quella donna si è appena congratulata con me per i successi militari di Hitler.»

«Ah, sì?» disse Friedländer cauto, piegando il giornale. «E tu cosa le hai risposto?»

Leo era sempre stupito di come Karl, che ben conosceva la situazione in Germania, sapesse mantenere la calma in quei casi. Lui non ci sarebbe riuscito.

«Le ho fatto notare che Adolf Hitler è un dittatore che vuol far sparire gli ebrei dalla Germania e rinchiudere i suoi oppositori nei campi di concentramento.»

«E lei?»

Marie bevve un sorso e si appoggiò allo schienale del divano, esausta. «Ha detto che dove c'è luce devono esserci anche ombre, che è un grande uomo e l'America farebbe bene ad allearsi con lui.»

«Come può essere così stupida?» intervenne Leo. «Perché qui nessuno parla di cosa sta succedendo davvero in Germania?»

Friedländer fece un gesto rassicurante. «Sono eccezioni, Leo. È vero, in alcune cerchie Adolf Hitler viene osannato, ma chiunque abbia un minimo di sale in zucca vede le cose in modo diverso. Non serve agitarsi, Marie. Nessuno in questo Paese ha intenzione di fraternizzare con Adolf Hitler, a parte qualche pazzo.»

«Certo che no» disse lei, sconsolata. «Ti ho detto cosa mi ha scritto Kitty? Hanno arruolato il povero Christian e lo hanno spedito in Polonia. Liesl spera che torni a casa presto, ma sembra improbabile.»

Stando a zia Kitty, il conflitto stava per spostarsi sul fronte francese. Inghilterra e Francia avevano dichiarato guerra alla Germania, ma erano rimaste a guardare mentre la Polonia veniva invasa. La situazione in Europa era ancora molto tesa.

«Forse non succederà nulla, Marie» disse Friedländer. «O pensi davvero che la Francia manderà il suo esercito a liberare la Polonia?»

«No. Ma Hitler manderà la Wehrmacht a conquistare la Francia. E i suoi cacciabombardieri stanno sorvolando l'Inghilterra. Non è assurdo che mia figlia voglia studiare ingegneria aeronautica a Monaco proprio in questo momento?»

«Quindi è stata ammessa?» si meravigliò Friedländer.

«Mi è arrivata la sua lettera proprio oggi.»

La dipendente più anziana dell'atelier entrò in salotto e annunciò che una cliente era venuta a chiedere informazioni su un abito da sera visto in una pubblicità. Dalla porta semiaperta si intravedeva il negozio, con grandi vetrine affacciate sulla strada. All'inizio Leo pensò che gli occhi gli avessero giocato un brutto scherzo. Ultimamente vedeva Richy ovunque, anche sulle riviste. Comunque si alzò e attraversò il negozio per uscire in strada.

Era proprio lei, non c'erano dubbi. Riconobbe il suo cappotto rosso con il collo di pelliccia scura. Il cappellino con la tesa curva da cui spuntavano i riccioli neri. Non era sola, camminava accanto a un uomo. Un tizio magro con cappotto e cappello scuri, le scarpe nere di vernice. I due erano passati davanti all'atelier, per poi fermarsi a guardare la vetrina della gioielleria. Leo trattenne il respiro alla vista del sorriso seducente di Richy. Osservando più da vicino, si rese conto che l'uomo insieme a lei era abbastanza avanti con gli anni, non poteva essere un collega. Chi era, allora?

Rabbrividì e si riparò nell'ingresso dell'atelier. *Cosa sto facendo?* pensò. *Sono arrivato al punto di spiarla? Stasera mi spiegherà tutto.* Prima di rientrare lanciò un'ultima occhiata alla gioielleria, ma i due si erano spostati. Avevano raggiunto il baldacchino rosso, indugiando lì sotto per un momento. E alla fine erano entrati in albergo.

6

Fare colazione insieme da zia Kitty era stata un'idea di Henny. Si era presa mezza giornata libera dalla fabbrica per accompagnare Dodo, Felix e i loro bagagli alla stazione, da dove sarebbero partiti per Monaco. Dodo sarebbe andata a vivere in una stanza nell'appartamento condiviso di Felix. Ne era felice, stare lì l'avrebbe aiutata a sentirsi meno sola in una nuova città, e poi Felix era un buon amico, sempre disponibile e pronto ad aiutare.

A casa di zia Kitty, in Frauentorstrasse, non c'erano domestici, quindi tutti dovevano dare una mano ad apparecchiare e procurarsi le sedie. Della cucina si occupava la suocera di zia Kitty, Gertrude Bräuer – madre del suo primo marito, morto nella guerra mondiale –, che i più giovani chiamavano semplicemente "nonna Gertrude". Zia Kitty trovava commovente il suo amore per la cucina, scoperto solo in tarda età, anche se le pietanze servite non sempre erano commestibili.

Quella mattina nonna Gertrude aveva portato in tavola una ricca colazione a base di uova strapazzate con prosciutto e salsicce calde con la senape. Dodo non si spiegava come fosse possibile, dato che erano tornate le tessere annonarie: formaggio, carne e altri articoli venivano venduti in quantità limitate e il caffè vero soltanto sottobanco. In compenso il caffè di malto si trovava senza problemi, ma non piaceva a nessuno.

«Mangiate finché potete» disse nonna Gertrude con un sorriso. «A Monaco vivrete di pane e acqua, come tutti gli studenti.»

«Non è così male» la rassicurò Felix. «Nell'appartamento abbiamo la cucina. Quando siamo a corto di soldi preparo zuppa di patate per tutti.»

«Sai cucinare?» si meravigliò zia Tilly.

Era venuta in Frauentorstrasse con il piccolo Edgar per salutare Dodo prima dell'inizio del semestre. Da quando era felicemente sposata con il dottor Jonathan Kortner e lavorava all'ospedale, sembrava rinata. Era diventata più carina, in parte perché i capelli ricci dalla pettinatura moderna le donavano, ma soprattutto perché era una madre serena e soddisfatta. Edgar aveva tre anni, una folta chioma di riccioli biondo chiaro e occhi grigioazzurri che esprimevano una sorprendente forza di volontà.

«Certo che Felix sa cucinare» rispose Henny con la bocca piena. «Uova fritte, uova strapazzate, uova con salsa di senape, uova alla coque...»

«Abbiamo capito» rise lui, rifilandole una gomitata. «So fare anche le polpette.»

«Un uomo che sa cucinare è sempre un ottimo partito» scherzò zia Tilly, passando al figlio un pezzo del suo panino con la salsiccia.

«Esatto!» esclamò Henny. «Per questo ho pensato di conquistarlo subito.»

Tutti risero. Zia Kitty chiese per la centesima volta quanto ancora sarebbero durati gli studi di Felix e aggiunse che per una coppia innamorata era una terribile crudeltà essere costretta a vivere separata così a lungo.

«Mancano quattro semestri» sospirò Henny. «Perché quegli sporchi nazisti lo hanno costretto al servizio militare per due anni interi.»

Anche se si sentiva già sazia, Dodo prese un altro panino e lo spalmò con marmellata di lamponi. Era piena di semi – a differenza di quella della Villa delle Stoffe, dove Brunni insisteva per setacciarla–, ma comunque gustosa.

«È bello essere qui» sospirò, sorridendo a zia Kitty. «Alla Villa delle Stoffe tira una brutta aria, sono contenta di andarmene.»

In effetti, l'atmosfera alla villa era a dir poco cupa. Zia Lisa era preoccupata per Hanno, che aveva gli orecchioni e avrebbe sicuramente contagiato Charlotte e Johannes; zia Elvira soffriva per il mal di schiena e suo padre aveva cose più importanti di cui occuparsi anziché dei successi di sua figlia.

«Non devi essere ingiusta, Dodo» disse zia Tilly, comprensiva. «Tuo padre ha sulle spalle un peso enorme, lo sai.»

«Certo che lo so» bofonchiò la ragazza. «Ma non è colpa mia, perché deve continuare a ripetermi che i miei studi costano troppo? Secondo me preferirebbe che lavorassi come impiegata nella fabbrica e non andassi all'università.»

Henny si scambiò un'occhiata d'intesa con la madre, ma non disse niente. Pur sapendo che Dodo aveva ragione, non voleva esprimersi contro suo zio.

Solo Kitty osservò con un sospiro che purtroppo Paul era molto all'antica in certe cose, ma per fortuna la sua cara Marie la pensava diversamente.

«Per non parlare della nonna» continuò Dodo, felice di potersi sfogare. «Quando ha scoperto che andrò a Monaco, mi ha fatto una paternale infinita. Ha detto che sto tradendo la mia famiglia perché oso studiare ingegneria aeronautica invece di trovarmi un marito che aiuti papà in fabbrica. E come se non bastasse, ha pensato di aggiungere che sono troppo magra e senza forme. Secondo lei non piacerò mai a nessuno.»

Sull'ultima frase le si era incrinata la voce. Le parole della nonna l'avevano ferita. Non le importava niente degli uomini. La sua unica esperienza – una storia d'amore finita male con il collaudatore Ditmar – le bastava e avanzava.

Henny scoppiò a ridere. Forse era insensibile, ma aveva trovato il racconto davvero divertente. «È tipico di nostra nonna» commentò. «Vive in un'altra epoca, è convinta che l'unico scopo di una donna sia contrarre un buon matrimonio. A proposito, crede che Felix sia l'erede di una famiglia di banchieri... Non so chi gliel'abbia detto.»

«Santo cielo!» esclamò lui. «Non mi piace per niente.»

Henny lo tranquillizzò. «Non preoccuparti, domani se ne sarà dimenticata.»

All'improvviso Dodo sentì la mano di zia Tilly accarezzarle il braccio con delicatezza. «Oh, cara» disse, comprensiva. «Ti capisco benissimo. Non sai quante volte mi sono sentita dire che soltanto le ragazze bruttine studiano, perché non riescono a trovarsi un uomo. Ne ho sofferto molto.»

Lanciò un'occhiata a sua madre, ma Gertrude non aveva sentito, si era alzata per preparare altro caffè.

«Sono proprio felice che tu vada avanti con gli studi» continuò zia Tilly. «Sei sulla strada giusta, tesoro, incrocio le dita per te. Se hai bisogno di un consiglio, o semplicemente di una chiacchierata, ricorda che io ci sono.»

«Grazie, zia» sospirò Dodo. «Sai che sei sempre stata il mio modello?»

Tilly fece un sorriso imbarazzato e si voltò verso il figlio, seduto sul vecchio seggiolone dove un tempo si era dimenata la piccola Henny. «Ma tu guarda!» disse, divertita. «Ha mangiato la salsiccia, però non vuole saperne del panino.»

«È un buongustaio» commentò Gertrude. «Gli piace la carne. Chi vuole altro caffè? È appena fatto.»

Henny guardò l'orologio a pendolo sul comò e chiese a Felix se aveva preparato tutto. Dovevano partire entro mezz'ora.

«Lo zaino è in corridoio» la rassicurò lui.

«Non dimenticate i panini» intervenne la nonna. «E anche il termos di caffè di malto e le mele!»

«Ora non vi agitate» fece zia Kitty. «Stavamo così bene fino a un attimo fa! A proposito, dov'è finito Robert? Voleva salutarvi. E poi avevo...»

Quando suonò il campanello, balzò in piedi. «Lascia, Gertrude, vado io.»

La nonna scosse la testa e afferrò la caffettiera per riempire le tazze di Felix e Dodo. «Sarà un altro dei suoi protetti» sussurrò piano a zia Tilly. «Artisti che vengono qui di continuo, si siedono in salotto, mangiano ciò che cucino e a volte si trattengono anche per la notte. Dovreste vedere la roba che si trascinano dietro! Un mucchio di quadri che non vuole nessuno. Ma Kitty, nella sua infinita bontà, li compra tutti. Ha riempito l'intera soffitta.»

Si interruppe di colpo al suono della voce acuta di sua figlia. «Marek, che gentile da parte tua essere passato. Entra, stiamo facendo colazione. Lascia qui i quadri, mettili davanti alla porta della cucina. Dammi il cappotto, è tutto bagnato... Sta piovendo? Santo cielo, diluvia... meglio se togli le scarpe, allora, altrimenti Gertrude me la farà pagare. Pensa, mi ha chiesto di te proprio stamattina.»

L'espressione della nonna rivelava senza possibilità di dubbio che l'ultima frase era pura invenzione. Un attimo dopo zia Kitty entrò in soggiorno, accompagnata da un uomo di mezza età vestito in modo piuttosto singolare: la giacca troppo grande, i pantaloni gonfi all'altezza delle ginocchia e il colletto della camicia sfilacciato. Era senza scarpe, avendole lasciate in corridoio, e lo sguardo acuto di Dodo individuò all'istante un buco nella calza destra.

«Vi presento il mio amico Marek Brodskij» disse zia Kitty con un sorriso smagliante. «Un grande artista. Le sue nature morte non hanno eguali. Caro Marek, questa è mia cognata Tilly con suo figlio Edgar. Conosci già Henny e Felix. E lei è mia nipote Dodo, oggi parte per Monaco, andrà all'università. Diventerà un ingegnere, o meglio un'ingegnera...»

Kitty sproloquiò senza dare al poveretto la possibilità di aprire bocca e infine lo spinse sulla sedia che nonna Gertrude aveva destinato a Robert. Marek pareva piuttosto a disagio, Dodo non poteva biasimarlo. A parte l'abbigliamento trasandato, sembrava davvero una brava persona. Aveva un viso ampio, occhi scuri e gentili, folti riccioli grigi. Non si era adeguato alla moda imperante dei capelli rasati.

«Buongiorno» disse, in imbarazzo, quando zia Kitty si fermò per riprendere fiato. «Perdonatemi l'intrusione. Non sapevo ci fosse una riunione di famiglia...»

«Non si preoccupi» rispose Dodo. «Non è una riunione, stiamo solo facendo colazione insieme. E comunque Felix, Henny e io andremo via fra poco.»

«Grazie, molto gentile» mormorò l'ospite, prendendo un panino dal cesto che Felix gli porse. Ci spalmò sopra del burro e cominciò a mangiarlo.

«Ha portato dei quadri, per caso?» indagò nonna Gertrude.

Kitty la fulminò con un'occhiataccia. «Al momento non sa dove metterli» spiegò. «E noi abbiamo allestito una galleria d'arte in soffitta.»

«Secondo le ultime normative sugli attacchi aerei, tutte le soffitte devono essere sgomberate» precisò Gertrude.

Il povero Marek smise di masticare il suo panino e guardò

zia Kitty costernato. Lei sventolò una mano con fare sprezzante, dicendo che erano tutte sciocchezze.

«Non sono sciocchezze!» la contraddisse Gertrude. «Se veniamo colpiti e la soffitta è piena di combustibile, prenderà fuoco e ci crollerà addosso. E poi brucerà tutta la casa. L'ha spiegato il direttore della difesa antiaerea, è per questo che le soffitte vanno svuotate.»

«Da quando credi a Neumeier come fosse la Bibbia?» la rimproverò zia Kitty. «Hai sempre detto che si dà delle arie inutili.»

«Credo sia ora di andare» decise Henny, alzandosi in piedi. «Prendo la macchina di mamma in garage.»

A quel punto iniziò la grande cerimonia dei saluti. Zia Kitty abbracciò e baciò i tre ragazzi, augurando buon viaggio a Felix e Dodo. Poi avvertì Henny di guidare con prudenza, perché il cambio del suo "macinino" stava dando di nuovo problemi. Salutarono anche Marek, mentre nonna Gertrude li aspettava in corridoio con i panini incartati e un termos, imprecando contro i quadri che le bloccavano l'accesso in cucina. Mentre uscivano dalla porta principale, zio Robert si precipitò loro incontro: disse che era stato trattenuto e gli dispiaceva molto essersi perso la colazione di addio. Si salutarono in fretta, poi montarono in macchina.

«Non pensi che zio Robert sia un po' troppo impegnato, ultimamente?» chiese Felix alla sua fidanzata.

«Sì» rispose lei. «Ma non dice granché, parla di affari solo con zio Paul. E sulla storia dei migranti è una tomba.»

Robert Scherer era il secondo marito di zia Kitty. Aveva vissuto in America per parecchio tempo, prima di sposarla, quindi doveva avere diverse proprietà oltreoceano. Era stato lui ad aiutare la madre di Dodo e Leo a emigrare a New York; a quanto pareva si stava ancora occupando degli ebrei intenzionati a lasciare la Germania, cosa che negli ultimi tempi era diventata sempre più difficile.

Arrivarono alla stazione di Augusta. Henny parcheggiò il più vicino possibile all'ingresso e aiutò Dodo a portare la valigia. In biglietteria trovarono una lunga coda causata da un signore anziano che aveva comprato un biglietto per la settimana prima ma non era partito. Adesso stava chiedendo con insistenza il rimborso e non voleva sentire ragioni. Anche Henny comprò un biglietto, altrimenti non avrebbe potuto accompagnarli al binario. Fecero appena in tempo.

«A che ora arrivi? Scrivimi. Ti penserò sempre. Forse il prossimo fine settimana vengo a trovarti, se mi organizzo...»

«Sai che l'inizio del semestre è pesante. Sì, ti scrivo appena arrivo. Ciao tesoro, ti penserò anch'io...»

Dodo si era già seduta nella carrozza di terza classe, mentre Henny e Felix erano ancora in piedi sul binario, avvolti dal vapore della locomotiva. Santo cielo, cos'altro avevano da dirsi? Poi presero a baciarsi senza il minimo imbarazzo. Perché non la smettevano? Che vergogna, li guardavano tutti! Dodo distolse lo sguardo e sistemò la valigia nella cappelliera. Non aveva bisogno dell'aiuto di Felix, poteva sollevarla anche da sola.

Lui salì sul treno al fischio del capostazione e apparve nella carrozza non appena si chiusero le porte.

«Ah, hai già messo su la valigia» si meravigliò, poggiando a terra lo zaino. «Allora? Sei emozionata? Domani devi passare prima in amministrazione e poi andare direttamente in facoltà, per l'iscrizione. Hai già il programma delle lezioni?»

«Sì, mi hanno mandato un elenco. Purtroppo i primi due semestri sono abbastanza noiosi. Matematica e fisica, ingegneria elettrica, scienza dei materiali e roba del genere. Solo nel terzo semestre si comincia con gli aeroplani...»

Dodo sorrise e aggiunse che era obbligatorio anche frequentare le lezioni di "ingegneria tedesca" e partecipare a eventi sportivi. Felix si limitò ad annuire, ma non rispose, perché un gruppo della Gioventù hitleriana si era seduto a pochi metri da loro. Da quando i nazionalsocialisti avevano preso il potere, le università si erano rapidamente conformate al sistema. Il primo intervento dei nazisti era stato rimuovere tutti i docenti e i professori ebrei dai loro incarichi; nemmeno gli studenti ebrei erano ammessi. Gli atenei non erano più indipendenti: il rettore veniva nominato dal ministero della Scienza e dell'istruzione del Reich e si chiamava "Führer dell'Università". Chiunque volesse studiare e fare carriera non poteva sfuggire ai nazisti.

Per un po' rimasero seduti fianco a fianco, in silenzio, a osservare la città di Augusta che si allontanava. L'attività edilizia volta alla costruzione di "alloggi per la comunità nazionale del Reich" si era interrotta con l'inizio della guerra. Sotto la pioggia si intravedevano diversi edifici incompiuti, tra cui una fila di poche e molto richieste "case coloniche" con un piccolo giardino. Più avanti il paesaggio si ridusse a una serie di campi spogli e foreste autunnali. I membri della Gioventù hitleriana, in camicia marrone e pantaloncini, erano impegnati nei soliti discorsi spavaldi e arroganti. Se facevano troppo rumore, il capogruppo li richiamava con un fischio e loro obbedivano a ogni sua parola.

«Da quanto tempo conosci quel Marek?» sussurrò Dodo a bassa voce, dopo qualche minuto. Felix stava leggendo un libro di legge, ma infilò una matita fra le pagine e lo rimise a posto nello zaino.

«Marek? È venuto un paio di volte in Frauentorstrasse. È originario della Polonia, ma si è trasferito a Monaco anni fa e da qualche mese vive ad Augusta. È una brava persona. Ha sempre l'aria un po' triste, ma da quello che dice tua zia è un bravo pittore.»

Dodo fece un sorriso. Probabilmente dipingeva cose assurde, simili alle opere della madre di sua madre. Quadri in cui gli oggetti normali si disintegravano in forme sfocate e spigolose. O forse nudi osceni, come quelli che zia Lisa aveva appeso in camera da letto. Suo padre aveva ragione: poteva anche essere arte, ma non doveva piacere per forza a tutti. D'altra parte, però, non era nemmeno giusto definirla "arte degenerata" come facevano i nazisti.

«Per un certo periodo gli affari gli andavano bene» continuò Felix. «O almeno, tua zia ci ha raccontato che ha venduto diversi dipinti ed esposto le sue opere in Italia e in Francia. Ma ora è finita.»

«Sembrava piuttosto affamato» osservò Dodo con una punta di compassione. «Pensi non abbia abbastanza soldi per comprarsi da mangiare?»

«Esatto. Ha lavorato in un piccolo negozio di ferramenta per un periodo, ma poi ha dovuto chiudere.»

Dodo non chiese il perché. Dal 9 novembre dell'anno prima, quando le SA avevano bruciato la sinagoga di Augusta e quasi tutti gli ebrei erano stati deportati a Dachau, in città era rimasta una sola caffetteria ebraica, che poteva servire soltanto clienti ebrei. Tutte le altre attività erano state chiuse.

Si interruppe perché il gruppo di ragazzi stava ridendo sonoramente. Uno di loro aveva raccontato una barzelletta.

«Tua zia pensava che Marek avrebbe potuto dare una mano come giardiniere alla Villa delle Stoffe, almeno finché non tornerà Christian» mormorò Felix. «Ma Henny era contraria, quindi non se n'è fatto nulla.»

Dodo avvertì una fitta di gelosia. Suo padre ascoltava molto

Henny. Non c'era da stupirsi, visto che era praticamente il suo braccio destro in fabbrica, come lei stessa non mancava di sottolineare, mentre Dodo si attirava solo rimproveri e critiche.

«Sarebbe stata una buona soluzione. In autunno c'è molto da fare nel parco, non possiamo fare a meno di un giardiniere. Perché Henny era contraria?»

Felix guardò il gruppo della Gioventù hitleriana, che ascoltava il capo in religioso silenzio. I poverini avrebbero passato la notte in tenda, non certo un gran divertimento, con quella pioggia.

«Perché Marek è ebreo» rispose a bassa voce. «Ma non è registrato qui ad Augusta. Comunque, Henny non vuole che Paul si metta nei guai.»

«Capisco. Zio Robert non potrebbe aiutarlo a emigrare in America?»

«Penso ci abbiano provato, ma lui non vuole.»

«Che cosa stupida! La mamma gli avrebbe trovato un posto a New York.»

Felix sospirò e tornò al suo libro di legge. Dodo guardò fuori dal finestrino, ora coperto da un fitto intrico di gocce d'acqua. Il tempo era grigio e umido, e a Monaco non sarebbe migliorato. Il suo entusiasmo per l'inizio degli studi era al momento piuttosto basso.

Dalla stazione avrebbero preso il tram per l'appartamento che Felix aveva condiviso con due compagni. Uno di loro si era laureato in estate, quindi la sua stanza adesso era libera. Era la più piccola dell'appartamento, otto metri quadrati, per questo Felix si era offerto di fare a cambio con Dodo, visto che la sua camera era grande il doppio.

«Ma no, non è necessario» aveva protestato la ragazza.

«Ci tengo» aveva insistito lui, guardandola con un sorriso

triste. «Non mi faccio illusioni, Dodo: se le cose si mettono male, verrò arruolato nell'esercito, non importa che sia iscritto all'università. Sono sulla loro lista nera. E se succede, almeno avrai la stanza grande.»

Perché tutti quei pensieri tristi proprio ora? Il giorno prima, mentre preparava la valigia, riusciva a malapena a tenere a freno l'entusiasmo. Doveva essere colpa del temporale. Decise di mangiare un panino e si alzò per tirarlo fuori dalla valigia. Nel farlo, si ritrovò fra le mani la busta con i documenti ricevuti dall'Università di Monaco. Ne avrebbe approfittato per esaminare con calma l'elenco delle lezioni e la presentazione del corso di studi.

Sfogliò le pagine, masticando. Modulo di iscrizione già compilato e firmato, doveva solo consegnarlo. Lettere informative e vademecum... E poi le lezioni del primo semestre. Infine, un elenco di docenti del dipartimento di ingegneria. I nomi erano in ordine alfabetico, alcuni avevano il titolo di dottore di ricerca, pochi erano professori. In fondo alla lista lesse: «Wedel, Ditmar, Ing. – Costruzione e meccanica degli aeromobili».

7

La cucina della Villa delle Stoffe era in fermento. Il pranzo di mezzogiorno stava per essere servito. Sul fuoco bolliva l'acqua per gli gnocchi di pane, la pentola con il gulasch "allungato" doveva soltanto sobbollire dolcemente. Alla luce del razionamento dei generi alimentari, Fanny Brunnenmayer aveva riesumato le ricette della guerra mondiale, che permettevano di preparare un buon gulasch con un po' di carne, cipolle, carote e patate. Le spezie erano diventate più costose, ma per fortuna la cuoca si era già assicurata di farne scorta.

«Speravo che i tempi duri fossero finiti» disse imbronciata. «Ma a quanto pare mi sbagliavo.»

Liesl stava per immergere nell'acqua gli gnocchi quando strillò. «Gesù... Il topo! L'ho appena visto sfrecciare come una specie di fulmine grigio.»

Posò il tagliere sul tavolo e si chinò a sbirciare sotto la credenza, ma la fessura era troppo stretta e buia per vederci qualcosa.

«Prima butta gli gnocchi, o non saranno pronti in tempo» ordinò Fanny Brunnenmayer dalla sua poltrona imbottita. «E comunque non riuscirai a prenderlo, se si è nascosto sotto la credenza.»

Liesl non voleva rinunciare alla caccia, perché temeva che il sorcio potesse correrle sui piedi mentre lavorava. A ogni gnocco che lanciava nell'acqua abbassava gli occhi sul pavimento, per controllare, ma il topo non si fece più vedere.

«È molto sveglio» osservò la cuoca con cupa approvazione. «Non ne abbiamo mai avuto uno così prima d'ora. Ha già rubato il pezzo di pancetta dalla trappola tre volte e l'ha sempre fatta franca.»

Alla lunga la soluzione della pancetta diventava troppo dispendiosa. Non si poteva darla da mangiare al topo, altrimenti non ne restava per cucinare.

«E non si è limitato alla pancetta» si lamentò Liesl, spostando la pentola al centro del fornello. «Ha mangiato anche una salsiccia e rosicchiato il formaggio, ho visto il segno dei denti. Se quello stupido di Willi riuscisse ad acciuffarlo, almeno! Ma non fa altro che infilare il naso sotto la credenza e sbuffare come una locomotiva.»

Auguste era appena entrata in cucina con Humbert e aveva capito subito di cosa stavano parlando. Del sorcio fuggitivo.

«È colpa di Annemarie, che sta sempre sotto il tavolo con il cane a riempire il pavimento di briciole» affermò Auguste, rivolta alla figlia. «Le briciole attirano i topi, lo sanno tutti.»

Liesl si difese dall'accusa. Spazzava il pavimento due volte al giorno e a fine giornata la cucina veniva pulita da cima a fondo.

«La bambina è felice quando può stare lì sotto con Willi» rispose.

«Se le lasci fare quello che vuole, diventerà una viziata» la rimproverò Auguste, convinta che lei fosse del tutto incapace di educare la bambina. «Con me non succedeva mai. Quando dicevo no, era no e basta. E chi non mi ascoltava se ne pentiva.»

Liesl lo sapeva fin troppo bene, ed era proprio per quello che aveva deciso di non tirare a sua figlia un ceffone ogni tre per due. A volte le punizioni sono meritate, certo, ma nel caso di Auguste succedeva spesso che fosse di cattivo umore e se la prendesse con la prima persona che le capitava a tiro. Liesl non l'aveva dimenticato. E per fortuna Christian era d'accordo con lei.

«Dov'è finita, a proposito?» volle sapere Auguste. «Willi è di sopra, Kurt è appena tornato da scuola.»

«È salita con Hanna, la signora von Klippstein voleva darle un regalo.»

Auguste fece una smorfia. Non le piaceva che Gerti comprasse regali per sua nipote. «Vediamo cosa le ha preso» ringhiò.

Neanche Liesl ne era entusiasta, ma non osava opporsi alla signora von Klippstein. In fondo era contenta che Annemarie stesse diventando meno timida e avesse accettato di andare con Hanna nel salotto rosso, dove Gerti aspettava il ritorno del marito dalla fabbrica.

Nel corridoio della servitù si udirono i passi strascicati di Else: era stata chiamata dalla signora Elvira e stava tornando con i piatti sporchi della colazione su un vassoio.

«La signora vuole alzarsi per pranzo» annunciò. «Ma non è sicura che resterà fino al dolce, non crede di riuscire a stare seduta così a lungo.»

«E Hanno?» chiese Humbert, contando i piatti. «Può mangiare con gli altri?»

«Il ragazzo è in perfetta forma da un pezzo» intervenne Auguste, che aveva appena finito di riordinare la cameretta dei bambini nell'ala nuova. «Ma la cara signora Elisabeth è in ansia, quindi deve restare nella sua stanza. Non può nemmeno leggere, il dottore ha detto che gli fa male agli occhi.»

Humbert contò a mente le persone che avrebbero partecipato al pranzo e prese nove piatti, le zuppiere e le ciotole da dessert per il budino con salsa di lamponi. Else, intanto, si sedette a tavola insieme ad Auguste, stremata, e si versò del caffè di malto ormai freddo.

«Quante se ne dicono!» sospirò, scuotendo la testa.

«La signora Alicia ed Elvira? Litigano di continuo perché la signora Melzer fa confusione.»

«Non è vero, Auguste» la contraddisse Else. «Da quando la signora Elvira deve stare a letto per l'ernia del disco, la signora Alicia è sempre rimasta al suo fianco. Parlano dei bei tempi andati, di Rudolf. E della tenuta in Pomerania dove è cresciuta la signora.»

«Sì, certo» disse Auguste, annoiata. «Quando si parla dei vecchi tempi, la signora Alicia ricorda tutto. Ma poi, di punto in bianco, mi chiama e mi chiede dov'è Leo, perché non lo vede da tanto e non sa nemmeno se si è diplomato.»

«E come impreca, la signora Elvira!» ridacchiò Else. «Non capisco nemmeno tutto, perché parla nel dialetto della Pomerania. Se la prende in particolare con una certa Pauline, dice che è colpa sua se ha mal di schiena, la chiama "diavola", "fattucchiera", "strega"...»

«Metti il sottopentola sul tavolo» la interruppe Liesl. «Devo appoggiarci il gulasch per riempire le scodelle.»

«Hai aggiunto anche una goccia di aceto?» chiese la cuoca.

«Certo. Ma si sente che è allungato con le patate.»

«Non abbiamo scelta» replicò Fanny Brunnenmayer, burbera. «Soprattutto visto che von Klippstein e la sua amata mangiano sempre qui ma non contribuiscono nemmeno con una razione di carne.»

Hanna tornò tenendo per mano la piccola Annemarie, che stringeva una bambola di celluloide. Liesl la guardò appena perché stava riempiendo il piatto per Hanno, che avrebbe mangiato nella sua stanza. Auguste alzò gli occhi al cielo e disse che era la terza bambola e che quella stupida avrebbe fatto meglio a presentarsi con un vestito, se proprio voleva fare un regalo alla bambina.

«A caval donato non si guarda in bocca» commentò Humbert, portando le scodelle di gulasch fumante sul montavivande. Un attimo dopo si sentì un urlo inorridito e il domestico si precipitò di nuovo in cucina.

«Il topo!» ansimò, e andò a sedersi per riprendere fiato. «Era nel montavivande, proprio accanto agli gnocchi e alla zuppa. Il gulasch mi è quasi caduto di mano!»

Humbert era estremamente sensibile agli insetti e ai topi, bastava un ragnetto a terrorizzarlo. Trovava disgustose le mosche e le zanzare che in estate infestavano la cucina, ma un topo era motivo di puro terrore.

«È scappato?» si informò Auguste.

Lui non lo sapeva. Era riuscito a malapena a posare le ciotole prima di darsela a gambe.

«Sarà ancora nel montavivande a banchettare con gli gnocchi» disse Auguste. Andò a controllare con Else e Hanna, ma il topolino era già fuggito.

«Che carogna!» esclamò Else. «A questo punto, ci tocca usare il veleno.»

Fanny Brunnenmayer scosse la testa. Nel frattempo Annemarie si era arrampicata sulle sue ginocchia con la bambola. «Niente veleno nella mia cucina!»

«Allora dobbiamo prendere un gatto» suggerì Hanna, che amava gli animali. «Il topo si allontanerà da solo, se ne sente l'odore.»

«Non penso che Willi andrebbe d'accordo con un gatto» fece notare Else.

«Perfetto!» rise Auguste. «Così il gatto mangia il topo e Willi mangia il gatto. E finalmente avremo pace.»

Humbert bevve un sorso dell'acqua fresca che Hanna gli aveva portato. Era ancora molto pallido. «Non c'è niente da ridere» disse ad Auguste in tono di rimprovero.

Si alzò, si sistemò la livrea e tornò con aria determinata al montavivande. Un attimo dopo si udì il gong che chiamava a tavola i signori.

«Allora» disse la cuoca, soddisfatta. «Togli il budino dal frigorifero, Liesl. E versate la salsa di lampone nella caraffa buona.»

Auguste sistemò il pranzo di Hanno su un vassoio, aggiungendo un bicchiere di succo di mela e una porzione di budino con la salsa di lampone.

«Spero gli sia tornato l'appetito, povero ragazzo» sospirò. «Ieri ho dovuto riportare giù metà vassoio pieno.»

Al piano di sopra, i signori stavano mangiando la zuppa. Quando Humbert aprì la porta della sala da pranzo, il mormorio delle voci arrivò in cucina. Non si distinguevano le singole parole, ma la cuoca aveva imparato a capire dal tono se le pietanze erano state apprezzate.

«Sembra che la zuppa sia piaciuta» disse a Liesl. «Il sedano fa la differenza. Ti sei scritta la ricetta?»

«Certo. Me le annoto tutte su un quaderno, per non perderle.»

Fanny Brunnenmayer lo sapeva, ma non approvava. Non aveva mai messo per iscritto una ricetta in vita sua, le teneva tutte a mente e le rivelava solo a Liesl. Le ricette rappresentavano il patrimonio di una brava cuoca: era fondamentale conservarne il segreto, altrimenti potevano copiarle tutti.

«Nascondilo bene, però!»

Liesl annuì, obbediente. Era seduta a tavola con la figlia e le aveva messo davanti uno gnocco schiacciato su cui aveva versato un cucchiaio di gulasch. Annemarie non era ancora brava con le posate, ma insisteva per mangiare da sola e ci riusciva abbastanza bene, a patto che la mamma le tenesse fermo il piatto.

«Come vorrei che Christian potesse vederla» disse tristemente Liesl. «Sarebbe così orgoglioso della sua bambina.»

Fanny Brunnenmayer non disse nulla. Anche Hanna ed Else tacquero. Christian aveva scritto un paio di volte e aveva inviato i suoi saluti a tutti i domestici, ma Liesl non aveva mostrato le sue lettere a nessuno, si era limitata a riportare i saluti. Due settimane prima aveva annunciato raggiante che presto il marito sarebbe tornato a casa in congedo, ma lui non le aveva scritto una data e da allora non erano arrivate altre lettere.

«Un giorno te lo ritroverai alla porta» aveva detto Auguste.

«Magari, mamma!»

Humbert aveva servito la portata principale al piano di sopra ed era tornato in cucina con le zuppiere vuote. Hanna era già pronta al lavandino.

«Il signore e la signora von Klippstein rientreranno a Monaco nel pomeriggio» riferì. «Ma prima mi hanno chiesto di lavargli la macchina, mentre Else dovrebbe lucidare le scarpe.»

«Certo, perché sono la lustrascarpe!» brontolò lei. «Dovrebbero portarsi i loro domestici, se vogliono le scarpe pulite.»

«Sono pur sempre ospiti della Villa delle Stoffe!» replicò Humbert, gelido. Nemmeno a lui piaceva quell'incarico. Portò con cautela il dolce nel montavivande, per fortuna senza incontrare il topo.

Auguste aveva preso in braccio la nipote per darle da bere il succo di mela. «Finalmente se ne vanno» commentò, contrariata. «Stavolta sono rimasti quasi tre giorni, quei parassiti. E tutte le volte abbiamo dovuto pulire le stanze del primo piano e battere i tappeti, perché la sera devono organizzare i ricevimenti per i nazisti di Augusta. Caviale e champagne, vi rendete conto? E anche il cognac francese, se lo trovano. Porta tutto von Klippstein, non bada a spese per i suoi amici.»

Al suo arrivo, Gerti era scesa in cucina con un sorriso condiscendente e una libbra di vero caffè in grani. Solo per i signori, ovviamente. I domestici potevano accontentarsi del caffè di malto.

Il pasto in sala da pranzo era finito. Humbert tornò carico di piatti e annunciò che von Klippstein e il signor Melzer si erano spostati nello studio e avrebbero preso il caffè lì.

«E Gerti? Va a fare le valigie?» chiese la cuoca.

«Se così fosse, avrebbe chiamato Hanna» fece notare Liesl.

Pensarono tutti la stessa cosa: di continuo Gerti si permetteva di presentarsi in cucina, terreno proibito per una vera signora. Lei affermava sfacciatamente che lo faceva per affetto nei confronti dei suoi vecchi colleghi e il signor Melzer, con cui Humbert aveva provato a lamentarsi, non era voluto intervenire.

«Allora fra poco ce la troveremo fra i piedi» borbottò Auguste. «Sta cercando di carpirci informazioni. Mi sorprende che non sia passata già ieri.»

«Vado in lavanderia a lucidare le scarpe» disse Else, di colpo sopraffatta dall'entusiasmo per il lavoro. Fanny Brunnenmayer ci pensò su un momento e suggerì a Hanna di aiutare Humbert a lavare la macchina.

«E i piatti?» obiettò la cameriera.

«Puoi finire più tardi.»

Nella sua ingenuità, Hanna aveva detto un mucchio di cose che non erano destinate alle orecchie dei von Klippstein, quindi era meglio che non fosse in cucina. Anche Auguste faceva volentieri a meno di un incontro con la signora von Klippstein, quindi prese il cesto della spesa e disse alla figlia di mettere cappotto e cappello alla piccola. «Andiamo al vivaio, Maxl ha ancora dei cavoli e altre verdure per la zuppa, così ci risparmiamo la gita al mercato domani.»

«Gerti non sarà contenta di trovarmi da sola» disse la cuoca, accigliandosi. «Ma d'accordo, vedrò di tenerla occupata.»

La cucina si svuotò. Hanna preparò in fretta il caffè per i signori, Humbert lo portò di sopra, dopodiché i due si infilarono le giacche, presero una spazzola, una paletta e un secchio di acqua tiepida e andarono a pulire la macchina del signor von Klippstein. Fanny Brunnenmayer, nel frattempo, si accomodò sul suo trono e attese l'inevitabile.

All'inizio non successe niente. La cuoca si alzò per controllare i fornelli, attizzò la brace e aggiunse due ceppi perché non si spegnesse. Quando si voltò, trovò Gerti in cucina. Era passata dalle scale della servitù, come al solito.

«Salve, signora Brunnenmayer» disse, con un sorriso. «Che silenzio! Dove sono finiti tutti?»

«Hanno da fare» tagliò corto la cuoca. «Non vengono pagati per stare seduti.»

Tornò al suo posto, pregando che la delusione convincesse Gerti ad andarsene, ma non accadde.

«Che peccato» disse l'altra, sedendosi a sua volta. «Fra poco partiamo per Monaco, mi sarebbe piaciuto rivedere la bambina. È veramente graziosa. Liesl è fortunata ad avere una figlia così dolce e carina.»

Fanny pensò che fosse sincera, e non riuscì a non provare un moto di compassione. Gerti desiderava tanto un bambino, ma sapeva di non poterne avere. Ernst von Klippstein era stato ferito da una scheggia durante la guerra e non sarebbe mai stato in grado di procreare.

«In compenso, suo marito è in guerra e non si sa quando tornerà» osservò la cuoca.

Si era aspettata che Gerti si lanciasse in un'entusiastica filippica sul "popolo senza terra" e sulla straordinaria impresa del Führer, invece quella si alzò e chiese se poteva prepararsi un caffè.

«Stia attenta a non macchiarsi il vestito.»

«Non importa. Ne ho un armadio pieno, se si macchia posso metterne un altro. Vuole un caffè anche lei, signora Brunnenmayer? Uno vero, intendo.»

Ah, Hanna! Aveva lasciato il sacchetto con il caffè per i signori accanto ai fornelli, e naturalmente Gerti l'aveva notato subito.

«Se lo prende anche lei, volentieri.»

Gerti non aveva dimenticato come si faceva. Con gesti sicuri, prese la caffettiera e le tazze, e macinò i chicchi profumati.

«Non ci crederà» disse, guardandosi intorno nella cucina vuota. «Ma ripenso spesso a quando ci riunivamo tutti qui a chiacchierare. Era bello, nonostante qualche discussione siamo sempre andati d'accordo...»

Dove vuole arrivare? si chiese Fanny Brunnenmayer. La osservò con attenzione mentre riempiva la caffettiera, si avvicinava ai fornelli e tornava con il bollitore.

«Forse pensa che la mia vita ora sia un paradiso in terra, vero?» chiese Gerti, versando l'acqua bollente nella caffettiera.

«Non esiste il paradiso in terra» rispose la cuoca. «Ognuno porta il proprio fardello, ricco o povero che sia.»

L'aroma del caffè riempì la cucina e Fanny Brunnenmayer si sentì quasi in colpa perché non l'avrebbe condiviso con nessuno.

«Non voglio lamentarmi» continuò Gerti. «Sono abbastanza felice con mio marito. È generoso, mi lascia comprare quello che voglio e in generale... Mi tiene in palmo di mano, come si suol dire. Se a volte è un po' scorbutico, è perché è molto ambizioso e soffre quando non riesce in qualcosa...»

Fanny Brunnenmayer sorseggiò il caffè caldo. Perché Gerti le stava dicendo quelle cose? La cuoca decise di stare all'erta e non parlare troppo. «Tutti hanno dei momenti difficili...» osservò. «È molto forte, il caffè. Sul tavolo c'è il bricco del latte...»

Gerti ne versò un goccio, poi andò alla finestra e guardò Humbert e Hanna che pulivano la macchina. «Sa, signora Brunnenmayer?» disse, pensierosa. «A volte penso che saremmo più felici se non fosse così ambizioso e frequentasse gente normale. Invece, quando abbiamo ospiti o veniamo invitati, siamo sempre con persone importanti e devo stare attentissima a non dire niente di sbagliato. Anche se blaterano di cose assurde, devo continuare a sorridere, per non mettere in imbarazzo Ernst.»

Tacque e guardò ancora fuori. Fanny Brunnenmayer non sapeva come rispondere. Era possibile che Gerti fosse davvero andata in cucina soltanto per passare un po' di tempo con i suoi vecchi colleghi? Magari aveva bisogno di sfogarsi. Difficile da credere...

Per un po' nessuna delle due aggiunse altro. Di tanto in tanto il bollitore sibilava sul fornello e due mosche ronzavano contro il vetro della finestra. Perché Gerti non parlava più? La cuoca ebbe la netta sensazione che ci fosse qualcosa che non andava. E infatti la signora si voltò di scatto e la scrutò a occhi stretti.

«Sono tutti fuori perché non vogliono vedermi, vero?» disse amaramente. «Auguste, Liesl, la bambina, persino Hanna! D'accordo, allora me ne vado. Dimentichi quello che le ho detto, era tutto inventato!»

Posò la tazza di caffè piena davanti a Fanny Brunnenmayer e lasciò la cucina. Stavolta non passò dal corridoio della servitù, ma dalla porta che si apriva nell'atrio.

«Cosa posso dire?» mormorò la cuoca. «Sembra che abbia qualche rotella fuori posto.»

8

Maggio 1940

Esausta, Lisa crollò sul divano con una tazza di tè e dei biscotti. Andava sempre peggio. Era tutto sulle sue spalle, toccava a lei risolvere i problemi della famiglia. La mamma l'aveva accusata di non accudirla, zia Elvira si lamentava perché temeva che i suoi amati cavalli sarebbero stati portati via dalla Wehrmacht, e in cucina Fanny Brunnenmayer si rifiutava ostinatamente di usare il veleno per topi. Nemmeno i biscotti avevano lo stesso sapore di una volta, tutta colpa della farina d'avena. Per non parlare del tè alla menta piperita: detestava quel sapore, in tempi migliori si usava solo quando qualcuno era malato. Menta piperita e camomilla, un vecchio rimedio casalingo per il mal di stomaco. Disgustoso! Sospirando, prese il giornale e scorse i titoli in prima pagina.

L'Olanda si è arresa!

L'ennesimo annuncio di vittoria. Non aveva dimenticato l'ultima guerra. Anche allora, stando ai giornali, si vinceva sempre. Ma l'Impero era stato comunque sconfitto.

Rotterdam cade! Le truppe tedesche raggiungono la Mosa nei pressi di Dinant. Francesi in fuga!

Hitler aveva occupato la Norvegia e la Danimarca, quindi la Wehrmacht aveva marciato attraverso il Lussemburgo, il Belgio e l'Olanda e adesso aveva raggiunto la Francia. Lisa posò il giornale, si concesse un altro biscotto e sorseggiò il tè. Le truppe tedesche avevano già fallito in Francia nella guerra precedente, avevano scavato trincee, per poi cadere a migliaia nei pressi di Verdun. Alfons Bräuer – primo marito di Kitty e padre di Henny – aveva perso la vita lì. Era entusiasta di avere avuto una figlia, ma se l'era goduta solo per pochi mesi, poi l'avevano arruolato nell'esercito e non era più tornato. Henny non conservava nessun ricordo di suo padre.

Anche il povero Humbert era stato a Verdun. Era fortunato a essere sopravvissuto rimediando soltanto due dita irrigidite. In compenso, da allora un qualche meccanismo nella sua testa si era inceppato: ogni volta che c'era un temporale si nascondeva sotto il tavolo, tremante, e delirava.

Perché di nuovo una guerra? pensò Lisa, avvilita. *Non abbiamo già sofferto abbastanza? A me non importa niente della Francia, ma ovviamente nessuno chiede la mia opinione. A Hitler non interessa che non abbiamo più un giardiniere né che pure Hansl, che gli dava una mano nel parco, sia stato arruolato dalla Wehrmacht. E chi deve pagare per tutto questo? Io!*

Ripensò con rabbia alla conversazione avuta con suo fratello Paul dopo colazione. Sapeva che se le aveva chiesto di andare nel suo ufficio si trattava di un argomento scomodo, altrimenti avrebbero potuto parlarne a tavola. E quel sospetto era stato confermato nel peggiore dei modi.

«No, Paul» gli aveva detto. «Con tutta la buona volontà, non sono d'accordo. Anzi, non capisco come tu possa propormelo. Pensa a Ernst!»

Ovviamente c'era dietro Kitty. Erano mesi che tormentava

Paul con quella storia, e alla fine l'aveva spuntata. Tipico di sua sorella, era sempre riuscita a imporsi anche con il padre.

«Sono a conoscenza del problema, Lisa» aveva replicato lui. «Ma ci ho riflettuto e ho deciso di accettare. Marek è una brava persona, ha voglia di lavorare e, a quanto mi ha detto Kitty, ama la natura. Credo che dovremmo dargli una possibilità.»

«Perché non va alla MAN o alla Messerschmitt, se ha tanta voglia di lavorare?»

Paul l'aveva guardata con espressione seria. «Conosci già la risposta, Lisa.»

Certo che la conosceva, Kitty le aveva raccontato tutto. Marek Brosdkij non era soltanto di origine polacca, era anche ebreo. Aveva lasciato da tempo la sua residenza e ne aveva dichiarata alle autorità una fasulla. Era stato ospitato da amici e conoscenti, finché non era arrivato da Kitty, sempre pronta ad accogliere a braccia aperte gli artisti bisognosi.

«E come pensi di fare, Paul?» si era infervorata. «Dovremmo dichiarare la cosa, se non vogliamo avere guai. Ernst von Klippstein è praticamente sempre qui. Cosa succederebbe se scoprisse che diamo lavoro a un giardiniere ebreo?»

Il viso di Paul assunse un'espressione dura che Lisa non gli aveva mai visto prima. Era palese che suo fratello si trovava costretto a vivere contro i suoi stessi principi pur di preservare la fabbrica. Ma per quanto si impegnasse, purtroppo, la direzione dell'azienda gli sfuggiva sempre più di mano. E quella battaglia quotidiana lo aveva trasformato da ragazzo allegro e spensierato in uomo amareggiato.

«Lascia che mi occupi io di von Klippstein. E mi occuperò anche della registrazione» aveva detto.

Lisa avrebbe voluto aggiungere che, se avesse scoperto la verità, suo figlio Johannes non avrebbe mai tenuto la bocca chiusa. Invece tacque, perché non voleva sentirsi dire di nuovo che era una madre troppo indulgente e che con il suo atteggiamento aveva spedito Johannes dritto fra le braccia della Gioventù hitleriana.

«E va bene» aveva concluso. «Se ci tiene tanto a venire qui oggi pomeriggio, lo accoglierò e ascolterò cos'ha da dire. Ma non penso che lo assumerò.»

Paul si era accontentato della risposta, limitandosi a sottolineare che caldeggiava l'assunzione di Marek.

«E comunque è inaccettabile che Kitty ci metta in una situazione simile» era sbottata Lisa. «Se proprio vuole aiutare questo Brodskij, perché non lo assume lei come giardiniere?»

Suo fratello scosse la testa. Sembrava stanchissimo, e di lì a poco sarebbe dovuto tornare in fabbrica, dove lo attendeva un'altra montagna di problemi. Per giunta era anche da solo, Henny era andata da Felix a Monaco.

«In questi tempi difficili non dobbiamo dimenticare la nostra umanità, Lisa» disse, aggiungendo a bassa voce: «Almeno per quanto ci è possibile».

Lisa aveva un'alta considerazione dell'amore per il prossimo. In fondo andava a messa tutte le domeniche, su insistenza della madre, anche se negli ultimi tempi la chiesa era sempre più vuota: colpa dei nazisti, che si davano un gran daffare per limitarne l'influenza.

A quel punto Paul si era alzato, le aveva sorriso e si era avviato in fabbrica, scaricando la responsabilità su di lei: se avesse rifiutato per il bene della famiglia, sarebbe stata Lisa la cattiva.

Irritata, riprese il giornale e fissò la fotografia di un soldato con elmetto e fucile che scrutava in lontananza, presumibilmente verso la Francia, lo sguardo sicuro e vittorioso. Realizzò che quell'anno Johannes avrebbe compiuto quindici anni, il che significava che nel giro di tre anni avrebbero potuto arruolarlo. Ma la guerra non sarebbe durata così tanto...

All'improvviso sentì delle voci dalla stanza di Hanno. Johannes stava declamando delle frasi e ogni tanto si fermava per ridere. Hanno imprecava e chiedeva insistentemente al fratello di restituirgli qualcosa. Lisa tese le orecchie.

«Dammelo subito, non sono fatti tuoi...»

«... *il sole del mattino tingeva di rosa le cime dei monti*... ahahah... Ah sì, ci si era seduto sopra?... *le nevi perenni sembravano infuocate*... ahahah... Attenzione che si sciolgono!»

«Ridammi il quaderno, o vengo a prendermelo.»

Sembrava una minaccia. Hanno era un ragazzo pacifico, ma quando si arrabbiava diventava come un posseduto. Peccato che contro Johannes avesse sempre la peggio. Lisa posò di nuovo il giornale e si alzò dal divano con un gemito. Che cosa gli prendeva, a quei due?

Johannes era in piedi al centro della stanza di Hanno con il quaderno su cui il fratello scriveva le sue storie. Hanno era pallido per la rabbia.

«Dai, vieni!» lo incitò Johannes con un ghigno maligno. «Vieni a prenderlo, se ci riesci...»

In quel momento si accorse di Lisa e lasciò cadere il quaderno.

«Non è successo niente, mamma» si affrettò a giustificarsi. «Gli stavo solo leggendo una cosa...»

«Lo ha rubato dalla mia scrivania» intervenne Hanno, tremante di indignazione. «E mi stava prendendo in giro, mamma!»

«È colpa tua» replicò l'altro, gettando il quaderno sulla scrivania, sprezzante. «Se scrivi tutte quelle sciocchezze sulla neve infuocata, per forza la gente ti ride dietro.»

«Ora basta!» strillò Lisa. «Faresti meglio a guardare i tuoi, di quaderni, Johannes. Il tuo ultimo tema era pietoso, e nelle altre materie non vai meglio.»

«E questo cosa c'entra?» chiese il ragazzo, con un'alzata di spalle. «Stavo scherzando, ma Hanno deve sempre prendersela. È come una bambina che si lamenta perché le hanno tirato i capelli.»

«Non sono una bambina!» replicò l'altro, nascondendo il suo prezioso quaderno nel cassetto. «Mi dice sempre che sono una femminuccia!»

Lisa afferrò il figlio maggiore per le spalle e lo spinse fuori dalla stanza. Lui si lasciò trascinare con una risata di scherno.

«Vai in camera tua e non uscire fino a ora di pranzo» gli ordinò. «E non presentarti a tavola con quella camicia marrone, la nonna si è già lamentata.»

«Perché?» mugugnò lui. «Subito dopo ho un impegno con la Gioventù hitleriana, non voglio cambiarmi di nuovo.»

Johannes non obbediva mai, trovava da ridire su qualunque cosa ed era convinto di sapere tutto. Ma Lisa aveva fatto di necessità virtù e riusciva a scegliere gli argomenti giusti per convincere il figlio.

«La seconda camicia è a lavare» disse. «Se ti sporchi durante il pranzo, dovrai stare tutto il pomeriggio con la camicia macchiata.»

«E va bene...» cedette lui.

Aveva funzionato. Johannes era incredibilmente pignolo quando si trattava della sua divisa della Gioventù hitleriana. Di recente si era addirittura lavato il fazzoletto nero da solo e l'aveva portato a Hanna perché lo stirasse.

Lisa si girò verso il figlio più piccolo, fermo accanto alla scrivania con aria stizzita.

«Papà lo avrebbe sgridato per bene!»

Sentì una profonda amarezza ripensando alla scelta egoistica di suo marito Sebastian. Lui doveva vivere secondo i propri principi, combattere per le cose in cui credeva... Dei figli non gli importava. Era questo l'amore di cui si era sempre riempito la bocca?

«Dov'è Charlotte?» chiese, ignorando l'accusa di Hanno.

Il ragazzo fece spallucce, ma poi disse: «Credo sia di sotto con Kurt. Stanno insegnando a Willi a sdraiarsi sul fianco. Charlotte ha sempre delle idee strampalate.»

«Sei impegnato anche tu, oggi pomeriggio?»

«Sì» mormorò lui, avvilito.

Hanno era ancora nella Jungvolk – l'organizzazione dei "nanerottoli", come li chiamavano tutti – perché nella Gioventù hitleriana si poteva entrare solo a partire dai quattordici anni. Non che a lui importasse: si teneva in disparte, non amava gli sport, detestava stare all'aria aperta e fare esercizio fisico, per non parlare delle marce e delle canzoni. Probabilmente gli altri lo prendevano in giro, ma Hanno non diceva nulla al riguardo, Lisa lo aveva dedotto solo dai commenti beffardi del fratello maggiore.

«Bene. Il pranzo è fra poco. Mi raccomando, sii puntuale» lo ammonì, perché spesso Hanno era così immerso nelle sue letture da non sentire il campanello.

Lisa passò poi a dare una rapida occhiata alla stanza di Charlotte. Ovviamente non aveva messo a posto, come le aveva chiesto di fare il giorno prima, e aveva gettato la cartella al centro della camera per correre a giocare con Kurt e Willi.

Lisa la sistemò accanto alla scrivania e notò una cucitura strappata. Accidenti, Charlotte era una femmina, perché non stava più attenta alle sue cose?

All'ora di pranzo, per una volta, Alicia era di buon umore.

Commentò allegra il bel tempo di maggio, fece gli elogi per il brodo vegetale cosparso di erba cipollina fresca e chiese a Johannes quando avrebbe cominciato a lavorare nella fabbrica dello zio.

«È ancora troppo giovane, mamma» spiegò Lisa. «Prima deve finire la scuola.»

«Non farlo andare all'università» consigliò Alicia, brandendo il cucchiaio. «Costa un sacco di soldi e i ragazzi imparano soltanto a tracannare birra e correre dietro alle sottane.»

Johannes fece un ghigno e guardò lo zio Paul, che era visibilmente infastidito dalla lingua sciolta di sua madre ma tuttavia rimase in silenzio, consapevole che lei non avrebbe tollerato obiezioni. Fu zia Elvira, che non andava mai per il sottile con sua cognata, a intervenire.

«Forse una volta, Alicia» commentò. «Ora gli studenti si impegnano sul serio. La nostra Dodo ha superato tutti gli esami del primo semestre.»

«Dodo? Ma è volata in America! O l'ho scambiata con qualcun altro?»

«Ti confondi con Marie. E ci è andata in nave, non in aereo» la corresse zia Elvira, porgendo a Humbert il piatto vuoto. «A volte mi fai impazzire, Alicia. Continui a fare confusione.»

Lisa guardò Charlotte, che stava confabulando con Kurt e aveva rovesciato la zuppa.

«Ernst von Klippstein ha comprato una casa sulla Steingasse. Una proprietà molto grande ed elegante, che sta per subire un'accurata ristrutturazione» fece Paul.

«Quindi vuole trasferirsi ad Augusta?» chiese Lisa, inorridita.

«Non è ancora deciso, credo. Magari intende usarla come seconda casa.»

«Ottima idea!» intervenne zia Elvira. «Così possono passare la notte lì quando vengono ad Augusta e non saremo più costretti a sfamarli noi.»

«Di questo sarei felice» concordò Lisa. Era la prima bella notizia della giornata. Paul non sembrava affatto contento, ma non era una novità: lui aveva sempre l'aria affranta. Anche la lite tra Johannes e Hanno pareva archiviata, quantomeno avevano smesso di punzecchiarsi e prendersi a calci sotto il tavolo. Entrambi erano troppo impegnati a rimpinzarsi di spätzle, ignorando l'insalata di contorno. Non appena il dolce fu servito e divorato, Johannes chiese se poteva andare a prepararsi. Naturalmente la richiesta non era rivolta alla madre, ma alla nonna, l'unica autorità che riconosceva, per ragioni misteriose.

«Fai pure, ragazzo. E comportati bene. Non umiliare la tua famiglia...»

Anche Paul si congedò. Kurt e Charlotte andarono con lui, e Hanno li seguì con espressione imbronciata.

Soltanto le due anziane rimasero a tavola, ma per fortuna non si aspettavano che Lisa facesse loro compagnia. Era una persona impegnata, del resto.

«Signora, c'è qui un uomo per il posto di giardiniere» le riferì Auguste.

Se n'era completamente dimenticata! Che fastidio, ed era tutta colpa di Kitty. Forse conveniva ricevere quel Marek giù nell'atrio... Ma no, Paul non glielo avrebbe perdonato. E poi era meglio che non li sentisse nessuno.

«Fallo accomodare in soggiorno.»

Spedì in camera Charlotte e annunciò che più tardi sarebbe passata a controllare i compiti, poi andò in soggiorno, appena in tempo per sentire Auguste bussare alla porta.

«Ecco, prego...»

La persona che entrò le fece una pessima impressione. Voleva lavorare come giardiniere, è vero, ma poteva almeno indossare una giacca decente. Per non parlare dei pantaloni logori. Kitty aveva a che fare con personaggi improponibili.

«Salve, signora Winkler» disse l'uomo, esitando sulla soglia. «Mi manda sua sorella. Mi chiamo Brodskij.»

«*Heil Hitler*, signor Brodskij. Prego entri. Sì, mi ha informata.»

A Lisa non piaceva molto il saluto nazista e, quando possibile, preferiva evitarlo. In questo caso, tuttavia, le sembrava appropriato: quell'uomo doveva capire subito qual era la sua posizione. Auguste si chiuse la porta alle spalle e Marek Brodskij si avvicinò. Sorrise in un modo che la mise a disagio: era un sorriso rassegnato e vagamente ironico, che risvegliava la sua coscienza. Aveva capito benissimo in che modo interpretare il saluto.

«Mi è stato suggerito come giardiniere, signor Brodskij. Posso vedere delle referenze o qualcosa che attesti la sua esperienza?»

Ovviamente sapeva già che lui non aveva nulla del genere, ma non doveva per forza giustificare il suo rifiuto dicendo che non voleva assumere un ebreo. C'erano altre opzioni.

«Sono pittore e scultore, signora Winkler. Sua sorella le avrà detto che non posso più esercitare la mia professione perché sono ebreo.»

Lisa iniziò ad agitarsi. Era stato sincero. Parlava in modo cortese e, nonostante gli abiti trasandati, sembrava una brava persona, intelligente anche. Che peccato dover essere così dura...

«Lo so, lo so» disse, imbarazzata. «Ma abbiamo bisogno di un giardiniere, un pittore non ci serve.»

«Capisco...» fece lui, sorridendo di nuovo in quel modo che la faceva sentire in colpa. *Non dobbiamo dimenticare la nostra umanità*, aveva detto Paul. Ma cosa ne sapeva suo fratello? Lei aveva tre bambini e due donne anziane di cui prendersi cura.

«Mi dispiace» rispose. «Le auguro ogni bene.»

Che affermazione insipida. Eppure era così, gli augurava davvero ogni bene. Ma altrove, non alla Villa delle Stoffe.

«Voglio dire» aggiunse, incerta, «potrebbe lasciare la Germania... Mio cognato potrebbe aiutarla... È un peccato sprecare il suo talento. E purtroppo... Purtroppo la situazione degli ebrei è un po' complicata, al momento.»

L'imbarazzo l'aveva fatta parlare a vanvera, si rendeva conto di aver peggiorato le cose. Si sentiva un mostro, eppure era soltanto preoccupata per la sua famiglia. Soprattutto per i bambini...

«Non posso, signora Winkler. Sono legato alla Germania, non posso andarmene.»

«Oh, intende che è la sua patria? Ma molti ebrei di Augusta sono già emigrati. Mia cognata si è trasferita a New York anni fa e ormai si sente a casa, laggiù.»

Lui scosse la testa, con aria triste.

«Allora è più fortunata di me, signora Winkler. Tre anni fa mia figlia è morta di difterite, aveva nove anni. Mia moglie l'ha seguita poco dopo, perché non sopportava il dolore. Non riesco ad allontanarmi dalle loro tombe, forse sono pazzo, ma non ci riesco...»

Lisa rimase agghiacciata. Aveva perso una figlia, una bambina che ora avrebbe avuto all'incirca l'età di Charlotte! Che cosa terribile! Non poteva esserci nulla al mondo di più terrificante che veder morire un figlio.

«Mi perdoni» sussurrò. «Non volevo opprimerla con la mia storia, ma è stato uno sfogo. Le persone muoiono, anche i bambini, fa parte della vita. Le auguro il meglio, signora Winkler.»

Sorrise mestamente e si avviò alla porta, mentre Elisabeth

era sempre più combattuta. Non poteva farlo. Non poteva! Ma il suo cuore si strinse al pensiero di quella povera bambina...

«Aspetti!» chiamò, alzandosi dal divano per seguirlo in corridoio. «Aspetti, ci ho ripensato... Vuole fare una prova? Un paio di settimane...»

9

Giugno 1940

Dopo colazione Paul aveva scorso rapidamente la lettera di Marie e l'aveva riposta nella scatola in cui teneva tutta la loro corrispondenza. Era già la seconda scatola, la prima era piena fino all'orlo e chiusa da un coperchio nell'armadio della camera da letto, in mezzo alle scarpe. Quella nuova era sulla scrivania del suo studio alla Villa delle Stoffe. A volte si domandava se avesse senso conservare le lettere, forse sarebbe stato meglio distruggerle.

Non farlo, amore, gli aveva scritto Marie dopo che lui aveva sollevato il dubbio. *Un giorno, quando tornerò da te, le leggeremo insieme e poi le bruceremo, per celebrare l'arrivo di tempi migliori.*

Per il momento i tempi migliori, che dovevano coincidere con la fine del dominio nazista, sembravano lontani. Hitler si muoveva di vittoria in vittoria. La Wehrmacht aveva preso Olanda, Belgio e Norvegia con un colpo di mano, Parigi era caduta e si era giunti a un armistizio con il governo francese. Era chiaro che il prossimo obiettivo era l'Inghilterra, a quello scopo Hitler aveva occupato tutto il Nord della Francia e la costa atlantica. Il Führer e il suo NSDAP avrebbero presto tenuto in scacco l'intera Europa: come poteva Marie decidere di tornare da lui? Eppure Paul continuava a pensare che sarebbe potuta rimanere in Germania. Alle mogli ebree di uomini ariani non era ancora successo nulla di male.

Decise di andare a piedi in fabbrica. Il tempo era bello. Era la strada che suo padre aveva percorso ogni giorno, convinto che ciò che aveva creato gli sarebbe sopravvissuto e che il figlio avrebbe portato avanti l'impresa. Paul aveva accettato l'incarico e sotto la sua guida la fabbrica aveva superato varie crisi, ma adesso si sentiva sempre più impotente di fronte ai nuovi sviluppi.

Al cancello, il custode Herbert Kroll lo accolse con la solita espressione piatta e un cortese ma distaccato: «*Heil Hitler*, signor direttore». Tutt'altro trattamento da quello che gli riservava il leale Gruber, diventato un amico e rimasto al proprio posto fino alla morte, qualche anno prima. Kroll, dal canto suo, apparteneva alla schiera dei dipendenti voltagabbana che assecondavano colui che aveva più voce in capitolo, vale a dire Ernst von Klippstein, il vero padrone della fabbrica di tessuti Melzer.

Un'altra rappresentante di quello schieramento era Angelika von Lützen. Mentre Paul sopportava la situazione con eroico stoicismo, Henny si lanciava in quotidiane battaglie verbali: non sopportava la nuova segretaria e quando erano soli la chiamava "veleno biondo" o "vipera falsa". Una volta lo aveva sussurrato persino di fronte a lei: «Stai attento, zio. È una spia nazista».

Paul pensava che fosse un'esagerazione, ma stava comunque attento a dettare le lettere più importanti a Haller, della cui lealtà era certo. Era una brava ragazza, Hilde Haller. Non capiva proprio perché non riuscisse a trovare marito, ma ne era anche contento, perché non voleva perderla come segretaria. Lo turbava soltanto lo sguardo preoccupato con cui lei lo fissava. Era troppo sensibile per fare la segretaria e continuava a divorare avidamente libri proibiti.

«*Heil Hitler*, signor direttore!» lo salutò von Lützen con un sorriso falso. Anche Haller gli sorrise, ma nel suo modo discreto e affettuoso.

«*Heil Hitler*, signore. E buongiorno.»

Von Lützen riferì che tre operaie si erano dimesse: erano andate alla Messerschmitt, ovviamente, dove avrebbero guadagnato di più. «Le lettere di dimissioni sono sulla sua scrivania, signor direttore.»

«Grazie. Ha chiamato qualcuno?»

«Il signor von Klippstein. Vuole essere ricontattato.»

Haller rimase in silenzio. In genere lasciava la parola alla collega, dato che l'altra tendeva comunque a interromperla e parlarle addosso. In compenso diventava più loquace quando erano soli, e Paul aveva appreso da Hilde Haller molte cose che von Lützen tendeva a tacergli. Per lui era una situazione insolita: le sue precedenti segretarie, Lüders e Hoffmann, a volte diventavano gelose l'una dell'altra, ma mostravano entrambe lo stesso attaccamento al direttore. Lüders era andata in pensione due anni prima e ora abitava insieme alla ex collega Henriette Hoffmann in un appartamento nel centro storico di Augusta. La tardiva felicità coniugale di Hoffmann non era durata a lungo: suo marito era morto dopo appena un anno di matrimonio. Per fortuna Lüders si era trasferita da lei, e pareva che le due andassero d'amore e d'accordo.

Dato che le lettere di dimissioni e la telefonata a Ernst von Klippstein non erano urgenti, Paul bussò alla porta dell'ufficio di Henny. Almeno quello era rimasto. Ernst aveva già provato diverse volte ad accaparrarselo, ma la nipote lo aveva difeso con le unghie e con i denti.

Era seduta alla scrivania, china su un foglio che Paul riconobbe subito come una lettera dell'esercito.

«Notizie di Felix?»

«Buongiorno, zio» disse lei, con un debole sorriso. «Sì, è Felix. È a Parigi, quel furfante, a bere champagne e mangiare cosce di rana. Scrive che le ostriche sono disgustose. E io sto qui a piangere fino a farmi sanguinare gli occhi!»

Due settimane prima Felix era stato arruolato nella Wehrmacht, come purtroppo si aspettava. Henny aveva mollato tutto per andare a Monaco e passare i pochi giorni che restavano insieme a lui. Non ne aveva parlato molto, ma Paul la capiva. Certi dolori penetrano così a fondo nell'anima che non si riesce a parlarne. Anche lui si sentiva così.

«Sembra che se la cavi bene, allora» disse, sorridendo.

«Sembra di sì.» Henny ripiegò la lettera dell'esercito e la mise nella borsa. «Tre richieste di dimissioni» continuò, infastidita. «Del resto, chi può biasimarle? Hanno figli piccoli e alcuni dei mariti sono stati arruolati nella Wehrmacht. Quello che guadagnano da noi non basta.»

Erano stati costretti a reintrodurre l'orario ridotto, secondo Henny per colpa di Klippi, che li aveva praticamente obbligati a chiudere la filatura. Ora avevano problemi con le consegne dei filati, in termini sia di quantità sia di qualità. Due commesse governative erano state annullate perché i materiali forniti non erano all'altezza. E ovviamente avevano dovuto rimborsare le quote. La fabbrica funzionava a un terzo della sua capacità, e nonostante la riduzione dell'orario di lavoro era difficile pagare gli stipendi. Ma abbassare ulteriormente i salari, come richiesto da von Klippstein, era fuori questione per Paul.

«Ridurre gli stipendi? Per farci lasciare anche dalle altre operaie?» aveva protestato.

Per tutta risposta, von Klippstein aveva sbuffato, ricordandogli che molte operaie erano legate al loro posto in azienda, in particolare le più anziane, poco propense a cercare altrove. In effetti, la situazione dell'industria tessile era disperata un po' dappertutto. L'anno prima, per il pagamento degli stipendi, alla Buntweberei c'erano state diverse rivolte, così violente da rendere necessario l'intervento della polizia. Generi alimentari e altri beni di prima necessità diventavano sempre più costosi, dopo l'arruolamento dei mariti molte donne erano rimaste sole con i figli piccoli e guadagnavano lo stretto necessario per sopravvivere. Alcuni bambini non avevano nemmeno scarpe decenti. E questo nonostante gli sforzi dell'opera di soccorso invernale, che distribuiva pacchi di Natale e raccoglieva di continuo donazioni.

«L'operazione ha uno scopo preciso» continuò Henny. «Mi sono informata. Vogliono chiudere tutte le fabbriche tessili di Augusta, in modo che la MAN e la Messerschmitt possano espandersi. Servono motori per i carri armati e i caccia, e verranno prodotti qui in città.»

Paul era a conoscenza degli sforzi bellici dello Stato, cominciati ben prima della guerra. Molte fabbriche tessili un tempo grandi e rispettate erano ormai inattive, ma lui aveva sperato di salvare la sua realizzando tessuti per le uniformi.

«Comunque, ieri è arrivato un carico di filato pettinato» disse, per cambiare argomento. «Ma è meno di quanto speravamo.»

Henny lo sapeva, avevano controllato insieme la consegna. «Appunto!» esclamò. «Ancora non te ne sei accorto, zio?»

Paul sapeva dove voleva arrivare la nipote, ma non era pronto a vedere le cose in modo così cinico. Si ostinava a restare aggrappato a un barlume di speranza.

«Ernst ha promesso di procurarci dei telai...»

Henny sbuffò, sprezzante. «E sono arrivati?»

«Se ne sta occupando...»

«Tu gli credi?»

No, doveva ammettere che aveva smesso di farlo. O Ernst aveva sopravvalutato le proprie possibilità, oppure – ma Paul non voleva crederlo capace di una cosa simile – gli aveva mentito fin dall'inizio.

«Il suo piano è chiaro come il sole, zio» insistette Henny. «I filatoi ad anelli sono chiusi in magazzino e la sala di produzione è vuota. Come la tipografia. Credi davvero che ci metterà dei telai?»

Lo fissò con i suoi penetranti occhi azzurri. Henny aveva preso molto dal padre, Alfons Bräuer, che era stato una persona amabile, ma anche un banchiere determinato e intransigente.

«Credi che voglia affittare i locali alla Messerschmitt?»

La nipote annuì lentamente, con espressione cupa. «Ma prima vuole prendersi la fabbrica. E se non stiamo molto attenti, potrebbe riuscirci.»

Paul scoppiò in una risata lugubre. «Cosa ti fa pensare che voglia rilevare la Melzer?»

Lei lanciò un'occhiata alla porta e abbassò la voce prima di continuare. «In realtà lo sospettavo da tempo, ma ieri Hilde mi ha dato la conferma definitiva. Ha sentito una sua conversazione al telefono, l'ultima volta che è stato qui: parlava con qualcuno del partito e definiva la Melzer la "sua fabbrica".»

Paul si rifiutava di crederlo. Ernst von Klippstein era stato suo amico, un tempo, e aveva sempre pensato che in fondo, nonostante le stranezze, fosse una persona perbene.

«Forse Haller ha frainteso» disse, incerto. «È possibile che Ernst abbia l'ordine di ridimensionare l'industria tessile di Augusta a favore dei settori centrali per lo sforzo bellico. Ed è anche plausibile che a questo scopo stia progettando di affittare le nostre sale di produzione alla Messerschmitt. Ma ciò non significa che voglia diventare il proprietario della fabbrica.»

Henny scrollò le spalle con aria rassegnata e si limitò a osservare che Hilde Haller non era una sciocca.

«Abbiamo solo una possibilità, zio» continuò. «E non è detto che funzioni. Dobbiamo trovare dei filati decenti, o annulleranno anche gli ordini che ci restano e la produzione si fermerà. Ho selezionato alcune aziende che forniscono prodotti di buona qualità...»

Mentre passava in rassegna la lista con Henny, l'umore di Paul si risollevò. «Forse dovremmo occuparci noi anche dei telai. Chiederò a Riedinger, loro hanno chiuso le fabbriche.»

«Buona idea, zio» disse lei. «Provaci. Finché forniamo prodotti accettabili, il governo non annullerà gli ordini. In fondo i soldati hanno bisogno di uniformi, no?»

«Direi di sì» sorrise.

Chiese alla nipote di raccogliere delle offerte da valutare e si spostò nel suo ufficio. Soltanto dopo aver accettato le richieste di dimissioni e scritto delle buone referenze si convinse a sollevare la cornetta per fare una chiamata interurbana a Monaco.

«Pronto? Oh, sei tu, Paul. Stiamo per partire, Gertraut ha preparato i bagagli, è sempre un tesoro. Saremo ad Augusta verso sera.»

«D'accordo, faccio preparare la camera per gli ospiti.»

«E della limonata fresca, per favore. Gerti ha sempre una sete terribile dopo un lungo viaggio.»

«Naturalmente...»

«A stasera, allora. Ho una sorpresa per te.»

«Davvero? Sono curioso.»

Paul riattaccò con un bruttissimo presentimento.

I risultati delle telefonate di Henny erano scarsi: soltanto due piccole filature nei pressi di Monaco erano disposte a inviare un'offerta, per giunta a prezzi gonfiati. Una delle due suggeriva un astuto baratto: consegne regolari dei migliori filati in cambio dei filatoi ad anelli della Melzer, dato che al momento erano inutilizzati.

«Neanche per sogno» decise Paul. «Sono il lascito di Jacob Burkard, il padre di Marie. Non li darò via.»

Henny non capiva quel sentimentalismo. Dopotutto, si trattava della sopravvivenza della fabbrica.

«Jacob Burkard sarà anche stato un progettista geniale, ma sono macchinari obsoleti. E se restano inutilizzati per i prossimi anni sarà anche peggio.»

«Aspettiamo altre offerte.»

«Non ne arriveranno, zio. Le filature hanno ricevuto partite ridotte di fibre, il poco che riescono a produrre va a ruba.»

«Decido domani» le promise. «Andiamo alla Villa delle Stoffe, è ora di pranzo.»

«Hai ripreso a camminare?» fece lei. «Perché non prendi la macchina?»

«Perché fare due passi è salutare e la benzina costa.»

Alla villa tutto indicava una tempesta in corso. Hanna, che li accolse alla porta, sembrava la personificazione del senso di colpa.

«Sono terribilmente dispiaciuta, signore» sospirò. «Eravamo tutti impegnati in cucina e in casa e non se n'è accorto nessuno...»

«Cos'è successo, Hanna?» le chiese, porgendole il cappello di paglia.

«Niente, signore. Grazie a Dio. Marek è riuscito a fermarli...»

La sagoma imponente di Lisa apparve in cima alle scale. Aveva il viso paonazzo e sembrava avesse addirittura pianto.

«Sono senza parole, Paul» esclamò. «Qui qualcuno deve far pesare la propria autorità, perché così non si può andare avanti.»

«Potreste spiegarci cosa sta succedendo?» chiese Henny.

Humbert, intanto, era arrivato nell'atrio dalla cucina. Fu lui a spiegare i fatti. «È successo questo, signorina: mentre finivamo di preparare il pranzo, Kurt e Charlotte sono saliti sulla macchina del signor Melzer, l'hanno messa in moto e hanno guidato lungo il viale, in direzione del cancello. Per fortuna Marek è riuscito a fermarli in tempo e a portare in salvo l'automobile. È imperdonabile che nessuno dei domestici si sia accorto dell'accaduto, posso dire solo che eravamo tutti impegnati, ma ovviamente non è una giustificazione.»

Henny trovò l'episodio molto divertente e scoppiò in una risata piuttosto inappropriata mentre Paul, scioccato, domandò dove fossero Kurt e Charlotte.

«Qui con me!» urlò Lisa dalle scale. «Ti stanno aspettando.»

I due sedevano l'uno accanto all'altra sul divano, Kurt con gli occhi bassi, Charlotte con uno sguardo quasi di sfida. Paul non aveva dubbi che l'iniziativa fosse partita dalla bambina: nonostante la sua passione per le automobili, Kurt non avrebbe mai toccato la macchina del padre.

«Avete fatto una cosa sconsiderata e molto pericolosa» esordì, furibondo. «Non voglio che succeda mai più, sono stato chiaro?»

«Sì, papà.»

Charlotte si limitò ad annuire. Lisa era in piedi accanto al divano, evidentemente in attesa del resto della sfuriata, ma Paul non aveva intenzione di continuare. Gli interessava di più indagare sulle cause dell'incidente.

«Come vi è venuta un'idea così folle?»

Entrambi rimasero in silenzio e si guardarono. Alla fine fu

Charlotte a rispondere. «Ero curiosa di sapere come si guida una macchina. Kurt ha detto che poteva mostrarmelo.»

«Volevo solo avviare il motore, papà» spiegò il ragazzino. «Ma poi lei ha tolto il freno a mano e la macchina è partita. Volevo riportarla indietro, ma la retromarcia...»

«Basta!» lo interruppe Paul. «Una settimana di castigo a tutti e due!»

«Quindi non devo andare a quelle stupide riunioni?» domandò Charlotte in tono speranzoso.

«Certo che devi andarci!»

Kurt, che da quell'anno era entrato nella Gioventù hitleriana, non si preoccupò di chiedere: non era entusiasta delle riunioni del gruppo, ma riusciva a tollerarle e si era guadagnato un certo rispetto grazie alla sua conoscenza delle macchine da corsa.

«Andiamo a mangiare» tagliò corto il padre. «Lavatevi le mani e pettinatevi. Kurt, i tuoi pantaloni sono sporchi, vai a cambiarli.»

Lisa non era soddisfatta. Mentre scendevano in sala da pranzo, accusò Paul di essere stato troppo mite. «Avresti dovuto metterli in punizione per almeno due settimane. Io gli avrei pure fatto saltare il pranzo, anche se mamma fa sempre un mucchio di domande quando non siamo tutti a tavola.»

«Tanto di cappello!» commentò Henny con un sorriso. «È riuscito a rubarti la chiave, mettere in moto la macchina e uscire dal garage senza farle un graffio.»

«Facciamogli anche i complimenti!» la rimproverò Lisa. «Immagina se fossero arrivati sulla Haagstrasse e si fossero trovati davanti un camion!»

«Kurt sa benissimo dove sono i freni» la rassicurò Henny.

Il pranzo fu insolitamente tranquillo. Johannes aveva preso il raffreddore e sembrava avere anche la febbre, Hanno era perso nei suoi pensieri, come al solito. Charlotte e Kurt erano abbattuti e silenziosi. Le uniche a parlare furono Alicia e zia Elvira, con qualche incursione di Lisa e Henny. Paul rimase sulle sue, soltanto quando fu servito il dolce annunciò l'arrivo di Ernst von Klippstein e sua moglie.

Nessuno al tavolo mostrò entusiasmo. Lisa sospirò profondamente e zia Elvira mormorò qualcosa di incomprensibile e poco amichevole nel dialetto della Pomerania.

«È ora che si trovino una casa» osservò Lisa. «Mi sembra inopportuno che la mia ex dama di compagnia sieda nel salotto rosso e venga servita e riverita dai nostri domestici.»

L'auto di von Klippstein varcò il cancello della fabbrica già alle cinque e mezza. Il portiere Kroll accorse ad aprire e si profuse in una serie di inchini. Diversamente dal solito, Ernst non si trattenne a lungo nell'ufficio di Paul. Si limitò a fargli un paio di domande, accolse con una scrollata di spalle la notizia delle nuove dimissioni e spiegò di essere in trattativa per i telai.

«Prima di andare a cena alla Villa delle Stoffe, Paul, vorrei mostrarti una cosa» annunciò allegro. «Il mio autista ci sta aspettando.»

Con enorme sollievo di Paul, la sorpresa annunciata da Ernst si rivelò essere la sua nuova casa in Steingasse. L'edificio a più piani aveva un impianto elettrico appena installato, bagni moderni, un telefono e un telex. Gerti li accolse mostrando loro il salone già completamente arredato, lo studio, diversi altri soggiorni e la camera da letto – che Paul trovò piuttosto pacchiana – con una coperta di seta rosa e tende bianche come la neve.

«Che ne pensi?» chiese Ernst con l'orgoglio del proprietario.

«Molto bella, sono colpito.»

«Sai, Paul, vorrei dipingere le pareti delle stanze degli ospiti. Come nel vecchio atelier di tua moglie in Karolinenstrasse, hai presente?» Gerti non si faceva scrupoli nell'usare il nome di battesimo del suo ex datore di lavoro, ma si riferiva sempre a Marie chiamandola "tua moglie".

Lui alzò le spalle e osservò che avrebbe senz'altro trovato un artista in grado di accontentarla.

«Pensavo al tuo nuovo giardiniere» rispose Gerti con finta ingenuità. «Hanna mi ha detto che è un pittore e uno scultore.»

10

Luglio 1940

Cara Marie,
sono felice del successo del tuo atelier. Del resto hai al fianco un leale aiutante, pronto a consigliarti e a sostenerti. Il fatto che tu abbia perso alcune clienti perché sei tedesca dipende sicuramente dalla guerra che Hitler sta conducendo contro l'Inghilterra. Si tratta comunque di poche signore, a quanto mi hai detto, dunque sono sicuro che gli affari non ne stiano risentendo troppo.
Qui da noi non ci sono grandi novità. In fabbrica siamo a corto di filati, sempre più difficili da trovare, perché l'ordinanza sulle fibre ne concede un quantitativo limitato alle singole aziende. Ho rifiutato un'offerta perché chiedevano in cambio i filatoi ad anelli che al momento giacciono inutilizzati nei nostri magazzini.
Immagino che Lisa ti abbia scritto che ormai abbiamo la certezza che Sebastian si trovi a Dachau. Quando ho telefonato per avere informazioni, hanno avuto l'ardire di rispondermi che i detenuti sono liberi di prendere contatto con le famiglie: dicono che se lui non lo ha ancora fatto, dopo due anni di reclusione, dev'essere per ragioni personali. La povera Lisa è combattuta. Non sa se scrivergli qualcosa oppure mandargli soldi e viveri. Le ho consi-

gliato di inviargli una lettera cortese e attendere la sua reazione, ma dev'essere molto difficile per lei, perché al momento non è riuscita a mettere giù nemmeno un paio di righe.
Non posso concludere questa lettera senza condividere con te ciò che penso riguardo al nostro rapporto. Resto convinto che la tua fuga a New York sia stata un gesto inutile, che mi hai imposto contro la mia volontà. Essendo mia moglie, avresti potuto vivere tranquillamente ad Augusta e avremmo affrontato insieme i problemi familiari e le difficoltà della fabbrica. Invece, dopo quasi quattro anni di separazione, mi è sempre più difficile pensare a un futuro insieme in Germania. Per quanto mi sforzi, non riesco a immaginare una soluzione felice. È chiaro che non si può tornare indietro e cambiare le cose, ma continuo a soffrire ogni giorno. A volte mi lascio prendere dalla disperazione, non so proprio come sopportare le responsabilità della fabbrica e della famiglia senza di te.
Perdonami lo sfogo, ma ti sto scrivendo in una notte insonne e adesso vedo tutto nero.
Ti abbraccio forte, Marie. Non rinunciamo alla speranza, nonostante ogni cosa sembri remare contro di noi.
Con amore.

Paul

Marie rilesse la lettera per la terza volta e avvertì la sensazione angosciante di perdere il terreno sotto i piedi e precipitare in un abisso. Come aveva potuto essere tanto ingenua da credere che il loro amore potesse resistere a un peso simile? Era stata egoista? Si era sottratta alle responsabilità, lasciando Paul ad affrontarne le conseguenze? Pensava che la sua partenza lo avrebbe aiutato a mantenere il controllo della fabbrica, ma a quanto pareva la Melzer stava comunque attraversando un periodo complicato.

Forse la sua decisione era stata davvero inutile e affrettata. Cosa avrebbe fatto senza di lui?

Si appoggiò allo schienale della sedia e chiuse gli occhi. Molto di ciò che era riuscita a costruire a New York dipendeva dalla certezza dell'amore di Paul. L'unica cosa che le aveva dato speranza nei primi tempi difficili era stato il suo sostegno.

È geloso, pensò, triste. *Lo capisco, ma non può credere che Karl Friedländer possa mai sostituirlo nella mia vita. Come posso convincerlo?*

Comprendeva che le dichiarazioni d'amore di cui riempiva le sue lettere dovevano apparire vuote agli occhi di Paul. Si poteva scrivere quanto si voleva, ma continuavano a mancare la vicinanza, le ore trascorse insieme, le lunghe chiacchierate serali a letto, le carezze. Un amore che esisteva solo sulla carta era sfuggevole: il vento poteva spazzarlo via, una tempesta poteva distruggerlo.

Erano le prime ore della sera, le strade del Greenwich Village brulicavano di vita, dalla stanza accanto arrivavano le note di un pianoforte. Leo stava componendo. Non sembrava una colonna sonora, stava lavorando alla rapsodia da presentare a un concorso. A New York aveva riscoperto se stesso e trovato la propria vocazione, Marie non avrebbe potuto esserne più felice. Ma ce l'avrebbe fatta anche senza di lei? Sì, ne era sicura. Anzi, forse nei primi tempi sarebbe stato addirittura più facile per lui non doversi preoccupare di sua madre.

Davvero aveva sbagliato tutto? Aveva distrutto il suo matrimonio. Aveva lasciato soli Dodo e il piccolo Kurt. Aveva perso l'amore di suo marito. L'abisso si spalancò di nuovo sotto di lei. Cercò disperatamente un appiglio, una speranza per non sprofondarvi.

E se fosse tornata? Se avesse rinunciato a tutto per stare con

Paul e affrontare insieme il futuro, qualunque cosa fosse successa? Di colpo le sembrò una luce in fondo al tunnel: lasciarsi tutto alle spalle, salire su un piroscafo e riabbracciare il marito, in meno di una settimana.

«Stai dormendo, mamma?»

Marie trasalì e spalancò gli occhi per ritrovarsi di fronte suo figlio, che era entrato nella stanza e la osservava attentamente.

«No» rispose, imbarazzata. «Riflettevo. Hai finito la rapsodia? È strana, ma mi piace.»

Lui parve sollevato, si versò un bicchiere d'acqua e le si sedette accanto. «Non sono ancora soddisfatto» disse, con la consueta autocritica. «Ma ci sono vicino. È una lettera di papà?»

«Sì.» Marie esitò un attimo, poi aggiunse: «Vuoi leggerla?».

Leo e il padre non si scrivevano praticamente mai, a parte qualche riga per gli auguri di compleanno. Marie aveva composto anche la lettera di Natale, lui si era limitato ad aggiungere un augurio in fondo. In compenso intratteneva una fitta corrispondenza con sua sorella Dodo, e talvolta scriveva anche a Henny.

«Soltanto se sei d'accordo, mamma.»

«Non te l'avrei chiesto, se mi desse fastidio.»

Prese la lettera con un gesto lento, quasi cauto, la guardò un'ultima volta e cominciò a leggere. Doveva essersi accorto che il contenuto aveva turbato la madre, aveva un sesto senso per i suoi stati d'animo.

«Brutte notizie» commentò quando ebbe finito. «Zio Sebastian a Dachau... Purtroppo era prevedibile. Povera zia Lisa. L'hanno detto ai bambini?»

«Probabilmente no.»

Lo pensava anche lui. Abbassò di nuovo lo sguardo e rilesse la conclusione della lettera.

«Papà avrebbe potuto risparmiarselo» osservò, irritato. «Perché continua a ripeterti che hai agito da egoista e contro la sua volontà? Hai fatto l'unica cosa possibile, mamma. E lui si rifiuta di capirlo.»

Marie non disse nulla. Il sostegno di Leo le faceva piacere, ma non era convinta che avesse ragione.

«Ci sei rimasta male?» chiese il ragazzo, preoccupato. «Non devi, mamma. Pensi che sarebbe più felice se un giorno le SS venissero a prenderti alla Villa delle Stoffe?»

«Ma non succederebbe, Leo. In quanto moglie di un ariano...»

«E tu ci credi?» la interruppe con rabbia. «Non lasciarti accecare! Qualche tempo fa dicevano anche che gli ebrei avrebbero potuto continuare a lavorare, invece hanno appiccato il fuoco alle sinagoghe e li hanno deportati a Dachau. Non è rimasto un solo negozio di proprietà di un ebreo ad Augusta. La maggior parte di loro è emigrata e i pochi rimasti sono chiusi in un ghetto e sotto stretta sorveglianza. Non capisci? È gente che non conosce limiti...»

«Come fai a sapere tutto questo? Te l'ha scritto Henny?»

«Anche» rispose lui, fissando imbarazzato la finestra coperta di edera. «Ma me ne ha parlato soprattutto Liesl. È bene informata perché quando esce a fare la spesa parla con tante persone.»

Marie era sorpresa e anche leggermente preoccupata. Nove mesi prima Leo si era separato da Richy e poco dopo aveva lasciato il monolocale dove avevano convissuto. Da allora abitava di nuovo con lei, lavorava sodo e guadagnava bene. Non aveva trovato un'altra fidanzata, probabilmente soffriva ancora per la fine del primo amore. E adesso si scopriva che aveva scritto a Liesl. Sua madre sapeva che Leo ne era stato innamorato, ma erano passati quattro anni. Ormai Liesl era una donna sposata, con una figlia piccola.

«Oh, Liesl» disse Marie, sorridendo. «Sei stato carino a scriverle, si sentirà sola, Christian è stato arruolato nella Wehrmacht.»

«Sì, è triste e spera che la guerra finisca presto» rispose lui, infervorandosi. «Má non è sola, i domestici sono una grande famiglia. Mi ha mandato una foto.»

Si alzò di scatto e corse in camera sua. Trovò subito la fotografia, un vero miracolo, visto il disordine. «Guarda, l'ha scattata zia Kitty a Natale. Christian è tornato a casa per qualche giorno.»

Kitty era una fotografa di talento, sapeva persino sviluppare da sola i suoi scatti. Quello, nello specifico, ritraeva Liesl e il marito Christian su una panchina fuori dalla casetta del giardiniere. Lei indossava un cappotto, lui un'uniforme della Wehrmacht. La piccola Annemarie, in giacca e gonna di lana, era seduta sulle ginocchia del padre. Accanto al terzetto si intravedevano il muso e le grosse zampe di Willi.

«Che bella» commentò Marie. «Sembrano molto felici, vero?»

«Sì» confermò Leo, con un sorriso. «Mi ha scritto anche che Christian è un buon marito e non avrebbe potuto trovare un uomo migliore.»

Riportò la foto in camera e tornò con una giacca estiva gettata sulle spalle.

«Walter viene a prendermi fra poco» annunciò. «Incontriamo due musiciste al bar di sotto, per discutere di un'esibizione.»

«Perfetto. Più tardi passerà Karl, vuole propormi un'idea. Lo conosci, non riesce a smettere di pensare a cose nuove da fare.»

Leo si affacciò alla finestra per controllare se Walter era arrivato. Non trovandolo, si voltò e osservò la madre mentre riponeva la lettera di Paul nella busta.

«Non è che ti è venuta la folle idea di tornare in Germania, vero?» le domandò a bruciapelo. Sentendosi colta in fallo, Marie cercò di celare il proprio imbarazzo.

«Certo che no, Leo. Non sarebbe saggio, non trovi?»

«Per niente» confermò lui con fermezza. «Non aiuterebbe nessuno, men che meno papà.»

«Non preoccuparti» gli sorrise.

In quel momento suonò il campanello e Leo corse ad aprire al suo amico. Walter indossava un paio di pantaloni estivi e una camicia con le maniche arrotolate. I capelli scuri e ricci erano tagliati corti. Salutò Leo con una pacca sulla spalla e sorrise a Marie, che rimase seduta sulla sedia.

«Salve, signora Melzer. Invidio sempre Leo perché ha una madre meravigliosa.»

Lei rise e gli strinse la mano. «In realtà mi stupisco che mi abbia sopportata così a lungo.»

«Io non mi stupisco affatto» rispose Walter, serio.

Da anni viveva da solo in un minuscolo appartamento e aveva perso ogni contatto con la madre, che si era risposata molto tempo prima. Da quando Leo e Richy si erano lasciati, i due amici avevano ripreso a frequentarsi, suonavano insieme come facevano da bambini, e Leo cercava in tutti i modi di ottenere ingaggi per Walter. Marie era felice che un'amicizia iniziata negli anni dell'infanzia si fosse rivelata duratura. Walter era un amico leale e sincero.

«Ci vediamo dopo, mamma!»

La porta d'ingresso sbatté e li sentì correre giù per le scale. *Quanto stiamo bene qui*, pensò, con una fitta di senso di colpa. Abitavano in una casetta di mattoni coperta d'edera, in una strada tranquilla fiancheggiata da alberi. Un'isola all'interno di una città rumorosa e frenetica. *Gestisco un atelier di successo e guadagno abbastanza da aiutare a finanziare gli studi di Dodo, mentre ad Augusta gli ebrei vengono discriminati e il mio povero Paul deve fare i conti con mille preoccupazioni. No, Leo ha ragione, la soluzione non può essere tornare in Germania, lì sarei solo un'altra palla al piede. Devo cercare di aiutare Paul da qui e sperare che il destino sia clemente con entrambi.*

Prese carta e penna dal cassetto della scrivania e pensò a cosa rispondere. I filatoi ad anelli giacevano in magazzino perché Ernst aveva preteso di far chiudere la filatura. Non era in grado di giudicare se fosse una decisione sensata, ma le faceva male pensare ai macchinari di suo padre fermi e inattivi. Il padre di Paul, con il quale aveva condiviso la gestione della fabbrica durante la guerra, era morto di infarto mentre difendeva le preziose macchine da uno sgombero. Come erano stati felici, lei e Paul, quando avevano trovato i progetti di Jacob Burkard in uno scompartimento segreto della scrivania nello studio della Villa delle Stoffe! E appena pochi anni prima era stata Dodo a riavviare uno dei filatoi, riuscendo dove tanti esperti avevano fallito. I macchinari avevano assicurato il successo della fabbrica, permesso a operai e dipendenti di guadagnarsi lo stipendio e, non da ultimo, garantito la prosperità della famiglia. Erano stati la spina dorsale della fabbrica, grazie alla produzione costante di filo di cotone robusto e di alta qualità. Ma il loro tempo era scaduto.

Paul aveva ricevuto un'offerta per scambiare le macchine con dei filati ed era chiaro che esitava per ragioni sentimentali. Doveva scrivergli di accettare lo scambio? Avrebbe reso più facile la sua decisione?

Marie si alzò per andare a prendere un bicchiere di limonata in cucina, poi tornò alla scrivania e stava per sollevare la penna stilografica quando il campanello suonò due volte.

Era Karl Friedländer. Vestito di tutto punto, come sempre,

con un completo grigio chiaro, cravatta e cappello abbinati, scarpe tirate a lucido. Ciononostante, aveva l'aria di un uomo anziano, forse per via dei movimenti rigidi e della postura forzatamente eretta.

«Salve, cara Marie» disse, dandole la mano. «Oggi ho fatto un giro nei pressi del tuo atelier, ma dato che avevi delle clienti non ho voluto disturbarti.»

«Troppo gentile da parte tua» rispose lei, sorridendo. «Sarei stata felice di vederti.»

Fra sé, pensò che l'espressione "fare un giro" non si addiceva affatto a Karl. Lui non passeggiava mai per piacere, in genere marciava a passo rapido e deciso.

«Accomodati. Ti va un bicchiere di vino, o preferisci una limonata?»

Friedländer optò per il vino, poi appese il cappello all'attaccapanni e si sbottonò la giacca, prima di sedersi.

«Hai passato una bella giornata?» gli chiese, porgendogli la bottiglia di vino e il cavatappi.

«Dipende dai punti di vista. Le solite commissioni, problemi con gli affari, posta in ritardo, e in più il direttore della mia fabbrica si lamenta degli operai incompetenti e pigri...»

«Mi dispiace.»

Marie aveva messo in tavola due bicchieri e una ciotola di salatini di cui lui andava ghiotto.

«Ma rallegriamoci di questo splendido clima estivo» disse Karl, avvicinando il bicchiere per un brindisi. «Leo è uscito con Walter?»

Parlarono del più e del meno. Friedländer chiese di Augusta, scosse la testa alla notizia degli ultimi sviluppi in fabbrica ed espresse il suo disagio per l'ingerenza di Ernst von Klippstein, che riteneva disastrosa per Paul.

«Potrei fornirgli io dei filati» propose. «Non possiamo utilizzare i soliti canali, ovviamente, perché i nazisti vogliono risparmiare sulla divisa estera. Ma potrebbe venderci tessuti in cambio di filati.»

«Sarebbe meraviglioso. Posso proporglielo?»

«Certo!»

Discussero poi dello scontro aereo fra Germania e Inghilterra, al centro delle notizie da qualche settimana. Karl riteneva che Hitler sottovalutasse gli inglesi, Marie ribatté che preparava quell'attacco da anni e aveva potenziato la Luftwaffe, l'aviazione tedesca. «Se conquista l'Inghilterra, avrà in mano gran parte dell'Europa» espresse i suoi timori.

«Non sconfiggerà gli inglesi tanto in fretta!» rispose Karl con convinzione.

Quanti giovani aviatori avrebbero perso la vita in quell'impresa insensata! Per non parlare degli innocenti che morivano sotto la pioggia di bombe. Era una nuova dimensione della guerra: senza eserciti, senza carri armati. La distruzione arrivava dal cielo.

Rimasero in silenzio per qualche minuto, poi Karl le versò dell'altro vino. «Parliamo di cose più allegre» suggerì. «Ho in mente un'idea da diverso tempo, ma non osavo proportela.»

Cos'avrebbe tirato fuori dal cappello stavolta?

«Dimmi pure, Karl, non hai nulla da temere.»

Lui posò il bicchiere e si schiarì la voce, come faceva sempre quando non era del tutto a suo agio. «È solo un suggerimento, niente di più. In fondo ci conosciamo abbastanza da poterne parlare...»

Si fermò a studiare la sua espressione, poi, dato che lei sorrideva incoraggiante, continuò: «Qualche settimana fa ho comprato una casa non lontano da qui. Un po' più grande di questa, ma molto ben tenuta, con ambienti ampi e luminosi. C'è anche un giardino d'inverno sul retro! Ho intenzione di trasferirmi lì e sarei felice se tu venissi a vivere in uno degli appartamenti».

Marie rimase senza parole. Karl abitava vicino a Central Park, in una casa acquistata molti anni prima, che aveva condiviso con la defunta moglie. Talvolta aveva accennato al fatto che si sentiva solo in uno spazio così grande, ma non le aveva mai proposto di trasferirsi da lui. Sapeva che non l'avrebbe fatto. E ora quell'offerta. Due appartamenti separati nella stessa casa. Dunque una certa vicinanza, ma anche indipendenza. O no?

«A dire il vero questa casa mi piace molto» rispose lei, cauta. «Non mi serve più spazio...»

«Apprezzo la tua sobrietà, Marie» disse lui allegro. «Ma un bel giardino d'inverno e uno studio dove poter lavorare... Non sarebbe allettante?»

Lo era, in effetti. Ma non le piaceva l'idea di vivere così vicino a Karl. Lui sarebbe potuto passare in qualunque momento, magari avere addirittura una chiave...

«Ci dovrei pensare.»

Sollevato dal fatto che lei non avesse rifiutato subito, Karl aggiunse che poteva lasciare a Leo la casa in cui viveva ora. Se avesse trovato un'altra fidanzata avrebbe comunque dovuto cercarsi un appartamento, quindi tanto valeva...

«Prenditi il tuo tempo. Non voglio metterti fretta.»

Parlarono di qualche altra banalità, poi Friedländer si alzò, la ringraziò per l'ospitalità e la salutò stringendole la mano.

«Sarei molto felice se accettassi, Marie» disse, prolungando la stretta un attimo più del necessario. «Ma non hai alcun obbligo, lo sai, vero?»

«Lo so, Karl» rispose lei, commossa.

Dopo che se ne fu andato, ripose con cura i bicchieri e le

bottiglie in cucina, richiuse i salatini nella credenza e andò alla finestra. Si stava facendo notte, i lampioni erano accesi e si intravedevano sagome illuminate alle finestre. In strada, una donna portava a spasso il cane e una giovane coppia si abbracciava sotto un albero.

Non posso farlo, pensò. *Paul non potrebbe mai accettarlo. Sarebbe la fine del nostro matrimonio.*

11

Agosto 1940

Allarme aereo! Era l'ennesima volta, ovviamente nel cuore della notte. Ormai ci erano abituati. Da quando era iniziata la guerra con l'Inghilterra, gli allarmi erano diventati sempre più frequenti, ma Fanny Brunnenmayer si era sempre rifiutata di alzarsi dal letto e scendere in cantina.

«Non serve a niente!» imprecò. «Ti fanno rintanare là sotto per un'ora, poi suonano il via libera e quando finalmente torno a letto ho così male alle gambe che non riesco più a dormire...»

Né Hanna né Liesl, che corsero fuori dalla casetta del giardiniere tenendo in braccio una Annemarie in lacrime, riuscirono a convincere la cuoca.

Soltanto Marek la spuntò. «La porto in braccio io, signora Brunnenmayer. Non ci crede? Proviamoci.»

Lei era scoppiata a ridere. Si rifiutava di essere portata in braccio, non era ancora messa così male.

Il signor Melzer compariva sempre per primo nell'atrio, insieme a Kurt. Era lui ad avere la chiave della cantina e si assicurava che tutti i residenti della Villa delle Stoffe si mettessero in salvo. Portava con sé una torcia, per illuminare le scale ed evitare che qualcuno cadesse.

«Non accendete le luci» avvertì. «E salite piano. Avete svegliato Else? Ha il sonno pesante.»

Ad Auguste spettava il compito più difficile, ovvero accompagnare le due anziane al piano di sotto e spiegare alla signora Alicia perché si doveva scendere in cantina a notte fonda.

«Allarme etereo?» chiese Alicia con aria assente.

«Allarme *aereo*, signora. Dobbiamo rifugiarci in cantina poiché gli inglesi potrebbero bombardare la Villa delle Stoffe!»

«Che sciocchezza, Auguste. Perché dovrebbero farlo? Gli inglesi sono persone morigerate, sanno perfettamente come ci si comporta...»

«Alicia, mettiti la vestaglia e vieni con noi» intervenne Elvira, che grazie al cielo era sana di mente. «O vuoi restare quassù tutta sola?»

«Oddio, Elvira! Non assillarmi. Se il mio caro Johann fosse ancora vivo, non andrebbe in cantina, piuttosto...»

«O ti sbrighi, o vado senza di te!»

La cantina, una stanza sostenuta da travi di legno, era stata allestita con sedie, coperte, provviste e un barile d'acqua. Inoltre, il rifugio era attrezzato con maschere antigas, pale e picconi per liberarsi in caso di crollo, e candele di sego utili se fosse andata via la corrente. La porta, che il signor Melzer chiuse saldamente con due leve dopo che furono tutti dentro, era di acciaio e serviva a tenere lontano il fuoco.

Non si stava comodi. C'era un cattivo odore proveniente dallo scarico, perché prima la stanza ospitava la lavanderia, e l'umidità aveva impregnato le coperte. La luce elettrica sul soffitto era fioca e faceva apparire tutti molto pallidi.

I domestici si sedettero in un angolo e i signori dall'altro lato della stanza.

«Arrivano...»

Hanna aveva l'orecchio fino, e anche Charlotte aveva sentito il lieve ronzio degli aerei in avvicinamento. Si udirono numerosi colpi in rapida successione.

«È la contraerea!» esclamò Johannes. «Abbattono gli aerei nemici. Se ne arriva uno, *bum bum*! Quando lo colpiscono si sente un boato e si vede una palla di fuoco nel cielo.»

Nessuno rispose. Soltanto Charlotte disse: «Stai zitto! Lì dentro c'è qualcuno che verrà bruciato vivo.»

«E allora?» replicò Johannes, sprezzante. «Se lo merita. Oppure vuoi una bomba sulla Villa delle Stoffe?»

«Non voglio proprio niente» disse sua sorella, con aria di sfida. «Dovrebbero andarsene via e farla finita con questa guerra di merda.»

«Per favore, non usare certe parole, Charlotte» la rimproverò Elisabeth Winkler. «Dobbiamo mantenere un minimo...»

Si sentirono altre esplosioni. Una, due, tre... Willi, accucciato accanto a Kurt, cominciò ad abbaiare furiosamente.

«Gesù!» sussurrò Auguste, inorridita. «Una è scoppiata.»

«Era molto vicina!» disse Kurt. «Willi, zitto!»

Stavolta era una cosa seria, molto seria. Non un'esercitazione come ne avevano fatte a dozzine. Le bombe inglesi cadevano su Augusta.

La contraerea non aveva abbattuto gli aerei nemici, quindi erano riusciti a colpire.

«È caduta a nord» commentò il signor Melzer, apatico. «Probabilmente sulla MAN.»

Era a pochi chilometri di distanza. Di colpo tutti realizzarono che sarebbe bastato un alito di vento a trasportare il micidiale carico dell'aviazione inglese fino alla Villa delle Stoffe. Sempre che non avessero intenzione di bombardare tutte le fabbriche lungo il Proviantbach.

Else iniziò a urlare isterica. «Voglio uscire di qui... Moriremo tutti soffocati, se la casa prende fuoco...»

Annemarie si mise a piangere dalla paura e Auguste cercò di trattenere Else per la vestaglia, ma lei si liberò e corse in direzione della porta. Il signor Melzer balzò in piedi, Marek fu più veloce e tenne stretta l'esagitata Else con entrambe le braccia, finché non si calmò.

«Va tutto bene» le mormorò all'orecchio. «Siamo tutti insieme, qui sotto siamo al sicuro. Torna a sederti, è quasi finita.»

Si udì un'altra detonazione, inframmezzata dai colpi della contraerea. Hanna abbracciava forte Humbert, che era paralizzato dal terrore e tremava da capo a piedi. Marek riportò Else al suo posto e la lasciò alle cure di Auguste e della cuoca. Kurt si inginocchiò accanto a Willi, che stava ancora abbaiando, Charlotte si era accovacciata accanto a loro e accarezzava il cane. La signora Winkler cercava di rassicurare sua madre, che continuava a ripetere di dover tornare a letto, perché laggiù faceva troppo freddo e le sarebbe venuta un'infezione alla vescica. Johannes era rannicchiato a terra con i pugni serrati e mormorava: «Maledetti porci. Se ne pentiranno. La pagheranno...».

Dopo un po' si sentirono le sirene dei vigili del fuoco, doveva esserci un incendio da spegnere. Le esplosioni erano cessate, la contraerea continuava a sparare di tanto in tanto, ma per il momento il pericolo pareva scampato. Nella cantina l'aria era viziata, si respirava a fatica, ma il peggio era il timore che gli aerei inglesi tornassero. Trascorse una buona mezz'ora prima del suono prolungato che segnalava il via libera.

«Torniamo a letto» disse il signor Melzer. «È finita.»

Aprì la porta e rimase di sotto finché tutti non ebbero lasciato il seminterrato. Solo Humbert, completamente fuori di sé, si rifiutò di lasciare il proprio posto, tanto che Marek e Paul furono costretti a trascinarlo di peso.

«Quindi è così» disse Fanny Brunnenmayer mentre saliva le scale gemendo, aggrappandosi al corrimano di ferro. «È una guerra di bombe, ora lo sappiamo. Che tragedia! È già abbastanza grave quando i soldati si sparano fra di loro, ma le bombe che cadono dall'alto e distruggono tutto ciò che incontrano... Non si capisce perché Dio lo permetta.»

Nonostante tutte le finestre fossero debitamente oscurate, nessuno osò accendere le luci. Auguste illuminò le scale con la torcia, dopodiché portò le gocce alla signora Alicia. Hanna fu incaricata di servire una tazza di latte caldo con il miele a Elisabeth. In cucina Liesl aveva riacceso i fornelli e messo sul fuoco il pentolino, mentre la piccola Annemarie si era addormentata in grembo alla cuoca. Marek era seduto al tavolo accanto a Humbert. Nemmeno Else era andata a letto, diceva che il cuore le batteva troppo forte per addormentarsi. Valeva anche per gli altri. Il primo attacco aereo aveva dato a tutti un'idea di cosa li attendeva in futuro.

«Hanno colpito la Buntweberei» riferì Auguste quando tornò in cucina. «Il signore è nella stanza di Dodo. Affaccia a nordovest, da lì si vedono le fiamme. Era molto pallido, poverino. Mi ha chiesto perché hanno bombardato la Buntweberei e non la MAN. Ovviamente non ho saputo rispondergli...»

Marek balzò in piedi e si avviò lungo il corridoio della servitù, probabilmente per andare a vedere. O forse voleva parlare con il signor Melzer. A volte lo faceva, perché ricopriva una posizione particolare alla Villa delle Stoffe: era impiegato come giardiniere, ma in realtà era una persona colta e un artista, ragion per cui si rivolgeva ai signori in modo diverso dal resto del personale. Ma nessuno si offendeva, perché Marek piaceva a tutti.

In cucina si diffuse un chiacchiericcio carico di agitazione. Hanna disse di non essersi mai spaventata tanto in vita sua. «Tutti quei rimbombi e quelle esplosioni! Mi sentivo tremare la terra sotto i piedi.»

Else piagnucolò che i prossimi obiettivi sarebbero stati senz'altro la fabbrica di tessuti Melzer e la Villa delle Stoffe.

«Ha voluto la guerra contro l'Inghilterra, il Führer» ringhiò la cuoca. «E ora siamo noi a pagarla cara.»

«Non solo» sibilò Humbert con un filo di voce. «Sono sicuro che in Inghilterra non se la cavano meglio.»

Liesl si alzò di scatto dalla sedia e si precipitò ai fornelli, dove il latte stava per traboccare dal pentolino. Hanna glielo prese dalle mani, aggiunse un cucchiaio di miele e versò il latte in una tazza.

«Non vuoi andare a dormire con la piccola?» chiese a Liesl in tono affettuoso, prima di avviarsi di sopra con la tazza. «Sta tutta storta in braccio alla cuoca, così non riuscirà a riposare.»

Liesl esitò. Si vedeva che aveva paura di camminare da sola con la piccola, al buio, fino alla casetta del giardiniere.

«Sai una cosa?» suggerì Auguste a sua figlia. «Perché non dormite di sopra con me, stanotte? Il letto è abbastanza grande per tutte e tre.»

«Non preoccuparti, mamma» disse Liesl. «Chiederò a Marek di accompagnarci, Annemarie ha bisogno del suo lettino.»

Il giardiniere tornò in cucina dopo un po'. Aveva l'espressione seria, ma sorrise non appena vide la bimba addormentata in grembo a Fanny Brunnenmayer. «Hai paura di tornare a casa da sola?» chiese a Liesl. «Vengo con voi.»

Con molta delicatezza, stando attento a non svegliarla, prese la piccola in braccio e andò verso la porta della cucina, che Liesl gli teneva aperta.

«Dormite bene» disse la cuoca, contenta di togliersi il peso dalle gambe.

«Dov'è Willi?» chiese Else. «Anche lui deve tornare alla casetta del giardiniere.»

«Per stanotte può dormire con Kurt» sussurrò Marek. «Il signor Melzer ha dato il permesso.»

I due uscirono, guidati dal bagliore della torcia, con l'uomo che teneva la bambina tra le braccia come un tesoro prezioso.

«Marek» sospirò Else. «Che brava persona, come faremmo senza di lui?»

«Ma tu guarda» osservò Auguste, beffarda. «Ora è una brava persona, ma all'inizio non lo volevi. Ne hai dette di tutti i colori quando il signor Melzer ci ha annunciato che avremmo avuto un nuovo giardiniere.»

«E tu no?» rispose con rabbia.

«Non ricominciate a litigare» le rimproverò Fanny Brunnenmayer. «Andiamo a dormire. Sono le tre del mattino!»

La cuoca chiese a Hanna di spalmarle un unguento sulle gambe doloranti e si ritirò nella sua stanza, proprio accanto alla cucina. Ancora nel dormiveglia, sentì Marek chiudere a chiave la porta che dava sul cortile e Hanna persuadere un riluttante Humbert a salire con lei al piano dove si trovavano le camere da letto. Poi in cucina calò il silenzio, l'unico rumore era il crepitio del fuoco sotto i fornelli, che si abbassò fino a cessare del tutto.

La notte fu breve. La cuoca si svegliò alle prime luci dell'alba e soltanto in quell'attimo si rese conto che era domenica e poteva dormire un'ora in più. Verso le sette Liesl bussò alla porta della cucina e Fanny Brunnenmayer si alzò a fatica dal letto. Il momento in cui appoggiò a terra le gambe doloranti fu il peggiore. Mosse i primi passi stringendo i denti per il dolore, ma poi si sentì subito meglio, indossò la vestaglia e andò ad aprire a Liesl e alla piccola. Annemarie era mattiniera, rideva e porse alla cuoca un mazzo di viole del pensiero che aveva raccolto lungo la strada. Liesl sembrava molto meno riposata, era piuttosto pallida e confessò di essersi rigirata a lungo nel letto senza riuscire a dormire.

«Anch'io» rispose la cuoca. «Mettiamoci al lavoro, aiuta a non pensare.»

Si vestì in fretta, si lavò la faccia e tornò in cucina, dove Liesl stava già accendendo i fornelli, aiutata da Annemarie, che le porgeva i ciocchi di legna. Else e Auguste apparvero con le facce assonnate, seguite poco dopo da Hanna e Humbert, anche loro stravolti, come se non si fossero ripresi del tutto dallo spavento notturno. Fanny Brunnenmayer capì subito che doveva prendere il comando: per quel giorno non si poteva contare su Humbert. Poco male, per fortuna avevano Marek.

Prima del suo arrivo, la signora Winkler aveva radunato tutti i domestici in salotto. «Mia sorella e io avremmo deciso di assumere un giardiniere per sostituire il nostro Christian fino a quando presterà servizio nella Wehrmacht. Ma solo se siete tutti d'accordo...»

Dopodiché li aveva informati che il futuro giardiniere era ebreo e pertanto era necessario mantenere il massimo riserbo sulla cosa. «Vi chiedo di discuterne fra voi. Humbert mi comunicherà la vostra decisione entro domani.»

Era seguita un'accesa discussione. Auguste ed Else sostenevano che fosse troppo rischioso assumere un ebreo alla Villa delle Stoffe. Gli altri, invece, erano favorevoli, quindi anche Auguste si era lasciata persuadere. Soltanto Else aveva continuato a lamentarsi e a ripetere che sarebbero finiti tutti in prigione. Ma essendo l'unica contraria, alla fine si era tranquillizzata. «Ho detto quello che volevo dire. Se la signora Winkler e il signor Melzer hanno deciso, non posso oppormi.»

Marek era arrivato il pomeriggio seguente, con un piccolo bagaglio e abiti a dir poco trasandati. Si era presentato in modo educato, aveva stretto la mano a tutti e si era dimostrato così attento e amichevole che Auguste ed Else si erano placate all'istante.

«Devo confessare che non ho mai fatto il giardiniere» aveva detto ai suoi nuovi colleghi. «Ma il lavoro non mi spaventa e sono pronto a imparare. Con il vostro aiuto, spero di non deludere la fiducia del signor Melzer e di sua sorella.»

«Prima di tutto si accomodi e beva un caffè di malto insieme a noi» lo aveva invitato la cuoca. «Poi Humbert le illustrerà i suoi compiti.»

Nel breve tempo trascorso a tavola, avevano messo alla prova il nuovo arrivato, ognuno a modo proprio. Marek aveva risposto alle domande con sincerità, mostrandosi sempre umile e pronto a rispettare le abitudini della casa. Si era scusato per aver confuso Hanna con Auguste e aveva riso di cuore alle battute. L'ultima prova l'aveva superata quando Willi si era lasciato accarezzare volentieri e poi era scomparso sotto il tavolo, poggiando il muso sulle sue scarpe.

«I cani riconoscono le persone perbene» aveva detto Hanna dopo che Humbert aveva accompagnato il nuovo arrivato nel parco, seguito a ruota da Willi. Erano tutti d'accordo con lei, soprattutto Auguste, i cui occhi brillavano perché Marek le piaceva molto.

Da quel momento era diventato uno di loro, con il proprio posto a tavola, la propria tazza e le posate. E aveva dato prova di essere una persona amabile, ma non un bravo giardiniere. Le aiuole non erano male, grazie al suo talento artistico, ma in tutti gli altri compiti – rastrellare sentieri, diserbare o falciare il prato – aveva fallito miseramente. Forse anche perché preferiva sdraiarsi sull'erba a disegnare, piuttosto che sgobbare con il vecchio tosaerba.

Quella domenica fu l'ultimo a entrare in cucina, non si era ancora abituato ad alzarsi presto. Come al solito si scusò con tutti, e in particolare con Humbert, che ogni mattina bussava forte alla sua porta per farlo alzare dal letto: «Sono desolato, caro Humbert. Ti ho sentito e avevo anche aperto gli occhi, ma poi li ho richiusi...».

«D'ora in poi busserò più di una volta» decise Humbert con un debole sorriso. «Così non ti riaddormenti.»

«Anche una secchiata d'acqua fredda e un asciugamano bagnato potrebbero aiutare» intervenne Auguste. «Con i miei figli ha sempre funzionato.»

«No, vi prego!» disse Marek, fingendosi allarmato. «Ho paura dell'acqua.»

Lo lasciarono in pace e passarono a discutere di quanto accaduto durante la notte. Nessuno era riuscito a riaddormentarsi subito. Auguste confessò di aver sempre avuto paura che le sirene suonassero di nuovo e Hanna disse che la signora Winkler era rimasta seduta a lungo al tavolo del soggiorno, a scrivere una lettera.

«Avrà fatto testamento?» rifletté Auguste. «Ha tre figli e di certo anche una quota della fabbrica.»

«Sarebbe comprensibile, dopo una nottata simile» osservò la cuoca. «Per quanto mi riguarda, ho già predisposto tutto, così alla mia morte non ci saranno litigi.»

«Hai lasciato la tua fortuna a Liesl?» chiese incuriosita Auguste.

«Non ho intenzione di dirtelo» rispose Fanny Brunnenmayer. «I diretti interessati lo scopriranno quando sarò nella tomba.»

«Era solo una domanda» replicò Auguste, offesa. «Anch'io avrei fatto testamento, ma non ho niente da lasciare in eredità. E chi non ha niente non può fare testamento, dico bene, Marek?»

Il giardiniere era impegnato con una grossa fetta di pane con poco burro e molta marmellata, quindi si limitò ad annuire e continuò a masticare. Aveva sempre fame, Else se n'era accorta subito e spesso gli passava un pezzo di salsiccia o di pancetta dal suo piatto. Marek la ringraziava con un sorriso e aveva smesso di provare a rifiutare.

«Hai parlato con il signor Melzer ieri sera?» gli chiese la cuoca.

Lui annuì. «Ho pensato che fosse tutto solo, lassù, e avesse voglia di parlare. Infatti era così. È molto preoccupato.»

«Per la Villa delle Stoffe?» chiese Hanna.

«Più che altro per la fabbrica e per chi ci lavora, perché non hanno rinforzato i rifugi sotterranei né eseguito sempre le esercitazioni antiaeree secondo le istruzioni.»

«Non deve preoccuparsi di questo» fece notare Liesl. «Gli aerei inglesi arrivano di notte, perché durante il giorno sono un facile bersaglio per la nostra contraerea.»

«Non è detto che sia sempre così, secondo il signor Melzer» disse Marek. «Comunque domani provvederà a mettere in regola la fabbrica, altrimenti non riuscirebbe a dormire sonni tranquilli.»

«Il signor von Klippstein sta sempre a ficcare il naso in fabbrica, sicuramente lo sapeva anche lui» osservò Humbert. «Ma scommetterei che ha dormito bene.»

«Non ci piove» osservò Auguste, maligna. «Ha anche un bel sonnifero.»

Else e gli altri ridacchiarono, anche Marek sorrise. Era ben informato sui rapporti fra i signori, non soltanto da quanto aveva sentito in cucina. La signora Scherer doveva averlo messo al corrente di molte cose, prima di raccomandarlo alla Villa delle Stoffe.

Le chiacchiere fra i domestici si interruppero ben presto. Era ora di preparare la colazione, prima che tutti si avviassero in chiesa.

Anche Johannes andava a messa, nonostante considerasse "un'onta" il fatto che un membro della Gioventù hitleriana frequentasse i luoghi di culto cattolici. Ma lo faceva per sua nonna, l'unica persona della Villa delle Stoffe che trattava con rispetto e deferenza.

Mentre in cucina fervevano i preparativi e Humbert apparecchiava in sala da pranzo, Hanna e Auguste salirono al piano di sopra per dare una mano.

Marek si avviò in giardino ad annaffiare i fiori, perché si prevedeva una giornata calda. L'erba doveva essere tagliata, ma era diventata troppo alta per il tosaerba, quindi si doveva usare la falce.

«Santo cielo» sospirò Liesl mentre versava il caffè per i signori. «Non ce la farà mai, si è portato di nuovo il blocco da disegno.»

Marek tornò in cucina intorno alle undici, per la seconda colazione, e trovò Auguste in preda all'ansia.

«Cosa pensa la signora Winkler? Ho suddiviso la spesa con la massima cura, in modo da mettere in tavola qualcosa di decente ogni giorno. E ora mi chiede un quarto di libbra di caffè! E anche lo zucchero e il latte condensato, come se non bastasse. Vuole che prepari una torta! Crede di essersi risvegliata nel paese della Cuccagna?»

«Ha intenzione di mandare un pacco ai nostri eroici soldati al fronte?» chiese Marek, sarcastico.

«Macché! Deve inviarlo a Dachau, a suo marito. È rinchiuso lì perché è comunista.»

Marek si sedette e rimase in silenzio per un tempo insolitamente lungo.

12

Ottobre 1940

L'autostrada per Monaco, poeticamente definita "il nastro bianco del Führer", veniva utilizzata per lo più dai veicoli della Wehrmacht diretti a Ulm. Guidare nella direzione opposta era abbastanza piacevole. Henny schiacciò l'acceleratore, felice di far fare un giro al "macinino" che sua madre guidava soltanto ad Augusta. Purtroppo il costo della benzina era proibitivo per i privati, ma zia Marie inviava a Dodo un generoso contributo mensile, e Dodo aveva promesso di pagare il carburante per il viaggio di ritorno, mentre zio Paul aveva finanziato il viaggio di andata.

A giugno Dodo aveva iniziato un servizio di lavoro di sei mesi, obbligatorio per tutti gli studenti, ma si era fatta male alla schiena ed era rimasta una settimana in ospedale. Avrebbe completato il resto del servizio di lavoro nella fabbrica del padre, ad Augusta, così Henny aveva accettato di andare a prenderla in macchina.

Zio Paul si era molto irritato e aveva commentato che niente di tutto ciò sarebbe mai successo se la figlia avesse seguito il suo consiglio e non si fosse iscritta a quell'inutile corso di studi. Henny aveva provato a obiettare, ma si era sentita rispondere male, cosa di cui era rimasta piuttosto delusa. In fondo erano anni che lo aiutava in fabbrica e lui stesso aveva espresso più volte la soddisfazione di averla al suo fianco. Ma purtroppo zio Paul era cambiato molto, e in peggio, negli ultimi mesi.

Il traffico a Monaco era intenso, nonostante i veicoli a motore fossero ormai in minoranza. Proprio come ad Augusta, la gente era tornata a utilizzare i carri trainati da cavalli, principalmente per il trasporto di botti e casse. Henny trovò la strada senza problemi. In fondo era andata spesso a far visita a Felix nel piccolo appartamento in mansarda a due passi dall'università. Ora aveva il triste compito di fare le valigie per lui e portare le sue cose ad Augusta, perché si era deciso a lasciare la stanza. In una lettera le aveva scritto: «Per adesso difficilmente potrò continuare gli studi, quindi sarebbe una spesa inutile tenerla, soprattutto perché ci sono altri studenti che cercano un alloggio a prezzi accessibili...».

Nel frattempo si era spostato in Norvegia. Leggendo fra le righe, comunque, era chiaro che non ci sarebbe rimasto a lungo. Le truppe iniziavano a muoversi verso sud-est. Verso gli Stati balcanici. Felix sembrava vederla come una minaccia, e Henny era d'accordo con lui. Hitler voleva davvero attaccare la Russia? Eppure aveva firmato un patto di non aggressione con Stalin. Era triste non poterne discutere apertamente con Felix, ma entrambi temevano che la posta dell'esercito venisse letta. Bisognava fare attenzione.

Henny trovò Dodo da sola nell'appartamento. Anche il terzo del gruppo, lo studente di teologia Hans, era stato arruolato nella Wehrmacht. E pareva che Dodo soffrisse la solitudine, perché abbracciò forte Henny subito dopo averle aperto la porta.

«Sono contenta che tu sia qui» disse. «Com'è andato il viaggio? Ho già iniziato a sistemare le valigie di Felix...»

«Non dovevi! Spostare i libri non ti fa bene alla schiena.»

Dodo scrollò le spalle. Si sentiva molto meglio, e poi aveva messo la scatola sul tavolo per non doversi chinare.

«Bene, sei una ragazza sveglia» la elogiò Henny, spingendo nell'appartamento le due valigie che aveva portato per i vestiti e le altre cose di Felix.

Dodo la trascinò nella piccola cucina, con il bollitore pronto sul fornello a gas. *La tipica cucina da studenti*, pensò Henny divertita. Tazze spaiate, piatti scheggiati, pentole piene di ammaccature e un livello di pulizia discutibile.

«Vuoi un caffè? Ho comprato una torta apposta per il tuo arrivo.»

La cugina si sedette su una delle tre sedie traballanti e pulì il tavolo da alcune briciole. «Caffè vero?» si meravigliò. «Vivi proprio nel lusso, eh?»

«Me l'ha mandato mamma dall'America. Ma non dirlo a mio padre, è molto suscettibile sull'argomento.»

«Non mi dici niente di nuovo.»

Dodo aveva comprato una torta alla frutta e tagliato due fette in pezzi più piccoli che Henny aveva disposto su uno dei piatti scheggiati. Il caffè emanava un profumo inebriante: avevano i chicchi di caffè americano anche in Frauentorstrasse, ma nonna Gertrude, per risparmiare, ne usava così pochi che sembrava di bere tè.

Dodo imprecò contro lo stupido tirocinio che le aveva causato i problemi alla schiena. «Si divertono a mandarci nei paesini più remoti a sgobbare con il raccolto. Mi hanno spedita a Oberhintertupfingen, un posto dimenticato da Dio. All'inizio non capivo una parola, parlano un dialetto così stretto che sembra di stare all'estero...»

Henny ascoltò con angoscia. La cugina era stata mandata in

una famiglia di contadini composta da un capofamiglia, sua madre e tre figli, due dei quali erano nella Wehrmacht. Inoltre avevano una vacca e un bracciante vecchissimo che, secondo Dodo, non ci stava più con la testa. La moglie del contadino era morta anni prima, adesso la madre di lui si occupava della casa.

«La vecchia era normale» riferì Dodo. «Ma era l'unica persona sana di mente in quella famiglia. Il contadino aveva un chiodo fisso, ti lascio immaginare quale. Per non parlare del figlio sedicenne...»

«Dio santo... E come te la sei cavata?»

Dodo si mise in bocca un pezzo di torta e si accigliò. «Ho scatenato un putiferio quando il contadino ha provato a entrare nella mia stanza. È arrivata di corsa sua madre, lei la rispettavano. E poi ho minacciato di denunciarlo al Servizio del lavoro del Reich, allora si sono spaventati e mi hanno lasciata in pace.»

«Perché ti hanno mandata lì da sola?»

Dodo non lo sapeva. Le altre studentesse erano partite in gruppo. Probabilmente dipendeva dal fatto che lei era di razza mista.

«Fare il fieno è terribile! Stai tutto il giorno china in un prato a ripetere lo stesso movimento. Affondi il rastrello, tiri via una porzione, fai un passo indietro e ricominci daccapo. E intanto il sole ti frigge il cervello e i pezzi di fieno ti si attaccano addosso perché sudi come una dannata...»

Henny realizzò che non c'era niente di romantico nell'agricoltura, se non quando si attraversavano i campi in macchina e si guardavano da lontano le contadine con i loro bei foulard colorati in testa.

«Non siamo abituate a questo tipo di lavoro» commentò. «Nemmeno le operaie in fabbrica se la passano meglio, a mettere e togliere rocchetti di filo per tutta la giornata.»

«Almeno non devono caricare quel maledetto fieno sul carro» brontolò Dodo, ricordando il giorno in cui si era fatta male alla schiena. In realtà era un lavoro da uomini, ma si preannunciava un temporale e avevano paura di non riuscire a mettere il raccolto al sicuro nella stalla. Così anche lei aveva dato una mano a sollevare alcune balle troppo pesanti e all'improvviso aveva sentito un dolore lancinante.

«Sulle prime mi hanno detto che era normale e che non dovevo lagnarmi troppo. Solo il giorno dopo, quando hanno visto che non mi passava, si sono convinti a portarmi in clinica a Monaco...»

«E cosa ti hanno detto?»

«Ernia del disco. Non devo fare sforzi né piegarmi troppo... E poi starò bene.»

«In tal caso, la fabbrica di tessuti Melzer è il posto che fa per te!» rise Henny. «Puoi startene comodamente seduta nel mio ufficio e rilassarti.»

«Ne dubito. Il contratto prevede che stia in produzione, accanto ai macchinari, a infilare rocchetti di filo.»

«La filatura è chiusa per sempre, Dodo» sospirò l'altra. «Abbiamo dato via i filatoi ad anelli in cambio della fornitura di filato per le uniformi.»

Dodo sapeva dell'accordo perché glielo aveva scritto mamma, ma non pensava che suo padre si sarebbe lasciato convincere.

«Non sono sicura che sia una scelta saggia» disse, scuotendo la testa. «Perché non vi siete fatti spedire i filati dall'America, come suggeriva mia madre?»

Henny la fissò a occhi sgranati. Zio Paul non le aveva detto niente.

«Non capisco» continuò Dodo. «Karl Friedländer aveva proposto di fornire dei filati e di acquistare in cambio tessuti. Sarebbe stato un buon affare, no?»

Sì, certo. Perché Paul aveva rifiutato? Incomprensibile.

«Le cose non vanno molto bene ad Augusta» mormorò Henny, a disagio, mentre beveva il resto del caffè. Adesso che si era raffreddato era troppo amaro.

«E anche qui non mi dici niente di nuovo» commentò Dodo. «Mettiamoci al lavoro. I libri sono quasi tutti nelle scatole, le altre cose è meglio se le prendi tu, non voglio sforzarmi troppo...»

In quel momento suonò il campanello. Dodo si alzò e fece una smorfia di dolore. «Dev'essere qualcuno che vuole vedere la stanza. Ieri ho messo un annuncio in bacheca all'università.»

Hanno fatto in fretta, pensò tristemente Henny. Fino a non molto tempo prima quella stanza era appartenuta a lei e Felix. Era stata il loro nido d'amore, avevano trascorso lì gli ultimi giorni insieme prima che lui si unisse alla Wehrmacht. E c'erano ancora i suoi libri, i suoi vestiti e tante cose che le erano familiari. Maledetta guerra. Era impossibile prevedere quando avrebbe ripreso gli studi. Ammesso che...

Si proibì di completare quel pensiero e si alzò per portare le valigie in camera di Felix, ma poi si fermò ad ascoltare.

«E tu cosa ci fai qui?» chiese Dodo sulla soglia.

Suonava più allarmata e sulla difensiva che sorpresa.

«Ho visto il tuo annuncio e ho pensato di passare, ma se proprio non vuoi vedermi me ne vado subito...»

La voce di... Henny ci pensò un momento. Ma sì, certo: era Ditmar, il primo grande amore di Dodo.

Era un collaudatore della Messerschmitt e Dodo si era presa una cotta per lui durante il tirocinio in fabbrica. I due erano stati una coppia per un periodo, ma Ditmar si era tirato indietro quando aveva scoperto che la giovane era un'ebrea di razza mista.

«Se ti interessa la stanza» disse Dodo gelida, «puoi dare un'occhiata.»

«Grazie, molto gentile da parte tua.»

«Nessun problema.»

Che strana coincidenza, pensò Henny. I due entrarono nella stanza di Felix e lei li seguì. Non le piaceva che Ditmar osservasse gli effetti personali del suo fidanzato, in particolare i libri, alcuni dei quali rientravano negli elenchi della letteratura proibita. Erano nella scatola, ma il coperchio era aperto.

«Non è molto grande...» commentò Ditmar. Poi si accorse di Henny e assunse un'espressione sorpresa.

«Ciao, Ditmar» lo salutò lei con un sorriso ironico. «Non mi aspettavo di rivederti! Sei sparito all'improvviso...»

Notò con soddisfazione che era arrossito, si vedeva subito perché era biondo e con la pelle chiara. Le sembrò anche più pallido dell'ultima volta, forse gli studi non gli avevano fatto bene.

«Sì, è vero» le diede ragione, imbarazzato. «Ho dovuto fare tutto di corsa perché ero stato appena ammesso qui e dovevo sbrigare le formalità.»

«Immagino» ribatté Henny, beffarda. «Se vuoi affittare la stanza, comunque, sarà disponibile da oggi.»

«Fai con calma» disse, arretrando di un passo. «Sono venuto solo a chiedere... Ho già una casa.»

«Allora perché vuoi trasferirti?»

Lui alzò le spalle. «Non è una soluzione permanente... Vorrei qualcosa di mio.»

«Certo. Ti ha cacciato fuori, eh?»

Lui non rispose e si rivolse a Dodo, che era rimasta in piedi nel corridoio. «Possiamo parlare un attimo?»

«Non ho tempo» rispose lei in tono sprezzante. «Fra poco dobbiamo andarcene e prima abbiamo da fare le valigie.»

«Solo un paio di minuti. Per favore!»

A fare il ruffiano è bravo, non c'è che dire, notò Henny con una punta di irritazione. Purtroppo Dodo si lasciò convincere e andò in cucina. Si chiusero la porta alle spalle. Del resto non erano affari suoi.

Rassegnata, Henny aprì le valigie e cominciò a riempirle con i vestiti di Felix. Com'era ordinato! Tutto lavato e stirato, scarpe lucidate, calzini piegati. Nascosta fra le camicie trovò una busta con delle fotografie scattate con la sua macchinetta. Le aveva già viste quasi tutte, perché Felix le aveva sviluppate in Frauentorstrasse, usando l'attrezzatura di sua madre. Altre, sempre di lei, le vedeva per la prima volta. Dov'erano i negativi? Non riuscì a trovarli.

Rovistò fra le lenzuola e gli oggetti sulla scrivania. Anche qui nessun negativo, anzi, la scrivania le sembrava più vuota di prima. Foto, ricordi dei loro viaggi, cianfrusaglie: sembrava che avesse sistemato tutto. Aveva ancora contatti con i combattenti della resistenza e voleva eliminare ogni traccia?

La conversazione in cucina si stava trascinando. Henny guardò l'orologio e pensò di bussare alla porta, ma Dodo se la sarebbe presa, quindi si limitò a chiudere rumorosamente le valigie e a scaricare in corridoio la scatola con i libri. Non ci volle molto prima che Ditmar aprisse la porta della cucina, rivolgesse a Henny uno sguardo ostile e lasciasse l'appartamento senza dire una parola.

«Porto giù la scatola» disse a Dodo. «Non provare nemmeno ad avvicinarti alle valigie, faccio due viaggi.»

«Va bene» rispose la cugina, con una voce che le parve tesa. «Nel frattempo lavo le tazze e il piatto.»

La padrona di casa, una donna anziana con un gozzo di notevoli dimensioni, aveva insistito per vedere la stanza prima di ritirare le chiavi e si era lamentata perché la carta da parati era stata annerita dalla stufa e sul pavimento erano comparsi graffi che prima non c'erano. Ma Henny trattò con determinazione, facendole notare che dalle finestre c'erano infiltrazioni e d'estate la casa si riempiva di scarafaggi. Sopraffatta dalla sua parlantina, alla fine la proprietaria cedette.

«Comunque sono stanca degli studenti» imprecò l'anziana. «Vanno e vengono e non si sa mai chi portano in casa...»

Di sotto, Dodo stava aspettando la cugina in macchina. Era già al volante, felice di poter guidare di nuovo. Purtroppo al momento non poteva volare, non era riuscita a completare le ore di volo obbligatorie e aveva perso la licenza faticosamente ottenuta. Però era determinata a rinnovarla, non appena avesse trovato il modo di pilotare un aereo.

«E allora? È venuto a scusarsi con te, il biondo Ditmar?» chiese Henny quando furono in autostrada.

Dodo procedeva a tutto gas, quasi sempre sulla corsia di sorpasso. Henny la lasciò fare: sua cugina era un'ottima guidatrice e al "macinino" di sua madre non avrebbe fatto male andare a pieni giri, per una volta.

«Non le definirei proprio delle scuse. Diciamo che ha accampato un po' di pretesti. L'ho ascoltato, ma non ho detto nulla.»

«Vuole davvero trasferirsi lì?»

Dodo scosse la testa e sorpassò un convoglio della Wehrmacht. «Non credo. Gli ho detto chiaramente che non voglio. È venuto solo perché ha rotto con la sua ragazza.»

«Ed è finito da te per caso?»

«Così ha detto.»

«Oppure ti ha vista mettere l'annuncio.»

Dodo non rispose, ma Henny aveva il forte sospetto che

fosse così. Ditmar non le era sembrato granché sorpreso quando la ragazza gli aveva aperto la porta. Sapeva benissimo che avrebbe trovato lei.

«Vi eravate già visti all'università?»

Dodo ammise di averlo incontrato un paio di volte, ma disse che si erano solo salutati. Lui insegnava tecnologia aeronautica. «Mi ha detto che vuole fare ricerca. Sta scrivendo la tesi, ma sembra che non vada molto bene, non mi ha spiegato il perché. La cattedra è temporanea, l'ha ottenuta tramite l'associazione studentesca.»

Alcuni studenti facevano parte dell'Associazione studentesca nazionalsocialista e per le ragazze esisteva anche il Gruppo di lavoro delle studentesse nazionalsocialiste. L'adesione era volontaria, ma i membri godevano di una certa influenza nella vita dell'ateneo. Per fortuna molti di questi entusiasti seguaci di Adolf Hitler si erano offerti volontari per la Wehrmacht all'inizio della guerra, quindi al momento erano fuori dai giochi.

«Perché Ditmar non si è arruolato? Per uno come lui dovrebbe essere un onore, no?» chiese Henny, sorridendo.

«Voleva. Ma non l'ha ancora fatto. Sostiene che dicevano un mucchio di sciocchezze.»

«Oh! Non avrà mica acceso il cervello?»

«Non lo so. Forse l'ha detto tanto per dire...»

L'unica cosa certa era che molti di quei giovani entusiasti erano morti. Soprattutto gli aviatori. La guerra aerea contro l'Inghilterra aveva causato numerose vittime da ambo le parti. Hitler aveva sottovalutato la potenza della Royal Air Force e la resistenza della popolazione inglese. Londra era stata pesantemente bombardata, ma gli ordigni erano caduti anche su Berlino. Nonostante i continui annunci di vittoria sui giornali, era chiaro che la conquista dell'Inghilterra per via aerea era fallita.

Gli attacchi tedeschi e i contrattacchi della RAF non erano cessati, ma si erano fatti meno frequenti. Dopo l'attacco alla Buntweberei, ad Augusta non erano state sganciate altre bombe e Monaco era stata poco colpita.

Mentre attraversavano Augusta dirette alla Villa delle Stoffe, Dodo vide per la prima volta gli interventi fatti per proteggere i monumenti e gli edifici principali. Tavole di legno riparavano le facciate dalle schegge delle bombe, l'Ercole era stato smantellato dalla fontana e trasferito altrove, affinché non venisse danneggiato.

Verso le sei e mezza varcarono il cancello del parco della Villa delle Stoffe e Humbert corse loro incontro per portare la valigia di Dodo al piano di sopra.

«Resti a cena, Henny?»

«Certo, muoio di fame.»

«Non una parola su Ditmar, d'accordo?»

«Ehi, per chi mi hai presa?»

13

Sebastian temeva seriamente di stare impazzendo. Non aveva mai visto colori così brillanti, fiori così esotici, rossi e viola, con petali gialli, blu e bianchi che si aprivano a ventaglio, coperti di gocce d'acqua scintillanti. Poi si ritrovò nella sala da pranzo della Villa delle Stoffe e gli sembrò di sentire l'odore del roast beef e di vedere innumerevoli prelibatezze allineate sulla tavola. Fette di carne spesse e condite con la salsa, prosciutto rosato, enormi gnocchi di pane con le erbe. E poi budini al cioccolato in ciotole di cristallo, brocche di vetro con dentro crema pasticciera, cumuli di panna montata bianca e soffice. Gli parve di sentirne il sapore sulle labbra secche, accompagnato da un bicchiere di delizioso vino del Reno...

Il problema era il buio. Che tenesse gli occhi aperti o chiusi, l'oscurità lo avvolgeva dando vita a fantasie variopinte. Al buio non si avvertiva più lo scorrere del tempo, non si distingueva l'alto dal basso: si scivolava, in modo lento ma inesorabile, verso la follia. Non sapeva perché si fosse meritato quella punizione. Se la prendevano con l'uno o con l'altro arbitrariamente, la più insulsa sciocchezza bastava per arrivare a conoscere tutta la perversità di cui un essere umano è capace quando vuole umiliare un suo simile.

Sebastian non era un novellino a Dachau. Due anni prima,

durante un'operazione su larga scala, lo avevano portato via dall'appartamento di Neusäß in cui si nascondeva con tre compagni. Le attività segrete contro il regime nazista erano diventate sempre più difficili, diversi suoi amici si erano dati alla macchia o erano finiti in prigione, ma avevano comunque deciso di continuare, restando prudenti e tenendosi in contatto. Probabilmente quelli della Gestapo avevano torturato uno di loro fino a ottenere le informazioni necessarie, perché erano arrivati di notte, avevano circondato la casa e non gli avevano lasciato via di scampo.

Sebastian era convinto di essere pronto a tutto. Non era la sua prima volta in prigione, conosceva la brutalità delle guardie, i metodi di interrogatorio, il logorio cui sarebbe stato sottoposto. Con sua sorpresa, invece, lo avevano trattato in modo relativamente civile. Dopo pochi giorni c'era stata un'udienza in tribunale e poi il trasferimento a Dachau.

Il campo di concentramento era un posto simile a una fortezza, circondato da mura e torri di guardia, da un fossato, un prato e una rete metallica ad alta tensione che impedivano ogni tentativo di fuga. Le baracche erano allineate, con uno spazio al centro per l'appello giornaliero. La mensa e l'edificio dell'amministrazione si trovavano lì accanto. Ai detenuti erano stati tolti i vestiti, gli orologi e altri effetti personali. I nazisti avevano rasato loro i capelli e consegnato la divisa del campo. Poiché Sebastian apparteneva al gruppo dei prigionieri politici "non educabili", sulla camicia gli cucirono un triangolo rosso con un punto nero e lo misero in isolamento, insieme ai detenuti particolarmente "pericolosi", come comunisti, testimoni di Geova ed ebrei.

Se è tutto qui, aveva pensato all'inizio, *non è poi così male*. Il cibo era sufficiente, ma il lavoro nella cava di ghiaia era duro e scandito da continue umiliazioni. Per il resto, la sistemazione sui letti a castello con le coperte di lana era migliore che in carcere, e aveva ritrovato diversi compagni e altri uomini che condividevano le sue convinzioni, con i quali poteva parlare. Cercavano di sostenersi a vicenda. C'era anche un medico ebreo che curava come meglio poteva mani e ginocchia contuse nelle giornate trascorse a caricare ghiaia sui carri senza strumenti adeguati.

Nelle prime settimane la solidarietà dei suoi compagni di sventura gli era stata di grande aiuto. Sebastian aveva affrontato il freddo gelido dell'inverno con abiti inadatti, aveva sopportato le torture fisiche del duro lavoro, le sfuriate delle guardie che picchiavano senza motivo gli uomini esausti, la vista dei compagni sfigurati e sanguinanti che tornavano più morti che vivi. Più difficili da mandare giù erano le fucilazioni, che avvenivano regolarmente in uno spiazzo di fronte all'edificio dell'amministrazione, soprattutto in occasione delle visite del capo della Gestapo, Heinrich Himmler.

E poi aveva sentito voci che alimentavano il suo terrore, voci stando alle quali c'era molto altro al di là di quella tortura quotidiana. Sebastian era solo al primo girone dell'inferno.

«Sai cosa sono il cavalletto e l'albero?» gli chiese uno dei compagni.

«Lascialo in pace con questa storia» protestò un giovane studente di teologia. Era nel campo da sei mesi e sopravviveva aggrappandosi alla sua fede, che gli prometteva il Regno dei cieli dopo l'inferno sulla Terra. Soltanto in pochi nella baracca condividevano quella convinzione, ma tutti lo invidiavano perché lui aveva una speranza negata agli altri. La maggior parte dei detenuti sperava solo di venire rilasciata, una speranza troppo spesso tradita.

«Il cavalletto è una specie di tavola: ti spogliano, ti legano alla struttura e iniziano le frustate. Venticinque, pare, ma non le contano, quindi puoi beccartene anche il doppio. Quando hanno finito, ti ritrovi con la pelle della schiena a brandelli...»

L'albero era un vecchio metodo di tortura, già utilizzato dall'imperatore Carlo V e risalente all'epoca della caccia alle streghe: il detenuto veniva appeso a testa in giù con le mani legate dietro la schiena e lasciato così per alcune ore, finché le articolazioni della spalla non si lussavano.

«Un giorno lo scoprirai» gli disse il dottore ebreo. «Forse è meglio sapere in anticipo cosa ti faranno, ma non preoccuparti, sopravvivrai.»

Aveva ragione. Nei due anni di prigionia, Sebastian aveva dovuto sopportare più volte entrambe le torture, ma incredibilmente era sempre riuscito a riprendersi. Dopo qualche mese, la sua mente era giunta a uno stoicismo quasi ottuso: affrontare la giornata senza pensare al domani, opporsi agli impulsi egoistici e alla misantropia, ma soprattutto rinunciare a ogni speranza. Una speranza delusa era più dolorosa di un colpo di frusta, poteva spingere un uomo ad arrendersi.

Avrebbe potuto scrivere a Lisa e ai bambini, visto che due volte al mese erano concesse brevi lettere, ovviamente controllate dalla censura. Ma non lo aveva fatto, nonostante avesse nostalgia della famiglia e la sognasse di continuo. Non sapeva spiegarsi perché non avesse dato sue notizie, ma probabilmente c'entrava la vergogna: voleva risparmiare ai figli l'onta di sapere che il padre era in un campo di concentramento. Se l'era scelto lui quel destino e adesso non aveva il diritto di ricevere le parole di conforto dei propri cari.

La giornata al campo iniziava alle cinque con lo stridio della sirena, una colazione a base di caffè e pane, l'appello sul piazzale e la marcia in fila indiana a scavare fossi, raccogliere ghiaia e materiali da costruzione, trasportare sacchi di cemento, dissotterrare pietre. Il tutto per preparare la costruzione di nuove baracche, con la terrificante prospettiva che presto il campo di Dachau avrebbe ospitato innumerevoli altri sfortunati. A mezzogiorno si mangiava uno stufato di fagioli o cavoli, e dall'una e mezza il lavoro continuava fino alle sette di sera. Le guardie erano sempre presenti con le loro fruste, attente a non lasciarsi sfuggire nulla. Chi era malato o troppo vecchio e non riusciva a tenere il passo veniva colpito finché non ricominciava a lavorare. Chi si accasciava a terra doveva essere trasportato sul piazzale per l'appello serale. La cosa peggiore era quando un detenuto mancava, perché allora le guardie diventavano isteriche e cominciavano le perquisizioni e le punizioni a tappeto.

Nel novembre del 1938 portarono al campo tantissimi ebrei a bordo dei camion. Alcuni erano già morti quando si aprirono le porte, e furono sotterrati al cimitero. Nelle settimane a Dachau, gli ebrei furono trattati peggio degli altri detenuti, costretti a fare gli stessi lavori, senza cibo né vestiti adeguati. A un certo punto i sopravvissuti vennero portati via, ma alcuni rimasero nel campo e furono alloggiati nel blocco di isolamento. Erano ebrei di Augusta che Sebastian conosceva, persone che avevano posseduto fabbriche e negozi, funzionari, insegnanti, avvocati. Apprese che erano stati arrestati in una notte, dopo anni di molestie e intimidazioni. I nazisti avevano fatto irruzione nelle loro case e l'incendio alla sinagoga era stato subito spento solo perché si temeva che il fuoco potesse propagarsi agli edifici circostanti.

«La signora Melzer, la proprietaria dell'atelier in Karolinenstrasse» gli disse un avvocato ebreo, «ha fatto bene, se n'è andata in tempo. Adesso chi vuole emigrare deve pagare cifre astronomiche. I poveri non hanno speranze.»

Sebastian si sentì male al pensiero che anche lui sarebbe potuto emigrare per portare avanti la causa comunista in America. All'epoca aveva considerato la partenza dalla Germania una fuga vile, era convinto che il suo posto fosse fra i compatrioti, a lottare per un giusto ordine statale. Adesso, invece, il suo posto era fra i prigionieri della Gestapo a Dachau e l'unica cosa per cui poteva combattere era la sopravvivenza.

Nonostante i controlli, i prigionieri riuscivano a ricevere notizie dall'esterno. Era cominciata la guerra, la Wehrmacht aveva conquistato Polonia e Francia, ma si parlava anche di resistenza, di partigiani che davano filo da torcere agli occupanti.

«Si nascondono nei boschi durante il giorno, si rintanano nei fienili e nelle cantine dei contadini» disse un sinti che era stato arrestato nella Francia occupata. «E tendono imboscate ai soldati della Wehrmacht, lanciano esplosivi o si intrufolano negli accampamenti di notte e li pugnalano nel sonno. Se li prendono, li impiccano. Ma ho parlato con i francesi e mi hanno detto che preferirebbero morire piuttosto che diventare sudditi dei *boches*.»

Sebastian si chiese se sarebbe stato capace di compiere gesti simili. Non si sentiva in grado di pugnalare qualcuno nel sonno, al massimo avrebbe potuto piazzare degli esplosivi, ma trovava terribile anche questo. Preferiva lottare con le parole, confidando nella ragione e nell'umanità. Lui e i suoi compagni scrivevano e distribuivano volantini per aiutare la gente ad aprire gli occhi, ma la maggior parte dei tedeschi era accecata dagli slogan dell'NSDAP e li seguiva senza farsi domande. Una guerra poteva soltanto fare male. Chi aveva partecipato al conflitto mondiale lo sapeva fin troppo bene. Com'era possibile che si fossero arruolati una seconda volta, correndo volontariamente incontro alla distruzione?

Johannes aveva quindici anni ormai, Hanno tredici. I suoi figli erano cresciuti nell'ideologia nazista e lo stesso valeva per la piccola Charlotte che, per quanto fosse riluttante ad ammetterlo, Sebastian amava più dei maschi. Lei ricordava gli insegnamenti di suo padre? Il sogno di una società giusta ed equa, senza ricchi né poveri? La grande idea di un mondo privo di guerre, fame, miseria? Lui stesso faticava ad aggrapparsi a quell'ideale, come poteva farlo una bambina, per di più contro le pressioni della scuola e della propaganda?

Era giunto all'amara convinzione che, se fosse morto a Dachau, non avrebbe lasciato traccia. Né tra coloro che aveva cercato di convertire con tutte le proprie forze, né tra quelli che amava e che gli stavano a cuore. La sua vita e la sua morte erano state vane.

La fine della reclusione al buio arrivò all'improvviso: la guardia aprì la porta e accese la luce sul soffitto. Accecato, Sebastian avvertì un dolore acuto e si coprì il viso con le mani. Quando riuscì a spostarle e si guardò intorno con gli occhi pieni di lacrime, intravide sul pavimento una tazza di caffè e un pezzo di pane. Incredulo, sfiorò il cibo con l'indice, non sapeva bene se fosse reale o frutto della sua immaginazione, ma poi sentì l'odore del caffè e cominciò a bere a piccoli sorsi. Spezzò il pane, ne masticò alcuni pezzi lentamente e con grande raccoglimento. Non mangiò l'intera fetta, nascose ciò che restava nella manica della camicia. Non poteva prevedere per quanto ancora avessero intenzione di affamarlo.

La guardia aveva lasciato la luce accesa, in modo che Sebastian potesse contemplare in tutta la sua bruttezza la cella che fino ad allora aveva conosciuto soltanto a tastoni. Senza finestre, circa quattro metri quadrati, le pareti grigie e spoglie, un letto di ferro con le assi, una coperta militare, una bottiglia d'acqua vuota. Il secchio in un angolo non conteneva molto, del resto non aveva bevuto né mangiato per chissà quanto tempo. Era così debole che non riusciva quasi a reggersi in piedi, ma quando sprofondò sul letto dopo il magro pasto si sentì meglio. Sarebbe sopravvissuto. Non sapeva se fosse una fortuna o una sfortuna. Alcuni prigionieri si erano sottratti alle continue umiliazioni e torture fisiche suicidandosi, si lanciavano contro le recinzioni elettriche oppure si impiccavano alle sbarre o ai radiatori. La maggior parte, tuttavia, sopportava il duro lavoro, il freddo e la fame.

Dopo qualche ora la guardia tornò con una scodella di minestra e un altro pezzo di pane. Il viso dell'uomo era impassibile, ma a Sebastian parve di scorgere un barlume di bontà nel suo sguardo.

«Fra poco sarà finita» disse il carceriere. Anche stavolta lasciò accesa la luce. Sebastian iniziò a mangiare la minestra di fagioli e cavoli con piccoli pezzi di pancetta. Gli sembrò di non aver mai mangiato niente di più buono in vita sua. Nelle ore successive fu tormentato dai crampi allo stomaco, ma resistette, non vomitò e finì anche il pane. La sera gli servirono patate e aringhe, che spazzolò fino all'ultima briciola. Quando la luce si spense, cadde in un sonno profondo e senza sogni.

Si svegliò con la guardia che apriva la porta della cella, si tirò a sedere sul letto e strizzò gli occhi contro la luce. Di nuovo pane e caffè. In più, l'uomo gli lanciò una busta bianca sul letto.

«È arrivata una lettera per te.»

Incredulo, Sebastian la prese, si aggiustò gli occhiali – il suo bene più prezioso – e guardò il nome del mittente. Avvertì una fitta di dolore, il foglio gli sfuggì di mano e atterrò sul pavimento, sotto il letto.

Una lettera di Lisa. Nessun inganno, nessun errore, aveva riconosciuto la sua grafia.

Sapevano che era a Dachau!

Chi poteva averglielo detto? La Gestapo? O era stato Felix, che si era ritirato dal gruppo per il bene della sua fidanzata ma era sempre rimasto in contatto con loro?

Vuotò la tazza di caffè e mangiò il pane, c'era sempre il rischio che gli portassero via il cibo. Poi rimase seduto per qualche istante, con le mani sulle ginocchia, a fissare la porta d'acciaio con la grata. Il cuore gli batteva all'impazzata. La prospettiva di venticinque frustate era meno spaventosa di quella di leggere la lettera.

Cosa poteva avergli scritto Lisa? L'aveva lasciata, aveva calpestato il loro amore, da anni i suoi figli non avevano un padre. Impossibile che non lo odiasse.

Se è così, pensò, *e non può essere diversamente, allora leggerò la lettera, glielo devo, ma non so se troverò la forza di rispondere.*

Si inginocchiò sul pavimento e recuperò la busta da sotto il letto. Era stata aperta.

Estrasse il foglio con dita malferme e rese callose dal lavoro. In origine la lettera era lunga il doppio, ma era stata tagliata a metà dalla censura.

Augusta, 17 agosto 1940

Sebastian!
Ho deciso di scriverti perché ieri sera abbiamo subito un attacco aereo. Non ci sono stati gravi danni, le misure antiaeree e la contraerea si sono rivelate efficaci, ma ho realizzato quanto è

fugace la nostra vita e quanto in fretta può finire, e non voglio trovarmi davanti al giudizio di Dio senza averti teso una mano per riconciliarci.
Io e i bambini stiamo bene. Johannes e Hanno sono entrati nella Gioventù hitleriana, Charlotte è nel gruppo femminile. Abbiamo imparato a cavarcela senza di te.
Nonostante sia profondamente delusa e non mi aspetti più nulla, per il bene dei bambini vorrei provare a...

Ecco il taglio, mancava il resto della frase. Sebastian sentì le lacrime rigargli le guance e finire sulla camicia. Gli occhiali erano bagnati, le righe gli apparivano sfocate.

Si era sbagliato su sua moglie. Non gli aveva scritto per vomitargli addosso la propria rabbia, anzi: si mostrava composta, confidava in Dio e aveva la grandezza d'animo per offrirgli aiuto. La frase interrotta doveva completarsi così, ne era sicuro.

Sarebbe stato più facile leggere una lettera furibonda e offensiva? Forse sì. Le frasi «Abbiamo imparato a cavarcela senza di te» e «Nonostante sia profondamente delusa e non mi aspetti più nulla» facevano più male di qualsiasi accusa meritata.

Rilesse il testo, sentì di nuovo come una pugnalata e tuttavia cercò di trovarvi qualcosa di positivo. Gli aveva scritto. Non era già tanto? Anche se era stata spinta dalla paura della morte dovuta all'attacco aereo. Elizabeth aveva parlato del «bene dei bambini». Cosa significava? Forse conservavano ancora una scintilla d'affetto per lui.

La speranza. La maledetta speranza. Ora sarebbe tornata a tormentarlo.

Rimise il foglio nella busta, la piegò e se la infilò nella manica. Si alzò e prese a camminare avanti e indietro nella cella, poi si sedette di nuovo, si perse nei suoi pensieri. Un mondo che credeva perduto gli stava crollando addosso con inattesa violenza. Quando la guardia riaprì la porta della cella con un tintinnio, Sebastian si aspettava il pranzo, ma gli fu ordinato di uscire.

Si tolse gli occhiali e li tenne in mano. Non era escluso che volessero schiaffeggiarlo, invece ricevette soltanto pochi calci.

Fuori nevicava, le baracche erano ricoperte da una coltre bianca. Alcuni prigionieri stavano spalando la neve dal piazzale dell'appello. C'era anche un abete, doveva mancare poco a Natale. Sotto l'albero notò qualcosa di rosso. Due prigionieri giacevano sanguinanti nella neve, forse appena scesi dal cavalletto.

Nella mensa stavano pranzando: stufato di fagioli con cavolo cappuccio. Gli portarono una ciotola di latta. I compagni lo accolsero con calore e pacche sulle spalle, felici di rivederlo.

«Hanno portato via anche il sinti e il dottore ebreo» gli dissero. «Non sono ancora tornati.»

«Quanto tempo sono stato via?»

«Quattro giorni.»

Non era niente. Il teologo era stato rinchiuso per due mesi, altri erano rimasti al buio diverse settimane. Poteva ritenersi fortunato.

Nelle baracche, sistemò la lettera in una scatola di latta dove conservava i suoi pochi averi. Il cucchiaio, un fazzoletto e, di notte, gli occhiali, per non romperli nel sonno. Il lavoro era particolarmente faticoso nel terreno ghiacciato, ma Sebastian constatò con sorpresa che non era svenuto, nonostante i quattro giorni di digiuno. Forse era l'aria fresca a rinvigorirlo e permettergli di affrontare le fatiche.

Al tramonto vennero accesi i riflettori per tenere d'occhio i detenuti. Ma le guardie erano irrequiete, continuavano a frustare gli uomini ormai esausti e congelati, e a picchiarli con pugni e calci.

Rimasero al freddo mezz'ora più del solito per l'appello serale, e nella luce azzurrognola dei fari Sebastian notò che i due uomini erano scomparsi da sotto l'abete. C'erano soltanto le macchie di sangue.

Più tardi, seduto a tavola con gli altri, sprofondò nei suoi pensieri.

«Hai ricevuto una lettera, vero?» chiese il teologo.

«Come lo sai?»

«È arrivato un pacco per te. L'hanno portato via perché eri in cella.»

Sebastian avvertì un brivido caldo. Elisabeth gli aveva mandato un pacco. Era seria nel proposito di aiutarlo.

«Non so se posso accettarlo» mormorò.

«Perché no?»

«Perché l'ho fatta soffrire troppo.»

Il teologo rimase in silenzio per un attimo. «Non devi pensare solo a te stesso, Sebastian» disse infine, con tono di rimprovero. «Ti ha mandato un segno: perché vuoi essere tanto arrogante da ignorarlo?»

«Quindi pensi che dovrei scriverle?»

«Sì, devi farlo per lei.»

14

Gennaio 1941

Mio caro Paul,
ieri, dopo un lungo silenzio, ho ricevuto un'altra tua lettera. È stato un immenso sollievo, temevo che la guerra potesse aver interrotto i contatti fra di noi. La tua lettera era stranamente breve, e ne ho sofferto, ma so quanto sia difficile la tua situazione e capisco che tu non abbia il tempo di inviarmi resoconti dettagliati.
Qui a New York il sentimento riguardo alla guerra in Europa non è unanime, ma la maggior parte degli americani è convinta di dover restare neutrale e fuori dal conflitto. Noi immigrati dalla Germania la vediamo diversamente, pensiamo che l'America dovrebbe fermare Hitler e sostenere i coraggiosi britannici nella lotta per la sopravvivenza.
Non passa giorno senza che pensi a te e ai nostri figli. Dodo mi ha scritto che presto tornerà a Monaco, purtroppo Kurt è pigro a scrivere, ma posso perdonarglielo, data la sua età. Di recente Karl mi ha chiesto perché non hai risposto alla sua offerta per i filati. L'unica cosa che mi è venuta in mente è che dipendesse dal ritardo delle poste...

Paul smise di leggere e gettò con rabbia la lettera sulla scrivania. Come poteva pensare che avrebbe fatto affari proprio con il *suo* Karl? Quell'uomo poteva fargli le proposte più generose del mondo, ma non aveva bisogno del suo aiuto. E in ogni caso Ernst si sarebbe opposto, perché Friedländer era ebreo.

Guardò l'orologio. Erano già le sette e mezza, von Klippstein lo aspettava per un incontro in fabbrica di lì a un'ora. Come al solito, Paul aveva un pessimo presentimento.

Combattuto, riprese la lettera di Marie, scorse alcuni paragrafi e la posò di nuovo. Perché sua moglie fingeva di preoccuparsi per la fabbrica? Sapeva benissimo che non le importava. Era un'imprenditrice di successo – anche grazie al sostegno del suo conoscente – e gli anni trascorsi con il marito alla Villa delle Stoffe erano un lontano ricordo. Questa era la triste verità che riscontrava in ogni sua lettera, la leggeva tra le righe, nonostante lei gli assicurasse di sostenerlo anche dall'altro lato dell'Atlantico. Paul ne aveva avuto la prova nel luglio dell'anno prima, quando Marie gli aveva consigliato a cuor leggero di disfarsi dei filatoi ad anelli, se fosse tornato utile alla fabbrica. Sembrava aver dimenticato che quei macchinari facevano parte della loro storia, che erano indissolubilmente legati al destino di entrambi e dei loro genitori. Marie aveva iniziato una nuova vita a New York, si era lasciata Augusta alle spalle e il loro matrimonio ormai esisteva soltanto sulla carta.

Paul decise che avrebbe terminato la lettura quella sera. Mentre stava per rimettere la lettera nella busta, però, si accorse che la carta era stranamente dura intorno alla chiusura. Sorpreso, osservò la busta in controluce, la tastò e giunse all'inquietante conclusione che la lettera di Marie era stata aperta e letta.

Tenevano sotto controllo la sua corrispondenza! Per quale motivo? Non era difficile indovinarlo: era in contatto con la moglie ebrea in America. Sebbene gli Stati Uniti fossero ufficialmente neutrali, si sapeva che fornivano agli inglesi armi e forse anche aerei. Erano dalla parte del nemico.

Magnifico! Marie aveva dissertato senza freni sui sentimenti americani riguardo alla guerra, aggiungendo che sperava che gli Stati Uniti si schierassero contro la Germania! Se avesse continuato a scrivere lettere così ingenue, lo avrebbe mandato dritto all'inferno!

Lottando contro la nausea, Paul ripose la busta nella scatola e si chiese quante altre lettere fossero già state aperte e lette. Soltanto quelle che si erano scambiati dall'inizio della guerra? Non erano tante. Oppure lo tenevano sotto controllo da prima? Da anni, addirittura. In ogni caso, doveva avvertire Kitty e Lisa. E anche Henny e Dodo scrivevano in America.

Si alzò perché aveva sentito il motore della macchina avviarsi al piano di sotto. Humbert doveva accompagnare Dodo alla stazione. Dopo aver completato i sei mesi di tirocinio formativo, sua figlia era decisa a tornare a Monaco il prima possibile per sostenere gli esami. Era sicura che li avrebbe superati tutti, nonostante avesse saltato le lezioni del semestre autunnale. Sarebbe stato come bere un bicchiere d'acqua, gli aveva assicurato.

«Papà? Sto per partire, volevo salutarti» sentì la sua voce in corridoio.

«Vieni pure, Dodo!»

Entrò. Era una ragazza magra e pallida, vestita in modo trasandato, con i capelli corti. La si sarebbe potuta facilmente scambiare per un maschio, tanto più che aveva una spiccata propensione per la tecnica e la matematica. Per non parlare del suo atteggiamento, lontano anni luce dalla femminilità civettuola ma determinata di Henny.

«Volevo ringraziarti di nuovo» disse. «Non sai quanto sono

felice di essere riuscita a completare il servizio di lavoro in fabbrica.»

Gli sorrise. Paul era felice di averle reso la vita più facile, anche se soltanto negli ultimi due mesi. Dodo era tornata nella sua stanza della Villa delle Stoffe e ogni giorno andava a lavorare in tessitura, occupandosi soprattutto dei macchinari ed escogitando trucchi per rendere la produzione più efficiente. La schiena – così diceva – si era perfettamente ripresa, ma doveva stare attenta.

«Sei sicura di voler dare gli esami?» domandò suo padre.

«Ovvio. Non voglio perdere un semestre. E poi la parte interessante arriva quando tratteremo la costruzione degli aerei.»

Avrebbe voluto rimproverarla per il fatto che i suoi studi venivano pagati con "denaro straniero" e suggerirle di mettere a frutto le sue capacità nella fabbrica di famiglia. Per come stavano le cose, però, non aveva quasi nulla da offrirle. Anche la tessitura avrebbe chiuso di lì a breve: tutti i tentativi di ottenere filati adatti per le uniformi erano falliti. Il futuro della Melzer era cupo.

«Bene, allora buona fortuna» le disse, con un sorriso di incoraggiamento. «Forse in fondo hai scelto la strada giusta, Dodo.»

Lei capì il senso di quelle parole, d'altra parte aveva assistito personalmente al disastro negli ultimi due mesi. «I tempi cambieranno, papà. Alla fine della guerra la fabbrica tornerà a produrre.»

«Sono d'accordo.»

Era commosso dal suo tentativo di confortarlo. Peccato che stesse per tornare a Monaco, era stato bello averla alla Villa delle Stoffe.

«Soltanto un'altra cosa, Dodo...»

«Vuoi dirmi delle lettere?» fece lei, accigliata. «So che vengono aperte. Zia Kitty ce l'ha detto ieri.»

Quindi se n'erano accorte anche loro. Dodo sembrava aver preso la cosa con leggerezza. Non sapeva se esserne felice o preoccupato. Sua figlia era cresciuta.

«Va bene, allora sei già informata. Fatti sentire, sai che puoi contare su di me per qualunque cosa.»

Si strinsero la mano e il piccolo palmo di Dodo gli ricordò quello di Marie.

«Fra poco iniziano le vacanze, tornerò a disturbarvi presto» scherzò la ragazza.

Paul la abbracciò e mormorò che non vedeva l'ora di rivederla.

«Stai attenta!» le gridò mentre correva nel corridoio.

«Anche tu, papà!»

Pochi minuti dopo, quando scese nell'atrio, Hanna gli andò incontro con cappotto, sciarpa e cappello.

«Le ho portato la sciarpa di lana, signore» disse, premurosa. «Fuori tira un vento gelido. Non preferisce aspettare che Humbert torni e la accompagni alla fabbrica in macchina?»

«Grazie, Hanna. No, vado subito, ho un appuntamento urgente. Può dire a mia sorella che vorrei parlarle prima di pranzo, per favore?»

«Certo, signore.»

Dal viale intravide Johannes, Hanno e Charlotte che correvano alla fermata del tram per andare a scuola. Quando raggiunse il cancello erano già saliti a bordo. Charlotte si accorse di lui e gli fece un cenno di saluto. Paul ricambiò, si strinse la sciarpa al collo e si avviò verso la fabbrica.

Al suo arrivo, trovò il cancello aperto e un camion fermo nel cortile per caricare gli ultimi tessuti. Kroll, il custode, era al telefono e lo salutò con la consueta indifferenza. I due operai che stavano caricando le stoffe lo accolsero amichevolmente. Lavoravano con lui da tempo e avevano visto giorni migliori.

«*Heil Hitler*, signor direttore! Fa un freddo cane oggi, vero?»

«Può dirlo forte, signor Ditmann!» rispose Paul con un sorriso, avviandosi su per i gradini dell'amministrazione.

Angelika von Lützen era malata. Hilde Haller sembrava sollevata dalla notizia, a giudicare dal sorriso radioso con cui lo accolse.

«Buongiorno, signorina Haller» disse Paul, aggiungendo in tono scherzoso: «Sta bene tutta sola?».

La segretaria avvampò. Il rossore sulle guance le donava. Era una ragazza carina, anche se molto insicura. Si alzò per prendergli cappotto, sciarpa e cappello, operazione che svolse con la massima cura, come se fossero oggetti preziosi e delicati.

«Il signor von Klippstein la sta aspettando in ufficio. È al telefono in questo momento...»

«Grazie mille. La posta è arrivata?»

«Sì, signore. È ancora qui, gliela faccio avere più tardi.»

Non aveva portato la posta nel suo ufficio come al solito, perché sapeva che ci sarebbe stato Ernst von Klippstein. Paul le era grato per la prudenza e la lealtà. Almeno su Hilde Haller poteva contare.

Von Klippstein si era messo comodo alla sua scrivania. Abbandonato contro lo schienale della poltrona, alzò il braccio destro in segno di saluto quando Paul entrò, senza interrompere la telefonata.

«... sì, la penso allo stesso modo... sarà fatto immediatamente... Potete contare su di me. *Heil Hitler!* In bocca al lupo anche a te...»

Paul lo superò e andò a sedersi su una delle sedie di pelle in attesa della fine della chiamata. Chissà se venivano intercettate, tecnicamente era possibile. Fedele com'era al regime, comunque, Ernst non aveva nulla da temere. Lui, invece, avrebbe fatto meglio a stare molto attento in futuro. Si sentiva oppresso, come se avesse un cappio intorno al collo che diventava ogni giorno più stretto.

«*Heil Hitler*, amico» lo salutò Ernst mentre abbassava il ricevitore. «Ho grandi novità. Poiché la Melzer mi sta molto a cuore, come ben sai, mi sono impegnato per un uso ragionevole dei padiglioni.»

Era successo, alla fine. Paul sapeva cosa significava: i locali della fabbrica d'ora in avanti avrebbero ospitato gli impianti di produzione dell'industria bellica.

«Ho l'ordine di mettere i nostri impianti a disposizione degli stabilimenti Messerschmitt con effetto immediato. La guerra contro gli inglesi richiede il massimo sforzo e noi contribuiremo a produrre parti di aeromobili per garantire alla nostra aviazione la necessaria fornitura di aerei da combattimento.»

Paul non riuscì a pensare a una risposta adeguata. Ogni obiezione era inutile, non gli restava che accettare. Per fortuna Hilde Haller entrò per chiedere se gradissero un caffè. «La signorina Bräuer è qui fuori...»

«Il caffè volentieri, ma non ci serve una stenografa, al momento. Dica alla signorina Bräuer che avremo bisogno di lei più tardi, dovrebbe accompagnarci in un giro nelle sale di produzione» rispose von Klippstein in tono arrogante.

La segretaria si ritirò con espressione turbata. Sapeva di cosa avevano discusso, era al corrente di quasi tutto ciò che riguardava la fabbrica.

Paul decise di esprimere almeno qualche riserva: non aveva intenzione di sottomettersi subito e senza discutere, come si aspettava Ernst.

«Ma sarebbe un peccato chiudere la tessitura, d'altronde anche producendo uniformi diamo il nostro contributo allo sforzo bellico.»

Von Klippstein agitò una mano e si alzò dalla scrivania per sedersi accanto a lui. Si muoveva a fatica, ma riuscì a restare impassibile. Le ferite della guerra lo tormentavano da anni, ma ormai era abituato al dolore.

«Non devi preoccuparti di questo, caro Paul. Se ne occuperanno altre fabbriche tessili. Per fortuna i danni alla Buntweberei sono stati riparati e la produzione è ripartita.»

Paul lo sapeva e si era già irritato molto. Era chiaro che Ernst aveva pianificato fin dall'inizio di ridurre la produzione della Melzer, in modo che i padiglioni fossero messi a disposizione dell'industria bellica. I tessuti per le uniformi venivano realizzati dalla Buntweberei, semplice.

«E c'è un'altra cosa» continuò von Klippstein. «Si tratta della direzione della fabbrica.»

Paul sentì il cuore mancare un battito. Cos'altro voleva? Possibile che i timori di Henny fossero fondati? Volevano portargli via la Melzer?

Ernst mescolò lentamente latte e zucchero nella tazza, aggiungendo: «Secondo le leggi razziali sei considerato "imparentato con ebrei", perché ti rifiuti di divorziare da Marie. Pertanto sarebbe da irresponsabili affidarti la direzione di una fabbrica che produce armamenti per la guerra».

Paul era sbalordito. Marie si era trasferita in America proprio per evitare che succedesse una cosa simile. E ora la loro separazione si rivelava inutile. Gli stavano espropriando la fabbrica!

Ernst era consapevole di aver riferito una notizia ferale. Guardò Paul con un misto di ironia e compassione, e provò ad attutire il colpo. «Detto fra noi, ti capisco. Divorziare da una donna come Marie non è una decisione da prendere a cuor leggero. Anche se è ebrea, devo ammettere che personalmente ho sempre nutrito grande simpatia...»

Sopportò il discorso in silenzio. Quell'uomo provava qualcosa di più di una semplice simpatia per Marie, lo sapeva fin troppo bene. Se Paul non fosse tornato vivo dalla guerra, sua moglie non avrebbe avuto vita facile, perché Ernst era riuscito a intrufolarsi nella gestione della fabbrica e a renderla dipendente da lui. Del resto, il suo "amico" Ernst von Klippstein aveva sempre avuto un debole per le donne della Villa delle Stoffe: aveva corteggiato anche Kitty e aveva finito per rendere infelice la povera Tilly.

«Tua moglie è stata saggia a emigrare a New York» continuò Ernst con un sorriso, sorseggiando il caffè. «Vederla con la stella di David sarebbe stato uno spettacolo triste anche per me.»

Purtroppo aveva ragione. Una legge imponeva agli ebrei di cucirsi una stella gialla sui vestiti. Chi si mostrava in pubblico sprovvisto della toppa, andava incontro a gravi sanzioni.

«A proposito» aggiunse Ernst. «Il vostro nuovo giardiniere, Marek. È ebreo anche lui, no? Dovrebbe portare la stella quando lavora nel parco. In fondo i visitatori devono sapere che alla Villa delle Stoffe c'è un dipendente ebreo, in modo da poterne stare alla larga. L'hai denunciato alle autorità, vero?»

Non l'aveva fatto, nella speranza che Marek sfuggisse alla rete della Gestapo. Ma i timori di Lisa si erano concretizzati, von Klippstein l'aveva saputo. Stavolta non poteva essere colpa di Gerti, perché non era più tornata alla Villa delle Stoffe da quando si era trasferita in Steingasse.

«Ho intenzione di farlo» cercò di difendersi Paul. «Ma per

il momento è da noi in prova. Non è un giardiniere molto capace, quindi non credo che resterà.»

«Devi comunque notificare la sua presenza il prima possibile» si raccomandò Ernst. «E visto che è inverno e avrà poco da fare nel parco, potresti mandarlo da noi. So che è un artista e Gerti sta ancora aspettando l'affresco...»

Paul tese le orecchie. Ernst voleva assumere un ebreo? Certo, era sempre sollecito quando si trattava della sua Gerti, ma Paul doveva stare attento. Era possibile che volesse usare il giardiniere per ricattarlo.

«Glielo dirò, ma non appena il terreno sarà meno ghiacciato dovremo scavare uno stagno per la raccolta dell'acqua. Marek sarà molto impegnato.»

Era un ordine che veniva dal Comune, per fortuna se ne era ricordato.

«Potrebbero volerci giorni prima che le temperature si alzino, forse anche settimane. Nel frattempo può passare a discutere i progetti con Gerti.»

«Certamente.»

Ernst guardò l'orologio e chiamò la segretaria. «È arrivato il signor Stromberger?» chiese.

«Vi attende nell'anticamera.»

«Bene. Gli dica che arriviamo subito, può tenersi il cappotto.»

Rivolto a Paul, spiegò che l'ospite era il direttore *ad interim* inviato dalla Camera di Commercio del Reich e che avrebbe assunto l'incarico quel giorno stesso.

«C'è il mio zampino, naturalmente» mise in chiaro. «Wilhelm Stromberger è una persona capace e assolutamente degna di fiducia. Puoi contare su di me per questo.»

Paul non ne dubitava affatto. Dunque, di lì a pochi minuti

avrebbe dovuto cedere la direzione della Melzer. Il colpo era stato ben architettato.

«Servo ancora a qualcosa nella mia fabbrica?» chiese. «O hai anche fatto in modo che d'ora in poi sia disoccupato?»

Ernst, che si era già alzato ed era andato alla porta, si voltò verso di lui. «Cosa ti salta in mente, Paul? Stromberger attribuisce grande importanza a una stretta collaborazione con te, e anch'io resterò, compatibilmente con i miei impegni.»

«È molto rassicurante» disse Paul, sarcastico. Immaginava già in cosa consistesse la stretta collaborazione. Si sarebbe ritrovato a ricevere ordini nella sua azienda. Ma forse poteva almeno cercare di evitare il peggio esercitando un minimo di influenza su questo Stromberger.

Nell'anticamera, il nuovo direttore *ad interim* era impegnato in un'accesa conversazione con Henny. Era un uomo dall'aspetto insignificante, di media statura, asciutto, con i capelli biondi corti e radi, e lineamenti che lo facevano apparire più servizievole che intelligente. Paul notò che il fascino di Henny era andato a segno. Stromberger sorrideva e i suoi occhi brillavano come spesso capitava agli uomini in presenza della nipote. Tuttavia, quando vide Ernst von Klippstein e Paul uscire dall'ufficio, cambiò subito espressione e alzò il braccio destro.

«*Heil Hitler!*»

«*Heil Hitler*, amico mio» rispose Ernst gioviale, ma con il contegno di un superiore. «Andiamo. Cappotti e cappelli, per favore, signorina Haller!»

Hilde aiutò prima Paul a infilarsi il soprabito. La sentì indugiare per un attimo con la mano sulla sua spalla. Gli fece piacere.

Durante il giro Henny prese nota delle decisioni dei signori, senza obiettare. I telai dovevano essere rimossi per fare spazio a banchi di lavoro e macchinari. La mensa sarebbe stata riaperta, gli operai avrebbero avuto il pranzo offerto e la possibilità di acquistare bibite e dolci. L'annuncio successivo lasciò Paul a bocca aperta. Anche la matita di Henny si fermò mentre prendeva appunti.

«Qui bisognerà montare un cancello, in modo che le persone possano essere controllate» spiegò von Klippstein, indicando il muro che separava la fabbrica da un prato.

Alle spalle dello stabilimento sarebbero state costruite delle baracche. La Messerschmitt aveva intenzione di impiegare forza lavoro straniera.

15

Aprile 1941

Mia cara moglie,
la tua lettera mi ha riempito di gioia. Sto bene, il lavoro è estenuante, ma abbiamo abbastanza da mangiare. Penso spesso a te e agli anni insieme. Mi rassicura che stiate riuscendo a cavarvela senza di me.
Ammiro davvero il tuo coraggio e la tua forza.
Permettimi di conservare l'amore per te nel profondo del mio cuore, nonostante tutto. Non posso farne a meno.

Sebastian

Ci era riuscito, alla fine! Gli erano bastate poche righe a rompere lo strato di ghiaccio che le si era formato intorno al cuore negli ultimi anni e che aveva creduto impenetrabile. E ora, eccola piangere disperata sul divano.

Permettimi di conservare l'amore per te nel profondo del mio cuore, nonostante tutto. Non posso farne a meno.

Lisa si era ripromessa di bruciare la lettera senza aprirla. Cosa l'aveva indotta a scrivergli? A mandargli un pacco, addirittura! Era stata quella terribile nottata di bombardamenti in cui aveva temuto di morire. Di colpo la rabbia era svanita ed era tornata la nostalgia per lui. In seguito se n'era pentita, ma ormai la lettera e il pacco erano già partiti. Che imbarazzo ricevere una lettera dal campo di Dachau. Il postino l'aveva vista, l'avrebbe raccontato a tutti. E anche i domestici ne erano al corrente, di certo, perché era Humbert a smistare la posta. Il maggiordomo era discreto, le aveva consegnato la busta e si era astenuto dal commentare, ma di certo non sarebbe rimasto zitto una volta tornato in cucina. L'importante era che non lo scoprissero i ragazzi. Anzi, doveva raccomandarsi con Humbert di non consegnarle altre lettere del genere davanti ai figli.

Non ci saranno altre lettere da Dachau, pensò, ricomponendosi. *Non risponderò, così non mi scriverà più.* In generale non sembrava che Sebastian stesse male, aveva da mangiare a sufficienza e il lavoro era sopportabile. La cosa la meravigliava, dal momento che le precedenti incarcerazioni lo avevano messo a dura prova. Ma, a quanto pareva, aveva trovato la forza.

E se non fosse vero? si disse. *La posta viene controllata, non può scrivere come stanno davvero le cose. Forse è malato, vicino alla morte.* Rilesse le ultime due righe con le lacrime agli occhi.

Permettimi di conservare l'amore per te nel profondo del mio cuore, nonostante tutto. Non posso farne a meno.

Dunque la amava ancora. Come poteva essere così crudele da non rispondergli? Sebastian la amava, e anche lei sentiva che fra loro non era finita.

Si soffiò il naso e si mise a cercare l'occorrente per scrivere. Trovò carta e penna nel cassetto del comò, insieme alla corrispondenza che dimenticava sempre di smistare. Con un profondo sospiro, si sedette di nuovo alla scrivania, impugnò la penna stilografica e aprì il suo cuore.

Caro Sebastian,
la tua lettera mi ha commosso fino alle lacrime. Ero sicura di averti bandito dalla mia vita e dal mio cuore, ma lo ammetto: è stata un'illusione. Appartieni ancora a me e ai nostri figli, quindi ho deciso di continuare a scriverti. Mi intristisce saperti al campo di Dachau, dove di certo non condurrai una vita facile, ma spero sinceramente che un giorno...

Si interruppe perché qualcuno bussò piano alla porta.

«Signora, mi scusi il disturbo. Sono qui per il menu settimanale.»

Era Liesl, la seconda cuoca. Da tempo era lei a discutere il menu con la padrona di casa, perché Fanny Brunnenmayer faticava troppo a salire le scale. Lisa sbuffò. Non aveva nemmeno dieci minuti per scrivere una lettera importante. Quella famiglia era un fardello che minacciava di soffocarla.

«Entra pure» rispose, mentre girava il foglio in modo che gli occhi attenti della ragazza non vedessero cose che non la riguardavano.

Santo cielo! Liesl aveva l'aria di aver pianto. Lisa si augurava che non fosse successo niente alla piccola. Era una bambina adorabile.

«Va tutto bene?» chiese, affettuosa. «Sembri turbata.»

«No, no» cercò di farsi coraggio, asciugandosi le lacrime con il dorso della mano. «Va tutto bene. Mi sono solo presa uno spavento quando ho ricevuto la lettera dall'ospedale militare.»

Sempre le lettere! Come nella precedente guerra, si viveva in attesa della posta, troppo spesso foriera di sofferenza e lacrime.

«Christian è in ospedale? Spero non sia niente di grave.»

«Dice che presto starà bene e che non devo preoccuparmi»

riferì Liesl. «Volevo andare a trovarlo, ma Dresda è troppo lontana. Lo hanno colpito alla gamba, ma per fortuna le ossa sono intatte e la ferita sta guarendo.»

«Grazie a Dio» disse Lisa. «È stato fortunato, nella sfortuna.»

Liesl annuì e chinò il capo. «Avrà un congedo per la convalescenza» singhiozzò, armeggiando nel grembiule in cerca del fazzoletto. «Ma mi creda, signora, non sarò tranquilla finché non lo vedrò sano e salvo con i miei occhi.»

«Ti capisco, Liesl» sospirò Lisa. La ragazza non aveva idea di come fosse fortunata a poter riabbracciare il suo amato di lì a poco, anche se ferito. Lei, invece, non avrebbe rivisto Sebastian per chissà quanto tempo. Forse mai più...

Si riscosse. Da padrona di casa, non poteva lasciare che le emozioni avessero la meglio in presenza di una dipendente. Avrebbe pianto più tardi, una volta rimasta sola.

«Ho preparato il menu per la settimana» disse, alzandosi per prendere il libro delle spese domestiche. «Purtroppo non è molto vario. Se la signora Brunnenmayer avesse un'altra ricetta segreta a base di patate, carote e cipolle, ne sarei felice. Ecco la tessera, ti lascio anche dei contanti.»

Liesl si asciugò il viso e prese il borsellino, il menu e la tessera per l'acquisto di carne, farina, burro, formaggio e altri generi alimentari. I negozi non vendevano nulla che superasse il quantitativo stabilito, facevano un'eccezione solo per i clienti affezionati, ma erano scambi che avvenivano sottobanco e decisamente a caro prezzo.

«C'è altro?» chiese Lisa, intenzionata a tornare alla lettera il prima possibile.

«No, è tutto» rispose Liesl, infilandosi il borsellino nella tasca del grembiule. «Mi scusi se mi ha vista sconvolta. È anche per Annemarie, è molto affezionata al padre...»

«È naturale, Liesl.»

Quando la ragazza richiuse la porta alle spalle, Lisa riprese il foglio e rilesse ciò che aveva scritto. Forse aveva esagerato. D'altronde Sebastian non si era fatto sentire per tutto quel tempo...

«Mi perdoni, signora...» Ora c'era Hanna sulla soglia.

«Che succede?» chiese Lisa irritata, posando di nuovo la penna.

A giudicare dall'espressione della cameriera, niente di buono. «Mi manda sua madre. Deve venire subito, è una cosa seria.»

«Grazie, Hanna. Dille che arrivo fra un attimo.» Un'altra follia di sua madre! Lisa decise che per una volta poteva aspettare, aveva una lettera importante da scrivere. Prese di nuovo la penna e riuscì ad aggiungere un paio di frasi prima che tornassero a bussare alla porta. Stavolta era Auguste.

«Mi scusi, signora. Sua madre...»

«Arrivo!»

Gettò con rabbia la penna sul tavolo e si alzò. Perché era sempre tutto sulle sue spalle? Se sua madre aveva un problema, non poteva occuparsene Hanna? Qualche giorno prima si era messa a cercare l'orologio da taschino del marito, perché si era dimenticata di averlo regalato a Leo.

Alicia Melzer era in vestaglia, con le braccia incrociate sul petto, e fissava indignata sua cognata Elvira, seduta in poltrona di fronte a lei.

«Come può una persona normale avere un'idea del genere, Alicia? A volte mi chiedo se hai tutte le rotelle a posto.»

«Se vuoi dire che sono impazzita... Oh, Lisa, eccoti finalmente. Pensa, Elvira sta cercando di convincermi che non sono più sana di mente.»

«Ma che dici, mamma? Sono piccole confusioni che capitano a tutti. Cos'è successo oggi?»

Elvira le rivolse un'occhiataccia. Cielo, avevano litigato sul serio.

«Tua madre vuole festeggiare il novantesimo compleanno di tuo padre in grande stile. Con un banchetto cui saranno invitati tutti i soci d'affari e i notabili di Augusta.»

Per un attimo Lisa rimase senza parole. Alicia aveva già concepito un mucchio di idee assurde, ma quella le superava tutte. E proprio ora che avevano subito l'esproprio della fabbrica e il povero Paul doveva fare i conti con Stromberger, per giunta!

«Offriremo della birra, ci sarà un rinfresco per gli operai e gli impiegati» aggiunse imperterrita sua madre. «E penso che per l'occasione dovremmo premiare i collaboratori che hanno lavorato sodo.»

Lisa scambiò uno sguardo con Elvira, che sapeva degli ultimi eventi in fabbrica. Poi inspirò a fondo e si preparò a dissuadere sua madre con la maggior delicatezza possibile.

«Ma cara mamma... Papà sarebbe molto felice di una festa come questa se...»

«Lo so che è morto» intervenne Alicia. «Non prendermi per un'idiota. Stavo pensando a una festa di commemorazione.»

Lisa non sapeva se scoppiare a ridere o mettersi a gridare. Una festa di commemorazione per il fondatore della Melzer! Ora che le sale di produzione erano piene di lavoratori stranieri che fabbricavano parti di aeroplani per la Messerschmitt. Poi ebbe l'intuizione salvifica. «È un'ottima idea, mamma, ma il nostro caro papà non avrebbe compiuto novant'anni fino al prossimo anno...»

«Non è mai troppo presto per organizzare feste del genere, Lisa!»

«Hai ragione, certo. Secondo me dovresti fare una lista degli invitati, dopodiché la esamineremo insieme e decideremo la disposizione dei posti...»

Erano le parole giuste al momento giusto. Gli occhi di Alicia Melzer si illuminarono. Si voltò verso la cognata con aria trionfante ed esclamò: «Hai sentito, Elvira? La mia Lisa sì che sa gestire le cose in maniera sensata. È così che si organizza un banchetto!».

Elvira scosse la testa, disperata, ma intuì che era più saggio non obiettare. Guardò Lisa con gratitudine e sorrise debolmente. «Se mai dovessi vedere dei topi verdi con le zampe rosa» disse, «saprai il perché, Lisa.»

Quella le strinse la spalla, comprensiva, e uscì dalla stanza. In corridoio incrociò Auguste e le chiese di servire alle signore un tè alla menta piperita, quindi si avviò a passo spedito verso l'ala nuova.

Appena aprì la porta del salotto, trasalì. Charlotte sedeva a gambe incrociate sul divano e teneva in mano la lettera di Sebastian.

«Cosa ci fai qui? Pensavo che fossi a scuola.»

«Ho mal di gola, mi hanno mandata a casa.»

Il viso della figlia era rosso di eccitazione. Guardò sua madre e le porse il foglio. «È una lettera di papà! Ora finalmente sappiamo dove si trova. A Dachau! Non è lontano!»

Lisa dovette sedersi. Perché non aveva nascosto la lettera? Era tutta colpa di Alicia e delle sue idee balzane! Se non avesse insistito così tanto...

«Voglio andare a trovare papà!»

Ovvio che fosse la prima cosa che le veniva in mente, adesso che sapeva dov'era Sebastian.

«Temo non sia possibile, Charlotte. Papà è in... un campo. Non puoi andare a trovarlo lì.»

«È nel campo di prigionia di Dachau, dove mandano i criminali e gli ebrei. Lo so, mamma» disse la dodicenne in tono serio. «Ma si può far visita a chi è in prigione.»

Era incredibile ciò che insegnavano ai bambini a scuola. Sua figlia sapeva dell'esistenza dei campi e come minimo pensava fosse giusto che lo Stato nazista vi rinchiudesse la gente.

«Ma ai prigionieri dei campi no» spiegò Lisa. «Lì non può entrare nessuno.»

Charlotte abbassò lo sguardo, delusa, ma poi assunse un'aria di sfida, come faceva sempre quando qualcosa non le andava a genio. Era testarda.

«Voglio andarci» annunciò. «Forse mi faranno entrare, se spiego che è mio padre. O almeno potrò vederlo da lontano e salutarlo.»

«È impossibile, Charlotte! Non si può andare a trovare nessun parente, ti rispedirebbero subito indietro. E non potresti vedere tuo padre nemmeno da lontano, perché il campo è circondato da un muro.»

«Come una fortezza?»

«Sì, esatto. Ci sono torri con i guardiani. Non hai visto le foto sul giornale?»

«Sì...»

La bambina chinò il capo, ma non sembrava ancora pronta ad arrendersi. «Però possiamo scrivergli. Tu lo stavi facendo, ho letto la lettera.»

«Hai ragione» ammise Lisa. «E si possono anche inviare dei pacchi.»

«Allora gli scrivo. E gli mando qualcosa.»

Lisa tirò un sospiro di sollievo. Almeno aveva rinunciato al folle piano di andare a trovare suo padre a Dachau. In fondo era una bambina sveglia, benché terribilmente cocciuta.

«Puoi farlo. Ma vorrei leggere la tua lettera, prima di spedirla.»

«Perché?» chiese Charlotte, pronta allo scontro.

Lisa si sforzò di mantenere la calma, era importante. «Perché non puoi scrivere niente che possa causare problemi a papà, capisci?»

«Allora anch'io voglio leggere le tue lettere!»

Perché il destino l'aveva punita dandole una figlia del genere? «Va bene. Ma per favore non dire a nessuno, a scuola, che inviamo lettere a Dachau.»

«Pensi che sia stupida? Non dirò una parola a Johannes. Nemmeno a Hanno e Kurt. È il nostro segreto, mamma. Non dobbiamo parlarne con nessuno.»

«D'accordo!»

Soddisfatta, Charlotte se ne tornò in camera a scrivere la sua lettera. Lisa sospirò profondamente. Un'altra preoccupazione. Johannes, Hanno e Kurt l'avrebbero scoperto presto, non poteva restare un segreto a lungo. Metà della città ne era a conoscenza e di certo non avrebbe tenuto a freno la lingua. Perché aveva iniziato quella corrispondenza? Adesso era coinvolta anche Charlotte. Se a scuola si fosse sparsa la voce, la poverina avrebbe avuto un mucchio di seccature.

Rimandò la risposta a Sebastian a sera, non era più dell'umore giusto per scrivere dichiarazioni d'amore accorate, soprattutto dopo che sua figlia aveva insistito per leggerle.

Poco prima di pranzo Johannes si precipitò in soggiorno. Indossava l'uniforme della Gioventù hitleriana e i pantaloncini corti, nonostante il freddo.

«Dammi il giornale, mamma, forza! Il Führer ha attaccato a sorpresa la Jugoslavia. Ora punta alla Grecia. Evviva!»

Lisa non aveva nemmeno letto il quotidiano. A cosa serviva? Non conteneva altro che storie di guerra e resoconti di vittorie. Ovunque il nemico veniva annientato, si facevano prigionieri, la Luftwaffe bombardava, i carri armati tedeschi superavano le linee nemiche. Un tempo si potevano leggere articoli sulla vita culturale di Augusta o su eventi ecclesiastici, editoriali e annunci commerciali. Ora la carta diventava sempre più sottile e sembrava non ci fosse più spazio per nulla, tanto meno per la chiesa. In compenso fioccavano le ammonizioni a oscurare le finestre la sera, stare attenti alle spie e non sprecare cibo. E le donne tedesche erano incoraggiate a mettere al mondo quanti più figli potevano. Veniva da chiedersi con chi, visto che la maggior parte degli uomini era in guerra.

Il pranzo fu di nuovo un disastro. Alicia si lamentò della zuppa troppo acquosa e chiese un brodo di manzo. Humbert, ormai abituato alle critiche, promise di riferirlo in cucina. Hanno era affranto perché aveva preso un brutto voto al tema, a quanto pareva era andato fuori traccia. Johannes blaterò delle vittorie della Wehrmacht, annunciò che presto l'esercito avrebbe invaso la Russia e disse che invidiava i tedeschi che potevano combattere per il Führer.

«Hanno arruolato Fritz Bliefert» disse. «Invece io devo aspettare ancora! Almeno i membri della Gioventù hitleriana potranno entrare nella contraerea, è già qualcosa. Purtroppo al momento non ci sono aerei nemici da abbattere.»

«Peccato» rispose ironica Henny. «Intanto potresti allenarti con il tiro al piattello, che ne dici?»

Lui non la degnò di risposta. Era una donna, del resto.

«E speriamo che le cose non cambino» intervenne Paul brusco. «La guerra non è un gioco per ragazzini che si divertono a sparare con una pistola.»

Johannes tacque, con espressione ostile. Se non fosse stato per la presenza della nonna, probabilmente avrebbe risposto male allo zio. Il figlio maggiore di Lisa era cresciuto di qualche centimetro nelle ultime settimane e ormai era alto quanto Paul. L'attività sportiva, caldeggiata nella Gioventù hitleriana, gli aveva fatto bene. Il suo corpo era magro e muscoloso, Lisa aveva dovuto comprargli camicie marroni e pantaloni nuovi, perché i vecchi non gli stavano più. Se non altro avrebbe potuto riutilizzarli per Hanno.

A tavola la conversazione si era spostata sulla fabbrica. Alicia voleva sapere come andavano le cose e il povero Paul era costretto a mentire.

«Tutto bene, mamma. Siamo molto impegnati.»

«Mi fa piacere. No, niente zuppa, Humbert. Prenderò un bicchiere di vino con la portata principale...»

«Chi sono le donne che vivono nelle baracche vicino alla fabbrica, papà?» chiese Kurt.

«Sono operaie» tagliò corto Paul.

«E perché vivono lì?»

«Vengono dalla Polonia, sono qui temporaneamente.»

«E poi torneranno in Polonia?»

Johannes non resistette più. Sfruttò l'occasione per farla pagare a suo zio. «Sono sporche ebree polacche» disse ad alta voce.

Per un momento calò il silenzio. Anche Alicia rimase immobile, con espressione confusa. Il cuore di Lisa si fermò, il viso di Paul era cinereo. Fu Henny la prima a riprendersi. Con estrema calma, si alzò da tavola e, senza dare a Johannes il tempo di capire cosa stava per succedere, gli mollò un ceffone.

«Se provi a ripeterlo un'altra volta» lo minacciò, con gli occhi ardenti di rabbia, «ti giuro che te ne farò pentire.»

Il cugino, preso alla sprovvista, rimase a bocca aperta, sbattendo le palpebre. Poi balzò in piedi, facendo cadere il piatto di minestra e il cucchiaio. «Ho una famiglia di merda!» urlò, con rabbia. «Mio padre è un porco comunista e mia zia una maledetta ebrea. I miei compagni mi odiano!»

Si precipitò alla porta, quasi travolgendo Humbert. Lo sentirono correre in corridoio e sbattersi la porta alle spalle.

«Che fine ha fatto il mio vino?» disse Alicia nel silenzio carico di imbarazzo. «Humbert, ora puoi servire la portata principale.»

16

Giugno 1941

La pazienza di Liesl fu messa a durissima prova. Il congedo di convalescenza di Christian continuava a essere rinviato. Le aveva scritto che erano sorte complicazioni, si erano scambiati innumerevoli lettere e lei aveva consumato montagne di fazzoletti. Ormai nessuno in cucina osava più chiedere quando sarebbe tornato. Finché, un bel pomeriggio, un veicolo militare si fermò davanti alla Villa delle Stoffe e fece scendere Christian.

I domestici erano seduti a tavola con lo stufato e soltanto Humbert si alzò per andare a vedere, perché Willi non la smetteva di abbaiare. Poco dopo si precipitò in cucina, trafelato, e annunciò: «Liesl, tuo marito!».

La donna impallidì per la sorpresa e la gioia. Tremando da capo a piedi, si alzò e uscì di corsa, poi si udì un grido soffocato e tutti abbandonarono lo stufato per accorrere alle finestre.

«Gesù, guardate com'è felice!» disse Auguste. «Ha quasi fatto cadere il poveretto dalle stampelle.»

Fanny Brunnenmayer fu l'ultima ad arrivare, per colpa delle gambe. Hanna, che aveva preso per mano Annemarie, fece spazio alla cuoca in modo che potesse vedere anche lei la coppia finalmente riunita.

«Non si è ancora ripreso» commentò Marek a bassa voce. «Non appoggia nemmeno il piede sinistro.»

«Com'è pallido!» sussurrò Hanna a Humbert. «Ed è dimagrito. L'uniforme gli sta larghissima.»

«La guerra è l'inferno sulla Terra» mormorò cupo il maggiordomo.

«Povero ragazzo.»

«L'importante è che sia tornato» disse Else, commossa. «Il resto non conta. Guardate come lo bacia...»

Fanny Brunnenmayer si limitò a una rapida occhiata alla coppia, poi ruggì: «Tornate a sedervi. Non sono affari nostri».

Il gruppo obbedì. L'autorità della cuoca pesava ancora. Solo Else brontolò che non c'era niente di male a condividere la gioia altrui.

«Preparagli un piatto, Hanna» ordinò Fanny. «Avrà fame.»

Poco dopo i due entrarono in cucina, Liesl con lo sguardo sognante e le guance rosa, Christian con le stampelle. Sorrise imbarazzato mentre tutti saltavano in piedi per salutarlo. Per stringere la mano a qualcuno, doveva infilarsi la stampella sotto il braccio e restare su una gamba sola. Infine crollò al suo posto, consegnò zaino e stampelle a Humbert, e Liesl condusse Annemarie da lui. La piccola rimase a bocca aperta di fronte al viso magro e con gli occhi incavati di suo padre. Poi si voltò e nascose la testa nel grembiule di Liesl.

«Annemarie» disse Christian con tenerezza. «Non mi riconosci? Sono papà!»

La bambina scosse la testa e si strinse più forte alla madre. Alla fine Liesl la prese dalle spalle e la costrinse a girarsi, ma quella si staccò da lei e scappò sotto il tavolo.

«Che stupida!» rise la donna. «Non preoccuparti, Christian, tornerà in sé. Ora mangia e raccontaci come stai. Perché sei arrivato così all'improvviso? Vieni, dammi il piatto...»

Lui annuì obbediente, ma sbirciò di nuovo sotto il tavolo, dove Annemarie si era accovacciata accanto a Willi. Il cane fu meno timido, annusò le scarpe di Christian e scodinzolò allegro. Si sentì la coda sbattere contro una delle gambe del tavolo.

«Che cane intelligente» disse Auguste. «Ecco qui, Christian. Ci sono dentro un pezzo di carne affumicata e le erbe fresche del vivaio.»

Non volle raccontare molto, Christian. Ma la cosa non sorprese nessuno, perché non era stato un chiacchierone nemmeno prima. Masticò lentamente lo stufato, sorseggiò il sidro di mele e disse che era felice di essere tornato.

«Non sapete quante volte ho sognato di stare in cucina con voi, con Fanny Brunnenmayer ai fornelli e la mia Liesl che tiene in braccio la bambina. Facevo sogni assurdi!»

Humbert disse che capiva bene. Anche lui aveva sognato ogni sorta di follia mentre era in ospedale, in Francia. Siccome Christian non era in vena di raccontare, furono gli altri a parlare. Gli dissero che le cose al vivaio non andavano bene, perché dopo Maxl la Wehrmacht aveva arruolato anche Hansl. Riecke, la moglie di Maxl, continuava a lavorare con l'aiuto di un francese che dormiva nel fienile, poiché non poteva stare in casa con lei e il bambino.

«Hanno già preso tre dei cavalli della signora Elvira e probabilmente fra poco porteranno via anche gli altri» riferì Auguste. «Fritz è preoccupato, quegli animali sono la sua vita. Spera che gli lascino almeno la cavalla e uno dei puledri.»

Christian ascoltò in silenzio e continuò a scambiarsi sguardi con Liesl, che era seduta accanto a lui e gli teneva una mano sul braccio. A volte si allungava sotto il tavolo per accarezzare Willi e controllare sua figlia, ma la bambina era ancora rannicchiata nell'angolo di Else e non osava uscire allo scoperto.

«E tu chi sei?» chiese Christian a Marek, che non aveva detto una parola.

«Mi sto cimentando come giardiniere» rispose l'altro, imbarazzato. «Ma sono contento che tu sia tornato, perché non ci capisco molto.»

«Sono arrivato al momento giusto» sorrise Christian. «Ero preoccupato per il parco. Avete scavato uno stagno?»

«È per la raccolta dell'acqua. Ordini del Comune.»

La testolina bionda di Annemarie apparve oltre il bordo del tavolo. Lentamente, ancora spaventata, sbucò dal suo nascondiglio, fissò Christian, distolse lo sguardo e si avvicinò esitante alla madre. Liesl la attirò a sé. «Sciocchina, ora ti vuoi decidere a salutare papà?»

«Sì» la piccola annuì e tese la mano a Christian.

Lui la prese con cautela e la lasciò andare non appena Annemarie si ritrasse.

«Ora voi tre ve ne andate alla casetta del giardiniere» decise Fanny Brunnenmayer. «Oggi hai la giornata libera, Liesl. E fate con calma, domani mattina: non avrò bisogno di te finché non comincerò a cucinare.»

Liesl e Christian la ringraziarono calorosamente. Humbert era già stato convocato nell'atrio perché la signora Winkler era arrivata con Charlotte per dare il benvenuto al giardiniere. A quel punto Christian fu costretto a rispondere alle domande sulla gamba. I domestici riuniti in cucina tesero le orecchie.

«Sta guarendo, signora. Purtroppo ho avuto un'infezione e hanno dovuto operarmi, ecco perché la guarigione è più lenta.»

«Allora speriamo si riprenda presto, caro signor Torberg. Siamo felici di riaverla con noi. Domani chiamerò mia cognata, la signora Tilly, per farle dare un'occhiata alla gamba. E ora si riposi.»

«Grazie, signora.»

La mattina seguente Christian e Liesl si presentarono di buon'ora in cucina. Annemarie si era seduta accanto a suo padre durante la colazione e chiacchierava senza sosta. *Grazie a Dio*, pensò Fanny Brunnenmayer. Ma per la famiglia Torberg non sembrava fosse tutto rose e fiori.

«Non ce la faccio proprio» sorrise Christian. «Non riesco a starmene con le mani in mano. Più tardi vengo con te a fare un giro nel parco, Marek. Vediamo cosa c'è da fare.»

Liesl era insolitamente silenziosa, il che non prometteva nulla di buono, ma era molto affettuosa con Christian, gli passava marmellata e margarina e pareva felice che Annemarie avesse ritrovato il legame di un tempo con il padre. Erano quasi solo Auguste ed Else a parlare, per aggiornare Christian sulle ultime novità alla Villa delle Stoffe.

«La signora scrive un mucchio di lettere a Dachau. Il marito è lì...»

«Hanno sottratto la fabbrica al povero signor Melzer. Ora c'è un nazista al comando. Le sale di produzione vengono usate per costruire parti di aeroplani.»

«Ci lavorano delle operaie ebree arrivate dalla Polonia. Lavori forzati.»

«La nostra Dodo non è tornata a casa per la pausa del semestre. Non è mai successo, starà capitando qualcosa...»

Liesl aveva detto a Christian che Marek era ebreo e gli aveva raccomandato di non parlarne con estranei, cosa che lui aveva promesso di fare, dopo qualche esitazione. Quando si alzò e prese le stampelle per accompagnarlo nel parco, Marek sembrò scettico, ma non protestò e si avviò a passo lento al suo fianco.

Auguste, che li osservava dalla finestra, commentò soddisfatta: «Finalmente Marek è uscito senza taccuino. Il nostro Christian è diligente, lo farà lavorare».

I due rimasero fuori così a lungo che Annemarie alla fine perse la pazienza e corse nel parco con il cane a cercare il padre. Else e Auguste furono convocate dai signori per le pulizie, Humbert andò a controllare l'armadio del signor Melzer e Hanna si preparò a fare il bucato, perché Lisa aveva deciso di risparmiare sulla lavandaia che prima andava alla Villa delle Stoffe due volte a settimana. Fanny Brunnenmayer rimase da sola in cucina con Liesl. Pelarono le carote, sbucciarono le patate, tagliarono il cavolo cappuccio e misero a bollire un pezzo di manzo con le verdure.

«Sei silenziosa, ragazza» osservò la cuoca. «Non sei contenta che tuo marito sia qui?»

«Certo che sono contenta. Ma credo sia cambiato.»

«La guerra cambia le persone. Gli uomini vedono cose sconvolgenti. Potrebbe volerci del tempo perché torni come prima.»

Per un po' lavorarono senza parlare. Liesl tagliò le carote a pezzetti e la cuoca sbucciò le ultime patate mentre pensava a Humbert, che continuava a nascondersi sotto il tavolo a ogni temporale, nonostante fossero passati vent'anni dalla guerra mondiale. Alcune esperienze potevano cambiare un uomo per sempre, ma non era necessario sottolinearlo. «Ti ha raccontato qualcosa, ieri?» chiese.

Liesl scosse la testa. «Ha giocato con la bambina, poi l'abbiamo messa a letto e pensavo che avremmo parlato, ma Christian ha detto che era troppo stanco e voleva andare a dormire.»

«Devi essere paziente» le consigliò la cuoca.

«Certo. Ma fra due settimane riparte.»

«Di già? Non credo che per allora si sarà ripreso, magari resterà con noi più a lungo.»

«Lo spero» disse Liesl a bassa voce. «Ora che la Wehrmacht sta per attaccare la Russia, sarebbe meglio se non ci andasse.»

Gli inglesi resistevano strenuamente agli attacchi aerei tedeschi. L'armistizio proposto da Hitler era stato respinto, colpa di Winston Churchill. Nel frattempo, l'esercito tedesco avanzava sul fronte orientale e, come al solito, la radio, i giornali e i cinegiornali riportavano grandi vittorie e riferivano che i soldati dell'Armata rossa di Stalin scappavano come conigli di fronte ai carri armati tedeschi.

«Figurarsi» mormorò Fanny Brunnenmayer. «Nessuno ha mai sconfitto la Russia, non ce l'hanno fatta né Napoleone né l'imperatore Guglielmo II: è un territorio immenso e d'inverno fa troppo freddo.»

Liesl non disse nulla, ma dalla sua espressione turbata la cuoca capì che stava pensando la stessa cosa, quindi tenne la bocca chiusa per non angosciarla ulteriormente.

Con il passare dei giorni, Christian diventò più loquace e felice. Lodò le aiuole di Marek, chiese a Hanna se poteva aiutarlo a spazzare i viali e fece ripartire il tosaerba, ma la benzina era troppo cara, quindi non rimase acceso a lungo. A tavola annunciò di voler ampliare l'orto insieme a Marek. Si potevano piantare lattuga, ravanelli e verdure da zuppa. Non parlava mai della guerra. Soltanto una volta disse che la Polonia era un Paese bello e fertile, popolato da orsi, linci e cigni selvatici. Marek confermò con un sorriso.

«Christian va pazzo per Marek» commentò Auguste dopo che per l'ennesima volta i due erano scomparsi nel parco per ore. «E anche la bambina è sempre con loro. Non credo ci sia così tanto lavoro da fare, Annemarie mi ha detto che zio Marek e papà si sdraiano sull'erba e chiacchierano.»

Liesl era contenta di aver ritrovato suo marito. Ed era molto felice dei dipinti che Annemarie faceva per lei, spesso con l'aiuto di Marek. Disegnava prati e fiori meravigliosi, lei che rideva con il padre rotolandosi nell'erba, e una volta Christian da solo, con aria riflessiva e malinconica. Liesl aveva mostrato con orgoglio i disegni agli altri domestici e poi li aveva riposti con cura in una cartella nella casetta del giardiniere. Christian aveva promesso di realizzare delle cornici per appenderli alle pareti.

Intanto la sua gamba non migliorava. La signora Tilly Kortner, che era un medico qualificato, aveva esaminato la ferita e non ne era rimasta soddisfatta.

«Si è formato del pus perché il foro del proiettile non è stato pulito e disinfettato a dovere» aveva sentenziato. «E purtroppo l'operazione non ha migliorato le cose.»

Aveva dovuto riaprire la ferita per pulirla, una procedura dolorosa che Christian aveva sopportato senza lamentarsi. La dottoressa gli aveva ordinato di stare a riposo per qualche giorno, ma, per non rimanere tutto solo in casa, lui si piazzò in cucina tenendo la gamba appoggiata su uno sgabello.

«La dottoressa dice che un nervo è andato, per questo la gamba non vuole saperne di obbedirmi. Comunque mi ha assicurato che si sistemerà tutto.»

Alla fine della colazione dei signori, una volta lavati i piatti, in genere in cucina calava il silenzio. Quel giorno Fanny Brunnenmayer rimase sola con Christian, perché Liesl era andata a fare la spesa e aveva portato con sé Annemarie. Era una calda giornata d'estate, le mosche ronzavano alle finestre, i gerani rossi stavano sbocciando nelle fioriere e Willi era sdraiato al sole in cortile, probabilmente di lì a poco sarebbe rientrato in cucina per mettersi al fresco sotto il tavolo. Christian scrutava pensieroso fuori dalla finestra e non sembrava in vena di chiacchiere, il che a Fanny Brunnenmayer andava benissimo, perché le era venuto sonno. Le sue palpebre si abbassarono e cadde in un sonno leggero. «Quindi è vero» sentì dire da Humbert. «Avevo sentito delle voci, ma non riuscivo a crederci.»

La cuoca socchiuse gli occhi e vide che il maggiordomo era entrato in cucina e si era seduto accanto a Christian.

«Non se ne deve parlare» disse a bassa voce il marito di Liesl. «E nemmeno scrivere. Non c'è pericolo, tanto aprono le lettere. Ma l'ho visto con i miei occhi perché dovevamo controllarli. Li fanno salire tutti insieme sui vagoni merci, quelli senza finestre, hai presente?»

«E poi?»

Christian lanciò un'occhiata a Fanny Brunnenmayer, che fingeva di dormire. Poi continuò a parlare, la voce ridotta a un sussurro: «Non devi dirlo a Marek» disse a Humbert.

«Certo che no.»

«Ci sono dei campi in Polonia. Campi di prigionia come Dachau, ma molto diversi. Peggiori. Me l'hanno detto alcuni miei compagni. Pare che lì uccidano con il gas.»

«Tutti?» bisbigliò Humbert, inorridito.

«Solo quelli che non possono lavorare.»

«E... i bambini?»

Christian non rispose subito. Era evidente che gli costava fatica parlarne. «Li tolgono alle madri, ma non so esattamente cosa facciano. Ora lasciami in pace, non voglio pensarci.»

«Sono dei criminali» mormorò Humbert. «Dio li punirà. Ci punirà tutti...»

«Se solo non dovessi ripartire» disse Christian. «Mi farei riaprire la gamba altre mille volte. Potrebbero anche amputarmela, non mi importerebbe, pur di restare...»

«E se ti nascondessimo?»

La cuoca sentì Christian scoppiare in una risata amara.

«Mi troveranno. Per i disertori c'è la pena di morte. Non posso fare questo a Liesl e alla piccola, non posso morire con un simile disonore...»

Si interruppe e non disse più nulla.

«Marek» disse il maggiordomo, ad alta voce. «Si torna in Steingasse?»

Il nuovo giardiniere era sbucato dal corridoio della servitù e ora stazionava accanto alla poltrona della cuoca.

Fanny finse di svegliarsi dal suo pisolino e sbatté le palpebre.

«Oh, mi scusi, signora Brunnenmayer» fece Marek, sorpreso. «Non mi ero accorto che stesse dormendo.»

Lei sbadigliò e gli disse di non preoccuparsi. Liesl sarebbe tornata con la spesa da un momento all'altro ed era ora di occuparsi del pranzo.

«Bene» sorrise Marek. Poi guardò Humbert. «Cosa ti fa pensare che voglia andare in Steingasse?»

«Ti sei messo la camicia pulita» rispose il maggiordomo.

L'altro scrollò le spalle. Tutti sapevano che era riluttante a entrare in casa di Ernst von Klippstein. Ma era stata una richiesta del signor Melzer e, se avesse rifiutato, avrebbe messo il suo protettore in una posizione difficile. Il lavoro si trascinava da diversi mesi. Di recente la signora von Klippstein si era lamentata della puzza di sudore e aveva comprato due camicie nuove di zecca per Marek.

«Tornerò verso sera» disse a Christian, e fece un cenno a Humbert e alla cuoca. «Oggi mi tocca la stanza dei bambini. La signora mi ha chiesto un paesaggio africano.»

Marek uscì in cortile e si avviò alla fermata del tram in Haagstrasse. Humbert e la cuoca erano rimasti a bocca aperta.

«La camera dei bambini?» si meravigliò Fanny Brunnenmayer. «Gerti sta preparando una cameretta?»

«Forse...» disse il maggiordomo schiarendosi la gola. «Forse vogliono adottarne uno.»

«È possibile.»

Christian non stava ascoltando. Scrutava il cortile, dove si vedeva Marek che svoltava nel vialetto. «Non indossa la stella» bisbigliò. «Dovrebbe portare la stella di David, no?»

17

Dicembre 1941

Faceva ancora male. Ogni volta che intravedeva una ragazza minuta, con i capelli scuri e un cappotto rosso nelle strade affollate di New York, Leo avvertiva una fitta al petto. No, non poteva essere lei. Alcuni amici gli avevano detto che Richy aveva lasciato la città. Si era trasferita a Los Angeles per tentare la fortuna a Hollywood. Non l'aveva più sentita. Né una lettera, né un biglietto, nemmeno una telefonata. Forse aveva da tempo un altro fidanzato, qualcuno con le conoscenze giuste nel cinema e nel teatro, che poteva aiutarla a fare carriera. Ormai Leo aveva messo da parte la rabbia e le augurava il successo che desiderava. Sperava riuscisse a farsi strada e a essere felice. Ma la delusione cocente non era sparita, gli si era annidata nell'anima e si riversava nella sua musica.

«È una melodia stupenda» aveva commentato uno dei suoi nuovi clienti qualche giorno prima. «Non so perché, ma ti prende. È dolce e amara allo stesso tempo. Hai altro?»

«Tutto quello che vuoi» aveva risposto lui. «Basta chiedere.»

Aveva un contratto ben pagato per uno spettacolo teatrale di cui doveva comporre gli intermezzi musicali. Niente di particolarmente impegnativo, ormai poteva farlo anche a occhi chiusi, e del resto gli serviva guadagnare: la vita a New York stava diventando sempre più cara. La sinfonia che aveva composto non era andata altrettanto bene. L'aveva proposta a tre diverse orchestre, sentendosi rispondere che era troppo difficile da suonare e che al pubblico non piaceva quel genere di musica. Leo se l'era presa molto, perché c'erano tanti compositori che avevano fatto successo con generi nuovi: George Gershwin, Aaron Copland, anche Igor Stravinskij. Forse aveva iniziato con il piede sbagliato. Oppure non era un buon compositore.

«Non dire sciocchezze!» lo aveva rimproverato Walter. «Non è vero, Leo. Sei bravo, sei il miglior compositore che conosca.»

«Lo dici soltanto perché siamo amici» aveva ribattuto.

«No, lo dico perché sono un musicista e so distinguere la musica buona da quella cattiva.»

«Allora perché nessuno vuole eseguire la mia sinfonia, se è così bella?»

«Abbi pazienza. Un giorno il successo arriverà, me lo sento...»

La fiducia incrollabile di Walter nelle sue capacità era un conforto, anche se non bastava a mettere a tacere i dubbi. Era bello avere un amico come lui. Ultimamente si vedevano spesso, si incontravano a pranzo nel monolocale di Walter per mangiare un boccone e scambiare quattro chiacchiere, oppure suonavano insieme da Leo, che abitava ancora con la madre nel Greenwich Village. Lì avevano tutto lo spazio necessario, perché Marie passava l'intera giornata in atelier. Quando avevano fame, Walter si metteva ai fornelli e tirava fuori piatti deliziosi.

«Avresti dovuto fare lo chef!» lo esaltava Leo. «Come fai a mantenere la carne così succosa? Quando la faccio io, diventa dura come una suola.»

«È un segreto. Tu continua a comporre, penso io a sfamarci.»

Cucinava sempre per tre, in modo che anche Marie trovasse un piatto pronto per cena. Walter la ammirava moltissimo, chiedeva di lei e a volte le portava dei fiori da mettere sulla tavola.

«Hai una madre meravigliosa, Leo» diceva spesso. «Te la invidio.»

«Non posso lamentarmi» rispondeva l'amico, allegro.

L'entusiasmo di Walter per Marie era cresciuto da quando lei aveva rifiutato la proposta di Karl Friedländer di trasferirsi a casa sua. Era stata cortese, gli aveva spiegato le proprie ragioni, sottolineando che teneva molto alla loro amicizia. Gli aveva promesso che ci sarebbe sempre stata per lui, ma aveva bisogno di mantenere le distanze.

«Sono una donna sposata, Karl. Amo mio marito e non mi sono separata da lui volontariamente. Anche se siamo lontani ed è difficile restare in contatto in questo periodo, non voglio pensi che il nostro matrimonio è finito.»

Leo non aveva assistito alla conversazione, ma Marie ne aveva discusso con lui e gli aveva anticipato cosa intendeva dire a Friedländer.

«Pensi che capirà?» aveva chiesto Leo, scettico.

«Lo spero. Finora è sempre stato corretto. Ha offerto a Paul la sua amicizia e si è anche dimostrato disposto ad aiutarlo negli affari. Perché ora dovrebbe rivelarsi così meschino da risentirsi per la mia decisione?»

«Perché si è dato molta pena per farti quest'offerta. Ha comprato una casa e ha messo in vendita quella dove ha sempre vissuto.»

Marie aveva ammesso che Friedländer aveva agito in modo avventato. «Ma è stata una buona idea. Vivrà dietro l'angolo, potremo vederci quando vogliamo.»

Leo aveva alzato le spalle e augurato il meglio a sua madre.

Forse vedeva le cose da un punto di vista maschile ed egoistico. In ogni caso, se fosse stato seriamente innamorato di una ragazza, non gli sarebbe bastato vivere a due passi da lei. L'avrebbe voluta tutta per sé. E l'istinto non lo aveva ingannato: Karl Friedländer se l'era presa per il rifiuto di sua madre. Aveva ascoltato le sue motivazioni con calma, senza contraddirla né cercare di farle cambiare idea. Le aveva fatto soltanto una domanda: «È la tua ultima parola, Marie?».

Lei aveva detto di sì. Dopodiché l'uomo aveva indossato cappotto e cappello e aveva preso il bastone. Era uscito dall'appartamento in silenzio, lasciandola ad ascoltare i suoi passi con il cuore in gola. Friedländer aveva fatto le scale di corsa e, solo una volta uscito in strada, Marie aveva capito dal ritmo frenetico del bastone che si stava allontanando in fretta.

Erano passate sei settimane. Da allora non si era più fatto vedere, né in casa né all'Atelier des Modes. Sua madre gli aveva riferito con una certa trepidazione di aver provato più volte a chiamarlo, ma a casa non aveva mai risposto e si era fatto negare anche in ufficio.

«Non capisco» sospirò Marie.

Leo non voleva sottolineare di aver avuto ragione, quindi si limitò a scrollare le spalle. In realtà lui lo capiva benissimo: Karl Friedländer aveva corteggiato sua madre per anni, con grande pazienza e intelligenza. E ora che aveva finalmente sferrato il colpo, aveva fallito. Doveva essere a dir poco deprimente. Leo dubitava che si sarebbe ripreso.

D'altra parte, era più che d'accordo con la decisione di sua madre. L'aveva sostenuta ed era orgoglioso di lei per non aver ceduto. Anche se nel frattempo aveva trovato la propria strada e il rapporto con il padre non era esattamente cordiale, per Leo era importante che i suoi genitori restassero insieme, nonostante tutto. Non sapeva perché, forse aveva a che fare con il concetto di fedeltà, che riteneva essenziale in amore.

Karl Friedländer non si era fatto vivo, ma aveva trovato comunque il modo di manifestare la sua rabbia. Prima di tutto, in atelier era arrivata una lettera che annunciava un sensibile aumento dell'affitto.

«È una cifra plausibile per un negozio in questa zona» aveva commentato Marie. «Finora ho avuto condizioni di favore, ma sembra sia finita.»

Leo pensava che l'importo richiesto fosse eccessivo. Era nella fascia alta degli affitti sulla Fifth Avenue, e sua madre avrebbe dovuto spaccarsi la schiena per sostenere quella spesa.

«Gli affari vanno bene» gli aveva assicurato. «Anzi, sono io a rifiutare alcune clienti. Non posso fare più di quello che faccio, ma non voglio che siano le mie dipendenti a disegnare gli abiti.»

«Forse la tua gestione è un po' antiquata, mamma. Non ti converrebbe assumere una brava stilista?»

Marie scosse la testa e gli fece notare che nemmeno lui avrebbe affidato le sue composizioni a un altro musicista. Messa così, in effetti, doveva darle ragione.

Ma Karl Friedländer non si era limitato all'aumento dell'affitto. Aveva iniziato a inviare fatture per tutti gli interventi che aveva effettuato gratuitamente. Illuminazione, paraventi, mobili del salotto, registratore di cassa, macchine da cucire e altri piccoli oggetti.

«Cosa posso ribattere? Sono cose che ha comprato» fu costretta ad ammettere.

Dal canto suo, Leo pensava di avere tutti i diritti di irritarsi. Se quell'uomo intendeva rovinare sua madre, l'avrebbe pagata cara. Lui non era docile come Marie.

«Sono cose che ti ha fornito a condizioni diverse, facendoti credere che fossero una donazione. E poi ormai sono tutti oggetti usati, non puoi pagarglieli per nuovi.»

Marie gli diede ragione, almeno sull'ultimo punto.

«Scrivigli una lettera e cerca di chiarire. Se non si dà una calmata, assumeremo un avvocato.»

«Non possiamo, Leo! Non dimenticare che Karl ci ha aiutato molto. Se non fosse stato per lui, probabilmente saremmo ancora in quell'orribile appartamento a Washington Heights.»

«Non credo proprio, mamma. Ce l'avremmo fatta anche senza di lui. Ci sarebbe voluto più tempo, forse, ma ce l'avremmo fatta.»

Leo era furioso. Che persona scorretta! Prima si offriva generosamente di aiutarli e poi, quando sua madre si rifiutava di piegarsi ai suoi desideri, la metteva in difficoltà! Ma non tutto si poteva comprare. Soprattutto non sua madre.

«Se non vuoi farlo tu, lo farò io per te!»

«Ti prego, Leo, lascia che me ne occupi io.»

Walter si era indignato anche più di lui per la faccenda. Non gli era mai piaciuto Karl Friedländer e non si capacitava della cieca fiducia che la madre del suo amico riponeva in quell'uomo.

«Se ha bisogno di un corriere o di qualsiasi altro aiuto in atelier, signora Melzer, mi offro volontario.»

Marie era commossa. Promise che se avesse avuto bisogno glielo avrebbe fatto sapere.

In America era già iniziato il periodo natalizio, festeggiato in modo più variopinto e meno introspettivo. Da poco avevano scoperto che la casa in cui Karl Friedländer intendeva trasferirsi con Marie era tornata in vendita.

«Direi che è finita per sempre» commentò lei in tono triste. «È un peccato aver perso un amico. Ma, a essere onesti, a conti fatti si è comportato bene.»

«Non aveva altra scelta» dichiarò Leo, soddisfatto.

In risposta alla sua lettera, Karl aveva rinunciato alle ulteriori pretese.

Poi, il 7 dicembre, era cambiato tutto. Un grido di rabbia attraversò l'America: i giapponesi avevano sferrato un attacco a sorpresa a Pearl Harbor, la base navale statunitense alle Hawaii, affondando diverse navi da guerra e danneggiandone gravemente altre. L'attacco sembrava pianificato con cura e la dichiarazione di guerra del Giappone arrivò alla Casa Bianca mezz'ora dopo l'inizio dell'offensiva. Il bilancio delle vittime era sbalorditivo: erano morti oltre 2.400 americani, otto corazzate erano state distrutte e l'esercito aveva perso più di trecento aerei. Per fortuna tre grandi portaerei erano in mare e sfuggirono al disastro.

I giorni seguenti trascorsero in un susseguirsi di notizie: dopo l'umiliante attacco, il presidente Roosevelt dichiarò guerra al Giappone e gli inglesi, guidati da Churchill, ne seguirono l'esempio. Hitler non si fece attendere e dichiarò guerra agli Stati Uniti, così come Mussolini, il suo alleato italiano.

Leo si sentiva sulle montagne russe, combattuto tra l'orrore per gli eventi sanguinosi e il sollievo per il fatto che gli Stati Uniti si sarebbero opposti attivamente alla Germania di Hitler e ai suoi alleati. La rabbia e la voglia di combattere degli americani esplosero: ovunque comparvero manifesti con un soldato che agitava il pugno mentre, sullo sfondo, una nave affondava. «*Avenge Pearl Harbor!*» si leggeva. E sotto: «*Our bullets will do it!*». Vendichiamo Pearl Harbor con i nostri proiettili.

La sera, Leo, Walter e Marie sedevano nell'appartamento a discutere di possibili scenari, divisi tra la speranza di una prossima fine del dominio nazista in Germania e la preoccupazione per l'allargarsi della guerra al continente americano.

«Come faranno?» chiese Marie. «Da un lato hanno i giapponesi e dall'altro, in Europa, devono unirsi agli inglesi contro la Germania. Sono pronti per una guerra come questa?»

«Soprattutto visto che la nostra flotta non è più operativa dopo quest'attacco» fece notare Walter. Aveva detto "la nostra flotta", cosa che sorprese Leo. Walter era un cittadino americano, ma, a differenza sua, non si era mai sentito tale. A quanto pareva le cose erano cambiate.

«Abbiamo ancora tre portaerei intatte» disse Leo. «E la flotta riparerà i danni in poco tempo. Gli inglesi sono dalla nostra, devono farcela. Proprio come nella guerra mondiale...»

Esitò. In realtà, con l'ingresso degli Stati Uniti nel conflitto europeo, anche quello aveva assunto proporzioni mondiali. Da pochi giorni era iniziata la Seconda guerra mondiale.

«Non è terribile che ce ne stiamo qui a New York a rallegrarci perché gli Stati Uniti hanno dichiarato guerra alla nostra patria?» osservò Marie, angosciata. «Sganceranno delle bombe sulla Germania. Che il cielo protegga i nostri cari ad Augusta!»

Walter e Leo tacquero. La loro patria era l'America, questo era certo. Eppure erano in buona parte tedeschi, non potevano negarlo né nasconderlo. La Germania era stata la loro casa, in un tempo legato a ricordi bellissimi. L'infanzia. La famiglia. Gli anni di scuola. Ma ormai niente di tutto ciò esisteva, i nazisti avevano distrutto la patria che ricordavano e trasformato la Germania in uno Stato criminale. Non c'era più posto per gli ebrei. Chi era rimasto doveva indossare una stella gialla sui vestiti, il marchio dell'inferiorità e dell'emarginazione.

«Non si tratta di distruggere la Germania» disse Walter dopo qualche istante di silenzio. «Ma di liberarla da Hitler e dall'NSDAP.»

«Certo, ma le bombe cadranno su tutti» fece notare Marie. «Non colpiranno solo i nazisti.»

«Bisogna andare avanti comunque» concluse Walter, senza pietà. Leo non era d'accordo, ma non disse nulla. Il suo amico non aveva più parenti in Germania e aveva interrotto i rapporti con la madre, che si era risposata negli Stati Uniti. Per loro era diverso.

«Immagino che ora non si potranno più inviare né ricevere lettere» disse Leo, avvilito. «È un sacco che non ho notizie di Dodo. Sono preoccupato per lei.»

Il collegamento postale con la Germania era stato drasticamente ridotto dall'inizio della guerra, ma ogni tanto ricevevano ancora qualche riga. Soprattutto da zia Kitty, scrittrice instancabile.

«Papà ha scritto?» chiese Leo alla madre, che scosse la testa.

L'ultima lettera di Paul risaliva a un anno prima. Lei aveva scritto più volte in Germania e aveva chiesto a Kitty se le sue lettere fossero arrivate. La cognata aveva risposto che non lo sapeva, perché con il suo caro "Paulemann" non si poteva toccare l'argomento. Leo sospettava che il padre avesse ricevuto quasi tutte le lettere e avesse deciso di non rispondere. Era arrabbiato con lui: sua madre aveva avuto un mucchio di seccature con Karl Friedländer per lealtà nei confronti del marito, e quello osava fare l'offeso?

«Ho pensato di arruolarmi nell'esercito degli Stati Uniti» disse Walter. «Non voglio starmene con le mani in mano mentre combattono i nazisti.»

Leo restò a bocca aperta, come sua madre. Walter non aveva le carte in regola per fare il soldato, era un'idea assurda.

«Non avere fretta» gli consigliò Leo. «L'esercito americano è numeroso e in tanti accorreranno a prendere le armi. In fondo sei un violinista, non un soldato di mestiere.»

Walter tacque e agitò la mano sinistra. Si era fratturato il polso quando lui e Leo erano stati aggrediti da una banda di giovani bulli ad Augusta. Per settimane avevano temuto che non sarebbe più riuscito a muovere le dita. Ma per fortuna la mobilità era tornata, benché gradualmente, e dopo mesi di fatiche aveva ripreso a suonare il violino. Ciononostante, sentiva che avrebbe potuto fare di più se non avesse avuto quell'infortunio. Soprattutto perché la mano sinistra continuava a dargli problemi.

«Spero che tu non abbia queste idee, Leo» intervenne Marie. «O vuoi trovarti a combattere contro Maxl Bliefert o Hansl, visto che loro sono arruolati nella Wehrmacht?»

«Non preoccuparti, mamma» sorrise, accarezzandole il braccio. «Non sono adatto a fare il soldato. Sono troppo debole. E detesto gli ordini.»

«Anch'io» disse Walter. «Ma penso che, in quanto americani, abbiamo la responsabilità di fare la nostra parte.»

Nei giorni seguenti, diventò chiaro che esistevano due tipi di americani: quelli di origine tedesca o giapponese e tutti gli altri. Leo se n'era accorto durante la registrazione radiofonica di una delle sue composizioni. Non era d'accordo con l'interpretazione e aveva cercato di spiegarlo ai musicisti.

«Chiudi il becco, nazista!» aveva risposto il violoncellista.

«Come mi hai chiamato?»

«Nazista. Come dovrei chiamarti? Sei tedesco!»

Leo spiegò che aveva dovuto lasciare la Germania perché lui e sua madre erano ebrei, ma per il violoncellista era del tutto irrilevante. Ebreo o meno, Leo era tedesco. E i tedeschi erano nazisti.

Non era l'unico ad aver ricevuto insulti. Era successo anche a Walter e ad altri conoscenti di origine tedesca. La stessa Marie ebbe i suoi problemi. Molte clienti abbandonarono l'atelier di punto in bianco, gli ordini diminuirono e due dipendenti si dimisero perché non volevano lavorare per una nazista.

«Stanno facendo di tutta l'erba un fascio» si lamentò la donna con suo figlio. «Perché pensano che tutti i tedeschi siano nazisti? Secondo loro siamo venuti qui perché ci trovavamo così bene in Germania?»

Era strano sentirsi emarginati in un Paese libero che ormai consideravano una seconda casa. In Germania erano ostracizzati in quanto ebrei, e adesso gli americani li guardavano con sospetto perché erano tedeschi.

Si iniziò a parlare di campi di prigionia in cui venivano rinchiusi i giapponesi che si trovavano in America. Nemmeno chi aveva la cittadinanza americana poteva ritenersi al sicuro.

Nel frattempo, Marie aveva cercato di contattare Friedländer per negoziare l'affitto del negozio. Era disposta a pagare, naturalmente, ma visto che anche lui era tedesco e si era senza dubbio accorto delle difficoltà degli ultimi tempi, voleva chiedergli uno sconto temporaneo.

Quella sera, quando Leo tornò a casa stanco dalle prove, trovò sua madre seduta in cucina, pallida e turbata.

«Ho chiamato l'ufficio di Karl» riferì. «Mi hanno detto che il signor Friedländer non sarà disponibile nel prossimo futuro e mi hanno chiesto se volevo parlare con il direttore, il signor Bridgewater.»

«E allora?» chiese Leo, crollando su una sedia. «Non è una novità, no?»

«Bridgewater mi ha detto che Karl è stato internato.»

«Internano anche i tedeschi?» domandò, inorridito.

«A quanto pare sì. Siamo nemici, potremmo essere spie.»

«Ma... Siamo cittadini americani!»

«Sembra che non gli importi.»

Sua madre aveva chiuso l'atelier. Anche altri commercianti tedeschi avevano dovuto abbassare le serrande. Leo non aveva notato grandi cambiamenti nella vita quotidiana, perché molti suoi amici erano immigrati da tutto il mondo, però si era già visto tagliare alcuni contratti.

«Perché Walter non è ancora arrivato?» si insospettì Leo all'improvviso. «Non voleva cucinare per noi, stasera?»

«Ha chiamato prima» rispose Marie, sorridendo. «Mi ha avvertita che avrebbe fatto tardi.»

Suo figlio si asciugò la fronte. Iniziava già a farsi venire le paranoie?

18

24 dicembre 1941

Dodo non era per niente entusiasta di tornare a casa. D'altra parte, trascorrere il Natale a Monaco, da sola, era fuori discussione. Hans, il teologo, non era mai tornato a casa, lo avevano arruolato nella Wehrmacht. In compenso erano arrivati due studenti del primo semestre, Stefan e Georg, iscritti come lei al Politecnico. Erano due ingenui, ma sorprendentemente sicuri di sé e arroganti. Non riuscivano a ficcarsi in testa che una ragazza potesse voler diventare ingegnere e vivevano nell'antiquata e idiota convinzione che le donne non capissero nulla di materie tecniche.

Era arrivata alla Villa delle Stoffe il giorno prima ed era rimasta colpita dal grande abete all'ingresso. Da quel punto di vista, almeno, non era cambiato nulla: le palline rosse e dorate erano le stesse della sua infanzia. Tuttavia, le candele erano diminuite e con ogni probabilità non ci sarebbero stati nemmeno i biscotti di pan di zenzero appesi ai rami. La cosa peggiore, comunque, era che avrebbero festeggiato un altro Natale senza la mamma e Leo. Forse era per quello che conviveva da giorni con un senso di nausea. I tempi felici della Villa delle Stoffe erano finiti.

Il padre l'aveva accolta con affetto, l'aveva abbracciata, senza il minimo accenno al fatto che ormai erano lui e zia Elvira a dover pagare i suoi studi. L'America era considerata un Paese ostile, quindi la mamma non poteva più mandarle i soldi. Dodo faceva del proprio meglio per non spendere troppo, ma aveva dovuto continuare a pagare l'affitto, benché durante l'estate avesse svolto un tirocinio alla Messerschmitt di Ratisbona. In più aveva comprato dei libri molto costosi e a breve bisognava saldare la rata delle tasse universitarie.

Suo padre le era sembrato smunto. Si era sforzato di mostrarsi allegro e disinvolto, ma era chiaro che fingeva. Soprattutto quando rideva, la sua risata era forzata, e non c'era da stupirsene. In fabbrica non aveva praticamente più voce in capitolo: al comando c'era un certo Stromberger, un funzionario nazista che non aveva idea di come dirigere un'azienda. E comunque la Melzer era diventata un ramo della Messerschmitt, Henny gliel'aveva scritto mentre era a Ratisbona.

La mattina del 24 dicembre era in programma una piccola festa di Natale per i dipendenti della fabbrica. Ci sarebbe stata anche la cugina, quindi Dodo aveva chiesto a suo padre il permesso di partecipare. Lui aveva alzato le spalle: «Se ci tieni, per me va bene».

In passato, quando la fabbrica produceva tessuti e filati sotto la sua guida, sarebbe stato felice dell'interesse della figlia. Ora, invece, sembrava a disagio.

Quando entrarono in fabbrica, Henny corse fuori dall'ufficio e le gettò le braccia al collo. «Eccoti, finalmente! Non sai quanto sono felice, non ci siamo viste per tutta l'estate.»

«Hai un sacco di cose da raccontarmi, eh?» rise Dodo.

«Non ne hai idea!»

Papà, nel frattempo, aveva salutato le segretarie e lanciato un'occhiata all'orologio. La festa stava per iniziare.

«Signore, volete unirvi a noi?» domandò in tono galante alle due segretarie.

La signorina Haller arrossì, come sempre quando lui le parlava. Si alzò e fece per mettersi il soprabito, ma l'altra, l'oca bionda dal nome nobile, rimase al suo posto: «Ci muoveremo non appena ce lo chiederà la direzione. Al momento, il signor Stromberger e il signor von Klippstein sono ancora in riunione».

Paul non reagì a quell'insolenza.

«Bene, signora von Lützen» disse, cortese. «In tal caso, credo che la precederemo con la signorina Haller. Può raggiungerci alla festa con i signori.»

A von Lützen uscirono gli occhi dalle orbite quando vide Paul aiutare la collega a infilarsi il cappotto, tenendole addirittura la porta aperta. Quanto a lei, rimase al proprio posto in anticamera, senza dubbio pronta a denigrare la povera Hilde Haller con i nuovi capi.

La cosiddetta festa di Natale si teneva nella mensa, dov'erano riuniti le operaie tedesche e gli impiegati. I tavoli erano addobbati con foglie di abete e altre piccole decorazioni, apparecchiati con grossi bricchi di caffè d'orzo e sottili fette di stollen natalizio. Le operaie polacche non erano invitate, ufficialmente era previsto un rinfresco per loro nelle baracche. Erano sotto sorveglianza: uomini e donne in divisa nazista che Dodo non aveva mai visto prima si aggiravano nella fabbrica. Notò diversi volti sconosciuti. Molti dei giovani erano entrati nella Wehrmacht ed erano rimasti i più anziani. Le nuove assunte erano per lo più donne, anche nella contabilità e nell'amministrazione. Pure Kroll, il custode, era stato arruolato, cosa che a Dodo non dispiaceva affatto. Ora il cancello era sorvegliato da una donna di nome Erika Pichlmayer, una vera attaccabrighe, con la voce maschile e in grado di farsi rispettare da tutti. Henny le aveva detto che Pichlmayer era una persona a posto.

Quando entrarono erano tutti già seduti, ma nessuno aveva ancora toccato il caffè e il dolce, bisognava aspettare il discorso dei dirigenti. L'arrivo di Paul fu accolto da un'ondata di solidarietà. Molti dei suoi dipendenti storici – sia operaie sia impiegati – applaudirono o picchiarono sui tavoli con i palmi, facendo tremare le stoviglie. Lui fece un cenno di saluto e ringraziò tutti con un sorriso, visibilmente commosso.

«Verranno tempi migliori, signor direttore!» esclamò Josef Sauer, il suo vecchio contabile. Alfons Dinter, seduto accanto a lui, gli rifilò una gomitata, ma Sauer si limitò a borbottare, irritato: «Quel che è giusto è giusto!».

I nuovi arrivati, e in generale tutti coloro che erano stati assunti da von Klippstein, rimasero in silenzio come allocchi, perché non avevano idea di come andassero le cose, un tempo, nella fabbrica di tessuti Melzer. Certo, c'erano state proteste per i salari, periodi di orario ridotto e turni pesanti, ma la direzione era sempre stata umana, a differenza di quanto succedeva ora, con le operaie insultate e molestate dai sorveglianti nazisti. Per non parlare del trattamento feroce riservato alle polacche.

Hilde Haller andò a cercarsi un posto libero, mentre Dodo e Henny si sedettero accanto a Paul in prima fila, poco lontano dal leggio decorato con rami di abete. Per qualche minuto si sentì solo un brusio di voci e, in sottofondo, un disco con i canti di Natale. Poi qualcuno aprì la porta ed entrò Wilhelm Stromberger, seguito dalla segretaria bionda e da Ernst von Klippstein. Le voci si zittirono all'istante mentre i tre passavano davanti ai dipendenti senza guardare né a destra né a sinistra. Arrivata in prima fila, l'oca bionda si sedette accanto a Henny, mentre Stromberger e von Klippstein salutavano – ovviamente con un ostentato *Heil Hitler!* – uno dei nuovi dipendenti che era responsabile dell'organizzazione della festa.

Un attimo dopo la segretaria bionda, Angelika, dovette lasciare il proprio posto a von Klippstein. Arrossì e corse a sedersi in seconda fila, senza smettere di scusarsi. Dodo fece un sorrisetto compiaciuto.

«Perché non sei venuto nell'ufficio del direttore, Paul?» chiese von Klippstein, sporgendosi oltre Henny.

«Non volevo disturbare.»

«Che sciocchezze. Ci sono nuove istruzioni che riguardano anche te.»

Paul non rispose, perché in quel momento il giradischi si fermò e calò il silenzio. Wilhelm Stromberger si schiarì la gola, tirò fuori dalla giacca un foglietto stropicciato e si sistemò dietro il leggio.

«*Heil Hitler!* In questi tempi turbolenti, in cui il genio del Führer e l'inarrestabile coraggio dei soldati che sfidano la morte stanno portando la nostra Germania di vittoria in vittoria...»

Erano le solite chiacchiere che si sentivano ovunque. Persino alcune lezioni all'università cominciavano così, ma per fortuna erano poche. La maggior parte dei presenti ostentò un finto interesse, mentre alcuni, soprattutto le persone che von Klippstein aveva portato con sé, ascoltavano rapiti. Anche Neumeier, il direttore degli attacchi aerei, pareva entusiasta.

Dopo gli applausi dovuti, Stromberger ripiegò il foglio con evidente sollievo, si asciugò il sudore dalla fronte e lasciò il podio. Fu quindi il turno di Ernst von Klippstein, che se la cavò molto meglio. Parlò a braccio, elogiò operaie e dipendenti per i loro sforzi, sottolineò l'importanza dell'industria degli armamenti per la Germania e concluse affermando che il Führer lavorava giorno e notte per il bene di tutti e dunque si aspettava che i suoi compatrioti facessero altrettanto.

Anche Paul tenne un breve discorso, che fu accolto con un applauso fin troppo caloroso.

«Miei cari dipendenti» esordì, guardando la stanza piena. «Gli oratori che mi hanno preceduto penso abbiano toccato i punti essenziali. A me non resta che augurarvi un buon Natale, dal profondo del mio cuore.»

A quel punto il giradischi ripartì e tutti cominciarono a servirsi dolci e caffè d'orzo sulle note di *Bianco Natale*. Infine, von Klippstein annunciò che avrebbe consegnato ai dipendenti un "piccolo regalo natalizio" e Stromberger, insieme alla segretaria bionda, passò a distribuire sacchetti di carta che probabilmente contenevano biscotti.

Anche i dirigenti si erano rimpinzati di caffè e stollen. Dodo notò che Wilhelm Stromberger seguiva sua cugina Henny con grande attenzione e le parlava pieno di entusiasmo. Era riuscita ad assicurarsi il suo favore, tanto di cappello, Henriette Bräuer! Come minimo, al momento, in fabbrica aveva più influenza di suo padre. Quanto a Paul, era costretto ad ascoltare le chiacchiere di von Klippstein, limitandosi a un sorso di caffè o a un monosillabo ogni tanto.

La festa si concluse nel giro di mezz'ora e tutti tornarono al lavoro. La fabbrica avrebbe chiuso alle sette e lo sarebbe rimasta anche il giorno dopo. Poi si ricominciava: la produzione di armamenti non tollerava interruzioni, in Russia la Wehrmacht stava assediando Leningrado, erano alle porte di Mosca.

Prima di pranzo si tenne un'altra riunione nell'ufficio della direzione. Vi partecipò anche Paul, ma Henny non sembrava interessata e decise di tornare a piedi alla Villa delle Stoffe insieme a Dodo.

Era una fredda giornata invernale. Bisognava calcarsi bene il cappello sulla testa e i piedi congelavano nonostante i calzini di lana. Cumuli di neve sporca e incrostata si ammassavano ai bordi delle strade. La scorciatoia per arrivare più in fretta alla Villa delle Stoffe, un sentiero che tagliava attraverso i prati innevati, era ghiacciata in più punti. Da lì le baracche delle operaie dell'Est si vedevano in tutta la loro bruttezza: basse costruzioni in legno con piccole finestre, dai cui camini non si alzava fumo. Probabilmente accendevano le stufe solo alla fine della giornata di lavoro.

«Potranno mai tornare a casa?» chiese Dodo.

Henny alzò le spalle. A giudicare dalla sua espressione, le poverine non se la passavano bene.

«Non si sa nulla» rispose. «Ma temo resteranno finché sono in grado di lavorare. Sono tutte giovani, alcune hanno meno di vent'anni.»

«E vengono pagate?»

Henny la guardò come se fosse appena arrivata dalla Luna.

«Sono polacche, per giunta ebree. Pensi che abbiano uno stipendio?»

Dodo si morse il labbro e non disse nulla. Sarebbero state quelle poveracce a costruire gli aerei che ambiva a progettare? Non era un bel pensiero, le faceva passare la voglia di studiare. Cambiò discorso.

«Lo tieni in pugno, quello Stromberger, eh?» chiese.

Henny si sistemò la sciarpa e affondò le mani nelle tasche.

«È solo un prestanome» spiegò, sprezzante. «Senza cervello e con il braccio destro sempre alzato. Quando non c'è Klippi riesco a tenerlo a bada, perché non capisce niente. Ma purtroppo il nostro Klippi è sveglio, quindi devo fare molta attenzione. Pare abbia qualcosa contro le donne competenti che vogliono avere voce in capitolo.»

Dodo se n'era accorta.

«Comunque ha trovato la persona giusta» proseguì con un sorriso. «Gerti è perfetta per lui. Resta a casa, interpreta la parte della donna dolce e gentile e ottiene tutto quello che vuole.» Henny scoppiò a ridere e fece l'occhiolino a Dodo. «A proposito, è incinta!»

Per poco sua cugina non scivolò su una lastra di ghiaccio. «No!» esclamò, stupita. «E di chi? Non potrebbe essere di Klippi, no?»

«Ufficialmente sì. Ufficiosamente, suppongo abbia qualcosa a che fare con il progetto Lebensborn.»

Dodo ne aveva sentito parlare. Il progetto metteva in contatto le donne ariane disposte a partorire con uomini ariani intenzionati a generare figli di puro sangue ariano. I bambini venivano poi adottati da coppie o famiglie fedeli al Partito, in modo da ricevere un'educazione improntata al nazionalismo tedesco.

«Allora forse non è davvero incinta, sta fingendo» rifletté Dodo. «E allo scadere dei nove mesi apparirà un bambino Lebensborn nella culla.»

«Se è così, è un'attrice eccezionale» disse scettica Henny. «Quando è venuta da noi continuava ad alzarsi per andare a vomitare.»

«E allora? Sei sicura che non sia andata in bagno a fare finta?»

«Io no. Ma Hanna mi ha assicurato che è tutto vero.»

«Oh, Hanna! È troppo facile da ingannare. Se lo avesse detto Auguste, ci avrei creduto.»

Dunque restava un mistero. Ormai erano quasi arrivate al parco della Villa delle Stoffe, silenzioso e deserto sotto la neve. I prati erano ricoperti da una coltre bianca, così come gli abeti, mentre gli alberi che fiancheggiavano il viale allungavano i rami spogli verso il cielo, come per implorare pietà alle nuvole grigie.

«E tu? Che cosa mi racconti?» si informò Henny, curiosa. Dodo le aveva detto che il tirocinio alla Messerschmitt di Ratisbona era stato fantastico. E non soltanto perché le avevano permesso di lavorare nell'ufficio di progettazione.

«Mi hanno fatto pilotare il mio amato BF 108» riferì, con entusiasmo. «E ho potuto rinnovare la licenza. Avevo paura di perderla per sempre, perché non avevo accumulato abbastanza ore di volo.»

«Fantastico!» commentò la cugina, più per educazione che per sincero coinvolgimento. «E per il resto?»

«In che senso?»

«Dai, hai capito... Il tuo spavaldo uomo dei cieli...»

Dodo trovò il sorriso di Henny un po' troppo allusivo. La storia di Ditmar era complicata e non poteva essere riassunta in tre parole.

«L'ho visto un paio di volte all'università. Nel frattempo è stato arruolato come pilota di BF 109.»

«Il cacciabombardiere?»

«Esattamente.»

Tacquero entrambe. Era noto che la Lufwaffe aveva perso più di mille giovani aviatori negli scontri aerei di luglio e agosto. Schiantati, bruciati vivi, feriti o fatti prigionieri dagli inglesi.

Il pranzo iniziò puntuale come sempre, grazie alla nonna, che insisteva sul rispetto degli orari. Paul ed Ernst von Klippstein, che arrivarono quando Humbert stava per portare via la zuppa, si presero una ramanzina.

«Tuo padre era sempre il primo a sedersi a tavola, Paul. Chi c'è con te oggi? È quel Klaus von Hagemann che faceva la corte a mia figlia Kitty?»

«È Ernst von Klippstein, mamma» le sussurrò zia Lisa. «Ha una casa in Steingasse e di tanto in tanto viene a trovarci.»

«Ah, in Steingasse. Ha un negozio di verdure lì?»

Lisa si schiarì la gola e lanciò un'occhiata imbarazzata a von Klippstein. «Vuoi dell'altra zuppa, mamma?»

«No grazie, Lisa. Potresti dire alla signora Brunnenmayer che domani vorrei del brodo di pollo? L'orzo mi provoca flatulenza...»

A pensarci bene, la nonna è da invidiare, si disse Dodo. *Vive nel suo mondo e non ha idea di cosa stia succedendo. E per giunta sembra non rendersi conto di diventare sempre più strana. Prima non avrebbe mai pronunciato la parola "flatulenza" ad alta voce a tavola.*

Ernst von Klippstein accolse i discorsi dell'anziana con un sorriso compassionevole. Probabilmente era abituato e non ci faceva più caso. Invece si lanciò in una vivace conversazione con Johannes sul nuovo nemico, gli Stati Uniti, schierati dalla parte degli inglesi.

«Non servirà a niente» proclamò orgoglioso il figlio di Lisa. «Prima di tutto perché abbiamo quasi sconfitto gli inglesi, e in secondo luogo perché gli americani sono deboli e male equipaggiati.»

Anche von Klippstein riteneva che la Germania fosse militarmente superiore a tutti gli altri Stati. «Il Führer si prepara da anni. I carri armati e gli aerei tedeschi non sono secondi a nessuno. Inoltre, i sistemi radar e la radio garantiscono ai nostri aviatori precisione di tiro. Non è così, signorina Melzer? Sono certo che ne avrete parlato a lezione, dico bene?»

«Certo...» rispose Dodo con educazione.

Quanto se la tirava! In realtà era molto semplice. Di notte due stazioni sul continente puntavano dei raggi radar verso l'obiettivo fissato. I cacciabombardieri tedeschi ne seguivano uno, e dove si incrociava con l'altro bisognava sganciare l'ordigno. La guerra aerea contro l'Inghilterra infuriava da oltre un anno, ma gli inglesi non si arrendevano. Da ottobre non si sentiva più parlare dell'imminente vittoria su Churchill: la Luftwaffe era impegnata sul fronte orientale. Gli aviatori tedeschi dovevano aiutare a prendere Mosca.

Per fortuna von Klippstein non intendeva coinvolgerli in una discussione tecnica sugli aerei da guerra. Passò a parlare del Giappone, sostenendo che i giapponesi erano soldati coraggiosi e una vera manna dal cielo per la Germania.

«Ma non sono ariani» osservò Johannes, sprezzante.

«Machiavelli diceva che il fine giustifica i mezzi» rispose von Klippstein con un sorriso. Dal momento che Johannes non era molto sveglio, però, dovette spiegargli il significato della citazione. Dodo si rivolse a Henny, che stava parlando con Charlotte. Non vedeva l'ora che il pranzo finisse, era quasi insopportabile.

Dopo mangiato, Henny dovette tornare in Frauentorstrasse, dove zia Kitty si era data da fare con i preparativi per la vigilia di Natale. «Ha invitato di nuovo tutti i suoi artisti disoccupati» riferì Henny. «Ma in fondo non è così male, è divertente. E Robert sarà riuscito a procurarsi del vino.»

«Bene, allora divertiti» sospirò Dodo. «Temo che qui non lo faremo.»

«Ci vediamo domani alla messa di Natale, cuginetta!»

Continuavano ad andare in chiesa, anche se i nazisti avrebbero preferito chiuderle tutte. Dodo non era mai stata davvero credente, ma ormai ci andava quasi per sfidare il regime. Corse in camera sua per disfare la valigia, poi aiutò zia Lisa e Charlotte a preparare i regali per i domestici. Secondo la tradizione della casa, il pomeriggio della vigilia si consegnavano i regali ai dipendenti sotto l'albero di Natale nell'atrio. Dopodiché i domestici erano liberi di festeggiare in cucina, mentre la famiglia si godeva il buffet di piatti freddi allestito in sala da pranzo. I doni erano quasi tutti stoffe, scarpe usate, maglieria o articoli per la casa di seconda mano.

«Il nostro Christian è dovuto tornare nell'esercito all'inizio di agosto» riferì tristemente zia Lisa. «Anche se la gamba non era ancora guarita. Ho regalato due vecchi vestiti di Charlotte alla bambina e un paio di scarpe a Liesl. Ormai non si trova più niente nei negozi...»

Auguste fece capolino dalla porta. «Nell'atrio c'è un giovanotto che vorrebbe parlare con la signorina Dorothea Melzer.»

«Oh!» esclamò zia Lisa. «Una nuova conoscenza? Non ci avevi detto niente, Dodo!»

«Non c'è niente da dire.»

La ragazza si avviò verso l'atrio a passo così spedito che Auguste non riuscì a starle dietro. Il cuore le batteva all'impazzata. Santo cielo, sua zia era una ficcanaso. E Auguste era persino peggio.

Ditmar la aspettava. Era strano con indosso l'uniforme della Luftwaffe; anche il viso era cambiato, sembrava smunto e molto serio. Quando la vide in cima alle scale, però, le sorrise.

«Scusami se mi presento all'improvviso, ma sono di passaggio. Sto andando dai miei genitori a Ulm.»

Dodo scese le scale e lo raggiunse. Tra loro era finita, ma era comunque bello vederlo. Bello ed emozionante.

«A Ulm? Arriverai tardissimo...» disse, ricambiando il sorriso.

«Non potevo fare altrimenti. Oggi ho la giornata libera, ma dopodomani devo tornare a Berlino.»

«Capisco.»

Seguì una pausa imbarazzata. Lei pensò a qualcosa da dirgli, ma non le venne in mente nulla di adatto.

«Volevo vederti, Dodo» disse Ditmar, incerto. «Per amicizia. E perché sei importante per me. Le cose non sono andate bene fra noi, purtroppo...»

La ragazza non rispose. Era cambiato, ma a che cosa serviva adesso? Al momento giusto l'aveva delusa e abbandonata. Non riusciva proprio a fingere che non fosse successo.

Lui non si aspettava una risposta. Deglutì e si schiarì la gola. «Andrò in Russia, sai? Volevo chiederti se posso scriverti.»

«Sì, certo» si affrettò a dire Dodo. «Mi farebbe piacere.»

«E mi risponderai?»

Si sentiva più sotto pressione di quanto avesse previsto. Era impossibile resistere allo sguardo implorante e speranzoso con cui glielo aveva chiesto. «Se vuoi...»

«Ne sarei molto felice.»

Per un attimo pensò che stesse per abbracciarla, invece si limitò a stringerle la mano un secondo più del dovuto. «Devo andare. Abbi cura di te, Dodo. E grazie!»

Un'ultima stretta di mano, un sorriso, e si allontanò.

«Addio» mormorò lei a bassa voce.

19

Febbraio 1942

Caro papà,
ho appena finito il regalo di compleanno per la mamma: un fazzoletto con il bordo lavorato all'uncinetto. Mi ha insegnato la nonna, ma è stata dura, perché ho sbagliato tante volte e ho dovuto ricominciare daccapo. Nel pomeriggio zia Kitty e zio Robert sono venuti a prendere il caffè, c'era anche Henny. Purtroppo zia Tilly era di turno in ospedale. È molto triste poiché suo marito deve arruolarsi nell'esercito: lo zio Jonathan andrà in Russia con il personale medico per curare i soldati feriti.
Quando zia Tilly lavora in ospedale, porta sempre Edgar a pranzo da nonna Gertrude. Lui inizierà la scuola dopo Pasqua, finite le lezioni dovrà andare a piedi da solo in Frauentorstrasse.
La mamma ti saluta, dice che ti scriverà tra poco e ti manderà un pacco.
Vorrei tanto che tornassi presto da noi.
Con affetto,

tua figlia Charlotte

Le parole danzarono davanti agli occhi di Sebastian. Aveva di nuovo la febbre. I brividi gli facevano battere i denti. Riuscì a fatica ad arrotolare la lettera e infilarla nella scatola di latta dove conservava la posta. Da tre giorni si trovava nell'infermeria del campo, la febbre non accennava ad abbassarsi. Era tutta colpa sua. Aveva creduto che il corpo si fosse abituato al lavoro, anche se ormai aveva cinquantacinque anni e non era più un ragazzino. Non aveva preso sul serio i primi sintomi della polmonite e, nonostante la febbre e i dolori al petto, non si era dato malato, convinto che con il passare dei giorni la situazione sarebbe migliorata. Invece li avevano mandati alla cava di ghiaia, il lavoro più impegnativo. A mezzogiorno si era reso conto che non era più una questione di forza di volontà: il suo corpo protestava, le gambe minacciavano di cedere. Aveva provato a farsi mandare alla baracca dell'infermeria, senza successo. La guardia gli aveva risposto che era piena e non avevano bisogno di altri bugiardi. Allora a Sebastian non era rimasta altra scelta che tornare alla cava di ghiaia, dove i compagni lo avevano nascosto dietro i sacchi, perché a quel punto non riusciva nemmeno più a reggere la pala. Verso sera, però, la guardia lo aveva scovato e punito con diversi colpi di frusta. Lui non aveva quasi sentito il dolore ed era persino riuscito a camminare in fila con gli altri per qualche metro, ma poi era crollato poco prima di raggiungere il piazzale dell'appello e i compagni avevano dovuto portarlo in braccio. Aveva ripreso conoscenza durante l'appello ed era riuscito a restare in piedi mentre li contavano, dopodiché aveva ottenuto il permesso di tornare alle baracche. Si era infilato nel letto che condivideva con altri uomini, cadendo addormentato.

Nel corso della notte aveva avuto paura di morire. Si sentiva debole, faticava a respirare e continuava a tremare per la febbre. Vide bambini che giocavano allegri in un prato, lanciandosi palloni colorati che poi si dissolvevano e diventavano drappi in volo sull'erba come uno stormo di uccelli variopinti. Provò ad afferrarne uno, ma lo mancò...

«Sebastian?» Nel delirio udì la voce del teologo. Non riuscì a capire se fosse un sogno o la realtà, i due piani erano confusi. Aprì la bocca per rispondere, ma la voce non gli obbedì. Produsse soltanto un accesso di tosse e sentì un forte dolore al petto.

«Perché non ti sei dato malato, idiota?»

«Lascialo in pace, non durerà a lungo!» disse un'altra voce.

«Dammi la sua zuppa!» ordinò con rabbia il teologo.

Qualcosa di metallico gli toccò la bocca, trasudando un liquido viscido che gli causò un conato di vomito. Sputò.

«Ecco, vedi? Non vuole niente. Dammi qua, la divido.»

«Il pane no, glielo tengo da parte.»

«È andato, non gli serve il pane.»

Alla fine lo lasciarono da solo. Sebastian sprofondò in altri sogni deliranti e si convinse di aver visto sua figlia, ma all'improvviso la bambina si trasformò in un agente della Gestapo che lo arrestava e lo caricava su un furgone.

«E allora? Lo portano in infermeria? Ansima come una macchina a vapore, speriamo non sia niente di contagioso.»

«Non prendono più nessuno» disse il teologo in tono apatico.

«Io non ci dormo con lui. Ho paura di ammalarmi.»

«Scambiamoci di posto, ci vado io.»

Durante la notte qualcuno gli diede da bere e gli rinfrescò la fronte con un panno umido. Quando sentì mormorare preghiere alla Vergine Maria, pensò che doveva essere il teologo. Verso l'alba la febbre si abbassò e Sebastian fissò con sguardo vitreo i compagni che facevano colazione sotto la luce delle lampade. Gli spazi erano diventati sempre più stretti, ma un gruppo di prigionieri ancora resisteva. Il teologo gli portò il caffè a letto. Un altro, del vecchio gruppo della resistenza, provò a fargli coraggio, un terzo intinse il pane nel caffè e glielo avvicinò alla bocca. Prima dell'appello il più anziano della baracca informò la guardia che il prigioniero Sebastian Winkler aveva la febbre e temevano contagiasse gli altri. Poiché non era in grado di camminare, due compagni dovettero sorreggerlo e accompagnarlo in infermeria.

Non voleva morire. Non ora, aveva deciso di resistere il più a lungo possibile. Erano le lettere che riceveva due volte al mese a ricordargli che fuori da lì c'era un'altra vita. Persone che, nonostante tutto, gli volevano bene, l'avevano perdonato e lo aspettavano. La commovente speranza di sua figlia Charlotte dava un senso alla sua lotta per la sopravvivenza. Sorprendentemente, nel pomeriggio del terzo giorno la febbre si abbassò. Sebastian cominciò a respirare meglio e iniziò a riprendere contatto con ciò che aveva intorno.

L'infermeria non era molto grande, poteva ospitare al massimo cinquanta uomini, sdraiati uno accanto all'altro su brande da campo. La maggior parte sonnecchiava, alcuni bisbigliavano fra loro a bassa voce, altri si agitavano e gemevano. Era tutto molto pulito. I prigionieri spazzavano il pavimento e spolveravano ogni giorno davanzali e porte con un panno umido. L'intenso odore di disinfettante era sovrastato dalla puzza di urina, sudore e putrefazione dei malati. La zuppa servita era magra, ma migliore di quella data agli altri, e Sebastian la trangugiò fino all'ultima goccia. Dopodiché si sentì meglio, riuscì persino a mettersi a sedere sul letto e cercò di fare qualche passo. All'inizio andò bene, ma poi ebbe un attimo di stordimento, gli ronzarono le orecchie e a malapena poté tornare alla sua branda. Rimase fermo, ansimante e con il cuore in gola, ma comunque di buon umore.

Ebbe fortuna. Il medico che ogni mattina faceva il giro di visite con due colleghi fu gentile con lui. Non era sicuro del perché, ma il nome – dottor Radinger – gli ricordava uno studente al quale aveva insegnato anni addietro, prima della guerra mondiale, nella piccola scuola di un villaggio. Era un ragazzo brillante, ma come tutti era partito per la guerra. Non aveva mai saputo cosa gli fosse successo in seguito.

«Allora» disse il medico. «I polmoni stanno migliorando. Ancora qualche giorno e potrà tornare a spalare la ghiaia.»

Gli diede una pacca sulla spalla e passò al paziente successivo. Le cure erano blande, i farmaci venivano somministrati soltanto a chi aveva speranza di tornare al lavoro. Il vantaggio di andare in infermeria, comunque, era di potersi riposare e contare su trattamenti migliori. Chi non riusciva a riprendersi aveva poche chance di sopravvivere, lo lasciavano morire e basta. Ogni mattina gli infermieri facevano il giro dei letti e contavano i morti. Anche Sebastian era stato a un passo dalla stessa sorte, ma ora che sentiva tornare le forze credeva che quell'inferno si sarebbe concluso e ci sarebbe stato un futuro per chi riusciva a sopravvivere.

Tre giorni dopo era ancora malfermo sulle gambe, ma il medico affermò che si era ripreso e fu riportato nella baracca. Gli alloggi dei prigionieri erano più affollati di prima: in tanti condividevano i letti a castello, dormivano fianco a fianco e respiravano l'aria dei vicini. Anche i litigi erano più frequenti, a volte scoppiavano delle risse. Un prigioniero era stato trovato morto in un bagno, alcuni compagni gli avevano fracassato il cranio perché lo accusavano di furto.

Fra i detenuti vigevano regole rigide, che prima o poi tutti imparavano, dato che erano essenziali per la sopravvivenza. Chi riceveva dei pacchi non teneva mai tutto per sé, ne condivideva il contenuto con i compagni. Ciò che restava poteva essere conservato o barattato. Il denaro si portava sempre addosso, ciononostante poteva scomparire dall'oggi al domani. In ogni caso non valeva molto, i pochi generi alimentari in vendita costavano troppo e le sigarette erano introvabili. Di settimana in settimana si riducevano anche le razioni di cibo, con il risultato che il duro lavoro e la malnutrizione mietevano sempre più vittime.

«La Germania è in guerra. Ogni persona rispettabile del Paese deve vivere in ristrettezze, pensate che qualcuno voglia ingrassare criminali, comunisti o ebrei?» aveva risposto una guardia quando avevano osato lamentarsi.

Sebastian aveva scoperto che chi pensava soltanto a se stesso, rubava ai compagni, saltava la fila per il cibo o fingeva di ammalarsi non sopravviveva a lungo. L'egoismo si pagava caro, perché chi era odiato dagli altri veniva abbandonato nel momento del bisogno. A lungo andare, se la cavava solo chi dimostrava solidarietà. Non altruismo, sarebbe stato sciocco, ma la capacità di dare e ricevere in maniera reciproca. Sebastian l'aveva imparato a proprie spese, era stato sfruttato e tradito, ma con il tempo era riuscito a crearsi una sua cerchia in cui il livello di istruzione o l'estrazione sociale non giocavano alcun ruolo. Prigionieri che in passato erano stati notabili o addirittura professori universitari si erano rivelati feccia; al contrario, contadini e operai potevano dimostrarsi compagni affidabili. Era una questione di carattere.

Nei primi giorni dopo il rilascio dall'infermeria, ebbe bisogno di aiuto perché si stancava in fretta e doveva fermarsi per recuperare le forze. Se l'avessero scoperto, le guardie lo avrebbero costretto a fare dieci piegamenti sul terreno ghiacciato e gli avrebbero dato una frustata. Ma i prigionieri avevano ideato un sistema di segnali per comunicare l'arrivo delle guardie, quindi bastava lavorare diligentemente con pala e piccone finché li tenevano d'occhio. Quando la guardia passava oltre, i compagni si alternavano a spalare nel secchio di ghiaia di Sebastian, in modo che non restasse troppo indietro e non venisse punito.

Lui li ringraziò e distribuì il contenuto del suo pacco fra tutti coloro che lo avevano aiutato. Biscotti con farina d'avena, un vasetto di ciliegie in conserva, un pezzo di salsiccia affumicata e poi la cosa più preziosa: una minuscola porzione di tabacco. Non tenne nulla per sé, aveva le lettere e si era ripreso, non aveva bisogno d'altro.

Dopo cena c'era tempo fino alle dieci per parlare, sbrigare la corrispondenza e organizzare i baratti. Con tanti nuovi arrivati, iniziavano a circolare notizie più fresche dal mondo esterno. L'unica difficoltà era che molti non parlavano il tedesco, quindi ci voleva del tempo per capire cosa dicevano. Il teologo conosceva qualche parola di polacco e capiva anche il russo parlato in Ucraina.

«Dicono che l'attacco della Wehrmacht a Mosca è fallito» riferì. «Le truppe tedesche sono ferme alle porte della capitale russa, ma in tanti sono morti di freddo, quest'anno l'inverno è stato anche più crudele del solito.»

«Che follia pensare che si possa semplicemente invadere la Russia e prendere la capitale» disse Sebastian, scuotendo la testa. «Nemmeno Napoleone...»

«Ma Napoleone non aveva campo né carri armati» fece notare qualcuno.

«A meno quaranta gradi, i carri armati smettono di funzionare» replicò il teologo. «Si dice che l'Armata rossa abbia sferrato un contrattacco che sta mettendo a dura prova la Wehrmacht.»

«I russi non sono ben equipaggiati, non hanno i carri armati.»

«A quanto pare sì, invece. Stalin non è da sottovalutare.»

Discussero per un po' a bassa voce, senza arrivare a un accordo. La maggior parte di loro era convinta che Hitler non si sarebbe arreso e avrebbe conquistato Mosca in primavera. Sarebbe stato come con la Francia: Stalin sarebbe fuggito e Hitler avrebbe messo uno dei suoi al Cremlino. Altri insistevano sul fatto che era impossibile conquistare un Paese come la Russia. Era troppo grande e i tedeschi non erano abituati alle temperature gelide dell'inverno. Pensavano che Stalin fosse astuto e avesse attirato in trappola la Wehrmacht per sferrare un attacco dalle retrovie.

Sebastian ascoltò le notizie con immenso sconforto. Quante persone erano morte in quel conflitto senza senso? Oltre ai caduti in battaglia, c'erano anche le vittime delle malattie e del freddo spietato.

«Satana infuria sulla Terra» disse il teologo. «E Dio lo permette. È al di là della nostra umana comprensione, dobbiamo accettarlo.»

Anche altre notizie erano preoccupanti. Gli americani avevano collocato i propri aerei sul continente britannico, quindi la flotta alleata era più numerosa della Luftwaffe, oltre a disporre di velivoli moderni e letali.

«Non saprei» mormorò un compagno. «Forse non hai capito bene il polacco. Da quando gli americani hanno buoni aerei?»

«Penso di aver capito bene» rispose il teologo. «Temo che dovremo prepararci ad altri bombardamenti.»

«Non sganceranno bombe su un campo di concentramento» osservò uno. «Vogliono colpire l'industria degli armamenti.»

«Come se le bombe cadessero sempre dove devono...» obiettò un altro. «Basta un alito di vento perché qualcosa vada storto. E poi colpiscono le case e tutto va in fiamme.»

Per un attimo nessuno disse niente. Quasi tutti avevano amici, parenti, mogli o figli fuori dal campo.

«Non è come durante la guerra mondiale» disse qualcuno. «Lì combattevano i soldati e noi morivamo di fame a casa, ma non c'erano bombe che uccidevano donne e bambini.»

«Neanche in Inghilterra la Luftwaffe ha mostrato il minimo riguardo per i civili» osservò il teologo. «I mulini di Dio macinano lentamente, ma...»

«Chiudi il becco, con i tuoi sermoni!» imprecò uno. «Voi corvi neri siete i peggiori...»

Il teologo tacque, ma i suoi compagni lo difesero. «Lascialo in pace» disse Sebastian. «E ringrazialo di averci fatto da interprete.»

«Sempre che non ci stia mentendo...»

«Vai da qualche altra parte, se vuoi lamentarti» ringhiò un compagno.

Il tizio si allontanò. Dal marchio cucito sulla sua uniforme sapevano che era catalogato come "criminale". Spesso non voleva dire nulla, ma a volte sì.

Arrivò marzo, le temperature si alzarono, il ghiaccio si sciolse e iniziarono a sprofondare nel fango. Sebastian resisteva. Adesso riusciva a gestire di nuovo il carico di lavoro senza l'aiuto dei compagni e di sera scriveva lettere a Charlotte o a Lisa. Non poteva aprire il suo cuore, naturalmente. Doveva essere cauto, o rischiava che gli vietassero la corrispondenza, come succedeva spesso.

Mia cara Lisa,

grazie per la tua lettera e il bellissimo pacchetto. Spero davvero che stiate tutti bene. Nel parco della Villa delle Stoffe dovrebbero essere iniziate le prime fioriture. Penso di frequente alle passeg-

giate con voi in primavera o alle battaglie con le palle di neve dei nostri bambini, in inverno. Perdonami se ripenso al passato, talvolta non posso farne a meno.
Sono stato malato per alcuni giorni, ma fortunatamente mi sono ripreso e sono tornato a lavorare. Grazie per il tuo coraggio e la tua bontà. Non hai idea di quanto siano preziose per me le lettere che mi mandi.
Ti prego di salutarmi Charlotte. Le scriverò a breve.

Sebastian

Verso la fine del mese si accorse che il teologo era diventato più silenzioso. Sempre più spesso, dopo cena, si ritirava a letto e giaceva lì con gli occhi chiusi, ma senza dormire.

«Che cos'hai che non va?»

«Sono stanco, Sebastian.»

«Sei malato?»

«Sono soltanto stanco...»

Il declino fisico del suo fedele compagno lo addolorava. Erano tutti emaciati, sotto la doccia si vedevano le costole sporgenti. Ma avevano anche imparato a riconoscere i segnali di quando un prigioniero stava per arrendersi. Le guance crollavano, si formavano delle ombre scure sotto gli occhi, il naso diventava appuntito.

«Andrà tutto bene» provò a fargli coraggio Sebastian. «Non devi arrenderti.»

«Non ci si ribella alla volontà di Dio.»

«Come fai a sapere che cosa vuole Dio per te?»

«Non lo so» rispose, sorridendogli. «Ma qualunque cosa sia, non mi opporrò.»

Pochi giorni dopo, durante l'appello mattutino, fu annunciato che alcuni di loro sarebbero stati trasferiti. Vennero letti i nomi. Sebastian, due dei suoi compagni e il teologo erano nella lista. Avevano dieci minuti per raccogliere le proprie cose e tornare sul piazzale, in attesa di altri ordini.

Tutti, compresi i nuovi arrivati, sapevano che cosa poteva significare. Nel gruppo si diffuse il terrore.

«È finita» sussurrò qualcuno accanto a Sebastian. «Ci stanno portando a Hartheim. Da lì non torna nessuno.»

Era noto che a Hartheim i prigionieri venivano uccisi con il gas, erano le guardie stesse a minacciarli facendo riferimento a quanto succedeva. Stavano per portarli via. A lavorare altrove, dicevano così per non avere problemi.

Qualcosa dentro Sebastian si oppose a quel destino.

A che scopo aveva combattuto, lottato, sopportato, quando stava per morire? E Lisa? Charlotte? Lo avrebbero saputo? O avrebbero continuato a scrivere lettere a un morto?

Due autobus con le tende ai finestrini attraversarono il cancello, superarono le barriere e si fermarono sul piazzale dell'appello. Le porte si aprirono. All'interno non c'erano sedili. Diverse guardie con le mitragliatrici si assicurarono che l'operazione si svolgesse in maniera rapida e ordinata.

Si misero in fila e una guardia gridò i loro nomi per dividerli nei due autobus. *Perché darsi tanta pena, se dobbiamo morire tutti?* si chiese Sebastian. Dal fondo della fila, notò che sull'autobus di sinistra salivano quasi solo ebrei, insieme a pochi altri malati o troppo deboli per lavorare. Il suo destino si avvicinava vertiginosamente. Chiamarono il suo nome.

«Prigioniero Winkler, Sebastian. A destra!»

Fu costretto a correre perché una delle guardie minacciava con la frusta chi andava lento. Sentì la voce del teologo.

«Addio, Sebastian. Dio ti benedica.»

L'interno dell'autobus era buio, i prigionieri inciampavano

l'uno sull'altro nel tentativo di trovare un angolo vuoto dove sedersi. L'aria era impregnata di puzza di urina. Erano così stipati che gli ultimi non riuscirono a trovare posto e calpestarono quelli seduti a terra, poi la porta si chiuse e l'autobus partì.

Nell'oscurità regnava la paura della morte. La si poteva annusare, udire, assaporare. Il viaggio fu lungo, la reclusione e l'aria viziata erano una tortura e i movimenti del veicolo continuavano a farli crollare uno addosso all'altro. Quando si fermarono, calò un silenzio carico di angoscia. Non si sentiva un fiato. Che cosa sarebbe successo?

«Fuori! In fila! Datevi una mossa!»

Sebastian sbatté le palpebre, incredulo, e per un attimo pensò di essere impazzito. Erano su un ampio piazzale con delle baracche. In fondo si intravedeva una fabbrica e più lontano, se non era un miraggio, c'era la cattedrale di Augusta! La torre di Perlach! E qualcosa che assomigliava alla basilica dei Santi Ulrico e Afra.

«Lì!» esclamò un compagno, puntando il dito. «Aerei! Siamo alla Messerschmitt, costruiremo macchine da guerra.»

Entrarono nella nuova baracca, con la sensazione di essere sfuggiti per un pelo alla morte.

Due suoi compagni erano con lui. Mancava il teologo.

«È dovuto andare a sinistra» gli fu detto. «Avrà già smesso di soffrire.»

20

13 aprile 1942

Cara Henny,
siamo sopravvissuti al gelo e continuiamo a marciare, da qualche parte in Russia. Finora me la cavo, altri stanno peggio di me. Ho pensato che potremmo sposarci subito. Potremmo fare un matrimonio per procura e festeggiare insieme dopo la guerra. Scrivimi cosa ne pensi.
Ti amo.

Felix

Nella sua stanza di Frauentorstrasse, Henny rilesse per la terza volta la cartolina. Felix voleva sposarsi. Eppure si erano ripromessi di farlo dopo la guerra, che cosa gli aveva fatto cambiare idea?

La Russia, pensò. *Sono morti in tanti.*

Ormai si aveva paura di veder arrivare il postino, perché potevano essere brutte notizie. Caduto da eroe per la Germania. Fine. Punto. Non lo rivedrai mai più, è sepolto in una fossa comune da qualche parte in Russia, non saprai mai dove. Ogni volta che una cartolina tardava ad arrivare, le mogli, i genitori e le fidanzate iniziavano a sospettare che fosse successo qualcosa.

Un matrimonio per procura non era affatto ciò che Henny aveva sognato. D'altra parte, che cosa importava come e dove si sarebbero sposati? Se per lui era importante, avrebbe accettato. Gli avrebbe scritto quella sera stessa. Sospirò e ripose la cartolina dal motivo floreale nel cassetto della scrivania. Si era presa la mattinata libera in fabbrica perché era il primo giorno di scuola di Edgar, il figlio di zia Tilly, e la mamma aveva invitato tutti a pranzo in Frauentorstrasse.

Fuori splendeva il sole. Non sapeva bene cosa indossare, faceva ancora troppo freddo per un abito primaverile, ma il cappotto di lana era brutto e probabilmente l'avrebbe fatta sudare. Aprì la finestra per controllare il vento, ma ebbe un sussulto.

Sul portico della casa di fronte c'erano due uomini in uniforme marrone. Un altro si aggirava in giardino, come se cercasse qualcosa fra le aiuole. Che diavolo stavano combinando? Lì abitavano Erna Siebert, sua sorella Siglinde e il nonno. Erna era una benpensante, ma per il resto erano persone innocue e a posto.

Henny osservò gli uomini maneggiare un palo, sfiorare qualcosa sul tetto e abbassarsi rapidamente, come se stesse per scoppiare una bomba. Ma non accadde nulla, quindi si fecero coraggio e uno dei due recuperò un oggetto piccolo e rotondo dal tetto. Dopodiché lo ripose con cura in una borsa e si accinse a prenderne altri esemplari. Henny non riusciva a dare un senso a quella scena. Chiuse la finestra e scese in soggiorno.

Kitty era alla finestra con il binocolo di zio Robert e osservava con interesse ciò che stava accadendo sul tetto della casa di fronte.

«Cosa ci fanno lì?» chiese Henny. Sua madre sussultò, colpì il vetro della finestra con il binocolo ed emise un gemito di dolore.

«Mi hai fatto prendere un colpo, Henny» disse con rabbia. «Stanno cercando delle bombe incendiarie, qualcosa del genere.»

«Sul tetto di Erna Siebert? E come ci sono finite?»

Kitty fece una risatina e riprese il binocolo.

«Ora stanno controllando più in alto. E quello indica il cespuglio di rose... Come ci sono finite? Le avranno lanciate gli aerei inglesi, no?»

Per fortuna da tempo nessun aereo della Royal Air Force veniva avvistato nei cieli di Augusta. Con grande dispiacere di Johannes, che da poco era entrato nella contraerea. Avevano arruolato anche Hanno, decisamente meno entusiasta del ruolo. Tuttavia, le incursioni aeree degli Alleati erano all'ordine del giorno in tutta la Germania. In genere gli attacchi avvenivano di notte e causavano danni devastanti, mietendo molte vittime. La città di Lubecca era stata colpita due settimane prima. La gente era nervosa, chiunque non oscurasse le finestre dopo il tramonto veniva punito e la contraerea si teneva sempre pronta a intervenire.

«Gli inglesi lanciano bombe, non quegli strani aggeggi» osservò Henny. «Che cosa staranno raccogliendo?»

Kitty posò il binocolo e scoppiò a ridere. «Saranno i biscotti che il nonno ha buttato fuori dalla finestra per la rabbia...»

Henny fissò sua madre e sulle prime pensò che fosse una delle sue battute idiote. Invece diceva sul serio. Erna Siebert le aveva raccontato di aver preparato dei biscotti al miele, ma erano così duri che lei e la sorella non riuscivano a mangiarli. Avevano provato a rifilarli al nonno, che li aveva lanciati in giardino gridando furibondo.

«Qualche occhio di falco deve averli notati e denunciati alle autorità» disse Kitty. «Siamo arrivati al punto di scambiare un biscotto per una bomba incendiaria!»

Fuori, gli uomini si allontanarono con il loro bottino, portando con sé la scala. Erna Siebert e la sorella erano affacciate alla finestra e guardavano ansiosamente su e giù per la strada, nella speranza che nessuno si fosse accorto dell'operazione appena svoltasi nel loro giardino.

«Si sono bevuti il cervello!» disse Henny, scuotendo la testa. «Sono pazzi.»

Nonna Gertrude entrò, vide Kitty e la nipote alla finestra e abbandonò le braccia lungo i fianchi. «Che cosa ci fate lì a chiacchierare? Sono le nove passate, alle dieci inizia l'inserimento a scuola. Vuoi venire in vestaglia, Henny?»

«Stai calma» intervenne Kitty. «In tram ci impieghiamo venti minuti. Metti il vestitino azzurro, Henny, ti presto le scarpe abbinate.»

La ragazza si lasciò convincere, ma rifiutò le scarpe perché la mamma aveva i piedi più piccoli dei suoi e ogni volta si ritrovava con le dita doloranti. Era impossibile resistere per una giornata intera. Peccato, perché le scarpe non si trovavano più da nessuna parte e sua madre ne aveva una collezione stupenda...

Quando scesero di sotto, nonna Gertrude le aspettava sulla soglia con cappotto e cappello, in preda all'agitazione. «Mi sono alzata alle cinque del mattino per preparare una torta e ora mi fate arrivare in ritardo!»

Non arrivarono in ritardo, ma giusto in tempo per l'apertura delle porte e l'ingresso degli alunni di prima elementare accompagnati da madri, fratelli e nonni. Due bambini erano con entrambi i genitori. I padri indossavano le divise della Wehrmacht, evidentemente erano in congedo. Anche zia Tilly si era presa la giornata libera. Indossava un abito verde e una camicetta dai colori vivaci, mentre Edgar portava i pantaloncini.

«A quanto pare l'ha spuntata lui, mamma» sogghignò Henny. «Zia Tilly voleva che mettesse i pantaloni lunghi. Ha paura che gli venga un raffreddore.»

«Tilly esagera con quel poverino» sussurrò Kitty. «In inverno lo avvolge in così tanti strati che sembra un piumone ambulante.»

Un docente con i capelli grigi e i baffi li condusse nell'aula magna. Sul piccolo palcoscenico era stato sistemato un leggio e il sipario si muoveva appena. Dunque ci sarebbe stato uno spettacolo.

Raggiunsero i posti in seconda fila. Edgar insistette per sedersi accanto a Henny, che era la sua cugina preferita. Sembrava felice, con la borsa rossa piena di regali della scuola e lo zaino che era stato di Leo. Quando fece per sedersi, colpì lo schienale con lo zaino e per la sorpresa gli cadde la borsa.

«Prima togli lo zaino e poi ti siedi» disse una giovane maestra, sorridendo. «Hai già imparato qualcosa oggi, eh?»

Edgar si accigliò e slacciò la cinghia per sbarazzarsi dello zaino, mentre Henny raccoglieva la borsa.

«Sapevo che non mi sarebbe piaciuto» sussurrò, agitandosi sulla sedia. Permise alla cugina di tenergli la borsa con i regali.

Zia Tilly le aveva raccontato che, con suo grande rammarico, Edgar non dimostrava il minimo entusiasmo per l'imminente inizio delle lezioni. «Sostiene che la scuola non gli serve» aveva sospirato. «Sa già leggere e scrivere, e l'aritmetica gli viene facile.»

«È per questo che non gli interessa iniziare» aveva risposto Kitty. «Perché gli avete già insegnato tutto? Così a scuola si annoierà.»

«Non siamo stati noi» si era difesa zia Tilly. «Ha imparato da solo.»

In effetti era andata così. Un giorno, al tavolo della colazione, il piccolo Edgar aveva chiesto: «Papà, che cosa sono i soldati dell'Armata rossa? Hanno le armi rosse?».

Lo zio Jonathan aveva abbassato il quotidiano e gli aveva spiegato che si trattava dei soldati russi.

«Come ti è venuto in mente, Eddi?» aveva chiesto zia Tilly.

A quel punto il bambino aveva indicato il giornale e sua madre aveva letto il titolo dell'articolo. *Bloccata incursione dei soldati dell'Armata rossa.*

Mentre lo zio Jonathan era assorto nella lettura, Eddi aveva decifrato le parole sul retro del giornale.

«Ma... Come hai fatto?»

«Mi annoiavo, non la smetti mai di leggere...»

Ma quel giorno il bambino non era dell'umore giusto per dare sfoggio del suo talento. Si rannicchiò accanto a Henny, con espressione imbronciata, posò lo zaino ai suoi piedi e iniziò a prendere a calci la spugna che spuntava da una cucitura. Lo zaino conteneva una lavagnetta nuova e un astuccio di legno, decorato con una pirografia, che un tempo era appartenuto al padre di Henny. Nonna Gertrude aveva conservato il ricordo del figlio, lo aveva riempito di matite nuove e l'aveva regalato al nipote per l'inizio della scuola.

Il preside, un uomo calvo con luminosi occhi azzurri e una carnagione rosea, tenne un discorso di benvenuto rivolto soprattutto agli adulti.

«In questi giorni cruciali, in cui i nostri soldati ci difendono con coraggio dalle orde di Stalin, dobbiamo essere particolarmente attenti all'educazione dei nostri figli...»

Un altro asservito al regime, pensò Henny. Del resto, c'era altra scelta? La Gestapo aveva spie ovunque. Se non voleva perdere il lavoro, gli conveniva attenersi al copione. Il discorso fu interrotto più volte dal pianto di un neonato, finché la madre non si decise a prendere il piccolo dalla carrozzina e portarlo fuori. Quando il preside ebbe augurato un buon inizio anno a tutti gli alunni di prima elementare, Edgar chiese ad alta voce: «Ora abbiamo finito?».

La domanda scatenò uno scoppio di risatine. Zia Tilly arrossì per l'imbarazzo, mentre Kitty si stava divertendo un mondo.

«È soltanto l'inizio, Eddi» gli disse.

Comunque, andò meno male del previsto. Quando si aprì il sipario, comparve un cerchio di alunni di quarta che suonavano il pianoforte e ballavano. Era molto carino, con le bambine in dirndl colorati e alcuni dei maschi con i calzoni di pelle. La maggior parte portava degli zoccoli ai piedi, soltanto due bambine sfoggiavano orgogliose le scarpe di cuoio. Dopo il ballo gli studenti recitarono delle poesie, in fretta e molto rossi in faccia. Soltanto uno si bloccò a metà, ma una compagna riuscì a suggerirgli come continuare. A quanto pareva, aveva imparato a memoria tutte le poesie.

Henny si perse nei ricordi. La festa e i regali del primo giorno di scuola, lo zaino nuovo e la borsa con il coniglietto di pezza che conservava ancora. Quanto tempo era passato? Vent'anni. Santo cielo, com'era invecchiata! Poi le tornò in mente la cartolina di Felix e all'improvviso ebbe paura. Le aveva chiesto di sposarsi in modo che le restasse almeno il suo cognome, nel caso in cui non fosse tornato? Doveva parlarne con la mamma? In realtà avrebbe preferito farlo con Dodo, ma sua cugina era tornata a Monaco ed era entusiasta delle lezioni, continuava a raccontarle di motori più potenti e nuovi materiali, tutte cose che a lei interessavano poco o niente. Non aveva scritto nulla su Ditmar, anche se Henny aveva saputo da Auguste che era stato alla Villa delle Stoffe prima di Natale. Come minimo intratteneva una corrispondenza con lui... A volte era davvero ingenua!

Dopo una canzone – per fortuna non l'inno nazista – marciarono tutti lungo il corridoio, diretti alle aule. Lì gli alunni di prima elementare furono chiamati per nome dalla maestra giovane e si sedettero ai posti assegnati, che sarebbero rimasti gli stessi per tutto l'anno. Edgar era in terza fila, accanto a una bambina castana con un enorme fiocco bianco fra i capelli, simile a un gigantesco cavolo appollaiato sulla sua testa.

Concluso il primo assaggio di vita scolastica, iniziò "la parte piacevole della giornata", come la definì Kitty. Zio Robert era uscito con la sua macchina quella mattina, e ora li aspettava fuori dalla scuola. Nonna Gertrude si accomodò davanti, mentre Henny, zia Tilly e Kitty condivisero il sedile posteriore. Nonostante le sue proteste, Edgar fu sistemato in braccio alla madre. Sotto gli sguardi invidiosi degli altri alunni e dei loro parenti, partirono alla volta di Frauentorstrasse.

Henny non aveva ancora capito bene come zio Robert guadagnasse i suoi soldi. Possedeva delle azioni e aveva avviato diverse piccole attività in America, producendo di tutto, dai lavabi alle radio. Lungimirante com'era, aveva venduto prima della guerra, trasferendo il denaro in Svizzera. Ora non aveva idea di che facesse, di certo aiutava gli ebrei a emigrare, cosa ormai molto pericolosa, perché dall'anno precedente per loro c'era il divieto di lasciare la Germania.

Arrivati in Frauentorstrasse, Edgar corse ad aprire la borsa. Conteneva dei quaderni, una penna a inchiostro, due mele e un orsetto di pezza marrone. Con grande stupore di Henny, il bambino fu entusiasta dei quaderni e della penna. Sembrava una matita, ma se la si immergeva nell'acqua produceva un tratto blu scuro.

«La userò per scrivere a papà» disse, allegro.

E iniziò a scarabocchiare delle lettere in stampatello, come quelle che aveva visto sul giornale.

Il pranzo era stato preparato a quattro mani da nonna Gertrude e zia Tilly con un pezzo di carne per la zuppa, le uova per la torta e persino un quarto di libbra di vero caffè.

«L'hai preso al mercato nero? Che cosa gli hai dato?» chiese nonna Gertrude.

Ma zia Tilly non rispose. Fu un bel momento. Kitty raccontò la cerimonia di inserimento a zio Robert e risero molto. Zia Tilly si arrabbiò, perché Edgar non voleva finire il piatto e nonna Gertrude confessò di aver "leggermente" bruciato la torta, ma di aver tolto la parte bruciata affinché nessuno se ne accorgesse.

«Allora perché ce lo dici?» rise zio Robert.

«Perché sono una persona onesta!»

Henny temeva il peggio, considerato che nonna Gertrude era la peggiore cuoca e pasticciera del mondo. Tuttavia, a parte un leggero retrogusto amaro, la torta era commestibile. Fu il caffè a fare la differenza. Ne sarebbc bastato il profumo a far alzare la pressione, e dopo il primo sorso Kitty e la nonna sospirarono di piacere. Alle due, zia Tilly salutò tutti con baci e abbracci e andò in ospedale. Sarebbe tornata a prendere Edgar la sera. Al suo posto arrivarono due protetti di Kitty: Karla, una donna dai capelli bianchi che si truccava sempre gli occhi di nero e faceva la pittrice; e Ludwig, uno scultore piccolo e magro che, stando a quanto diceva Kitty, realizzava opere monumentali che non avrebbero sfigurato accanto alla Statua della Libertà di New York. Ma Kitty esagerava, come al solito. L'unico modo di avvicinarsi alla verità era ridimensionare le sue affermazioni del settanta per cento. I due nuovi ospiti, affamati, finirono gli avanzi del pranzo e non disdegnarono nemmeno la torta. Robert tirò fuori da chissà dove due bottiglie di spumante, Kitty andò a prendere i bicchieri e nonna Gertrude lanciò un grido quando lui aprì la prima bottiglia e il tappo colpì il soffitto con un botto.

«Ecco qui! Hai fatto un buco!»

«Al massimo un'ammaccatura» sorrise lo zio, riempiendo i bicchieri. «Ci ricorderà il primo giorno di scuola di Eddi.»

Lo spumante era così disgustosamente dolce che Henny dovette fare uno sforzo per vuotare il bicchiere. Brindarono all'inizio della scuola di Edgar, alla torta di nonna Gertrude, alle arti libere e alla fine della guerra, che speravano sarebbe arrivata presto. Poi suonò il campanello e Kitty gridò: «Oh, che bello! Devono essere Klara e Eduard, erano a fare provviste...».

Invece era Erna Siebert, la vicina di casa. «Non avete oscurato le finestre» disse, indignata. «Se qualcuno vi denuncia, avrete problemi.»

«Oh santo cielo!» esclamò Kitty. «Stiamo facendo una festa di famiglia, ce ne siamo completamente dimenticati. Grazie per avercelo detto.»

«*Heil Hitler!*»

«Che sciocchezza» si lamentò quando Erna se ne fu andata. «Come se oscurare le finestre servisse a qualcosa. Hanno i radar...»

Proprio in quel momento si sentirono le sirene. Allarme aereo! Ad Augusta non succedeva da quasi due anni. Nonna Gertrude si precipitò alla finestra a tirare la carta oscurante. Lo scultore cercò di aiutarla, finendo per complicare l'operazione.

«Spegnete le luci!» ordinò Henny. «Scendiamo in cantina.»

Zio Robert corse a recuperare alcuni documenti importanti. Kitty si piazzò all'ingresso della cantina con una torcia. Si sentiva già il ruggito dei motori in avvicinamento, Henny dovette aiutare Karla a scendere le scale, perché aveva una caviglia rigida. Pochi minuti dopo erano tutti riuniti in cantina, al buio, con le schiene contro gli scaffali di conserve di nonna Gertrude e le orecchie tese ad ascoltare con ansia i rumori sopra di loro. Sibili e colpi, doveva essere la contraerea. Henny pensò a Johannes. Finalmente poteva abbattere un aereo nemico. Poi sentì Edgar prenderle la mano.

«Non devi avere paura, Henny» disse. «Fra poco finisce.»

Si udirono le prime esplosioni. Tutti si rannicchiarono sul pavimento, la luce della torcia di Kitty tremava e Henny si accorse che stava abbracciando nonna Gertrude.

«Era a nord» sussurrò zio Robert. «Forse Oberhausen.»

Altre esplosioni, sibili, ruggiti, fischi, scoppi, il tutto inframmezzato dalle sirene. Su Augusta si stava scatenando l'inferno. Henny si coprì le orecchie e pregò che tutto finisse.

Non passarono più di venti minuti prima che si sentissero le sirene dei vigili del fuoco. Da qualche parte era scoppiato un incendio: le bombe erano andate a segno. Non era ancora suonato il via libera, ma il sollievo si diffuse subito.

«Scampata di nuovo» mormorò Ludwig.

Henny fu felice di poter lasciare la cantina, perché Karla aveva vomitato.

«Troppo spumante» disse con aria colpevole. «Non lo reggo più ormai.»

Zio Robert corse in strada a cercare informazioni. Quando tornò, riferì quanto aveva scoperto: «Proprio come pensavo. Hanno bombardato la MAN vicino a Oberhausen. Hanno centrato il bersaglio, nonostante il buio. Pare che fossero otto Lancaster britannici. La nostra contraerea ne ha abbattuti tre...».

La zia Tilly arrivò in Frauentorstrasse verso le dieci, ma a quel punto Edgar era già profondamente addormentato nel letto di Henny, mentre lei si era sistemata sul divano in soggiorno.

«Ero in tram quando è successo» disse Tilly, con aria stravolta. «Si è fermato e hanno fatto scendere tutti. All'inizio non sapevamo dove andare...»

Dei perfetti sconosciuti della città vecchia l'avevano fatta entrare nel loro rifugio antiaereo. Altrimenti sarebbe rimasta per strada, impotente.

PARTE SECONDA

DUE ANNI DOPO

21

Febbraio 1944

Quando aprì la porta dell'appartamento, Marie sentì subito l'odore di muffa. *Non è stato arieggiato*, pensò. *Da più di tre settimane*. Santo cielo, doveva essere andata a male anche la roba in frigorifero. Posò la valigia di cartone in corridoio e raccolse la posta che era stata fatta passare dalla fessura della porta. Poi andò in bagno a sbarazzarsi dei vestiti che aveva indossato per settimane, si fece una lunga doccia e uno shampoo. Le avevano permesso di lavarsi tutti i giorni – erano attenti all'igiene –, ma il sapone era scadente e lei ne detestava l'odore.

Era quasi sicura di averla fatta franca, ma poi, tre settimane prima, l'avevano portata via nel cuore della notte per interrogarla. Aveva origini tedesche, pertanto era una *enemy alien*. Poteva solo ipotizzare perché fosse successo a lei e non ad altri: qualcuno doveva averla denunciata alle autorità.

Era stata la sua prima volta in un commissariato di polizia, dove l'aveva interrogata un agente in borghese. Probabilmente era dell'FBI, perché le aveva posto delle domande a trabocchetto e lei aveva dovuto riflettere con la massima attenzione sulle risposte. Aveva cercato di stabilire un contatto epistolare con la Germania dopo l'inizio della guerra? Ammise di averci provato, senza successo.

«Non ha cercato di passare dalla Svizzera?»

«Ho dei conoscenti in Svizzera, ai quali ho scritto un paio di volte. Mia figlia è andata in collegio lì...»

L'agente le era parso soddisfatto. Non le avevano permesso di tornare a casa. Anzi, l'avevano rinchiusa in una cella dove era rimasta sveglia per gran parte della notte, tormentandosi con domande angoscianti. Cosa le sarebbe successo? Avevano preso Leo? Era possibile che li tenessero d'occhio già da tempo? Avevano controllato la sua posta? Se era così, allora sapevano che le lettere spedite in Svizzera contenevano anche delle missive per la Germania, con la richiesta di inoltrarle ad Augusta. Non sapeva se la direttrice del collegio le avesse fatto quel favore, perché non aveva mai ricevuto risposta.

Il giorno seguente era stata portata al centro di detenzione di Ellis Island insieme a molti altri tedeschi. C'era già stata quando era arrivata a New York dalla Germania, ma solo per poche ore: le avevano controllato i documenti, scattato un paio di foto e permesso di scendere sulla terraferma. Conservava un vago ricordo dell'imponente edificio bianco con l'immenso atrio in cui avevano atteso di essere registrati. Stavolta, dopo aver verificato la sua identità, l'avevano accompagnata in un ufficio per il primo interrogatorio, condotto da una donna che sembrava fermamente convinta di avere davanti una spia nazista che aveva installato un trasmettitore nemico a New York per diffondere la propaganda del Führer. Era stato faticoso rispondere alle stesse domande più e più volte, ripetere che aveva dovuto lasciare la Germania in quanto ebrea e che non aveva motivi per farsi coinvolgere dal regime nazista.

«Allora perché non ha divorziato da suo marito?»

«Perché lo amo.»

«Come può amare un nazista, se è ebrea?»

«Non è un nazista. È rimasto in Germania perché non voleva abbandonare la sua fabbrica, l'ha fondata il padre.»

Poi le aveva chiesto se possedeva una radio e una macchina fotografica. E se aveva girato dei filmati a New York e li aveva spediti in Germania.

«Non possiedo una macchinetta. Ho inviato alcune foto alla mia famiglia, ma prima della guerra.»

«Che cos'ha fotografato?»

«Il mio appartamento... Mio figlio Leo... L'accademia di musica... Una passeggiata a Central Park... Non le ricordo tutte.»

L'agente non si era arresa, aveva continuato a insistere e insistere, nell'attesa che si contraddicesse. *Quanti anni avrà?*, aveva pensato Marie. *Sicuramente più di cinquanta. È in sovrappeso e si trucca troppo. Ma ha un'energia e una tenacia incredibili, una perfetta agente dell'FBI.*

L'interrogatorio era durato a lungo. A un certo punto era arrivato un caffè che la donna aveva ignorato, mentre Marie l'aveva bevuto avidamente. L'agente non era parsa soddisfatta del risultato e si era congedata dicendo: «Verificheremo. Nel frattempo verrà internata, signora Melzer».

Marie era stata trasferita in un altro edificio, insieme a due detenute. Entrambe venivano da New York, una era ebrea come lei ed era impiegata in un'impresa edile; l'altra apparteneva a un ambiente agiato, parlava spesso della posizione di spicco del marito, anche lui internato, ed era convinta che non sarebbe rimasta lì a lungo, perché era tutto un malinteso.

«Per fortuna abbiamo amici con conoscenze che contano» aveva detto. «È importante avere personaggi influenti che garantiscano la tua innocenza...»

A differenza di Marie e dell'altra impiegata, non aveva la

cittadinanza americana. Era cittadina del Liechtenstein, ma veniva da Amburgo.

La vita nel centro di detenzione era tollerabile, c'era persino un negozio in cui si potevano fare acquisti, si tenevano messe e conferenze religiose, c'erano a disposizione libri e riviste ed era permesso inviare lettere su tutto il territorio nazionale. Ciononostante, l'umore generale era teso, perché nessuno sapeva quanto a lungo sarebbe stato trattenuto. Potevano essere poche settimane, ma anche mesi. Marie aveva incontrato una donna internata da anni.

L'interrogatorio conclusivo che aveva portato al suo rilascio era stato breve, ma rivelatore. Il caso di Marie era stato esaminato con cura ed erano state condotte numerose indagini. Il fatto che fosse ebrea e dunque fosse stata costretta a lasciare la Germania non contava: avrebbe potuto comunque dedicarsi allo spionaggio, non sarebbe stato il primo caso. Erano le lettere che aveva provato a far arrivare in Germania attraverso la Svizzera ad aver insospettito le autorità: le avevano aperte e giacevano sulla scrivania di un giovane agente dell'FBI.

«La direttrice del collegio ha consegnato tutto al consolato americano, signora Melzer. Ovviamente dovevamo indagare.»

Marie si sentì girare la testa. Stando a quanto le aveva detto sua figlia, la direttrice era una signora gentile, le piaceva presentarsi in classe a sorpresa ed era molto affezionata a Dodo. Marie non l'aveva mai incontrata di persona, ma era l'unica donna svizzera che conosceva. Come aveva potuto fidarsi di lei?

L'agente giovane aveva i capelli scuri, forse era di origine spagnola. Da dietro gli occhiali, i suoi occhi neri scrutavano la donna seduta di fronte a lui con attenzione, ma senza ostilità. «È un peccato che suo marito non abbia ricevuto le lettere» disse, sorridendo. «Gli sarebbero piaciute.»

Spinse le due buste sul tavolo e all'inizio Marie non osò toccarle. Soltanto a un suo cenno di assenso trovò il coraggio di prenderle.

«Non c'è nulla d'incriminante» sentenziò l'agente.

Lei non rispose. L'idea che le parole piene di amore e malinconia destinate a Paul fossero state lette da così tante persone era orribile.

«Può uscire oggi verso le undici!»

Era talmente sorpresa che non riusciva a crederci. La lasciavano andare. Era libera, nonostante avesse cercato di far entrare di nascosto delle lettere in Germania? Aveva sentito bene o era tutto un malinteso?

L'agente allungò una mano sulla scrivania, sorrise della sua espressione perplessa e l'ammonì: «Non faccia più tentativi illegali di contattare i membri della sua famiglia in Paesi nemici. Per il resto, è libera di andare e di esercitare la sua professione».

Due ore dopo era di ritorno sulla terraferma, con la piccola valigia di cartone che aveva preparato in fretta e furia quando era stata arrestata. Si voltò a guardare l'isola diventata una prigione per tante persone, i due appezzamenti di terreno rettangolari circondati da muri di cemento, collegati da una chiusa. D'estate era piena di alberi e prati, ma d'inverno si ergeva grigia e minacciosa nell'estuario dell'Hudson, non lontano da Liberty Island, dove la Statua della Libertà accoglieva le navi in arrivo.

A casa, dopo la doccia, aprì tutte le finestre, spostò gli abiti dalla valigia al cesto della biancheria e controllò il contenuto del frigorifero. Non c'era quasi niente di commestibile, avrebbe dovuto fare la spesa. Si preparò un caffè e trovò una lattina di latte condensato ancora chiusa. Poi si sedette sul divano e cominciò a smistare la posta. Bollette, pubblicità, due lettere di vecchie clienti abituali dell'atelier, che mise da parte per leggerle più tardi. Dopo la battuta d'arresto in seguito all'ingresso in guerra degli Stati Uniti, la sua attività aveva avuto una moderata ripresa da quando l'opinione pubblica americana era venuta a conoscenza del destino degli ebrei tedeschi. Erano usciti diversi articoli sui giornali e alcuni manifestanti erano scesi in strada a distribuire volantini e indire riunioni. Di conseguenza, molte delle clienti che l'avevano abbandonata perché tedesca erano tornate. Alcune si erano persino scusate.

La lettera di Leo era in fondo alla pila. Marie inorridì alla vista del francobollo rotondo: US ARMY POSTAL SERVICE. Strappò la busta e trovò un breve messaggio di suo figlio.

Mia cara mamma,
volevo comunicarti di persona la mia decisione, ma purtroppo non ti ho trovata a casa ieri sera. Una settimana fa mi sono arruolato nell'esercito degli Stati Uniti, oggi partiamo per l'Inghilterra, dove attenderemo la nostra missione. So che non approverai, ma non riuscivo a condurre una vita normale e comoda mentre tanti miei colleghi e amici erano disposti a combattere il regime nazista. Soprattutto Walter, che attualmente è di stanza in Italia e mi ha scritto diverse volte.
Speriamo che questa guerra finisca presto con la resa di Hitler: siamo sulla buona strada e sono orgoglioso di fare la mia parte.
Puoi scrivermi all'indirizzo qui sopra, il servizio postale dell'esercito inoltrerà la tua lettera. Un abbraccio, mia cara mamma, e per favore non preoccuparti troppo. Non sono il tipo da correre in prima linea, lo sai, ma voglio esserci.

Tuo figlio
Leo

Marie si appoggiò allo schienale del divano e si lasciò cadere la lettera in grembo. E così l'aveva fatto, alla fine. L'aveva sempre sospettato, non era una decisione presa dall'oggi al domani. Leo aveva esitato a lungo, aveva evitato l'argomento, ma quando parlavano della Germania si incupiva e teneva lo sguardo fisso davanti a sé, come se nel suo cuore si agitasse un pensiero che non poteva condividere con lei. Guardò la data, un giorno dopo il suo arresto. Ecco perché non l'aveva trovata in casa. Che crudele scherzo del destino! Il suo Leo era andato in guerra e non avevano potuto nemmeno salutarsi!

Le lacrime bagnarono la lettera. Cos'altro le avrebbero fatto i criminali che si erano impadroniti della sua patria? Kurt avrebbe compiuto diciotto anni quell'anno, non lo vedeva da cinque, e adesso, con ogni probabilità, lo avrebbero arruolato nella Wehrmacht. Lui avrebbe dovuto combattere per Hitler mentre Leo era dall'altra parte. Che razza di mondo era quello? E Paul? Dodo? Kitty e i suoi cari ad Augusta? Come stavano? La posta dalla Germania non arrivava, ma sui giornali si leggeva che le città tedesche erano state bombardate a tappeto, compresa la capitale, Berlino. Augusta non se la sarebbe cavata senza conseguenze: la Villa delle Stoffe era ancora in piedi? Oppure tutte le persone che amava erano già sepolte da tempo sotto le macerie?

Il suono del citofono la fece trasalire. Trovò subito un fazzoletto, si asciugò le lacrime e andò alla porta. Sulla soglia c'era una vicina, una bella donna dalla pelle scura che si era trasferita nell'appartamento al piano di sopra un anno prima, con il marito e tre bambini piccoli.

«Ho visto che sei tornata» esordì. «E ho pensato che avessi bisogno di un pasto come si deve.»

Marie ne fu profondamente commossa. Non erano amiche, avevano scambiato qualche parola e ogni tanto lei aveva regalato dei dolci ai bambini. E ora la vicina le stava consegnando una ciotola di ravioli fatti in casa, frutta e succo d'arancia.

«Non so come ringraziarti» disse Marie. «Entra, ti offro un caffè.»

«Un'altra volta» disse la donna, sorridendo gentile. «Devo tornare di sopra, è arrivato mio marito e stavamo per mangiare. Buon appetito, è una gioia riaverti qui.»

Marie portò tutto in cucina, si sedette a tavola e all'improvviso si accorse di avere una fame da lupi. I ravioli erano ripieni di carne speziata ed erbe aromatiche. Deliziosi. Scoprire che esistevano ancora persone gentili e disponibili faceva bene al cuore.

Dopo mangiato, decise che innanzitutto doveva mettere in ordine l'appartamento, poi avrebbe pulito il frigorifero e fatto il bucato. La cosa essenziale era sentirsi di nuovo a proprio agio in casa. Per il resto non poteva fare nulla, purtroppo, a parte pregare che il destino fosse clemente con lei e con i suoi cari.

Mentre puliva la cucina, sentì squillare il telefono. Con un sospiro lasciò il lavoro e andò a rispondere. «Marie? Sono Karl. Ti prego, non riattaccare...»

Karl Friedländer! Non aveva sue notizie da oltre due anni, ma d'altronde anche lei aveva smesso di provare a contattarlo.

«Che sorpresa!» disse, un po' ironica. «Perché dovrei riattaccare proprio ora che ti sei deciso a richiamarmi?»

«Lo so, abbiamo avuto dei dissapori. Forse è stata colpa mia. Ma nonostante tutto, sono felice di sentire la tua voce.»

«Mi sorprende, visto che ne hai potuto fare a meno per così tanto tempo...»

Seguì una breve pausa. Marie si chiese se si fosse offeso, ma poi Karl continuò: «Ho saputo che sei stata internata, ero preoccupato. Ho chiamato più volte».

Si era pentito di averla allontanata? La sua reazione di due anni prima l'aveva delusa, persino amareggiata. Non riusciva a tornare al tono amichevole di un tempo come se nulla fosse.

«Sì, sono stata internata. Per fortuna solo tre settimane. Mi hanno rilasciata stamattina» spiegò, senza entrare nei particolari.

«Ti è andata bene. Io sono stato trattenuto per sette mesi, anche se ho la cittadinanza americana da molto tempo.»

«Mi dispiace...» rispose lei, per educazione.

Karl si schiarì la gola, un chiaro segno d'imbarazzo. «Ascolta, Marie... Mi farebbe piacere se ci incontrassimo da qualche parte per parlare. Saresti disponibile?»

«Ho molte cose da sbrigare in questo momento, Karl. L'atelier è rimasto chiuso per tre settimane, devo fare del mio meglio per ripartire.»

«Certo, capisco. Allora a cena? Per una chiacchierata veloce?»

Marie soppesò la proposta. Non voleva rifiutare, ma se il suo era un altro tentativo di avvicinamento, avrebbe dovuto mettere in chiaro quali erano i confini. E sarebbe stata una conversazione estenuante, per la quale ora non si sentiva pronta.

«Forse la prossima settimana... No, meglio quella dopo ancora...»

«Ho capito. Non vuoi vedermi, vero?»

«Non subito. Ti prego, non avere fretta.»

Lui rimase in silenzio per un attimo, poi disse qualcosa di cui Marie non lo avrebbe mai creduto capace. «Ho avuto tempo per pensare a noi, Marie. E sono giunto alla conclusione che sei una persona ammirevole, degna di tutto il rispetto del mondo. Devo confessare che invidio molto tuo marito...»

Non trovò parole per replicare a quella sorprendente confessione. E dato che lei non diceva nulla, Karl riprese il filo del discorso.

«Il mondo continua a girare, Marie. Se tutto va come desideriamo, prima o poi Hitler potrebbe essere fermato. Sai che ha subìto pesanti sconfitte in Russia? I russi avanzano, si stanno riprendendo il loro Paese e forse fra poco arriveranno a varcare i confini tedeschi...»

«Non mi spaventare!»

Ne aveva letto sul giornale, ma le notizie su quanto stava accadendo in Russia erano scarse, si parlava soprattutto delle battaglie dell'esercito americano contro il Giappone o dell'invasione di Anzio in Italia. Ma era comunque preoccupata, perché i soldati russi erano noti per essere crudeli e spietati.

«Volevo soltanto dirti che hai qualche speranza di rivedere tuo marito e la tua famiglia, quando Hitler sarà sconfitto e quest'orrore finirà.»

«Forse» disse lei amaramente. «Ma a che prezzo?»

«Speriamo per il meglio, Marie. E restiamo in contatto. La nostra vecchia patria sta a cuore anche a me. Fammi sapere quando hai tempo d'incontrarmi.»

Forse si era davvero fatto un esame di coscienza. In tal caso, sarebbe stato bello parlare con lui, confidarsi e scambiare opinioni. Con tutte le dovute cautele.

«Che ne dici di mercoledì della prossima settimana? A pranzo.»

«Ottimo. Vengo a prenderti in atelier.»

«A presto, allora. E grazie per la chiamata.»

«Sono io che devo ringraziarti, Marie.»

Quando riattaccò, lei si sentì stranamente sollevata.

22

25-26 febbraio 1944

Era una fredda giornata d'inverno. Un sottile manto di neve aveva imbiancato il parco e dal tetto pendevano piccole stalattiti di ghiaccio. Paul era uscito per andare in fabbrica alle nove, quando un pallido sole si era finalmente deciso a fare capolino tra le nuvole. Nella luce tenue la fabbrica appariva ancora più desolata. Almeno veniva di nuovo accolto cordialmente al cancello: la custode, Erika Pichlmayer, ci teneva a manifestare le proprie simpatie e antipatie: von Klippstein doveva accontentarsi di un asciutto saluto hitleriano, mentre Wilhelm Stromberger, direttore *ad interim* della fabbrica, riceveva un *Heil Hitler!* in tono più cupo. Al direttore Melzer, invece, la custode regalava un sorriso e una battuta: «Si muore di freddo. Entri in fretta, la signorina Haller ha già acceso il riscaldamento».

«Grazie, signora Pichlmayer» rispose Paul, inclinando il cappello. «Spero che la sua guardiola sia abbastanza calda.»

«Non si preoccupi, non sono così sensibile.»

Paul salì le scale a passo lento. Si fermò per poco nell'ufficio contabilità, dove due impiegate redigevano elenchi e dichiarazioni secondo i desideri di Stromberger. L'edificio della contabilità era stato riconvertito in magazzino, ma l'anticamera al piano di sopra era sempre in fermento, perché spesso arrivavano interurbane da Ratisbona o addirittura da Berlino. La produzione degli armamenti continuava a pieno regime. I pezzi dei cacciabombardieri che uscivano dalla fabbrica avrebbero accompagnato gli squadroni della Wehrmacht nelle battaglie contro le difese nemiche. Ogni missione teneva conto della perdita di uomini e risorse, ma gli aerei che si schiantavano erano più facili da sostituire rispetto ai piloti che morivano bruciati vivi o venivano fatti prigionieri.

Paul sentì la voce penetrante di von Lützen già nella tromba delle scale. Evidentemente era convinta di dover parlare più forte nelle chiamate interurbane.

«Certo, direttore Messerschmitt... Glielo faccio passare subito... Come? No? Vuole che la richiami verso le undici? Riferisco... *Heil Hitler*, signor direttore...»

A quanto pareva avevano consegnato di nuovo pezzi difettosi, circostanza che si verificava sempre più spesso negli ultimi tempi. Così spesso, in effetti, che Paul sospettava un sabotaggio. In ogni caso la colpa ricadeva su Stromberger. Ernst von Klippstein blaterava già di spedire al fronte "l'idiota incompetente".

Mentre von Lützen si precipitava nell'ufficio del direttore, Hilde Haller si alzò per prendere il cappotto, la sciarpa e il cappello di Paul. Come al solito, si scambiarono qualche parola.

«Buongiorno, signor direttore. Altri problemi con i pannelli di comando. Messerschmitt sembra arrabbiato. Gradisce un caffè?»

«Volentieri, signorina Haller. Sta bene? Mi sembra un po' pallida.»

«È soltanto la luce invernale, per il resto sto bene. Sa quanto mi piace lavorare alla Melzer.»

Si erano avvicinati negli ultimi anni. Hilde Haller aveva sempre parole gentili e un sorriso pronto per lui, sapeva come tirarlo su di morale e lo informava sugli sviluppi in fabbrica. Non lo faceva però mai in presenza della collega, stava attenta a scegliere i momenti in cui erano soli. La sua calma e la sua intelligenza gli ricordavano un po' Marie, che lo aveva lasciato per vivere una vita libera in America. Ormai aveva imparato ad anestetizzare il dolore con la rabbia verso colei che vedeva come una moglie infedele. Non sempre funzionava. Di fatto, il pensiero di Hilde Haller che lo aspettava era spesso l'unica ragione che lo spingeva a presentarsi in fabbrica, dal momento che non aveva più nulla da fare lì dentro.

«Signor Melzer?» disse von Lützen quando tornò dall'ufficio del direttore. «Il signor von Klippstein vorrebbe parlarle.»

La seconda segretaria si ostinava a chiamarlo per cognome, mentre per Wilhelm Stromberger usava la formula "signor direttore".

Von Klippstein, come al solito, si era accomodato alla sua scrivania. Era impegnato a leggere una lettera quando Paul entrò.

«Buongiorno...»

«Siediti, per favore» gli disse senza alzare lo sguardo.

Melzer si accomodò su una delle poltrone di pelle e lottò contro la rabbia che gli ribolliva dentro ogni volta che doveva fare i conti con l'arroganza di Ernst von Klippstein nell'occupare il suo ufficio.

Guardò con astio l'uomo che un tempo era stato un amico e che negli anni era diventato il padrone della fabbrica tessile Melzer. Quanto tempo sarebbe passato prima che s'impadronisse anche della Villa delle Stoffe?

Tuttavia, Ernst non sembrava contento dei propri successi. Era diventato più magro, gli occhi erano incavati, i capelli si stavano diradando. Il declino fisico era ancora più palese per via dei movimenti irregolari e del tremito delle mani, su cui spiccavano vene bluastre.

Alla fine si decise a riporre la lettera e si alzò in piedi, aiutandosi con le braccia. «Scusami, ma sta succedendo tutto insieme e a volte non so dove sbattere la testa.»

«Immagino» rispose Paul, con cortese indifferenza.

Erano stati gli ultimi eventi bellici a prostrare von Klippstein? Ormai era sotto gli occhi di tutti che la guerra non poteva più essere vinta dai tedeschi, ma era troppo pericoloso dirlo apertamente. In pubblico, chi non parlava con entusiasmo dell'imminente "vittoria finale" poteva essere accusato di "demoralizzare le truppe" e, nel peggiore dei casi, essere giustiziato. Ernst von Klippstein era stato ufficiale nella Prima guerra mondiale, ormai doveva essersi accorto della drammatica situazione in cui versava l'esercito tedesco su ogni fronte, al più tardi dopo il disastro di Stalingrado dell'anno prima, quando migliaia di soldati della Wehrmacht, circondati dall'Armata rossa, erano morti invano.

Ma von Klippstein sembrava afflitto anche da altre preoccupazioni. «Volevo discutere di una questione personale» disse, sedendosi accanto a Paul. «Riguarda la mia cara moglie e il nostro piccolo Herrmann.»

Nel giugno del 1942 Gerti aveva dato alla luce un maschietto, un bambino robusto di quasi cinque chili, che era stato battezzato con il bel nome tedesco Herrmann. Ebbene sì, c'era stato anche un battesimo, nonostante Ernst avesse lasciato la chiesa. Gerti aveva insistito e alla fine lui aveva ceduto. Ufficialmente il bambino era ritenuto suo figlio biologico, ma chi sapeva la verità teneva la bocca chiusa.

«Come sai...» continuò von Klippstein, con aria nervosa.

«Devo viaggiare molto per lavoro e la mia Gerti si lamenta perché si sente sola in una casa grande con il bambino.»

«Pensavo che aveste una schiera di domestici» si meravigliò Paul.

«Ed è così, ma purtroppo lei non è riuscita a trovare una bambinaia di suo gradimento o una persona di cui fidarsi» spiegò. «Quindi mi piacerebbe se potesse stare con voi alla Villa delle Stoffe con il piccolo, per un periodo.»

«Alla... Villa delle Stoffe?» farfugliò Paul, perplesso.

Ernst gli rivolse un sorriso teso. «Capisco, la mia proposta ti ha colto alla sprovvista, ma ti prego di prenderla in considerazione. Molte stanze alla Villa delle Stoffe sono vuote, al momento, e il personale non viene sfruttato appieno. Naturalmente farei la mia parte dal punto di vista finanziario e condividerei i vantaggi offerti dalla mia posizione...»

Che idea! L'accenno alle stanze vuote nella Villa delle Stoffe irritò molto Paul. Appena una settimana prima il suo adorato figlio minore, Kurt, era stato arruolato nella Wehrmacht, a due mesi dal compimento dei diciotto anni. E così anche la sua camera, dopo quelle di Dodo e Leo, era rimasta vuota. Se la guerra continuava, l'anno successivo sarebbe toccato a Hanno. Johannes era felicemente arruolato da un anno e inviava cartoline entusiaste dall'Italia.

«Non posso decidere da solo» rispose, cauto. «Ne parlerò con la famiglia.»

«Naturalmente. Mi sono permesso di annunciare la nostra presenza a pranzo alla Villa delle Stoffe, così potremo discuterne con calma. Detto fra noi, sarei davvero sollevato di sapere Gerti e il bambino al sicuro.»

Alludeva ai bombardamenti che avevano già colpito diverse città tedesche? Amburgo, Schweinfurt, Wilhelmshaven e Berlino avevano subito duri attacchi degli Alleati, così come Ratisbona, dove si trovava un'altra sede della Messerschmitt. L'aviazione nemica aveva distrutto due dighe ai confini della zona della Ruhr, con terribili conseguenze per gli abitanti. Di giorno erano gli americani a bombardare le città tedesche, mentre la Royal Air Force sferrava gli attacchi notturni.

«Dovremmo avere tutti un posto sicuro» osservò Paul. «Perché alle operaie polacche viene ancora negato l'accesso al rifugio antiaereo della fabbrica?»

Von Klippstein emise un sospiro annoiato e si sollevò a fatica dalla poltrona. La richiesta di Paul non era una novità, ma fino ad allora l'aveva respinta, sostenendo che il rifugio fosse troppo piccolo per così tante persone.

«Ne parlerò con Stromberger... Ora devo fare una telefonata importante e vorrei restare solo. Ci vediamo alla Villa delle Stoffe a ora di pranzo.»

Benché non gli piacesse essere trattato in quel modo, Paul non invidiava a von Klippstein l'imminente telefonata con un furioso Messerschmitt. Ne approfittò per passare da Henny, la quale, con suo grande dispiacere, doveva condividere l'ufficio con Wilhelm Stromberger. Solo quando von Klippstein era in fabbrica, però, perché altrimenti Stromberger occupava la stanza del direttore.

La nipote lo stupì, accogliendo il suggerimento di Ernst con una breve risata. «È una vecchia volpe, la nostra Gerti» commentò, scuotendo la testa. «Vuole trasferirsi alla Villa delle Stoffe con il figlio. E quella specie di zerbino del marito l'asseconda!»

«È una cosa inaudita» rispose Paul, a disagio. «Non ci trovo niente da ridere.»

Henny tornò seria. Era cambiata negli ultimi anni: l'allegra disinvoltura era scomparsa, ma continuava a perseguire i propri obiettivi con implacabile determinazione. Il matrimonio per procura con Felix non si era concretizzato: l'unità del ragazzo era stata coinvolta nei combattimenti e lei non aveva più sue notizie da allora. Non ne parlava mai, affrontava il dolore da sola.

«Santo cielo, zio!» sospirò. «Su che pianeta vivi? Davvero non hai capito cosa sta succedendo?»

«Che vuoi dire?» chiese lui, con aria assente.

Henny abbassò la voce, probabilmente sospettava che von Lützen stesse origliando. «Ti prego, non dirmi che non hai idea di chi sia il padre del piccolo Herrmann...»

Paul aveva avuto un vago sospetto, ma l'aveva prontamente respinto. Non era possibile, Gerti non si sarebbe spinta a tanto.

«È il nostro Marek» disse Henny in un sussurro. «Alla Villa delle Stoffe lo sanno tutti, e sembra che la storia fra i due non sia ancora finita.»

Lui scosse la testa con decisione. «Non posso crederci. Se Ernst lo scoprisse, lo farebbe arrestare subito!»

Marek non era ancora stato registrato alle autorità e von Klippstein lo sapeva bene. La sua carta d'identità scaduta era sulla scrivania di Paul.

«È proprio quello che temevamo all'inizio» bisbigliò Henny. «Ma non ha fatto niente, anche se lo sa per certo. Magari ha paura di uno scandalo.»

Gerti avrebbe potuto testimoniare che il marito aveva assunto per mesi in casa sua un ebreo non registrato. Sarebbe bastato a rovinargli la carriera, molti funzionari nazisti non facevano che aspettare l'occasione giusta per eliminare la concorrenza. Ora Paul capiva meglio che cosa pesasse sull'anima di Ernst von Klippstein e si sentì dispiaciuto per lui. Ernst aveva amato la moglie, forse l'amava ancora, non capiva proprio perché volesse farla trasferire nella casa in cui viveva il suo amante. Suonava come una presa in giro.

«Resta una follia» sentenziò. «Lisa non accetterà mai.»

«E perché no?» disse Henny, sarcastica. «Porteranno un po' di vita in casa.»

Von Klippstein sembrava sicuro del fatto suo, perché quando Paul arrivò alla Villa delle Stoffe con Henny la sua macchina era parcheggiata all'ingresso e il sedile posteriore era pieno di valigie.

Alicia non mangiava da settimane, era a letto malata. Tilly l'aveva visitata e purtroppo la diagnosi non era incoraggiante: i reni erano danneggiati, il cuore debole e la confusione peggiorava. Non aveva riconosciuto nemmeno Tilly, l'aveva scambiata per un'infermiera. Elvira aveva accettato il fatto che sua cognata non sarebbe rimasta con lei ancora a lungo. Ogni giorno sedeva al suo capezzale per ore e le parlava dei vecchi tempi. Ormai Alicia confondeva anche i ricordi del passato, ma Elvira dimostrava una pazienza inesauribile. «Voglio che i suoi ultimi giorni siano il più possibile piacevoli» aveva detto, in tono triste. «Se lo merita.»

La Villa delle Stoffe era diventata silenziosa. Di solito a pranzo erano in cinque, ma con Gerti ed Ernst quel giorno arrivarono a sette. Fu Hanna a occuparsi del piccolo Herrmann durante il pasto, ignara del fatto che da lì in poi avrebbe dovuto farlo spesso. Lisa, informata da Paul prima di sedersi a tavola, aveva opposto una resistenza sorprendentemente debole alla richiesta di von Klippstein.

«Per me può venire» aveva risposto. «Basta che non si trasferisca nell'ala nuova con me e Charlotte. Può stare nella camera di Leo.»

E con ciò la questione era chiusa. Durante il pranzo informarono anche Charlotte e zia Elvira. Nessuna delle due ne fu entusiasta.

«Questa casa non è più adatta a un bambino piccolo» borbottò Elvira. «Mia cognata ha il sonno leggero, non deve essere disturbata.»

Charlotte sbottò: «Altre due bocche da sfamare. Grandioso! Ma tanto a me non chiede mai niente nessuno».

Ormai aveva quindici anni, era diventata una ragazza alta e pallida che vestiva in modo trasandato, con l'aria scontrosa e pochi amici. Da quando la corrispondenza con il padre si era interrotta, aveva preso l'abitudine di fare commenti sarcastici e amari. Qualche tempo prima erano stati informati che il prigioniero Sebastian Winkler era stato trasferito, ma nessuno sapeva dove.

«Andremo d'accordo, Charlotte» disse Gerti, sicura di sé.

«Se lo dice lei...» ribatté gelida la ragazza. «Ma l'avverto, odio i bambini.»

Gerti non rispose. Paul, che in un'altra occasione avrebbe rimproverato la nipote, decise di lasciar perdere. Ernst doveva sapere che il trasferimento di sua moglie alla Villa delle Stoffe non suscitava l'entusiasmo degli altri residenti. Nel silenzio che seguì si sentì il piccolo Herrmann lamentarsi dal piano di sopra. Il bambino aveva la tendenza a urlare per ogni sciocchezza e dimenare i pugni quando qualcosa non gli andava a genio.

L'atmosfera a tavola rimase fredda. Subito dopo il dessert von Klippstein salutò in fretta, strinse la mano a Paul, diede alla moglie un bacio sulla guancia e corse alla macchina. Attese impaziente che Auguste e Humbert avessero scaricato le valigie, poi superò con cautela i residui di neve e le pozzanghere ghiacciate e uscì dal parco della Villa delle Stoffe.

Paul affidò a Lisa il compito di spiegare la situazione al personale e organizzare il trasloco della nuova coinquilina. Henny si era ritirata con Charlotte. Non aveva idea di cosa parlassero quelle due in biblioteca, ma Henny era l'unica che andava d'accordo con Charlotte, quindi le lasciava fare. Quanto a lui, si sentiva stanco. Decise di mettersi a riposare.

Aveva appena chiuso la porta della camera e stava per crollare a letto quando le sirene ulularono. Allerta aerea!

Un attacco in pieno giorno. I bombardieri americani si avvicinavano ad Augusta. Afferrò con un gesto meccanico la valigia in cui aveva riposto i documenti importanti. La torcia era lì accanto, pronta per le emergenze. Nell'atrio c'erano già la cuoca, Liesl e Annemarie con il cane al guinzaglio. Paul si precipitò al piano di sotto per aprire la porta della cantina, poi chiamò Marek e lo accompagnò al primo piano per far scendere Alicia, che era costretta a letto. Hanna teneva in braccio il piccolo Herrmann che piangeva disperato, e Gerti si dimostrò subito disponibile, aiutando Elvira, che aveva difficoltà a fare le scale a causa dei dolori alla schiena.

Non c'era molto tempo. Si sentiva già il ruggito degli aerei in avvicinamento. A quanto pareva, la contraerea li aveva avvistati in ritardo. Alla luce fioca, si strinsero uno accanto all'altro nella cantina, ascoltando angosciati ciò che stava accadendo sopra di loro. Esplosioni!

«È vicino a Haunstetten» disse Auguste, apatica. «Puntano alla Messerschmitt.»

Nessuno rispose. Gerti stringeva il figlio tra le braccia e Marek era al suo fianco. In quel momento a nessuno dei due importava cosa gli altri pensassero di loro. Alla successiva ondata di esplosioni, Willi iniziò ad abbaiare: Annemarie, che ormai aveva otto anni, si inginocchiò accanto al cane e cercò di calmarlo, Charlotte si accovacciò dall'altro lato e lo accarezzò. Auguste e Hanna si occuparono di Alicia, che continuava a chiedere una tazza di caffè e dell'acqua ghiacciata. La zia Elvira mormorò che era contenta che i suoi cavalli fossero stati portati via, perché il rumore li avrebbe fatti impazzire di paura. Paul rimase in silenzio in un angolo, a fissare la scena. Gli sembrava bizzarra e surreale, come lo spezzone di un film. L'attacco durò poco: dopo mezz'ora si sentirono le sirene dei vigili del fuoco, poi arrivò il segnale del via libera.

Con una sensazione di disagio, uscirono dalla cantina e riportarono la malata nella sua stanza. Anche Gerti si diede da fare, cosa di cui Paul le fu grato. Sembrava essere uscita dal ruolo di signora von Klippstein.

Paul salì al secondo piano con Humbert per guardare la città dalle finestre. A sud una voluta di fumo scuro si levava nel cielo invernale. Auguste aveva indovinato: era stato colpito lo stabilimento della Messerschmitt vicino a Haunstetten.

«Sono sicuro che non è finita» mormorò il domestico. «Torneranno stanotte.»

Paul sperava che si sbagliasse, ma purtroppo i recenti attacchi nelle città tedesche avevano dimostrato che i bombardamenti diurni erano quasi sempre seguiti da raid notturni della Royal Air Force.

Non poteva riposarsi. Corse nell'atrio, indossò il cappotto e si diresse alla fabbrica. Il cortile era pieno di gente, alcuni dei dipendenti e delle operaie che venivano da Augusta volevano tornare a casa dai parenti, cosa che Stromberger si rifiutava di autorizzare, perché la produzione doveva continuare anche dopo l'attacco. Paul salì le scale dell'edificio dell'amministrazione e trovò Hilde Haller da sola nell'anticamera. Indossava ancora il cappotto e sembrava pallida e spaventata.

«Signor direttore!» esclamò, sollevata. «Ce la siamo cavata di nuovo.»

«E le operaie polacche? Stromberger le ha fatte entrare nel rifugio?»

«No, ha detto che è riservato ai dipendenti e alle operaie di Augusta. Ma le hanno fatte entrare negli altri locali del seminterrato.»

I locali in questione non erano stati progettati come rifugi antiaerei, quindi potevano facilmente crollare se fossero stati colpiti. Tuttavia, le operaie erano più al sicuro lì che nelle baracche.

«Torni a casa, signorina Haller» le disse. «E faccia attenzione.»

«Grazie, signore» rispose la donna, con un filo di voce. «Anche lei.»

«Glielo prometto» sorrise, tenendole la porta aperta, mentre la segretaria recuperava borsa e sciarpa. Hilde gli si avvicinò e per un attimo Paul avvertì un'ondata di affetto e il desiderio di stringerla a sé per proteggerla.

Forse l'avrebbe fatto, se Wilhelm Stromberger non fosse apparso nella tromba delle scale, seguito da una zelante Angelika von Lützen.

«Ah, è qui, signor Melzer!» esclamò Stromberger. «Hanno distrutto buona parte della Messerschmitt e anche gli edifici residenziali della zona sono stati colpiti. Sta bruciando tutto, è davvero...»

«Le operaie polacche avranno accesso al rifugio antiaereo stanotte?» lo interruppe bruscamente Paul.

L'altro rispose con un cenno irritato del capo. L'insistenza dell'ex direttore della fabbrica sull'argomento gli dava sui nervi. «Sono le guardie ad avere le chiavi, non ho modo d'influire sulla loro decisione» replicò, burbero.

«Lasci tornare a casa gli impiegati. È quasi ora di chiusura» continuò Paul.

Stromberger guardò l'orologio e scosse la testa. «Mancano due ore. In questo momento è più che mai necessario raccogliere le forze per difendere la nostra patria dagli attacchi di questi codardi.»

Era inutile. Quell'uomo era tanto meschino quanto testardo.

«La signorina Haller torna a casa, non si sente bene!» sbottò Paul, superandolo.

Si separarono al cancello della fabbrica. Hilde non doveva andare lontano, viveva in un appartamento in affitto a Lechhausen.

«Vuole che l'accompagni?» chiese Paul, d'impulso.

Capì che le sarebbe piaciuto accettare, ma non osava. «No, grazie, direttore. Sono pochi passi. A domani, e grazie.»

«Grazie a lei, signorina Haller.»

Mentre tornava alla Villa delle Stoffe fu colto da una strana sensazione. Qualcosa di oscuro e pesante incombeva sulla città, l'attesa di un disastro imminente. Hilde viveva da sola dall'anno prima, quando era morta sua madre. Avrebbe preferito saperla vicina, non voleva perderla.

Quando arrivò alla Villa delle Stoffe, Humbert gli passò il telefono. Era Kitty.

«Ciao, Paulemann. Volevo avvisarti che Henny è arrivata da noi sana e salva. Ha detto che le strade sono piene di gente che vuole lasciare la città, si accalcano sui tram con valigie e scatoloni per fuggire in campagna. Immagino che gli abitanti dei villaggi ne saranno entusiasti...»

Non era dell'umore giusto per una lunga chiacchierata con la sorella, quindi si limitò a rispondere a monosillabi. La conversazione finì presto e la cena venne consumata alla solita ora.

Per fortuna Gerti parlò con Lisa del figlio e Charlotte chiese a zia Elvira della tenuta in Pomerania, così Paul poté perdersi nei suoi pensieri. La mente gli andò a Dodo, che era a Monaco e stava per laurearsi. E a Kurt, che non gli aveva ancora dato notizie. Non credeva di poter sopportare il dolore di non rivedere più suo figlio.

Dopo cena si ritirò in biblioteca a leggere per distrarsi dall'inquietudine, ma nemmeno i *Colloqui con se stesso* dell'imperatore filosofo Marco Aurelio sortirono l'effetto desiderato. Alle nove e mezza arrivò Humbert a comunicargli che il personale si ritirava per la notte.

«Auguro a lei e a tutti noi che sia tranquilla» disse a Paul, prendendo il bicchiere da cui aveva bevuto un sorso di cognac.

Non appena si chiuse la porta alle spalle, però, le sirene iniziarono a strillare. Era così, dunque: si ricominciava. Liesl e Annemarie arrivarono di corsa dalla casetta del giardiniere con i cappotti, Marek si precipitò di sopra con Paul per riportare Alicia in cantina. Il cane abbaiava senza sosta, Herrmann piangeva a squarciagola e Fanny Brunnenmayer, che si era appena messa a letto, ululò che d'ora in poi sarebbe rimasta accampata nel rifugio antiaereo. Stavolta ci volle molto tempo prima che tutti riuscissero a mettersi al riparo, perché Alicia Melzer si era rifiutata con veemenza di lasciarsi sollevare dal letto, e zia Elvira, furibonda, aveva sentenziato che la cognata doveva essere lasciata di sopra, nelle sue condizioni. Si offrì di restare con lei.

«Alla nostra età non ci aspettiamo più niente dalla vita. Se Dio vuole, saremo risparmiate, altrimenti non importa.»

«Non dire sciocchezze, Elvira!» aveva protestato Paul, trascinando le due anziane in salvo.

Sulle prime non successe nulla. Era un falso allarme? Seguito da Charlotte, Paul salì di nuovo le scale della cantina e aprì la porta d'ingresso per guardare fuori. Proprio in quel momento si udì il ronzio dei motori e comparvero i fasci di luce dei riflettori usati dalla contraerea per avvistare i velivoli nemici. Poi cominciarono gli spari.

«Eccoli!» urlò Charlotte, indicando le luci che cadevano dal cielo. Erano i razzi della Royal Air Force per localizzare gli obiettivi degli attacchi. Alcuni li chiamavano "alberi di Natale".

«Giù, in cantina!» urlò Paul, trascinando via la nipote, affascinata dallo spettacolo. Si erano appena chiusi la porta alle spalle quando iniziarono le esplosioni. Corsero a rannicchiarsi in mezzo agli altri. Charlotte si copriva le orecchie. Inorridito, Paul sentì il terreno tremare sotto di loro. Il bombardamento non accennava a placarsi. Le detonazioni erano vicine, il che poteva significare solo che stavano prendendo di mira la fabbrica. Poi di colpo la luce iniziò a tremolare e la cantina rimase al buio. Era saltata l'elettricità. Paralizzati dalla paura, attesero che l'attacco finisse, sussultando a ogni nuovo colpo. Alicia gemeva, Lisa singhiozzava, Hanna sussurrava qualcosa a Humbert, che probabilmente era fuori di sé dal terrore. A un certo punto si sentì la sirena dei pompieri, ma non il segnale del via libera.

«Non possono dare il via libera» disse Gerti nel buio della cantina. «Non c'è l'elettricità.»

Sembrava ragionevole. Paul decise di aprire con cautela la porta d'acciaio, non sapendo che cosa avrebbe trovato fuori. Salirono le scale della cantina e constatarono con sollievo che la Villa delle Stoffe era ancora intatta. Anche al primo piano sembrava tutto a posto.

«Perché c'è tanta luce?» chiese Charlotte guardando il bagliore tremolante e irregolare che filtrava dalle finestre.

«È il fuoco» gridò Marek. «Sta bruciando tutto!»

Corsero al primo piano, dove la luce illuminava pareti e mobili. Con l'aiuto della torcia, salirono in soffitta per controllare se lì fosse scoppiato un incendio, ma tutto era buio. Erano stati risparmiati. Infine, preda di una crescente disperazione, si spostarono da una finestra all'altra, fissando la città in fiamme.

«La città vecchia» disse Marek. «È un mare di fuoco.»

Dio santo. Kitty, Henny e Robert! Anche Frauentorstrasse era stata distrutta? E Tilly, Jonathan e Edgar? Erano nei rifugi? Erano sepolti e stavano soffocando?

A est, le fiamme ruggivano nei capannoni della fabbrica. Anche le baracche delle operaie polacche bruciavano. E sul Lechfeld, poco lontano dalla Melzer, le lingue di fuoco divampavano dagli edifici distrutti.

«Abbia cura degli altri, per favore» disse Paul a Marek. «Devo andare.»

«In fabbrica? Ma non può fare niente... Finché non arrivano i vigili del fuoco...»

Paul corse via senza rispondere. Porse la torcia a Lisa, ancora in lacrime, afferrò una sciarpa dall'armadio e si lanciò fuori. Il freddo era terribile, di notte il termometro segnava meno diciotto gradi. I pompieri avrebbero avuto difficoltà a domare gli incendi, perché gli stagni e i serbatoi d'acqua erano congelati. Nel frattempo, i tetti delle case colpite bruciavano come paglia. Probabile che gli Alleati avessero usato bombe al fosforo, che acceleravano la diffusione del fuoco.

Durante il tragitto attraverso i prati gelati dovette fermarsi più volte per riprendere fiato e far calmare il battito del cuore.

Anche da lontano si vedeva chiaramente che la fabbrica di

tessuti Melzer, il lavoro di una vita suo e del padre, era andata distrutta. La guardiola bruciava, l'amministrazione era un cumulo di macerie nere illuminato in modo spettrale dalle fiamme che eruttavano dai capannoni. Non si vedeva anima viva. Per verificare se le operaie polacche fossero riuscite a entrare nel rifugio antiaereo avrebbe dovuto attraversare il cortile, ma il marciapiede era pieno di fosforo che bruciava.

Una fiumana di gente veniva verso di lui da Lechhausen, con volti cupi e disperati. Una donna trainava un carro stipato di cianfrusaglie di ogni genere, un'altra spingeva una carrozzina, un vecchio portava in spalla un sacco mezzo pieno. Volevano lasciare la città e non sapevano dove andare. Paul si fermò, incerto se offrire loro rifugio nella Villa delle Stoffe. Poi, in mezzo ai fuggitivi, individuò Hilde Haller. Quasi non la riconosceva, con il viso annerito dalla fuliggine e una sciarpa avvolta intorno ai capelli.

«Hilde!» gridò. «Signorina Haller!»

Lei si fermò. Nell'agitazione lo riconobbe soltanto a una seconda occhiata, poi gli corse incontro. «Signor Melzer... Cosa fa qui? La Villa delle Stoffe è...?»

«No, siamo stati fortunati. E lei? Ha un aspetto orribile.»

La donna, imbarazzata, cercò di pulirsi le guance sporche, ma anche le mani erano coperte di fuliggine.

«Tutto distrutto. Noi... Siamo appena usciti dal rifugio antiaereo. La porta era bloccata, siamo strisciati attraverso una finestra...»

«Venga con me» disse Paul, mettendole un braccio intorno alle spalle. «Abbiamo delle stanze libere alla Villa delle Stoffe, può stare da noi.»

«Ma... non ho più niente... È bruciato tutto. I mobili, i vestiti...»

«Le troveremo qualcosa» rispose Paul, scoprendosi in grado di sorridere in mezzo a quell'inferno. Era viva ed era con lui.

«Grazie» sussurrò Hilde, così piano che riuscì a malapena a sentirla.

Due camion dei pompieri percorsero Haagstrasse e li superarono, diretti a Lechhausen. Seguirono altri camion con volontari e paramedici. Da qualche parte una nuova esplosione scosse il terreno. Avevano sganciato anche delle bombe a tempo?

Paul prese la mano di Hilde e la trascinò lungo la scorciatoia che portava alla Villa delle Stoffe. Avanzarono con cautela, per non scivolare sul ghiaccio. Nessuno dei due si voltò a guardare la fabbrica distrutta, ma osservarono con orrore il mare sfolgorante di fiamme sulla città, da cui emergevano torri e timpani neri.

Un'altra detonazione li fece trasalire. Poi ancora due esplosero nei prati, poco lontano da loro.

«Sono tornati!» gridò Hilde angosciata, indicando il cielo. «Arrivano altre bombe.»

Aveva ragione. Gli inglesi sferrarono un secondo attacco, ancora più potente del primo. Stavolta non avevano bisogno dei razzi: la città in fiamme offriva un bersaglio sicuro. Chi era appena strisciato fuori dai rifugi vi tornò di corsa e i soccorritori andarono a cercare riparo.

La contraerea non si sentiva quasi più. Poco dopo si scatenò l'inferno. Le bombe cadevano senza sosta, ravvicinate, scagliando in aria pezzi di ghiaccio, sollevando sassi e zolle di terra. Gli alberi caddero, i rami presero fuoco, l'acqua gelida dei ruscelli inondò i prati innevati. Si gettarono a terra e Paul tenne Hilde tra le braccia, riparandola dai proiettili con il suo corpo.

Rimasero così a lungo, stretti l'uno all'altra, sapendo che

ogni momento poteva essere l'ultimo, consapevoli di essere del tutto indifesi.

Dopo un'eternità, quando le esplosioni si placarono, si alzarono in piedi, quasi congelati, e Paul fissò incredulo il bagliore rossastro che ardeva nel cielo di fronte a loro. Adesso bruciava anche la Villa delle Stoffe.

23

Due giorni dopo

«Sarebbe potuta andare peggio» sentenziò Fanny Brunnenmayer. «Siamo sopravvissuti e abbiamo un tetto sopra la testa. Sono in pochi a poter dire altrettanto.»

Si fermò davanti ai fornelli e diede una mescolata alla pentola. La zuppa era fatta prevalentemente di patate, con tre grosse cipolle e un barattolo di fagioli in scatola. Carne e pancetta erano finite. Restavano tre dadi per il brodo, avrebbero dovuto farseli bastare.

«Non è che ci sia andata bene» gemette Else. «L'ala nuova è distrutta. La signora Winkler non ha più nemmeno un vestito. Oggi hanno trovato la scatola con i gioielli, tutto sciolto...»

«Meglio perdere i gioielli che la vita» replicò la cuoca, crollando esausta su una sedia. Stare ai fornelli era una tortura per le gambe.

Non si sapeva ancora quante persone fossero morte in quella notte di terrore. L'unica cosa certa era che in migliaia erano rimasti senza casa e gli ospedali non riuscivano ad accogliere i troppi feriti. Buona parte dei sopravvissuti aveva fatto le valigie per trasferirsi in campagna, dove ci si riteneva al sicuro da ulteriori bombardamenti. Si erano sistemati nei villaggi e non era escluso che sorgessero problemi, perché nessuno aveva chiesto il consenso alla popolazione locale.

Gli abitanti della Villa delle Stoffe se l'erano cavata abbastanza bene. Era stata colpita soltanto l'ala nuova, mentre la struttura principale era rimasta in piedi. Tuttavia, l'incendio si era propagato al tetto e aveva causato alcuni danni. La copertura della soffitta era crollata, ma gli alloggi dei domestici erano ancora intatti. L'incendio era stato definitivamente spento il giorno successivo alle esplosioni e così si erano messi a cercare il salvabile fra le macerie. Purtroppo si capì subito che era andato perso quasi tutto. La capriata del tetto in fiamme era crollata e aveva squarciato i soffitti.

Nella tragedia, era stato un colpo di fortuna che le detonazioni nel parco avessero infranto lo strato di ghiaccio dello stagno di raccolta, fornendo acqua per estinguere l'incendio. Erano corsi tutti fuori e si erano dati da fare con secchi e ciotole per combattere il fuoco. Alla fine erano sopraggiunti anche il signor Melzer e la signorina Haller a dare manforte. Solo la mattina, però, all'arrivo dei vigili del fuoco, erano riusciti a contenere in parte le fiamme. Ad ogni modo, avevano impedito all'incendio di diffondersi all'edificio principale e nessuno era rimasto ferito. Soltanto la signorina Haller si era messa a letto con la febbre alta per via di una forte infreddatura.

Nel frattempo la Villa delle Stoffe era più affollata che mai. Anche la signora Kitty Scherer si era trasferita lì con la suocera e la figlia Henny, dato che le bombe avevano colpito la casa di Frauentorstrasse. Erano molto abbattute perché Robert Scherer, il marito di Kitty, era ricoverato all'ospedale tra i feriti, dopo essere caduto in una fossa mentre aiutava a spegnere un incendio.

Si erano dovuti stringere, ma per fortuna in soffitta avevano trovato i vecchi letti che Alicia aveva messo via anni prima. Il signor Melzer si era sistemato nella lavanderia, lasciando la camera padronale alla sorella Lisa e a Charlotte. Gerti von Klippstein dormiva nella stanza di Dodo con il piccolo Herrmann, mentre la camera di Kurt era occupata dalla signora Gertrude Bräuer e Hilde Haller stava in quella di Leo. In realtà la segretaria si era offerta di andare nella lavanderia, ma il signor Melzer aveva insistito affinché avesse una camera confortevole, siccome era malata e doveva riposare.

«È molto preoccupato per la signorina Haller» commentò Auguste. «Erano insieme nei prati quando sono cadute le bombe, sdraiati a terra... Gesù, che cosa sarebbe potuto succedere!»

Hanna, non avendo colto l'allusione di Auguste, annuì triste. Else intervenne mettendo un freno all'immaginazione della cameriera.

«Cosa pensi che facessero, sotto le bombe?»

«Dicevo per dire...» aggiunse Auguste, con una scrollata di spalle. «In fondo il povero signor Melzer è solo da un sacco di tempo.»

«Non hai ancora perso la tua linguaccia, Auguste?» ruggì la cuoca. «Hilde Haller è una ragazza gentile e a modo, non ti permetto di parlare così di lei. E tanto meno del signor Melzer!»

Offesa, Auguste non rispose e salì a portare la camomilla alla signora Alicia.

«Non essere così dura con mia madre» disse Liesl a Fanny Brunnenmayer. «È già abbastanza turbata.»

«Lo sei anche tu, Liesl» rispose la cuoca, scuotendo la testa. «La guerra non risparmia nessuno. È stato così la prima volta ed è così anche ora. Il cielo non voglia che si ripeta.»

Auguste aveva ricevuto due avvisi di morte in rapida successione. Maxl era caduto in Italia e Fritz in Africa. Il figlio più giovane aveva soltanto diciotto anni. Hansl aveva scritto la settimana prima per comunicare che era in ospedale e presto sarebbe tornato al fronte, non sapeva ancora dove.

Aveva perso due dei suoi tre figli e Liesl due fratellastri. Inoltre, la giovane non aveva notizie di Christian da settimane, il che non era un buon segno.

In cucina non ne parlavano quasi mai. Auguste aveva tenuto nascosto il suo dolore e aveva riferito agli altri la notizia con qualche giorno di ritardo. Aveva pianto disperata e tutti avevano cercato di consolarla, ma che conforto potevano offrirle?

«Li ho dati alla luce e mi sono fatta in quattro per allevarli» aveva singhiozzato. «Volevo diventassero delle brave persone, li ho sempre amati...»

«Il Signore dà, il Signore toglie. Sia lodato il nome del Signore» aveva mormorato Else.

Nemmeno quella era una consolazione. Hanna lo capiva, aveva abbracciato Auguste e pianto con lei.

Dopo l'attacco aereo, comunque, c'era così tanto da fare alla Villa delle Stoffe che nessuno aveva tempo di pensare ai propri dolori. Si dovevano pulire le stanze, preparare i letti in biblioteca per la signora Kitty Scherer e Henny, senza contare che per fare la spesa bisognava stare in coda per ore. La città vecchia era piena di rovine fumanti, le macerie delle case distrutte ingombravano le strade. Hanna e Liesl avevano detto che era difficile orientarsi, anche la stazione era stata bombardata. Le strade di accesso venivano pian piano liberate, ma per il momento la città era quasi senza cibo. Il governo aveva creato depositi di beni di prima necessità da distribuire a chi si trovava nelle situazioni più drammatiche. Le file erano interminabili e ciò che alla fine Hanna e Liesl erano riuscite a procurarsi non bastava a sfamare tutti.

«Signora Brunnenmayer!» chiamò Hanna attraverso la porta della cucina. «Sta arrivando la signora Kortner con Edgar. Sicuramente vorrà visitare la signora Alicia.»

«Gesù!» esclamò preoccupata la cuoca, alzandosi per controllare il cibo. «Altre due persone a tavola, devo allungare lo stufato. Passami il bollitore, Liesl. E anche la saliera. Non ho mai cucinato niente di così acquoso in vita mia, giuro, nemmeno durante la guerra mondiale. Allora, almeno, avevamo le rape...»

Humbert apparve alla porta che dava sull'atrio e portò in cucina una pagnotta intera e un pacchetto di caffè. Indossava un vecchio cappotto del signor Melzer, perché stava dando una mano con i lavori di riparazione.

«Da parte della dottoressa Tilly Kortner» spiegò, posando i doni sul tavolo. «Li ha ricevuti in regalo da una paziente e li ha portati perché pranzerà qui da noi con Edgar.»

«Taglialo a fette, Liesl» disse la cuoca, guardando il pane. «Ognuno ne avrà un pezzo con la zuppa. E il caffè dopo pranzo. Puoi andare ad annunciare che è l'ora di mettersi a tavola, Humbert.»

Il maggiordomo si precipitò fuori, ormai il solito gong serviva a poco o niente.

Il signor Melzer era con Marek sul tetto dell'edificio principale per chiudere le fessure con legno e feltro e proteggerlo dalla pioggia e dalla neve. Henny Bräuer e sua cugina Charlotte davano una mano cercando qualcosa da recuperare fra le macerie dell'ala nuova. In mancanza d'altro, trascinavano di sopra travi bruciate, legno e tegole. Entrambe avevano attinto all'armadio di Kurt e indossavano pantaloni lunghi, più comodi per rovistare fra i detriti. Anche Hanna, Humbert e la signora Kitty Scherer partecipavano alle opere di riparazione.

La catastrofe aveva spinto tutti i residenti della Villa delle

Stoffe – padroni e domestici – a unire le forze per proteggere la casa. Ma nessuno poteva sapere se quegli sforzi non sarebbero stati vanificati dal prossimo attacco.

Passò un po' di tempo prima che i signori si radunassero in sala da pranzo. Due posti rimasero liberi, perché Paul e Henny dissero di non voler interrompere il lavoro. Anche Marek e Hanna erano impegnati fuori.

«È un bene che la signora Alicia sia a letto e non possa venire a pranzo» disse Humbert, che si era cambiato in fretta e aveva messo i guanti bianchi per servire. «L'abbigliamento generale, ora come ora, non è consono alle usanze della famiglia.»

La signora Winkler si era presentata in vestaglia e calzini di lana. A parte la camicia da notte e le pantofole, tutto ciò che le restava era il pesante cappotto invernale che indossava nel rifugio la notte dell'attacco. Kitty Scherer era riuscita a salvare qualcosa in più, ma lei, Charlotte e Henny potevano usufruire del guardaroba di Dodo, perché avevano più o meno la stessa taglia. Quanto alle pettinature, nessuno ci faceva più caso.

Dopo un momento di esitazione, Humbert fece notare alla signorina Charlotte che aveva una ragnatela fra i capelli.

«Chi se ne importa?» replicò la ragazza con un'alzata di spalle.

«Dovrebbe importare a te, Charlotte» disse Kitty. «Puoi trasportare macerie e travi carbonizzate su per le scale, se necessario, ma non devi mai trascurarti. Quando una donna inizia ad andarsene in giro come uno spaventapasseri, ha perso il rispetto di sé.»

Humbert fu così colpito da quell'affermazione che la riportò in cucina. Non senza aggiungere che, nonostante le preoccupazioni e le fatiche, la signora Kitty Scherer sedeva a tavola vestita di tutto punto e con i capelli raccolti.

«Ognuno fa a modo proprio» commentò impassibile la cuoca. «Ma mi stupisce che si sia sporcata le mani. D'altra parte, la signora Kitty è sempre una sorpresa. Abbiamo anche il dolce, ho aperto due vasetti di composta di mele.»

Le porzioni erano striminzite – i signori erano in undici e bisognava tenere qualcosa da parte anche per i dipendenti – ma in compenso ciascuna era guarnita con un cucchiaino di marmellata di fragole che la cuoca, lungimirante, aveva preparato in abbondanza proprio all'inizio della guerra. Mentre gli altri si godevano il caffè, Tilly Kortner salì a visitare la signora Alicia. Dopodiché tornò in ospedale in macchina. Dato il numero di feriti, non si poteva fare a meno di nessuno. Edgar restò alla Villa delle Stoffe con Annemarie e Willi. I bambini non avevano scuola: tutti gli istituti della città erano chiusi, se non addirittura distrutti dalle bombe.

Una volta sfamati i signori, anche i domestici si riunirono per il pasto di mezzogiorno. Liesl aveva messo da parte due porzioni per Henny e il signor Melzer, ma entrambi, come Marek e Hanna, non avevano ancora avuto il tempo di mangiare qualcosa. Gerti era fuori insieme a loro a dare una mano con i lavori di pulizia. Indossava un cappotto elegante e un paio di costosi stivali, ma non le importava di sporcarsi. Sembrava che le due donne andassero d'accordo, di tanto in tanto le si sentiva ridere e scherzare.

«Umorismo nero» commentò cupa Auguste. «Quando diventa tutto troppo tragico, si smette di piangere e si comincia a ridere.»

«Basta che sia finita» sospirò Else. «Non credo di riuscire ad affrontare un'altra notte del genere. E in cantina non ci stiamo più.»

«La fabbrica è un cumulo di macerie» osservò Humbert. «Non hanno più niente da bombardare, è finita.»

Non era del tutto vero, perché alla fabbrica le squadre di

soccorso erano impegnate a setacciare i detriti alla ricerca di qualsiasi cosa potesse essere riutilizzata per costruire un nuovo capannone. Hanna aveva saputo che tre delle operaie polacche erano morte in una baracca che si era incendiata. Le altre erano state spostate in un campo a Kriegshaber, ma adesso erano alla fabbrica ad aiutare a ripulire.

«Siamo fortunati ad avere Marek» disse Humbert. «Altrimenti il signor Melzer sarebbe tutto solo sul tetto. Non sopporto le altezze.»

Marek si era dimostrato un grande aiuto nei momenti di bisogno. I tempi dell'ozio creativo erano finiti: era all'altezza di quasi tutti i compiti che gli venivano affidati, bravo come tuttofare e più abile del signor Melzer nei lavori di riparazione.

«L'importante è che non cadano dal tetto» sottolineò Else. «Si dice che le sventure non arrivino mai da sole, del resto.»

«Se non la smetti di dire cose stupide...» la aggredì irritata la cuoca.

Liesl, in piedi alla finestra, la interruppe concitata. «Sta arrivando una macchina!» esclamò. «Gesù, sembra che siano della Gestapo. Sono in divisa...»

«Allora non sono della Gestapo, quelli vengono in borghese» disse Humbert, correndo a sua volta alla finestra. «Ma hai ragione, Liesl... È la polizia! Vado ad avvertire Marek... Non vorrei fossero venuti a cercarlo...»

«Cos'avevo detto?» sussurrò Else. «Le disgrazie...»

«Chiudi il becco!» disse Fanny Brunnenmayer, prendendo in pugno la situazione, come sempre. «Se qualcuno ce lo chiede, non abbiamo mai sentito nominare nessun Marek!»

Restava poco tempo. La macchina si era appena fermata davanti all'ingresso della Villa delle Stoffe e ne erano scesi tre uomini in divisa marrone.

«Liesl, corri ad avvertire Hanna e i signori. Auguste, vai ad aprire e cerca di trattenerli» ordinò la cuoca. «Else, tu occupati di Edgar e Annemarie, sono nel parco con il cane.»

Il campanello suonò. Liesl si precipitò a chiamare i signori e Auguste si lisciò il grembiule e si avviò a passo lento alla porta d'ingresso. Else indossò il cappotto e si avvolse la sciarpa intorno al collo.

«Su, corri!» la rimproverò la cuoca. «Assicurati che i bambini non si facciano sfuggire qualcosa se chiedono di Marek!»

«E devo prendermi un raffreddore per farlo?» brontolò Else. «Devo aspettare che entrino, comunque, o mi vedranno correre.»

Su questo aveva ragione. Agitata, Fanny Brunnenmayer si avvicinò alla finestra, ma vide la macchina vuota. Bene, erano venuti soltanto in tre.

Poi sentì delle voci nell'atrio e appoggiò l'orecchio alla porta. In questo caso le era concesso origliare, per il bene degli abitanti della Villa delle Stoffe.

«Ci è stato riferito che la signora Gertraut von Klippstein risiede in questa casa» disse una voce maschile. «È corretto?»

«La signora Gertraut von Klippstein?» disse lentamente Auguste. «Sapete, abbiamo accolto molti conoscenti... Devo pensarci... Come ha detto? La signora von...»

«Von Klippstein!» rispose impaziente la voce maschile. «Si risparmi queste scene. Sappiamo che è qui e dobbiamo parlarle.»

«D'accordo, se ha tanta fretta vado a cercarla... Prego, accomodatevi nell'atrio, torno subito.»

«Veniamo con lei.»

Fanny Brunnenmayer era sorpresa. Cosa potevano volere da Gerti? Tornò alla finestra appena in tempo per vedere Marek correre in direzione delle stalle, facendo attenzione a evitare i crateri delle bombe. La cuoca pregò che nessun poliziotto stesse guardando dalla finestra in quel momento. Marek aveva scavato un nascondiglio nelle stalle e sosteneva che fosse sicuro al cento per cento, non aveva detto a nessuno dov'era e come fosse fatto.

Fanny decise di tornare a sedersi, perché le gambe si stavano ribellando al troppo movimento. Era appena crollata sulla poltrona quando Else apparve in cucina con Annemarie e Edgar al seguito.

«Fate entrare il cane» ordinò la cuoca, preoccupata che Willi potesse finire per svelare il nascondiglio di Marek.

Un attimo dopo tornò Liesl. In preda all'agitazione, riferì che i tre agenti stavano interrogando Gerti in sala da pranzo.

«Cosa vogliono da lei?» chiese Else, togliendosi il cappotto.

«Non lo so. Ma dev'essere qualcosa di importante, perché vogliono parlare anche con il signor Melzer e la signora Winkler.»

Fanny Brunnenmayer temette il peggio. E se Ernst von Klippstein avesse denunciato il povero Marek alla Gestapo per vendicarsi e adesso il signor Melzer si trovasse nei guai per aver dato asilo a un ebreo?

«Non l'avevo detto?» ripeté Else. «Le sventure...»

«Sta' zitta!» sbottò la cuoca. «Se te lo sento ripetere un'altra volta, non garantisco delle mie azioni!»

Liesl posò due tazze sul tavolo e versò del tè caldo per i bambini.

«Se qualcuno vi chiede di Marek, dovete dire che non abbiamo un giardiniere alla Villa delle Stoffe» spiegò a entrambi.

«Perché?» volle sapere Edgar.

«Perché il nostro giardiniere è in guerra.»

«Ma Marek...?»

«Non è un giardiniere. E non è qui.»

«Dov'è?» chiese Annemarie.

«Via.»

Fanny Brunnenmayer sospirò. Se un agente della Gestapo avesse interrogato i bambini, non ci avrebbe messo molto a scoprire la verità.

Nel corridoio della servitù si udirono i passi pesanti di Auguste. Entrò in cucina ansimando, con le guance rosse, e dovette sedersi per riprendere fiato.

«Non ci crederete! Hanno preso Humbert per testimoniare. E hanno interrogato anche il signor Melzer e la signora Winkler. Persino la signorina Henny...»

«Da me non sentiranno una parola!» esclamò furente la cuoca. «Non tradirò Marek, possono farmi quello che vogliono...»

«Oh, Marek non c'entra niente!» la interruppe Auguste. «Ernst von Klippstein è morto. L'hanno trovato ucciso a colpi d'arma da fuoco nella casa di Steingasse...»

«Il... signor von Klippstein?» sussurrò Else, coprendosi la bocca con una mano. «Morto? Santa Maria, abbi pietà della sua povera anima.»

«L'hanno trovato morto stecchito» continuò Auguste. «E ora sospettano che possa essere stata sua moglie, Gerti. Ma non è mai uscita da qui, è la verità, possiamo confermarlo tutti!»

Aveva ragione. Von Klippstein aveva accompagnato la moglie alla Villa delle Stoffe la mattina del giorno dei bombardamenti, e da allora Gerti non si era più mossa.

«Come fai a saperlo, mamma?» chiese Liesl sorpresa.

La domanda era superflua. Da anni le orecchie di Auguste raggiungevano senza problemi ogni angolo della Villa delle Stoffe.

24

Luglio 1944

Un aereo postale le aveva portate a Norimberga, da dove avrebbero preso il treno per Ratisbona-Prüfening. Dodo aveva lasciato alla sua collega Lilly Schweinsberg il posto vicino al finestrino, gli altri quattro passeggeri erano soldati della Wehrmacht che tornavano dal congedo. Erano passate le undici di sera, tre di loro dormivano, il quarto stava cercando di scrivere una cartolina nella penombra delle lampade d'emergenza, ma la luce continuava a spegnersi. Alla fine si arrese, infilò cartolina e penna nel taschino dell'uniforme e distese le gambe per dormire.

Dodo era immersa in cupe riflessioni. Dopo un addestramento su diversi tipi di velivoli a Berlino-Rangsdorf, quella mattina il ministero dell'Aviazione del Reich le aveva spedite nella sede loro assegnata. D'ora in poi lei e Lilly appartenevano allo squadrone di trasferimento Terzo Sud e sarebbero state di stanza a Ratisbona, presso lo stabilimento della Messerschmitt.

«Non è meraviglioso?» aveva esclamato Lilly. «Piloteremo il BF 109, un sogno! E forse anche altri aerei, magari alcuni stranieri che hanno catturato e riparato per la Luftwaffe!»

Lilly aveva già trovato il modo di darle sui nervi durante le due settimane di addestramento. Di due anni più giovane di lei, prima della guerra era stata una pilota acrobatica, possedeva un suo aereo e aveva effettuato voli promozionali per varie aziende. A quanto pareva, aveva anche partecipato ad alcune gare, ma senza grande successo.

«Si capiva da subito» aveva detto, con un'alzata di spalle. «Se partecipavano Elly Beinhorn, Vera von Bissing o Liesl Bach, sapevi di non avere speranze. I premi vanno sempre ai nomi noti.»

Dodo aveva risposto che bisognava essere brave per vincere, ma la collega aveva fatto finta di non sentire.

«Sai» aveva detto, su di giri, «sono davvero felice di tornare a volare e di servire la nostra patria in tempo di guerra. Finalmente si sono resi conto che anche le donne possono essere utili alla Luftwaffe.»

Dodo non aveva commentato. Era d'accordo che fosse bello tornare a volare, ma non in quelle circostanze. E di certo non in guerra.

«Gli inglesi e i russi non vanno tanto per il sottile» aveva proseguito Lilly, ciarliera. «Pare che ci siano molte donne alla guida dei caccia. Non sono sicura che sia vero, ma si parla delle "streghe della notte" avvistate sul fronte orientale...»

«Sono tutte favole!»

«Oh, i sovietici sono capaci di qualsiasi cosa. Del resto, lasciano che le mogli si carichino in spalla le pietre e costruiscano case... Ad ogni modo, è bello che noi donne tedesche possiamo fare la nostra parte.»

I governanti nazionalsocialisti erano stati costretti a rendersi conto che le donne – oltre a essere madri, mogli e custodi del focolare – potevano svolgere compiti altrimenti riservati agli uomini. E così eccole lavorare nelle fabbriche, azionare cannoni antiaerei, impegnarsi come vigili del fuoco, autiste di tram, macchiniste e esercitare molte altre professioni. Il ministero dell'Aviazione del Reich aveva addirittura riconosciuto le loro abilità di pilotaggio e aveva concesso che sostenessero la Luftwaffe in qualità di collaudatrici e pilote di aerei da trasporto. All'inizio l'arruolamento era volontario, ma ormai era diventato obbligatorio, proprio come per gli uomini.

«Meglio volare che stare chiusa in un rifugio antiaereo a morire di paura» aveva concluso Lilly, lanciando un sorriso di sfida a Dodo.

«Su questo non posso darti torto» aveva ammesso lei, ormai stanca.

Poi, per fortuna, erano salite sull'aereo postale e durante il volo Lilly aveva dovuto dare un taglio alle chiacchiere, perché il rombo dei motori sovrastava la sua voce. Tuttavia, l'umore di Dodo non era migliorato: avrebbe preferito mettersi alla guida dell'aereo, anziché sedersi sul sedile posteriore e guardare il pilota darsi delle arie. I più giovani di loro venivano mandati in missione dopo aver completato poche ore di addestramento: dato che la guerra era già costata la vita a molti piloti esperti, l'età della seconda generazione si stava abbassando e gli addestramenti diventavano più brevi.

Alla fine, nonostante un atterraggio un po' maldestro, erano arrivate sane e salve a Norimberga. Dodo aveva stretto la mano al giovane pilota e gli aveva augurato il meglio.

«Anche a lei, signorina. Dove va? Alla Croce rossa?»

«Alla Messerschmitt. Servizio al fronte come pilota.»

Il ragazzo parve sorpreso. Doveva essere uno di quelli convinti che le donne non fossero in grado di far volare un aereo.

«Capisco. *Heil Hitler*. E buona fortuna!»

«Altrettanto!»

Adesso erano a bordo del treno espresso della Reichsbahn,

dirette a Ratisbona. Dopo un po' Dodo notò che Lilly si era appisolata, con la testa appoggiata al rivestimento della carrozza e le braccia incrociate sul petto. Russava piano. Anche due dei soldati ronfavano e fischiavano. Dodo avrebbe voluto abbassare il finestrino per far cambiare l'aria viziata, ma non voleva rischiare di svegliare Lilly. In realtà avrebbe fatto bene a dormire pure lei, perché non sapeva che cosa le aspettava a Ratisbona l'indomani mattina. Tuttavia, pur essendo stanca morta, il sonno non voleva saperne di arrivare.

Ribolliva ancora di rabbia per aver saltato l'esame al Politecnico. Era già stato abbastanza difficile padroneggiare tutte le materie e frequentare i seminari richiesti negli ultimi due semestri. Monaco aveva subìto pesanti bombardamenti, l'università andava avanti a fatica, le lezioni si tenevano in case vuote, tra le macerie o negli appartamenti dei professori. Dopo gli attacchi aerei, correvano tutti ad aiutare a spegnere gli incendi e soccorrere i feriti, certe notti non riuscivano quasi a chiudere occhio. Dato che quasi tutti i ragazzi erano stati arruolati nella Wehrmacht, ora c'erano più donne, ma anche studenti stranieri provenienti dalla Francia o dall'Italia. Ad ogni modo, Dodo era riuscita a iscriversi all'esame finale. Aveva già ricevuto le date quando un ordine del ministero dell'Aviazione del Reich l'aveva raggiunta a casa.

«Alla luce dell'attuale conflitto mondiale, ogni connazionale dev'essere pronto a contribuire alla vittoria finale della patria mettendo a disposizione le proprie abilità...»

Così l'esame era stato annullato e lei era stata arruolata come pilota di aerei da trasporto per la Luftwaffe, spedita a completare un addestramento di due settimane a Berlino-Rangsdorf per prepararsi a quell'importante compito. Dopodiché l'avrebbero messa di stanza ovunque si producessero o riparassero cacciabombardieri. Una volta pronti, i velivoli dovevano essere spostati in una base della Luftwaffe, da cui partivano le missioni. I trasferimenti erano rischiosi, ovvio: i caccia alleati erano ovunque e le probabilità che provassero ad abbatterli molto elevate.

Dodo non aveva paura delle missioni, non era una codarda e si fidava delle proprie capacità di pilota. Però trovava meschino che le avessero fatto saltare l'esame su cui lavorava da quattro anni. La lettera del ministero affermava che avrebbe potuto riprendere gli studi dopo la guerra. Dopo la guerra! E come, quando già adesso era praticamente impossibile laurearsi? Mentre era impegnata in quell'addestramento inutile a Berlino-Rangsdorf, gli Alleati avevano distrutto la sede centrale dell'Università di Monaco. Se mai la guerra fosse finita, nessuno in Germania avrebbe pensato agli esami, avrebbero prima dovuto ricostruire le università.

Riuscì a addormentarsi poco prima dell'arrivo a Ratisbona-Prüfening, quando ormai era il momento di scendere. Esausta, seguì Lilly barcollando, quasi dimenticò lo zaino e fu contenta di essere accompagnata alla fabbrica in un veicolo della Wehrmacht.

«Voi due sembrate a pezzi» osservò il giovane autista. «Tutto bene? Niente aerei a bassa quota?»

La domanda era giustificata, perché i treni della Reichsbahn venivano spesso attaccati da aerei di quel tipo, i cui proiettili penetravano facilmente nelle pareti delle carrozze. A quel punto il convoglio si fermava, i passeggeri dovevano scendere e mettersi al riparo da qualche parte, in un fosso, nella foresta o in un edificio. Gli aerei nemici volavano bassi e sparavano su bersagli mobili, spesso anche a contadini e cavalli, per impedire loro di lavorare nei campi.

«Niente del genere» disse Lilly con un sorriso raggiante. «Abbiamo dormito come ghiri, vero, Dodo?»

«Sì, era molto... comodo.»

«Ora incontrerete il comandante Weißmüller, il capo dello Squadrone Sud. Vi illustrerà il vostro piano d'azione...»

Dodo si rannicchiò in un angolo e pregò che la sua prima missione non fosse di lì a poche ore, perché aveva un disperato bisogno di un letto e di riposo.

La sede della Messerschmitt a Ratisbona era molto più grande di quella di Augusta, ma già a prima vista era evidente che anche da quelle parti le bombe nemiche avevano distrutto diversi capannoni. Tuttavia, la produzione andava avanti. Le macerie erano state rimosse, i capannoni riparati e i velivoli erano parcheggiati in uno spiazzo poco lontano. Dodo notò un BF 108, il suo aereo preferito. Gli altri erano caccia BF 109.

Anche gli edifici amministrativi avevano subito danni e gli uffici erano stati spostati nei locali rimasti intatti. Mentre un giovane aviatore le guidava su per le scale, verso l'ufficio del comandante dello squadrone, Dodo lanciò un'occhiata dalle finestre. Prüfening era un bel posto, su un'ansa del Danubio, con boschi e prati verdi. In un angolo intravide le baracche di legno degli operai dell'Est. Erano circondate da un fossato: l'unica protezione offerta durante i bombardamenti a chi era costretto ai lavori forzati.

Il comandante Weißmüller si rivelò un uomo comprensivo, che si prendeva cura in modo paterno delle truppe a lui affidate. Scoprirono che sul posto erano di stanza sessanta piloti di aerei da trasporto, la maggior parte dei quali donne.

«Prima di tutto ambientatevi, signorine. Ci vediamo domani mattina alle otto.»

L'alloggio era spartano: dormivano in otto in una stanza con quattro letti a castello, più una scrivania e un armadietto ciascuno. Il bagno era proprio accanto: una doccia e quattro lavandini dovevano bastare per tutte. I gabinetti erano dal lato opposto del corridoio, il rifugio antiaereo distava appena un centinaio di metri. Le lenzuola puzzavano di candeggina ed erano ruvide al tatto.

«Ho visto un negozio, dovremmo riuscire a procurarci lo shampoo e qualcosa di dolce da mangiare» disse Lilly dopo che ebbero rifatto il letto.

«Più tardi, magari...»

«Sei una dormigliona!» esclamò l'altra delusa, e uscì da sola.

Dodo dormì fino a metà pomeriggio. Nemmeno l'arrivo di due coinquiline che si sedettero a un tavolo e chiacchierarono rumorosamente mentre si dividevano una tavoletta di cioccolata riuscì a disturbare il suo sonno. Fu solo quando suonarono le sirene antiaeree che saltò in piedi, battendo la testa contro la rete d'acciaio del letto sopra il suo. S'infilò di scatto i pantaloni della tuta e corse al rifugio insieme alle altre.

Quel giorno ebbero fortuna. Le bombe americane colpirono solo un edificio già danneggiato, la maggior parte mancarono il bersaglio ed esplosero nella foresta. Nessuno fu particolarmente turbato dall'attacco: in fondo non era il primo a prendere di mira la fabbrica e ce n'erano stati di peggiori. Trascorsero la serata alla mensa, fra alcol e una noiosa conferenza di propaganda sul tema *Gli aviatori tedeschi: l'arma più potente del Führer nella battaglia finale per la vittoria.*

Dodo si ritirò presto per occuparsi in pace della corrispondenza. Scrisse al padre, a Henny e infine anche a Ditmar, con il quale di tanto in tanto scambiava delle cartoline. Il suo ultimo messaggio era arrivato dalla base aerea di Stoccarda, dove si stava preparando a una missione speciale di cui non poteva rivelare nulla. Per il resto le sue lettere erano sincere e Dodo aveva l'impressione che tenesse molto alla loro amicizia. Di recente aveva persino iniziato a fare progetti: dopo la guerra voleva aprire una scuola di volo e le aveva proposto di partecipare. Le aveva fatto piacere, ma i suoi piani andavano in una direzione diversa: non voleva diventare istruttrice, voleva costruire nuovi aeroplani. Era comunque felice che Ditmar pensasse a un futuro insieme. Aveva risposto che la prima cosa che avrebbe fatto dopo la guerra sarebbe stata recuperare l'esame, ma avrebbe preso in considerazione la sua proposta. Si ripromise di consegnare le lettere all'ufficio postale l'indomani. La posta militare era veloce e affidabile, in realtà tutto ciò che riguardava l'esercito era ben organizzato. Lì al campo si trovavano cose che a Monaco non avrebbe nemmeno potuto sognare: soprattutto alcolici, ma anche profumi, cioccolata, caffè, specialità francesi. E il cibo era ottimo.

L'ultimo pasto dei condannati a morte, pensò Dodo, infilandosi in bocca un delizioso quadratino di cioccolata al latte. A Berlino aveva sentito dire che negli ultimi due mesi più di dieci pilote non erano tornate dalle loro missioni di trasferimento. I voli verso ovest erano piuttosto pericolosi, perché in alcune aree gli Alleati detenevano la supremazia aerea, e lì si era soli, senza la protezione dell'aviazione tedesca. Un mese prima le truppe alleate erano sbarcate in Normandia. La Wehrmacht doveva respingerle, e la Luftwaffe sosteneva le unità corazzate tedesche come meglio poteva.

L'indomani ebbe modo di visionare gli aerei pronti per il trasferimento e fare qualche giro su un BF 109. Aveva già pilotato l'Emil durante l'addestramento e se la cavava senza problemi. Il motore Daimler-Benz presentava una pompa d'iniezione invece di un carburatore, il che consentiva una brusca picchiata e lo rendeva superiore ai caccia britannici. Il problema era che l'Emil aveva un'autonomia limitata: poteva volare per seicento chilometri al massimo, poi doveva scendere per fare rifornimento. Le dispiaceva non poter testare appieno le qualità di volo del caccia, il suo compito era solo portarlo in sicurezza alla base.

Il giorno successivo lei e Lilly ricevettero il loro primo ordine. La destinazione di Dodo era la base aerea di Ingolstadt/Manching. Niente di eccezionale: Ingolstadt distava poco più di ottanta chilometri da Ratisbona.

«Ti mandano a Ingolstadt?» chiese Lilly con sguardo pieno di desiderio. «Cavolo, che peccato che non l'abbiano chiesto a me! A Ingolstadt abita la mia zia preferita. Avrei potuto dormire lì e vedere mia cugina Lieselotte. Lavora nel cinema, sai? Ha recitato con Heinz Rühmann...»

«E tu dove vai?» chiese Dodo, per interrompere quel fiume di parole.

«A Stoccarda! È tre volte più lontano e lì non conosco nessuno.»

Il cuore di Dodo mancò un battito. Era un segno del destino? Forse avrebbe potuto incontrare Ditmar. Non credeva che il loro fosse amore, era un'amicizia tra compagni di aviazione, ma era un rapporto importante per entrambi, in quei tempi difficili. Troppo tardi per un grande amore, aveva imparato la lezione. Eppure, rivederlo ora che ogni missione poteva essere l'ultima era un'opportunità che non si sarebbe presentata una seconda volta.

«Facciamo cambio» suggerì. «Tu vai a Ingolstadt e io a Stoccarda. Per me non è un problema.»

Lilly era entusiasta. Non ci aveva pensato.

«Ma gli ordini...»

«L'importante è che gli aerei arrivino a destinazione, no? Uno a Stoccarda e l'altro a Ingolstadt. Su quale voliamo noi è indifferente.»

La collega aveva i suoi dubbi. Non si potevano scambiare le missioni come se nulla fosse, andava contro tutte le regole militari.

«Allora chiedi al comandante» replicò Dodo. «Ma se dice di no, è no e basta.»

L'altra sospirò e sfogliò pensierosa gli ordini di missione, con i dettagli sulla posizione e le mappe. Poi disse, esitante: «Potremmo averli scambiati per sbaglio, no?».

«Sono cose che capitano» confermò Dodo con un sorriso. «Noi donne siamo imprevedibili, si sa.»

Dopo un'ultima occhiata dubbiosa, Lilly le diede ragione. Un aereo doveva andare a Ingolstadt e l'altro a Stoccarda, il resto non contava.

Come previsto, infatti, nessuno riscontrò problemi, né i due uomini che effettuarono il rifornimento né i loro colleghi. Dodo fece l'abituale giro di controllo. Tirò un paio di calci alle gomme, esaminò le ali e verificò che il rifornimento fosse stato completato in modo corretto. Fu lei la prima a decollare. Guidò l'Emil in fondo alla pista, portò il motore alla massima potenza e si godette l'attimo in cui le ruote si sollevarono dall'asfalto e l'aereo rientrò nel proprio elemento. Librarsi in alto nell'aria, volteggiare come un uccello in cielo: poteva esserci una sensazione più grande di libertà?

A dire il vero, non poteva volare ad alta quota. Oltre a ridurre la visibilità, le nuvole fitte nascondevano gli aerei nemici. Dodo sapeva che era più sicuro rimanere bassi, appena sopra le case, i pali elettrici e le cime degli alberi, in modo da non essere facilmente individuati. Per riuscirci, tuttavia, erano necessarie solide abilità di volo, perché si poteva facilmente danneggiare l'aereo se si toccavano le cime degli alberi.

L'Emil era elegante, si lasciava pilotare alla perfezione e il motore funzionava senza intoppi. I meccanici avevano fatto un buon lavoro nel ripararlo. Avanzava a velocità sostenuta da una mezz'ora e Stoccarda sarebbe apparsa all'orizzonte tra circa venti minuti. La base aerea si trovava ai confini meridionali della città, su un leggero altopiano. Le sarebbe bastato seguire il fiume Neckar, non appena l'avesse visto.

All'improvviso, però, uno Spitfire le spuntò davanti tra le nuvole, seguito da altri due. I caccia nemici l'avevano avvistata e le stavano alle calcagna. Il BF 109 era armato con due cannoni e due mitragliatrici e aveva persino delle munizioni, ma Dodo non era addestrata per i combattimenti aerei. Sarebbe stato un suicidio lanciarsi in una battaglia contro diversi Spitfire.

Devo scendere, pensò. *È la mia unica possibilità.*

Notò una fascia disboscata sotto di sé, piuttosto irregolare ma abbastanza larga da permetterle di attraversarla. Portò l'Emil sotto il livello degli alberi e seguì il corridoio, un'impresa molto pericolosa, perché rischiava di spezzare le ali e far esplodere il serbatoio. Volò con la massima concentrazione, sperando con tutte le sue forze che non ci fossero rami sporgenti o un albero a bloccarle la strada. I minuti diventarono ore. Alla fine, quando già iniziava a intravedere un restringimento che l'avrebbe costretta a salire di quota per evitare di schiantarsi contro i tronchi, i suoi inseguitori fecero marcia indietro. Era riuscita a sfuggirgli. Dopo che ebbe riportato il caccia oltre le cime degli alberi e in lontananza comparvero le case di Stoccarda, si accorse di avere il maglione bagnato fradicio. Era rimasta calma e lucida nel momento del pericolo, ma era sudata.

Per fortuna non è venuta Lilly a Stoccarda, pensò. *Non sono sicura che avrebbe avuto il coraggio di affrontare tutto questo.*

L'atterraggio alla base andò liscio. Scese dall'aereo con le gambe leggermente tremanti e accarezzò la fusoliera d'acciaio dell'Emil un'ultima volta, per salutarlo.

«Bravo ragazzo» mormorò. «Ben fatto.»

Diverse persone si avvicinarono e l'aereo fu spostato in un hangar per il rifornimento di carburante e munizioni. Sulle prime nessuno fece caso a lei, ma poi riuscì a trovare un ufficiale a cui consegnare i documenti.

«Eccellente, signorina Schweinsberg! Ottimo lavoro. Vada pure in mensa a mangiare qualcosa e si riposi. Purtroppo non abbiamo spazio per sistemarla qui, ma abbiamo preso una camera in un albergo per lei e altri ospiti.»

«Grazie mille. Una domanda: il pilota Ditmar Wedel è ancora di stanza qui?»

«Ditmar? È sfortunata, signorina Schweinsberg. È stato trasferito la scorsa settimana. A Ingolstadt.»

«A Ingolstadt?»

«Sì, credo di sì. Ordine del ministero dell'Aviazione del Reich. Operazione speciale in Francia, non posso dirle altro. Per tornare a Ratisbona può prendere un camion dell'esercito fino a Norimberga e continuare di lì con la Reichsbahn. Mi dispiace ma non posso darle un aereo... servono tutti a noi!» rise.

Destino, pensò Dodo avvilita, mentre si dirigeva verso la mensa. *Se glielo scrivo, probabilmente mi prenderà in giro. Peccato, chissà quando ci rivedremo.*

Attribuì in parte la delusione cocente alla paura che aveva provato. In fondo era stato il suo primo faccia a faccia con il nemico.

25

Agosto 1944

Mia cara mamma,
*al momento ci troviamo a sud della città francese di Falaise, in lontananza si scorge la torre bianca del suo castello. Un compagno d'armi che ha studiato storia inglese mi ha detto che è la città natale di Guglielmo il Conquistatore, un duca di Normandia che diventò re d'Inghilterra nell'*XI *secolo. Si dice che sia arrivato in Inghilterra su delle semplici barche a remi, portando con sé i suoi cavalli. Ora sono in grado di apprezzare al meglio l'impresa, perché ho conosciuto le insidie della Manica in caso di maltempo. Le onde della* Manche *hanno inghiottito un certo numero di miei compagni.*
La Prima armata statunitense, alla quale sono assegnato, si riunirà presto alla Terza, che ci raggiungerà da sud. I canadesi arriveranno invece da nord e, se tutto andrà secondo i piani, nel giro di pochi giorni circonderemo la Wehrmacht. A quel punto saranno costretti ad arrendersi e non ci sarà più alcun ostacolo alla liberazione della Francia dalle truppe di Hitler.
Spero che tu stia bene, mamma. Non preoccuparti per me, sono in forma e tranquillo.

Hai avuto notizie da Walter? Non lo sento da settimane. Peccato che non siamo nella stessa unità. Mi manca molto.
Un abbraccio, cara mamma!

Tuo figlio
Leo

Il ragazzo chiuse la busta e consegnò la lettera al compagno che ritirava la posta. Dopodiché, si sdraiò con gli altri per dormire un po' prima dell'inizio del suo turno di guardia. Bisognava stare sempre all'erta. Nonostante l'assoluta supremazia aerea degli Alleati, infatti, gli aviatori della Luftwaffe continuavano a sfidare la morte solcando i cieli per aprire il fuoco sulle truppe di terra statunitensi. Erano azioni insensate, che non avevano speranza di cambiare le sorti della guerra, eppure erano già costate la vita a diversi compagni.

Quanto agli aviatori, la maggior parte non sopravviveva alla missione. Venivano colpiti da terra o dai piloti alleati e bruciavano nei loro aerei. Alcuni riuscivano a paracadutarsi, ma diventavano bersagli facili per i fucili e, se avevano la fortuna di arrivare vivi a terra, cadevano nelle mani della *Résistance*. I combattenti della resistenza francese si muovevano su tutto il territorio per dare manforte all'avanzata degli Alleati. Leo non voleva sapere cosa facessero ai piloti tedeschi. Erano furiosi e avevano ragione di esserlo. Gli hitleriani avevano costruito bunker lungo tutta la costa e disseminato il terreno di mine. L'esercito degli Stati Uniti aveva schierato delle squadre speciali per localizzarle e neutralizzarle, in modo che i carri armati non esplodessero quando ci passavano sopra.

Con suo grande orrore, Leo aveva scoperto che stava iniziando a diventare insensibile. Aveva visto i primi compagni morti quando erano sbarcati a est della penisola del Cotentin ed erano finiti sotto il fuoco delle mitragliatrici della Wehrmacht. Il tratto di costa assegnato alla Prima armata degli Stati Uniti era quello dove la Wehrmacht aveva opposto la resistenza più dura. I soldati delle forze speciali avevano attraversato per primi, sui gommoni, il mare agitato. Migliaia di coraggiosi compagni erano morti, molti erano stati inghiottiti dalle onde grigie, altri erano caduti sotto i proiettili della Wehrmacht. Leo era arrivato solo il giorno seguente. Il mare era ancora agitato, ma le unità statunitensi si erano stabilite sul suolo francese e tenevano a bada la Wehrmacht come meglio potevano. Il gommone su cui avevano viaggiato lui e i suoi compagni era approdato sano e salvo, ma sulla spiaggia Leo aveva dato una mano a recuperare i cadaveri dei commilitoni che il mare aveva portato a riva. Conosceva bene due di loro, si erano incontrati in Inghilterra e avevano atteso con impazienza l'inizio della missione, delusi dal fatto che il D-Day, il giorno della grande operazione di sbarco sulla costa francese, fosse stato rinviato più volte. E ora giacevano sulla sabbia davanti a lui, fradici e con i volti gonfi. Uno era uno studente, l'altro parlava sempre della moglie che lo aspettava a Philadelphia ed era orgogliosa di lui.

La guerra era un affare squallido e disumano. Aveva poco a che fare con l'eroismo e molto più con il sudore, la sporcizia, il sangue, le ferite e i gemiti dei compagni moribondi. Come diavolo gli era saltato in mente di arruolarsi? Perché si era unito all'ingenuo ottimismo di chi aveva voluto a tutti i costi partecipare alla sconfitta della Germania nazista? Non era né un eroe né un soldato: era un musicista, non sapeva niente della guerra. Gli mancava la volontà di uccidere. Non sopportava la vista di tanti morti, non riusciva più a dormire, faceva sogni deliranti in cui i motori dei blindati gli rombavano nelle orecchie, le onde della Manica ruggivano, sentiva le urla dei moribondi e il sussurro dei morti. All'inizio aveva pensato d'impazzire, ma con il tempo l'orrore si era anestetizzato, sostituito da una spaventosa calma. L'imperturbabilità si era posata sulle sue viscere tormentate come una coperta morbida, soffocando il terrore, l'atrocità, il disgusto e rendendolo insensibile. Lo aveva aiutato a sopravvivere. Era una sensazione bella e tremenda allo stesso tempo. Se mai fosse sopravvissuto, non aveva idea di come avrebbe fatto a tornare una persona normale e senziente. O a comporre di nuovo.

Non poteva scrivere tutto questo a sua madre. Non avrebbe capito, nessuno nella pacifica America poteva comprendere una cosa simile, soltanto i suoi compagni sapevano. Ma non parlavano tra loro. Ognuno affrontava il dramma a modo proprio.

Si sdraiò accanto a George, che dormiva come un bambino, sorridendo. O almeno sembrava che sorridesse. Forse stava sognando casa sua, i tre figli di sua sorella, sua madre, i quattro fratelli più piccoli. Leo lo aveva incontrato a New York, si erano arruolati lo stesso giorno ed erano arrivati in Inghilterra a bordo della stessa nave. George era nero, gli aveva raccontato che i suoi trisavoli avevano lavorato come schiavi nei campi di cotone della Louisiana, suo nonno possedeva un negozio a New Orleans ed era diventato ricco. Parlava molto, e spesso Leo perdeva il filo delle sue parentele perché George aveva una famiglia numerosa. Comunque, era un tipo aperto e leale, erano diventati amici e stavano insieme il più spesso possibile. Il compagno era affascinato dal fatto che Leo fosse un musicista e avesse composto addirittura per la radio. Anche lui era un musicista, a New Orleans suonava in un gruppo con alcuni amici. Faceva il pianista, ma sapeva suonare anche la tromba. Si era fatto promettere da Leo che sarebbe andato a trovarlo alla fine della guerra e avrebbero suonato insieme.

Ormai si stava facendo buio. Le ronde venivano rinforzate, le file della Wehrmacht non erano lontane. Quel giorno i progressi erano stati lenti, in gran parte a causa delle mine lasciate dai nazisti in ritirata. Alcuni dei carri armati Sherman erano dotati di un dispositivo sminatore che prelevava gli ordigni letali dal terreno e li faceva esplodere. Le detonazioni si sentivano da lontano. Leo aveva iniziato ad avvertire uno strano ronzio nelle orecchie e temeva di essersi rovinato l'udito.

Le notti erano più tranquille. I motori erano spenti e solo ogni tanto una mina scoppiava da qualche parte: forse un commando nazista che provava a spiarli, o più probabilmente un povero animale che la calpestava per sbaglio. Quando arrivò il loro turno, svegliò George. Presero posizione vicino a un mucchio di pietre che un tempo era stato un muretto e diedero il cambio ai compagni. Di quei muretti ce n'erano ovunque in Normandia, così come non mancavano le siepi che separavano i pascoli, ragion per cui alcuni carri armati Sherman erano dotati di una lama apripista per eliminare gli ostacoli.

George si sedette accanto a lui stropicciandosi gli occhi, ancora assonnato. Non gli piaceva fare la guardia – serviva attenzione costante quando tutt'intorno c'era poco movimento –, preferiva di gran lunga stare in prima linea, aprire la strada. Le veglie lo annoiavano.

«Perché combatti contro la Germania?» chiese in un sussurro.

Era vietato conversare, c'era il rischio di distrarsi, ma molti lo facevano comunque, soprattutto George. Sosteneva che se non parlava si addormentava.

«In che senso?»

«Sei tedesco.»

«Sono americano.»

«Ma anche tedesco, no? Parli tedesco e mi hai detto che sei nato in una città della Germania.»

Leo gli aveva spiegato più volte perché era emigrato in America, e George aveva annuito, ma sembrava che il concetto non gli fosse chiaro.

«Vengo dalla Germania, ma non sono un nazista.»

«Lo so. Sei scappato dai nazisti perché tua madre è ebrea. Ma sei comunque tedesco, vero?»

«Sì, ma combatto contro la Germania perché voglio che la dittatura nazista finisca. In modo che la Germania possa tornare com'era un tempo. Senza nazisti. Capisci?»

«Sì, certo, capisco. Ma anche i nazisti sono tedeschi, no?»

A volte George gli faceva cadere le braccia.

«Sono tedeschi, come me. Ma sono tedeschi sbagliati. Sono criminali che dobbiamo eliminare.»

L'altro annuì e rimase in silenzio per qualche istante. Leo fissò la città di Falaise e la sagoma della massiccia torre del castello visibile al chiaro di luna. Non si muoveva una foglia. La calma prima della tempesta.

«Ma come si fa a distinguere i nazisti dagli altri tedeschi?» ricominciò George. «Di te sono sicuro, perché ti conosco e sei mio amico. E anche quando si parla dei soldati della Wehrmacht è chiaro: sono nazisti, altrimenti non combatterebbero contro di noi. Ma gli altri? La tua famiglia in Germania, per esempio: anche loro sono nazisti?»

«No, certo che no. Almeno, non tutti.»

Sul finale esitò, ricordando le lettere che Dodo gli aveva inviato prima della guerra. Ne avevano parlato anche durante la sua ultima visita, risalente ormai a cinque anni prima, quando avevano litigato per colpa di Richy. Gli dispiaceva tantissimo, alla luce di ciò che era successo quel litigio gli sembrava ancora più insensato. Ma sapeva che Ernst von Klippstein era sempre stato un convinto sostenitore dell'NSDAP e che Johannes era un membro entusiasta della Gioventù hitleriana. Suo padre stesso si era unito al partito, e anche Maxl ne faceva parte. Poteva giudicarli? Si chiese che cosa avrebbe fatto lui se non avesse avuto una madre ebrea. Avrebbe completato con calma gli studi all'Università di Monaco e avrebbe avuto successo come compositore nella Germania nazista? Come il suo grande modello Richard Strauss, che ancora godeva della massima ammirazione in patria? No, forse no. Aveva visto le camicie marroni attaccare e quasi picchiare il suo insegnante: da lì in poi gli era stato chiaro che non voleva più vivere né lavorare in quel Paese.

«Non tutti, ma alcuni sì, giusto?» insistette George.

Leo evitò di rispondere. Provò in un altro modo. «Non credo che tutti i soldati della Wehrmacht siano nazisti» disse piano. «Molti sì, ma non tutti.»

«Allora perché stanno combattendo per Adolf Hitler?»

«Perché devono.»

«Potrebbero rifiutarsi.»

«Se si rifiutano, vengono fucilati.»

«È assurdo, vero?» disse George.

«Sì.»

La conversazione si interruppe, rimasero in silenzio. Leo pensò a suo fratello minore Kurt, probabilmente arruolato nella Wehrmacht. A Hanno, il sognatore, che sarebbe stato senza dubbio un pessimo soldato. Ai figli di Auguste, Maxl, Hansl e Fritz, ai suoi ex compagni di scuola, agli studenti del conservatorio... Ormai dovevano essere tutti soldati nemici della Wehrmacht. Sporchi nazisti, agli occhi dei suoi compagni. Si impedì di pensare oltre. Aveva scelto la parte giusta e stava combattendo per una buona causa, il resto non importava. La notte trascorse silenziosa. Al cambio turno, a un'ora dall'alba, tornarono a dormire.

«Domani li prendiamo» disse George, sicuro.

Aveva il meraviglioso talento di addormentarsi in un secondo. Leo ci riusciva soltanto quando era davvero esausto, quindi rimase sveglio a fissare le stelle. Gli mancava l'ottimismo del suo compagno. I piani dell'esercito americano erano stati già vanificati in più occasioni dalla strenua resistenza della Wehrmacht, nonostante i tedeschi fossero in inferiorità numerica e senza rifornimenti. Era essenziale non spingere eccessivamente le truppe nemiche in ritirata, in modo che i canadesi avessero il tempo di chiudere l'assedio a est. Difficile prevedere cosa sarebbe successo allora, ma era probabile che Hitler ordinasse ai suoi ufficiali di combattere fino all'ultimo uomo. La guerra era un affare macabro.

Leo fu uno dei primi a sentire gli aerei in avvicinamento e andò ad allertare i compagni. Amici o nemici?

«Sono i caccia tedeschi» disse, deciso. Il suo udito fine era in grado di distinguere i rumori dei diversi motori. Tutti si precipitarono alle armi, imprecando perché i caccia dell'Air Force non avevano abbattuto gli intrusi. Una forte esplosione scosse il terreno e una piccola fattoria nelle vicinanze andò a fuoco. Un attimo dopo diversi Mustang P-51 si lanciarono all'inseguimento degli aviatori tedeschi. I compagni corsero ai propri posti, gli ufficiali gridavano ordini, un colonnello urlò di smettere di sparare. Non si poteva rischiare di abbattere gli aerei alleati.

Il combattimento nei cieli durò pochi minuti, dopodiché gli aerei tedeschi sparirono. Un aviatore nemico planò con il paracadute su un pascolo non lontano dalla fattoria in fiamme.

Alcuni soldati gli spararono con le mitragliatrici; l'ordine di cessare il fuoco arrivò troppo tardi, quando era già stato colpito più volte. Era un peccato, perché un pilota morto non serviva a granché, mentre a un prigioniero si potevano carpire informazioni importanti. La fattoria bruciava, la forza della detonazione indicava una discreta quantità di esplosivo.

«Era una bomba» disse George.

«Impossibile» replicò un compagno. «Li ho visti bene. Erano un JU 88 e un BF 109. Sono caccia, non bombardieri.»

«Li avranno modificati» insistette George. «I tedeschi sono capaci di tutto, trasformerebbero anche un barattolo di latta in un bombardiere...»

«Se quella cosa ci avesse colpito, ora saremmo tutti all'inferno!» disse l'altro con voce piatta.

«Ci andremo comunque presto, amico.»

«Ci vediamo lì, allora!»

Le battute scanzonate erano all'ordine del giorno, aiutavano a far fronte agli orrori della guerra. Un distaccamento fu inviato al pascolo dov'era caduto il pilota, con l'ordine di stare lontano dal luogo dell'incendio, per precauzione. Sicuramente non c'erano stati danni per le persone e il bestiame, dato che la fattoria era vuota. Nel frattempo la colazione fu distribuita e consumata in fretta, dopodiché i motori dei carri armati ruggirono di nuovo, mentre sopra di loro si alzarono diversi Mustang e due Thunderbolt.

«Ho capito cos'era» disse un compagno, tracannando il suo caffè. «Era un Mistel, uno sporco trucco della Luftwaffe.»

«Cioè?» domandò Leo.

«Servono due caccia. Uno ha l'aviatore a bordo, l'altro trasporta una bomba al posto della cabina di pilotaggio. Sono collegati da un cavo...»

«Ma se fa detonare la bomba, esplode anche lui...» obiettò George.

«No. Si sgancia poco dopo la detonazione e si porta in sicurezza, mentre il caccia privo di equipaggio cade ed esplode.»

«Bisogna essere dei diavoli» mormorò George, «per pensare queste diavolerie.»

«Il pilota l'ha quasi scampata. Ma abbiamo abbattuto il suo aereo e il paracadute non lo ha aiutato.»

L'avanguardia delle truppe aveva già iniziato a muoversi quando il distaccamento mandato al pascolo tornò con il pilota tedesco. Tenevano una gamba del morto ciascuno e trascinavano il cadavere sull'erba e i massi. Il tedesco non indossava il casco né il cappello da pilota, i bottoni in alto della giacca grigia dell'uniforme erano slacciati, si vedevano i fori dei proiettili e altre macchie scure sui vestiti dimostravano che era stato colpito più volte. Un maggiore si accovacciò accanto al cadavere e iniziò a perquisirlo. Dopotutto, poteva nascondere documenti o qualcos'altro di utile.

«Soldato Melzer, tu parli tedesco! Vieni qui.»

Aveva tirato fuori dal taschino del pilota un foglio di carta ripiegato e coperto da una fitta grafia. C'erano delle macchie di sangue, ma era ancora decifrabile: una lettera della posta militare. «Dev'essere della fidanzata, ma leggila con attenzione. Se c'è qualcosa d'importante, faccelo sapere.»

Frugò ancora nelle tasche del cadavere e ne estrasse un temperino, una bussola e un pacchetto di destrosio. Nient'altro.

«Lasciatelo qui» ordinò. «Che lo prendano i francesi o lo mangino i gabbiani.»

L'esercito portava con sé soltanto i propri morti, per seppellirli o riportarli a casa. Anche i tedeschi non lasciavano nessuno dei loro ai nemici quando si ritiravano, ma l'aviatore era un combattente solitario, nessuno si sarebbe occupato di lui.

L'avanzata era in pieno svolgimento, dovevano sbrigarsi se

non volevano restare indietro. I carri armati partirono, i cannoni si misero in movimento, i motori dei veicoli rombavano. Sopra di loro, nel cielo, ruggiva uno squadrone della Royal Air Force.

Leo era seduto accanto a George su un furgone. Il sole picchiava, il sudore gli scorreva sul viso, i caschi sembravano infuocati.

«Che succede?» mormorò George mentre si fermavano per una breve pausa pranzo. «Ti senti male? Hai gli occhi come biglie di vetro.»

«Tutto bene, è solo il caldo.»

«In effetti si crepa. È quasi come durante la raccolta del cotone in Louisiana...»

Appresero che nella notte la Wehrmacht era riuscita a fuggire a est. Cinquantamila uomini erano passati da un varco nella frontiera lungo appena otto chilometri, lasciandosi dietro innumerevoli carri armati, veicoli e cannoni.

«Merda, merda!» imprecò George. «Li avevamo quasi in pugno.»

A Leo non importava. Nel taschino teneva la lettera dell'aviatore morto, di cui ora conosceva nome e identità.

Caro Ditmar...

Avrebbe riconosciuto ovunque la grafia di sua sorella Dodo, non sarebbe stato necessario leggere la firma.

Ma l'aveva fatto lo stesso.

Nella speranza di rivederci presto,
la tua amica Dodo.

26

Novembre 1944

Augusta era stata risparmiata dai bombardamenti per qualche mese, ma nessuno in città credeva che fosse finita. Gli slogan sulla battaglia finale e sull'imminente sconfitta dell'Armata rossa, che invece avanzava a est, erano ovunque, scritti sui muri delle case bombardate, stampati su manifesti che mostravano soldati con minacciosi pugni stretti e sguardo spietato. Sui giornali si leggeva, come se non fosse importante, che la Wehrmacht stava combattendo a ovest contro le truppe alleate sbarcate in Normandia. Parigi era stata "vergognosamente" consegnata al nemico senza combattere, ma il comandante responsabile era stato deposto da Hitler e presto la Wehrmacht avrebbe riconquistato la capitale francese. Molti credevano ancora agli articoli di giornale e ai discorsi di propaganda del Reich, ma in famiglia e tra amici fidati qualcuno osava esprimere i propri dubbi. In pubblico, invece, prevaleva la cautela. Tutti si dicevano determinati a fare qualunque sacrificio sul "fronte interno" per sostenere i valorosi soldati della Wehrmacht.

Alla fine di ottobre i timori degli abitanti di Augusta si rivelarono fondati. I bombardieri americani attaccarono la città intorno a mezzogiorno. Nemmeno i sobborghi sulle due sponde del Wertach furono risparmiati, e Lechhausen venne di nuovo colpita duramente. L'orrore si ripeté due settimane dopo. Il centro della città e i sobborghi di Pfersee, Kriegshaber e Lechhausen tornarono a essere bombardati.

Alla Villa delle Stoffe si era temuto il peggio, ma per miracolo l'edificio principale fu risparmiato. Nel parco, invece, esplosero diversi ordigni, distruggendo il garage dov'era parcheggiata l'auto di Paul e creando una serie di crateri nei prati.

«Che importa?» aveva detto Lisa avvilita, quando avevano scoperto il danno. «Non c'è più benzina, ormai ai tedeschi non servono le macchine.»

Dopo l'attacco alla Villa delle Stoffe si formò un gruppo di volontari decisi ad aiutare a spegnere gli incendi e liberare le persone rimaste sepolte nei rifugi antiaerei. Paul fu tra i primi a presentarsi, Hanna e Humbert si unirono a lui e anche Hilde Haller volle fare la propria parte. Sapevano che bisognava agire in fretta per tirare fuori chi era rimasto sotto le case crollate. Marek arrivò con pale e vanghe, determinato a unirsi alla spedizione.

«È meglio se resti alla Villa delle Stoffe» gli disse Paul. «È troppo pericoloso.»

«Ma voglio aiutare!» ribatté l'altro, furibondo. «Due mani in più possono essere utili. Nella confusione nessuno mi chiederà chi sono.»

«La Gestapo è ovunque» tagliò corto Paul.

Marek obbedì con riluttanza, consapevole che, se qualcuno si fosse accorto che era ebreo, avrebbe messo in pericolo tutti gli abitanti della Villa delle Stoffe. Ma soffriva molto per quella situazione, soprattutto da quando Ernst von Klippstein era morto. Dopo che l'alibi di Gerti era stato confermato da tutti i residenti della villa, i poliziotti si erano scusati con la vedova e le avevano fatto le più sentite condoglianze per la morte dell'amato marito. Il cadavere era stato trasferito a Monaco, dov'era stato sepolto con tutti gli onori, come un eroe caduto per la patria. Ufficialmente la sua tragica morte era attribuita ai bombardamenti. Si disse che era stato colpito dalle schegge di una bomba mentre si trovava nel giardino di casa, ma ben presto ad Augusta si diffuse la verità: Ernst von Klippstein si era suicidato. Quando l'avevano trovato stringeva ancora in mano la pistola con cui si era sparato al petto. Marek era convinto di essere responsabile della sua morte e si sentiva in colpa. Dopo l'accaduto si era allontanato da Gerti e dal bambino e aveva smesso di entrare nel rifugio antiaereo durante i bombardamenti. Stando ad Auguste, scappava a nascondersi da qualche parte nei boschi o in campagna, perché non voleva essere un peso per nessuno.

«Non sia sciocco» l'aveva ammonito Paul in una conversazione privata. «Ha messo al mondo un bambino, è una responsabilità a cui un uomo non dovrebbe sottrarsi.»

«Non volevo farlo...» si era lamentato Marek. «Lei ci teneva tanto... Ero troppo debole, mi sono lasciato trasportare...»

«Allora ha un'occasione per dimostrarsi all'altezza delle sue scelte. Scappare non è una soluzione.»

«Non c'è soluzione per me, signor Melzer. Qualunque cosa faccia, può portare solo disgrazie...»

Preoccupato, Paul aveva chiesto a Kitty di far ragionare il suo amico. E pareva che la sorella ci fosse riuscita. Marek si era calmato, era sempre presente quando necessario, ma continuava a tenersi alla larga da Gerti e dal figlio.

La strada per Lechhausen passava davanti alla fabbrica. Anche da lontano si vedeva che i proiettili l'avevano colpita di nuovo, frantumando il capannone riparato alla bell'e meglio.

Le operazioni di spegnimento dell'incendio erano svolte principalmente dalle operaie polacche, perché da quando i capannoni erano stati distrutti erano poche le donne di Augusta che lavoravano ancora in fabbrica. Paul era stato bandito dalla propria azienda, non sapeva per quale ragione. Dopo la morte di von Klippstein, Stromberger era stato mandato al fronte e al suo posto era arrivato un altro funzionario.

«Sia felice, signor direttore» disse Hilde Haller a Paul quando si fermarono a guardare. «È meglio non avere nulla a che fare con quello che sta succedendo lì. Un giorno, quando la guerra finirà, la fabbrica di tessuti Melzer riaprirà e noi torneremo nell'edificio dell'amministrazione. Lei nell'ufficio del direttore e io nell'anticamera.»

Paul le rivolse un sorriso stanco. Ormai non ci credeva più, ma le era grato per il tentativo di confortarlo. Da quando Hilde abitava alla Villa delle Stoffe si sentiva meglio. Dormiva più tranquillo, aveva smesso di rimuginare e aveva ritrovato l'energia di un tempo. Forse anche grazie alle loro conversazioni serali, durante le quali le confidava cose di cui non poteva parlare con nessuno della famiglia. Le aveva detto della preoccupazione per il suo amato figlio e per Dodo, che era stata arruolata dalla Luftwaffe. E anche del dolore per la madre, alla quale restava poco da vivere. All'inizio era stato riluttante ad affrontare con lei problemi personali che in passato aveva rivelato solo a Marie. Ma la moglie non era più al suo fianco da tanto, lo aveva abbandonato, e Paul non vedeva perché non avrebbe dovuto aprirsi con qualcun altro, in quei tempi difficili. Soprattutto considerato che Hilde Haller aveva un modo gentile e pacato di ascoltarlo e un punto di vista sempre equilibrato.

A Lechhausen il loro aiuto fu molto gradito, dato che avevano portato pale e vanghe, essenziali per accelerare le operazioni.

Humbert si era superato nelle ultime settimane: aveva vinto le proprie paure e ora stava in fila con Hanna per passare i secchi d'acqua dal pozzo al luogo dell'incendio. Paul e Hilde aiutarono i residenti del quartiere a trasportare i feriti sull'ambulanza. Molti vigili del fuoco e paramedici erano giovani donne e adolescenti, poiché tutti gli uomini di età compresa tra i diciotto e i quarantotto anni erano stati arruolati nella Wehrmacht. Persino Paul, che aveva combattuto nella Prima guerra mondiale, trovò lo spettacolo agghiacciante. Una donna venne tirata fuori viva dalle macerie, ma aveva le gambe maciullate. Due bambini piccoli furono trovati morti. La disperazione della madre era uno strazio: aveva scavato a mani nude fra i detriti, nella speranza di salvarli. Hilde Haller la prese fra le braccia e cercò di confortarla, con le lacrime che le scorrevano lungo le guance.

Verso sera i vigili del fuoco riuscirono a domare le fiamme. Chi era rimasto senza casa trovò ospitalità dai parenti, e i volontari tornarono esausti alla Villa delle Stoffe.

Non parlarono molto. Tutti avevano nella mente le immagini dei feriti e dei morti, gli edifici distrutti e sventrati, la gente che frugava tra lc macerie fumanti in cerca di ciò che restava delle proprie cose.

«L'attacco è durato mezz'ora» disse Hanna, avvilita. «Eppure ha causato tutta questa distruzione...»

«E non sarà l'ultimo» commentò cupo Humbert.

«Prima o poi finirà» sussurrò Hilde Haller.

«Sì, quando non ci sarà più una pietra rimasta in piedi e arriverà la vittoria finale» ribatté beffardo il maggiordomo.

«*Shhh!* Silenzio!»

Hanna lo afferrò per un braccio, inorridendo alla vista di una macchina all'ingresso della Villa delle Stoffe. I privati non possedevano più automobili, ormai, quindi doveva trattarsi di un'agenzia governativa. La Gestapo? Erano venuti ad arrestare Marek?

«Sangue freddo» disse Hilde. «Forse non è niente.»

Si avvicinarono alla villa con tutta la disinvoltura di cui furono capaci. Attraversarono il cortile per posare le pale e le vanghe su un lato della casa e salirono i gradini d'ingresso. Auguste aprì la porta.

«La Gestapo, signore» sussurrò a Paul. «Sono di sopra a ficcanasare. Mi hanno chiesto d'informarli del suo ritorno.»

Paul si scambiò un'occhiata con Hilde. Era la seconda visita della Gestapo alla Villa delle Stoffe dalla morte di Ernst von Klippstein. Tre settimane prima due ufficiali in uniforme si erano presentati per sequestrare la radio di zia Elvira e convocare l'anziana in commissariato. A quanto pareva, era arrivata una denuncia anonima sull'ascolto di una stazione radiofonica nemica. Elvira aveva negato con veemenza. Alla fine, per riguardo nei confronti di Alicia Melzer, la convocazione era stata annullata, ma era stato emesso un serio ammonimento.

«Incredibile» aveva borbottato Elvira quando quelli se n'erano andati. «Ascolto la BBC ogni giorno da cinque anni e ora vogliono impedirmelo!»

Quel giorno i tre uomini si erano sparpagliati in stanze diverse della Villa delle Stoffe, per interrogarne singolarmente i residenti.

«In sala da pranzo» sussurrò Auguste, «c'è la signora Winkler insieme a un uomo con il naso lungo e le orecchie sporgenti. Nello studio c'è un tizio scheletrico con la signorina Henny. E nel salone rosso un bel ragazzo biondo con gli occhi azzurri e gli occhiali è impegnato con...»

«... mia sorella» completò Paul, perché la voce di Kitty risuonò in corridoio.

«Come le salta in mente?» la sentì indignarsi. «Mio marito si è procurato una serie di fratture durante una missione di soccorso e ha bisogno di cure costanti, mia madre è gravemente malata... Pensa che abbia tempo per girovagare nel parco a raccogliere volantini?»

«E come spiega il fatto che molti di questi scritti menzogneri e ostili siano stati trovati nell'atrio di casa sua?»

«Uno dei domestici li avrà presi per precauzione, con l'intento di bruciarli. È importante che non vengano lasciati in giro, potrebbero cadere nelle mani dei bambini.»

«La legge vieta espressamente la lettura e la distribuzione di volantini di propaganda nemica, signora Scherer!»

«Ne sono consapevole, signor ufficiale. In tal caso li brucerò con gli occhi chiusi. È soddisfatto?»

«Non serve. Li porteremo via noi e invieremo una pattuglia a ripulire il parco della Villa delle Stoffe da questa spazzatura.»

«Faccia come le è più comodo, signor ufficiale.»

La porta si aprì e un uomo biondo uscì in corridoio. I suoi occhi azzurri dietro gli occhiali dalla montatura metallica erano quelli di una persona abituata a osservare e valutare attentamente gli interlocutori.

«Signor Melzer?» disse quando riconobbe Paul. «Mi è stato detto che era a Lechhausen ad aiutare le vittime dei bombardamenti. Me ne compiaccio. In questi tempi di lotta sul fronte interno, è importante che ogni connazionale faccia la sua parte.» Lo osservò, soffermandosi sui vestiti impolverati, la manica strappata, le scarpe infangate.

«Voleva parlarmi?» chiese Paul.

L'ufficiale della Gestapo gli diede una pacca sulla spalla e si asciugò la mano.

«Si tratta degli scritti di propaganda nemica diffusi nella

zona. Devono essere distrutti immediatamente. Ne è consapevole, vero?»

Tenne lo sguardo fisso su Paul, che cercò di non rivelare nessuna emozione. Naturalmente avevano letto tutti i volantini che invocavano la resistenza contro il regime tedesco e definivano disperata la situazione militare della Wehrmacht. Impossibile stabilire se fosse la realtà o solo una pia illusione degli Alleati.

«Certo. Purtroppo l'attacco aereo ci ha impedito di farlo, mi sembrava più importante sostenere i nostri concittadini di Lechhausen.»

«Non si preoccupi, signor Melzer. Ce ne occupiamo noi. *Heil Hitler!*»

«*Heil Hitler...*» disse Paul, seccato per la facilità con cui quell'odiato saluto gli veniva alle labbra.

Pochi minuti dopo i tre ufficiali si erano riuniti nell'atrio, avevano sequestrato i volantini trovati lì e ne avevano raccolti altri nel parco. Dopodiché salirono in macchina e si avviarono verso il cancello, facendo attenzione a evitare due alberi abbattuti da una bomba.

Paul dovette aspettare il suo turno per il bagno, ormai perennemente occupato dai tanti abitanti della Villa delle Stoffe; poi si lavò, si cambiò d'abito e andò nello studio dove Kitty si era stabilita con Robert. Lisa si era unita a loro per discutere dell'improvvisa visita della Gestapo.

«È la seconda volta che vengono a curiosare» disse Lisa, preoccupata. «E sempre per inezie. Non capisco.»

«Temo che li vedremo più spesso» rispose Robert, sdraiato sul divano con il ginocchio fasciato e il piede ingessato. «Non mi piace ammetterlo, ma sembra proprio che Ernst von Klippstein usasse la sua influenza per proteggere la Villa delle Stoffe. Invece adesso è finita, siamo sulla lista nera.»

«Per fortuna non hanno visto Marek» sospirò Kitty. «Sono preoccupata per lui. Dobbiamo fare attenzione.»

«Dobbiamo preoccuparci per tutti noi» ribatté Lisa, rivolgendo alla sorella uno sguardo di rimprovero. «Sei stata tu a portare l'uovo marcio nel nido. E ora siamo nei guai.»

Kitty prese fiato per dare una risposta indignata, ma Paul la interruppe. «Abbiamo deciso insieme» disse, con fermezza. «Ci siamo presi la responsabilità di Marek e resto convinto che sia stato giusto così.»

«È tutta colpa di Gerti» borbottò Lisa. «Perché doveva sedurre quel poveretto per fare un figlio? Il fatto che abbia anche trovato rifugio qui alla Villa delle Stoffe mi manda in bestia.»

«Su questo hai perfettamente ragione» ammise Kitty. «Non capisco perché debba restare. È una ricca ereditiera e potrebbe benissimo vivere nella sua casa di lusso in Steingasse. Non è stata colpita dai bombardamenti, a differenza del nostro povero alloggio in Frauentorstrasse. Mi viene da piangere al pensiero di tutti i quadri andati in fiamme in soffitta...»

Nemmeno Paul provava molta simpatia per la storia d'amore di Gerti con Marek, ma lei era sempre corretta e non si tirava indietro quando c'era da dare una mano. Aveva messo a disposizione delle famiglie rimaste senza casa la villa sulla Steingasse, visto che non voleva più abitarci, probabilmente perché lì si era suicidato il marito.

«Se la situazione è davvero come la descrivono i volantini» disse Robert, «fra non molto la Wehrmacht sarà costretta a capitolare. Pare che gli Alleati abbiano già preso Aquisgrana.»

«E poi?» chiese Lisa, in ansia.

«Gli americani e gli inglesi ci attaccheranno da ovest e i russi da est» disse Kitty. «Povera, povera Germania.»

«Se Hitler fosse intelligente, chiederebbe un armistizio prima che sia troppo tardi» osservò Paul.

«Credi pure che la Terra sia piatta, vero?» chiese Kitty sardonica.

Tutti tacquero. Pensavano ai giovani costretti a combattere e morire in quella guerra senza senso. Johannes e Hanno, Kurt e Dodo. Due dei figli di Auguste, cresciuti con loro, avevano già perso la vita, il giardiniere Christian non mandava lettere da mesi. Soltanto Felix si era fatto sentire, dopo un lungo silenzio: si trovava in un ospedale vicino a Königsberg e non era in grado di reggere una penna. Un giovane dottore aveva inviato a Henny un breve messaggio che non suonava molto incoraggiante.

Cara signorina Bräuer,
mi dispiace informarla che il suo fidanzato, Felix Burmeister, ha subìto una gravissima ferita che gli impedisce di scrivere questa lettera di suo pugno. Le assicuro che faremo del nostro meglio per tenerlo in vita. In allegato trova una dichiarazione per il matrimonio per procura firmata da lui.
La saluto a nome del popolo, del Reich e del Führer.

G. Schleicher, medico militare

Henny si era tenuta in tasca la lettera per due giorni, prima di decidersi a mostrarla a Paul e alla madre.

«Oh, Hennylein» aveva sospirato Kitty, abbracciandola. «Ora devi solo credere che ce la farà. Gli hai scritto? Devi farlo, digli che lo stai aspettando e che lo ami. Lo aiuterà, ne sono sicura.»

«Ho intenzione di sposarlo» aveva risposto Henny con determinazione. «È questo che desidera, quindi voglio farlo.»

«Un matrimonio per procura?» disse Kitty, inorridita. «Ma Henny... mi sembra una completa idiozia! Sposalo quando torna e potrete fare una bella festa, comprare un appartamento...»

La giovane non aveva risposto alle obiezioni della madre. Si era limitata a dire: «Ho bisogno di due testimoni. Tu lo faresti, zio Paul? Se la mamma pensa che questo matrimonio sia un'idiozia, non deve venire per forza. Chiederò a Hilde Haller».

«Perché proprio a Hilde Haller?» esclamò Kitty, offesa. «Se non mi vuoi lì, chiedi almeno a tua zia Lisa, non a un'estranea!»

«È una mia decisione, mamma» replicò Henny. «Zia Lisa piangerebbe tutto il tempo, non riuscirei a sopportarlo.»

Ancora una volta Paul fu chiamato a risolvere una disputa familiare. Era un momento in cui sarebbero dovuti restare uniti, invece scoppiavano liti di continuo. Del resto vivevano insieme in uno spazio ristretto, le interruzioni nella fornitura del gas, della luce e dell'acqua erano frequenti, e anche il cibo scarseggiava, ci si alzava sempre da tavola affamati. A ciò si aggiungeva la costante paura di nuovi attacchi aerei. Tutti avevano i nervi tesi.

Tre giorni dopo Paul andò in città con Henny e Hilde per assistere alla cerimonia di matrimonio per procura. Era una piovosa giornata autunnale, il vento spogliava gli alberi e spazzava le foglie colorate sui marciapiedi. I tram non funzionavano sempre, perché la corrente si interrompeva in continuazione e in Jakobervorstadt le rotaie erano distrutte. In centro ci si poteva muovere solo a piedi. Gli edifici carbonizzati con le finestre sventrate e le montagne di macerie erano uno spettacolo desolante. La Weberhaus, sede della corporazione dei tessitori, era distrutta, il monastero della Santa Croce ridotto a un mucchio di pietre e detriti e la Maximilianstrasse traboccava di mobili rotti, stoviglie, tegole, lavandini, giocattoli e altri resti in frantumi delle abitazioni. A ogni angolo si vedevano persone frugare tra le macerie, raccogliere gli oggetti utili e allontanarsi.

«Niente male come addio al nubilato» osservò Henny con sarcasmo. Paul indossava il suo completo elegante, Hilde Haller aveva preso in prestito un vestito con un cappotto abbinato da Henny. Anche se era un matrimonio per procura, erano decisi a dare all'occasione un minimo di solennità. Come molti edifici della città, anche il municipio era stato colpito dalle bombe ed era bruciato. La cerimonia si svolse in una delle poche case ancora in piedi, in cui diverse stanze erano state allestite per eventi ufficiali.

Una scrivania e qualche sedia, uno schedario mezzo vuoto e l'immancabile ritratto di Hitler appeso al muro. Non serviva altro. Sulla scrivania c'era un faldone di pelle con il certificato di matrimonio già pronto. Un elmo d'acciaio grigio rappresentava lo sposo assente.

Un'impiegata del Comune li accolse con uno sbrigativo *Heil Hitler!* e chiese loro di sedere. Annotò i dati personali dei presenti e lesse ad alta voce un testo di cui Paul non sentì quasi nulla, perché era troppo impegnato a guardare il viso di sua nipote e avvertirne il dolore. Era assolutamente possibile che Felix Burmeister fosse già morto in quel momento, ma il matrimonio era valido con la firma della sposa sul certificato. Henny poteva diventare una vedova di guerra appena sposata.

Impugnò la penna stilografica e scrisse con cura il suo nuovo nome per la prima volta.

Henriette Burmeister, nata Bräuer.

Con questo, la faccenda era chiusa. L'impiegata si congratulò, strinse la mano ai due testimoni, disse un paio di parole sull'importanza del matrimonio e della maternità per la prosperità del popolo tedesco e concluse con l'auspicio che il Reich, sotto la guida di Adolf Hitler, arrivasse presto alla vittoria definitiva.

Henny la ringraziò in tono rigido ma educato, pagò il compenso pattuito e ripiegò il certificato di matrimonio per metterlo nella borsa.

Fuori aveva smesso di piovere e il vento sollevava nuvole di polvere dalle macerie. Un tram li superò e si fermò all'angolo per mancanza di corrente.

Paul abbracciò sua nipote. «Ti auguro tutta la fortuna del mondo, Henny» disse con affetto. «Che il cielo protegga il nostro Felix e lo riporti da noi.»

Anche Hilde Haller si congratulò con lei, poi tirò fuori una busta dalla tasca e aggiunse, con un sorriso: «Visto che purtroppo non ho dei fiori...».

La busta conteneva un biglietto su cui aveva disegnato un colorato mazzo di fiori. Era bellissimo. Hilde doveva essere una pittrice di talento e si vedeva che ci aveva lavorato a lungo, perché i fiori e le foglie erano curati in ogni dettaglio. In fondo si leggeva: *Auguri per il tuo matrimonio.*

Henny era così commossa da quel gesto che le gettò le braccia al collo. «Oh, signorina Haller» disse, scoppiando in singhiozzi. «Siamo sempre andate d'accordo, ma ora mi rendo conto che è davvero una persona speciale e meravigliosa.»

«Non esageri, signora Burmeister» sorrise l'altra.

«No, dico sul serio! Sa una cosa? Somiglia molto a mia zia Marie.»

Paul trasalì a sentir menzionare la moglie. Era da un po' che non pensava a lei, per l'esattezza da quando Hilde abitava alla Villa delle Stoffe.

27

Gennaio 1945

Era stata la vista della città a dargli la forza di sopravvivere. In estate, quando marciavano dalle baracche al posto di lavoro, alle cinque del mattino, Augusta giaceva addormentata di fronte a loro, avvolta da una leggera foschia che in genere si diradava prima che si sparpagliassero nei vari capannoni della Messerschmitt. E la sera, dopo dodici ore di lavoro, sulla via del ritorno rivedeva le case e le torri della sua città, provando un misto di nostalgia e speranza. Nonostante i danni causati dalle bombe, Augusta stava ancora in piedi, la gente camminava per le strade, viveva nelle proprie case, i bambini giocavano tra le macerie. E laggiù, a nord-est, c'era la Villa delle Stoffe, distante appena mezz'ora e tuttavia inaccessibile. Lì vivevano Lisa e Charlotte, che lo avevano perdonato e lo stavano aspettando. O almeno era ciò che voleva credere, anche se da più di due anni non poteva scrivere né ricevere lettere.

«Se fossi in te» gli aveva detto un detenuto polacco, «al prossimo attacco aereo scapperei dalla fabbrica e correrei lì. Cos'è una mezz'ora? Niente! Se volessi tornare a casa mia a piedi, dovrei camminare per settimane, o addirittura mesi.»

Sebastian doveva ammettere di averci pensato spesso, ma

alla fine gli era sempre mancato il coraggio, soprattutto perché avrebbe messo in grave pericolo sua moglie e sua figlia. Chi nascondeva in casa un evaso poteva essere mandato in un campo di concentramento. Aveva assistito a vari tentativi di fuga da parte dei suoi compagni di prigionia, la maggior parte dei quali era fallita. I soldati che li sorvegliavano aprivano il fuoco senza pietà: due poverini erano stati colpiti alla schiena ed erano morti dissanguati. Altri tre erano stati catturati e impiccati dietro le baracche. I cadaveri erano rimasti appesi alla forca improvvisata per due giorni, come monito per chiunque stesse pianificando una fuga. Sebastian non era più giovane, anzi, era uno dei più anziani, e non era mai stato un tipo atletico. Un suo tentativo di fuga era destinato a fallire.

Ora, in inverno, quando uscivano per andare a lavorare nel cuore della notte e il freddo trafiggeva la pelle come una lama, poteva soltanto immaginare la città, che giaceva silenziosa e nera ai suoi piedi. Le finestre erano oscurate per non offrire facili bersagli ai nemici. Augusta si rannicchiava come un animale spaventato che prova a mimetizzarsi nell'oscurità per diventare invisibile.

Non era sempre rimasto nel campo di Haunstetten, nel corso del tempo l'avevano spostato anche a Pfersee e Gablingen. Però era a Haunstetten durante il tremendo attacco aereo dell'anno prima, quando molti dei suoi compagni avevano cercato rifugio nella foresta e si erano ritrovati sotto una pioggia di alberi in fiamme. Lui era riuscito a raggiungere il fossato con le ultime forze, nascondendosi lì e pregando di sopravvivere. Nell'ultimo attacco la maggior parte delle bombe era caduta proprio in quel punto, ma Sebastian ne era uscito miracolosamente illeso, mentre cinquanta dei suoi compagni erano morti nella foresta.

«Hai un angelo custode» gli disse un detenuto russo. «O un patto con il diavolo... Una delle due.»

«Ho una figlia. Penso che sia lei il mio angelo custode.»

«Una figlia? Io ne ho tre a Mosca. E un'altra della mia prima moglie a Kazan... Quanti anni ha tua figlia?»

Sebastian aveva fatto i conti. Charlotte ne avrebbe compiuti sedici quell'anno. La bambina che aveva lasciato nove anni prima era ormai quasi una donna.

«Sedici? Si sarà sposata, allora!» rise il russo. «Quando tornerai a casa scoprirai di essere diventato nonno, amico.»

«Non credo...»

«Oh, succede in fretta, vedrai!»

Nel frattempo Sebastian aveva imparato le lingue. Capiva abbastanza bene il russo, il polacco e qualche parola di ungherese. Gli riusciva facile perché aveva una buona memoria, ricordava le parole e come venivano usate, chiedeva ai suoi compagni di correggerlo e presto smise di preoccuparsi di non avere una grammatica strutturata né un dizionario. Al contrario di quanto aveva sempre creduto, scoprì che si poteva imparare una lingua semplicemente ascoltando e parlando.

Quello che all'inizio era stato solo un modo per comunicare si rivelò uno strumento per migliorare la sua situazione. La lingua ufficiale del campo era il tedesco, ma dato che i lavoratori forzati venivano da tutto il mondo erano in pochi a capirlo. Oltre a cechi, polacchi, russi e ungheresi, il campo ospitava anche francesi, norvegesi e persino americani. Sebastian si rese utile facendo da interprete, all'inizio dal tedesco alla lingua straniera se un lavoratore non capiva un ordine, ma presto anche durante gli interrogatori.

Non era sempre piacevole, soprattutto quando si trattava di cattiva condotta, e lui cercava di distorcere le risposte dei compagni in modo che la facessero franca. Di solito, però, si passava alle punizioni senza troppe domande. Le guardie – chiamate *Kapo* – avevano un bastone e non si facevano scrupolo di usarlo. I Kapo erano particolarmente temuti perché si trattava di prigionieri condannati ai lavori forzati per reati penali. Erano criminali, gente senza coscienza che si faceva conoscere denunciando e punendo infrazioni vere o presunte degli altri prigionieri. Gli ebrei erano i più maltrattati.

Sebastian aveva visto morire molti compagni. Era sorpreso d'essere ancora vivo, a dire il vero, perché fisicamente era uno dei detenuti più deboli. Negli anni di prigionia, però, aveva imparato che la prestanza fisica e la giovinezza non erano garanzia di sopravvivenza per un lavoratore forzato. L'essenziale era affrontare ogni nuovo giorno con calma e senza perdere la fiducia nell'umanità. Chi coltivava pensieri di odio e vendetta nutriva il serpente letale che lo divorava dall'interno. Chi covava grandi speranze crollava nel vederle distrutte. Chi faceva del male ai compagni se lo vedeva restituire, in un modo o nell'altro. Erano proprio i giovani arrivati al campo dalla Polonia e dalla Russia negli ultimi mesi a sopportare peggio degli altri le dure condizioni di lavoro, finendo per cadere vittime di esaurimento e ammalarsi. Il più giovane di loro aveva appena quattordici anni, era poco più grande dei bambini a cui Sebastian aveva insegnato nella scuola del villaggio. Eppure avevano tutti vissuto guerre e violenze, e visto cose terrificanti. Erano stati separati dai genitori e dai fratelli, portati all'estero e costretti a vivere sotto sorveglianza, come cavalli da tiro senza alcun diritto. Sebastian cercava di aiutarli. Nonostante fosse stremato dal turno di dodici ore e dalla marcia di ritorno al campo, spesso di sera si sedeva con i più giovani a chiacchierare in russo o polacco. La gratitudine con cui accoglievano i suoi goffi tentativi non cessava mai di stupirlo. Diceva tutto ciò che gli passava per la testa. Raccontava che era un insegnante, che era stato internato come prigioniero politico e che aveva una moglie e tre figli. Non era sicuro che capissero tutto, ma a poco a poco avevano cominciato ad aprirsi. Parlavano di casa, dei giochi con gli amici, dei piatti che preparavano le loro madri. Anche se negli ultimi tempi le razioni dei lavoratori forzati erano migliorate, i giovani avevano sempre una fame terribile. Sebastian cercava di aiutarli ad affrontarla, curava le loro ferite, li ascoltava, li confortava, organizzava piccoli giochi perché non perdessero del tutto la gioia di vivere. Sentiva il bisogno di portare a termine quel compito e ne era totalmente assorbito. Era la sua vocazione, nonostante avesse finito per trascurarla. Lui era un insegnante, era nato per indirizzare i giovani e sostenerli affinché riuscissero ad affrontare al meglio il cammino della vita. Lì, in quella situazione orribile, il suo compito era diverso: doveva semplicemente aiutarli a sopravvivere.

Alcuni dei suoi compagni deridevano "l'asilo" che aveva creato. Ad altri non importava, altri ancora gli davano una mano. Lo facevano perché anche loro avevano figli o fratelli minori che non potevano aiutare. Non sapevano nemmeno se fossero vivi.

I Kapo guardavano con sospetto gli sforzi di Sebastian, che fu accusato di fomentare i giovani e suscitare disordini tra i prigionieri. Quando provò a cantare canzoni russe e polacche insieme a loro, gli fu proibito di continuare. Il canto era consentito, persino incoraggiato, ma solo se si trattava di brani tedeschi, non di "canti ebraici". Tuttavia, dopo qualche tempo la direzione del campo dovette ammettere che le attività del detenuto Sebastian Winkler erano utili per mantenere la disciplina e lo lasciarono fare.

Nonostante la stretta sorveglianza, le notizie di cui i prigionieri sarebbero dovuti restare all'oscuro continuavano a penetrare nel campo. Spesso erano i nuovi arrivati a diffonderle, inoltre fra i detenuti circolavano, in gran segreto, i volantini lanciati dagli aerei alleati. La maggior parte delle guardie non capiva né il russo né il polacco, ma bisognava comunque fare molta attenzione, per cui di certi argomenti si discuteva solo sulle brande, dopo le dieci.

«Dicono che gli americani e gli inglesi sono già entrati in Germania» sussurrò Sebastian al suo vicino di letto, che veniva da Varsavia e non capiva il testo dei volantini. «Hanno preso Strasburgo e sono entrati ad Aquisgrana. È una città tedesca.»

«Allora, forse, presto saranno qui!» bisbigliò il polacco. «Cosa faranno? Ci lasceranno andare a casa?»

«Non lo so. E poi non possiamo essere certi che sia vero. Ma è possibile...»

«Non confondermi. Dimmi come stanno le cose: vengono oppure no?»

«Penso che stiano arrivando. Ma ci vorrà ancora del tempo.»

«Perché i tedeschi si stanno difendendo, vero? Sono buoni soldati, i tedeschi. Combatteranno fino alla morte.»

«Sì, temo di sì.»

Sebastian pensò ai suoi due figli e avvertì una fitta lancinante al petto. Li aveva lasciati perché era convinto di doversi opporre al regime nazista. Che gesto inutile e ridicolo! Sarebbe stato più sensato e coraggioso restare accanto a loro e a sua moglie, anziché provare a fare l'eroe. Ma a cosa gli serviva quella consapevolezza, adesso? Non poteva tornare indietro nel tempo.

«Pavel dice che l'esercito russo è già in Germania» mormorò il polacco. «Su, dove c'è il mare. In Pomorze, hai presente?»

«Intendi la Prussia orientale? La Pomerania?»

«Esatto.»

«Scacceranno la Wehrmacht anche dalla Polonia» disse Sebastian. «E la tua patria sarà di nuovo libera.»

Ma il suo vicino di branda era meno fiducioso. «Stalin si prenderà la Polonia. Scegliere fra lui e Hitler è come scegliere fra la peste e il colera. Prego per i miei connazionali.»

Al campo, Sebastian aveva scoperto cose terribili sulle azioni della Wehrmacht in Russia e in Polonia, ma girava voce che i russi non fossero meno crudeli dei tedeschi. Pensò alla tenuta di Maydorn, dove aveva vissuto per tre anni come bibliotecario. Che ne sarebbe stato della signora von Maydorn e di Klaus von Hagemann, se fossero arrivati i russi? Cosa avrebbero fatto ai braccianti e agli abitanti dei villaggi vicini?

Anche il polacco rimase in silenzio per qualche istante, poi sussurrò: «Penso che, prima di perdere la guerra, i tedeschi ci uccideranno tutti».

Era questa la paura diffusasi nel campo. La morte era onnipresente, la si incontrava ogni giorno. Chi era arrivato lì da un campo di concentramento sapeva di essere scampato per un soffio alla morte. Non era escluso che i tedeschi li mandassero tutti a Hartheim. E ormai sapevano dei campi di sterminio che i nazisti avevano allestito nell'Est: si chiamavano Auschwitz e Treblinka, e pareva fossero peggio di Dachau e Hartheim.

«Non lo faranno» disse Sebastian, cercando di calmare il polacco. «Hanno bisogno di noi per continuare a costruire gli aerei da guerra.»

«Allora moriremo prima di tifo o di polmonite. Oppure ci lasceranno morire di fame...»

«Non pensare queste cose, non serve a niente affliggersi. Domani sorgerà di nuovo il sole e inizierà un nuovo giorno.»

Tacquero entrambi. I letti a castello erano sovraffollati, c'era sempre qualcuno che tossiva e altri con la febbre e i brividi. Il freddo e l'abbigliamento inadeguato mietevano vittime. I casi di tubercolosi non venivano riconosciuti subito e il rischio di infezione era alto, soprattutto perché erano tutti malnutriti ed esausti per il duro lavoro.

L'indomani si svegliarono poco dopo le quattro del mattino per la colazione. In due si diedero malati, altri non vennero accettati. Alle cinque cominciò la marcia dalle baracche, oltre il campo di Pfersee, fino all'impianto di produzione di Kriegshaber. Il vento sferzante soffiava fiocchi di neve sulle loro facce, insinuandosi sotto gli abiti leggeri. Bisognava continuare a muoversi, ignorare il freddo e pensare che di lì a poco ci si sarebbe scaldati lavorando nei capannoni. La struttura era in legno, costruita in fretta e furia dopo che la produzione nella sede della Messerschmitt in Inninger Strasse era stata interrotta per via dei continui attacchi aerei. Sebastian e i suoi compagni fabbricavano le ali per gli aerei da combattimento, che venivano poi verniciate e trasportate altrove. In particolare, il lavoro consisteva nel tagliare, piegare e rivettare le lamiere. Quasi tutto si faceva a mano, per mancanza di macchinari, e di conseguenza gli infortuni erano all'ordine del giorno.

A Sebastian toccava ispezionare le ali finite e segnalare eventuali difetti. Era un compito difficile: se evidenziava un problema, il responsabile veniva punito con delle percosse, ma se mancava di farlo era lui a rischiare una punizione. L'ispezione finale era eseguita da un supervisore civile, un impiegato della Messerschmitt responsabile della produzione nella sede di Augusta-Krieghaber.

Alcuni erano ragionevoli e si rendevano conto delle terribili condizioni in cui i prigionieri erano costretti a lavorare, ma erano a loro volta così sotto pressione che facevano ben poco per migliorare la situazione. A differenza dei Kapo, tuttavia, a volte scambiavano quattro chiacchiere con i lavoratori.

«Allora, amico?» chiese il supervisore, fermandosi accanto a Sebastian, che stava esaminando un'ala completata.

«Trovato difetti?»

«Per ora no, signore...»

Il supervisore era un uomo di mezza età. Aveva il camice bianco sempre macchiato, perché non esitava a dare una mano in caso di problemi.

«Tieni gli occhi aperti!» disse con un sorriso, prima di proseguire. «I sabotatori sono ovunque.»

«Qui non abbiamo sabotatori, signore» gli assicurò Sebastian.

«Non si sa mai. Prima di Natale ne hanno beccati tre alla fabbrica di tessuti...»

«Alla fabbrica di tessuti?»

«Sì, l'ex azienda tessile Melzer. Sono riusciti a manomettere tutta una serie di pannelli di controllo, proprio quando i capannoni erano appena stati riparati e la produzione era ripartita.»

«La fabbrica è stata bombardata?»

Il supervisore esitò. Non era opportuno parlare troppo a lungo con un prigioniero. Tuttavia, dato che non si vedeva nessuno dei Kapo, continuò: «Più di una volta, la fabbrica e anche la villa del direttore. Ma non è servito a niente, perché ora le consegne sono puntuali, tutto fila alla perfezione...».

Sebastian aveva smesso di ascoltare. La vista gli si oscurò, il cuore sembrò fermarsi, per un attimo gli parve di sprofondare in un abisso. La Villa delle Stoffe era stata colpita da un bombardamento!

Come aveva fatto, per tutto quel tempo, a essere così sicuro che non potesse succedere nulla a chi lo aspettava lì? Erano tutti morti? Qualcuno era riuscito a sfuggire al disastro? Lisa, che si era riconciliata con lui. Charlotte, che gli aveva scritto lettere tenere e fiduciose. Ad aprile avrebbe compiuto sedici anni. Aveva tutta la vita davanti...

Il supervisore, intanto, si era allontanato e stava continuando il giro. Incitò i lavoratori a darsi una mossa per rispettare gli obiettivi. Sebastian fissò le lamiere che aveva di fronte: all'improvviso si deformarono, divennero una bocca contorta in una risata beffarda.

Qualcosa dentro di lui si spezzò. Non aveva senso sopravvivere, se non c'era più nessuno ad aspettarlo. Tutto ciò che aveva provato a inculcare ai suoi compagni non valeva più per lui. Non gli importava vivere o morire.

Quasi non reagì quando le sirene ulularono e tutti si precipitarono all'esterno, dov'era stato scavato un fossato in cui i lavoratori forzati potevano trovare riparo dalle bombe e dai proiettili.

«Che ti prende?» gli gridò il vicino di branda polacco. «Vuoi bruciare vivo?»

Afferrò il braccio di Sebastian e lo trascinò via con sé. Nel cielo sopra di loro ruggivano bombardieri e caccia americani. Il polacco si gettò nel fossato e si coprì la testa con le mani. Sebastian rimase come intontito in mezzo ai proiettili che infuriavano tutt'intorno. L'onda d'urto lo fece rovinare a terra. Qualcosa di duro lo colpì alle gambe. Un proiettile era atterrato a pochi metri da lui, scagliando ovunque terra e sassi.

Si riscosse. Il cielo era pieno di aerei e di bombe grigie, nelle orecchie sentì gli edifici che crollavano, i vetri che si infrangevano. La macchina del supervisore esplose con uno scoppio fragoroso e prese fuoco. Sebastian si mosse come in un sogno, tra le fiamme dell'inferno. Attraversò il Wertach, scavalcò i binari ferroviari distrutti e si rese conto che in realtà il vero bersaglio era la stazione, ma il vento aveva spinto i proiettili verso ovest. Il centro della città era sotto il fuoco nemico. Vide per la prima volta le case sventrate e i cumuli di macerie, li oltrepassò in fretta, inciampò, barcollò e continuò ad avanzare. Le strade erano deserte, tutti avevano trovato riparo nei rifugi antiaerei. Superò gli edifici in fiamme, sfuggì per un soffio ai massi che crollavano dalle facciate e trovò la strada, senza sapere come né perché. Quando alzò lo sguardo, intravide in lontananza una sagoma grigia e spigolosa. Riconobbe i timpani e i camini: era il tetto della Villa delle Stoffe che spuntava fra le cime degli abeti del parco.

La villa era ancora in piedi! Forse ne era stata distrutta solo una parte. Le forze stavano per abbandonarlo. Si aggrappò a un davanzale per non cadere, ma sentì il rombo di un camion alle sue spalle. In quel momento un'altra sirena segnalò il via libera.

Il camion dei pompieri gli sfrecciò proprio accanto e solo allora realizzò che i vestiti laceri potevano tradirlo. La strada era ancora vuota. Poteva attraversarla a tutta velocità e poi farsi largo tra giardini e prati fino al parco della Villa delle Stoffe.

Doveva sapere se erano ancora vive, gli bastava. Poi sarebbe tornato al campo.

28

«Purtroppo non c'è molto altro che posso fare per lei» disse Tilly in tono sconsolato. «Si sta spegnendo lentamente.»

Kitty fissò il viso pallido e magro della donna in fin di vita, gli occhi infossati ormai chiusi da settimane. Sua madre stava per lasciarla, anzi, in realtà se n'era già andata, anche se respirava ancora. Il suo spirito, la sua forza, la personalità risoluta... Era svanito tutto. Restava un corpo debole, l'ombra della signora della Villa delle Stoffe, il ricordo sbiadito di ciò che era stata Alicia Melzer. Avvertì una fitta al petto. Si chinò ad accarezzare dolcemente la fronte di sua madre, scostandole una ciocca di capelli grigi.

«Se almeno la lasciassero morire in pace...» disse Henny, in piedi accanto a Kitty. «E invece dobbiamo portarla di continuo giù nel rifugio.»

L'attacco di mezzogiorno aveva risparmiato la zona orientale della città, probabilmente a causa del forte vento che aveva spinto verso ovest gli ordigni letali sganciati dai bombardieri. La città vecchia, invece, bruciava di nuovo, quindi il centro era stato colpito. Kitty aveva ormai perso ogni speranza di salvare qualcosa dalle macerie della sua casa.

«Non credo che tua madre si accorga di niente» disse Tilly. «È altrove. Gli organi stanno cedendo uno dopo l'altro.»

«Dobbiamo dargliene ancora?» chiese Kitty, indicando la bottiglia di vetro marrone da cui avevano aggiunto qualche goccia al tè della malata, per alleviare i suoi dolori.

«Soltanto se vi sembra irrequieta. Hanna può farle bere il tè. È la più brava, sarebbe stata un'ottima infermiera.»

«Posso farlo anch'io» si offrì Henny. «Stanotte dormo qui, così zia Elvira può riposare.»

Silenziosa ed esausta, Elvira era rimasta seduta sulla sua poltrona mentre Tilly visitava la cognata.

«Non ho bisogno di dormire tanto, alla mia età» intervenne. «Avrò modo di recuperare. Ma se vuoi restare, Henny, è un bel gesto.»

«Certo, zia. Non voglio lasciare sola la nonna proprio ora.»

Kitty non disse nulla. Soffriva in maniera indicibile per l'imminente scomparsa della madre, ma non era in grado di assistere una malata né di stare al capezzale di una moribonda. Forse ci sarebbe riuscita se si fosse trattato di un'estranea, non di sua madre, verso la quale aveva sempre nutrito il massimo rispetto. Era già abbastanza brutto vederla in quelle condizioni, così magra e rugosa. I capelli, che aveva sempre portato raccolti e in ordine, erano arruffati. E il naso... santo cielo, il naso era diventato sottile e appuntito.

«Passerà la notte, Tilly?» chiese piano.

«È possibile. Ma dovete essere preparati, non manca molto.»

Kitty annuì e mandò giù il groppo che le si era formato in gola.

«Grazie, Tilly» disse zia Elvira. «È una fortuna che ci sia tu a prenderti cura di lei. Ormai è impossibile ottenere visite a domicilio.»

Tilly sorrise. Aveva l'aria stanca. Dormiva poco perché l'ospedale traboccava di pazienti. Come se non bastasse, la parte orientale dell'edificio era gravemente danneggiata dalle bombe e alcune sale operatorie erano state spostate nel seminterrato. Il personale medico scarseggiava, perché tutti i dottori in età d'arruolamento erano in guerra. E all'improvviso il Führer si era riscoperto orgoglioso delle dottoresse che sostituivano i colleghi negli ospedali. Tutti sembravano aver dimenticato gli innumerevoli ostacoli che erano stati posti sul cammino professionale di Tilly. Ma lei non si lamentava. Ai sanitari al fronte andava anche peggio, non pochi dei suoi colleghi erano morti in missione. Aveva mostrato a Kitty una delle prime lettere di Jonathan, in cui descriveva la tragica situazione degli ufficiali medici.

... ogni sera allestiamo il nostro ospedale da campo proprio dietro la prima linea, ci sediamo con i compagni e sappiamo che alcuni di loro non saranno più con noi domani. Il fronte tedesco arretra costantemente, ma l'ordine è di combattere per ogni villaggio, ogni collina, ogni pietra. Ciò che viene conquistato oggi si perde domani, i poveri abitanti dei villaggi russi muoiono sotto i colpi della Wehrmacht e i fuggitivi vengono uccisi il giorno dopo dall'avanzata dei soldati dell'Armata rossa. Non potrebbe esistere una guerra più insensata. Ieri un collega si stava occupando di un soldato che giaceva a terra, quando un proiettile lo ha colpito alla schiena. Non abbiamo potuto fare niente per aiutarlo. I feriti vengono caricati su un camion e trasferiti in ospedale, ma sappiamo che alcuni di loro non sopravvivranno al trasporto. Per la maggior parte sono giovani, appena ventenni, avrebbero ancora una vita davanti...

«Ieri ho ricevuto una cartolina da Jonathan» disse Tilly, rivolta a Henny. «E fra tutte le tragedie a cui ha assistito, credo di poterti dare una buona notizia: è riuscito ad avere informazioni sul tuo Felix.»

Kitty vide gli occhi di sua figlia spalancarsi per la paura. Non sentiva Felix da quando si erano sposati per procura, ma naturalmente sperava che non fosse successo il peggio.

«Buone notizie?» chiese Henny, con un filo di voce.

«Diciamo che danno motivo di sperare. Scrive che l'ospedale vicino a Königsberg è stato evacuato in tempo e che Felix era tra i malati trasferiti a Stettino circa due settimane fa. Quindi è lecito ritenere che si sia ripreso.»

«Almeno era vivo fino ad allora» commentò Henny in tono piatto. «Grazie, zia. Quando scrivi allo zio Jonathan, per favore, digli che gli sono molto grata. E auguragli ogni bene...»

«Oh, Hennylein!» esclamò Kitty, incapace di trattenere l'emozione. La strinse fra le braccia. «Vedrai, ce la farà. Andrà tutto bene, tesoro. Un giorno ti ricorderai le mie parole.»

Henny si lasciò abbracciare in silenzio, ma Kitty sentì che sua figlia era assente. La ragazza non parlava con nessuno dei propri sentimenti, affrontava la sofferenza da sola. Kitty si era chiesta spesso come avrebbe potuto aiutarla se Felix non fosse tornato dalla guerra. Cosa ne sarebbe stato di lei? Avrebbe avuto bisogno di uno scopo per andare avanti. Kitty aveva una figlia piccola quando era rimasta vedova, e questo l'aveva aiutata. Ma Henny non aveva un bambino a cui badare e la fabbrica per la quale aveva lavorato duramente era andata distrutta. Decise di parlarne con Robert, suo marito aveva sempre buone idee.

«Resti a cena, Tilly?» chiese. «Liesl si è procurata un pezzo di manzo al mercato nero. Ci sarà un ottimo stufato, sai che la nostra Brunni è una maga.»

«Temo si sia fatto troppo tardi. Passo a controllare il ginocchio di Robert e poi vado via con Edgar, ve lo riporto domani mattina.»

Il bambino trascorreva le mattine alla Villa delle Stoffe perché le scuole erano chiuse a causa dei bombardamenti. Tilly lo accompagnava lì anche quando aveva il turno di notte, per non lasciarlo da solo a casa. Ormai aveva nove anni, dormiva insieme a Liesl e Annemarie nella casetta del giardiniere, con Willi acciambellato ai suoi piedi.

«Lascialo qui stanotte» disse Kitty. «È felice quando può dormire con Willi.»

Tilly inarcò le sopracciglia. Non le piaceva che suo figlio condividesse il letto con un cane, gli animali erano pieni di parassiti. E le dispiaceva che Edgar preferisse stare alla Villa delle Stoffe anziché a casa con lei.

«Domani. Ho il turno di notte. Stanotte voglio tenerlo qui con me.»

Kitty sospirò, ma ovviamente capiva. «Allora lo aiuto a prepararsi mentre tu visiti Robert» propose.

«Grazie.»

Tilly si spostò nello studio che Kitty condivideva con il marito. Per fortuna Robert stava migliorando, solo il ginocchio gli dava problemi, era ancora gonfio e dolorante. Tilly gli aveva prescritto un unguento, ma non era servito a molto. Ora stavano tentando con degli esercizi e Robert sosteneva di fare progressi ogni giorno.

«Auguste? Hanna?»

Il personale nella casa sovraffollata era una croce, non si trovava mai nessuno quando serviva. Anche Humbert non si vedeva da nessuna parte. Kitty bussò alla porta della stanza di Kurt, dove dormiva Gertrude. Silenzio. Probabilmente sua suocera era di nuovo scesa in cucina a chiacchierare di ricette con Fanny Brunnenmayer. Una cosa del genere era impensabile in passato, ai signori non sarebbe mai saltato in mente di scendere in cucina. Ma i tempi erano cambiati.

«Else? Dove siete finiti tutti?»

Una porta si aprì in fondo al corridoio e apparve sua sorella Lisa. Indossava un vestito regalatole da Auguste e un cardigan grigio che era appartenuto a Paul.

«Tilly è ancora con la mamma?» chiese a Kitty. «Cos'ha detto?»

«Ormai manca poco.»

Lisa rimase in silenzio per un attimo, poi abbracciò Kitty e scoppiò a piangere. «Proprio ora!» singhiozzò. «Deve lasciarci in questi tempi terribili...»

Kitty accarezzò i capelli di sua sorella e cercò di confortarla facendole notare che la madre aveva vissuto una vita lunga e felice.

«È facile per te parlare» si lamentò l'altra. «Tu hai Robert, a me non resterà nessuno, quando la mamma ci lascerà... Johannes e Hanno sono in guerra e Charlotte è una ragazza difficile...»

«Hai me, Lisa! E il nostro Paulemann...»

«Non è la stessa cosa, Kitty!»

Sua sorella non era cambiata affatto. Era ancora convinta che il destino si fosse accanito contro di lei e tutti gli altri se la passassero meglio.

«Sai dov'è Auguste?» chiese, sovrastando i singhiozzi di Lisa. «O Hanna? Deve preparare la valigia di Edgar, Tilly vuole portarlo a casa.»

«Come faccio a saperlo?» replicò Lisa, quasi offesa. «Saranno in cucina. A proposito, se scendi potresti chiedere a Hanna di portarmi la stoffa verde? L'ho lasciata in cantina oggi pomeriggio...»

«Va bene.»

Lisa tornò in quella che era stata la camera matrimoniale di Paul, dove ora abitavano lei e Charlotte. Si era procurata una macchina da cucire per confezionare abiti con la poca stoffa disponibile. Spesso e volentieri, quando saltava la corrente e la macchina si fermava, la si sentiva lamentarsi.

Anche l'atrio era vuoto, così Kitty decise di bussare alla porta della cucina. Batté il legno due volte, ma nessuno la sentì. Da non credere! I domestici parevano impegnati in un'accesa discussione.

«Gesù, ora che me lo dici, sì, Fanny!» sentì esclamare Else. «Ma certo, è chiaro. È sicuramente lui.»

«Attento, Marek» disse la cuoca. «Portalo sul mio letto. È mezzo congelato!»

«Ma è tutto sporco, signora Brunnenmayer!» si udì la voce di Liesl.

«Fa lo stesso. Hanna, vai a spostare le coperte. Perché stai lì imbambolata, Auguste? Prepara un tè caldo!»

«Penso che abbia bisogno di qualcosa di più forte» intervenne Gertrude. «Una genziana o un buon cognac.»

«Ottima idea, signora Bräuer!» esclamò la cuoca. «Abbiamo mezza bottiglia di kirsch nella dispensa.»

«*Bleah*, il kirsch?» fece Auguste sprezzante. «Cerchiamo di avvelenarlo, per caso?»

Cosa stavano combinando lì dentro? Kitty bussò più energicamente e all'improvviso in cucina calò il silenzio.

«Chiudi la porta della camera, Hanna» sussurrò qualcuno. «Vado ad aprire.»

Kitty sentì dei passi, dopodiché Humbert fece capolino da uno spiraglio della porta. Quando la riconobbe, aprì del tutto. Kitty notò che era molto sollevato.

«Signora, mi scusi se non sono al mio posto. È successa una cosa... Stavo giusto per venire a informarvi, non ho avuto modo...»

«Cosa diavolo sta succedendo?» sbottò Kitty con rabbia. «Ho chiamato più volte, non ha risposto nessuno!»

«Se vuole unirsi a noi in cucina...»

«In cucina? È davvero necessario?»

«Sì, signora... La prego.»

Fece un passo indietro per permetterle di entrare. Nella stanza i domestici la fissavano con trepidazione. Auguste la superò e andò ad aprire la porta della stanza della cuoca. Kitty vide Marek e Hanna in piedi accanto al letto. Quando si accorsero di lei, si fecero da parte.

«L'abbiamo trovato nel parco» disse Marek. «Era caduto in uno dei crateri delle bombe, era mezzo sommerso nell'acqua. L'ho tirato fuori...»

Kitty si avvicinò e fissò con orrore il corpo emaciato che giaceva sui cuscini. Il viso sporco di fuliggine, i vestiti strappati, sudici, i calzini che portava ai piedi pieni di buchi.

«Non lo riconosci?» sentì la voce di Gertrude alle sue spalle.

«No. Chi è?»

«Anch'io ho avuto difficoltà, ma guarda gli occhiali...»

L'uomo indossava un paio di occhiali che si era legato al collo con un pezzo di spago. Rotondi e con la montatura dorata. Dove li aveva già visti?

«È...» sussurrò Kitty. «No, non può essere lui... O sì? Sebastian?»

L'uomo sul letto di Fanny Brunnenmayer aprì gli occhi e la fissò intontito. Era proprio lui! Non c'erano dubbi, era lo sguardo sognante di suo cognato Sebastian Winkler. Il marito di Lisa era tornato.

«Kitty!» sussurrò, sorridendole. «Kitty, che piacere vederti. Sono venuto perché ero preoccupato per Lisa e Charlotte...»

Com'era arrivato lì? Lisa non aveva detto che era stato assegnato da qualche parte ai lavori forzati?

«Sebastian?» bisbigliò. «Com'è possibile? Da dove vieni?»

Lui non rispose alle domande, si limitò a sorridere beato. Kitty si chiese se fosse impazzito. Con tutte le cose terribili che doveva aver subito, non era da escludere.

«Charlotte...» sussurrò. «È viva? E Lisa?»

«Oh, sì» lo rassicurò Kitty. «Stanno bene. Non devi preoccuparti per loro.»

Sebastian chiuse gli occhi per un momento, come se stesse cercando di ricordare qualcosa, poi mormorò: «Hanno detto che la Villa delle Stoffe è stata colpita. Poi sono cadute le bombe e ho attraversato la città per venire qui... Perché non ha senso continuare a vivere se Charlotte e Lisa non mi aspettano più...».

Kitty non capiva bene cosa stesse cercando di dire. Guardò Marek, che era in piedi accanto al letto e fissava con espressione seria l'uomo denutrito.

«Penso che sia evaso da uno dei campi di lavoro forzato in città. Questo pomeriggio, durante il bombardamento.»

Kitty capì. E un istante dopo si rese conto che sarebbero di certo venuti a cercarlo. Avrebbero scoperto che era di Augusta e che abitava alla Villa delle Stoffe.

«Volevo soltanto sapere questo, nient'altro. Non voglio essere un peso» disse. «Tornerò da dove sono venuto.»

Un'altra dichiarazione folle, per come la vedeva Kitty. Chi poteva pensare di tornare volontariamente in un campo di lavoro? Solo un pazzo.

«Non può andare» disse Marek. «La fucileranno per aver tentato la fuga.»

Sebastian si mise a sedere e Kitty si accorse che aveva diverse ferite sul corpo.

«No» disse, rivolto al giardiniere. «Se torno senza dare problemi, al massimo mi puniranno.»

Marek si grattò la testa, sconcertato da tanta ingenuità. «Sono sicuro che la stiano cercando» disse, concitato. «La sorprenderanno in strada e nessuno crederà che volesse tornare indietro.»

«Starò attento.»

La mente di Kitty correva. Per l'amor del cielo! La Villa delle Stoffe era già sulla lista nera della Gestapo. Se avessero scoperto che offrivano asilo a un prigioniero evaso, non l'avrebbero passata liscia.

«Dobbiamo nasconderlo!» esclamò. «Non può restare qui. Occupatevi di lui, vado a chiamare mio fratello.»

Si precipitò fuori dalla cucina. Nell'atrio si scontrò con Tilly, che stava mettendo il cappotto per tornare a casa.

«Edgar è pronto? Si sta facendo buio, non voglio...»

«Non c'è tempo!» gridò Kitty, dandole una spinta. «È un disastro. La Gestapo sarà qui da un momento all'altro. Dov'è Paul?»

Tilly la fissò confusa, ma reagì prontamente. «Nel... nel suo studio. Che succede?»

Senza rispondere, Kitty corse su per le scale e spalancò la porta dello studio di Paul. Non era solo. Sedeva alla scrivania con Hilde Haller, immerso in una fitta conversazione. Inaccettabile. Quella donna si stava avvicinando sempre di più a suo fratello.

«Devi venire subito in cucina, Paul, per favore!» sbottò, al culmine dell'agitazione. «Dobbiamo fare qualcosa prima che arrivi la Gestapo.»

«La Gestapo? Perché la Gestapo?»

«Muoviti! Non c'è tempo.»

Paul si alzò con riluttanza. Non sembrava aver preso sul serio l'allarme e si scusò con Hilde per l'interruzione.

«Qual è il problema, Kitty?» chiese irritato, in corridoio.

«Sebastian è tornato. È evaso dal campo, staranno venendo qui a cercarlo.»

«Cosa? Dov'è?»

«In cucina. Dobbiamo nasconderlo da qualche parte.»

Sfrecciarono giù per le scale, attraversarono l'atrio e si precipitarono dall'uomo. Era arrivata anche Tilly, che voleva sapere cosa fosse successo. Hanna andò loro incontro con un fagotto di lenzuola sporche di fango e sangue.

«Mettile a mollo nella tinozza» ordinò Fanny Brunnenmayer dal suo trono. «Tira fuori le lenzuola a fiori, Auguste.»

«Dov'è?» chiese Paul alla cuoca. «Riesce a camminare? Possiamo nasconderlo in soffitta...»

«Non è necessario, signore» rispose con calma Fanny. «Marek lo ha portato nelle stalle, ha un nascondiglio sicuro lì.»

Paul si asciugò il sudore dalla fronte e disse che sarebbe stato eternamente grato a tutti loro. «Mi dispiace avervi coinvolto nei nostri affari di famiglia.»

«Siamo legati alla famiglia Melzer» rispose Humbert con grande dignità. «Le vostre preoccupazioni sono le nostre, la vostra felicità è la nostra.»

«Non so come ringraziarvi...»

«Tutti ai propri posti» disse Fanny Brunnenmayer. «E ora facciamo silenzio, sta arrivando Liesl con i bambini e il cane. Acqua in bocca, nessuno ha visto niente.»

Dopo qualche esitazione, Tilly decise che era meglio andare a casa con Edgar. Non voleva che suo figlio venisse intimidito e interrogato dalla Gestapo. Kitty e Paul salirono al primo piano per mettersi d'accordo su come comportarsi.

«Non una parola con Lisa e gli altri» disse Paul. «Meno sanno, meglio è. Parlerò con Hilde, sarà preoccupata.»

«Pensi mai a Marie?» sbottò Kitty.

«Che cosa c'entra questo?»

«Lo sai benissimo. Marie è tua moglie, e ti ama!»

«Non mi sembra il caso di discuterne ora! Preoccupiamoci dei problemi veri.»

«Fai come ti pare!»

La sera arrivò senza che succedesse nulla. Kitty non trovava pace, continuava ad andare alla finestra e scrutare nel buio, in attesa di veder comparire i fari di una macchina sul viale del parco. Non riusciva a smettere di pensare a Marek e Sebastian, nascosti lì fuori al freddo. E se non fossero andati a cercarli prima dell'indomani? Se non fossero arrivati affatto? A cena si era mostrata tranquilla, aveva parlato con Lisa e Henny di Alicia, si era informata sulla salute del piccolo Herrmann, che aveva un leggero raffreddore, e aveva chiesto a Charlotte di spiegarle come si collegano due tubi antincendio, perché la ragazza era entrata nei vigili del fuoco.

Robert fu l'unico a percepire la sua agitazione. Le posò una mano sul braccio per confortarla, e lei si sentì terribilmente in colpa perché non aveva detto nemmeno a lui di Sebastian. Suo marito era convinto che fosse l'imminente morte della madre a turbarla.

«Presto sarà finita, tesoro» le sussurrò. «Smetterà di soffrire.»

La Gestapo arrivò intorno alle due del mattino. Avevano circondato la villa e stavano già perlustrando il parco con le torce. Quando Humbert aprì la porta, lo superarono con un brusco spintone. Poi cominciò la solita procedura.

«Tutti nell'atrio!»

Sulle prime gli agenti non vollero credere che ci fosse una donna in fin di vita in casa, quindi fecero irruzione nella camera di Alicia, spalancarono gli armadi, picchiettarono il pavimento in cerca di nascondigli e controllarono persino sotto il suo letto.

Lisa era sconcertata dal fatto che potessero sospettare che il suo povero marito fosse alla Villa delle Stoffe. Non lo sentiva da oltre due anni. Per quanto ne sapeva, poteva essere morto. La villa fu setacciata palmo a palmo, i domestici vennero interrogati, Liesl e Annemarie furono chiamate dalla casetta del giardiniere. Gli agenti scavarono addirittura fra le macerie dell'ala nuova, ma, non trovando nulla nemmeno lì, furono costretti a darsi per vinti. Alla fine andarono via, non prima di aver minacciato Paul d'internarlo in un campo di prigionia, se avessero scoperto che nascondeva il cognato.

«Ci è andata bene» sospirò Kitty quando se ne furono andati. «Aspettiamo ancora un attimo prima di andare a chiamare Marek e Sebastian.»

«Sebastian?» chiese Lisa, con gli occhi sgranati. «Vuoi dire che...»

«Sì, è qui, Lisa» disse Paul, abbracciando la sorella. «Ora devi essere forte.»

«No!»

Auguste andò a prendere dell'acqua fredda, perché Lisa stava per svenire. Charlotte sarebbe voluta correre subito alle stalle, ma Paul glielo proibì. «Non puoi farlo. Potrebbero tenerci sotto controllo.»

«Ma morirà di freddo!»

«È nel nascondiglio di Marek, probabilmente hanno delle coperte. La cosa migliore è aspettare che tornino di loro iniziativa.»

Quella notte nessuno chiuse occhio. Rimasero ognuno nelle proprie stanze, mentre di sotto la luce della cucina era accesa dietro le finestre oscurate.

Verso l'alba Kitty si addormentò tra le braccia di Robert, ma la paura la tormentò anche nel sonno. Sognò sagome scure con i mantelli neri che correvano nel parco impugnando asce e abbattendo tutti gli alberi. Quando si svegliò, madida di sudore, scoprì che il marito aveva lasciato il letto e si era avviato zoppicando in corridoio, da dove provenivano le grida isteriche di Lisa.

«Come puoi farci questo? Come sei conciato? Un vagabondo cencioso...»

«Smettila d'insultare mio padre!» sbottò Charlotte. «È malato, ha bisogno di cure. Papà, vieni nella nostra stanza. Devi metterti a letto, ti porto qualcosa da mangiare.»

«Non voglio essere un peso» sentì farfugliare Sebastian.

«Non lo sei, papà. Sono così felice che tu sia tornato...»

Kitty si alzò, ancora intontita dal sonno.

E così era successo. Lisa aveva ritrovato suo marito e Charlotte suo padre. L'unica domanda era quanto sarebbe durata. La Gestapo sarebbe tornata, potevano starne certi.

Quando uscì in corridoio, Charlotte era già scomparsa nella camera da letto di Paul con Sebastian, mentre Lisa era ancora lì in piedi, in lacrime. Paul e Robert cercavano di consolarla, Gerti e Hilde Haller erano uscite dalle loro stanze e contemplavano la scena con aria preoccupata.

«Charlotte è corsa alle stalle» le riferì Robert. «Ha chiamato il padre e dal pavimento si è alzata un'asse di legno sotto la quale Marek aveva scavato una fossa rivestita di coperte. Sebastian era rimasto lì per tutto il tempo. Non aveva il coraggio di uscire, ma quando ha sentito la voce della figlia...»

«E dov'è Marek?» chiese Kitty.

«Sarà di sotto, in cucina.»

Non era lì, invece. Nemmeno Sebastian sapeva dove fosse. Il nascondiglio era troppo stretto, c'era posto per una sola persona.

29

Marzo 1945

«Disperso non significa per forza morto» disse Lilly. «Potrebbero anche averlo fatto prigioniero.»

«Certo...» rispose Dodo, senza approfondire.

Erano rimaste insieme per un nuovo incarico e condividevano una camera. Il costante pericolo a cui erano esposte e gli orrori vissuti le avevano avvicinate. Avevano cominciato a parlare delle rispettive famiglie e dei fidanzati e cercavano di darsi conforto a vicenda quando arrivavano brutte notizie. Il fidanzato di Lilly era scomparso in Romania da alcune settimane e pochi giorni prima Dodo aveva scoperto che Ditmar Wedel non era tornato da una missione in Normandia.

«Succede spesso» continuò Lilly. «E si sa che gli inglesi e gli americani trattano abbastanza bene i prigionieri di guerra.»

«Ma se è caduto nelle mani dei francesi...» sussurrò Dodo. «È un problema.»

«Non pensarci» ribatté la collega. «Non possiamo farci niente, comunque, possiamo solo sperare. Sai, penso sempre che il mio Norbert potrebbe essere arrivato in Ungheria e che sarò io a riportarlo a casa.»

«Sarebbe una bella coincidenza» disse Dodo, sorridendo.

«Può capitare. È la provvidenza. Sono convinta che Dio lo abbia salvato e che ci rivedremo dopo la guerra.»

Forse ha ragione, pensò Dodo. *Bisogna credere in qualcosa, o si impazzisce. Se non credi più in niente e non speri più in niente, perdi la testa.*

Erano di stanza a Hörsching, a ovest di Linz, con il compito di andare a prendere i soldati feriti in Ungheria. Era pericoloso, perché l'Armata rossa dominava lo spazio aereo e non esitava ad aprire il fuoco sui mezzi di soccorso tedeschi. Durante l'ultimo volo Lilly si era salvata per un pelo: i russi avevano colpito un'ala del suo Junker.

Le era stato concesso un giorno di riposo. Quella mattina sarebbe stata Dodo a volare. «In bocca al lupo, amica» le disse Lilly, mentre si infilava i pantaloni della divisa e la giacca. «Ci vediamo stasera. Ci sarà una cena speciale: salsicce, pancetta e cioccolato fondente.»

Dodo non era per niente attratta da quelle prelibatezze. Aveva da tempo lo stomaco chiuso e faceva già fatica a buttare giù il caffè di malto e il pane con la margarina a colazione.

«Torna a dormire, Lilly. Ci vediamo stasera, come sempre.»

Si abbracciarono, e Dodo sentì la sua amica stringerla forte. Non si poteva mai essere certe di rivedersi, ma ogni volta ci si salutava facendo finta di niente. *A me non succederà. Ce la posso fare. È una sciocchezza. Sarebbe ridicolo!*

Avevano rifornito tre aerei che sarebbero decollati uno dopo l'altro, poiché era più sicuro non volare in formazione. Dodo riferì all'ufficiale responsabile che era pronta e supervisionò il rifornimento. Con i BF 109 bisognava sempre assicurarsi che tutti i serbatoi fossero pieni. Se uno restava vuoto, al ritorno poteva essere fatale.

«Buon volo!» gridò il meccanico mentre chiudeva la cupola

della cabina di pilotaggio. Wilhelm era un bravo ragazzo, molto scrupoloso nei rifornimenti. Le piaceva. Dodo sorrise e accese il motore. L'elica gemette, si fermò due volte e si mise in moto solo al terzo tentativo. Rimase tranquilla, gli imprevisti erano normali, l'importante era mantenere la calma e saper improvvisare, e fino ad allora ci era sempre riuscita.

Il decollo andò bene. Fece mezzo giro intorno all'aerodromo perché il vento soffiava dalla parte sbagliata. Ormai, dopo tante missioni, conosceva il percorso alla perfezione. Diventava difficile solo in caso di maltempo o di nebbia, quando si era costretti a volare alla cieca, ma quel giorno il cielo era limpido. Da un lato era un bene, dall'altro non avrebbe scoraggiato gli aerei russi. Seguì il corso del Danubio fino a Vienna, poi continuò in direzione sud-est finché non apparve il lago di Neusiedl. L'ultimo tratto era il più complesso: era difficile orientarsi e le probabilità di essere individuata da aerei nemici aumentavano man mano che si procedeva verso est. La destinazione finale era una base aerea della Luftwaffe a Taszár, a sud del Balaton.

Non era chiaro per quanto ancora avrebbero potuto continuare con quelle missioni. Anche in Ungheria la situazione della Wehrmacht era disperata: dopo l'iniziale alleanza con Hitler, l'anno prima il Paese era passato dalla parte dei russi. A quel punto la Wehrmacht aveva occupato l'Ungheria, spingendo l'Armata rossa a fare altrettanto. Budapest era caduta a febbraio del '45, dopo un lungo assedio. Si parlava di battaglie sanguinose e azioni ignobili ai danni della popolazione civile. Un drappello di superstiti della Wehrmacht continuava a opporsi all'avanzata nemica. Hitler aveva ritirato le truppe dall'Occidente per impedire che i depositi di petrolio e carburante sul lago Balaton cadessero nelle mani dei russi ma, a giudicare dal numero di soldati feriti che portavano via in volo, anche quell'ultimo disperato tentativo era fallito. L'Armata rossa era ben equipaggiata e in notevole superiorità numerica, mentre la Wehrmacht era abbandonata a se stessa. In mancanza di carburante, i soldati erano costretti a lasciare i carri armati e avanzare a piedi, immersi nel fango fino alla cintola.

Dovremmo farla finita, pensò Dodo mentre esaminava il pannello di controllo e scrutava il cielo alla ricerca di aerei russi. *Ormai la guerra è persa, perché continuare a mandare incontro alla morte quei poverini?* I pochi uomini che riuscivano a salvare con le missioni di trasporto erano una parte infinitesimale dell'esercito. Gli altri sarebbero morti di fame nelle foreste o li avrebbero catturati i russi.

Quel giorno fu fortunata. Il BF 109 volò senza problemi, non incontrò aerei nemici e atterrò sano e salvo a destinazione. L'aeroporto militare di Taszár aveva una pista di cemento, non proprio l'ideale per il suo velivolo, che decollava e atterrava meglio sull'erba. Consapevole del problema, Dodo scese di quota con cautela. Il momento critico era quello del contatto delle ruote con il terreno, già costato un atterraggio di emergenza a diversi colleghi.

Scoprì che la aspettavano con ansia. Al suo arrivo un gruppo di persone le corse incontro. A prima vista, sembravano tutti feriti. Ultimamente si era perso ogni controllo sugli ingressi ordinati: non appena un aereo di soccorso atterrava, i soldati si precipitavano sulla pista, anche senza permesso, sgomitando e cercando disperatamente di assicurarsi un posto. Purtroppo non c'era spazio per tutti e alcuni dovevano essere riportati a terra con la forza. Quelle scene terribili tormentavano Dodo anche nei sogni.

«Stanno arrivando altri due aerei» gridò alla folla lì assiepata. «Posso portare soltanto cinque persone.»

In realtà erano già due di troppo, ma in una simile situazione di emergenza era disposta a rischiare, e finora era sempre riuscita a portare tutti i passeggeri in salvo a Hörsching.

I soldati dovettero usare il calcio dei fucili per convincere un gruppo di uomini che si erano aggrappati al carrello a mollare la presa. Dodo salì al posto di comando. Lo spazio era ridotto accanto ai due feriti schiacciati sul sedile del copilota. Dietro c'erano altri quattro soldati. Non avrebbe dovuto decollare, erano troppi a bordo, ma le mancava il coraggio di abbandonare un altro ferito.

«Stringetevi» disse, nel tono più gentile possibile. «Devo riuscire ad azionare i comandi, o volete che ci schiantiamo?»

«Siamo secchi come acciughe» scherzò uno dei giovani soldati. «Insieme pesiamo meno di tre russi con le mitragliatrici.»

Nessuno di loro aveva subìto ferite mortali, ma per il momento non potevano combattere e avevano bisogno di un ricovero in ospedale per guarire. Quanto agli altri, era impossibile trasferirli in aereo, quindi vennero lasciati morire. Il giovane accanto a Dodo aveva le mani congelate e non poteva più reggere il fucile, il compagno accanto a lui era stato colpito a un braccio e uno dei soldati seduti dietro aveva la testa fasciata. Gli altri due non riusciva a vederli. Erano tutti di buon umore e soddisfatti d'essere riusciti a salire sull'aereo. Iniziarono a scambiarsi battute volgari. Alcuni risero, altri fecero notare che erano in presenza di una signora e dovevano controllarsi.

«Non preoccupatevi» disse Dodo. «Posso farcela. E fra poco il rumore dei motori sarà così forte che non sentirete più niente.»

Era un decollo pericoloso. Doveva prendere quota subito, perché alle spalle di Vienna si ergevano le prime alture e con quel peso non sarebbe più riuscita a far alzare l'aereo. Il che significava che non poteva tenersi bassa e rischiava d'essere avvistata. Andò tutto bene fino al lago di Neusiedl, dove incrociarono uno Junker con una collega diretta a Taszár a prendere altri feriti. Poco prima di Vienna avvistarono cinque YAK-3 russi, nessuno dei quali si interessò al piccolo BF 109. Dodo sudava. Con tutto quel peso in eccesso, non sarebbe riuscita a sfruttare la maggiore velocità del suo aereo. Gli uomini erano impalliditi: si erano accorti del pericolo, ma erano sollevati nel constatare che la giovane pilota non aveva perso la calma.

Dodo atterrò con l'ultima goccia di carburante, poiché a Taszár il rifornimento era stato parziale. La gioia dei soldati, che le strinsero la mano uscendo dalla cabina, fu così commovente che lei fu davvero contenta di aver fatto quel volo.

Più tardi, quando fece rapporto al responsabile delle operazioni, si beccò una ramanzina. «È impazzita? Ha messo a rischio l'aereo e la vita di quegli uomini. Come le è saltato in mente?»

«Conosco i limiti del BF 109, non è stata una decisione avventata» disse, con aria di sfida. Con sua sorpresa, il responsabile accettò la risposta sicura e si allontanò scuotendo la testa.

Dodo trascorse la serata con Lilly, che aveva dormito fino al pomeriggio e non capiva perché l'amica non avesse toccato le salsicce, mettendosi in tasca solo un pezzo di cioccolata da mangiare più tardi.

«Diventerai troppo magra» sospirò Lilly mentre andavano a letto. «Già così sembri un maschio.»

Stanca com'era, Dodo sentì a malapena l'ammonimento prima di scivolare in un sonno profondo.

Al mattino fu svegliata da un improvviso frastuono. Lilly aveva rovesciato per sbaglio una sedia mentre si preparava per la missione.

«Non deve fare il pieno, dobbiamo andare soltanto a Berlino.»

«Ma dopo io devo tornare a Hörsching» rispose Dodo con calma.

Il resto del volo non presentò problemi, il vento si era placato e il cielo era limpido. Non incontrarono aerei nemici. Sotto di loro si estendeva una vasta pianura in cui il disegno geometrico di campi e prati era interrotto da boschi e laghi verdastri. Alla periferia della capitale, Dodo constatò che anche Berlino aveva subìto pesanti bombardamenti.

«Vede quella fattoria laggiù?» le gridò all'improvviso all'orecchio Arnold Schmidt.

Il suo braccio teso indicò un edificio di mattoni circondato da diversi annessi. Una tipica tenuta del Brandeburgo.

«E allora?» urlò lei di rimando.

«Atterri sul prato lì davanti.»

«Perché?»

«Ho una cosa da fare.»

Grandioso. Oltre ad accompagnarlo a Berlino, doveva anche effettuare fermate su richiesta, perché il signore aveva da fare.

«Non era previsto!» protestò.

«Atterri, per favore. Non avrà problemi, signorina Melzer. Saprò dimostrarle la mia gratitudine.»

Dodo non gli credeva, ma non aveva scelta. Atterrò su uno dei prati intorno alla tenuta. In ogni caso, era più sicuro lì che nella capitale.

«Eccellente» disse Schmidt dopo essere sceso dall'aereo con la sua valigetta. «Andiamo nell'edificio principale. Ho un appuntamento, nel frattempo lei può approfittarne per rifocillarsi.»

Non ne aveva bisogno, dato che non aveva fame. Lo seguì attraverso il prato umido e poi lungo un sentiero di ghiaia fino alla casa padronale, imprecando sottovoce perché si era bagnata i pantaloni e i sassolini le erano entrati nelle scarpe.

Furono accolti da una giovane domestica grassoccia con il grembiule bianco. La ragazza arrossì e fece un piccolo inchino ad Arnold Schmidt, che si rivolse a lei chiamandola "Linchen" e le fece un complimento. *È un vero donnaiolo*, pensò Dodo. *Si crede irresistibile.*

«La signora la aspetta di sopra.»

«Bene, bene. La mia giovane accompagnatrice ha bisogno di una colazione come si deve» disse in tono sbrigativo, lasciando Dodo nell'ingresso buio e avviandosi su per le scale.

Sulle prime la domestica sembrò in difficoltà, perché scomparve dietro una porta senza dirle una parola. Dodo rimase da sola nell'atrio e pensò che c'era un che di minaccioso in quella stanza, forse per via del legno scuro che ricopriva le pareti. Un vecchio cane da caccia arrivò trotterellando, la annusò e poi si allontanò per riprendere il suo posto sotto le scale.

«Se vuole seguirmi, per favore...» Un uomo anziano in completo scuro era apparso con un vassoio. La precedette su per le scale ed entrò in una stanza che evidentemente fungeva da sala da pranzo, perché era dominata da un lungo tavolo di quercia, circondato da sedie con alti schienali intagliati. La signora della tenuta doveva avere una famiglia numerosa, Dodo contò più di trenta sedie e altre sedute accostate alle pareti.

A un capo di quell'immensa tavola le fu servita una colazione che in qualsiasi altro momento l'avrebbe deliziata: pane fresco, paté, prosciutto, burro e marmellate assortite. E persino un bricco di vero caffè! Era incomprensibile: in tutta la Germania la gente moriva di fame e lì si concedevano quel ben di Dio!

«Buon appetito» disse il maggiordomo in tono cortese. «Non le farebbe male mettere su qualche chilo.»

Ciò detto, la lasciò sola con tutte quelle prelibatezze. Dodo osservò perplessa l'abbondanza che aveva di fronte, certa che il suo stomaco non sarebbe riuscito a digerirla, e masticò lentamente del pane imburrato. Poi imbottì un panino di prosciutto e paté e lo mise da parte per darlo a Lilly, più tardi. Quindi rimase seduta ad aspettare. Che affari poteva avere Arnold Schmidt in una fattoria isolata? Comunque quello non doveva essere il suo vero nome, possibile che fosse un ufficiale della Gestapo in missione segreta?

Chiunque sia, pensò, con una punta d'irritazione, *l'importante è che si dia una mossa, così posso portarlo a Berlino e sbarazzarmi di lui.*

I minuti passarono, si era fatto quasi mezzogiorno. Nessuno le prestava attenzione. Due mosche si erano posate sul paté e il sole inondava i prati fuori dalle finestre. Dodo decise di andare a controllare il suo Emil, per assicurarsi che nessuno si fosse avvicinato. Purtroppo le finestre della sala da pranzo erano rivolte a sud-ovest e da lì non vedeva l'aereo, siccome era atterrata sul lato orientale. Ma dovevano pur esserci altre finestre in quella casa.

Il corridoio era vuoto. Oltrepassò diverse porte e provò ad aprire la terza sulla destra. Si ritrovò in una stanza con un caminetto. Teste di animali dagli occhi vitrei la fissavano dalle pareti, numerose corna testimoniavano l'entusiasmo venatorio dei padroni di casa. Una delle finestre era aperta, probabilmente per arieggiare la camera. Dodo spinse il battente e scoprì con gioia che l'Emil era ancora sul prato ad attenderla. Un paio di mucche bianche e nere brucavano non lontano dall'aereo, ma si tenevano a debita distanza dal grosso uccello di metallo.

«Sei pazzo, tesoro.» Era una voce femminile. «Non hai capito che piega hanno preso le cose? Nel giro di poche settimane sarà tutto finito.»

Incuriosita, Dodo si fermò alla finestra ad ascoltare. La voce proveniva da una delle stanze al piano di sopra.

«Gli ordini sono ordini, Marga» disse una voce maschile. «Mi hanno incaricato di portare questi documenti al bunker del Führer. Sai cosa significa non farlo.»

Era l'uomo che si faceva chiamare Arnold Schmidt. Quindi Dodo aveva capito bene: era impegnato in una missione segreta. E sembrava conoscere molto bene la signora della tenuta. Era sua moglie? La sua amante?

«Allora non capisci, tesoro» insistette la donna. «Tra poche settimane la situazione cambierà. I russi entreranno a Berlino e gli Alleati non tarderanno ad arrivare. Vuoi farti catturare? Nella tua posizione? Cosa pensi che ti succederà, se trovano quelle liste?»

«Non c'è via d'uscita, Marga. Abbiamo fatto il nostro dovere e liberato l'Ungheria dagli ebrei. Le liste devono essere consegnate al Führer.»

«E per questo sarai massacrato dai russi!»

Calò il silenzio. Dodo si sentì girare la testa. L'affascinante donnaiolo era uno degli ufficiali della Gestapo accusati della persecuzione degli ebrei in Ungheria. Da lì in migliaia erano stati deportati ad Auschwitz e Theresienstadt.

Che bastardo, pensò Dodo, rabbrividendo. *Non sa che la pilota a cui si è affidato è per metà ebrea.*

«Cosa suggerisci, Marga?» chiese la voce dell'uomo.

«È molto semplice. Ti darò dei vestiti, del denaro e un indirizzo dove sarai al sicuro. Ufficialmente ti sarai schiantato e sarai bruciato vivo nell'aereo...»

«Allora dovremmo spostarlo più lontano dalla fattoria e versarci sopra della benzina. Preferibilmente stasera, così i domestici non si insospettiscono.»

«Non preoccuparti, mi fido dei miei dipendenti.»

«E cosa facciamo con la ragazza?»

«Troveremo una soluzione...»

Dodo non credeva alle sue orecchie. Era uno scherzo? L'aereo era ancora parcheggiato nel prato, le mucche brucavano nel tepore del sole primaverile. Un'immagine di quiete e pace. Di colpo sentì gli occhi vitrei degli animali sulla sua schiena e avvertì un'ondata di panico.

Troveremo una soluzione...

Via di qui, subito!

Corse fuori dalla stanza, si precipitò giù dalle scale, spalancò la pesante porta di legno e sfrecciò lungo il sentiero di ghiaia fino al prato. Doveva andarsene immediatamente. Doveva salire a bordo dell'aereo, chiudere la cabina di pilotaggio, dare un'occhiata al pannello di controllo e avviare il motore.

Riuscì a mettere in moto solo al secondo tentativo. In lontananza intravide una sagoma che agitava le braccia e la chiamava, intimandole di tornare indietro.

Non deludermi proprio ora, implorò il suo BF 109. *È per la salvezza di entrambi. Fai uno sforzo, altrimenti è finita!*

L'elica gemette e cominciò a ruotare. Dodo si avviò sul prato, si posizionò a favore di vento e accelerò solo quando sentì la coda dell'aereo sollevarsi. Le mucche scapparono terrorizzate. L'Emil sussultò e sobbalzò sulle tane che una talpa laboriosa aveva disseminato per il prato. Riuscì a sollevarsi appena in tempo per superare il bosco, poi si girò e puntò verso sud-est.

Non può essere vero, pensò Dodo mentre volava verso Lipsia. *Devo essermelo immaginato. E ho anche dimenticato il panino per Lilly. Perché mi sono fatta prendere dal panico? Ci sarà di sicuro una spiegazione ragionevole.*

Poche ore dopo atterrò a Hörsching e riferì al comandante di aver portato a termine l'incarico. Nessuno le fece domande. E nelle poche settimane in cui rimase in servizio nessuno menzionò più il passeggero Arnold Schmidt.

30

Aprile 1945

Alicia Melzer si era addormentata per sempre il 20 febbraio. Nonostante la tristezza indicibile per la perdita della madre, Paul era sollevato che se ne fosse andata in modo pacifico, nel sonno. Gli si era stretto il cuore a vederla soffrire e non era rimasto a lungo al suo capezzale, accampando le scuse più svariate per sottrarsi al proprio dovere di figlio. Doveva ammettere che sua sorella Lisa e soprattutto sua nipote Henny erano state più forti di lui. Si erano alternate a vegliare Alicia di notte, e anche Hanna e Auguste le erano state accanto fino alla fine.

«La cura dei malati è una cosa da donne» lo aveva confortato Hilde Haller quando lui le aveva confidato di sentirsi in colpa. «Hai sempre voluto il meglio per tua madre. Non avrebbe potuto desiderare un figlio migliore di te.»

Le conversazioni serali con Hilde erano diventate un appuntamento fisso. Di solito si svolgevano nella stanza di lei, perché tutte le altre erano occupate e preferivano stare da soli. Hilde viveva nella vecchia stanza di Leo, che si era sforzata di cambiare il meno possibile. Aveva spolverato il pianoforte ormai inutilizzato da anni, ma non aveva mai osato suonarlo. Evitava anche di entrare in biblioteca, poiché di solito c'era Henny. Infatti era Paul a scegliere dei libri per lei e a portarglieli.

Era successo l'inevitabile. Paul aveva vissuto come un monaco per anni, Hilde gli era stata vicina ed era innamorata di lui da tempo, così avevano ceduto alla tentazione. Si erano amati con passione travolgente, rimanendo a lungo abbracciati. Soltanto quando era tornato nella sua stanza, mentre percorreva il corridoio buio e vuoto, Paul aveva avuto la sensazione di aver fatto qualcosa di sbagliato, forse persino di tragico. Sapeva che anche Hilde era assillata dagli stessi rimorsi e aveva cercato di dissipare i suoi dubbi.

«Mia moglie mi ha lasciato, Hilde. Ha scelto di partire contro la mia volontà. E ormai sono passati nove anni...»

«Lo so» disse lei, abbassando lo sguardo. «Ma quello che stiamo facendo è ingiusto. Ti amo, Paul, però non voglio prendere il posto di un'altra donna.»

«Quando questa maledetta guerra finirà, chiederò il divorzio. Allora potremo sposarci... Se vuoi, ovviamente...»

«Oh, Paul... E come lo spiegherai ai tuoi figli?»

«Capiranno.»

Era serio, aveva davvero intenzione di fare quel passo. Anche se doveva ammettere che Marie dominava ancora i suoi pensieri. Per quanto si sforzasse di sbarazzarsi di lei, di dimenticarla, non ci riusciva: Marie tormentava i suoi sogni e i suoi desideri. A volte la pensava anche mentre era a letto con Hilde. Gli faceva male, ma si ripeteva che quell'insensata dipendenza sarebbe svanita con il tempo. In fondo erano stati insieme per una vita, quell'anno avrebbero dovuto festeggiare il trentesimo anniversario di matrimonio.

Era importante che anche gli altri familiari sapessero della sua decisione. Non tollerava il fatto che Hilde non fosse considerata un membro della famiglia, che venisse trattata in modo scortese e che non si perdesse occasione per sottolineare che non era la benvenuta alla Villa delle Stoffe. Lo aveva accennato a Lisa, che non era stata contenta della notizia, ma l'aveva accettata. D'altronde sua sorella era troppo presa dal ritorno a casa di Sebastian, che ora viveva con lei nella camera da letto matrimoniale di Paul e si era rimesso grazie alle amorevoli cure della moglie e della figlia. Aveva costruito un nascondiglio nell'armadio con l'aiuto di Humbert e dello stesso Paul, ma non erano sicuri che avrebbe superato una perquisizione. Con grande sollievo di tutti, comunque, la Gestapo non si era più vista.

Alla fine Paul scelse il funerale della madre come occasione per chiarire al resto della famiglia il suo rapporto con Hilde Haller. La cerimonia ebbe luogo nel cimitero della città, dove Alicia fu sepolta nella tomba di famiglia, di fianco al marito Johann, cui era sopravvissuta per ben ventisei anni. Nonostante il freddo e le difficoltà, erano venuti in tanti a renderle omaggio. Vecchi amici di famiglia come i Wiesler e i Manzinger, il dottor Greiner, che era stato il loro medico per anni, alcuni conoscenti di Kitty, due amiche di Lisa e molti ex dipendenti e operaie della fabbrica. Era un raduno di vecchi, donne e bambini: gli uomini erano assenti, morti, in prigione o ancora al fronte.

Durante la cerimonia Hilde era rimasta con Gerti, condividendo con lei il ruolo di estranea alla Villa delle Stoffe. Quando Paul si avvicinò alla tomba per pronunciare una preghiera e gettare un pugno di terra sulla bara, però, tenne stretta la mano di Hilde. Lei rimase al suo fianco mentre diceva addio alla madre e tutti i presenti videro la scena. Nessuno reagì. Solo sulla via del ritorno alla Villa delle Stoffe, dove era stato preparato un misero rinfresco, Paul sentì i primi commenti.

«Era sempre nell'anticamera, è normale che abbia incastrato il direttore...»

«Quindi deve aver divorziato dall'ebrea...»

«Poveri figli!»

«Che importa? Ormai sono grandi. E Leo è in America con la madre...»

«A dire il vero preferivo Marie Melzer, anche se è ebrea. Aveva tutto un altro portamento...»

«Quando Haller diventerà la moglie del direttore, anche lei avrà un portamento diverso...»

«Ah, sì? La fabbrica è un cumulo di macerie. Non ci sarà più nessun direttore. È finita, chissà cosa succederà.»

«Dopo la vittoria finale ricostruiranno tutto!»

«Che si decida ad arrivare, questa benedetta vittoria finale!»

«È vicina. Il Führer vuole schierare il suo potente esercito in Russia. E non dimenticare che abbiamo i V2!»

«Le armi miracolose. Ci salveranno.»

Paul tenne la mano di Hilde Haller per tutto il tragitto e la sentì adeguare il passo al suo. Era felice che sembrasse determinata a restargli accanto e a ignorare le malignità.

Mentre i pochi ospiti che avevano accettato l'invito mangiavano panini alla margarina e bevevano caffè di malto nella sala da pranzo della Villa delle Stoffe, la famiglia si contenne. Soltanto Henny gli si avvicinò per sussurrargli: «Spero che tu sappia cosa stai facendo, zio Paul!».

Sembrava irritata, ma lui non rispose. Lisa continuava a guardarlo con aria rassegnata, mentre Elvira lo ignorò completamente. Charlotte si era ritirata in camera per stare con suo padre, che era rimasto lì per non farsi vedere da nessuno. Probabilmente anche i domestici avevano le loro opinioni al riguardo, perché a eccezione di Fanny Brunnenmayer erano tutti presenti al cimitero. Ma c'era poco da temere da parte loro, avrebbero accettato la sua decisione come sempre, senza dire una parola.

L'unica persona che si sarebbe opposta con veemenza era Kitty. E la scenata che aveva temuto non tardò ad arrivare. Sua sorella gli si parò davanti furibonda, non appena l'ultimo ospite ebbe lasciato la Villa delle Stoffe.

«Andiamo nel mio ufficio» disse subito Paul, temendo che si mettesse a gridare in sala da pranzo, mentre Humbert sparecchiava la tavola.

«Dove ti pare!»

Ebbe a malapena il tempo di chiudersi la porta alle spalle prima che si scatenasse la tempesta. Kitty era fuori di sé.

«Come puoi fare questo a Marie? Sai benissimo perché ha dovuto lasciare Augusta. E sai anche quanto è stato difficile per lei. L'ha fatto per te, affinché potessi mantenere la tua dannata fabbrica...»

«Per favore, non urlare.»

Paul stava lottando per mantenere la calma. Kitty si era seduta sulla sua scrivania, aveva spinto via i documenti e se ne stava acquattata come un gatto pronto all'attacco.

«Urlo quanto voglio! Non ho intenzione di vederti tradire l'amore di Marie e piazzarci in casa questa... Dattilografa!»

Ora ne aveva abbastanza. Si era ripromesso di non cedere alle provocazioni, ma non aveva il diritto d'insultare Hilde.

«Ti proibisco di parlare così della donna che amo e che ho intenzione di sposare!» replicò, arrabbiato. «Marie mi ha lasciato ed è andata a cercare fortuna in America con il sostegno di un uomo che non la aiuta certo per puro altruismo. Questa è la realtà, cara Kitty. Quindi smettila di parlarmi dell'amore eterno di Marie!»

Ovviamente la sorella non capì. Si prese la testa fra le mani, si arruffò i capelli e continuò con la sua sfuriata.

«Mai avrei creduto che mio fratello potesse essere tanto meschino» gridò. «Non pensi ai tuoi figli? Cosa dirà Kurt quando lo scoprirà? E Dodo, pensi che sarà felice della nuova matrigna? Non sai che Marie aspetta con ansia di poter tornare da te? Hai perso il cervello, insieme ai sentimenti? Quella strega ti ha offuscato la mente?»

«Ti prego per l'ultima volta di non...»

«Oh, ho capito» lo interruppe con una risata beffarda. «Ti dà fastidio che Marie se la stia cavando bene e sia un'imprenditrice di successo, mentre tu hai perso la fabbrica e sei rimasto a mani vuote. È così? Sei meschino e patetico.»

Paul realizzò che era meglio non controbattere, sarebbe servito soltanto a fomentarla. «Pensa quello che vuoi, Kitty, ma ho preso una decisione e non riuscirai a farmi cambiare idea» disse con fermezza.

Si guardarono negli occhi e per un attimo fu come essere tornati bambini. Dietro la natura impulsiva di Kitty e i suoi capricci c'era una volontà di ferro che non era mai riuscito a piegare.

«Se proprio vuoi farlo» rispose, gelida, «sappi che non avrai il mio sostegno. D'ora in poi non ho più un fratello.»

Detto questo, saltò giù dalla scrivania, gli diede uno spintone e uscì dall'ufficio sbattendosi la porta alle spalle.

Paul non aveva dubbi sulla serietà di quella minaccia, e le settimane seguenti gli diedero ragione. Kitty lo ignorava completamente, non gli rivolgeva la parola e fingeva di non vederlo se si incontravano per caso. Robert aveva fatto diversi tentativi per calmare le acque, ma erano falliti. Anche Henny era taciturna. Le piaceva Hilde Haller, ma non poteva accettare che prendesse il posto di sua zia Marie. Solo Lisa era accomodante, quando capitava chiacchierava con lei, accettava il suo aiuto con il cucito e le sedeva accanto a tavola. Charlotte si teneva alla larga da Hilde Haller, ma era gentile con Gerti e a volte si prendeva cura del piccolo Herrmann.

L'inizio di marzo fu tranquillo. Ci fu soltanto un attacco aereo nella zona occidentale della città, che causò però numerose vittime. Nonostante i continui slogan sui manifesti e sui giornali, tutti avevano capito che la guerra stava per concludersi. E non sarebbe finita bene. Gli Alleati avevano preso il ponte di Remagen e attraversato il Reno, mentre a est il fronte russo avanzava inesorabile verso il confine tedesco. Inoltre, Sebastian aveva riferito storie orribili sui campi di sterminio. All'inizio nessuno aveva voluto crederci, preferendo considerarle racconti dell'orrore inventati dai prigionieri.

«Potete crederci o meno» aveva risposto lui. «Ma la gente di Hartheim lo sa benissimo, perché vedono il fumo dei forni crematori alzarsi in cielo. Quando arriveranno gli americani verrà fuori, e allora saremo tutti ritenuti responsabili di questi crimini.»

Alla fine del mese ricevettero brutte notizie. Hanno giaceva ferito in un ospedale militare vicino ad Amburgo. Johannes aveva combattuto per il Reich e per il Führer nelle Ardenne, ma il suo distaccamento era in ritirata e nelle lettere sproloquiava sulla fedeltà ai Nibelunghi e sulle morti eroiche. Lisa e Sebastian temevano il peggio per i figli. Kurt sembrava ancora illeso, era in servizio nella zona della Ruhr. E la povera Liesl aveva ricevuto la conferma che il soldato Christian Torberg era caduto in Romania.

«Lo hanno mandato in guerra con una gamba rotta» imprecò Lisa. «Come avrebbe potuto combattere? Era chiaro che sarebbe morto. Stanno sacrificando la vita dei nostri mariti e dei nostri figli per niente!»

«E andrà anche peggio» osservò Robert. «I carri armati americani raderanno al suolo Augusta quando le milizie popolari proveranno a difendere la città.»

L'operazione Volkssturm era in corso dall'ottobre dell'anno precedente per ordine del Führer. Nessun villaggio, nessuna casa, nessun centimetro di suolo tedesco doveva essere ceduto al nemico senza combattere. Tutti gli uomini abili fino all'età di sessant'anni e i ragazzi a partire dai sedici erano chiamati a erigere barricate e far saltare ponti per difendere la patria. Ad Augusta gli ordini erano stati eseguiti con scarsa convinzione. Robert aveva spiegato che il ginocchio rigido gli impediva di combattere e Paul aveva ignorato del tutto il decreto. Kitty e Lisa avevano preparato delle lenzuola bianche da appendere al tetto della Villa delle Stoffe. Nessuno voleva rischiare una "battaglia finale".

Da metà marzo gli aerei a bassa quota avevano iniziato a sorvolare Augusta e le aree circostanti, sparando a qualunque cosa si muovesse. Chi era rimasto in città non osava uscire di casa. Le sirene ululavano di continuo e tutti si precipitavano nei rifugi e pregavano di essere risparmiati. La produzione per la Messerschmitt nella fabbrica di tessuti Melzer si era fermata dopo l'ennesimo attacco. Le operaie polacche erano state trasferite, ma Paul non aveva idea di dove le avessero portate.

Soffriva più di quanto volesse ammettere per il litigio con Kitty. Non che stesse iniziando a rivalutare la propria decisione: era più risoluto che mai, come continuava a ripetere a Hilde, ma ora andava a trovarla meno spesso. Giustificava l'assenza con i numerosi impegni. Stava partecipando allo sgombero di quadri e statue dai musei cittadini e aveva messo a disposizione una stanza nei sotterranei della Villa delle Stoffe come magazzino.

Ad aprile le sorti della guerra sembravano segnate. Ogni giorno arrivavano nuove notizie, non tutte dai giornali. «La Wehrmacht ha ceduto la Ruhr, migliaia di soldati tedeschi sono stati catturati» disse Robert, che era venuto a saperlo da un suo amico. «Speriamo che Kurt sia fra loro. Gli americani trattano bene i prigionieri.»

Paul non disse nulla. La paura per Kurt gli serrava la gola. La sua ultima lettera era così piena di fiducia... E ora poteva essere morto.

Ad Augusta si respirava un'atmosfera fatalista. La gente cercava di sopravvivere, si stabiliva tra le macerie, non faceva che attendere la fine. Quando si seppe che la presa di Würzburg era costata la vita a più di mille persone, in città si tennero degli incontri segreti e un gruppo pianificò la resa pacifica. Un'azione pericolosa, dato che la legge marziale condannava a morte chiunque avesse disobbedito all'ordine di difesa della città. Il 20 aprile Norimberga cadde dopo pesanti combattimenti. La Settima armata americana era entrata a Dillingen, nella Baviera meridionale, attraversando un ponte sul Danubio. Nördlingen era stata occupata e fra non molto l'esercito americano sarebbe arrivato alle porte di Augusta. Tuttavia, il generale responsabile delle truppe era determinato a portare a termine il suo compito: la difesa della città fino all'ultimo uomo.

Quando a nord-est si iniziava già a sentire il fragore degli spari, accadde ciò che tutti i residenti della Villa delle Stoffe temevano da settimane. Una macchina si fermò sulla rotonda e ne scesero tre uomini in borghese, senza dubbio della Gestapo. Subito si diffuse il panico. Sebastian si infilò nel suo nascondiglio improvvisato, mentre Lisa e Charlotte eliminavano tutto ciò che poteva tradire la sua presenza.

«Se sono venuti a prenderlo, dovranno portare via anche me» singhiozzò Lisa.

«Ma prima dovranno passare sul nostro cadavere!» assicurò Kitty.

Con il cuore in gola e sudando freddo, si prepararono a un'altra perquisizione.

Ma stavolta gli agenti si comportarono con sorprendente educazione, attesero che Auguste aprisse la porta ed entrarono senza fretta nell'atrio. «*Heil Hitler!* Vorremmo parlare con il padrone di casa. Aspettiamo qui, grazie.»

Insospettita, Auguste salì di sopra, dove Paul era già in piedi in corridoio. Forse non erano lì per Sebastian, ma per Marek. Non lo vedevano dal giorno in cui il marito di Lisa era tornato: l'avevano arrestato e costretto a parlare? Paul realizzò che i documenti di Marek erano ancora sulla sua scrivania. Come aveva potuto essere così superficiale?

«Gli agenti vogliono parlarle, signor Melzer» disse Auguste.

«Arrivo.»

Nell'atrio fu accolto da un secco *Heil Hitler* seguito da una frase che gli fece gelare il sangue nelle vene. «Venga con noi. Vorremmo farle alcune domande.»

«A che proposito?»

«Lo scoprirà presto.»

Sotto gli sguardi attoniti dei domestici, due degli uomini della Gestapo lo affiancarono e il terzo gli si mise alle spalle per impedirgli ogni possibilità di fuga.

«Non capisco...»

«Salga in macchina!»

Si sedette sul sedile posteriore insieme a due di loro. Mentre percorrevano lentamente il viale diretti al cancello, si voltò a guardare la Villa delle Stoffe. Da una finestra, Hilde e Lisa fissavano con orrore l'automobile che si allontanava. Attraversarono il parco devastato dai crateri delle bombe, fuori dal finestrino sfilavano gli alberi con le prime foglie verdi, i cespugli in fiore e i fili d'erba che iniziavano a coprire le ferite lasciate dalla guerra. Poi l'auto svoltò in Haagstrasse. Nel Jakoberviertel passarono accanto a cumuli di macerie e facciate annerite con il cielo che si intravedeva fra le crepe. Quando si fermarono in Prinzregentenstrasse, davanti al famigerato quartier generale della Gestapo, si udirono degli spari. A sud e a nord della città erano apparsi di nuovo gli aerei dell'aeronautica americana.

Paul fu condotto in un angusto ufficio e lasciato solo ad aspettare. Passeggiò avanti e indietro nella stanza, lambiccandosi il cervello nel tentativo di capire cosa potessero avere contro di lui. Perché non avevano perquisito la Villa delle Stoffe? Era un trucco? Sarebbero tornati di notte per coglierli impreparati? Proprio quando pensava che sarebbe stato lasciato lì per la notte, la porta si aprì ed entrò un uomo anziano, in borghese. Paul l'aveva già visto: aveva assistito a una delle precedenti perquisizioni alla Villa delle Stoffe, ma era rimasto in disparte.

L'agente della Gestapo dava l'impressione di essere un burocrate diligente. Posò un fascicolo sulla scrivania e si sedette, lasciandolo in piedi.

«La faccio breve» disse. «Abbiamo appreso che lei appartiene a un gruppo di cospiratori che lavora contro il sistema di Adolf Hitler.»

Guardò attentamente Paul per verificare l'effetto delle sue parole. Sembrava esausto, ma i lineamenti erano quelli di un uomo che, nonostante la stanchezza, continuava a fare il proprio dovere con una volontà di ferro. Non sapeva che la Gestapo aveva le ore contate?

«Non capisco come sia possibile» rispose Paul. «Dev'essere una calunnia.»

«E perché qualcuno dovrebbe calunniarla?»

Non sapeva rispondere. Si udirono altri spari. Poteva essere la contraerea o un aereo nemico a bassa quota, forse entrambi. In sottofondo si sentiva distintamente l'esercito americano che si avvicinava.

L'agente della Gestapo ignorò i rumori. Mentre girava una pagina del fascicolo, sulla sua fronte si formarono piccole gocce di sudore. «Sappiamo che non ha rispettato l'ordine di erigere una barricata sul Lechbrücke.»

«È vero, ma volevo...»

«Dunque lo ammette!»

«Ma no, lasci che le spieghi...»

Il suo interlocutore rivelò altri due tratti caratteriali: l'arbitrarietà e la brutalità tipiche della Gestapo. «Le sue spiegazioni non mi interessano, Melzer!» sbraitò. «In un momento in cui il Führer ha bisogno di tutta la forza dei suoi concittadini per la vittoria finale, lei ha l'ardire di opporsi! È un farabutto, ecco cos'è. Ma stia tranquillo, avrà la punizione che merita.»

Appena finì di parlare, la porta si spalancò. Due agenti afferrarono Paul dalle braccia e lo trascinarono giù per una rampa di scale. La luce sul soffitto tremolava, la corrente andava e veniva. Un attimo dopo si ritrovò in una cella. La porta di ferro si chiuse, una chiave girò nella toppa con uno stridio e i passi si allontanarono. La pallida luce del giorno si insinuava nella stanza spoglia da una stretta apertura.

Paul era intontito, incapace di comprendere cosa gli fosse successo. Chi l'aveva tradito? E perché? Si era aspettato di tutto, ma non una denuncia così subdola.

Ti fucileranno, gli balenò nella mente. La legge marziale era chiara. L'appartenenza a un gruppo di cospiratori era punita con la pena di morte.

L'idea gli paralizzò il cervello, un panico gelido gli si insinuò nelle viscere. Non era possibile! La guerra era quasi finita, gli americani erano a pochi chilometri da Augusta, i russi stavano per entrare a Berlino. Perché sparare a sangue freddo a un uomo innocente che aveva solo cercato di salvare la propria città dalla disfatta?

Non seppe mai per quanto rimase in quello stato di torpore. Dopo un po' le gambe gli cedettero e si sedette sulla branda di ferro su cui era stesa una ruvida coperta di lana. Restò lì a lungo, ad ascoltare il battito del suo cuore e ad attendere i passi degli uomini che lo avrebbero prelevato per l'esecuzione.

Pensò a Sebastian, anche lui era stato rinchiuso in una cella del genere, maltrattato e picchiato. L'avevano tirato fuori solo grazie all'influenza della famiglia. Ma chi avrebbe potuto difendere Paul Melzer? Forse Ernst von Klippstein, ma ormai era morto. Anche Robert doveva stare attento. Chi altri sarebbe intervenuto? Lisa? Kitty? E chi le avrebbe ascoltate?

Marie! Che strano che gli fosse venuta in mente lei. Sì, Marie avrebbe lottato come una leonessa. Avrebbe trovato un modo. Lo avrebbe tirato fuori da quella situazione disperata, anche a costo di rivolgersi a Adolf Hitler in persona... Paul scosse la testa. Che sciocchezza. Aveva perso la lucidità, era ovvio. Marie lo aveva lasciato. Se ne stava al sicuro a New York, al fianco del suo Karl; la miseria degli ultimi giorni di guerra ad Augusta non la riguardava.

Le lancette del suo orologio da polso girarono lentamente, i minuti si trasformarono in ore, le ore si trascinarono... Scese la notte senza che accadesse nulla. Alla fine la stanchezza ebbe la meglio: si sdraiò sulla coperta che puzzava di disinfettante e si addormentò.

Al risveglio, fissò incredulo la luce che filtrava dalla fessura e si rese conto di aver dormito fino a tardi. Un boato penetrò nella cella e subito dopo il pavimento vibrò sotto di lui: un attacco aereo. Si alzò a sedere, si avvicinò all'apertura e si aggrappò alle sbarre.

Se avessero colpito l'edificio, sarebbe morto soffocato in quel buco. Pensò a Kurt, che poteva tornare a casa e non rivedere più suo padre; a sua sorella Kitty, con la quale aveva litigato; a Dodo, la figlia testarda e intelligente; a Leo, il musicista di talento. E a Marie, che avrebbe voluto abbracciare un'ultima volta per dirle che l'amava, l'aveva sempre amata e non avrebbe mai smesso di amarla...

Udì dei passi fuori dalla cella. Si girò a guardare la porta, sentì lo stridio della chiave e rimase perfettamente immobile. Erano venuti a prenderlo. Sarebbe finita in fretta. Ancora pochi minuti.

La porta si aprì con un debole cigolio e apparve il viso di un poliziotto. L'uomo fece un gesto con la mano. «Venga!»

Lo seguì lungo il corridoio, su per le scale, attraverso un altro corridoio tortuoso e fino a un cancello. Il poliziotto estrasse una chiave e aprì. Lui chiuse gli occhi, accecato dalla luce del giorno.

«Eccoci, signor Melzer» disse l'uomo. «Non si faccia vedere.»

Paul esitò, ma si sentì spingere e uscì barcollando nel vicolo. Quando ritrovò l'equilibrio e si voltò, il cancello era chiuso.

Per un attimo pensò che fosse un sogno, ma il gelido vento di aprile che s'insinuava sotto i vestiti gli confermò che era sveglio. Il vicolo era deserto, tuttavia era meglio non passare davanti al quartier generale della Gestapo in Prinzregentenstrasse e tornare alla Villa delle Stoffe facendo una deviazione. Percorse a passo svelto le strade strette della città, finché non vide l'acqua del Wertach luccicare al sole. Si fermò, stupito. La gente di Augusta era sul ponte con le mani in alto, sventolava bandiere bianche e gridava. I carri armati superarono rombando il ponte di pietra, scesero indisturbati sulla sponda opposta ed entrarono in città. Nessuna barricata li fermò. Le lenzuola bianche appese alle finestre svolazzavano nella fredda brezza primaverile.

Paul dovette appoggiarsi a un muro, stordito dal sollievo. Gli americani erano arrivati. La guerra era finita!

PARTE TERZA

31

Maggio 1945

Cara signora Melzer,
gli ultimi giorni sono stati pieni di esperienze incredibili, edificanti e al tempo stesso opprimenti. Solo adesso riesco a scrivere queste righe che il mio amico Leo mi ha pregato d'inviarle.
Il 28 aprile sono entrato ad Augusta con la Settima armata dell'esercito degli Stati Uniti. È stato un ingresso tranquillo, i nostri carri armati hanno abbattuto le poche barricate senza problemi. Sul campanile della basilica dei Santi Ulrico e Afra sventolava una bandiera bianca. Alcuni coraggiosi cittadini avevano contattato la nostra unità per assicurarsi che il generale responsabile non potesse eseguire l'ultimo ordine di Adolf Hitler. Abbiamo attraversato il ponte sul Wertach e percorso Karolinenstrasse fino al municipio.
Qui il racconto si complica, perché il sollievo e l'orgoglio per la facile conquista si mescolano all'orrore per ciò che è accaduto alla mia città natale. Ero preparato, in parte. Augusta non era la prima città tedesca distrutta che vedevo e pensavo davvero che i tedeschi meritassero quella distruzione. Tuttavia, mentirei se non ammettessi che mi si è stretto il cuore alla vista dei tanti edifici in rovina. I monasteri, il conservatorio, il municipio, la Fuggerei e molti altri luoghi che hanno accompagnato la mia

infanzia. Avevo tanti bei ricordi in quelle strade, non da ultimo le ore trascorse insieme a lei e a Leo nel piccolo atelier di Karolinenstrasse. Ora il centro è un cumulo di macerie, e anche le periferie – in particolare dove si trovavano la MAN *e lo stabilimento della Messerschmitt – sono state duramente colpite. Lechhausen è stata bombardata più volte e la fabbrica di suo marito ha subìto gravi danni.*

Ma ho anche belle notizie. Poco dopo il mio arrivo sono riuscito a contattare sua cognata Kitty, per questo posso dirle che la casa è stata danneggiata, ma la struttura principale è ancora in piedi. Le sue due cognate, le sue nipoti Henny e Charlotte e suo marito stanno bene, così come suo cognato Robert e il marito di sua sorella Lisa, che ha bisogno di cure ma si sta riprendendo. I domestici sono tutti vivi, tranne il giardiniere Christian. Suo figlio Kurt è stato fatto prigioniero dall'esercito americano, come anche i suoi nipoti Hanno e Johannes. Purtroppo non si sa dove si trovi sua figlia Dodo, che ha servito come pilota nella Luftwaffe.

Allego una lettera di sua cognata Kitty che mi è stata consegnata tramite la dottoressa Tilly. Senza dubbio saprà raccontarle tutto meglio di quanto possa fare io. Leo è con la Terza armata e ora si trova a Kassel, ma chiederà il permesso di recarsi ad Augusta in licenza per fare visita alla famiglia. Spero d'incontrarlo qui, ma non so se sarà possibile, perché presto la mia unità dovrà lasciare la città.

La saluto dalla Germania liberata.

Con amicizia.

Walter Ginsberg

Marie lesse la lettera di Walter fra le lacrime. Da settimane era in uno stato di febbrile eccitazione, in bilico tra paura e speranza.

Alla fine di aprile il «New York Times» aveva scritto *I ribelli di Augusta cedono la città.*

Non era però riuscita a scoprire altro, perché Leo non era con l'unità entrata ad Augusta. Il 9 maggio i giornali di New York titolavano in prima pagina: *I nazisti si arrendono. Annunciata la resa agli Alleati e alla Russia.*

La guerra in Europa era finita, il governo nazista caduto. Marie aveva riposto il giornale in un cassetto, decisa a conservarlo per il futuro. Il primo passo era stato fatto, adesso sentiva la sua patria più vicina.

Nonostante gli avvertimenti del presidente Truman, fermo nel ricordare che il Giappone non si era ancora arreso e la guerra per l'America non era finita, a Times Square e sulla Fifth Avenue erano esplose celebrazioni entusiastiche per la vittoria. Anche fra sconosciuti ci si abbracciava in un impeto di gioia, si marciava insieme e si lanciavano coriandoli per le strade, fino a tarda sera. Marie era andata a Times Square con Karl Friedländer, ma la loro gioia per la fine della guerra in Europa era più contenuta. Si erano fermati pochi minuti a guardare gli americani festeggiare, prima d'infilarsi in un ristorante e parlare con apprensione del futuro della Germania e della famiglia di Marie.

«Non mi faccio illusioni, Karl» aveva detto lei. «Mentre ero al sicuro a New York, Augusta è stata bombardata, forse hanno colpito anche la Villa delle Stoffe. Mio figlio Kurt e i miei nipoti hanno combattuto nella Wehrmacht. Sono felice che il regime nazista sia caduto, ma mi aspetto cattive notizie.»

«Ti penti di aver lasciato la Germania?» le aveva chiesto lui.

Marie ci aveva pensato spesso, il rimpianto d'aver abbandonato la sua famiglia le era costato numerose notti insonni.

«Sì» rispose, in un sussurro. «Sono stata una traditrice e una codarda. E non ho fatto un favore a nessuno. Né ai miei figli, né a mio marito. Sarei dovuta restare.»

Lui scosse la testa. Negli ultimi mesi di guerra si erano riavvicinati. Karl rispettava il confine che la donna aveva stabilito, ma aveva deciso d'esserle amico. Ed era una persona attenta e comprensiva, con la quale Marie sapeva di potersi confidare.

«Hai visto le fotografie di Auschwitz e Theresienstadt sui giornali, vero?» disse. «Come puoi sostenere che sarebbe stato meglio per te rimanere ad Augusta?»

«Sono sposata con un ariano, Karl. Non mi avrebbero fatto niente.»

«Non è vero, Marie» insistette, con rabbia. «Lo sai che non è vero. Hai fatto la cosa giusta, non hai motivo di sentirti in colpa.»

«Non posso farne a meno. Sarei dovuta restare al fianco di mio marito...»

«Credi che a tuo marito sarebbe piaciuto se ti avessero rinchiusa in un campo di concentramento?»

Marie non rispose, ma sentiva che avrebbe dovuto pagare per la sicurezza di cui aveva goduto mentre la Germania era sotto le bombe. Forse sarebbe stata punita con la notizia della morte dei suoi cari.

Poi era arrivata la lettera di Walter a liberarla da quella paura. La sua famiglia era sopravvissuta al bombardamento. Kurt non era morto né era stato catturato dai russi, e lo stesso valeva per Hanno e Johannes. Non era una bella notizia, ma almeno le dava la speranza di rivederli. E la lettera di Kitty, piena di entusiasmo e affetto. Le riferiva che Henny si era sposata e che suo marito Felix, gravemente ferito, era in via di guarigione, con buone prospettive di tornare presto dalla prigionia.

... tutti qui alla Villa delle Stoffe sono felici e sollevati che la guerra sia finita e che i continui bombardamenti abbiano smesso di renderci la vita un inferno. D'altra parte, la città brulica di soldati americani, e non tutti sono amichevoli: hanno l'ordine di evitare qualsiasi contatto con noi. È proibito fraternizzare con il nemico, pare. Perché gli occupanti non devono dimenticare che noi tedeschi siamo nazisti cattivi e le donne, in particolare, non hanno altro obiettivo che sedurre una povera recluta per poi pugnalarla alle spalle nel letto. Molti soldati americani sembrano credere a queste storie, però sono gentili con i bambini, regalano cioccolata e gomme da masticare, e quando vanno fuori dalla mensa con i secchi di latta permettono loro di frugare nella spazzatura in cerca di avanzi. Di recente Annemarie è tornata a casa con un'arancia, dicendo che era talmente dura e amara da risultare immangiabile: la poverina non aveva mai visto un'arancia e non sapeva che bisogna sbucciarla...

Non è chiaro cosa ne sarà di noi. Il governo militare americano ha preso il comando ad Augusta. Ci sono stati i primi licenziamenti nell'amministrazione cittadina (grazie al cielo!), e ne seguiranno altri. Dobbiamo rispettare il coprifuoco: dopo le sei nessuno può uscire di casa ed è vietato lasciare la città senza un permesso speciale. In realtà molti non hanno una vera casa, vivono tra le rovine, circondati da pareti e soffitti pericolanti, per metà all'aperto. Diversi appartamenti ancora intatti sono stati confiscati dalle forze occupanti e gli inquilini tedeschi sono costretti ad arrangiarsi. Augusta è piena di gente ammassata in spazi ristretti, a cui si aggiungono quelli che tornano dalla guerra, i lavoratori forzati che gli americani chiamano "displaced persons" e un gran numero di profughi dell'Est che devono trovare un posto dove stare. Scuole e edifici pubblici – i pochi ancora in piedi – sono stati adibiti a ospedali o accampamenti, e

tutti cercano qualcosa da recuperare tra le macerie. Una casseruola, un piatto, posate, un tubo per la stufa, una rete per il letto, un materasso... Non puoi immaginare quanto all'improvviso diventi fondamentale un oggetto semplice come una tazza o un cucchiaio, quando non si ha più niente. Una famiglia di rifugiati molto rispettabile è andata a vivere con Riecke e il piccolo, la aiuta con il vivaio. Walter ti ha scritto che anche i poveri Maxl e Fritz sono morti? Per fortuna Hansl è tornato sano e salvo, e si è trasferito con la sorellastra Liesl e Annemarie nella casetta del giardiniere. La povera Liesl ne è molto felice, perché le manca tanto il suo Christian e quella casa è piena di ricordi di lui. Non abbiamo scelta, bisogna continuare a vivere, e lo farà anche Liesl, se non altro per il bene della figlia. Non sarà facile nemmeno per noi, ma ora abbiamo una speranza.
In tutto questo disastro, una delle fabbriche tessili di Augusta ha ripreso a produrre con il permesso del governo militare! Ciò significa che vogliono aiutarci a ripartire: è da qui che dobbiamo iniziare, Marie. Henny è determinata a riavviare la fabbrica. E quando tornerai dall'esilio americano, lavoreremo insieme per riaprirla. Lo spero davvero.
Avrei ancora tantissimo da raccontarti, ma ho riempito il foglio e non mi resta spazio.
Alla prossima lettera, mia cara Marie.
Ti saluto e ti abbraccio con affetto.

Tua Kitty

Marie aveva letto la lettera con grande partecipazione, avvertendo una stretta al petto. Perché Kitty non scriveva niente di Paul? Non toccava a lui far ripartire la fabbrica? Perché non lo menzionava affatto? Era malato? Il suo cuore, indebolito dalla miocardite, aveva ceduto? Si trovava in ospedale? Oppure c'erano altre brutte notizie che non aveva avuto il coraggio di darle?

Trascorse il fine settimana oscillando fra speranza e terrore. Scrisse diverse lettere, ma le stracciò e decise d'aspettare qualche giorno prima di rispondere a sua cognata.

Il lunedì andò come al solito in atelier, felice di potersi distrarre con il lavoro. Nonostante tutte le difficoltà causate dalla lite con Karl Friedländer e dal suo internamento, l'attività era rimasta in piedi grazie a un nutrito gruppo di clienti affezionate. I newyorkesi erano diventati più sensibili al dramma degli ebrei tedeschi dopo aver visto le fotografie dei campi di concentramento pubblicate sui giornali, e ciò aveva spinto altre clienti, che all'inizio avevano evitato l'atelier di Marie, a bussare alla sua porta.

Lì la gente tendeva a dire quello che pensava.

«Oh, signora Melzer. Ho letto cos'hanno fatto i nazisti agli ebrei! Lei è ebrea, vero? Mi dispiace tanto per lei e per la sua famiglia!»

Altri erano più pratici: «Anche se è una nazista, non importa. I suoi vestiti sono i migliori di tutta New York, è per questo che sono qui».

Marie era un'imprenditrice. Accettava l'ignoranza delle clienti e solo di rado cercava di spiegare più nel dettaglio cos'era accaduto in Europa. Alla maggior parte di loro, comunque, non importava: apprezzavano la signora Melzer per l'originalità e la qualità sartoriale delle sue creazioni.

«Continuo a sostenere che dovresti aprire altre filiali» le aveva suggerito Karl Friedländer qualche tempo prima. Lei aveva rifiutato, adducendo le vecchie argomentazioni. Non poteva farsi in quattro, e un atelier che portava il suo nome non avrebbe potuto vendere i disegni di una dipendente. Inoltre, le piaceva lavorare a diretto contatto con le clienti, non le interessava solo gestire negozi e guadagnare.

Non aveva menzionato però il vero motivo: Marie non vedeva il suo futuro a New York. Quella città era stata un rifugio, lì aveva lottato e sofferto, aveva conosciuto gioie e dolori, ma senza mai considerarla casa.

Aveva appuntamento a cena con Karl Friedländer in un piccolo ristorante del Greenwich Village che amavano particolarmente, perché ci si poteva sedere all'aperto. Il cuoco era di origini italiane, ma si era adattato alle abitudini alimentari americane e, oltre alla pizza e alla pasta, preparava anche succose bistecche, per la gioia di Karl.

«Non capirò mai come si possa mangiare un pezzo di carne così al sangue» commentò Marie, accigliandosi.

L'uomo si limitò a sorridere e continuò a masticare. La battuta non era nuova, ma Marie non si stancava mai di stuzzicarlo, mentre lui si divertiva a prenderla in giro per la sua passione per gli spätzle, praticamente introvabili a New York.

«Hai l'aria di avere delle novità» disse Karl.

«Hai indovinato. Mi ha scritto Walter. E anche Kitty...»

Karl l'ascoltò attento e annuì con espressione compassionevole quando gli riferì della distruzione del centro di Augusta. Anche lui conservava molti bei ricordi dei vicoli tortuosi e delle vecchie case che ora dovevano essere completamente distrutti. «Forse si sarebbero potuti risparmiare gli ultimi bombardamenti ai danni dei civili» osservò. «Avevamo già la vittoria in pugno.»

«Non saprei» rispose Marie. «A Norimberga gli scontri sono andati avanti per giorni, la Wehrmacht non si è arresa nemmeno di fronte alla sconfitta.»

«Comunque sia, ora è finita e non devi più temere per la vita di tuo figlio.»

«Ho due figli, Karl» gli fece notare Marie con un sorriso triste.

Lui tagliò l'ultimo pezzo di carne e disse che gli americani avrebbero rilasciato Kurt di lì a poco.

«Potrebbe anche venire a studiare negli Stati Uniti» suggerì. «Sarebbe possibile...»

Karl la fissò insospettito e bevve un po' di birra, mentre lei sorseggiava del vino con i cubetti di ghiaccio.

«Gli piacciono le materie tecniche, a quanto ricordo. Era appassionato di macchine da corsa, vero?»

«Non lo so, Karl» rispose distrattamente. «Non ho contatti con lui da anni.»

«Scusami.»

Tacquero per qualche minuto. Continuarono a bere in silenzio, mentre guardavano i cespugli fioriti e le persone che passeggiavano godendosi la serata mite. I clienti ai tavoli intorno parlavano ad alta voce, i bambini correvano allegri, un cane aveva rubato un pezzo di pizza e faceva la guardia al suo bottino ringhiando.

Alla fine Karl pronunciò la domanda che aveva sulla punta della lingua da tutta la sera. «Hai intenzione di tornare in Germania, vero?»

«Sì.»

«Allora faresti meglio a prenderti del tempo. Ora è presto.»

«Voglio partire il prima possibile.»

Si guardarono negli occhi. Lui la conosceva troppo bene per non essere preoccupato. «Fatti consigliare da Leo. Una visita in Germania va pianificata. Non ci saranno alberghi dove alloggiare.»

«È probabile. Ma non torno per una visita, vado lì per restare.»

Ecco, l'aveva detto. Karl agitò le braccia, fuori di sé, accusandola di aver perso il senno. «E cosa vorresti fare? Credi che ti accoglieranno a braccia aperte, dopo tutto questo tempo?»

«Non sono un'ingenua» ribatté lei, irritata. «Mi è chiaro che niente sarà più come prima, ma ho intenzione di tornare e ricominciare da zero. Sono determinata.»

«E pensi che ti abbiano aspettata, vero?»

«Kitty sì, di sicuro. Ed è già abbastanza.»

Lui esitò un attimo, per paura di esagerare, ma alla fine si decise. «E tuo marito?»

La domanda fu una pugnalata, ma Marie si comportò come se nulla fosse. «Mio marito cosa?»

«Ti ha scritto?»

«Mi ha scritto Kitty.»

«Lui no, quindi. Non lo trovi preoccupante?»

«Le tue domande sono molto indelicate. Hai ragione, Paul non mi ha scritto e Kitty non l'ha menzionato. Sono in ansia per la sua salute.»

Karl parve colpito e si fermò a scrutarla con attenzione. Poi alzò le sopracciglia e le fece la domanda fatale: «E non potrebbe esserci un'altra spiegazione per il suo silenzio?».

«Non capisco cosa intendi.»

«Hai capito molto bene, Marie. Perdonami se distruggo le tue illusioni, ma sono un uomo e penso da uomo. Tu e Paul siete separati da nove anni, trovi così impensabile che possa essersi guardato intorno?»

La vista di Marie si annebbiò. Perché non aveva preso in considerazione quell'eventualità?

Come poteva aver creduto che il suo Paul l'avrebbe aspettata e le sarebbe rimasto fedele per tutti quegli anni? Soprattutto dal momento che non avevano avuto alcun contatto negli ultimi cinque.

«Mi dispiace. Ma dovevo avvertirti, te lo devo. Comunque è possibile che mi sbagli.»

«Sì» disse lei con un filo di voce. «Hai ragione. Grazie per la tua franchezza.»

Quella sera scrisse una lunga lettera a Kitty e la indirizzò a Walter perché la consegnasse alla Villa delle Stoffe. Non aggiunse le righe che avrebbe voluto inviare a Paul.

32

Giugno 1945

«Perché papà non torna?»

Liesl fece un sospiro profondo. La certezza della morte di Christian in Romania le pesava sul cuore. Notte dopo notte, restava sveglia a piangere, a immaginarlo sanguinante nel fango o che si contorceva per il dolore chiamando il suo nome. Perché gli era toccato morire tutto solo, lontano da casa, senza nessuno che lo aiutasse, senza una parola d'amore? Faceva comunque del proprio meglio per nascondere il dolore, non voleva intristire sua figlia.

«Papà non torna perché è rimasto in guerra» spiegò in tono dolce.

«Ma mi ha promesso che sarebbe tornato!»

Annemarie era una bambina tenace. Liesl rispondeva a domande come quelle da giorni, ma la piccola non si dava per vinta.

«Non lo sapeva. Altrimenti non te l'avrebbe promesso.»

«Ma diceva sempre che non si fanno promesse, se non le si può mantenere!» protestò la bambina, pestando i piedi per terra.

Fanny Brunnenmayer, accortasi che Liesl era sull'orlo delle lacrime, decise d'intervenire. «Lascia che tua madre sbucci le patate in santa pace e vieni da me, Annemarie!» ordinò. «E nella mia cucina non si pestano i piedi!»

La piccola fece una smorfia, ma obbedì senza protestare. La timidezza di un tempo era svanita, aveva cominciato a rispondere male e a volte era così sfacciata che Liesl era stata costretta a tirarle un paio di ceffoni. Non le piaceva, ma non sapeva cos'altro fare quando strillava e faceva i capricci. E naturalmente sua madre non aveva mancato di osservare, in tono maligno: «Ecco i risultati della tua educazione permissiva!».

Fanny Brunnenmayer ordinò alla bambina di prendere una sedia e mettersi vicino a lei.

«Non credi che tuo padre avrebbe voluto tornare da te?» chiese, con aria di rimprovero.

Annemarie fissò la cuoca e annuì lentamente.

«Ma non può tornare. Proprio come il padre della tua amica Karla. Ci saranno altri bambini nella tua classe con i padri rimasti in guerra, giusto?»

Lei rifletté per un attimo, poi rispose: «Soltanto Karla e Steffi. Gli altri non lo so, perché non abbiamo una scuola».

Nella scuola della Roten Tor era stato allestito un campo profughi. Anche gli istituti superiori erano chiusi. Stava al governo militare americano insediatosi ad Augusta decidere quando i bambini sarebbero tornati in classe.

«Ecco, hai visto? Tuo padre non è l'unico» disse Fanny Brunnenmayer, continuando nei suoi tentativi di rabbonire la piccola.

Forse aveva funzionato, Annemarie sembrava più tranquilla. Osservò la mamma sbucciare le patate con movimenti rapidi. Le bucce sottili venivano poi bollite e usate come fertilizzante per l'orto che Hanna e Hansl avevano realizzato nel parco.

«Papà non tornerà perché è morto!» esclamò Annemarie all'improvviso, guardando Fanny Brunnenmayer con aria di sfida.

Liesl e la cuoca si scambiarono un'occhiata sorpresa. I domestici avevano fatto del loro meglio per nasconderle quella terribile verità, ma sembrava che la bambina avesse capito. «È così, vero?» chiese.

«Sì, Annemarie» disse Liesl angosciata. «Purtroppo è vero.»

A quel punto successe qualcosa d'inaspettato: la piccola saltò giù dalla sedia e corse ad abbracciare forte la madre. «Non devi essere triste, mamma» disse, singhiozzando. «Tu hai me.»

Fanny le guardò abbracciarsi fra le lacrime, poi si chinò a fatica per recuperare dal pavimento la bacinella di latta con le bucce di patate e il coltello che Liesl aveva fatto cadere per stringere sua figlia tra le braccia. Forse era un bene che potessero finalmente piangere insieme: non guariva il dolore, ma aiutava a sopportarlo. Era un processo naturale.

«Che succede?» tuonò Auguste, di ritorno dalle compere con Else. «Cos'avete fatto alla bambina?»

«Niente» la rassicurò la cuoca. «Ora sa la verità, ed è la cosa migliore.»

«Gesù, povera piccola» sospirò Else, lasciandosi cadere su una sedia. «Che una bambina debba, voglio dire...»

«Attenta!» la interruppe Auguste. «Willi ha infilato il muso nel cesto!»

Entrambe si precipitarono a salvare dalle fauci del cane la spesa faticosamente conquistata. "Conquistata" era la parola giusta, perché ormai le code per procurarsi il cibo erano infinite, si otteneva qualcosa solo con la tessera annonaria. Ognuno aveva diritto a una certa quantità al giorno di carne, burro, farina e sapone. Era tutto segnato sulla scheda, in minuscole sezioni che venivano tagliate a ogni acquisto. Ma si doveva comunque pagare e i prezzi continuavano ad aumentare.

«Cos'avete trovato di bello oggi?» chiese Liesl, asciugandosi gli occhi con un lembo del grembiule. Annemarie era strisciata sotto il tavolo con Willi: non voleva piangere davanti a Else e a sua nonna.

«Patate raggrinzite, tre mazzi di cipolle con i germogli, un pezzo di carne da stufato pieno di nervi – probabilmente di una vecchia mucca – e tre panini.»

«Niente dadi per il brodo?»

«Sì» disse Else, tirandone fuori dal cesto ben otto, con aria trionfante. «E anche un pacchetto di zucchero e due di surrogato di caffè. Ho fatto una fila di mezz'ora.»

«Burro e caffè?» chiese la cuoca.

«Niente» borbottò Auguste, posando sul tavolo davanti a Fanny Brunnenmayer il pezzo di carne avvolto nella carta di giornale. «Al mercato nero vogliono cinquanta marchi e tre cucchiai d'argento per mezzo chilo di burro. E il caffè non ha prezzo. Forse potremmo averne una libbra in cambio dei gioielli del matrimonio della signora Melzer.»

Fanny non rispose, ma si ripromise di fare quattro chiacchiere con Henny. La ragazza era sveglia e una volta era già riuscita ad accaparrarsi mezzo chilo di caffè e burro.

«Il mercato nero non fa per me» disse Else. «Ti ricordi come hanno perquisito quei due poveracci che si erano messi un pacchetto di zucchero e il burro sotto le giacche, Auguste? È uno scandalo. Intanto i soldati americani hanno da mangiare in abbondanza, si permettono persino di buttare il pane bianco nella spazzatura. E noi moriamo di fame!»

La cuoca scrollò le spalle e disse che anche dopo la Prima guerra mondiale avevano sofferto la fame, ma allora non erano cadute le bombe e non esistevano nemmeno i campi come Dachau e Hartheim.

«Certo» ammise Auguste. «Ma il povero signor Winkler è stato a Dachau e ora muore di fame come noi.»

Nel frattempo Liesl si era rimessa al lavoro. La cuoca esaminò la carne con occhio critico e iniziò a tagliarla a pezzi. Ora che le bocche da sfamare alla Villa delle Stoffe erano diciannove ed erano d'accordo che fosse meglio mettere insieme le tessere annonarie, in modo da riuscire a preparare un pasto caldo al giorno che saziasse tutti, non c'era più alcuna differenza tra i signori e i domestici, si mangiava lo stesso stufato di patate. Solo che i signori consumavano il pasto al piano di sopra, in sala da pranzo, con le stoviglie buone, mentre i domestici si accomodavano al lungo tavolo in cucina. I soldi per la spesa arrivavano dalla signora Lisa Winkler, ma erano settimane che non venivano pagati gli stipendi. Ad aprile il signor Melzer li aveva convocati tutti nell'atrio e aveva dato la triste notizia che la Messerschmitt, la ditta che aveva preso in affitto i capannoni della fabbrica, non era in grado di versare la cifra pattuita e pertanto, al momento, lui poteva offrire alla servitù solo vitto e alloggio. A chi accettava di restare alla Villa delle Stoffe, anche a quelle condizioni, avrebbe pagato il salario arretrato non appena gli fosse stato possibile.

Ovviamente nessuno voleva lasciare la villa, e Humbert aveva detto ciò che pensavano tutti: «Abbiamo vissuto insieme i giorni migliori di questa casa, e insieme affronteremo anche i peggiori».

Il signor Melzer era commosso, ma il sorriso condiscendente di Hilde Haller, che lo aspettava in cima alle scale, aveva infastidito non poco i domestici. Dopo che Paul ebbe ringraziato tutti e l'ebbe raggiunta, la sentirono sussurrare: «Visto? Cosa ti aveva detto?».

«Non mi piace per niente che si comporti come se fosse già la padrona di casa» aveva commentato Hanna.

«Nemmeno a me, ma comunque meglio lei di Serafina von Dobern» replicò Humbert con aria rassegnata.

«Non ci vuole molto a essere meglio di von Dobern» commentò brusca Auguste. «Ma non è giusto, è ancora sposato con la signora Marie. Kitty Scherer non parla più con il fratello, per questo motivo.»

«La signora Marie ha piantato in asso il marito» disse Else. «È normale che un uomo bello e in forma come lui si guardi intorno...»

«Non è più così in forma» la contraddisse Auguste. «Ha più di cinquant'anni.»

«E allora? Sono gli anni migliori per un uomo!» si infervorò Else.

«Ma tu guarda! Per caso vuoi farti avanti? Devi sbrigarti, altrimenti Hilde Haller te lo soffierà da sotto il naso...»

«Come osi!» esclamò Else, arrossendo per l'imbarazzo. «E di fronte a una bambina innocente...»

«Potresti anche stare allo scherzo, per una volta» replicò Auguste. «Altrimenti non ci resta che piangere.»

Offesa, Else andò a sedersi a tavola e bevve un sorso di tè freddo, mentre Auguste portò in dispensa la spesa e tornò a sbucciare le cipolle. «Non è il mio lavoro, sarei una cameriera» bofonchiò, tirando su col naso perché le cipolle le facevano venire da piangere. «Ma visto che tutto sta andando a rotoli, tanto vale dare una mano in cucina. Del resto le stanze sono sempre piene, come si fa a pulirle? Per rifare i letti bisogna prima mettere a posto, visto che li usano come divani. Se provo a battere i tappeti o a spazzare i pavimenti, si lamentano perché li disturbo e sollevo polvere. E comunque camera di Gerti non ho intenzione di pulirla, può farlo da sola, la signora von Klippstein...»

«Giusto» concordò Else. «Ne vedremo delle belle quando

dovrà compilare uno dei questionari che stanno distribuendo. Per la dena...fazi...cazione.»

«Per cosa?»

«Per la denafizicazione... No, la denifizicazione... Insomma, devi scrivere se eri iscritto al partito e cose del genere...»

«Ah, la denazificazione» la corresse la cuoca.

«È quello che ho detto. E la nostra cara Gerti non ne uscirà benissimo, era sposata con un notabile nazista.»

«Possibile che vada in galera?» si chiese Auguste entusiasta.

«Chissà? Forse si giustificherà dicendo che ha rifilato al marito il figlio illegittimo di un ebreo. Ma non credo che gli americani gliela faranno passare liscia. Sono molto devoti, la settimana scorsa hanno celebrato un'altra messa al campo profughi.»

«Come minimo le toglieranno la casa di Steingasse. E anche tutti i soldi che ha ereditato.»

«Ora smettetela di prendervela con Gerti» intervenne la cuoca. «Da quando è tornata, è sempre stata disponibile ad aiutare.»

Auguste tacque e passò le cipolle sbucciate a Liesl, poi si alzò per lavarsi le mani e guardò fuori dalla finestra.

«Gesù, sta piovendo!» esclamò. «E il mio Hansl è ancora nell'orto.»

«Un po' di pioggia primaverile non gli farà male» commentò la cuoca. «Ecco qui, Liesl. Puoi rosolare la carne e aggiungere le cipolle...»

Hansl e Hanna apparvero in cortile tutti bagnati e dovettero togliersi gli stivali di gomma prima d'entrare in cucina. Hanna era felice, le piaceva lavorare all'aperto, mentre Hansl aveva l'aria cupa. Appese la giacca al gancio e si sedette a un'estremità del tavolo, imbarazzato dall'apprensione di sua madre.

«Sei ancora troppo magro, ragazzo» disse subito Auguste. «Lascia scavare Humbert domani, o ti farai male alla schiena.»

«Sto bene, mamma!» replicò lui, sprezzante.

Era cambiato da quando era tornato dalla guerra. Evitava la compagnia e preferiva camminare da solo nel parco o sedersi nella casetta del giardiniere e fissare fuori dalla finestra. A volte si confidava con Humbert, ma quando qualcuno si avvicinava, smetteva subito di parlare.

«Ha bisogno di tempo» aveva detto il maggiordomo. «Lascialo in pace. Si sta riprendendo.»

Intanto Auguste faceva del proprio meglio per viziare il figlio. «Vuoi del tè alla menta piperita, Hansl?» chiese.

«No, grazie, mamma. Sto bene, non ho bisogno di niente.»

Hanna andò alla finestra per controllare che gli stivali di gomma non si stessero riempiendo d'acqua, siccome aveva iniziato a piovere più forte.

«Santo cielo!» esclamò, sorpresa. «Vengono da noi, due macchine...»

Si diffuse il panico. Stavolta non era la Gestapo, erano jeep americane.

«Non vorranno confiscare la Villa delle Stoffe, vero?» sussurrò Liesl. «Nel quartiere di Bärenkeller hanno sequestrato degli appartamenti e stavano per buttare in strada anche la signora Tilly Kortner. Se non fosse intervenuto Walter Ginsberg...»

«Ma non possono!» esclamò Hanna. «Dove andremo, se prendono la villa?»

«Chi può dirlo? Magari hanno bisogno di una bella casa per il loro generale» gemette Auguste, accorsa alla finestra con Liesl. Anche Annemarie era sbucata da sotto il tavolo e si era infilata fra di loro per guardare cosa succedeva. Willi, ormai vecchio e piuttosto stanco, si accorse che qualcosa non andava e cominciò ad abbaiare.

«Silenzio! Stupido cane!»

«È un ufficiale, guardate le mostrine sulle spalle...»

«Ma ha l'elmo tondo come gli altri...»

«Gesù, hanno tutti le mitragliatrici!»

«Ora sono sulle scale. Hanna, vai ad aprire.»

«Ma ho paura...»

«Entrano, avrà aperto Humbert...»

«Santo cielo, e se gli sparano?» Hanna si precipitò alla porta che dava sull'atrio, seguita a ruota dalle altre. Persino Fanny si alzò a fatica, controllò che Liesl avesse spostato la pentola dal fuoco e si avviò zoppicando.

Dallo spiraglio si intravedeva la schiena di Humbert. Purtroppo copriva la visuale degli americani, ma si sentì la voce del signor Melzer.

«Walter Ginsberg! Avevo sentito mia sorella raccontare che sei un soldato americano e che eri arrivato ad Augusta. Congratulazioni, sei tornato in patria da vincitore...»

«Mi sono arruolato nell'esercito degli Stati Uniti come volontario, signor Melzer, perché volevo combattere contro l'ingiustizia perpetrata da Adolf Hitler e dai suoi seguaci in Germania. Come ha fatto suo figlio Leo, del resto.»

«Leo?»

Era evidente che la notizia aveva sconvolto il signor Melzer. Else si portò la mano alla bocca. Anche Leo era entrato nell'esercito americano e aveva combattuto contro la Germania!

«Purtroppo non ho tempo per le conversazioni private» proseguì in tono formale Walter. «Sono qui in qualità d'interprete per il sergente Harrison. Si tratta di un uomo che abbiamo catturato ieri. Sostiene d'essere ebreo e che i suoi documenti sono qui alla Villa delle Stoffe.»

«Marek Brodskij?» chiese Paul. «È così che si chiama? In tal caso, vi confermo di avere i documenti che lo riguardano.»

«*Get him out of the car!*» ordinò qualcuno.

Humbert corse ad aprire la portiera e finalmente riuscirono a vedere i soldati americani e il signor Melzer, rigido di fronte a loro.

«Gesù, Walter Ginsberg!» sussurrò Auguste. «È diventato un uomo. Era ancora un ragazzino quando è partito per l'America con sua madre...»

«Ma il signor Melzer non è particolarmente felice di rivederlo» osservò Else. «Sembra che stia per ingoiare un rospo velenoso.»

«Che storia!» bisbigliò Hanna. «Walter è un soldato nemico. E anche il nostro Leo. Non ci si capisce niente...»

«Non sono più nemici, Hanna» disse Liesl. «Sono solo occupanti.»

«*Shhh!* Ecco che arrivano» mormorò Auguste. «Non ci credo! È il nostro Marek, ed è vivo! Grazie a Dio!»

«È lui l'uomo di cui ha i documenti?» chiese Walter Ginsberg.

Paul scambiò con il sergente qualche parola in inglese che i dipendenti non capirono, ma era chiaro che aveva riconosciuto Marek Brodskij e stava andando di sopra a prendere i suoi documenti.

La vicenda si fece appassionante. Il signor Melzer mostrò la carta d'identità di Marek ai soldati, il sergente strizzò gli occhi per guardarla meglio, quindi tornò a fissare l'uomo che, trasandato e con la barba, probabilmente non somigliava molto alla fotografia. Poi chiese qualcosa e Marek annuì, tirando fuori dalla tasca della giacca un taccuino sbrindellato e una matita.

«Cosa sta facendo?» sussurrò Auguste.

«Scrive qualcosa...» rispose Hanna.

«No, disegna» disse Annemarie.

Il sergente guardò il taccuino che Marek gli aveva dato. Un

attimo dopo scoppiò a ridere e lo mostrò agli altri con aria soddisfatta. Purtroppo da lontano non si vedeva cosa aveva disegnato, ma il sergente sembrava così felice che gli diede una pacca sulla spalla.

«Ha fatto un disegno dell'americano» disse Annemarie. «Marek è bravo con i ritratti.»

Ma certo! Così aveva dimostrato di essere davvero un pittore, come c'era scritto sulla sua carta d'identità.

Gli americani lasciarono Marek alla Villa delle Stoffe, montarono sulla jeep e se ne andarono. Il signor Melzer gli strinse la mano e salì al primo piano con passi lenti e pesanti. Doveva essere sconvolto dalla notizia che suo figlio Leo era un soldato americano.

Humbert, nel frattempo, aveva abbracciato Marek e stava andando con lui in cucina.

«Il nostro Marek è tornato!»

Tutti gli si fecero intorno felici, dopo averlo creduto morto. Gli versarono il tè, il maggiordomo prese la bottiglia di genziana dalla credenza, Auguste portò un pezzo di pane con marmellata di prugne, Willi gli leccò le scarpe e Annemarie gli si sedette in grembo.

«Dove sei stato? Racconta!»

«Qua e là. Non è stato sempre divertente, ma sono sopravvissuto...»

Humbert non ebbe il tempo di ascoltare perché dovette correre di sopra dalla signora Kitty Scherer. Walter Ginsberg gli aveva consegnato con discrezione una lettera per lei.

33

«Non ce la faccio più. La schiena mi sta uccidendo.»

Erano le nove di sera, ma il caldo della giornata si era accumulato nella mansarda della vecchia casa colonica e l'aria era quasi asfissiante. Con ogni probabilità la situazione non sarebbe migliorata durante la notte.

«Tieni, bevi» disse Lilly, porgendole la bottiglia d'acqua. «Andrà tutto bene. Rimani sdraiata e domani mattina ti sentirai meglio.»

«Sono giorni che spero di stare meglio» sospirò Dodo, portandosi la bottiglia alla bocca. «Mi sono rovinata lavorando nei campi per il servizio di lavoro.»

«L'ho fatto anch'io» raccontò l'altra. «Cavolo, che bei ricordi. Eravamo in tre, Lisbeth, Klaudia e io. Ci siamo divertite un mondo. La domenica andavamo a ballare nella piazza del paese e i giovani contadini litigavano per noi...»

Dodo era sdraiata supina. Nonostante la coperta di lana, sentiva il pavimento duro premerle contro la schiena. Le travi della mansarda erano infestate di ragnatele e di coleotteri scuri che dovevano aver trovato il modo di coesistere con i ragni. Su un lato si apriva una finestrella da cui passava appena un filo d'aria, mentre il lato opposto era buio, perché la parete confinava con la stalla. Sotto il soffitto spiovente c'erano tre sacchi di segale, pieni fino all'orlo. La moglie del contadino aveva portato in cantina le altre provviste – prosciutto, salsicce e conserve –, in teoria perché d'estate faceva troppo caldo, ma in parte anche per sottrarle ai tre giovani che la aiutavano con la raccolta del fieno in cambio di vitto e alloggio.

«Prendi la mia coperta» disse Wilhelm a Dodo. «Se ne metti due, almeno stai sul morbido.»

«Gentile da parte tua, ma ce la faccio...»

«Proviamo a dormire» disse Lilly, scacciando un insetto dalla coperta. «Domani alle quattro si ricomincia. Giuro, non avrei mai pensato che fare il fieno sarebbe stato così faticoso...»

I tre avevano vissuto una vera e propria odissea. Ad aprile i russi avevano circondato Berlino e la base aerea di Staaken, dove erano stati assegnati nell'ultimo periodo, era stata spostata a ovest, in un sito improvvisato un tempo utilizzato per scopi militari e già colpito da alcuni attacchi aerei. Nonostante la situazione disperata, i piloti della Luftwaffe erano determinati a eseguire gli ordini e a non arrendersi, così Dodo aveva portato a Lipsia un BF 109 per metterlo a loro disposizione. Era stata un'impresa suicida: l'avevano attaccata più volte, un'ala era stata colpita dai proiettili, ma lei era riuscita ad atterrare sana e salva a Lipsia. Lì aveva ricevuto una pacca sulla spalla, un caffè e della cioccolata. Dopodiché aveva scoperto di doversi arrangiare per tornare indietro. La situazione era tragica. I piloti che andavano ad affrontare la schiacciante superiorità sovietica sapevano di non avere alcuna possibilità. I russi disponevano di ottimi velivoli da combattimento, al pari dei tedeschi. Nessuno l'avrebbe creduto possibile qualche anno prima, quando non si faceva che ripetere che i nemici erano arretrati e avevano equipaggiamenti militari inefficaci e antiquati.

«Stammi bene, Dodo» le aveva gridato uno dei suoi compagni. «Dopo la guerra prendiamo un caffè insieme, d'accordo?»

Nel Valhalla, forse, aveva pensato lei, sconsolata. Ma aveva alzato un pugno e gli aveva fatto un cenno con il pollice in su. Il pilota aveva annuito soddisfatto, si era arrampicato sul suo aereo e si era diretto in pista.

Dodo aveva preso in considerazione l'idea di andarsene semplicemente ad Augusta. Non c'erano quasi più treni e i veicoli della Wehrmacht non portavano nessuno. Se non si fosse presentata alla sua sede di Berlino, quindi, avrebbero dato per scontato che fosse rimasta bloccata da qualche parte a metà strada. Ma aveva lasciato lì i suoi documenti e le lettere di Ditmar, e non voleva che andassero persi, così era salita su uno dei pochi treni disponibili. Era pieno di profughi e poteva percorrere solo brevi tratti, poi bisognava scendere, superare a piedi l'ostacolo e sperare in una coincidenza alla stazione successiva. La maggior parte dei profughi possedeva appena gli abiti che indossava e un piccolo fagotto con qualche effetto personale e del cibo. Venivano da un campo della Germania dell'Est, dove erano convinti di essere finalmente al sicuro dopo le terribili esperienze della fuga dall'Armata rossa. Ma poi le truppe sovietiche erano arrivate ed erano ripartiti per non cadere nelle mani dei russi. Una giovane donna che viaggiava con la sorella e tre bambini piccoli disse a Dodo che voleva raggiungere alcuni parenti a Norimberga, ma aveva sentito che la città era assediata dalle truppe alleate.

«Sai qualcosa di più preciso? Sei di queste parti, vero?» le chiese.

«Purtroppo non so niente...»

Anche Augusta era stata occupata? Santo cielo, forse era meglio non avere con sé i documenti. Avrebbero potuto prenderla come prigioniera di guerra, in quanto pilota della Luftwaffe. D'altra parte, anche viaggiare senza documenti non sembrava molto saggio...

Dodo rimase con le due donne per un breve tratto e regalò ai bambini la cioccolata di cui aveva fatto incetta alla base aerea di Lipsia. Poi prese un treno della Croce rossa che trasportava i feriti a ovest e percorse gli ultimi venti chilometri a piedi, sotto la fredda pioggia di aprile. A quel punto sentiva già il boato dell'artiglieria delle truppe sovietiche che avevano circondato Berlino. Il cielo sopra di lei era pieno di bombardieri russi.

Fradicia, esausta e spaventata, raggiunse la base aerea intorno all'ora di pranzo del quarto giorno di viaggio e si ritrovò davanti lo spettacolo che aveva immaginato. La base era in fase di sgombero. Un veicolo della Wehrmacht si avvicinò. Il comandante, seduto al posto del passeggero, abbassò il finestrino e le gridò: «Se ne vada subito! I russi saranno qui fra venti minuti».

L'auto si allontanò e Dodo corse via per recuperare almeno le sue cose e le lettere di Ditmar. Sulla pista c'erano tre aerei che, non essendo ancora stati riparati, sarebbero stati abbandonati. Qualcuno stava armeggiando con uno dei motori, ma nella fretta non riuscì a vedere di chi si trattasse. Nel dormitorio incontrò Lilly, anche lei impegnata a raccogliere le proprie cose. L'amica urlò di gioia quando la vide arrivare.

«Dodo! Non riesco a crederci, appena in tempo... Gli altri se ne sono andati tutti. Avevo una missione a Magdeburgo, ma l'hanno annullata perché l'aereo non è stato riparato. E ora voglio andare dai miei genitori a Würzburg con Wilhelm...»

«Come?» domandò Dodo mentre infilava i vestiti nello zaino insieme alle lettere. «A piedi o in treno?»

«Non dire sciocchezze, andiamo con il Fieseler. Wilhelm sta facendo rifornimento. Ti portiamo con noi, ovvio.»

«Non sono tutti rotti?»

«Wilhelm dice che il Fieseler può volare, l'ha controllato.»

«Allora andiamocene, prima che arrivino i russi!»

Wilhelm Kayser era di stanza a Berlino-Staaken come meccanico e si era spostato con loro nella sede d'emergenza. Era un tipo alto e snello, con gli occhiali spessi. Di poche parole, ma molto affidabile sul lavoro. Soltanto una volta, mentre riforniva l'aereo di Dodo e lei stava salendo in cabina di pilotaggio, le aveva sussurrato: «Non sai quanto t'invidio».

«Perché?» aveva chiesto la ragazza, perplessa.

«Mi sarebbe piaciuto fare il pilota, ma non ho potuto per colpa degli occhi.»

«Che peccato» aveva risposto, comprensiva. «Sei molto miope, vero?»

«Come una talpa.»

«Mi dispiace...»

Avrebbe voluto confortarlo, ma non le era venuto in mente nulla da dire. Lui, comunque, non si aspettava una risposta. L'aveva salutata con un cenno imbarazzato e aveva chiuso la cupola della cabina di pilotaggio. Mentre sorvolava la pista con un mezzo giro dopo il decollo, Dodo si era accorta che non si era mosso. Era lì a fissare l'aereo.

E adesso Wilhelm era rimasto al suo posto mentre il resto della forza lavoro della base aerea se la dava a gambe. Lilly e Dodo corsero da lui con gli zaini pronti.

«Li sentite anche voi?» chiese Lilly quando lo ebbero raggiunto.

«Sì, sono spari» disse Wilhelm in tono piatto. «E non sono lontani.»

Dodo era già nell'abitacolo e aveva gettato gli zaini sui sedili posteriori.

«Chi pilota?» chiese.

«Per me puoi farlo tu» rispose Lilly. «Andiamo, Wilhelm, sali. Ci stringiamo in mezzo agli zaini.»

«L'importante è che riusciamo a decollare...» osservò Dodo scettica.

«È tutto in ordine, ho controllato» le assicurò Wilhelm, infilandosi fra i bagagli.

Dodo girò il sedile di pilotaggio e Lilly si posizionò dietro di lei. «Azionare la pompa, accensione, partenza!»

«Chiudi il becco, Lilly!»

Dodo era nervosa. L'elica ruotò due volte e poi si fermò.

«Non avevi detto che andava?»

«Riprovaci, vedrai che ce la fa.»

L'elica si mosse al terzo tentativo, ma produsse del fumo nero. Non era normale. Dodo portò l'aereo sulla pista e si mise a favore di vento.

«A tutto gas!» ordinò Lilly alle sue spalle. «Il numero di giri è buono. Pressione di carica a posto. Velocità sufficiente...»

«Piloti tu o io?» urlò Dodo sopra il rombo dei motori.

«Attenta, c'è un avvallamento nel prato laggiù!»

«Lo so, pensi sia la prima volta che decollo da qui?»

Con il vento a favore, al Fieseler bastavano cinquanta metri per partire. Il carrello lungo non lo rendeva un velivolo elegante, anzi, lo faceva somigliare di più a una grossa zanzara, ma riusciva a decollare e atterrare su quasi tutti i terreni.

«Decolla!» ululò Lilly.

«Lo sto facendo!» ringhiò Dodo, staccando l'aereo da terra. «Te lo giuro, Lilly Schweinsberg: non volerò mai più con te!»

Ma l'amica non sentì, oppure finse di non aver sentito.

«Resta bassa, Dodo. Qui intorno è pieno di caccia russi...»

Quando si voltò di scatto per gridarle contro, Dodo si accor-

fugliò qualcosa sulla Pomerania e la tenuta di Maydorn, un tempo appartenuta a sua zia. Per fortuna la contadina non sembrava ferrata in geografia. Raccontò che il marito e i figli erano dispersi e lei e la sorella dovevano gestire la fattoria da sole.

«Il francese che ci hanno mandato a lavorare è scappato. Ed eccoci qui. Dobbiamo concimare i campi con il letame. Avreste tempo di dare una mano? Non posso pagarvi, ma c'è abbastanza da mangiare e potete dormire nelle stanze di sopra.»

«Non sarà letame di maiale, per caso?» chiese Lilly, che aveva un naso sensibile.

«Certo. Abbiamo maiali e mucche.»

La ragazza non voleva accettare, Dodo e Wilhelm invece sì. Le truppe alleate erano ovunque, impossibile passare inosservati: meglio aspettare e valutare l'evolversi della situazione.

Per un'intera settimana avevano spalato letame e lo avevano portato nei campi con l'aiuto di una mandria di mucche. Almeno il cibo era buono e abbondante, e anche l'alloggio non era male. Terminato il lavoro, la contadina aveva detto che dovevano cercarsi un altro posto, perché non poteva sfamarli per tutta l'estate. Così se n'erano andati.

Scoprirono che i contadini non se la passavano affatto male. Si lamentavano che il regime di Hitler avesse imposto severi controlli, costringendoli a rinunciare al latte e al burro. Tuttavia, nonostante il sequestro delle manovelle delle centrifughe moderne, avevano ancora le vecchie zangole, per cui conservavano parte del latte e producevano il burro in segreto.

«Almeno non sono morti di fame» commentò Lilly. «Patate, latte, pancetta e burro: niente male, direi.»

L'unica cosa difficile da trovare in campagna erano i vestiti, eppure negli armadi di alcuni contadini erano appesi costosi modelli parigini, e i soggiorni erano pieni di tappeti, stoviglie di porcellana e bei mobili. Tutto grazie al mercato nero, che in teoria era proibito ma nei fatti prosperava. I baratti non erano cessati nemmeno ora che gli Alleati occupavano le città circostanti.

La primavera passò. Adolf Hitler si suicidò il 30 aprile e l'8 maggio i giornali annunciarono la resa incondizionata della Wehrmacht. Augusta era stata presa dalle truppe alleate alla fine di aprile e a Würzburg l'inutile protrarsi dei combattimenti aveva causato molte vittime.

«Sarà meglio aspettare ancora» aveva detto Wilhelm.

Dodo e Lilly avevano acconsentito. La stagione del fieno era cominciata ed era facile trovare lavoro nelle fattorie. Dodo pensava a Ditmar e sperava che fosse vivo. Lilly aveva nostalgia del suo Norbert, di stanza in Romania. Wilhelm non aveva mai accennato a una relazione, ma si comportava con loro come un fratello maggiore, senza nessun tentativo di approccio.

«Non può essere omosessuale, vero?» aveva sussurrato Lilly a Dodo una volta che erano rimaste da sole.

«Non credo. Sarà soltanto che non è spavaldo.»

«Chissà, magari è sposato.»

«Potrebbe essere, è molto riservato.»

La fattoria dove stavano raccogliendo il fieno era la terza in cui avevano lavorato. La contadina, che comandava a bacchetta le sue due nuore, era chiaramente la persona più avara che avessero mai incontrato: per tutta la loro permanenza lì non avevano visto un pezzo di carne né di pancetta. Mangiavano una zuppa d'orzo da cui ogni grammo di carne veniva ripescato con cura prima di servirla agli aiutanti. Il pane era duro e a loro restava soltanto la crosta, perché la contadina aveva i denti malati e teneva per sé la mollica. E non condivideva mai con i braccianti le prelibatezze che conservava in dispensa, come la pancetta affumicata o la frutta sotto spirito.

La notte finì presto, come al solito. I maledetti galli iniziarono a strillare prima dell'alba. Dodo faticava ad alzarsi, non riusciva a dormire per il mal di schiena. Wilhelm era già corso al pozzo con il secchio di latta a prendere l'acqua per lavarsi. La contadina gli aveva consegnato una bacinella malconcia che usavano a turno, gettando l'acqua sporca dalla finestra. Non c'era sapone e faceva freddo, quindi le operazioni venivano svolte in fretta. Wilhelm era sempre l'ultimo, perché era timido e preferiva aspettare che le ragazze fossero scese in cucina per spogliarsi.

Armati di falci, poi, andavano al campo insieme alle nuore, mentre la contadina arrivava più tardi, quando l'erba era già tagliata.

«Stai attenta» sussurrò Wilhelm a Dodo. «Fai un paio di tagli, dopo ci scambiamo e continuo io, così puoi riposarti.»

Il giorno prima Dodo aveva rifiutato, ma ora il dolore era così forte che non poté fare a meno di accettare. Wilhelm falciò anche per lei, con un'abilità tale che riuscì a stare al passo con le nuore. A mezzogiorno l'erba era tagliata e si asciugava al sole, quindi tornarono alla fattoria a mangiare qualcosa, prima di cominciare la raccolta.

Ma lì trovarono una sorpresa ad attenderli. Nel cortile c'era un cavallo. Era arrivato qualcuno con un carro pieno di casse.

«È papà» disse una delle nuore, correndo in cucina. L'altra guardò le casse e borbottò qualcosa che Dodo e gli altri non capirono.

«Dateci una mano!» ordinò dalla finestra la contadina. «Bisogna portare tutto in cantina.»

Le casse erano pesanti, non sapevano cosa ci fosse dentro. In compenso, per la prima volta pranzarono con della carne: la contadina servì all'ospite carne affumicata con cavolo cappuccio e, dato che non voleva fare la figura dell'avara, anche i mietitori ebbero la loro parte. Il parente aveva una barbetta grigia e gli occhi scuri e stretti, rideva alle battute di Lilly e beveva da una bottiglia di liquore per digerire meglio. Al momento dei saluti, annunciò che sarebbe tornato a casa sua, a Ebelsbach.

«È vicino a Bamberga» disse Lilly. «Non ci sono gli americani lì?»

«Esatto, vicino a Bamberga. Ma nel nostro villaggio la situazione è tranquilla. Vuoi un passaggio? Würzburg non è lontana da Ebelsbach.»

Lilly accettò. Era stanca di raccogliere il fieno e spalare letame. Voleva tornare a casa dai genitori. Forse sapevano qualcosa del suo fidanzato.

«Non mi fiderei di quel tizio, Lilly» l'avvertì Dodo. «È un imbroglione, si vede.»

«E allora? L'importante è che mi porti con sé. E tu, Wilhelm? Resti o vuoi venire?»

Il trio stava per sciogliersi. Lilly andava per la sua strada e Dodo pensò che prima o poi si sarebbe comunque dovuta decidere a tornare ad Augusta.

«Forse è meglio se vai con lei» disse esitante a Wilhelm. «Non mi piace che resti da sola con quel tizio.»

«Probabilmente hai ragione» rispose il ragazzo, strascicando le parole. «Ma preferirei venire con te, Dodo.»

Non si aspettava quella confessione, però ne fu contenta. Wilhelm era un compagno piacevole.

34

... voglio che tu mi dica la verità, cara Kitty. Non preoccuparti, sono pronta a tutto, inclusa la possibilità che Paul si sia innamorato di un'altra donna. Quanto a me, lo sai, non ho mai dubitato del nostro matrimonio e spero di poter tornare in Germania il prima possibile. Tuttavia, se Paul mi ha tradita ed è seriamente intenzionato a chiedere il divorzio, non voglio oppormi alla sua decisione. A patto che mi conceda un ultimo incontro, almeno questo me lo deve...

La lettera di Marie, consegnata da Walter Ginsberg alla Villa delle Stoffe, era costata a Kitty una notte insonne.

«Come ha fatto a capire?» aveva chiesto a Robert quella sera. «Non ho minimamente accennato alla cosa.»

«Le donne hanno un sesto senso quando si tratta di questo» disse suo marito, con un sospiro. «Sentono le pulci tossire anche dall'altra parte dell'oceano.»

«Dobbiamo fare qualcosa. Se continua così, Paul si condannerà all'infelicità. Questa Hilde Haller è... una dattilografa... è una terza scelta. Come può pensare di sposare una donna del genere mentre Marie in America continua a ritenersi sua moglie?»

«Forse non dovresti interferire. Spiega la situazione a Marie e lascia che sia lei a decidere.»

Ma Kitty non era d'accordo. No, bisognava fare qualcosa. Altrimenti Paul avrebbe chiesto il divorzio e Marie non si sarebbe opposta, perché si sentiva in colpa. Non poteva lasciare che si arrivasse a quel punto.

«Fai ciò che devi, tesoro» disse Robert. «Tanto lo farai comunque.»

«Certo!»

Parlare con Paul era inutile. Il suo povero fratello era completamente perso, non l'avrebbe ascoltata. Doveva cercare aiuto.

Per prima cosa affrontò la questione con Henny. Con sua grande delusione, però, non trovò nella figlia il sostegno che si aspettava. «Questa storia non piace neanche a me, mamma, ma Hilde Haller è una brava persona e trovo che stia bene con lo zio Paul.»

«Che cosa? Incredibile quanto conosci poco la natura umana, Henny! Quella donna non va affatto bene per Paul. A lui piace soltanto perché lo adora e soddisfa ogni suo capriccio. Agli uomini piacciono queste cose. Ma Paulemann ha bisogno di una donna che sia alla sua altezza, che abbia spina dorsale, una moglie con una personalità indipendente, un'imprenditrice con una visione...»

«Va bene, mamma... Ma penso comunque che dovresti lasciar decidere a lui. È un uomo adulto.»

«Accidenti! Non hai ancora capito che per certe cose gli uomini non diventano mai adulti?»

«Oh, tu e le tue teorie!» esclamò Henny, sventolando una mano. «Gli uomini di oggi sono diversi.»

«Forse» disse Kitty cupa. «Ma tuo zio è un uomo di ieri.»

Elvira, che in genere non si tirava mai indietro quando si trattava di parlare con franchezza, fece capire a Kitty che non aveva intenzione d'impicciarsi negli affari di Paul. Anche Gertrude se ne tirò fuori, mentre Tilly osservò che non aveva mai capito la decisione di Marie di emigrare in America con Leo e non c'era da stupirsi se Paul dubitava della sua lealtà.

Che razza di famiglia è questa? pensò Kitty con rabbia. *Marie si è fatta in quattro per tutti mentre era con noi. Ha mandato avanti la fabbrica durante la Prima guerra mondiale e nei difficili anni del dopoguerra, ha portato zia Elvira alla Villa delle Stoffe e anche Henny le deve molto.*

Forse doveva provare a mettersi in contatto con Leo. Ma no, avrebbe peggiorato la situazione, Paul era sconvolto da quando aveva saputo che si era arruolato nell'esercito degli Stati Uniti. Il figlio che aveva più possibilità d'essere ascoltato era Kurt. E anche Dodo avrebbe lottato per sua madre, ne era certa. Purtroppo Kurt era prigioniero degli americani e non sapevano che fine avesse fatto Dodo, potevano soltanto pregare che fosse ancora viva...

Kitty era decisa a convincere almeno Lisa. Loro due, come sorelle, dovevano restare unite, se volevano impedire il disastro. Tuttavia, al momento Lisa era troppo presa dai suoi problemi, che – doveva ammetterlo – non erano esattamente di poco conto: non si sapeva nulla di Hanno né di Johannes, tranne che erano stati fatti prigionieri dagli americani. E Charlotte le rivolgeva a malapena la parola, si occupava solo del padre.

Tilly andava due volte a settimana alla Villa delle Stoffe per visitare Sebastian, ma lui continuava a peggiorare. «All'inizio la gioia d'aver ritrovato moglie e figlia gli ha fatto dimenticare le sofferenze» aveva detto in confidenza a Lisa. «Ma ora che si è abituato, i danni fisici e le esperienze tremende che ha vissuto stanno avendo la meglio. Devi essere paziente.»

Lisa era pronta a tutto. La rabbia che aveva covato per anni contro suo marito era scomparsa, sostituita dalla tenerezza e dalle amorevoli cure. «Sai, Kitty?» le aveva detto. «Sono molto grata a Paul per aver accettato di nascondere Sebastian.»

Su questo aveva ragione, ma forse dimenticava che non aveva preso quella decisione da solo: si erano consultati tutti insieme.

Quando andò a bussare alla porta della camera matrimoniale di Paul, occupata da Lisa e Sebastian, Kitty fu accolta da un profondo sospiro.

«Che succede ora?» chiese sua sorella dall'interno.

«Sono Kitty. Volevo parlare un minuto con voi.»

«Proprio adesso?»

«È importante!»

«Va bene, entra. Ma non aprire troppo la porta, o farai cadere tutta la roba ammassata qui dietro...»

Lisa aveva raccolto vari oggetti da scambiare con del cibo al mercato nero. Molte erano cose che Marie non aveva portato in America: abiti, scarpe costose, gioielli alla moda, tutti articoli molto richiesti. L'aria nella stanza era viziata, come al solito, perché Lisa non arieggiava quasi mai, per evitare che Sebastian prendesse un raffreddore. Il poveretto giaceva pallido ed emaciato nel letto di Paul e sembrava dormire; tuttavia, quando Kitty entrò, aprì gli occhi e cercò a tastoni gli occhiali che sua moglie aveva appoggiato sul comodino. Nel farlo, rovesciò accidentalmente uno dei flaconi marroni che Tilly aveva lasciato per lui.

«Oh, Kitty!» gridò Lisa in tono di rimprovero, balzando in piedi per aiutarlo a limitare il danno.

«Per favore, tesoro» sussurrò Sebastian. «Non è colpa di Kitty se sono così goffo. Sono contento che sia venuta a trovarci.»

Lisa raccolse il flacone e fu sollevata nel constatare che il contenuto non si era rovesciato. Poi, da una caraffa, versò dell'acqua in un bicchiere, aggiunse alcune gocce di medicinale e lo porse a Sebastian. «Ecco qui, tesoro. Bevi, ti sentirai meglio...»

«Dopo, Lisa.»

«Ma è per il dolore. Tilly ha prescritto cinque gocce tre volte al giorno.»

«Non mi piace quella roba. Mi intontisce e faccio degli incubi orribili.»

Lisa scosse la testa, avvilita. «Allora bevi un po' d'acqua. Tilly ha detto che l'idratazione è importante per i reni. Almeno due litri al giorno.»

«Mi viene la tachicardia se bevo troppo» provò a opporsi lui.

«Fallo per me!»

Alla fine Sebastian si arrese e bevve l'acqua che Lisa gli aveva versato. L'altro bicchiere restò in attesa sul comodino. Kitty si trattenne dal dire la sua. Dopotutto la sorella aveva bisogno di un marito da accudire, anche se ciò significava trattarlo come un bambino. Charlotte si occupava di Sebastian in modo diverso, si sedeva al suo capezzale e conversava con lui, gli leggeva i libri che il padre le consigliava di prendere dalla biblioteca.

«Vuoi parlarmi di nuovo di quegli stupidi questionari che dobbiamo compilare?» chiese Lisa, tornando al tavolino che aveva spinto davanti al letto, dove campeggiavano gli inquietanti "moduli di denazificazione" che il governo militare aveva inviato ai residenti di Augusta.

«È degradante» si lamentò. «Tutte quelle domande puntigliose! Se ero iscritta al partito. E se sì, da quanto, per quanto tempo, in quale veste. Se mio marito era un membro del partito. Se i nostri figli facevano parte della Gioventù hitleriana... Santo cielo, Sebastian è stato prigioniero per anni nel campo di Dachau, perché ha combattuto contro i nazisti!»

Kitty le si sedette accanto e sbirciò il questionario. Lei stessa lo aveva già compilato con Robert. Le domande erano accompagnate da un avvertimento: in caso di dichiarazioni false, li avrebbero puniti severamente.

«Robert suggerisce di non menzionare il ruolo di Sebastian nel Partito comunista» disse, esitante.

«Ma lo chiedono espressamente! Ecco qui: "Era iscritto a un partito politico prima del 1933? Quale?".»

«Rispondi che era l'SPD. Gli americani ce l'hanno con i comunisti.»

«No» intervenne Sebastian, che aveva sentito tutto. «Bisogna dire la verità. Mi riconosco in quel partito, l'ho sempre fatto e continuo a farlo.»

«Come vuoi» rispose Kitty, scrollando le spalle. «Era un suggerimento.»

Deve finire sempre come l'asino di Buridano, pensò. *In un certo senso è straordinario. Assurdo, ma straordinario. È speciale, Sebastian Winkler.*

«Gerti non se la passerà bene quando esamineranno i moduli» continuò Lisa. «Sono sicura che la rinchiuderanno a Göggingen, ho sentito che è lì che finiscono le mogli dei capi nazisti.»

Anche Kitty ne era al corrente, perché Auguste scopriva sempre un mucchio di cose mentre era in coda per la spesa. Gli occupanti avevano rinchiuso le ex guardie dei campi e le mogli dei notabili nazisti, fra cui la signora Göring, nel campo di prigionia di Göggingen. Ma a quanto pareva i detenuti non se la passavano male: nessuno soffriva la fame, festeggiavano il solstizio d'estate con spumante e grappa, cantavano canzoni naziste. Kitty non sapeva se fosse vero, perché spesso Auguste esagerava, ma era meglio non parlarne di fronte a Sebastian.

In realtà Kitty era dispiaciuta per Gerti. Ce l'aveva fatta a diventare la signora von Klippstein, ma poi da lì era andata di male in peggio.

«E nemmeno il nostro povero Paul se la passerà bene» sospirò Lisa. «Era iscritto al partito e in fabbrica avevano le lavoratrici forzate. È un problema.»

«Gliel'ha imposto Ernst von Klippstein» obiettò Kitty. «Non è stata colpa di Paulemann...»

«Ma all'epoca la fabbrica era ancora sotto la sua gestione.»

«Non ha senso! Comunque Marek testimonierà per lui. E Sebastian...»

«Certo» gridò dai cuscini il marito di Lisa. «Paul mi ha nascosto per settimane dalla Gestapo nella Villa delle Stoffe, posso testimoniarlo.»

«Non vedranno bene il fatto che ha lasciato andare Marie» proseguì Lisa imperterrita. «Diranno che ha mandato la moglie ebrea in America perché era un ostacolo per lui in Germania...»

«È proprio di questo che volevo parlarvi» colse la palla al balzo Kitty. «Sapete bene che Marie tornerà da noi appena possibile...»

«Oh, davvero? Non ne so nulla.»

«Allora dovresti leggere questa lettera...»

Lisa prese il foglio e scorse lentamente le parole di Marie, poi lo porse a Sebastian, che guardò Kitty, come per chiederle il permesso.

«Certo» disse quest'ultima. «Fai pure, leggi. Penso dovremmo parlare con Paul, prima che faccia qualcosa di cui potrebbe pentirsi.»

Sua sorella scrollò le spalle. «Kitty, Marie non sarebbe mai dovuta partire. È stato un grave errore. Se ricordi bene, Paul si è molto arrabbiato per la sua decisione.»

«Sai benissimo perché ha dovuto lasciare la Germania...»

Lisa agitò la mano con fare sprezzante e avanzò il ridicolo argomento che ormai si sentiva ripetere a destra e a manca: «Era sposata con un ariano, non le sarebbe successo nulla».

«Non è vero» replicò Kitty. «Sai benissimo quante volte la Gestapo è venuta alla Villa delle Stoffe. Alla fine hanno arrestato persino Paulemann...»

«Su questo devo dare ragione a Kitty, tesoro» intervenne Sebastian. «È stato saggio da parte di Marie lasciare il Paese. Io non l'ho fatto e l'ho pagata.»

«Come vi pare!» esclamò Lisa nervosa. «Però Marie non ha dovuto vivere notti di bombardamenti o controlli della Gestapo, ha un bell'appartamento in America, mangia a sufficienza e guadagna un sacco di soldi. Invece Hilde è rimasta al fianco di Paul in un momento molto difficile, come puoi stupirti che si sia innamorato di lei? Tanto più che è una persona davvero simpatica e a modo.»

Niente da fare, Lisa non era cambiata di una virgola. Era sempre convinta di essere lei la più sfortunata, mentre gli altri stavano meglio. Non le era mai passato per la testa che anche Marie avesse attraversato momenti difficili a New York.

«Quindi pensi sia giusto che Paul abbandoni sua moglie e la madre dei suoi figli per sposare un'altra?»

«Non importa se penso sia giusto o sbagliato, Kitty. È una questione tra Paul e Marie, non ho intenzione di mettermi in mezzo.»

«Ah, ecco! Quindi te ne tiri fuori, come una codarda. Se fosse viva la mamma...»

«Mamma?» replicò Lisa, in lacrime. «Sarebbe stata d'accordo con me.»

«Ma papà sicuramente no!»

Sua sorella gettò la penna sul tavolino e si sistemò i capelli.

«Cosa c'entra papà? È morto da un sacco di tempo! Il tuo è solo un perfido tentativo d'influenzarmi. Per quanto mi riguarda, abbiamo già abbastanza guai senza dover pensare anche alla tua altezzosa Marie!»

Kitty si girò verso Sebastian, che le porse la lettera con espressione triste. «È una brutta situazione. Capisco Marie, ma anche Paul. E capisco Hilde Haller. Probabilmente lui le ha promesso di sposarla...»

Kitty si riprese la lettera senza dire una parola e rivolse a entrambi un'occhiata sprezzante. «Allora non ho più nulla da dirvi!» concluse gelida, e uscì.

In corridoio, si fermò per inspirare a fondo e placare la rabbia e la delusione. Faceva male. Come poteva aver creduto che Lisa avrebbe difeso Marie? Sua sorella era sempre stata un'egoista. Aveva definito Marie altezzosa! Da non credere...

In quel momento si aprì una porta e in corridoio sbucarono Hilde Haller e Charlotte. Stavano discutendo animatamente di un libro.

«È un'opera meravigliosa» disse Hilde alla ragazza, con un sorriso. «Sono sicura che a tuo padre piacerà.»

«Grazie per il consiglio. Ha letto davvero tantissimo!»

Poi Charlotte corse nella camera da letto dei suoi genitori, mentre l'altra si avviò giù per le scale, diretta alla biblioteca. Ma non andò lontano.

«Signorina Haller?»

Hilde trasalì al richiamo di Kitty. Si fermò e si voltò verso di lei. «Sì, signora Scherer, mi dica.»

«Mia cognata Marie mi ha appena scritto che tornerà presto ad Augusta» disse, guardandola negli occhi.

La notizia l'aveva turbata? Se era così, era brava a nasconderlo. Sembrava solo un po' pallida, niente di più.

«Sono sicura che mio fratello ami ancora sua moglie» continuò Kitty. «Dovrebbe pensarci due volte, prima di rovinare un matrimonio.»

Aveva funzionato. Gli occhi di Hilde si spalancarono, poi lei si voltò di scatto e corse giù per le scale. Si sentì la porta del giardino d'inverno aprirsi e sbattere al piano di sotto.

«Sei impossibile, mamma!»

Henny era uscita dalla sua stanza. Doveva aver sentito tutto.

«Pensavo dovesse saperlo» disse Kitty, sulla difensiva.

«Ma non sono affari tuoi! Zia Marie non avrebbe mai detto una cosa del genere, è troppo discreta.»

«Lo so. Per questo l'ho fatto io. Non ho intenzione di essere discreta, quando si tratta della felicità di Paul e Marie.»

«Sei davvero senza speranze, mamma!» sbottò Henny, scomparendo in bagno.

Questa casa è troppo affollata per avere una conversazione privata, pensò Kitty. *In che condizioni dobbiamo vivere!*

Poi i suoi occhi si posarono su Hanna, che si era infilata in una nicchia tra gli armadi del corridoio. La cameriera sorrideva raggiante.

«Ha fatto bene, signora» le sussurrò. «Finalmente qualcuno l'ha detto. Oh, sono così felice che la mia cara padrona stia tornando! Si sa già quando arriverà?»

«Non ancora, Hanna. Ma non manca molto.»

«Se lo scopre Fanny Brunnenmayer! Sarà al settimo cielo...»

«Puoi dirglielo. E dillo pure agli altri.»

«Grazie, signora!»

I domestici! Si era completamente dimenticata dei domestici. In fondo anche loro avevano voce in capitolo alla villa, e che voce!

35

L'arroganza degli occupanti era difficile da sopportare. Dieci minuti dopo il coprifuoco, Paul si trovava ancora sulla Haagstrasse perché era andato in città alla ricerca di un paio di scarpe per Hilde, quando tre soldati americani lo avevano fermato, puntandogli una mitragliatrice in faccia e chiedendogli i documenti. Aveva provato a spiegare che stava tornando a casa e abitava a due minuti da lì, ma non era servito a nulla. Lo avevano trattato come un criminale, minacciando di arrestarlo, e si erano decisi a lasciarlo andare solo dopo essersi accertati che viveva davvero nella villa che si vedeva da Haagstrasse. Si divertivano a umiliare quelli che credevano nazisti, si sentivano i padroni della città e parlavano ad alta voce, dando per scontato che lui non capisse l'inglese. Paul era tornato a casa arrabbiato, pensando che gli americani non avessero né cultura né istruzione, lo aveva già notato quando aveva fatto visita a Marie e Leo, a New York. Sul viale che attraversava il parco della Villa delle Stoffe, la sua rabbia si placò: tutt'intorno era verde e fiorito, gli alberi carichi di foglie, i cespugli crescevano rigogliosi e in fondo, nell'orto, si intravedevano nuovi fagioli rampicanti.

Non dovrei prendermela tanto, pensò, mentre Humbert gli apriva la porta. La guerra scatenata da Hitler aveva causato sofferenze indicibili al suo popolo. Che importava se gli americani disprezzavano i nazisti? *Hanno visto le terribili foto di Auschwitz e Theresienstadt e pensano che siamo tutti dei bruti.*

Almeno ad Augusta era ripartita la raccolta dei rifiuti, un servizio di assoluta urgenza, perché ratti e topi si moltiplicavano. I primi tram avevano ripreso a funzionare e la gente cominciava a sgomberare il centro dalle macerie. Erano i tedeschi a occuparsene, in particolare le donne, perché gli uomini abili scarseggiavano. Due fabbriche tessili avevano riaperto, una novità che faceva ben sperare, ma non aveva alcuna importanza per la Melzer, i cui edifici erano stati tutti distrutti. Della sua azienda restava poco o niente. Prima di riaprire, bisognava rimuovere le macerie e ricostruire almeno uno dei capannoni. E poi era necessario acquistare nuovi macchinari, dato che Ernst von Klippstein aveva fatto sparire tutti i filatoi ad anelli e i telai. Ma come? E con quali soldi? Non avevano più risparmi, ormai compravano il cibo barattando oggetti vari al mercato nero. E il peggio per Paul era che i domestici, ai quali non poteva nemmeno garantire lo stipendio, avevano iniziato a pagare la spesa di tasca propria. Ovviamente non se ne lamentavano e facevano di tutto perché lui non lo scoprisse, ma bastava fare i conti per accorgersene. Quel gesto e la devozione che avevano dimostrato lo commuovevano, ma al tempo stesso si sentiva in imbarazzo. Era determinato a rimettere in sesto la fabbrica, se non altro per rimediare a quella situazione.

La sera si trovava con Robert e Marek nel giardino d'inverno, dove c'era la biblioteca. In genere anche Hilde e Henny si univano a loro. Marek gli aveva raccontato di essersi nascosto in fienili e rimesse per le carrozze, di aver trovato riparo in una fattoria per alcune settimane e persino di aver dormito nei boschi per qualche mese, in primavera. Trascorreva le giornate in una rudimentale capanna che si era costruito e di notte si intrufolava nei villaggi per rubare le uova dai pollai.

Era ancora convinto di essere responsabile del suicidio di von Klippstein, ma una volta tornato aveva fatto diversi tentativi per riavvicinarsi a Gerti e al figlio. Inutilmente. Lei era risentita perché l'aveva abbandonata.

«Ora che tu stai bene e io sono la moglie di un nazista, non hai più bisogno di me» gli aveva detto.

Marek l'aveva implorata di pensarci. In fondo Herrmann era suo figlio, la sua carne e il suo sangue, voleva prendersi cura di lui nel migliore dei modi.

«Penserò io a Herrmann!» aveva risposto freddamente lei. «Non ho bisogno di un uomo che mi vuole solo perché ha un figlio con me!»

Paul non aveva commentato, ma Henny non era riuscita a trattenersi. «E quindi?» aveva chiesto. «Ha ragione lei? È solo per il bambino?»

Marek aveva fissato dritto davanti a sé per qualche istante. Paul iniziava a pensare che non volesse rispondere, ma poi lo fece.

«Non saprei...» aveva mormorato. «All'inizio, quando ero a casa sua a dipingere gli affreschi, era diverso. Gerti era davvero innamorata di me, così mi ero lasciato prendere. E anche più tardi, quando si è trasferita alla Villa delle Stoffe. Ma dopo aver saputo che suo marito l'aveva scoperto, ho iniziato a sentirmi in colpa. Capite? Avrebbe potuto consegnarmi alla Gestapo, invece non l'ha fatto, non mi spiego per quale motivo. Allora ho cominciato a pensare che era un errore, e poi lui si è suicidato...»

«Capisco...» disse Henny. «Ti sei sentito in colpa perché Ernst von Klippstein si era comportato in modo nobile, diciamo. Ma poteva avere le sue ragioni per non spedirti in un campo...»

«Non lo so. Gerti una volta mi ha detto che non poteva permetterselo...»

«Ho i miei dubbi che si sia ucciso per amore» intervenne Robert. «Probabilmente la dirigenza del partito voleva farlo fuori.»

Marek emise un sospiro. Era chiaro che avrebbe voluto credere a quella versione, ma non ci riusciva. «Forse...» disse infine. «Comunque ha rovinato le cose tra me e Gerti. Non sono sicuro di amarla ancora, però non tollero l'idea che vada via con il bambino e che non li rivedrò più.»

«Gerti o il bambino?» insistette Henny, ostinata.

«Entrambi.»

Per un po' rimasero in silenzio. Robert sorseggiava il caffè surrogato, Paul si era concesso un bicchierino di liquore, Henny e Hilde bevevano tè alla menta.

«Penso che dovresti capire cosa provi, prima di fare qualsiasi cosa» disse infine Paul. «È importante sapere cosa vuoi davvero.»

Marek annuì, con aria piuttosto avvilita.

«Potrei provare a parlare con Gerti» si offrì Hilde.

Ma lui rifiutò con decisione.

Poi cambiarono discorso. La locanda Eckstuben ospitava una mensa degli ufficiali per gli occupanti, dove i bambini di Augusta andavano a elemosinare gli avanzi.

«È terribile» disse Hilde, angosciata. «Molte famiglie non hanno da mangiare perché sono senza soldi. I monaci offrono qualche pasto, ma non basta...»

Paul non commentò. Anche alla Villa delle Stoffe il denaro scarseggiava. Henny, invece, riferì che c'erano buone notizie: la MAN era tornata in attività, le locomotive erano in fase di riparazione e anche l'azienda metallurgica Fritsch aveva ricevuto un importante ordine dal quartier generale americano.

«Magnifico» ruggì Paul, amareggiato. «Quindi gli ex fabbricanti di armamenti possono tornare al lavoro, mentre la Melzer resta ferma.»

«Torneremo anche noi, zio! Andiamo lì domani e capiamo il da farsi.»

Paul aveva fatto diversi giri nei capannoni, ma il bilancio era stato deprimente. «Se vuoi...» rispose, senza troppo entusiasmo.

«Almeno sei di nuovo il direttore.»

«Sì, sono il direttore di un cumulo di macerie» replicò, afflitto.

«Presto tornerà a essere una fabbrica fiorente» disse Hilde, sorridendogli.

Lui non ne era affatto convinto, ma non voleva tormentare tutti con le sue preoccupazioni, quindi parlò d'altro.

Il giorno prima avevano saputo da Auguste che gli occupanti avevano attraversato la città con un gruppo di prigionieri tedeschi. La cameriera era sicura di aver visto fra loro Johannes.

«Le ho detto di non farne parola con Lisa. È molto preoccupata e non è il caso di farla agitare ulteriormente» spiegò.

Henny era già al corrente della cosa. «Auguste ha detto che l'ha riconosciuto e chiamato per nome. Lui l'ha guardata, ha spalancato gli occhi e si è girato dall'altra parte.»

«Allora forse non era lui» rifletté Hilde.

«No, era sicuramente lui» disse Henny. «Ma si vergogna di essere tornato ad Augusta da prigioniero e non vuole essere riconosciuto. È fatto così.»

«Chissà se crede ancora nel nazionalsocialismo» si domandò Robert, con un sospiro. «Non è entrato nelle Waffen-SS poco prima della fine della guerra?»

«Non mi stupirebbe» commentò Henny. «Era già abbastanza fanatico quando faceva parte della Gioventù hitleriana.»

«Si sa dove vengono portati i prigionieri?» chiese Paul.

«In Francia, dicono» disse Henny. «In un campo di prigionia americano.»

Non c'erano notizie di Hanno, ma Tilly era di buon umore perché Jonathan le aveva scritto che presto sarebbe stato liberato.

Paul non chiese di Felix. Anche lui sarebbe tornato presto a casa, ma non era chiaro in che condizioni di salute. Qualche settimana prima aveva scritto a Henny una breve lettera in cui spiegava che gli avevano sparato a un polmone. Tilly aveva rassicurato la giovane che, una volta tornato, Felix avrebbe potuto essere visitato e, se necessario, operato. Paul sapeva quanto la nipote fosse preoccupata per il marito e sperava che Tilly avesse ragione. Felix era un bravo ragazzo, gli piaceva molto.

Si separarono poco prima di mezzanotte e tornarono nelle loro stanze il più silenziosamente possibile, per non disturbare gli altri. Come sempre, Paul andò con Hilde nella camera di lei. Non appena si chiusero la porta alle spalle, la strinse in un abbraccio.

«Sei molto pallida. Non ti senti bene?»

«Stavo ripensando a noi... Forse stiamo sbagliando.»

«Perché di nuovo questi dubbi?» sbottò, irritato. «Ne abbiamo parlato abbastanza. A breve potrò procedere con il divorzio, non credo proprio che mia moglie mi farà problemi...»

«Lo scoprirai presto, Paul» disse lei, fissandolo con sguardo eloquente.

«In che senso?»

«A breve tornerà ad Augusta.»

Paul sgranò gli occhi. Non era sicuro di aver capito. «Come?

Mia moglie... Marie sta tornando ad Augusta? Cosa te lo fa pensare?»

Hilde si allontanò e si mise a camminare per la stanza. Poi si voltò e Paul si accorse che i suoi occhi ardevano di rabbia. Ebbene, la sua dolce Hilde poteva arrabbiarsi. Era un lato di lei che non conosceva.

«Me l'ha detto tua sorella Kitty questo pomeriggio. Con molto poco tatto, come al solito. Mi ha accusata di aver distrutto il tuo matrimonio.»

«Ma... è inaccettabile!»

Era fuori di sé. Come si permetteva Kitty d'interferire in una situazione che non la riguardava? Era così sconvolto che sarebbe voluto correre seduta stante nello studio dove lei alloggiava con Robert, ma Hilde lo fermò.

«Per favore, non farne un dramma. Conosci tua sorella meglio di me, ha un modo schietto di esprimere simpatie e antipatie...»

«Ogni cosa ha un limite. E comunque, come può affermare che Marie verrà ad Augusta? Come fa a saperlo?»

«Non ne ho idea, Paul. Ma è possibile che... come si chiama? Ah sì, Walter Ginsberg potrebbe essere in contatto con New York.»

Ma certo. E se non Walter, sicuramente Leo, che aveva deciso di arruolarsi nell'esercito americano per combattere contro la sua patria. Kitty doveva aver scritto a Marie per persuaderla a tornare in Germania il prima possibile. Quale malvagio piano stava architettando sua sorella?

«D'accordo» disse, fingendo di calmarsi. «Meglio se viene, potremo discutere di persona del divorzio e le formalità saranno meno complicate. Domani mattina parlerò con Kitty...»

«Non voglio che tu lo faccia. Toccherebbe a me farlo, ma credo sia inutile, se non impossibile.»

«Infatti» disse lui cupamente. «Finora nessuno è mai riuscito a far cambiare idea a mia sorella. Cerca solo di non prenderla troppo sul serio, Hilde. È la cosa migliore. Non preoccuparti, non manderà in fumo i nostri piani. Te lo prometto.»

Lei annuì e gli sorrise. «Ti dispiace dormire in camera tua stanotte?» chiese poi, in un sussurro. «Sono un po' nervosa, ti darei fastidio.»

«No, niente affatto» disse Paul, più in fretta del necessario. «Credo che anch'io dormirò male stanotte. Sogni d'oro, cara. Ne riparliamo domani.»

La baciò e la strinse in un abbraccio prima di uscire. Il corridoio stretto e lungo, illuminato dalla luce della luna, all'improvviso gli parve strano e irreale. Su una mensola notò un mazzetto di fiori secchi in un vaso. Non era stato il bouquet da sposa di Marie? No, che sciocchezza, doveva essere appartenuto a Lisa o forse a sua madre. Iniziava a vaneggiare, meglio andare a dormire.

L'aria nella lavanderia era soffocante, la branda era scomoda e, proprio come aveva temuto, faticò a addormentarsi.

Quindi Marie sarebbe tornata ad Augusta. Perché la prospettiva lo riempiva di dolorosa angoscia? Aveva appena assicurato a Hilde che la presenza di sua moglie avrebbe facilitato i loro progetti matrimoniali, ma ora si rendeva conto di aver mentito a se stesso. Il pensiero di trovarsi di fronte Marie lo turbava. Cosa le avrebbe detto? Come poteva giustificare le proprie intenzioni mentre la guardava negli occhi? L'aveva amata moltissimo, era stata la sua più intima confidente, il suo grande amore, la madre dei suoi figli... Era davvero tutto finito? Aveva voltato pagina? O si stava illudendo? Possibile che l'amasse ancora?

Perché mi ostino a torturarmi? pensò, girandosi dall'altra parte. *Mi ha voltato le spalle da anni per collaborare con quel subdolo di Karl. Ormai lui avrà raggiunto il suo obiettivo, ha avuto abbastanza tempo per riuscirci. E comunque chi dice che verrà da sola? Molto più probabile che si presenti qui con quell'uomo.*

Il pensiero gli fece più male di quanto si fosse aspettato. La sua Marie al braccio di un altro. Persa per sempre. Un ultimo saluto, una stretta di mano, un addio. Non si sarebbero più rivisti.

È quello che voglio anch'io, si disse, rigirandosi ancora. Fissò a lungo l'oscurità, ricordando tempi lontani. Marie, la timida sguattera di cucina. Marie, la sua giovane e affascinante fidanzata. Marie che era svenuta tra le sue braccia quando l'aveva visto tornare dalla guerra. Chiudere gli occhi era inutile, le immagini non scomparivano. Solo quando la pendola dell'atrio suonò le tre di notte riuscì a sprofondare nel sonno.

La mattina fu svegliato presto dal pianto del piccolo Herrmann nella stanza di Gerti. Qualche giorno prima era stato il suo terzo compleanno, Hilde gli aveva regalato un cane di pezza fatto da lei, mentre Henny aveva comprato un paio di scarpette di pelle al mercato nero. Gli altri avevano più o meno ignorato la ricorrenza, a parte Hanna, che gli aveva portato un mazzo di fiori di campo e dei biscotti preparati da Liesl e Fanny Brunnenmayer. Gerti si era commossa e aveva ringraziato tutti di cuore. Marek non si era fatto vedere.

Ovviamente l'unico bagno era occupato. Paul tornò rassegnato nella sua stanza, si vestì e scese nell'atrio, dove c'era un secondo gabinetto. Per fortuna la colazione si svolgeva in più turni, perché non tutti si alzavano alla stessa ora. Soltanto a pranzo erano in dodici. La tavola piena gli ricordava i tempi passati, quando i suoi genitori erano ancora vivi e avevano spesso ospiti.

Quando entrò in sala da pranzo, Paul vide Gerti impegnata a far bere a suo figlio una tazza di latte caldo. La cosa suscitava l'invidia di alcuni residenti della villa. Anche Marek e Sebastian ricevevano razioni extra in quanto vittime del governo nazista, ma condividevano il cibo con gli altri. A colazione, comunque, dovevano accontentarsi di una fetta di pane con succo di barbabietola o formaggio cotto e surrogato di caffè.

Anche Henny si era svegliata presto quella mattina. Aveva preso Herrmann in braccio e chiacchierava con Gerti dell'orto, lodando i ravanelli, la lattuga, il prezzemolo e l'erba cipollina che avrebbero arricchito il pasto di mezzogiorno.

«Marek ha davvero il pollice verde» disse, con disinvoltura. «Qualunque cosa semini, cresce rigogliosa. Presto avremo anche carote e sedano.»

«Mi sorprende» replicò Gerti. «Prima passava il tempo sdraiato a terra a disegnare, anziché lavorare.»

«Alcuni uomini sono come le mele autunnali, maturano solo dopo le prime tempeste» commentò Henny con un sorriso.

Dal momento che Gerti rimase in silenzio, Henny si rivolse a Paul. «Che ne dici di andare in fabbrica subito dopo colazione, zio? Penso ci siano ancora due telai in una delle stanze del seminterrato, potremmo usarli.»

«E dove? Filiamo a cielo aperto?» rise lui, amaramente. «Comunque va bene, andiamo.»

Hilde apparve un attimo dopo nella sala della colazione e chiese di unirsi a loro. Nell'atrio incontrarono Kitty e Robert, che si accodarono al gruppo. Paul trattenne il respiro, ma Hilde non diede segno d'essere infastidita e anche Kitty si comportò come se nulla fosse. Decise quindi di tenere la bocca chiusa, ma si ripromise di chiamare in disparte sua sorella il prima possibile per parlarle.

La vista dei capannoni in rovina era desolante. Ovunque si innalzavano montagne di mattoni, travi bruciate e schegge di vetro, qua e là resti di muro, sedie rotte, tavoli da lavoro allestiti per le operaie polacche e parti di aeroplani in metallo.

«Attenzione a non farvi male con i vetri!» avvertì Hilde. «Oh guarda, Paul. Un pezzo della tua scrivania.»

Lui estrasse dalle macerie un grumo annerito con delle chiazze verdi. Il set da scrivania di suo padre. «Ha sempre detto che era di giada» scherzò con umorismo nero. «Ma a quanto pare era soltanto vetro. Ebbene, tutto nella vita ha un inizio e una fine.»

«Vieni qui, zio!»

Con l'aiuto di Kitty e Robert, Henny aveva liberato una delle porte del seminterrato. Non quella che conduceva all'ex rifugio antiaereo, ma l'ingresso di uno dei magazzini sotterranei.

«È bloccata. Tirate forte.»

Robert fece del suo meglio, ma fu solo quando Paul arrivò ad aiutarlo che riuscirono ad aprirla. Il seminterrato era buio, tutti i lucernari sepolti dalle macerie.

Henny accese un fiammifero. «Laggiù!» gridò eccitata. «Lo sapevo, ci sono ancora...»

Paul intravide un groviglio di pezzi di macchinari impolverati prima che la fiamma si spegnesse. «Dai qui.» Fece pochi passi nella stanza, accese un altro fiammifero e illuminò le parti metalliche che chiaramente appartenevano a due telai. Ci sarebbe voluto molto tempo per pulirli e rimontarli affinché tornassero a funzionare. «Non ci spererei troppo...» disse, spegnendo il fiammifero prima che gli bruciasse le dita.

«Meglio di niente» disse Henny. «Quando tornerà Dodo, sistemerà tutto in un baleno.»

«Basterebbero poche persone a sgombrare le macerie e costruire un capannone provvisorio» osservò Robert.

«Anche se fosse, avremmo bisogno di materiali e dell'approvazione del governo militare» replicò Paul, smorzando l'entusiasmo.

«Una cosa alla volta.»

Nonostante il suo scetticismo, Henny sembrava abbastanza soddisfatta del risultato. Fra le macerie trovarono altre due sedie quasi integre e le sistemarono nel seminterrato. La giovane aveva con sé la chiave per chiudere la porta, molte persone scavavano ovunque in cerca di qualcosa di utile e bisognava fare attenzione.

Sulla via del ritorno, mentre la nipote chiacchierava entusiasta con Robert e Hilde, Paul rimase indietro e anche Kitty rallentò il passo. Camminarono fianco a fianco per un po', osservando gli altri tre discutere, poi Paul aprì la conversazione, parlando a bassa voce.

«Perché sei stata così sfrontata con Hilde?»

«Perché so che ami Marie.»

«Lascia che sia io a decidere chi amo.»

«Non me lo perdonerei mai, Paulemann. Stai per commettere un grosso errore.»

Era inutile, non capiva. Perché sprecava tempo a parlare con lei? «Non devi interferire, hai capito? Non dimenticare che abiti a casa mia.»

«Vuoi sbattermi fuori?»

«Vorrei davvero poterlo fare!»

«Un giorno tornerai da me in ginocchio... Aspetta, che succede?»

Nel frattempo erano arrivati alla Villa delle Stoffe. Kitty si fermò di botto, afferrò la mano del fratello e la strinse così forte da farlo quasi gridare.

«No! Santo cielo, è lui! Guarda, Paulemann! Come sono felici, stanno piangendo entrambi!»

Ai piedi delle scale, due giovani erano stretti in un abbraccio. Una era Henny, con i capelli biondi che scintillavano al sole. E l'altro era Felix.

Paul fissò i due innamorati. La gioia incontenibile nel rivedersi, i baci teneri e appassionati, le lacrime di felicità sui loro volti. Poi l'immagine si sfocò davanti ai suoi occhi, e lui si sentì sul punto di singhiozzare. Si voltò in fretta, affinché nessuno vedesse che stava piangendo come un bambino.

36

Agosto 1945

Leo non si sentiva a proprio agio nello scompartimento. L'uniforme lo identificava senza possibilità di dubbio come un membro dell'esercito degli Stati Uniti, e i suoi compagni di viaggio si comportavano di conseguenza. Benché il treno fosse pieno, alcuni cambiarono carrozza e altri cercarono di conversare in inglese per ottenere il suo favore, chiedendogli se gli piaceva la Germania e da dove veniva. Altri ancora si sedettero in silenzio di fronte a lui, lo fissarono con sguardo ostile oppure si ostinarono a tenere un giornale davanti al naso. Era strano tornare in patria da tedesco e al tempo stesso da occupante.

Era un soldato da poco meno di un anno, uscito illeso da tutte le battaglie, e il mestiere della guerra, che dapprima aveva trovato disgustoso e insopportabile, era diventato parte della sua quotidianità. Era stato a Liegi, aveva partecipato alla conquista di Aquisgrana e combattuto nelle Ardenne, infine aveva attraversato il Reno con i suoi compagni a Remagen. Era un mondo strano, in cui si era gettato d'impulso, un mondo che seguiva regole diverse da quelle della società civile. Un mondo dove contavano il coraggio, la perseveranza e l'obbedienza, dove uccidere un nemico era naturale e la compassione era sinonimo di debolezza. Anche lui aveva ucciso, non per odio, come alcuni suoi compagni, ma per eseguire un ordine, e aveva imparato a non sentirsi in colpa. La guerra era guerra, lì le leggi dell'umanità erano sospese. *Mors tua, vita mea.* Un Paese è sconfitto soltanto quando il suo esercito non è più in grado di combattere.

Ora che la guerra era finita, pensava spesso che ne aveva avuto abbastanza. Aveva raggiunto il suo obiettivo, contribuire a liberare la patria dal regime di Hitler. Era giunto il momento di tornare alla vita reale, di lasciarsi il conflitto alle spalle e ridiventare un essere umano normale, come gli altri. Era ora di rivedere sua madre. I suoi amici. Di comporre di nuovo, dirigere un'orchestra, sedersi al pianoforte e suonare Beethoven.

Aveva esitato a lungo, ma dato che presto Walter avrebbe dovuto lasciare Augusta, aveva preso un giorno libero per rivederlo. Si erano dati appuntamento nella loro città natale. Walter gli aveva descritto la situazione e riferito alcuni dettagli sulla Villa delle Stoffe, ma Leo nutriva grandi riserve all'idea di presentarsi lì come soldato americano. Sospettava che suo padre, con il quale i rapporti erano già difficili, non sarebbe stato felice di rivederlo in quelle vesti.

Il collegamento ferroviario fra Nordhausen, dov'era di stanza, e Augusta si rivelò imbarazzante: non tutti i treni circolavano, sebbene i binari fossero stati in gran parte riparati. Notò con soddisfazione che gli americani stavano cercando di dare alla Germania una seconda possibilità. Sperava che non fosse troppo presto. Alcuni erano ancora legati alle vecchie idee, purtroppo. Leo aveva partecipato alla liberazione del campo di concentramento di Dora, dove i prigionieri e i lavoratori forzati erano impegnati nell'assemblaggio dei missili V2, la presunta arma miracolosa. L'immagine degli ultimi, scheletrici detenuti non smetteva di tormentarlo.

Non era stato in grado di comunicare a Walter l'ora esatta del suo arrivo ad Augusta, ma trovò l'amico ad attenderlo alla stazione. L'incontro fu emozionante. Si abbracciarono forte e si sforzarono di trattenere le lacrime.

«Che odissea!» esclamò Walter, sorridendo. «Finalmente sei arrivato. Ti trovo bene, vecchio mio.»

«È soltanto un'impressione» scherzò Leo. «A proposito, anche tu sei in forma.»

La stazione era a malapena riconoscibile, con gli edifici in rovina e i binari riparati alla meglio, ma i treni erano affollati. Le severe restrizioni imposte all'inizio dagli occupanti erano state allentate: ci si poteva spostare fuori città, a patto di sottoporsi a dei controlli.

Mentre percorrevano le strade, Leo tacque alla vista delle case bombardate. Era doloroso ritrovare gli edifici e i luoghi che conosceva in rovina. Il monastero, il municipio, intere vie del centro erano distrutte. Le donne spalavano le macerie e le caricavano nei secchi che trascinavano sui carri, poi si sedevano sul ciglio della strada e scuotevano la malta dai mattoni. Un anziano trainava un carro traballante, stipato di oggetti che aveva tirato fuori dalle macerie: una pentola, una padella ammaccata, parti di metallo e legno carbonizzato. I bambini giocavano a palla tra i resti delle case, una bambina stringeva al petto una bambola sporca.

«Non c'è molto cibo» sussurrò Walter. «Hanno sempre fame.»

Entrarono nella mensa dell'esercito. Walter, nel frattempo, aveva raggiunto il grado di tenente. Salutò alcuni compagni e li presentò a Leo. Si diedero una pacca sulla spalla e scambiarono qualche parola prima di andare a sedersi.

«Come ti sei sentito a tornare qui?» chiese Walter, davanti alla bistecca con contorno di mais.

«Non so cosa dire.»

«È un colpo al cuore, vero?»

«Sì...» ammise.

«Capisco, mi sento come te» disse l'amico. «Ma ho trovato un antidoto per quando la compassione sta per sopraffarmi. Penso al mio polso: è guarito, però mi darà problemi per il resto della vita.»

Leo ricordò quando erano stati attaccati e picchiati da alcuni bulli perché Walter era ebreo. Era caduto e si era fratturato il polso.

«Hai ragione» disse, in tono amaro. «Anch'io ho un ricordino.»

Indicò la cicatrice ancora visibile sul sopracciglio. Si era ferito mentre difendeva il suo professore ebreo da altri studenti tedeschi.

Continuarono a mangiare in silenzio, Leo si guardò intorno e notò che bianchi e neri sedevano allo stesso tavolo e chiacchieravano animatamente. Avevano combattuto fianco a fianco, affrontato gli stessi pericoli. L'esperienza condivisa aveva spazzato via molti pregiudizi, ma non era chiaro cosa sarebbe successo una volta tornati nella società civile. Walter andò a prendere il dolce e gli disse, sorridendo: «Ho una sorpresa per te. Mi sono procurato degli spartiti e un violino, possiamo suonare insieme oggi pomeriggio».

«Non è possibile!»

«Sì, te lo giuro. Qui di tanto in tanto organizzano dei concerti. Ho assistito a uno e ho chiesto se potevano prestarmi un violino. Gli Schmidtkunz all'inizio erano scettici, ma poi ho suonato un paio di battute e li ho convinti. Così me l'hanno lasciato per tutto il pomeriggio.»

«E il pianoforte?»

«Nella mensa degli ufficiali. I compagni ci aspettano impazienti.»

«Santo cielo!» rise Leo. «Non tocco una tastiera da un secolo.»

«E allora? Anch'io sono fuori allenamento. Ma basterà strimpellare un po'.»

Leo era elettrizzato, non se lo aspettava. Sarebbe stato come tornare per un attimo alla vecchia vita. E riallacciare un legame con Walter, l'unico vero amico che avesse mai avuto.

«Vuoi andare alla Villa delle Stoffe?» gli chiese lui mentre sorseggiavano il caffè.

Leo scrollò le spalle. «Dipende. Mia madre è determinata a levare le tende da New York e tornare ad Augusta.»

«Lo so, mi ha scritto...»

«E allora? Che ne pensi?»

L'espressione di Walter si fece seria. Non sapeva come spiegare la situazione all'amico, ma sapeva di doverlo fare.

«Non sarà facile. Ho sentito che tuo padre ha altre intenzioni, ormai.»

Leo lo fissò senza riuscire a trovare le parole. Suo padre aveva un'altra donna e il posto di sua madre ad Augusta era occupato. Possibile? Aveva sempre creduto che i suoi genitori si amassero. Il loro amore aveva resistito alla distanza, almeno fino a quando le comunicazioni si erano interrotte.

«Sei sicuro?» chiese, a disagio. «Da chi l'hai saputo?»

«Sono stato in contatto con tua zia Kitty, ma è stata Henny a dirmelo. Tuo padre sembra determinato a sposare la sua ex segretaria.»

Leo frugò nella sua memoria, ma sulle prime gli venne in mente soltanto l'anziana Ottilie Lüders. Poi si ricordò di una donna più giovane. Una ragazza bruna e seria, con i lineamenti spigolosi... La signorina Haller.

Sentì montare il dolore e la rabbia. Sua madre era sempre rimasta fedele al marito, aveva respinto le avance di Karl Friedländer e per farlo aveva anche passato un mucchio di guai!

«Se è vero, non voglio più avere niente a che fare con mio padre» sbottò, furibondo. «Come può tradirla in questo modo...»

«Ha dovuto vivere a lungo senza di lei» disse Walter con cautela.

«Ma non è stata colpa sua! Era sola quanto lui, eppure non l'ha mai tradito!»

«Tua madre è una donna straordinaria, Leo. Sai quanto la ammiro. Sono sicuro che troverà una soluzione.»

«Lei lo sa?»

«Deve averglielo scritto tua zia Kitty. Ho inoltrato io le lettere.»

Leo tacque. Quindi sua madre sapeva dell'altra donna. Non gli aveva detto niente al riguardo. Come mai? Voleva proteggerlo?

«Mi dispiace» disse Walter dopo qualche istante. «Però dovevo dirtelo. Non è una bella cosa, ma nonostante tutto è sempre tuo padre...»

Il giovane alzò la testa di scatto e lo fissò. «Mio padre? E che padre è mai stato per me? Non sono il figlio che desiderava. Tutto quello che sono diventato lo devo a mia madre e a mia zia Kitty, che mi hanno sempre difeso. Con lui ho dovuto litigare per le lezioni di pianoforte, per gli studi di musica, per qualunque cosa...»

Walter attese pazientemente che la rabbia di Leo si placasse, poi mormorò: «Eppure è bello avere un padre. Credimi».

Stava per protestare, ma poi capì. Walter aveva perso suo padre quando era molto piccolo e non aveva più rapporti con la madre da quando si era risposata. Era solo al mondo. Senza padre, senza famiglia.

«È più bello avere un amico, Walter» disse, mettendogli una mano sulla spalla.

«Hai ragione» rispose l'altro, in un sussurro quasi impercettibile. «E io ne ho uno. Il migliore del mondo.»

Per evitare che l'atmosfera diventasse troppo sentimentale, Leo si alzò e osservò che forse era il caso di esercitarsi un po'.

«Andiamo» disse Walter, con un sorriso. «Non è lontano. La mensa degli ufficiali è nelle cantine del vecchio municipio.»

Le macerie sulla piazza del mercato erano state in gran parte sgomberate e la fontana di Augusto era tornata al suo posto. Fra le bancarelle di patate, rape, erbe aromatiche e uova regnava il solito trambusto. Leo intravide anche qualche mela. I frequentatori del mercato non erano solo tedeschi, c'erano molti soldati americani, pur se Leo dubitava che fossero lì per comprare mele e patate. Una bancarella vendeva uniformi militari, insegne e berretti della Wehrmacht che parevano andare a ruba fra i giovani americani. D'altronde, erano perfetti come souvenir da portare a casa. Qua e là piccoli gruppi discutevano animatamente, non era difficile immaginare di cosa. Orologi da taschino, gioielli e altri oggetti venivano scambiati con dollari americani o buoni per le razioni di cibo. Ma bisognava stare attenti, perché si rischiavano multe salate.

«Guarda lì.»

Walter indicò la fontana. Un gruppo di soldati americani era seduto con delle ragazze del posto. A quanto pareva, s'iniziava a fraternizzare.

«Spero sappiano cosa stanno facendo» mormorò Leo.

«Ci sono dei bastardi che se ne approfittano, in effetti» ammise Walter. «Ma alcuni fanno sul serio. È possibile che presto venga celebrato il primo matrimonio tedesco-americano.»

«Hai trovato l'amore?» scherzò Leo.

«Io? No, purtroppo no» rispose Walter con un sorriso. «Sono solo uno spettatore, e talvolta anche un consigliere in materia di signorine tedesche.»

Entrambi risero e Leo disse all'amico di fare molta attenzione. «Potresti andare all'inferno, per una cosa del genere...»

Poi si interruppe, fermandosi di botto. Si era sbagliato? Ma no, era lei. Ora gli dava le spalle e faceva la fila davanti a una bancarella che aveva da offrire ancora qualche patata e poche verdure.

«Che succede?» chiese Walter. «Hai riconosciuto qualcuno?»

«Liesl» mormorò. «Lì, al banco delle verdure. È rimasta uguale. E quella insieme a lei dev'essere Hanna. Non credo che l'avrei riconosciuta, con tutti quei capelli bianchi...»

«Vuoi andare a parlarci?»

Leo era combattuto. Se si fosse avvicinato, avrebbero sicuramente riferito alla Villa delle Stoffe che era in città. D'altra parte, cosa c'era di male? Avrebbe scritto a zia Kitty per spiegare le sue riserve.

Attesero che Liesl avesse completato i suoi acquisti e scoprirono che i prezzi avevano raggiunto cifre esorbitanti. Poi, quando lei e Hanna stavano per proseguire in direzione della fontana, la chiamò.

«Liesl! Liesl Torberg!»

La donna trasalì e si voltò di scatto. Fissò i due soldati americani e soltanto dopo pochi secondi capì chi era stato a chiamarla. Dalla sorpresa, per poco non lasciò cadere il cesto con la spesa.

«Leo!» esclamò, correggendosi subito: «Volevo dire, signor Melzer. Quasi non la riconoscevo con la divisa...».

Lui si sentì avvampare. Non era riuscito a togliersi dalla testa Liesl per anni e adesso era lì di fronte, identica a quando le aveva detto addio.

«Dovrò indossarla ancora per un anno» rispose, sorridendole. «Volevo che la mia patria tornasse come la ricordavo, per questo mi sono arruolato.»

Gli sembrò importante spiegarle la propria decisione e lei prese le sue parole sul serio.

Hanna si era appena ripresa dallo stupore e iniziò a blaterare: «Gesù, il nostro Leo! E io che pensavo ci fissaste perché avevamo fatto qualcosa di male... Santo cielo, quello è il signor Walter. Voglio dire, il tenente Ginsberg. È già stato alla Villa delle Stoffe, vero? L'abbiamo vista nell'atrio».

«Immagino foste tutti dietro la porta della cucina, giusto?» disse Leo, allegro. «Devi sapere, Walter, che ai nostri domestici non sfugge mai niente. Ed è un bene.»

«Non deve pensare che stessimo origliando...» disse Hanna, preoccupata.

«Ma no! So bene che non origliate, Hanna!» le assicurò con espressione seria.

«È solo che ci interessa quello che succede alla famiglia» continuò la cameriera. «Come saranno contenti quando diremo che l'abbiamo incontrata! Vero, Liesl?»

L'altra non aveva detto niente e Leo sentì che lo squadrava dalla testa ai piedi con curiosità. Ora notava che in effetti era cambiata: il viso si era assottigliato, i lineamenti infantili erano spariti. Ormai doveva avere poco più di trent'anni, era una donna adulta. Gli sembrava aggraziata, ma anche distaccata, e i suoi occhi castani avevano un'espressione triste.

«Vuole venire alla Villa delle Stoffe, signor Melzer?» gli chiese.

«Purtroppo non ho molto tempo» mentì Leo, per necessità. «Tornerò in un altro momento, devo ripartire stasera.»

«È un peccato» intervenne Hanna. «Sarebbero stati tutti felicissimi. In particolare la signora Scherer. E la signora Burmeister. Oh, forse non lo sa: sua cugina si è sposata, il marito è appena tornato dalla guerra. Non si è ancora ripreso del tutto, ma starà bene, ci prendiamo cura di lui come meglio possiamo...»

«Mia madre me l'ha scritto» disse lui, interrompendola. «Comunque, potete informare gli altri che mi farò sentire presto.»

Nella sua confusione, Hanna fece una riverenza in mezzo alla piazza del municipio e poi rise di se stessa. Liesl sembrava decisa a concludere la conversazione, perché disse: «Dobbiamo tornare a casa. Si sta facendo tardi e la signora Brunnenmayer ci aspetta per preparare la zuppa di verdure...».

Leo capì. Probabilmente non voleva che qualcuno vedesse lei e Hanna impegnate in una conversazione amichevole con due soldati americani.

«Se è così, non voglio trattenervi» disse, con una punta di rammarico. «Ma mi ha fatto molto piacere rivedervi.»

Liesl non ricambiò il sorriso. Invece di allontanarsi, dopo un momento d'esitazione, disse: «Willi indossa ancora il collare rosso che mi ha regalato».

«Davvero?» esclamò Leo, felice. «Allora ho scelto bene, perché volevo che pensasse a me, Liesl. Ricorda che ci davamo del tu?»

«È passato molto tempo» rispose lei. «E sono successe tante cose, signor Melzer.»

«Lo so. E mi dispiace. Volevo molto bene a Christian. Ci tenevo a dirglielo, prima di separarci.»

«Grazie» rispose Liesl, abbassando lo sguardo. Aveva le lacrime agli occhi? Non riuscì a vedere bene, perché si voltò facendo un breve cenno di saluto a Walter e si allontanò con Hanna. Leo restò a guardarle finché non scomparvero tra la folla.

«Allora?» chiese l'amico, guardandolo di sottecchi. «Ti piace ancora, vero?»

«Mi hai beccato» ammise Leo in tono triste. «Ma ha ragione, sono cambiate tante cose da allora.»

«Certe cose non cambiano mai. L'amore, per esempio...»

Di fronte all'occhiataccia di Leo, Walter si affrettò ad aggiungere, sogghignando: «Intendevo l'amore per la musica. Andiamo, la signora Musica ci aspetta».

37

Settembre 1945

Per giorni Henny aveva dimenticato tutto ciò che la circondava. Esisteva soltanto Felix, la sua vicinanza, i suoi abbracci, il suo sorriso felice e serio allo stesso tempo, molto diverso da come lo ricordava. Tutti lo avevano accolto con calore, alcuni addirittura con entusiasmo. Zia Lisa aveva pianto, naturalmente, e zio Paul, nonostante la depressione dell'ultimo periodo, l'aveva abbracciato.

«Bentornato a casa» aveva detto, con le lacrime agli occhi.

Si erano sistemati nel salotto rosso. Per Felix era stato preparato un secondo letto, mentre Henny ufficialmente passava la notte sul divano. In realtà dormivano quasi sempre insieme, stretti sulla branda. Restavano abbracciati anche nel sonno, e talvolta Henny si svegliava di soprassalto dopo aver sognato che il marito era morto in ospedale. Allora si stringeva più forte a lui, sentendosi incredibilmente felice e molto più fortunata di tante donne che stavano ancora aspettando, forse invano, il ritorno a casa dei loro amati. Gli avvisi di morte continuavano ad arrivare, la maggior parte tramite i rimpatriati che si erano assunti il triste compito d'informare i familiari della morte di un loro compagno.

Henny e Felix avevano chiacchierato a lungo, ma era stata soprattutto lei a parlare. Gli aveva raccontato la fuga nel rifugio antiaereo quando la Villa delle Stoffe era stata bombardata, l'improvvisa ricomparsa dello zio Sebastian nel parco, il suicidio di Ernst von Klippstein e migliaia di altri episodi che si era perso. Lui la ascoltava, interrompendola di rado con brevi domande. Quando gli disse quanto aveva temuto per lui e quanto gli era mancato, Felix la abbracciò forte e la baciò.

«E tu? Non ti sono mancata?» domandò Henny.

«Come puoi chiedermi una cosa del genere!»

Le occorse qualche giorno per rendersi conto che Felix parlava pochissimo. Aveva detto qualcosa a proposito dell'ospedale e di come a tratti avesse temuto di non farcela. Le aveva raccontato dei medici bravissimi che si erano presi cura di lui e del breve periodo trascorso come prigioniero di guerra. Era stato rilasciato poco dopo per motivi di salute.

«I vecchi e i malati tornavano prima a casa» disse. «Perché gli invalidi di guerra non sono considerati un rischio.»

Aveva sempre avuto un senso dell'umorismo particolare, ma ora sfiorava punte di cinismo. Era un aspetto nuovo di lui. A volte Henny aveva la sensazione di doverlo conoscere da zero, perché la guerra l'aveva cambiato. Lo aveva reso silenzioso e chiuso. Ogni tanto le sembrava assente, come se la sua mente fosse altrove. Quando si sedevano al grande tavolo da pranzo insieme agli altri, notava che lui si sentiva un estraneo tra i parenti. Rispondeva educatamente alle domande, ma sempre con poche parole. Non rideva mai e ascoltava con attenzione ciò che veniva detto. Solo se lei gli prendeva la mano si voltava a sorriderle.

«Perché non mi dici niente?» aveva provato a chiedergli quando erano soli.

«Cosa dovrei dirti?»

«Non so, parlami della Russia, degli altri posti in cui hai combattuto...»

«Non c'è molto da dire.»

«Davvero?»

Lui la baciò. A volte affidava agli sguardi e ai gesti ciò che non riusciva a esprimere con le parole. «Non vuoi saperlo, Henny, credimi.»

«Pensavo potesse farti bene parlarne.»

«No. È finita, non voglio pensarci. È il momento di voltare pagina insieme.»

Prima o poi parlerà, si disse lei. *Non posso insistere, deve decidere da solo. L'importante è che sia tornato da me e che guarisca.*

«Va bene» disse, con fermezza. «Il passato è passato. Ora conta solo il presente. E il nostro futuro insieme.»

Dopo qualche settimana sembrava essersi rimesso. Si muoveva liberamente nella Villa delle Stoffe, rendendosi utile per quanto poteva. Spesso andava a sedersi con Sebastian, che aveva ancora bisogno di molto riposo. Henny non sapeva di cosa parlassero, ma secondo zia Lisa, che era quasi sempre nella stanza, si scambiavano "racconti di guerra".

«È piuttosto pallido, il tuo povero Felix» aggiunse. «Non sono sicura che gli faccia bene sentire le storie del campo che gli racconta Sebastian, ma gli fa sempre un sacco di domande.»

Felix aveva subìto un'operazione per rimuovere il proiettile dal polmone, la ferita si era infettata subito dopo l'intervento e non era ancora guarita del tutto. Era in cura dal dottor Kortner, il marito di zia Tilly, e ogni volta che tornava da una visita assicurava che le cose stavano migliorando.

«Dovremmo iniziare a pensare a come far ripartire la fabbrica di tuo zio» disse una mattina a Henny.

Grazie a Dio, pensò lei, al settimo cielo. *Ora sta davvero cominciando a guardare al futuro. Ce l'ha fatta.*

Da quel momento in poi parlarono spesso della fabbrica, valutarono modi per ricostruire i capannoni, Henny spiegò che i telai potevano essere rimessi in funzione e che bisognava guardarsi intorno per trovare altri macchinari. Forse anche con l'aiuto degli americani, che stavano cercando di promuovere una ricostruzione pacifica in Germania. Conversavano con Kitty e zio Robert e facevano progetti per il futuro. Robert ripeteva spesso di avere dei capitali in Svizzera che al momento non poteva toccare. Tuttavia, sperava di riuscire a sbloccarli presto, per investire nella fabbrica. Zio Paul non partecipava mai alle discussioni, sembrava troppo preso da altri pensieri e se ne stava per conto suo, insieme a Hilde Haller.

«Vuole davvero sposarla?» aveva chiesto Felix a Henny.

«Pare di sì...»

«Allora saprà cosa fa» aveva detto, con un'alzata di spalle.

Era domenica. Stavano pranzando con uno stufato di patate e piccoli pezzi di pancetta. Lisa e Charlotte erano scese a mangiare senza Sebastian, come a volte capitava quando lui non si sentiva abbastanza forte per alzarsi dal letto.

«Dio santo» sospirò zia Lisa. «È di nuovo malato, il mio povero Sebastian. Gli fa male la schiena e ha una forte emicrania. Quello che gli è successo non è colpa sua, ovviamente, ma continuo a pensare...»

All'improvviso Felix parlò, a voce alta e con così tanta rabbia che Lisa rimase a bocca aperta per lo sconcerto.

«Sebastian Winkler è l'unico della famiglia a essersi comportato con coraggio e in modo onorevole!» sbottò. «Vorrei aver avuto il suo fegato, ma sono stato troppo codardo, sono diventato un soldato e ho combattuto per qualcosa in cui non ho mai creduto. Ognuno di noi si è piegato in qualche modo ai nazisti, tranne Sebastian. E per questo merita il nostro rispetto!»

Seguì un silenzio carico d'imbarazzo. Avevano tutti abbassato i cucchiai e fissavano Felix con sguardi attoniti. Henny avvertì qualche occhiata compassionevole rivolta anche a lei, ma era troppo stordita per reagire.

Felix rimase immobile per un momento, come stupito delle sue stesse parole, poi si alzò e uscì dalla sala da pranzo.

«Ma...» sussurrò zia Lisa. «Cosa gli è preso?»

«Non restarci male» intervenne Hilde Haller in tono rassicurante. «È la guerra. Lascia il segno sulla mente delle persone...»

Henny si riscosse. Posò il cucchiaio e si alzò anche lei. «Non è sempre bello sentirsi dire la verità, ma Felix ha assolutamente ragione.»

E con questo uscì, lasciando il resto della famiglia a tavola. Humbert era in piedi nel corridoio, impassibile. Con ogni probabilità aveva sentito anche lui lo sfogo, ma tacque quando Henny gli passò accanto.

Trovò Felix seduto sul divano nel salotto rosso, con la testa fra le mani.

«Mi dispiace» sussurrò quando la vide entrare.

«E per cosa?» chiese sua moglie.

Lui alzò lo sguardo e scosse la testa disperato. «Non so cosa mi sia preso. Non ho il diritto di ergermi a moralizzatore.»

«Hai lo stesso diritto di chiunque altro di esprimere la tua opinione» replicò lei.

«Mi odieranno.»

Henny non vedeva le cose in modo così drammatico. «Oh, per favore. Se ne faranno una ragione. Siamo una famiglia.»

Gli si sedette accanto e lo abbracciò. «La prossima volta,

però, sarebbe carino se mi avvertissi, prima di dire quello che pensi...» scherzò.

«Non succederà più. Te lo prometto.»

Felix trascorse il pomeriggio in isolamento nel salotto rosso. Solo verso sera Henny riuscì a convincerlo a fare una passeggiata nel parco. In corridoio incontrarono zia Lisa, che abbassò lo sguardo, imbarazzata. Nonna Gertrude uscì dalla stanza di zia Elvira e li salutò con un cenno del capo. Poi una porta si aprì alle loro spalle e sentirono la voce acuta di Charlotte.

«Aspettate...»

La ragazza aveva sedici anni, era magra come un fuso, con i capelli biondi arruffati, il viso poco attraente e pieno di brufoli rossi, lo sguardo vacuo. Da tempo usava i vecchi occhiali di Hanno. Si fermò di fronte a Felix e fece un respiro profondo.

«Signor Burmeister, ho molto apprezzato ciò che ha detto» annunciò, tutto d'un fiato. «Ebbene sì, mio padre è un eroe, anche se non gli piace sentirselo dire. E mi fa infuriare che la mamma si comporti come se finire prigioniero in un campo fosse stata una sua scelta.»

Afferrò la mano di Felix e la strinse forte, poi corse di nuovo nella camera da letto di Paul, dove dormiva con i suoi genitori.

Felix era stordito. Soltanto quando riprese a scendere le scale con Henny si concesse un sorriso.

«Ammira molto suo padre, vero?»

«Oh, sì» rispose lei.

A cena nessuno menzionò l'incidente, si comportarono tutti con molta compostezza, come se nulla fosse accaduto. Hilde Haller fu l'unica a chiedere a Felix se si sentisse meglio.

La mattina seguente portò con sé nuove emozioni che fecero cadere nel dimenticatoio tutto il resto. Prima di colazione, la madre di Henny, Kitty, bussò alla porta del salotto rosso. Quando la figlia aprì, ancora in camicia da notte, le sventolò una lettera davanti al naso.

«È appena arrivata. È di Leo. Marie si imbarca, potrebbe essere qui tra poco più di una settimana...»

«Come?»

«Tieni, leggi. Sono così agitata che non capisco più niente. Robert mi ha detto di darmi una calmata, ma ho i nervi a pezzi...»

Henny prese la lettera e tornò nella stanza, dove Felix si stava alzando dal letto.

«Che succede?» borbottò.

«Zia Marie sta arrivando in Germania.»

«Oddio.»

Kitty ebbe almeno il riguardo di non precipitarsi nel nido d'amore dei giovani sposi. Si fermò in corridoio e annunciò: «Leggete la lettera e poi venite nello studio, dobbiamo consultarci. Robert dice di non farne un dramma...».

«Va bene.»

Henny non capiva ancora come sua madre fosse riuscita a intrattenere una corrispondenza sia con Walter sia con Leo tramite il sistema postale dell'occupazione americana, oltre a restare in contatto con zia Marie. Ad ogni modo, il sistema funzionava anche ora che Walter Ginsberg aveva lasciato Augusta da settimane. Quanto al servizio postale tedesco, invece, per ora non ci si poteva fare grande affidamento.

La lettera sembrava essere stata scritta in tutta fretta, anche se Henny sapeva che la grafia di Leo non era mai stata ordinata.

Cara zia Kitty,

sono lieto che tu voglia dare a me e Walter l'opportunità di suonare di nuovo insieme, e ovviamente so che stai lavorando per una cauta riconciliazione familiare. Ti sono molto grato per questo. Tuttavia, non sarà facile organizzare l'incontro. Per Walter è più semplice, dato che è un tenente. Farà del suo meglio per accontentarti.

La mia presenza ad Augusta mi sembra ancora più urgente, alla luce del messaggio che ho ricevuto da mia madre. Ha già comprato il biglietto, s'imbarcherà a New York il 3 settembre, ciò significa che potrebbe essere ad Augusta intorno al 10 del mese. Non so come immagina il ritorno a casa, ma è determinata e mi ha chiesto di condividere la notizia con voi.

Saluti dal tuo "nipote preferito" (come hai scelto di chiamarmi nella tua lettera).

Leo

«Tu ci capisci qualcosa?» chiese Henny, porgendo la lettera a Felix.

Lui la scorse e alzò le spalle. «Semplice. A partire dal 10 settembre possiamo aspettarci l'arrivo di tua zia Marie.»

«Questo è chiaro. Ma la storia di Walter e Leo che suonano di nuovo insieme? Cosa si è inventata mia madre?»

«Sono sicuro che ce lo spiegherà fra un attimo.»

Si vestirono. Henny voleva passare in bagno, ma nonna Gertrude l'aveva preceduta, e in genere la cosa andava per le lunghe, quindi si accontentarono del gabinetto di servizio nell'atrio.

Kitty aveva già messo via la biancheria da letto, per poter utilizzare l'area salotto dello studio. «Inizio ad averne abbastanza degli spazi angusti di questa casa» si lamentò quando entrarono Henny e Felix. «Ogni stanza è occupata, c'è sempre roba in giro, eppure manca l'essenziale. Robert ha un solo completo e i pochi vestiti che ho recuperato dalle macerie sono completamente rovinati...»

Zio Robert le mise una mano sulla spalla con fare rassicurante e disse che era un fastidio, certo, ma adesso avevano altri problemi di cui occuparsi.

«Ma non capisci, tesoro? Si tratta proprio di questo. Dove sistemeremo Marie quando arriverà alla Villa delle Stoffe? Tutte le stanze sono occupate. Al massimo si potrebbe preparare un giaciglio per lei nel giardino d'inverno, ma non abbiamo più brande né materassi. L'unico posto libero sarebbe il letto della mia defunta madre, ma sono sicura che lei non vorrebbe dormirci, soprattutto perché Elvira russa...»

Henny conosceva sua madre. Quando era agitata, parlava a vanvera e non riusciva a non divagare. Aspettò che si fermasse per prendere fiato, poi intervenne: «Credo che l'alloggio sia l'ultimo dei problemi...».

«Soltanto tu puoi pensarla così» sbottò Kitty. «Non c'è un albergo in tutta la città, gli appartamenti sono occupati, molta gente non ha nemmeno un tetto sopra la testa e vive in una specie di Comune all'aria aperta. E poi i profughi...»

«Tanto per iniziare, dobbiamo informare Paul» prese la parola Felix, con tono cortese ma fermo. «Deve saperlo, per potersi preparare.»

Kitty tacque per un momento. Certo, era quello il punto: Paul doveva essere informato, e probabilmente non ne sarebbe stato entusiasta. «S'infurierà. Chissà che idee si farà venire. Ma vi dico una cosa, se pensa di cacciare via Marie, lascerò seduta stante la Villa delle Stoffe...»

Robert lanciò un'occhiata divertita a Henny. L'umorismo con cui sopportava le uscite della moglie aveva dell'incredibile.

«Certo, mia cara Kitty» le disse, sorridendo. «Verrò con te. E dormiremo tutti e tre sotto un abete nel parco...»

«Oh, Robert» sospirò lei, abbracciandolo. «Non vedo Marie da così tanto tempo, e ora che sta finalmente tornando non ha nemmeno...»

«Andrà tutto bene...» disse lui, accarezzandole la schiena.

«Ora possiamo ragionare in modo più lucido?» chiese Henny, impaziente. «Posso dare io la notizia a zio Paul, dovrebbe essere il primo a saperlo. Conoscendolo, all'inizio non dirà granché. Ma forse tu, Robert, potresti sondare la situazione fra pochi giorni. Una conversazione tra uomini, mi spiego?»

Robert accettò di fare la sua parte: «Ci proverò, ma non garantisco niente».

«L'importante è provarci» osservò Henny, strizzandogli l'occhio.

«E la dattilografa?» chiese Kitty. «Dovrebbe saperlo anche lei. Penso che...»

«No!» la interruppe sua figlia, decisa. «Lascia che sia zio Paul a occuparsene. Lo dirà a Hildc quando lo riterrà opportuno.»

«Dovrebbe buttarla fuori!»

Henny sospirò. Così non poteva funzionare. «Pensi davvero di poter costringere zio Paul a fare pace con zia Marie?» la rimproverò. «Non fai un favore a nessuno con il tuo teatro, men che meno alla zia! Serve soltanto a far arrabbiare sempre di più zio Paul.»

«Non capisci, Henny!»

La ragazza non rispose. Sua madre era testarda, ma aveva imparato a ottenere da lei ciò che voleva. «Sono sicura che zia Marie ha riflettuto con calma e non vuole presentarsi qui come una furia» continuò. «Avrà voglia di fare due chiacchiere con zio Paul. Sta a loro decidere come andrà a finire, ma ti suggerisco in ogni caso d'informare zia Tilly.»

«Pensi che uno dei due avrà bisogno di un medico, dopo che avranno parlato?» chiese ironico Felix.

«Macché!» rise Henny. «No, pensavo che zia Marie potrebbe vivere con i Kortner. Nel loro appartamento c'è spazio, e credo che lo preferirebbe alla Villa delle Stoffe.»

«Sembra ragionevole» disse Robert. «Cosa ne pensi, Kitty?»

Sul viso della donna si dipinse un'espressione insoddisfatta, ma non sembrava avere obiezioni, almeno per il momento.

«Dimmi una cosa, mamma» fece Henny, cambiando discorso. «Cos'è questa storia del concerto di Walter e Leo? Dove dovrebbero suonare?»

«Qui ad Augusta, naturalmente» spiegò lei con entusiasmo. «Ho organizzato una piccola mostra, mi ha aiutata la direttrice Wiesler. Vive in una sorta d'isolamento con suo marito, in un piccolo appartamento, perché hanno perso la fabbrica. Però è ancora molto appassionata di arte e ha convinto la signora Schmidtkunz a mettere a disposizione la sua casa...»

«Una mostra?»

«Sì, purtroppo molti dei quadri di Marie sono bruciati. Non è stata una buona idea metterli in soffitta. Ma qui alla Villa delle Stoffe abbiamo ancora alcune sue opere. Paul le ha portate nel ripostiglio, al piano di sopra. E anche Marek e altri artisti vogliono contribuire...»

«Capisco. Vuoi che Walter e Leo suonino all'inaugurazione della mostra?»

«Esatto. Inviterò tutti i residenti della Villa delle Stoffe.»

«Compreso zio Paul?»

Kitty scrollò le spalle. «Perché no?»

Sua madre era capace d'ideare piani sorprendenti. Henny

pensava che quel tentativo di riconciliazione non avesse la minima possibilità di andare in porto, ma la determinazione con cui Kitty tentava di riunire la famiglia era quasi commovente.

«E quando si terrà questa mostra?»

«A metà settembre...» rispose lei con un sorriso, scambiandosi uno sguardo trionfante con Robert. «Così potrà venire anche Marie. Non è meraviglioso?»

38

Per tre giorni l'imminente ritorno di Marie fu il principale argomento di conversazione in cucina. Tutti pensavano che fosse la cosa giusta, perché era lei la legittima padrona della Villa delle Stoffe e tutti ne avevano sentito la mancanza negli ultimi anni.

«È l'anima di questa casa» disse Fanny Brunnenmayer, quasi commossa. «Da quando se n'è andata, le cose non hanno fatto che peggiorare. Spero di vivere abbastanza per vederla tornare da noi.»

Poi raccontò di una giovanissima Marie Hofgartner arrivata lì come sguattera di cucina nel lontano 1913. Era una ragazza timida e dolce, ma in lei si intravedevano già i tratti della futura signora. Fanny se n'era accorta subito, e l'aveva notato anche Eleonore Schmalzler, la governante.

Hanna concordò e aggiunse che sarebbe stata eternamente grata alla signora Marie per averla assunta alla Villa delle Stoffe dopo il brutto incidente in fabbrica.

Anche Humbert convenne che avevano tutti molto di cui ringraziare la signora Melzer. Il suo ritorno sarebbe stato una benedizione. «Forse persino la fabbrica si riprenderà» suggerì. «Marie Melzer ha un ottimo fiuto per gli affari.»

«Ben detto» concordò Auguste. «La signora ha già salvato la fabbrica una volta e lo farà di nuovo. È evidente che il signor

Melzer non è in grado di concludere niente di buono senza sua moglie.»

«Ora non esagerare» la contraddisse Else, sempre pronta a difendere il padrone. «Il signor Melzer sa cosa sta facendo.»

«Lo spero davvero» disse cupa la cuoca, gettando nella pentola una patata sbucciata. Tutti capirono a cosa si riferiva, e si scambiarono sguardi dubbiosi. Soltanto Hanna sussurrò: «Farà sicuramente la cosa giusta».

Liesl non disse molto. Era diventata più silenziosa, senza dubbio perché le mancava il suo Christian. Ma Annemarie, che aveva quasi dieci anni e nessun ricordo di Marie Melzer, chiese incuriosita che aspetto avesse e se fosse più carina di Hilde Haller.

«Non fare domande stupide!» la rimproverò sua madre. «Marie è la madre di Leo e Dodo. E anche del nostro povero Kurt, che è ancora prigioniero di guerra.»

«Allora dev'essere molto vecchia, vero?»

«Fila a fare i compiti!»

La bambina prese posto in fondo al tavolo della cucina, dove sedeva Else. Lì nessuno la disturbava. Sistemò sul tavolo i quaderni e il libro, temperò la matita e iniziò a scrivere un tema. Le scuole erano ancora chiuse, ma c'era già stata una piccola discussione nella casa del giardiniere, perché Hansl, lo zio di Annemarie, era favorevole a mandarla al ginnasio. Da quando era tornato dalla guerra si era messo a darle lezioni ed era rimasto stupito dalla sua velocità di apprendimento.

«Al ginnasio?» aveva riso Liesl. «Dove li trovo i soldi per mandarla al ginnasio? E comunque, una ragazza non ha bisogno di un diploma di scuola superiore.»

Con grande sorpresa di Liesl, Auguste fu d'accordo con Hansl. «A costo di lavorare per tutta la vecchiaia» aveva detto, «mia nipote deve prendere il diploma, se ha la stoffa per farlo.»

Ad Annemarie non importava quale scuola avrebbe frequentato, purché le lezioni ricominciassero. Le mancava molto lo studio e ogni giorno si appollaiava in cucina a fare i compiti che le assegnava zio Hansl.

In città le cose stavano lentamente migliorando. Cibo e alloggi scarseggiavano ancora, la gente moriva di fame e viveva in condizioni atroci, ma gli occupanti erano più amichevoli. I bambini, in particolare, adoravano i soldati americani e non avevano più paura dei "neri". Questi ultimi erano particolarmente gentili con i piccoli tedeschi, regalavano loro gomme da masticare e cioccolata. Di recente Annemarie aveva riferito con entusiasmo che un soldato di colore aveva mostrato le piante rosa dei suoi piedi, e aveva riso come un matto di fronte allo stupore dei bambini.

«Non tutti i soldati sono gentili» obiettò Auguste. «La moglie del dottor Manzinger mi ha detto che hanno vandalizzato un paio di appartamenti occupati e rubato degli oggetti di valore.»

Alcuni cinema avevano già riaperto. Chi aveva qualche soldo da spendere poteva andare a vedere *La febbre dell'oro* di Charlie Chaplin e *Bernadette*. I treni viaggiavano regolarmente anche verso i centri vicini. Solo il servizio postale non era ancora ripartito, ma presto almeno quello interno alla città avrebbe ripreso a funzionare. La gazzetta ufficiale annunciava che i bambini potevano essere iscritti a scuola, le lezioni sarebbero riprese al più tardi nel mese di ottobre. E presto la fornitura di gas in città sarebbe stata ripristinata. L'elettricità, invece, continuava a saltare. Di recente la signora Winkler aveva dovuto avvolgersi un asciugamano intorno ai capelli perché il phon non voleva saperne di accendersi.

Una mattina, mentre aspettavano con ansia il ritorno di Marie, accadde qualcosa di brutto. Una macchina americana percorse il viale della Villa delle Stoffe e si fermò davanti all'ingresso. Scesero quattro soldati.

Dopo aver aperto la porta, Hanna si precipitò in cucina, inorridita, e riferì: «Hanno chiesto della signora Gertraut von Klippstein... Gesummaria... Non vorranno arrestarla, vero?».

Liesl afferrò per il collare Willi, che dormiva sotto il tavolo. Else lasciò cadere la cipolla che stava sbucciando e corse alla porta della cucina, ma nel frattempo l'atrio si era svuotato. Un attimo dopo, si udirono le urla del piccolo Herrmann. Non proprio un buon segno. Humbert, che era al piano di sopra a spazzolare gli abiti del signor Melzer, arrivò di corsa in cucina dal corridoio della servitù.

«È successo» annunciò, in tono triste. «Gerti è stata convocata per un interrogatorio, le hanno dato dieci minuti per cambiarsi.»

«Dio santo» gemette la cuoca. «E il povero bambino?»

«L'ha preso in braccio Charlotte, ma sta piangendo come un pazzo perché dev'essersi accorto che vogliono portare via la madre... Che brutta cosa, il piccolo non ha colpe...»

«Soprattutto perché non è figlio di von Klippstein» aggiunse Auguste.

«Dov'è Marek, a proposito?» volle sapere Else.

«Con Hansl, nell'orto» disse Liesl. «A piantare le patate novelle.»

«Corri!» ordinò la cuoca. «Vai a chiamarlo.»

Liesl spostò la pentola dai fornelli e si precipitò fuori, ma Marek era già in cortile, con i pantaloni da lavoro macchiati e le mani sporche di terra. Dalla finestra della cucina lo videro scambiare qualche parola concitata con Liesl e poi guardare verso l'ingresso della Villa delle Stoffe, dove i soldati americani erano appena comparsi con Gerti.

«Santo cielo» commentò Humbert. «Speriamo che non faccia sciocchezze.»

Tutti si accalcarono alla finestra. Auguste teneva stretto Willi, che ora abbaiava furiosamente. Marek raggiunse di corsa il gruppo. Lo videro agitare le braccia e gridare qualche parola in inglese.

«*She is my wife... I am a Jew... we have a child...*»

Due degli americani gli puntarono le mitragliatrici contro, ma l'ufficiale responsabile mantenne la calma. Parlava con voce profonda, come se avesse una gomma da masticare in bocca. Nessuno in cucina capì una parola, ma Marek si calmò. Continuò ad agitare le braccia, però adesso i suoi gesti erano supplichevoli. Alla fine l'ufficiale fece un cenno e lui salì in macchina con loro.

«La portano via...» sussurrò Else, stordita. «Bene, ora Gerti verrà rinchiusa a Göggingen con le altre mogli dei capi nazisti. Ecco cosa succede, quando punti troppo in alto. La caduta fa più male...»

Nessuno rispose. Soltanto Fanny Brunnenmayer, anche lei affacciata alla finestra, le rivolse un'occhiataccia. Un attimo dopo Liesl tornò in cucina con Hansl, che pareva aver perso interesse per il giardinaggio.

«Non appena Marek ha visto la macchina, ha gettato la vanga ed è sparito in un lampo» riferì. «All'inizio non capivo cosa gli fosse preso.»

«Deve averlo intuito» suggerì Liesl. «Se lo aspettava.»

«Avete visto com'era sconvolto e come ha difeso Gerti?» disse Hanna, entusiasta. «Penso che in fondo sia innamorato di lei.»

«E gli è venuto in mente solo adesso?» fece Auguste, scuotendo la testa. «Può al massimo farle visita in prigione, adesso.»

In quel momento suonò il campanello del secondo piano e

Auguste seguì Hanna su per le scale della servitù. Else fu troppo lenta, e si rammaricò di questo, perché anche lei era curiosa di vedere come i signori avessero reagito alla novità.

«Vado ad apparecchiare la tavola per il pranzo» annunciò Humbert, salendo le scale. Fanny Brunnenmayer tornò a sedersi sul suo trono e sbucciò le ultime patate. Non passò molto tempo prima che Hanna tornasse in cucina e riferisse che al piano di sopra l'accaduto aveva suscitato ben poca commozione. Pareva che nessuno piangesse per Gerti.

«Il piccolo Herrmann starà con Henny e Felix Burmeister, per ora» spiegò. «Lo hanno portato nel salotto rosso. Il signore gli sta facendo fare cavalluccio sulle sue ginocchia, dovreste sentire come ride!»

Subito dopo tornò anche Auguste, che tirò fuori dal frigorifero il bricco del latte per scaldarne una piccola porzione.

«Proprio un bel pasticcio!» si lamentò. «Adesso Gerti non riceverà più buoni pasto e chissà se otterremo ancora la razione extra di latte per Herrmann... Alla fine li manderanno tutti e due al campo, lei e il bambino...»

«A spalare ghiaia e spostare pietre?» chiese Annemarie.

«Non mettiamo il carro davanti ai buoi» disse Fanny Brunnenmayer, porgendo a Liesl la ciotola con le patate sbucciate e tagliate a pezzi. «Se Marek testimonia in suo favore, forse la lasceranno andare.»

«Ma non sarebbe giusto» fece notare Else. «Per anni ha interpretato il ruolo della gran dama, sfoggiando abiti costosi e diamanti. Ci ha anche spiati per conto del suo nazista, l'avete dimenticato? Le darei un paio d'anni solo per quello.»

Le opinioni erano discordi, ma il pranzo sui fornelli aveva cominciato a emanare un profumo invitante ed erano tutti molto affamati, quindi l'argomento di conversazione si spostò sul cibo. Liesl riferì che era rimasta pochissima margarina, e anche zucchero e farina stavano finendo. Hansl, che si era seduto accanto ad Annemarie, si batté una mano sulla fronte perché nell'agitazione si era completamente dimenticato delle patate novelle e dell'insalata.

«L'insalata puoi portarmela nel pomeriggio» disse Fanny Brunnenmayer, «così sarà fresca per stasera. Ma adesso mi serve una manciata di prezzemolo per la zuppa.»

In cucina calò il silenzio. Auguste era tornata di corsa al piano di sopra con il latte caldo, Hanna stava già apparecchiando per il pasto di mezzogiorno dei domestici.

Else versò del tè freddo alla menta nel bricco grande, non c'erano altre bevande in casa. «Come ha preso la faccenda di Gerti il signor Melzer?» chiese incuriosita a Hanna.

«Non lo so» rispose lei. «Si è trattenuto poco e non ha detto granché prima di tornare in terrazza. Ultimamente è sempre lì a battere sui mattoni.»

«Già» sospirò Else. «Mi piange il cuore a vederlo così. È sempre stato un uomo elegante, il nostro signor Melzer. E ora sembra quasi un muratore!»

In quel periodo, alla Villa delle Stoffe sia i signori sia i domestici partecipavano ai lavori di ristrutturazione, ispezionavano i resti dell'ala nuova distrutta, selezionavano quanto era ancora utilizzabile e smistavano le macerie. Tutto ciò che poteva essere bruciato veniva fatto a pezzi e accatastato, mentre qualche oggetto era stato recuperato intatto, come due vecchie paia di occhiali appartenuti a Hanno, un paio dei suoi libri, diversi coltelli con il fodero di Johannes e una bambola che era stata di Charlotte. Gli uomini avevano trasportato le macerie nel parco per riempire i crateri lasciati dalle bombe. I mattoni ancora interi, invece, erano stati messi da parte per eliminare la malta e riutilizzarli in seguito. Il signor Melzer svolgeva quel lavoro da giorni, con ammirevole perseveranza. Le dita gli si erano riempite di vesciche e lividi, perché non era abituato ai lavori manuali e a volte colpiva con il martello il punto sbagliato. Tuttavia, sembrava sopportare bene la fatica.

«È bello sentire di aver realizzato qualcosa con le proprie mani» aveva detto qualche giorno prima a Marek, indicando la pila di mattoni rossi. A volte anche Hilde Haller si sedeva lì a lavorare e chiacchierare con lui, ma non restava mai a lungo, preferiva rendersi utile in casa e nell'orto.

Il pranzo, quel giorno, era arricchito da una manciata di fave e dalle prime carote. Il prezzemolo tritato finemente, aggiunto a fine cottura alla zuppa, conferiva al piatto una nota di freschezza. Humbert riferì alla cuoca che tutti avevano apprezzato e anche in cucina fioccarono le lodi.

Fu Hansl il fortunato a poter pulire la pentola, e Annemarie confessò con naturalezza ciò che nessuno osava dire: «Peccato non sia rimasto più niente! Potrei mangiarne un altro piatto intero, signora Brunnenmayer!».

«Non sai quanto vorrei dartelo, ragazza» sospirò la cuoca.

Marek non era ancora tornato. Poiché il tempo reggeva, i signori e i domestici si rimisero al lavoro. Tutti davano una mano come meglio potevano, era bello poter fare di nuovo qualcosa di utile dopo anni di guerra e distruzione. Humbert e Robert Scherer avevano tirato fuori la macchina dal garage bombardato, scoprendo che era miracolosamente sopravvissuta. Certo, il tetto era ammaccato e i sedili bruciati, ma il marito di Kitty era convinto che il motore funzionasse ancora, doveva solo essere smontato e pulito a fondo. I due armeggiavano per ore sulla carcassa dell'auto, con pinze e chiavi inglesi, imprecando di tanto in tanto perché ci sarebbe stato bisogno di un saldatore, ma trovarne uno era impossibile.

«Cosa vogliono farci del motore, se la macchina è andata?» si chiese Auguste.

«Forse lo attaccheranno a un divano e se ne andranno a zonzo per la città» suggerì Annemarie.

«Che idee!» rise Hanna.

Erano tutte impegnate a lucidare l'argenteria, un compito che nessuna aveva mai amato ma che in quel momento era indispensabile, perché i bellissimi cucchiai, il bricco per la panna e le posate erano destinati al mercato nero. Era stata la signora Winkler a chiederlo: aveva selezionato lei stessa gli oggetti e li aveva portati in cucina affinché li pulissero. «Datevi da fare, mi raccomando» aveva detto a Hanna. «Più splendono, più burro e pancetta possiamo sperare di ottenere in cambio.»

«Che peccato» sospirò Else. «Quante volte ho tenuto in mano questo bricco e mi sono lamentata che il manico era troppo difficile da lucidare! E ora lo farò per l'ultima volta...»

«Marek!» esclamò Annemarie. «Eccolo che torna. Willi gli sta correndo incontro, lo ha visto per primo!»

Dimenticata l'argenteria, si precipitarono alla finestra della cucina e videro Marek fermarsi con Humbert e il signor Robert Scherer.

«Dio santo» commentò Auguste. «Sembra molto triste, temo non abbia ottenuto nulla.»

«Che ti aspettavi?» chiese Else.

Marek non le raggiunse in cucina, rimase con Humbert e Robert, aiutandoli a togliere il motore dall'auto malconcia. Più tardi raggiunse Hansl nell'orto per piantare i pali e tendere il filo spinato che era avanzato dai tempi dell'allevamento di cavalli. Ora che gli ortaggi stavano finalmente maturando, bisognava fare attenzione che nella notte non arrivasse qualcuno a raccogliere ciò che non aveva seminato. Vista la miseria dilagante, non ci si poteva fidare di nessuno. Per questo il povero Willi, che avrebbe preferito di gran lunga dormire nella casetta del giardiniere, doveva passare le notti all'aperto, a fare la guardia.

Per cena c'era un'insalata fresca condita con aceto e olio e una fetta di pane di farina di mais. Aveva un sapore strano, ma era sempre meglio del pane che Hanna aveva comprato al mercato qualche giorno prima, con un sospetto retrogusto di segatura.

Marek mangiò con loro. Fu piuttosto taciturno e quando gli chiesero di Gerti si limitò a scrollare le spalle con aria preoccupata. Dopo cena si ritirò, ma Hanna riferì che era nel salotto rosso con Henny e Felix Burmeister e teneva il figlio in grembo.

Come al solito, gli altri rimasero a tavola a chiacchierare. Di tanto in tanto qualcuno della famiglia suonava il campanello, e allora Else o Auguste correvano di sopra per spalmare un unguento sulla schiena dolorante della signora Elvira, portare una caraffa d'acqua e un bicchiere al signor Winkler, che doveva prendere le gocce, o aiutare la signora Gertrude Bräuer a trovare i suoi occhiali.

«Gesù, anche lei è sempre più strana» sospirò Auguste. «Aveva gli occhiali sul naso e li cercava ovunque.»

Più tardi presero tutti un tè, tranne Else, che sosteneva che la menta piperita la rendeva nervosa e non le avrebbe fatto chiudere occhio per l'intera notte. Fanny Brunnenmayer era di buon umore. Parlò del passato, di quando la defunta signora Melzer l'aveva assunta costringendola a cucinare per tre giorni prima che la governante, Eleonore Schmalzler, riferisse alla padrona che la nuova cuoca era capace e meritava di restare.

«La signora Schmalzler teneva un discorso tutte le mattine» disse Auguste. «Ogni volta ripeteva che era un grande onore per noi poter lavorare alla Villa delle Stoffe e che dovevamo fare del nostro meglio per essere all'altezza.»

«Era una persona che incuteva rispetto» disse Humbert, pieno di ammirazione. «Nel senso migliore del termine. Non esistono più governanti così...»

S'interruppe perché in cortile Willi aveva iniziato ad abbaiare.

«Santo cielo!» esclamò Hansl. «Dev'essere di nuovo quella marmaglia che vaga per il nostro parco.»

«Forse è soltanto un gatto...» si augurò Humbert, poco entusiasta di uscire nel buio.

Ma Hansl era già alla porta e Hanna aveva acceso la lanterna.

«Andiamo a dare un'occhiata. I fagioli sono maturi, i piselli sono pronti per essere raccolti, e le verdure da zuppa...»

Hansl si era armato di un bastone, che teneva proprio per simili evenienze, mentre Humbert, sprezzante del pericolo, prese un frustino appartenuto un tempo alla signora Elvira von Maydorn.

«Peccato che Marek sia già a letto...» sospirò, dispiaciuto.

«Sbrighiamoci, prima che ci calpestino tutte le rape!»

I tre uscirono in cortile, mentre gli altri si accalcavano sulla soglia, pronti ad accorrere in caso di necessità. Fanny Brunnenmayer zoppicò nell'atrio per accendere le luci, ma l'elettricità era saltata di nuovo. La cucina e la casa rimasero al buio.

Willi non era più nel cortile e neanche nell'orto, lo si sentiva abbaiare in lontananza. Al piano di sopra, qualcuno aprì la portafinestra del balcone sopra l'ingresso e accese una candela.

«Che succede?» disse la voce di Kitty Scherer.

«Non lo sappiamo!» rispose Hanna, agitando la lanterna.

Di colpo Willi smise d'abbaiare e calò il silenzio. Prendendo coraggio, Hanna avanzò di qualche passo e cercò d'illuminare i cespugli.

Perché il cane si era zittito?

«Oh, no! Hanno ucciso il nostro povero Willi?» sussurrò Else, in piedi dietro la porta della cucina.

«Torna indietro, Hanna» disse Humbert, in preda al panico. «Non vorrei che qualcuno...»

Poi una sagoma scura saltò fuori dai cespugli e Hanna fece un balzo indietro.

Era il cane che correva come un indemoniato. Scodinzolò e s'infilò di nuovo tra i rami.

«Non vi spaventate, siamo noi!» gridò qualcuno dall'oscurità.

Due figure, una grande e una più piccola, si avvicinarono.

«Fai attenzione, Wilhelm» disse la seconda. «C'è un cordolo, non cadere.»

Poi si chinò ad accarezzare il cane, che le si sedette davanti e le leccò la mano.

«Dodo?» chiamò la signora Scherer dal balcone. «È la nostra Dodo, ho riconosciuto la voce! Robert, reggimi, sto per svenire...»

«Buonasera, zia Kitty. Hanna, puoi spegnere la lanterna. Cosa vuoi fare con quel bastone, Hansl?»

«Sì, signorina Dodo...» farfugliò Hanna. «Chi ha portato?»

«Questo è Wilhelm, un mio amico...»

Fanny Brunnenmayer tornò in cucina per prendere una candela, ma la luce si riaccese all'improvviso, accecandola: la corrente era tornata.

La casa era in fermento: porte che si aprivano, gente che correva giù per le scale, gridava, rideva, piangeva.

«Dodo! Figlia mia, da dove arrivi nel cuore della notte? Che bello vederti!»

Era la voce del signor Melzer, da tempo non suonava così felice.

«Non fate tutto questo baccano!» disse la ragazza. «Siamo strisciati di nascosto sul ponte per non farci vedere.»

39

Quella sera Paul si convinse che sarebbe andato tutto bene. Tenne stretta sua figlia in un lungo abbraccio, poi Dodo andò a salutare gli altri parenti, che la baciarono e la presero in giro per il suo aspetto, quindi si riunirono in sala da pranzo per ascoltare ciò che aveva da raccontare.

Senza che gli venisse chiesto, Humbert portò due grandi teiere e un piatto di panini con il formaggio cotto. «Un caloroso bentornato da parte del personale» disse. «Siamo tutti molto felici che la signorina Dorothea sia di nuovo con noi.»

Il ragazzo, che si era presentato come Wilhelm Kayser, prese posto accanto a lei. La famiglia lo osservò con un misto di stupore e sospetto. Era un meccanico aeronautico, portava occhiali spessi e sembrava piuttosto a disagio, visto che parlava solo se interpellato.

Dodo, invece, felice d'essere finalmente tornata alla Villa delle Stoffe, non la smetteva di raccontare. «Avevamo paura di essere fatti prigionieri» confessò. «Quindi abbiamo buttato via i nostri documenti, per precauzione.»

Paul fece notare che ormai la guerra era finita e non c'era da preoccuparsi, ma lei ribatté che avevano sentito dire che i russi la pensavano diversamente, quindi avevano preferito stare attenti.

Che brutte esperienze deve aver vissuto, pensò Paul, avvilito. *È l'ottimismo dei giovani che fa sembrare tutto un'avventura eccitante? Il fatto è che le cose brutte non sono facili né da raccontare né da ascoltare.* Anche lui aveva condiviso molti episodi della Prima guerra mondiale soltanto con Marie, e nemmeno lei conosceva fino in fondo certi dettagli. «Credo dovreste fare rapporto al governo militare, almeno per i buoni pasto» disse infine.

«Va bene» sospirò Dodo. «Se lo dici tu, papà. Che cosa ne pensi, Wilhelm?»

«Penso che tuo padre abbia ragione.»

Un ragazzo molto timido, questo Wilhelm Kayser, rifletté Paul. *Ma sembra che a Dodo piaccia. E anche lui pare esserle molto affezionato.* Per un attimo gli venne da pensare che aveva immaginato un uomo più attraente come marito della sua unica figlia, uno che si dimostrasse in grado di provvedere alla moglie. D'altra parte, non era detto che ci fosse qualcosa tra loro: forse era un'amicizia nata per necessità, come spesso succedeva in guerra.

«La tua stanza è libera» disse Lisa. «Finora ci ha vissuto Gerti, ma non credo che tornerà presto.»

Dodo aveva sentito la storia e riteneva ingiusto che gli americani l'avessero arrestata. «Forse tornerà. Non voglio portarle via la sua camera, se non altro perché ha un bambino. Wilhelm e io possiamo dormire in soffitta, ci siamo abituati.»

Lisa si schiarì la voce, confusa. «Voi due dormite insieme... Voglio dire... insieme... in soffitta?»

«Siamo compagni di guerra, zia» rispose Dodo, con una risata. «Non badiamo troppo alla morale.»

Wilhelm Kayser, evidentemente in imbarazzo, ruppe il silenzio per assicurare: «Non pensi che mi sia approfittato della situazione, signora. Sua nipote e io siamo buoni amici, niente di più. La prego di credermi».

«Ma che domande fai, zia!» s'indignò Henny. «Sei proprio di un'altra epoca.»

Lisa si difese affermando che, in assenza di Marie, era suo dovere fare da madre alla nipote. La cosa suscitò l'ilarità generale. Soltanto Gertrude fu d'accordo con lei sulla necessità di chiarire certi punti: «Se tua madre fosse qui, Dodo, ti farebbe le stesse domande» insistette.

«Non riesco a credere che la mamma tornerà presto ad Augusta e rivedrò Leo!» disse la ragazza, sull'onda dell'entusiasmo. «È meraviglioso, mi sembra quasi impossibile. Tu non sei felice, papà?»

Paul si sentì addosso gli sguardi curiosi di tutti e fu contento che Hilde Haller avesse scelto di rimanere nella sua stanza. Nessuno aveva fatto il minimo accenno al loro imminente matrimonio, ma sapeva di dover spiegare la questione a Dodo il prima possibile, perché non lo venisse a sapere da un altro membro della famiglia. Da Kitty, per esempio.

«Certo» disse, sorridendo a sua figlia. «Penso che siamo sulla buona strada per un nuovo inizio.»

«Lo spero proprio!» sbottò Kitty, guardandolo con aria di sfida.

Lui si affrettò a cambiare argomento e parlò dei due telai ritrovati nel seminterrato della fabbrica. «Temo siano inutilizzabili, ma puoi darci un'occhiata, se vuoi» propose a Dodo.

«Eccome!» disse lei. «Sono settimane che usiamo soltanto forconi e falci, mi fa di nuovo male la schiena. Che ne dici, Wilhelm? Un telaio è una macchina come un'altra, no?»

Il giovane osservò che c'era più di qualche differenza tra un telaio e un aeroplano, ma Dodo si era fatta travolgere dall'entusiasmo e accettò la proposta del padre.

Rimasero insieme fino a dopo mezzanotte. Lisa e Sebastian, che sembravano sfiniti e malati, furono i primi a salutare, seguiti da Charlotte. Poi anche gli altri si ritirarono. Dodo tornò nella sua stanza, mentre per Wilhelm fu preparato un letto di fortuna con delle coperte nel giardino d'inverno. Prima di andare a dormire, il ragazzo si scusò con Paul per aver creato disturbo alla famiglia.

«È il minimo che posso fare per lei, signor Kayser» gli rispose il padre di Dodo. «Ha accompagnato e protetto mia figlia per mesi, non posso che esserle immensamente grato. Anzi, vorrei poterle offrire un posto migliore, ma la casa è strapiena, purtroppo.»

Wilhelm sembrò soddisfatto della risposta e si avviò verso la stanza che gli era stata assegnata. Era un bravo ragazzo. Doveva essere originario di Amburgo, a giudicare dall'accento. Forse andava bene per Dodo, in fondo.

Una volta che alla Villa delle Stoffe fu tornata la pace, Paul si fermò fuori dalla porta di Hilde. Doveva svegliarla e scambiare qualche parola con lei? Ultimamente era più silenziosa, di certo l'annunciato ritorno di Marie la preoccupava più di quanto volesse ammettere, e lui non aveva ancora trovato le parole giuste per placare i suoi timori. Senza dubbio anche l'improvvisa apparizione di Dodo l'aveva turbata, ma era davvero troppo tardi, erano quasi le tre del mattino. Le avrebbe parlato con calma l'indomani.

Si ripromise d'alzarsi presto. Di solito non era un problema, perché il piccolo Herrmann svegliava tutti prima delle sei con i suoi pianti. Ma la mattina dopo, quando aprì gli occhi e guardò l'orologio, Paul scoprì che erano già le otto e mezza. Aveva dimenticato che adesso il piccolo dormiva nel salotto rosso con Henny e Felix, e di conseguenza le sue urla arrivavano più attutite. Si vestì in fretta e furia e andò in sala da pranzo, dove c'erano soltanto Elvira e Gertrude.

«Dodo è fuori in garage» annunciò Elvira con un sorriso. «Sta insegnando agli uomini come smontare il motore di un'auto.»

«Capisco...» rispose lui, distrattamente. «La signorina Haller ha già fatto colazione?»

«Presumo di sì, non l'abbiamo vista» rispose Elvira, in tono freddo. Non aveva mai fatto commenti circa i suoi piani matrimoniali, ma non nascondeva l'antipatia per Hilde.

Paul sorseggiò il tè immerso nei propri pensieri, spalmò la marmellata su una fetta di pane e rifletté sul momento giusto per parlare con Dodo in privato. Guardò dalla finestra e vide che sua figlia era con quel Wilhelm, che evidentemente aveva deciso di restarle sempre incollato.

Humbert entrò in sala da pranzo e diede il buongiorno. «La signorina Haller ha già fatto colazione» riferì quando Paul gli chiese informazioni. «È uscita per andare a chiamare il dottor Kortner. Purtroppo suo cognato ha passato una brutta nottata.»

Oh, cielo! Sebastian non gli era parso per niente in forma, sperava che non fosse qualcosa di grave. Decise di salire di sopra per tranquillizzare Lisa e Charlotte. Il destino si accaniva contro di loro: la sera prima avevano gioito per il ritorno di Dodo e ora dovevano temere per Sebastian.

La situazione nella sua ex camera da letto matrimoniale – ora occupata da Lisa, il marito e la figlia – non sembrava incoraggiante. Sebastian giaceva supino, respirava a fatica e aveva il viso arrossato, con i muscoli contratti in una smorfia di dolore.

«Oh, Paul» sospirò Lisa, quando lo vide entrare. «Perché Tilly non viene subito? Sebastian ha la febbre alta e un terribile mal di schiena da stamattina all'alba.»

Charlotte diede da bere a suo padre con l'abilità di un'infermiera esperta, usando un cucchiaio. «Zia Tilly non può venire perché è di turno in ospedale, mamma. Te l'ho già detto tre volte.»

«E non può fare un'eccezione per un parente?»

«Jonathan sarà qui presto, ne sono certo» la rassicurò Paul. «Purtroppo non ci sono mezzi pubblici, starà venendo a piedi.»

«Quest'attesa mi sta facendo impazzire!» gemette Lisa. Camminava avanti e indietro per la stanza, in preda all'agitazione, spostando oggetti di tutti i tipi da un angolo all'altro. Di tanto in tanto si fermava alla finestra nella speranza di avvistare il dottore.

Paul capì che non poteva essere di grande aiuto. Lanciò uno sguardo pieno di preoccupazione al malato, che non si era nemmeno accorto della sua presenza; poi lasciò la stanza e si richiuse la porta alle spalle il più silenziosamente possibile. Nel corridoio incontrò Auguste, che portava una ciotola d'acqua fredda e una pila di panni per gli impacchi ai polpacci.

«Sono i reni» disse la cameriera. «È stata colpa di quel maledetto campo, povero signor Winkler.»

Paul fece un cenno con la testa e scese di corsa le scale. Dal salotto rosso provenivano le urla di Herrmann e la voce di Henny che cercava di calmare il piccolo.

«Perché piangi? Andiamo, lo zio Felix ti fa fare di nuovo il cavalluccio.»

«Aaahhh! Nooooo!»

«Non funziona» disse Felix. «Portiamolo nel parco, magari gli piace.»

«Sai che ti dico?» fece Henny. «Non ci penso proprio ad avere un figlio. È passato solo un giorno e sono già esausta.»

Paul bussò alla porta e cercò di farsi sentire in mezzo alle urla del bambino. «Perché Marek non si prende cura di suo figlio?» chiese.

Henny non rispose, era impegnata a cercare d'infilare una giacca a Herrmann. Paul osservò divertito la nipote, che in genere era una persona pratica e risoluta, ma adesso sembrava in grande difficoltà.

«Marek è andato in Prinzregentenstrasse con tua sorella Kitty» gli gridò Felix. «Vogliono fare un altro tentativo per scagionare Gerti.»

Ma tu guarda, Kitty era sempre piena di sorprese. Se non ricordava male, Henny gli aveva accennato che sua madre era in contatto con il colonnello Norton, il capo del governo militare: c'entrava qualcosa con la corrispondenza intrattenuta con Walter, Leo e probabilmente anche con Marie. E ora voleva dare una mano a Marek. Paul n'era felice. Peccato che sua sorella fosse così testarda, perché in realtà le voleva bene e la rispettava. Ad ogni modo, presto o tardi Kitty avrebbe dovuto accettare la sua decisione di sposare Hilde. Almeno non era alla Villa delle Stoffe, al momento, così avrebbe potuto parlare con Dodo in pace.

Scese in cortile e si avvicinò al garage dove la figlia stava armeggiando con la macchina insieme a Robert e Wilhelm Kayser.

«Buongiorno a tutti. Allora, facciamo progressi?»

«I cilindri sono andati» riferì Dodo. «Ma si possono sostituire. Per il resto, un motore Benz è indistruttibile...»

«Bene. Hai un minuto? Vorrei parlarti di una cosa...»

«Certo, papà. Passami lo straccio, Wilhelm. Devo pulirmi le mani...»

Andarono nel parco, ancora piuttosto incolto perché nessuno aveva trovato il tempo di falciare il prato o potare i cespugli.

Qualche viola del pensiero sbocciava nelle aiuole tra i nontiscordardimé azzurri. Le macerie usate per riempire i crateri lasciati dalle bombe spuntavano qua e là nell'erba alta. Ci sarebbero voluti anni prima che il parco riacquistasse la sua antica bellezza, ma per ora si accontentavano di piantare qualche verdura e delle erbe aromatiche nella parte dell'orto. E anche delle patate, che speravano di raccogliere presto.

«Vuoi parlarmi del tuo matrimonio?» chiese Dodo, strappandolo ai pensieri.

Quindi lo sapeva!

«Sì. Chi te l'ha detto? Kitty?»

La ragazza diede un calcio a un sassolino lungo il sentiero. Spaventato, un corvo si staccò dal ramo dove si era appollaiato.

«No, è stata Henny.»

Ma certo. Le due cugine erano sempre state molto legate, come aveva fatto a non pensarci?

«D'accordo, allora posso risparmiarmi lunghe spiegazioni. Comunque voglio tu sappia che non è stata una decisione facile per me, ma purtroppo non c'era modo di evitarlo, perché tua madre...»

«Non mi devi nessuna spiegazione, papà!» lo interruppe Dodo. «Se pensi di dover divorziare dalla mamma per sposare un'altra donna, sono fatti tuoi.»

Non sembrava molto contenta. Era proprio quello che aveva temuto.

«So che è difficile da capire, Dodo. E mi dispiace farti soffrire, ma ti prego...»

Lei si fermò e lo guardò negli occhi. «Hai fatto la tua scelta, papà» disse, in tono ostile. «È chiaro. Ma non puoi decidere come devo sentirmi io. Punto e basta.»

«Per favore, non fare così...»

Dodo si voltò e sembrava che non lo stesse più ascoltando. Sollevò una mano e iniziò ad agitarla. Henny e Felix erano apparsi sui gradini della Villa delle Stoffe con il piccolo Herrmann ancora in lacrime. Henny ricambiò il saluto e indicò a sinistra, voleva andare in fabbrica.

«Scusa, papà. Se non hai altro da dirmi, ho un appuntamento. Andiamo a vedere i telai.»

«Vai pure» fece lui, con un filo di voce.

La osservò allontanarsi con aria sconsolata. Dodo raggiunse gli altri, prese in braccio il bambino, gli fece fare una giravolta e lo rimise a terra. Il piccolo la guardò con gli occhi sgranati e quando lei gli tese la mano si lasciò guidare. Sua figlia era diventata brava con i bambini? Paul non se lo sarebbe mai aspettato. Sospirò. All'improvviso si sentì vecchio. I giovani andavano per la loro strada e lui non riusciva né a capirli né a fermarli. Se Hilde fosse stata lì, gli avrebbe detto nel suo modo gentile e intelligente che doveva pazientare e avere fiducia nelle nuove generazioni.

Aspettò che il gruppetto, a cui nel frattempo si era unito anche Wilhelm, sparisse dalla sua vista, quindi andò verso il cumulo di rovine che un tempo era stato l'ala nuova della villa. Non c'era nessuno, nemmeno Hanna e Humbert. Ultimamente il domestico evitava il lavoro all'aria aperta – non aveva mai fatto per lui – ed era felice di lasciare a Marek e Hansl Bliefert il compito di spostare detriti o accatastare legna per il fuoco. Quanto a Hanna, era troppo impegnata con le pulizie in casa per lavorare anche fuori. Paul prese un martello dalla cassetta degli attrezzi e un mattone, sedendosi a terra per staccare la malta. Quel lavoro ripetitivo lo aiutava a pensare, e nella situazione in cui si trovava ne aveva davvero bisogno.

Marie sarebbe tornata ad Augusta, non poteva farci niente.

La conosceva, quando si metteva in testa una cosa non c'era modo di dissuaderla. Portava avanti i suoi progetti anche contro la volontà di lui, come nove anni prima, quando lo aveva lasciato. Sì, Marie lo aveva lasciato. Non doveva dimenticarlo. Certo, era ebrea, ma era sua moglie, non le avrebbero fatto nulla. In città c'erano ancora ebrei riusciti a nascondersi o a passare inosservati, sopravvivendo al Terzo Reich. Sì, non erano tanti, e verso la fine del regime alcuni erano stati mandati nei campi di concentramento, ma scampare ai nazisti, anche restando in Germania, non era impossibile. Su questo punto avrebbe insistito con Marie: sarebbe potuta restare. Aveva riempito diverse pagine di appunti per prepararsi un discorso ed essere in grado di ribattere a ogni affermazione di lei. Sua moglie sapeva essere molto persuasiva.

«Dannazione!» esclamò, lasciando cadere il mattone. Si era dato una martellata sull'indice. Esaminò il dito: niente di grave, se la sarebbe cavata con un'unghia blu. *Se non hai mai toccato un martello, uno scalpello o una chiave inglese in vita tua, gli incidenti sono inevitabili*, si disse. Agitò la mano finché il dolore non si placò e cercò di ritrovare il filo dei pensieri.

La perdita della fabbrica lo affliggeva più di quanto desse a vedere. Era devastante soprattutto perché, a cinquantasette anni, non aveva più l'energia e il vigore di un tempo. Certo, non era l'unico a essere disoccupato e senza prospettive. Anzi, ad alcuni era andata anche peggio. Ma la responsabilità per le persone che vivevano nella Villa delle Stoffe lo paralizzava. Talvolta gli mancava la forza di progettare un nuovo inizio, come invece faceva Henny.

Si ricompose e si rimproverò per quell'attacco di autocommiserazione. Aveva trovato il coraggio di ricominciare insieme a un'altra donna, una donna che somigliava a Marie e che gli sarebbe rimasta accanto, fedele e amorevole. Una volta sposati, anche il resto della famiglia avrebbe capito che Hilde era una persona meravigliosa. E allora lei sarebbe diventata la nuova signora della Villa delle Stoffe. Forse ci sarebbe voluto del tempo, ma ci sarebbe riuscita. Dodo avrebbe capito, e anche Kurt. Paul non vedeva l'ora che suo figlio tornasse, con lui ci sarebbe stato un motivo in più per ricominciare. Avrebbe detto al ragazzo che d'ora in poi avrebbe avuto due madri, una a New York e l'altra ad Augusta, e che Hilde non era affatto una cattiva matrigna.

In quel momento la portafinestra della terrazza si aprì e apparve Humbert.

«Signore... Potrebbe entrare? Il dottor Kortner è arrivato... C'è un problema.»

Santo cielo! Paul posò mattone e martello, si pulì la polvere dai pantaloni e salì al secondo piano. Lì trovò Elvira e Gertrude che discutevano animatamente con Jonathan. Charlotte uscì dalla camera da letto e si lanciò anche lei nella conversazione.

«Per l'amor di Dio, che cosa sta succedendo?»

Non appena lo vide, la nipote corse da lui e gli gettò le braccia al collo, piangendo.

«Mamma non vuole che papà vada in ospedale, zio Paul. Ma il dottor Kortner ha detto che dev'essere ricoverato, altrimenti rischia di morire...»

Allora era grave. Paul accarezzò i capelli di Charlotte e le sussurrò di calmarsi. Avrebbe parlato con Lisa. Sollevata, la ragazza lo prese per mano e lo trascinò verso la porta.

«È una pielite» disse Jonathan Kortner. «Ahimè diagnosticata troppo tardi. Posso usare il telefono?»

«Certo, è di sotto, nel mio studio.»

Il traffico telefonico per i cittadini di Augusta era ancora bloccato, ma medici e ospedali avevano permessi speciali per i casi urgenti.

Lisa si stava comportando da bambina, per l'ennesima volta. Era inginocchiata accanto al letto di Sebastian, lo abbracciava e piangeva. «Non voglio che lo portino via. Non tornerà... Non tornerà mai più...»

«Lisa!» disse piano Paul, stringendole la spalla. «Non ti fidi dei medici dell'ospedale? Della nostra Tilly?»

La sorella sussultò, scossa dai singhiozzi. «Di Tilly sì, ma deve venire a curarlo qui. Non voglio che lo portino via... Non voglio perderlo di nuovo...»

«Puoi andare con lui.»

La donna smise di singhiozzare e si girò a guardarlo. «Posso?»

«Ma certo, Tilly organizzerà tutto. L'ambulanza arriverà fra poco e tu e Sebastian andrete in ospedale.»

«Oddio! Deve prima mettersi un pigiama pulito. E io sono ancora in vestaglia...»

«Charlotte ti darà una mano.»

Intanto erano arrivate Auguste e Hanna, seguite a ruota da Else. Lisa iniziò a impartire ordini, fu preparata una borsa e la aiutarono a vestirsi. Paul lasciò la stanza soddisfatto, almeno stavolta era riuscito a dare una mano.

Jonathan Kortner salì le scale con la buona notizia che l'ambulanza era in arrivo e Tilly si sarebbe occupata del ricovero. «Gli ho somministrato della penicillina» disse a Paul. «È più forte di quanto sembri, se la caverà.»

All'improvviso ricomparve anche Hilde. Aiutò Lisa a infilarsi il cappotto, prese la giacca di Charlotte e tenne aperta la porta quando due infermieri arrivarono con la barella. Sebastian fu portato giù per le scale e Auguste sostenne Lisa, a malapena in grado di camminare, mentre Charlotte le seguiva con la borsa. Il dottor Kortner strinse la mano a Paul, poi si allontanò in fretta per tornare in ambulatorio.

«È un bene che lo portino in ospedale» disse Hilde quando il tumulto si fu placato e l'ambulanza partì.

Paul la cinse con un braccio e la attirò a sé. «Dove sei stata finora?» domandò.

«Mi sono fermata in ospedale sulla via del ritorno.»

«In ospedale? Perché?»

Lei sorrise e lo guardò di sottecchi. «Non preoccuparti. Non sono né malata né incinta. Ho fatto domanda per un lavoro lì, me l'ha suggerito Tilly...»

Diversi medici e dipendenti avevano perso il lavoro in seguito alla denazificazione, quindi molte posizioni erano scoperte.

«Pensa, mi assumeranno in amministrazione!» annunciò Hilde, raggiante.

40

Marie era sicura di essere immune al mal di mare, perché durante il viaggio di andata verso New York non ne aveva sofferto. Stavolta, però, dovette chiudersi in cabina per due giorni interi e si sentì talmente male che a un certo punto si convinse che sarebbe morta. Solo il terzo giorno le cose cominciarono a migliorare: si alzò dal letto e avanzò con cautela lungo i corridoi e su per le scale, fino al ponte, dove si aggrappò alla ringhiera e inspirò a fondo la frizzante brezza marina.

Forse è colpa dell'agitazione, pensò. *Ho paura di sentirmi mancare il terreno sotto i piedi. Ho rischiato tutto e potrei perdere tutto.*

A colazione scambiò qualche parola con una coppia seduta al suo tavolo, che le chiese se si sentisse meglio.

«Sì, penso che il peggio sia passato» disse, con un debole sorriso.

«Certo, cara. Anche mio marito sta male il primo giorno di ogni viaggio, ma il secondo torna a bere il suo scotch.»

Il signor Smoother era un uomo d'affari curioso di dare un'occhiata alla Germania nazista sconfitta. Riteneva che i tedeschi fossero un popolo operoso, nonché ottimi partner commerciali, una volta rieducati alla democrazia.

Marie annuì con un cenno del capo. Non parlò molto di sé,

spiegò solo che era emigrata anni prima e che adesso stava tornando dai parenti.

«Quindi ci sono anche ebrei tedeschi che vogliono tornare in Germania» osservò la signora Smoother. «Una delle mie più care amiche è ebrea e mi ha detto che non riesce a immaginare di rimettere piede nel Paese.»

«Lo capisco» disse Marie. «Ma in fondo è una scelta personale, no?»

«Senza dubbio, mia cara. Vuole ancora un po' di gelato? Il mango è eccellente.»

«No, grazie, preferisco non esagerare.»

«Certo, lo stomaco! Ma oggi pomeriggio starà meglio...»

Marie si tenne il più lontano possibile dagli altri passeggeri, non partecipò a nessun evento e non usufruì delle sdraio, che comunque erano quasi sempre occupate. Passava il tempo camminando avanti e indietro sul ponte, resistendo al vento o facendosi trasportare. Non riusciva a smettere di pensare che la nave si stava avvicinando inesorabilmente all'Europa e ad Augusta. Il mal di mare aveva lasciato il posto ai pensieri che la tormentavano da settimane, ai problemi su cui si arrovellava senza trovare soluzione. Non c'era alternativa a quanto aveva deciso di fare. E qualunque fosse stato il risultato, doveva accettarlo.

Paul si era innamorato di un'altra donna. C'era da biasimarlo? Erano stati lontani per nove anni, quale marito avrebbe sopportato una separazione così lunga? Eppure Marie aveva sempre creduto che il suo Paul ci sarebbe riuscito. Pensava che il loro amore fosse così forte da sopravvivere a qualsiasi ostacolo, aggrappandosi solo alla speranza di un ricongiungimento. Ma era stata ingenua. Paul era un uomo, non un santo. E lei aveva commesso lo stesso errore di tutte le donne innamorate: mettere su un piedistallo l'uomo amato, attribuendogli qualità che non aveva. A dire il vero, già in passato, durante il loro matrimonio, aveva constatato che a volte poteva essere testardo e addirittura prepotente. Nemmeno la gelosia gli era estranea, se n'era accorta in una delle sue visite a New York.

Dopo una separazione così lunga, perdere la testa per un'altra era umano e comprensibile. Un grande amore come il loro poteva sopravvivere anche a un passo falso come quello. Sì, lo avrebbe perdonato. E se invece fosse stata lei a sbagliare? Non era successo, ma in quel caso Paul l'avrebbe perdonata? Non ne era sicura. Non sarebbe stato facile per lui. Del resto, agli occhi della società la fedeltà di una moglie aveva un peso diverso rispetto a quella di un marito. E Paul era un conservatore, anzi, era decisamente all'antica su molte cose.

Dunque aveva deciso di sposarsi. Marie si ricordava di Hilde Haller, l'avevano assunta quando Henriette Hoffmann era andata in pensione e all'epoca era in buoni rapporti con Ottilie Lüders. Non era colpa di Hilde, erano i capricci di Lüders a renderle la vita difficile. Marie non riusciva a smettere di pensare a lei. La ricordava come una ragazza timida, che parlava poco e passava la pausa pranzo a leggere, però era attenta e impeccabile sul lavoro. Le rare volte che si erano incontrate le era sembrata una persona intelligente, di bell'aspetto, fedele alla fabbrica e al direttore.

Dovette interrompere il suo giro del ponte perché una giovane coppia le chiese di scattare una fotografia. I due si misero in posa davanti a un grande salvagente, si abbracciarono e sorrisero all'obiettivo.

«Può farne un'altra?» domandò la donna. «Per sicurezza.»

Marie scattò di nuovo, poi restituì la macchina fotografica. Rifiutò la proposta di ricambiarle il favore, spiegando che lei preferiva fotografare il mare e i grandi uccelli marini in volo al di sopra della nave.

«Oh, gli albatri» sospirò la giovane donna. «Sapeva che restano fedeli ai propri compagni per tutta la vita?»

«Sì, sono creature meravigliose!»

La coppia si allontanò. Marie li vide rivolgersi a un ufficiale della marina che accettò di farsi scattare una foto. Probabilmente erano in viaggio di nozze e raccoglievano ricordi da mostrare a casa.

Hilde Haller è innamorata di Paul, pensò, riprendendo a camminare. *È naturale. Tutte le segretarie che ho incontrato in fabbrica erano innamorate del direttore.* Non si era nemmeno dovuto guardare intorno. L'amore gli era piovuto dal cielo. E per qualche motivo aveva deciso di lanciarsi.

«Spero tu sappia cosa stai facendo» le aveva detto Karl Friedländer, scuotendo la testa, mentre sedevano sugli ultimi due scatoloni rimasti nell'appartamento sgombrato.

«Faccio quello che ho sempre avuto intenzione di fare» aveva risposto Marie. «Tornare in Germania alla fine del regime.»

Glielo aveva detto fin dall'inizio, ma lui non ci aveva mai creduto sul serio. Karl era un uomo pragmatico, sapeva che le persone cambiano spesso opinione. Ma su Marie si sbagliava.

«Non è saggio tagliare i ponti con l'America» l'aveva rimproverata. «Di solito non ti comporti in modo così avventato.»

«Sono sicura che mi ama!»

Lei aveva pronunciato quella frase con la massima convinzione, anche se dentro di sé non ne era più certa. Karl l'aveva scrutata a occhi socchiusi, quasi con una punta d'ironia. «Ha un'altra» le aveva fatto notare.

«Si sistemerà tutto» aveva insistito Marie.

Aveva lasciato l'atelier in buone mani, firmando la cessazione del contratto d'affitto. Leo doveva servire ancora per un anno l'esercito americano, quindi non aveva senso lasciare l'appartamento vuoto così a lungo. Aveva venduto o regalato i mobili e la maggior parte delle cose che possedeva, partendo con una borsa e una valigia.

«Torno come sono venuta» aveva detto, allegra. «Meglio viaggiare leggeri.»

All'inizio Karl le aveva proposto di accompagnarla in Germania. Sosteneva di voler rivedere la patria, ma Marie aveva capito benissimo le sue intenzioni e aveva rifiutato, in modo gentile ma deciso.

«Non è una buona idea, Karl. Le città tedesche sono state distrutte dai bombardamenti: non ritroveresti la vecchia Augusta e ne saresti molto deluso.»

«Vedo che hai deciso di condannarti all'infelicità» aveva detto lui, ormai rassegnato. «Dal momento che non posso fermarti, ti chiedo almeno di scrivermi se hai bisogno di aiuto. Va bene?»

«Ti scriverò di certo» lo aveva rassicurato. «Vorrei che restassimo in contatto. E spero che ci rivedremo presto, ad Augusta.»

«Lo spero anch'io. Ad Augusta o altrove» aveva risposto lui, e dalla sua espressione Marie aveva intuito che sperava d'incontrarla di nuovo a New York.

Il viaggio stava per concludersi, presto sarebbero sbarcati a Bremerhaven. Si era preparata, sapeva che i porti tedeschi erano stati bombardati pesantemente. Era un miracolo che le navi potessero ormeggiare. Lo spettacolo degli edifici in rovina e delle banchine distrutte fu deprimente. *Hanno cacciato me e tanti altri dalla Germania, hanno rinchiuso degli innocenti nei campi di concentramento, condannandoli a una morte atroce. Giustizia è fatta, la pietà è fuori luogo.* Tuttavia, le risultava difficile continuare a ripetersi che i tedeschi se l'erano meritato.

Le formalità furono espletate molto più in fretta di quando aveva lasciato la Germania ed era stata sottoposta a lunghi e umilianti controlli. Adesso era una cittadina americana che voleva spostarsi dal settore inglese a quello americano per andare a trovare suo marito e la sua famiglia. Le fecero qualche domanda e le indicarono il modo migliore per raggiungere Augusta. I treni non erano ancora stati ripristinati su tutte le tratte, quindi doveva fare delle deviazioni e trascorrere la notte da qualche parte. In ogni caso, poteva rivolgersi al governo militare della città in cui si sarebbe fermata. Dato che la sua valigia era piuttosto pesante, un ufficiale britannico la accompagnò alla più vicina stazione ferroviaria. Durante il tragitto le raccontò che era originario da Brighton e i suoi genitori gestivano un hotel che era stato distrutto dalle bombe tedesche.

«Le auguro il meglio, signora Melzer» disse quando fu il momento dei saluti, stringendole la mano. «Se ha problemi, non esiti a contattarmi.»

Le aveva detto il suo nome e il suo grado, ma una volta in treno Marie si accorse di averli già dimenticati. Peccato, era stato molto gentile. Lei aveva ormai quarantanove anni, ma sapeva di esercitare ancora un certo ascendente sul genere maschile.

Impiegò due giorni per raggiungere Augusta. Entrò nel settore americano vicino a Kassel, da lì si spostò a Würzburg, ridotta a un cumulo di macerie, e poi in direzione di Norimberga. I treni erano sovraffollati e sporchi, inoltre la mancanza di locomotive costringeva a lunghe attese. A Norimberga il governo militare la accolse per la notte in un edificio occupato e al mattino Marie contemplò con orrore la distesa di rovine che un tempo era stata il centro storico della città. Anche la casa del XVI secolo in cui aveva vissuto il poeta e calzolaio Hans Sachs era stata distrutta dalle fiamme. Le donne spalavano le macerie, le caricavano sui carri e le portavano fuori città, mentre i ragazzini scavavano nella terra, giocavano ad acchiapparello e gridavano filastrocche in rima. Rispetto ai bambini ben nutriti di New York, le sembravano magri e affamati, con vestiti e soprattutto scarpe inadatti alla stagione fredda.

Perché devono pagare per i peccati dei genitori? pensò, addolorata.

Quando arrivò ad Augusta era già sera. Per un attimo rimase ferma sul binario con i bagagli, senza sapere cosa fare. Anche lì la stazione era stata colpita dalle bombe. Le pensiline sui binari erano state sistemate alla meglio, così che i passeggeri non restassero in piedi sotto la pioggia. Come se non bastasse, le luci si spensero all'improvviso, lasciando la stazione e la città al buio. Qua e là, alle finestre, si accendevano lanterne o candele.

È andata via la luce, pensò, avvilita. *Che sfortuna. Ora devo attraversare la città con i bagagli e non so nemmeno se le strade che ricordo esistono ancora.*

Quando i pochi viaggiatori sul binario si dispersero, Marie prese borsa e valigia e s'incamminò. Trovò subito Prinzregentenstrasse e, dopo essersi identificata a un posto di blocco americano, ricevette aiuto e indicazioni dai militari. Hallstrasse aveva subìto molti danni, ma l'edificio che ospitava l'ambulatorio del dottor Kortner era ancora in piedi. Lo superò e girò l'angolo. Leo le aveva scritto che anche l'appartamento di Tilly e Jonathan era stato risparmiato. Per il momento sarebbe rimasta lì, prima di presentarsi con le dovute cautele alla Villa delle Stoffe.

Doveva avere l'aria esausta, perché appena Tilly la vide si lasciò sfuggire un gemito. «Marie! Santo cielo, è già buio. Oh, che bello rivederti. Speravo proprio che venissi da noi... Jonathan, è arrivata Marie!»

Provò un immenso sollievo quando Tilly la strinse fra le braccia senza riserve e anche Jonathan Kortner la accolse con grande calore. Edgar, che aveva nove anni, restò a sbirciare timidamente attraverso lo spiraglio della porta e si avventurò in corridoio solo quando suo padre lo chiamò.

«Questa è Marie, la moglie di zio Paul» spiegò Jonathan, spingendo il bambino. «Puoi chiamarla zia.»

Obbediente, il piccolo fece un inchino alla zia sconosciuta e poi tornò in camera.

«Vieni, siediti» disse Tilly a Marie. «Ti preparo un boccone. L'appartamento non è grande, lo sai, però ci siamo organizzati. Dormirai in soggiorno.»

«Grazie mille, ma... Non sapevate che sarei venuta qui» si meravigliò l'ospite.

Tilly e suo marito si scambiarono un'occhiata.

«Lo sospettavamo» disse Jonathan, con un sorriso. «O volevi andare alla Villa delle Stoffe già stasera?»

«No. Assolutamente no.»

Dalla cucina arrivava un invitante profumo di patate fritte con la pancetta. Solo allora Marie si accorse di essere davvero affamata, perché durante il tragitto non aveva quasi toccato cibo. Fu una lunga serata, si raccontarono molte cose. Scoprì che Dodo era tornata alla Villa delle Stoffe, che di lì a pochi giorni anche Leo e Walter avrebbero fatto ritorno ad Augusta, e che Sebastian era stato ricoverato in ospedale.

«Ha i reni danneggiati» spiegò Tilly. «Non c'è da stupirsi, ha dormito e lavorato al freddo e al gelo per anni. Ora sta meglio, ma temo che l'infiammazione sia cronica. Continuerà a ripresentarsi.»

«È molto triste» sospirò Marie. «Sebastian è un tipo particolare, ma mi piace. Invece mi ricordo che Paul non ci andava sempre d'accordo.»

Ora che Paul era stato menzionato, Tilly trovò il coraggio di farle la domanda che avevano in mente tutti. «Vuoi parlare con lui? Immagino saprai...»

«Sì, lo so. Ma sono ancora sua moglie. Parleremo e risolveremo la questione da persone adulte.»

Tilly e Jonathan annuirono, poi lui mormorò: «Ti auguro buona fortuna, Marie. Purtroppo su questo non possiamo aiutarti, ma voglio tu sappia che io e Tilly pensiamo che il tuo posto sia alla Villa delle Stoffe e dovresti riprendertelo».

Marie fu contenta di sentirlo. Almeno Tilly non era cambiata, le voleva bene come sempre. E Jonathan Kortner era una persona meravigliosa.

Poco dopo si diedero la buonanotte e Marie si sdraiò sul divano. Era così stanca per il lungo viaggio che nemmeno il fastidioso ticchettio dell'orologio a pendolo disturbò il suo sonno.

L'indomani mattina si svegliò di soprassalto e si tirò a sedere. Sbatté le palpebre, accecata dalla luce del giorno che filtrava dalle tende. Dovevano essere le nove passate. Tilly probabilmente era già in ospedale e Jonathan in ambulatorio. Si vestì e uscì in corridoio per andare in bagno, ma la porta della cucina si aprì e apparve Edgar.

«Buongiorno» la salutò. «La mamma ha detto di non svegliarti. Ma visto che ti sei alzata, posso prepararti la colazione.»

«Oh» esclamò Marie, sorpresa. «Mi farebbe molto piacere, Edgar. Ma non devi andare a scuola?»

«Non ricomincia prima di ottobre. E poi non ho bisogno

di andarci, mi annoio. Preferisco leggere i libri di medicina di papà.»

Ciò detto, sparì in cucina.

Il figlio di Tilly, pensò Marie. *Non lo vedo da quando è nato, e ora ha nove anni. Non è assurdo pensare di poter tornare e riprendere tutto da dove l'ho lasciato?*

Fece colazione in cucina, lodando la marmellata di lamponi e il surrogato di caffè, ma rifiutò il pane, che era un po' duro e aveva un sapore strano.

«Come passi la giornata, se non vai a scuola?» chiese al bambino, che la osservava mangiare incuriosito. «Giochi con i tuoi amici?»

«No» rispose sprezzante. «Sono tutti stupidi. Vado nell'ambulatorio di papà e lo aiuto con il lavoro.»

«E cosa fai?»

«Metto in ordine e sterilizzo gli strumenti» si vantò.

Dopo colazione Marie gli diede una mano a lavare i piatti, quindi uscirono insieme. Edgar corse all'ambulatorio di Jonathan e Marie si incamminò verso il cimitero. Voleva iniziare da lì, dal luogo in cui era sepolta sua madre e si trovava la cappella della famiglia Melzer, che ora ospitava anche sua suocera Alicia. La chiesa di San Michele era stata danneggiata dalle bombe e aveva perso la torre con la cupola a bulbo, ma le tombe erano rimaste intatte e il cimitero era silenzioso e pacifico come sempre. Marie si trattenne per qualche minuto sotto gli alberi, le cui foglie già scure stavano per cambiare colore. Poi girò sui tacchi e si diresse in città.

Cumuli di macerie ovunque. Ben presto non riuscì più a orientarsi e si ritrovò costretta ad alzare lo sguardo per cercare la torre di Perlach, la cattedrale, la basilica dei Santi Ulrico e Afra. Il municipio era ridotto a un rudere carbonizzato, ma nella piazza antistante i contadini avevano allestito bancarelle di ortaggi, frutta, erbe aromatiche e patate. I dollari americani erano molto richiesti, quindi Marie si procurò senza problemi un sacchetto di mele e uno di prugne. L'ospedale centrale era lontano, ma decise di non prendere il tram, nonostante in quel tratto funzionasse, percorrendo invece le strade un tempo familiari, che ora sembravano tristemente diverse. Anche se Augusta era quasi irriconoscibile, restava la sua città natale. E le era mancata tanto.

Lo stesso ospedale era stato colpito dalle bombe, ma l'atrio era rimasto identico, a parte il fatto che l'ingresso non era più presidiato da una suora, ma da un giovane uomo che le chiese a chi doveva fare visita.

«Il signor Sebastian Winkler...»

«Primo piano, stanza tre.»

Non fu sorpresa di sentire la voce di Lisa quando bussò alla porta.

«Avanti...»

Entrò in punta di piedi e si fermò sulla soglia, in attesa. I quattro letti della stanza erano tutti occupati, quello di Sebastian stava sotto la finestra. Suo cognato sedeva con la schiena dritta e i soliti occhiali sul naso. Leggeva un giornale, che abbassò non appena la vide. Lisa era impegnata a riempire una tazza di tè.

«Chi vedono i miei occhi?» strillò Sebastian, afferrando il braccio della moglie. «Marie! Bentornata nella vecchia patria, cara Marie!»

Gli altri tre pazienti si voltarono verso la porta e Lisa posò immediatamente la tazza, rovesciandone metà del contenuto.

«Eccoti qui!» disse, con aria smarrita.

«Sì, eccomi qui. Spero di non avervi spaventati.»

«No, no...» farfugliò Lisa. «Sapevamo che saresti venuta... È solo... difficile.» Si interruppe, non sapendo come continuare. Rimase immobile per un momento, ma poi, d'impulso, spalancò le braccia e iniziò a singhiozzare: «Oh! È così bello rivederti... Sono tanto felice...».

Marie fu quasi soffocata dal suo abbraccio, ma riuscì a salvare i sacchetti di frutta che aveva portato e andò a salutare Sebastian, che la strinse anche lui fra le braccia. Gli altri tre pazienti sorrisero, uno disse: «Auguri!».

Lisa ormai aveva superato ogni riserva e iniziò a parlare senza sosta. «Santo cielo, Marie! Sei identica a quando te ne sei andata, non sei cambiata di una virgola. Sai che Leo e Walter arriveranno presto? Hai già incontrato Kitty? No? Mio Dio, impazzirà di gioia. E poi Henny, ora è sposata con Felix e...»

Marie non la fermò, anche se quel fiume di parole in pubblico la metteva a disagio. Condivise la frutta con tutti e tornò a sedersi accanto a Sebastian, che le prese la mano e gliela accarezzò dolcemente.

«Andrà tutto bene» mormorò. «Paul non è uno stupido, farà la scelta giusta.»

«Vedremo. Quanto devi restare ancora in ospedale?»

«Fino a domani! Mi sono ripreso completamente, vero, Lisa?»

«Sei sano come un pesce» confermò lei, asciugandosi gli occhi.

Marie li salutò poco dopo. L'orario delle visite era finito e voleva tornare a casa di Tilly, perché sospettava che Kitty sarebbe arrivata da un momento all'altro.

«Allora ci vediamo domani alla Villa delle Stoffe?» chiese Lisa.

«Non domani. Ma presto.»

Scese le scale insieme agli altri visitatori che dovevano lasciare l'ospedale e percorse il corridoio fino all'uscita. Prima di raggiungere il cancello, notò una giovane donna in piedi fuori dalla porta dell'amministrazione. Marie le passò accanto ed ebbe la sensazione che la stesse osservando. Solo una volta fuori si rese conto che la conosceva.

41

Kitty era delusa. Aveva fatto una testa così al simpatico colonnello Norton ed era certa che le sue argomentazioni lo avessero colpito. Poteva giurare di averlo visto annuire un paio di volte, e in più aveva preso appunti e le aveva fatto qualche domanda. Per il bene di Marek, lei aveva dato sfogo all'immaginazione.

«Deve sapere, colonnello, che Ernst von Klippstein è stato un ufficiale nella Prima guerra mondiale. Ha combattuto per l'imperatore e per la patria. Un ufficiale come lei, caro colonnello. E poi una ferita che per poco non l'ha ucciso gli ha cambiato tragicamente la vita, trasformandolo in un uomo amareggiato e suscettibile alle bugie dei nazisti. Certo, all'inizio credeva in Adolf Hitler, ma poi... In fondo Ernst von Klippstein era una persona intelligente... Con il tempo si è reso conto di aver seguito un pazzo, un criminale. Ha realizzato che questa guerra era il piano di un megalomane. Sapeva dei terribili omicidi nei campi di concentramento. Nella sua posizione, aveva informazioni a noi precluse. E così non ha visto altra via d'uscita che togliersi la vita...»

Era talmente entrata nella parte che quasi credeva lei stessa a quella versione dei fatti. Perché non poteva essere vero? Il povero Klippi doveva aver avuto un motivo per uccidersi.

«Deve ammettere che non si può considerare Ernst von Klippstein un funzionario dell'NSDAP» continuò. «Ha voltato le spalle ai nazisti e si è persino suicidato per il suo errore...»

Marek era seduto accanto a lei, ma il suo inglese era troppo stentato per permettergli di capire. Continuava a spostare lo sguardo da Kitty al colonnello, con i pugni stretti. Alla fine Norton la ringraziò calorosamente e le chiese informazioni sulla mostra, spiegando di volerla visitare con tutta la sua squadra non appena l'avessero inaugurata. Aggiunse che era un pittore anche lui, ma purtroppo gli impegni ufficiali non gli lasciavano il tempo di dedicarsi a quella passione. Si disse impaziente di ammirare le opere esposte, sperando che nei mesi a venire avrebbero avuto l'occasione di organizzare un incontro fra artisti tedeschi e americani.

«Meraviglioso. A proposito, anche il mio caro amico Marek Brodskij è un artista di talento...»

Il colonnello l'aveva già sentito nominare, quindi gli rivolse un breve sorriso, poi si voltò di nuovo verso Kitty. «Allora non vedo l'ora di rivederla a Villa Schmidtkunz, signora Scherer.»

«E lascerete andare la povera signora von Klippstein, vero? Non ha fatto niente di male, glielo giuro!»

«Abbiamo le nostre regole, signora Scherer.»

Con ciò furono congedati, e a Kitty, sulla via del ritorno, rimase l'imbarazzante compito di spiegare a Marek l'esito della missione.

«Hai fatto il possibile» commentò lui, rassegnato. «Te ne sono grato.»

«Sono sicura che ci penserà su. Altrimenti tornerò alla carica all'inaugurazione.»

La mostra era un'impresa a cui si stava dedicando con il massimo zelo, ma si rivelò più complicata di quanto avesse immaginato. Per giorni aveva temuto che Leo e Walter non riuscissero a ottenere un congedo per il giorno dell'inaugurazione e non potessero esibirsi, ma almeno quel problema si era risolto. In compenso ne erano sorti altri.

La villa della famiglia Schmidtkunz era stata risparmiata dalle bombe, così i coniugi avevano accolto la figlia, il genero e i due nipoti che avevano perso tutto nella terribile notte dell'attacco, a febbraio. La figlia dei padroni di casa, purtroppo, non aveva il minimo interesse per le belle arti e non faceva che lamentarsi perché l'ampio soggiorno e l'atrio dovevano essere sgomberati per la mostra, con il risultato che lei e la sua famiglia erano costretti a spostarsi per alcune settimane in tre stanze più piccole. Tre stanze intere per quattro persone, per l'amor del cielo. Alla Villa delle Stoffe stavano molto più stretti. Le proteste della figlia avevano quasi convinto la signora Schmidtkunz a tirarsi indietro, tanto che Kitty aveva dovuto usare tutta la sua forza di persuasione per salvare la mostra.

Inoltre, c'erano state infinite diatribe perché si era reso necessario staccare una serie di orrendi dipinti a olio dalle pareti del soggiorno per fare spazio alle opere di Luise Hofgartner. La signora Schmidtkunz salutava con un gemito ogni chiodo che Kitty piantava nella carta da parati e continuava a ripetere che non avrebbe mai acconsentito, se avesse saputo che la sua casa sarebbe stata rovinata in quel modo.

«Accetto solo perché verrà quell'adorabile giovane tenente che suona il violino. È per lui che tollero tutto questo!»

Ah, era difficile. Eppure i cittadini di Augusta erano così felici che ci fossero di nuovo degli eventi culturali! Le letture e i concerti organizzati in città erano affollatissimi, la gente era avida di musica, letteratura e arte, perché tutti avevano bisogno di ricordarsi che la bellezza esisteva ancora. Insomma, la cultura era uno dei pochi fari in quei tempi bui.

Kitty andava ogni giorno a Villa Schmidtkunz per occuparsi degli ultimi ritocchi e tranquillizzare la padrona di casa. Aveva trovato un accordatore per il pianoforte e annunciò che gli americani avrebbero donato alcune bottiglie di champagne e diverse lattine di carne in scatola, pollo, ananas e altre delizie da offrire all'inaugurazione.

La figlia intervenne per criticare quello che considerava sperpero e lusso inutile, non mancando di aggiungere che i quadri di Luise Hofgartner erano arte degenerata, che non si addiceva alla casa di sua madre. Per non prenderla per il collo, Kitty aveva dovuto fare ricorso a tutta la sua buona volontà e ripetersi che avevano bisogno di quel posto.

Il 10 settembre passò senza che Marie arrivasse alla Villa delle Stoffe. Kitty diventava ogni giorno più impaziente. Quando andava dagli Schmidtkunz, passava sempre dalla stazione, nella speranza di avvistarla sul binario. Sarebbe stata un'incredibile coincidenza, ma non era impossibile. Purtroppo, finora, la sua speranza si era rivelata vana.

Quella mattina Kitty era in ritardo. Aveva messo in borsa alcuni disegni di Marek da portare a Villa Schmidtkunz e stava valutando se esporre due opere della sua collezione, quando sentì squillare il telefono nello studio di Paul.

Il telefono? Oddio, la rete telefonica era ancora bloccata, poteva essere solo una chiamata con un permesso speciale. Era Tilly dall'ospedale? Era successo qualcosa a Sebastian?

«C'è Paul nello studio» le gridò dietro Robert, mentre già iniziava a correre. «Avrà risposto lui.»

Kitty uscì comunque in corridoio e aspettò fuori dalla porta, con il cuore in gola. Lisa era in ospedale, ma la povera Charlotte era al piano di sopra, nella sua stanza. Sarebbe stato terribile doverle dare una brutta notizia. Henny sbucò dal salotto rosso, agitata quanto sua madre. Anche Humbert, che stava sparecchiando il tavolo della colazione, aveva sentito il telefono ed era accorso. Tesero tutti le orecchie.

«Grazie» disse Paul nello studio.

Poi doveva aver abbassato la cornetta, perché non si sentì nient'altro. Nel corridoio, i tre curiosi si scambiarono sguardi preoccupati. Non sembrava una buona notizia. Intanto erano arrivate anche Gertrude ed Elvira, che si reggeva al bastone.

«Che succede?» chiese. «È morto qualcuno?»

Nessuno rispose. Un attimo dopo, la porta dello studio di Paul si aprì e lui comparve sulla soglia con espressione cupa.

«Era Jonathan» disse. «Sebastian verrà dimesso domani.»

Sollievo generale. Humbert sorrise, Gertrude se ne tornò tutta contenta nella sua stanza.

«E ti ha chiamato apposta per dirtelo?» chiese Henny sospettosa.

Lui si schiarì la voce e si guardò intorno. «No, voleva anche informarmi che Marie è arrivata ad Augusta ieri sera» aggiunse.

Si chiuse la porta alle spalle e si precipitò giù per le scale, diretto nell'atrio. L'urlo di gioia di Kitty sembrò spingerlo ad accelerare il passo.

«Marie! Finalmente! Dov'è? Paul, fermati! Dimmi dov'è Marie...»

Henny afferrò sua madre per il braccio e la trattenne. «Sarà da zia Tilly, no?» sussurrò. «Lascia in pace lo zio, deve riprendersi.»

«E sarebbe anche ora!» esclamò Kitty, indignata.

Poi s'infilò il cappotto e corse fuori. Perse per un pelo il tram che l'avrebbe portata alla piazza del municipio, ma non le importava. Sarebbe andata a piedi anche fino a New York pur di rivedere Marie.

Arrivò all'appartamento di Tilly trafelata. Suonò il campanello e attese, con il cuore in gola, che la porta si aprisse. Ma non successe niente.

Dove poteva essere? In ambulatorio? Certo, Jonathan Kortner aveva chiamato da lì. *Che stupida!* Si lanciò giù per le scale e quando aprì il portone del palazzo si ritrovò davanti sua figlia Henny.

«Hai corso come una centometrista, mamma!» le disse. «Non ci hai sentiti? Ti abbiamo chiamata non so quante volte!»

No, Kitty non aveva sentito niente, era troppo emozionata. Felix e Dodo, anche loro ansiosi di rivedere Marie, erano in attesa fuori dal palazzo.

«Non è in casa» riferì Kitty. «Forse è nell'ambulatorio di Jonathan.»

«E a fare che?» chiese Dodo. «No, sarà sicuramente in giro. Anzi, potrebbe essere andata alla Villa delle Stoffe mentre noi venivamo qui. Papà non ha detto niente?»

«Non ha detto una parola, quello stupido!» gemette Kitty. «Che cosa facciamo ora?»

«Aspettiamo» suggerì Henny. «Prima o poi arriverà.»

«È esasperante!» si lagnò Kitty. «Marie è ad Augusta e non riusciamo a trovarla...»

«Lì!» gridò Dodo. «Qualcuno ci fa segno!»

Kitty corse in avanti e iniziò ad agitare le braccia, ma poi si fermò e le abbassò, delusa.

«Sono Hanna e Auguste» sospirò. «Che ci fanno qui?»

Le due cameriere si avvicinarono con un certo imbarazzo. Hanna reggeva un cesto di cipolle e patate, Auguste aveva tre pagnotte nella sporta.

«Siamo uscite per fare la spesa» spiegò Auguste. «E così abbiamo fatto una piccola deviazione, pensavamo...»

«Volevamo tanto salutare la signora» aggiunse Hanna, con le guance rosse per l'eccitazione.

«È molto carino da parte vostra» disse Kitty, commossa. «Ma purtroppo Marie non è qui.»

«Oh, che peccato!» sospirò Hanna, delusa. «Ma quello che ha detto Humbert è vero, no? La signora è tornata ad Augusta.»

«Pensiamo di sì» disse Henny. «L'unica domanda è...»

«Arriva qualcun altro!» riferì Felix, sorridendo.

«Chi? Marie?» esclamò Kitty eccitata.

«No» disse Dodo. «È zio Robert con nonna Gertrude. E c'è anche Wilhelm. Praticamente tutta la Villa delle Stoffe.»

I tre avevano preso il tram, ma visto che le fermate erano numerose e ogni volta salivano e scendevano un sacco di persone, ci avevano messo un bel po' per arrivare alla piazza del municipio.

«Cosa ci fate tutti qui fuori?» volle sapere Gertrude.

«Stiamo aspettando Marie» annunciò Kitty. «Sarà in giro.»

«Non è carino da parte sua» commentò Gertrude. «Prima se ne va in America, ora va a zonzo ad Augusta. Elvira ha detto che non si sarebbe mossa di un centimetro dalla Villa delle Stoffe, perché pensa che prima o poi Marie andrà lì...»

«Eccola!» strillò Dodo, dando uno spintone alla povera Gertrude. «Mamma, mamma! Ti stavamo aspettando...» Le corse incontro spalancando le braccia e quasi travolse due donne che trascinavano un carretto. Gli occhi di Kitty si riempirono di lacrime quando le vide abbracciarsi. Avrebbe voluto essere la prima ad accogliere Marie in città, ma Dodo era sua figlia, aveva la precedenza.

«Chi è l'uomo vicino a lei?» chiese Gertrude, che era miope.

«Un uomo?» fece Auguste, allungando il collo.

«Non può essere quel Friedländer, vero?» chiese Robert, guardando Kitty.

«Ma no! Siete tutti ciechi?» rise Henny. «È il nostro Humbert. E sta portando due borse, il cavaliere Humbert Sedlmayer!»

«Humbert?» si meravigliò Hanna. «Doveva andare dal calzolaio a far risuolare le scarpe della signora Elisabeth...»

«Avrà fatto una piccola deviazione anche lui» disse Auguste. «Santo cielo, com'è imbarazzato...»

Quando Dodo si staccò da sua madre, Kitty non riuscì più a trattenersi. Con il cappotto svolazzante, corse verso la cognata e le gettò le braccia al collo.

«Marie, Marie, mia adorata Marie... Da quanti anni non ci vediamo... Oh, sei bella e giovane come sempre... E come sei elegante... Dio santo, ti stavamo aspettando... Sì, Jonathan ha chiamato...»

Non aveva idea di cosa stesse blaterando, ma non riusciva a fermarsi. Marie la abbracciò, pianse, rise, e infine attese pazientemente che Kitty si riprendesse. «Non sei cambiata affatto, mia carissima amica e cognata» disse con dolcezza, abbracciandola ancora. «Che bello essere di nuovo a casa.»

A quel punto anche gli altri salutarono Marie, ciascuno a modo suo. Robert e Henny la abbracciarono, Felix esitò un attimo, ma alla fine li imitò; Gertrude le accarezzò una guancia con tenerezza materna; Hanna e Auguste le fecero un inchino e le strinsero la mano; e infine Dodo le presentò Wilhelm come il suo migliore amico e compagno di guerra. Il ragazzo fece una riverenza e mormorò: «Bentornata in Germania, signora. Lieto di conoscerla».

«Che meraviglioso comitato d'accoglienza!» disse Marie, raggiante. «È una vera adunanza.»

«In effetti sì» osservò Robert. «Forse faremmo meglio ad andare di sopra.»

Avevano attirato l'attenzione dei passanti. Se fosse capitata lì una pattuglia americana avrebbero potuto avere dei problemi, perché gli assembramenti pubblici erano vietati.

«Qualcuno ha la chiave di casa di Tilly?»

«Sì, certo» disse Marie. «Ce l'ho io.»

Prima che salissero, Humbert si congedò, Hanna e Auguste spiegarono che dovevano tornare alla Villa delle Stoffe, perché alla cuoca servivano le cipolle per preparare il pranzo.

«La aspettiamo, signora» disse il maggiordomo. «Come dice sempre Fanny Brunnenmayer, è lei l'anima della Villa delle Stoffe.»

Marie era visibilmente commossa dalle sue parole e ringraziò sia Humbert sia le due cameriere. «Per favore, portate i miei saluti alla signora Brunnenmayer!» si raccomandò.

Nel piccolo appartamento scoppiò subito un trambusto. Kitty rimpianse di avere una famiglia così numerosa, perché non riuscì a stare sola con Marie nemmeno un attimo. Tutti la interpellavano, le facevano domande, chiacchieravano di argomenti superflui e ripetevano sempre le stesse cose. Doveva esserle venuto il mal di testa. Per fortuna, dopo un po' Gertrude si ritirò in cucina a preparare il pranzo con gli acquisti di Marie e le provviste di Tilly. Henny, che aveva captato le sue intenzioni, la seguì in cucina per evitare il peggio: nonna Gertrude non cucinava da tempo, e anche quando non era fuori allenamento i suoi piatti di rado avevano successo.

I posti liberati in soggiorno furono subito occupati da Tilly e Jonathan, che erano tornati a casa verso mezzogiorno, e Edgar si appollaiò immediatamente accanto a Marie, comunicando a tutti che quella mattina aveva preparato la colazione per la zia.

Dodo annunciò che lei e Wilhelm erano riusciti a riparare i due telai ritrovati nel seminterrato della fabbrica.

«Non l'ho ancora vista. È stata rasa al suolo?» chiese Marie, preoccupata.

«Più o meno» rispose la figlia. «Ma se togliamo le macerie dalla tessitura e raccogliamo i mattoni ancora utilizzabili, possiamo allestire un capannone provvisorio.»

Robert illustrò a Marie il piano di ristrutturazione che aveva elaborato insieme a Felix. Il tetto avrebbe avuto i vetri solo in alcuni punti, per far passare un po' di luce, per il resto sarebbe stato chiuso da pannelli di legno.

«Alcune finestre sono intatte, rimuoveremo i vetri e li metteremo sul tetto» spiegò il marito di Henny. «Il pavimento si può ancora usare, ed è importante, perché abbiamo bisogno di una superficie solida e piana per le macchine.»

Il pranzo fu consumato in due turni perché Tilly non aveva abbastanza piatti da zuppa, ma tutti si complimentarono con la cuoca e Gertrude si crogiolò negli elogi dei commensali affamati.

Durante il pasto, Henny rivelò di aver scoperto alcuni filatoi ad anelli della Melzer in una delle fabbriche tessili chiuse. «Klippi mi aveva detto di averli venduti» spiegò. «Ma non ho mai visto un contratto. Non avremo problemi a riappropriarcene.»

«Non prima che il capannone sia pronto...» obiettò Robert.

«No, dobbiamo riprenderceli il prima possibile» insistette Henny. «Altrimenti qualcun altro ci metterà le mani e non li rivedremo più.»

Kitty suggerì che gli americani avrebbero potuto aiutarli a trasportare i macchinari, Dodo si chiese dove trovare il cotone grezzo, Felix calcolò quante balle di stoffa si potessero produrre in un tot di tempo.

Marie ascoltò, rimanendo quasi sempre in silenzio, e guardò a lungo la cognata, che aveva capito cosa la turbava. «Sono tutti bellissimi progetti e di certo è possibile realizzarli» disse. «Cosa ne dice Paul?»

Sulle prime nessuno rispose. Dodo scrollò le spalle, irritata. Henny alzò gli occhi al cielo e fissò il soffitto. Felix mordicchiò una matita.

«Non molto» disse Robert. «È piuttosto abbattuto, al momento.»

«Capisco» replicò Marie, pensierosa. «Lo chiedo perché... In fondo la fabbrica è sua, no?»

«Certo...»

Cambiarono discorso e parlarono dell'imminente mostra e del concerto di Leo e Walter. Dodo raccontò della sua esperienza nella Luftwaffe, della fuga con Lilly e Wilhelm e di come si erano spostati di fattoria in fattoria, lavorando come braccianti. Dal modo in cui Marie accarezzava i corti capelli biondi di sua figlia, Kitty capì quanto era stata in pensiero per lei.

«Leo ha chiesto informazioni su Kurt» disse Marie a Dodo. «È in un campo di prigionia americano, in Francia. Se siamo fortunati, potrebbe essere rilasciato all'inizio dell'anno prossimo.»

Leo non era riuscito a scoprire nulla sui figli di Lisa, Hanno e Johannes, ma aveva scritto alla madre che ci avrebbe riprovato.

Rimasero insieme quasi fino a sera. Tilly preparò il surrogato di caffè e Marie posò sulla tavola una scatola di biscotti al miele che Fanny Brunnenmayer aveva incaricato Humbert di portare. Un piccolo regalo di bentornato per la signora della Villa delle Stoffe.

«E ora?» chiese Robert quando fu il momento di salutarsi.

«È ovvio!» esclamò Kitty. «Marie, devi tornare alla villa. Ho già organizzato tutto, puoi stare nel giardino d'inverno...»

«No, Kitty» disse lei con decisione. «È gentile da parte tua, ma per ora non ho intenzione di farlo. Ho scritto una lettera a Paul, qualcuno di voi mi farebbe il piacere di consegnargliela?»

Henny mise la busta in tasca e assicurò alla zia che se ne sarebbe occupata lei. Poi si augurarono la buonanotte e gli ospiti attraversarono la città ormai buia e silenziosa per tornare alla Villa delle Stoffe.

«È saltata di nuovo la corrente» brontolò Dodo. «Così non riusciremo mai a far funzionare le macchine.»

«Basta che non tolgano ancora l'acqua» sospirò Henny. «Stamattina mi ero appena insaponata...»

«Oh, sono tutte sciocchezze» rise Kitty. «L'importante è che Marie sia tornata. Ora le cose possono solo migliorare.»

Anche la Villa delle Stoffe era al buio, a parte il debole bagliore di una lampada a cherosene o di una candela dietro alcune finestre. Lo studio di Paul era illuminato, ma nessuno poteva sapere cosa stesse facendo.

«Sarà seduto alla scrivania a rimuginare» disse Dodo.

42

Erano corsi tutti lì, da Marie! A parte Lisa e Charlotte, impegnate con Sebastian, e zia Elvira che non riusciva a camminare.

Paul si era sentito abbandonato dalla sua famiglia. Per un po' era rimasto in terrazza a martellare sui mattoni, ma, dopo averne distrutti diversi, anziché ripulirli dalla malta, aveva lasciato perdere ed era tornato dentro. Aveva indugiato un attimo nell'atrio, incuriosito dal mormorio proveniente dalla cucina, ma poi si era vergognato all'idea di origliare ed era corso su per le scale, rintanandosi nello studio.

Era arrivata. Marie era tornata ad Augusta. E avrebbe dovuto affrontarla.

La casa gli sembrava stranamente silenziosa. Aprì la finestra e, con enorme sollievo, scoprì che Hansl e Marek stavano lavorando nell'orto, mentre il piccolo Herrmann era seduto nel prato con Annemarie e strappava l'erba con entusiasmo. Per un attimo intravide anche Liesl, intenta a raccogliere cespi di lattuga da portare in cucina. La vita alla Villa delle Stoffe andava avanti come sempre. Perché si agitava? Se volevano salutare Marie, in fondo, era un loro diritto. Alloggiava da Tilly, glielo aveva detto Jonathan al telefono. Non lo aveva riferito agli altri, ma ci sarebbero arrivati da soli.

Ad ogni modo, era meglio così. Se Marie avesse scelto di

presentarsi lì sarebbe stato un problema: per rispetto nei confronti del resto della famiglia, non avrebbe potuto impedirle di restare. D'altro canto, la sua presenza in casa avrebbe complicato la situazione con Hilde.

Chiuse la finestra e si sedette alla scrivania. Era giunto il momento. Si era preparato, aveva elencato le sue argomentazioni, mettendole in ordine d'importanza. Aveva anche considerato le possibili repliche di Marie e si era annotato le risposte. Non c'era nulla da temere, lei avrebbe dovuto accettare la sua decisione, alla fine si sarebbe trattato solo di negoziare i termini del divorzio. Ma nemmeno quello sarebbe stato un problema: Marie non possedeva quote della fabbrica e lui non rivendicava i guadagni accumulati dalla moglie a New York.

No, non c'era davvero nulla di cui preoccuparsi. Eppure iniziò a sudare all'idea di rivederla. Era consapevole dell'effetto che Marie esercitava su di lui. Era successo in tutte le sue visite a New York: si presentava lì pieno di riserve, ma appena la guardava negli occhi la rabbia svaniva e non riusciva a non essere felice di quei pochi giorni da trascorrere insieme.

Ma adesso l'incantesimo era spezzato. Erano passati sei anni dal loro ultimo incontro, sei lunghi anni di guerra che avevano cambiato molte cose, compreso l'amore che nutriva per Marie. C'era un'altra donna nella sua vita, una donna più giovane, gentile e intelligente, che lo amava e gli sarebbe rimasta accanto. Aveva promesso a Hilde che l'avrebbe sposata. E aveva intenzione di farlo. Non era un bugiardo, manteneva le promesse.

Per evitare complicazioni, decise d'inviare a Marie un biglietto in cui le dava appuntamento su un campo neutro, dunque non alla Villa delle Stoffe. Proponeva di vedersi da Tilly, anche se non gli piaceva l'idea di andare lì.

Aveva appena impugnato la penna quando sentì suonare il campanello nell'atrio. Trasalì, sorpreso. Era già arrivata? Possibile che avesse deciso di fare il suo ingresso in pompa magna? Avrebbe osato? Paul non lo escludeva.

Humbert bussò alla porta dello studio, la aprì di uno spiraglio e annunciò: «Mi dispiace disturbarla, signore. Ma ci sarebbe una buona notizia...».

Era lei, allora!

«Che notizia?» lo interruppe brusco Paul.

«La nostra Gerti è tornata, signore.»

«Gerti? È un'ottima notizia. Dov'è?»

«Giù nell'atrio, signore.»

Paul si alzò in fretta e scese le scale. E così Kitty era riuscita nel suo intento! Si stupiva sempre di ciò che sua sorella era in grado di ottenere, nel bene e nel male.

Gerti non era da sola nell'atrio. La porta della cucina era aperta e i dipendenti l'avevano circondata. Anche Fanny Brunnenmayer, nonostante le difficoltà di deambulazione, era andata ad accoglierla. Liesl l'aveva persino abbracciata, ed Else le aveva stretto la mano.

«Bentornata!» esclamò Paul, scendendo. «Sono felice che si sia chiarito tutto.»

Era pallida e smagrita, i capelli arruffati, il vestito elegante stropicciato. «Finalmente mi hanno lasciata andare» sussurrò. «Non posso uscire dalla città, tanto non avevo intenzione di farlo...»

Paul avrebbe voluto dire qualcosa, ma in quel momento si udì un grido.

«Mamma!»

Il piccolo Herrmann sfrecciò per il corridoio con tutta la velocità che le sue gambette corte gli consentivano di raggiungere. Gerti si chinò per prendere il figlio tra le braccia. Sulla soglia c'era anche Marek: osservò il ricongiungimento fra madre e figlio con il volto contratto e spostò il peso da una gamba all'altra, come non sapesse decidersi se andare da Gerti o restare dov'era. Poi la donna si alzò, si avvicinò a Marek con il piccolo in braccio e disse qualcosa che Paul non riuscì a sentire. Qualunque cosa fosse, comunque, aveva strappato a Marek un sorriso.

Bene, pensò, commosso. *Sembra che questi due si siano ritrovati. Anzi, sono in tre, con il bambino.* Diede un'ultima occhiata al terzetto, che si stava ritirando in cucina insieme agli altri, poi tornò a scrivere la lettera per Marie.

L'impresa si rivelò più ardua del previsto. Non sapeva nemmeno come intestarla: "Cara Marie" gli sembrava troppo intimo, "Signora Marie Melzer" era troppo formale e suonava assurdo, scritto da lui. Un semplice "Marie"? O forse doveva omettere del tutto il saluto? Alla fine optò per quest'ultima soluzione, anche se non ne era convinto fino in fondo. Quando suonò il gong del pranzo, lasciò l'opera a metà sulla scrivania, con l'intenzione di rifletterci meglio più tardi.

La sala da pranzo era insolitamente vuota, quel giorno. Solo Elvira era seduta al suo posto e, quando lo vide entrare, commentò: «Allora? Hanno disertato tutti, eh?».

«Non so cosa intendi» replicò lui, irritato.

Marek e Gerti avevano preferito mangiare in cucina con il personale. Poco dopo arrivarono anche Lisa e Charlotte, per un pranzo veloce prima di tornare da Sebastian. Hilde aveva detto che la pausa dal lavoro era troppo breve, quindi avrebbe mangiato in ospedale. Paul non era stato entusiasta alla notizia del suo nuovo impiego, ma doveva ammettere che aveva fatto bene ad accettare: i soldi alla Villa delle Stoffe scarseggiavano e lei non voleva essere un peso, anche se, naturalmente, avrebbe subito rinunciato al posto in ospedale se la sua presenza fosse stata necessaria in fabbrica.

La conversazione a tavola si concentrò su Sebastian, che sarebbe stato dimesso l'indomani. «Spero non piova» sospirò Lisa, preoccupata. «È davvero irragionevole lasciare che un malato faccia tanta strada a piedi... Dodo è riuscita a riparare la macchina? Non aveva detto che il motore funzionava?»

«Mi dispiace, mancano dei pezzi» spiegò Paul. «E poi la carrozzeria è completamente distrutta, oltre al fatto che non c'è benzina. Potreste prendere il tram...»

«Il tram?» esclamò Lisa, indignata. «Non posso far salire Sebastian su una scatoletta di metallo sovraffollata, piena di gente che tossisce a destra e a manca. No, è fuori questione, Paul.»

«Chiederemo a zia Marie» disse Charlotte. «Mi hai detto che è venuta in ospedale, stamattina. Magari ha un'idea.»

Lisa rivolse a sua figlia uno sguardo di rimprovero. «Ero pietrificata. Marie non ha avuto molti riguardi a presentarsi senza avvertire.»

«Non dicevi che eri commossa e felice di rivedere zia Marie?» intervenne Charlotte. «E anche papà era contento, l'hai detto tu.» Le piaceva mettere in difficoltà la madre. Non era la prima volta che succedeva, ma quel giorno Lisa era particolarmente a disagio.

«Be', fa ancora parte della famiglia» rispose lei, pulendo il piatto con la crosta del pane. «È giusto darle un cordiale benvenuto, o sbaglio?»

«Certo» tagliò corto suo fratello.

Il pomeriggio sembrò protrarsi all'infinito. Paul continuava a camminare nella stanza, tornava alla scrivania e poi si alzava di nuovo. L'inquietudine non gli dava pace. Scoprì che Kitty era stata in soffitta e aveva portato via le opere della madre di Marie, poi uscì in terrazza e ricominciò a togliere la malta dai mattoni. Il suo umore era cupo. Perché non tornavano? Sbirciò più volte nell'atrio per vedere se almeno Robert, Dodo e Wilhelm fossero di ritorno, ma non si fece vivo nessuno. I lavori di riparazione, notò con amarezza, erano stati abbandonati a metà. Non c'era nemmeno Marek, probabilmente impegnato con Gerti e il piccolo Herrmann. E gli sembrava che anche Auguste, Hanna ed Else se ne stessero sedute in cucina senza fare niente, sprecando un'opportunità più unica che rara di pulire le stanze e battere i tappeti senza dover disturbare i residenti della villa.

Verso sera mise la lettera in una busta, scrisse il nome di Marie e l'indirizzo di Tilly, poi chiamò Humbert. «Per favore, può portarla all'appartamento della signora Kortner domani mattina?»

«Certo, signore.»

«E dica alla signora Winkler che Hansl e Marek possono accompagnare lei e Charlotte in ospedale, domani. Mio cognato avrà bisogno d'aiuto per camminare.»

«Molto bene, signore. Vuole che faccia preparare il carretto?»

Paul sospettava che Lisa non avrebbe apprezzato l'idea. «Lo chieda a mia sorella questa sera.»

«D'accordo. Auguste ha suggerito di spostare il signor Wilhelm Kayser dal giardino d'inverno alla soffitta...»

«Per quale motivo?» si accigliò.

«Perché magari nel giardino d'inverno potremmo sistemare un letto per sua moglie...»

«Dica ad Auguste di non preoccuparsi di queste cose» lo interruppe Paul, irritato. «Mia moglie non entrerà in questa casa.»

«Mi scusi, signore» disse il maggiordomo, imbarazzato, e gli fece un inchino. «È quello che ho detto anch'io ad Auguste, ma lei ha insistito perché glielo riferissi.»

«Non importa, Humbert. Grazie, ora può andare.»

Hilde tornò dall'ospedale verso sera. Paul l'attese in corridoio, l'abbracciò e le diede un bacio sulla guancia. «Com'è andata la giornata, amore?»

«È stata impegnativa» rispose lei, girando il viso dall'altra parte. «Lasciami riprendere un attimo, per favore.»

Il suo atteggiamento scostante lo deluse. Si era aspettato che Hilde lo sostenesse. «Allora parliamo dopo cena, va bene?»

«Certo, Paul. Non te la prendere. In ospedale è tutto nuovo, non è facile abituarsi. Devo lavorare sodo.»

«Lo capisco.»

In realtà, capiva soprattutto che lei lo stava evitando. A cena erano in cinque, il resto della famiglia non era tornato. Hilde non parve sorpresa, parlò con Charlotte di un libro dell'autore norvegese Knut Hamsun, consigliò a Elvira di farsi controllare la schiena in ospedale, con una macchina a raggi X, e spiegò a Lisa che le ambulanze venivano utilizzate solo in casi d'emergenza.

Più tardi andò a bussare alla porta dello studio di Paul, sorrise imbarazzata e si scusò di non aver avuto tempo per lui prima.

«Siediti» disse l'uomo, indicandole la sedia. «Sembri molto stanca, forse non è stata una buona idea accettare quel lavoro.»

Hilde ignorò l'osservazione. «Non giriamoci intorno, Paul. Marie è ad Augusta.» Lo fissò con sguardo serio, in attesa di una risposta.

«Te l'ha detto Lisa?»

«No, l'ho vista stamattina in ospedale. Non è cambiata molto, soltanto i suoi vestiti sono... Be', americani.»

Suonava quasi ammirata, cosa che lui non apprezzò.

«Le ho scritto per organizzare un incontro» replicò, con una punta d'irritazione. «Discuteremo i dettagli del divorzio, tutto andrà come previsto.»

Hilde tacque per un momento e distolse lo sguardo. «Vedremo.»

Sembrava incerta, quasi sospettosa. Paul le si avvicinò, le posò le mani sulle spalle e si chinò per guardarla negli occhi.

«Ti ho fatto una promessa» disse. «Voglio che diventi mia moglie. La presenza di Marie ad Augusta non cambierà le cose. Al contrario, finalmente potremo fare chiarezza e sposarci.»

Lei annuì e gli rivolse un sorriso che Paul non seppe come interpretare. Di certo non sembrava un sorriso pieno di fiducia.

«Tu sei ancora fedele alla tua promessa, Hilde?»

Lei gli posò una mano sul braccio, con tenerezza. Il suo sorriso era diventato dolce, ma non raggiante come avrebbe voluto. «Ti amo, Paul» sussurrò. «Questo lo sai. Il resto si vedrà.»

Si alzò in piedi e si lasciò abbracciare. Lui la baciò e lei ricambiò i suoi baci con inaspettata passione, ma poi si staccò bruscamente.

«Buonanotte» gli disse, sistemandosi i capelli arruffati.

«Vai già a letto?»

«Sono stanca. Domani devo alzarmi presto.»

Non se la prese per il rifiuto. Nemmeno lui era pronto per una notte d'amore, in quel momento.

«Dormi bene.»

Quanto a Paul, poteva scordarsi di dormire. Si sedette nello studio – a lume di candela, visto che l'elettricità era saltata di nuovo – e attese. Solo quando sentì gli altri rientrare spense e si mise a letto.

Il mattino seguente, prima di colazione, un'ambulanza si fermò davanti alla Villa delle Stoffe. Sebastian si avviò su per i gradini d'ingresso dopo aver stretto la mano all'autista e al medico che l'avevano accompagnato. Doveva essere merito di Tilly. Lisa accolse suo marito con indosso una vestaglia cucita da lei, Charlotte era ancora in pigiama, quindi fu Wilhelm, l'unico già pronto, a correre fuori dal giardino d'inverno per aiutare il malato a salire le scale.

A colazione la sala da pranzo era piena. Tutti ridevano, chiacchieravano e sembravano allegri, ma Paul percepiva fin troppo chiaramente la tensione. Trovò una lettera accanto al suo piatto. Riconosciuta la grafia, se la mise subito in tasca e la estrasse quando fu solo nello studio.

Caro Paul,
sono arrivata ad Augusta da due giorni e ancora non mi capacito dell'affetto con cui sono stata accolta nella mia vecchia patria. Essendo a conoscenza dei tuoi progetti futuri, per il momento non verrò alla Villa delle Stoffe, non voglio crearti problemi. Ti propongo di incontrarci in campo neutro. A casa di Tilly, di mattina saremo soli.
Domani ci sarà l'inaugurazione della mostra e le ho promesso di aiutarla con i preparativi, quindi potremmo vederci dopodomani, intorno alle dieci. Ti prego di farmi sapere cosa ne pensi.

Marie

Paul rilesse la lettera due volte, diviso fra sollievo e delusione. Erano parole cordiali e senza fronzoli, non lasciavano trapelare quasi nulla. Marie si sarebbe potuta risparmiare l'accenno all'affetto con cui era stata accolta, ma non c'era da biasimarla. A dire il vero, in quelle poche righe niente gli dava motivo di prendersela con lei. E la cosa, stranamente, lo infastidì.

Dopo un attimo d'esitazione, scrisse la risposta.

Cara Marie,
sembra che le nostre lettere si siano incrociate. Dal momento che abbiamo le stesse intenzioni, sono d'accordo con la tua proposta. Grazie mille.

Paul

Dopo aver mandato Humbert a consegnarla, si sentì sollevato e pensò di poter stare tranquillo. A quanto pareva, Marie non aveva intenzione di fare una scenata o di mettergli contro il resto della famiglia. Era ragionevole, avrebbero discusso con calma e forse si sarebbero separati da amici. Le cose non sarebbero potute andare meglio.

Quella sera mostrò a Hilde la lettera di Marie e le spiegò che sarebbe andato tutto come previsto. Lei sembrò felice. Fecero progetti per il futuro, pensando addirittura a una piccola luna di miele. Poi entrambi andarono a letto presto. Separati.

Quella notte Paul sognò di essere a New York. Correva lungo strade infinite, larghe e rumorose, circondato da una marea di gente, con le macchine che gli sfrecciavano davanti e i passanti che lo spintonavano. Si faceva largo a fatica, sudava, sgomitava, finché finalmente vedeva la casa di mattoni rossi, la porta d'ingresso dipinta di verde, le finestre ricoperte d'edera. Provava ad aprire, ma la porta era chiusa a chiave. Bussava alla finestra, ma nessuno lo sentiva. E poi scorgeva due persone strette in un abbraccio, un uomo e una donna...

Si svegliò di soprassalto, madido di sudore. Si sedette sulla branda e prese la caraffa. *Ma certo*, pensò. *Ecco perché è così tranquilla. Come ho fatto a non pensarci?* Avvertì una fitta lancinante al petto, che non scomparve nemmeno quando bevve un sorso d'acqua. Marie non aveva più bisogno di lui: poteva stare calmo, tutto si sarebbe risolto. E invece cominciò a singhiozzare, travolto da un'improvvisa sofferenza, affondando il viso nel cuscino affinché nessuno lo sentisse. Evidentemente, i suoi nervi avevano ceduto.

Il giorno dopo fremeva d'impazienza. Maledisse la mostra di Kitty, colpevole di aver ritardato l'incontro con Marie. Poi cercò di distrarsi come poteva. Visitò i locali della fabbrica, dove Wilhelm e Dodo avevano smontato i due telai, e si fermò a chiacchierare con loro; da lì andò a trovare Sebastian, che si lamentò di non poter uscire di casa per una settimana.

«Mi sarebbe piaciuto vedere l'inaugurazione della mostra di Kitty» disse. «Tu ci andrai, vero, Paul?»

«No, non credo.»

Sebastian gli prese la mano. «Dovresti» mormorò. «Leo è tuo figlio, devi fare pace con lui.»

Paul sapeva che il cognato era animato dalle migliori intenzioni e non voleva ferirlo, quindi bofonchiò che ci avrebbe pensato e cambiò in fretta discorso. Poi si ritirò, con la scusa delle noiose scartoffie di cui doveva occuparsi per la registrazione di Dodo.

«Ah, la burocrazia...» Sebastian lo salutò con la mano.

In fondo non gli dispiaceva l'idea di rivedere il figlio. Era rimasto sconvolto nell'apprendere che aveva combattuto contro la sua patria e si era arruolato nell'esercito americano, ma ormai aveva metabolizzato la notizia. Leo era un uomo adulto e aveva preso la sua decisione: Paul era disposto ad accettarla e a riconciliarsi con lui. Il motivo per cui non voleva assolutamente partecipare all'evento era un altro.

Nel pomeriggio Dodo bussò alla porta dello studio. Si era tolta i vecchi pantaloni della tuta che indossava quando trafficava con i macchinari e sfoggiava uno dei suoi pochi vestiti.

«Che eleganza!» osservò Paul. «Finalmente posso dire di avere una figlia affascinante.»

«Adulatore!» disse lei, facendo una smorfia divertita. «E comunque c'è Henny che interpreta il ruolo della figlia avvenente da anni, con grande successo. Perché te ne stai lì con quella vecchia giacca, papà?»

«E cosa dovrei mettermi per stare nel mio studio? Il frac?»

Dodo alzò gli occhi al cielo. «Forza, vai a cambiarti, ti aspetto.»

Sospirò. Non gli piaceva deluderla. «Per favore, Dodo, non voglio venire all'inaugurazione.»

«Non vuoi rivedere Leo?» si arrabbiò lei. «Come puoi farmi questo? Sono così felice di riabbracciarlo, così felice che la nostra famiglia si stia finalmente riunendo...»

Paul dovette fare uno sforzo sovrumano per non cedere quando Dodo scoppiò in singhiozzi. Non l'aveva mai vista piangere così. Corse ad abbracciarla e sussurrò: «Vai avanti tu. Leo ti starà aspettando. Io... Forse vi raggiungo più tardi».

«Che significa forse?» domandò lei, tirando su col naso.

«Vedremo...»

«Sei proprio un codardo!» sbottò, divincolandosi e sbattendosi la porta alle spalle.

Un codardo, pensò Paul. *Sì, ha ragione. O forse sono solo cauto. No, in realtà è codardia, ha ragione.* Crollò sulla sedia e lasciò che il tempo passasse. Al crepuscolo, sentì dei movimenti nell'atrio. Avevano deciso di andare in città tutti insieme.

Kitty era lì dalla mattina, e ora stavano partendo anche gli altri. Henny, Felix, Robert, Gertrude, Dodo e Wilhelm. La stessa Hilde si era unita a loro. Sicuramente ci sarebbe stato Marek, magari con Gerti. Auguste e Hanna avevano avuto la serata libera per partecipare all'evento. Paul andò alla finestra e guardò il gruppo allontanarsi, avevano portato con sé due lanterne, per precauzione, nel caso fosse andata via la luce...

Si cambiò poco prima delle otto. Scelse uno dei suoi completi migliori, si mise il soprabito sul braccio e attraversò l'atrio in fretta, ma Humbert se ne accorse comunque e si precipitò a porgergli il cappello.

Quando arrivò a Villa Schmidtkunz, si rese conto di aver dimenticato di indossare il cappotto. Le finestre del primo piano erano illuminate, si sentiva della musica, una composizione di Johann Sebastian Bach per violino e pianoforte che Leo e Walter avevano già suonato in passato. All'ingresso c'era un domestico incaricato di tenere lontani gli ospiti indesiderati. Quando Paul si avvicinò, lo riconobbe e gli indicò la strada.

La villa era strapiena. Paul rimase nel corridoio per qualche minuto, in punta di piedi per vedere i musicisti. Il buffet era stato spazzolato, restavano appena un paio di stuzzicadenti e un pezzetto di ananas.

«Sei in ritardo» disse qualcuno alle sue spalle. «Te ne andrai a stomaco vuoto.»

Quella voce... Rimase paralizzato, con il cuore in gola, senza il coraggio di voltarsi. All'improvviso se la ritrovò davanti, sorridente.

Marie. Gli occhi scuri e gentili che aveva rivisto così tante volte nei suoi sogni, non poteva dimenticarli. La sua presenza tenera e forte. L'attrazione incontrollabile. Si sentì inerme. Non sapeva cosa fare né cosa dire.

«Non sono venuto per il buffet» mormorò.

«Lo so, Paul...»

L'incantesimo non si era infranto. Era più potente che mai.

«Ci vediamo domani» disse lei. Poi gli diede le spalle e si allontanò.

43

Com'era dimagrito! I suoi capelli erano diventati grigi durante i sei anni di guerra, i lineamenti si erano induriti. Eppure sentì che l'amore non era svanito. Oh, era testardo, il suo Paul. Non voleva perdonarla, si fingeva inavvicinabile, si comportava con superiorità. Ma sentire la sua voce lo aveva fatto trasalire, lei se n'era accorta. E aveva notato il tremito delle mani. Le sue mani lo avevano tradito, mentre si costringeva a restare impassibile.

Marie si allontanò, si nascose in mezzo agli altri visitatori della mostra, applaudì con entusiasmo al termine dell'esibizione di Leo e Walter, poi rispose ai complimenti e alle domande di alcuni vecchi amici di Augusta che l'avevano riconosciuta.

«Che bravo Leo! È sempre stato un pianista eccezionale...»

«Non avrei mai riconosciuto Walter Ginsberg.»

«Finalmente un concerto! Che piacere, signora. I miei complimenti per suo figlio, un vero talento...»

Marie ascoltò con il cuore che le batteva forte. Dov'era Paul? Se n'era andato? Voleva che restasse. Voleva poterlo guardare, sapere che era lì, avere la prova di non essersi ingannata. Per essere sicura che la amava ancora.

«Paul è qui» le sussurrò Kitty. «Hai visto? Te l'avevo detto che non avrebbe resistito. Vi siete già salutati?»

Sua cognata era su di giri, come sempre in occasioni del genere. Rideva più forte del solito, parlava a ruota libera e sguazzava a proprio agio in mezzo alla folla.

«Abbiamo scambiato due parole...»

«Ah!» esclamò Kitty, soddisfatta. «Si sarà comportato da cafone, ne sono sicura. Ma non significa niente!»

«Lo so...»

Kitty continuò a vagare per la stanza, distribuendo champagne, sghignazzando, applaudendo, scherzando e flirtando. Marie la perse di vista, invece riuscì finalmente a intravedere Leo. Come Walter, era venuto in divisa ed era circondato da diversi ufficiali americani, che si stavano congratulando con lui e con l'amico per il successo dell'esibizione. Marie avanzò di qualche passo e vide che Paul parlava con due conoscenti di Augusta. Quindi era rimasto. Le faceva piacere. Osservò le sue espressioni, così familiari, gioì quando un sorriso gli attraversò il volto e le parve di sentire la sua voce al di sopra del brusio.

Cosa stava facendo ora? Aveva alzato la testa, come se cercasse qualcuno, poi si era allontanato e lei dovette spostarsi per continuare a tenerlo d'occhio. Si era avvicinato al pianoforte dove il figlio era ancora circondato dagli ammiratori. Notò che Walter gli aveva dato una gomitata. Leo alzò lo sguardo e la sua espressione s'irrigidì. Fece due passi verso il padre, si fermarono uno di fronte all'altro...

E proprio in quel momento la signora Schmidtkunz le si parò davanti per chiederle come le sembrava la mostra.

«L'ho trovata magnifica» disse Marie, con forzata cortesia. «Siete stati molto generosi a mettere a disposizione la vostra casa.»

«È stata una dura prova per i miei nervi, cara signora Melzer.

Ma mi piace molto questo giovane violinista, suona con una tale passione...»

Mentre si girava verso Walter, Marie colse l'occasione per spostarsi leggermente più a sinistra. Eccoli lì, Paul e Leo, sembrava stessero parlando. Ora Paul gli tendeva la mano. E Leo era così commosso che, invece di stringerla, gettò le braccia al collo del padre. Gli occhi di Marie si riempirono di lacrime di gioia. Che serata! Era tutto merito di Kitty. Si ripromise di chiederle scusa, perché all'inizio aveva pensato che quella mostra fosse una delle idee più assurde di sempre.

«Fossi in lui, a mio figlio avrei dato una bella tirata d'orecchie!» sentì sussurrare una voce alle sue spalle. «Un ragazzo tedesco che combatte per il nemico! Una vergogna!»

Marie restò di sasso. Di colpo si rese conto che la felice riconciliazione non era stata apprezzata da tutti.

I commenti in sala non si placavano.

«Del resto lui è mezzo ebreo e l'altro è un ebreo completo. Ora strisciano fuori dai buchi dov'erano andati a nascondersi e ottengono appartamenti di lusso e razioni extra, invece noi moriamo di fame...»

«È tornata anche l'ebrea dall'America. Se n'è stata comodamente a New York mentre qui cadevano le bombe, e ora viene a tenderci la mano...»

Lo sconcerto di Marie lasciò il posto alla rabbia. Si voltò a guardare chi aveva parlato. Conosceva quella donna, era la figlia della padrona di casa, Kitty gliel'aveva presentata al mattino. A quanto pareva non si era accorta di essere stata sentita. Ma prima che Marie potesse risponderle per le rime, Dodo apparve al suo fianco.

«Stava parlando di mio fratello e mia madre, per caso?» chiese, con aria di sfida.

«Perché?» rispose ostile la donna.

«Ecco perché!» replicò la ragazza, rovesciandole in faccia il contenuto del suo bicchiere.

La figlia della padrona di casa strillò. Il succo d'arancia le colò lungo il viso e il collo, si raccolse nella scollatura e fu assorbito dall'abito. Dodo prese sua madre per il braccio e la trascinò via.

«Non le ho dato uno schiaffo solo per rispetto a zia Kitty» aggiunse, con rabbia. «Che brutta persona. Ma non preoccuparti, mamma: noi restiamo uniti.»

«Sarebbe bastato darle una risposta appropriata» osservò Marie, sconvolta dal gesto di Dodo.

«Era quella l'unica risposta appropriata» ruggì sua figlia. «Basta con la gentilezza e le buone maniere...»

Kitty andò loro incontro, fuori di sé dalla gioia. «Abbiamo già venduto tre dipinti di Marek! E il colonnello Norton mi ha chiesto se l'opera di tua madre è in vendita, Marie. Sai, uno dei quadri a tema erotico... Che succede laggiù?»

Allungò il collo perché dalla stanza accanto provenivano urla indignate e un gruppo di persone stava accorrendo.

«Credo che a qualcuno sia caduto un bicchiere di succo» disse Dodo, impassibile.

«Oh, santo cielo. Vuoi parlare con il colonnello, Marie? È davvero entusiasta. Gli ho detto che il dipinto è sfuggito per un pelo ai bombardamenti...»

«Occupatene tu, Kitty» le rispose. Non era dell'umore giusto per fare affari. «Le opere di mia madre sono tutte in vendita, per quanto mi riguarda, non sono più così attaccata all'idea di conservarle.»

«Oh no, non tutte» esclamò la cognata. «Voglio tenerne almeno una. Ma non preoccuparti, Marie, ci penso io... Oh, ecco

Leo e Walter... Voi due mi avete fatto commuovere, non mi sono ancora ripresa...»

Abbracciò prima il nipote e poi l'altro, quindi corse dal colonnello Norton per dargli la buona notizia che il dipinto di Luise Hofgartner era in vendita. A un prezzo adeguato, ovviamente.

«Leo!» esclamò Marie, prendendo la mano del figlio. «Sono così felice. Ho visto che hai parlato con tuo padre. Vi siete riconciliati?»

«Sì, mamma. È molto diverso da com'era in America. Più affettuoso. Ha detto che era contento di rivedermi e mi capisce... Penso che la guerra lo abbia cambiato... Gli hai già parlato anche tu?»

«Solo qualche parola.»

Tacquero. Leo non voleva farle domande troppo personali, del resto Marie non avrebbe potuto rispondere. Fu Walter a salvarla dall'imbarazzo. Aveva notato che Hanna e Auguste aspettavano di poter stringere la mano ai due musicisti.

«Oh, Leo» sospirò Auguste. «Le cambiavo i pannolini e le davo da mangiare quando era un bambino, e adesso è un famoso compositore... Congratulazioni!»

«Grazie, Auguste. So che ha sempre voluto bene a me e Dodo. È venuta anche Liesl?»

«Liesl?» chiese Hanna. «No, stasera lavorava, ma se vuole le porto i suoi saluti.»

«Sì, per favore. Aspetti... Può darle questo?»

Un po' imbarazzato, estrasse dalla tasca il programma della serata e scrisse un breve messaggio. Hanna ripiegò il foglio e lo infilò con cura nella borsetta di velluto nero che in genere usava solo per andare in chiesa.

«Ora torniamo a casa, Auguste. Si è fatto tardi. Il signor

Melzer è di sotto con la signora Gertrude, hanno già preso i cappotti.»

E così Paul era andato via. Di colpo Marie si sentì delusa e scoraggiata. Se n'era andato senza salutarla. Forse si era sbagliata. Forse l'emozione di trovarselo davanti dopo tanti anni le aveva fatto vedere le cose alla luce delle proprie speranze e dei propri desideri, spingendola a travisare la realtà.

Domani si chiarirà tutto, pensò, avvilita. *E vedremo se la mia decisione è stata giusta o se avrei dovuto ascoltare l'avvertimento di Karl.* Non poté fare a meno di pensare alle malignità sussurrate alle sue spalle. Tornare appena possibile le era sembrata la cosa più naturale del mondo, ma adesso il coraggio le veniva meno.

Andò in corridoio per prendere un bicchiere d'acqua. Mentre beveva a rapidi sorsi, una giovane donna, anche lei già con cappotto e cappello, le si avvicinò. Stavolta la riconobbe subito: era Hilde Haller.

«Buonasera, signora Melzer.»

«Buonasera. Sta già andando via?»

Hilde si strinse la cintura del cappotto e guardò Marie.

«Sì. È tardi. Mi hanno assegnato una stanza negli alloggi delle infermiere, all'ospedale. Il coprifuoco è alle dieci.» Sorrise per un attimo dello stupore di Marie, ma poi la sua espressione si fece seria. «Da oggi non abito più alla Villa delle Stoffe, signora Melzer. Pensavo fosse importante che lo sapesse.»

Marie rimase senza fiato. Che cosa significava? «Mio marito lo sa?» sussurrò.

«No. Lo scoprirà domani. Gli scriverò una lettera.»

«Spero sappia cosa sta facendo, signorina Haller» disse Marie, a disagio.

«Lo so. E per favore, mi capisca. È stato un bel sogno, ma

non ci ho mai creduto davvero. Le auguro buona fortuna. Addio.»

Le ultime parole suonarono rauche, c'era quasi del dispetto. Hilde infilò le mani nelle tasche del cappotto e scese le scale. La sua andatura era leggermente rigida e si aggrappò alla ringhiera per gli ultimi passi. Marie si mosse d'impulso per correrle dietro, dirle qualcosa di gentile, magari persino confortarla, ma in quel momento Leo e Walter sbucarono in corridoio.

«Purtroppo dobbiamo andarcene, mamma. Un'auto militare ci porterà a Norimberga, ci aspettano alla stazione.»

«Allora possiamo andar via insieme, Leo» disse, decidendolo lì su due piedi. «Casa di Tilly è vicino alla stazione. Con la scorta di due soldati americani mi sento al sicuro.»

«È un onore» disse Walter, inchinandosi. «La difenderemo dai russi, dai fantasmi, dagli spiriti maligni e dai nottambuli a costo della vita.»

Il buon Walter deve aver bevuto un bicchiere di troppo, pensò Marie e lo ringraziò con altrettanta ironia per i suoi modi da cavaliere.

Salutò Dodo e Wilhelm, chiedendo loro di ringraziare Kitty da parte sua per il bellissimo evento.

«Ci vediamo.»

«Puoi contarci, mamma.»

Si salutarono. Leo abbracciò la sorella e promise di farsi sentire presto, mentre Walter le strinse la mano. Marie indossò il cappotto e si affrettò giù per le scale. Hilde Haller era scomparsa. Che donna sincera e coraggiosa! Si sorprese a pensare che Paul non aveva sbagliato a sceglierla.

Forse non c'è più bisogno di me, pensò di colpo. *Il mio posto è stato preso, ho inseguito un fantasma per tutti questi anni. Il fantasma di un grande amore in grado di sopravvivere a qualsiasi ostacolo. Non esiste un amore del genere. Tutti sono sostituibili, me compresa.*

Si scambiarono qualche parola mentre attraversavano la città buia, diretti alla stazione. La luce nell'appartamento di Tilly era accesa: lei e Jonathan si erano fermati poco alla mostra, poi erano tornati a casa con Edgar per metterlo a letto.

«Vorrei poter restare» disse Leo, congedandosi. «Ma il dovere ci chiama. Fatti abbracciare di nuovo, mamma. Ce la farai, ne sono sicuro.»

Marie si strinse al figlio. Era diverso rispetto a un anno prima: era ancora il musicista sensibile e dall'animo delicato, ma l'esperienza della guerra lo aveva cambiato, sembrava più duro, più determinato, più uomo.

«A presto, Leo!»

Abbracciò anche Walter, che sembrava al contempo felice e imbarazzato. Poi aprì la porta del palazzo, si girò un'ultima volta a salutarli e salì.

La luce nella tromba delle scale era fioca, ma per fortuna c'era, visto che non aveva portato con sé una torcia. Quando si sentì chiamare, trasalì.

«Marie? Non ti spaventare. Sono io.»

Sarebbe stata meno sconvolta se le scale fossero crollate. Era la voce di Paul. Ora intravedeva anche la sua sagoma sul pianerottolo.

«Ti stavo aspettando» disse, scendendo un gradino verso di lei. «Scusa se sono piombato qui senza preavviso, ma vorrei farti una domanda importante prima del nostro incontro di domani. Per questo sono tornato.»

Lei non credeva a una parola di quello che aveva appena detto, ma dopo lo sbigottimento iniziale una calda sensazione di felicità le si diffuse nel petto. Era tornato. L'aveva persino aspettata.

«E vuoi farmi questa domanda sulle scale?»

«No, facciamo due passi. Non preoccuparti, se si spegne la luce ho una torcia.»

«Meno male, non sono ancora abituata alla corrente che salta all'improvviso.»

«Qui ci siamo dovuti abituare a molte cose.»

Lei aspettò che la raggiungesse, ma Paul la precedette giù per le scale e non le restò che seguirlo. Percorsero in silenzio la strada quasi deserta. Quando si sentirono delle voci, Paul svoltò in un vicolo e accese la torcia, perché i lampioni non funzionavano e il marciapiede era ingombro di macerie.

«È tutto distrutto» sussurrò Marie. «L'intera città vecchia. E immagino anche la locanda dove viveva mia madre...»

Suo marito non rispose, ma lei era sicura che stesse pensando al giorno in cui l'aveva salvata da un'aggressione proprio lì, quand'era ancora una sguattera di cucina. Quando Paul era ancora follemente innamorato di lei.

«Anche le case sul Milchberg di Maria Jordan...» disse infine lui. «Appartiene tutto al passato, ormai, e non tornerà.»

L'ultima frase le riecheggiò nelle orecchie. Il passato era passato. Irrecuperabile. Il futuro era incerto.

Alla fine Paul si fermò e si voltò verso di lei. Era troppo buio per vederlo in faccia, ma era così vicino che le sembrò di avvertire il calore del suo corpo.

«C'è una cosa di cui voglio essere sicuro» disse. «Si tratta della tua relazione con Karl Friedländer.»

Perché era così ansioso di chiarirlo?

«È un amico» rispose Marie. «Mi ha aiutata molto e forse a un certo punto ha pensato che il nostro rapporto potesse diventare qualcosa di più. Ma non è mai stato quello che volevo, l'ho messo in chiaro e la nostra amicizia è rimasta tale. Ho risposto alla tua domanda?»

Paul esitò, come se non sapesse se crederle, poi disse: «Bene, comunque sia, sono felice che tu abbia trovato una persona che ti sta accanto». Era un tentativo di scaricarsi la coscienza? Non aveva idea che Hilde Haller avesse già fatto la sua scelta, stava ancora pensando di sposarla.

«È successa la stessa cosa a te, vero?» chiese, nel tono più disinvolto possibile.

«Certo.»

Paul sembrava riluttante a rivelare i suoi piani per il futuro, ma rimase dov'era e non accennò a chiudere la conversazione. La torcia illuminò rocce, schegge e travi carbonizzate, poi lui la spense.

«Penso che tu abbia scelto bene» disse Marie. «Ho scambiato due parole con Hilde Haller stasera, la trovo molto simpatica.»

«Le hai parlato?» chiese lui, sorpreso.

«È venuta lei da me.»

«Capisco... Non ti ha dato fastidio?»

«No, Paul» rispose, a bassa voce. «Ho capito di aver inseguito un sogno. Quando ho deciso di tornare in Germania, ero convinta che fra noi non fosse cambiato nulla. Invece mi sbagliavo. È dura, ma devo farmene una ragione.»

Ora sentiva il suo respiro affannoso e capì che era combattuto. Ogni fibra del suo essere desiderava abbracciarlo, ma non sarebbe stato saggio, quindi si trattenne. Restò in attesa, con il cuore in gola.

«Ci terremo in contatto, Marie» disse infine lui. «Saremo sempre in contatto... Per i nostri figli... E poi anche perché...» Si interruppe.

Lei si sentì esplodere il cuore per l'angoscia. «Perché?» sussurrò, incitandolo a continuare.

Paul si schiarì la gola. Doveva essere terribilmente difficile gettare la maschera. «Perché un matrimonio lungo come il nostro non si cancella facilmente. È ovvio che ci sono ancora dei sentimenti...»

«Sì, ci sono ancora...»

«Le cose sono cambiate, ma potremmo restare amici... Mantenere un legame intimo... Spero che tu non mi fraintenda...»

«No, capisco bene. E sono d'accordo con te.»

«Mi fa piacere.»

Non si mossero, rimasero vicini nel vicolo buio. L'incantesimo si posò su di loro come un velo invisibile, avvolgendoli e colmando la distanza che li separava. Dalla parallela si udì uno scoppio di risate, qualcuno prese a calci una porta e il silenzio fu squarciato da una sequela d'insulti.

Paul fece un passo indietro e riaccese la torcia.

«Andiamo, Marie» disse. «Ti accompagno a casa, ci vediamo domani.»

Lei non disse niente. Il momento era passato. S'incamminò al suo fianco, delusa e con la netta sensazione che anche lui fosse insoddisfatto, pur se non lo avrebbe mai ammesso neppure a se stesso.

«Buonanotte, Paul.»

«Buonanotte, Marie.»

Le fece un cenno di saluto e girò sui tacchi. Marie restò a guardarlo allontanarsi, vide la sua sagoma rimpicciolirsi e fondersi con l'oscurità. Alla fine si arrese e aprì la porta d'ingresso.

In quel momento accadde il miracolo.

«Aspetta!»

Sentì dei passi avvicinarsi di corsa, sulle prime pensò di essersi sbagliata, ma un attimo dopo se lo ritrovò davanti, senza fiato.

«Lo sai!» le sibilò. «Perché mi stai prendendo in giro? Maledizione, Marie, non è corretto da parte tua!»

«Non capisco...»

Poi Paul la attirò fra le sue braccia. La strinse a sé con furia, senza tenerezza. Le affondò le dita fra i capelli, le baciò le guance e la fronte, finché non trovò la sua bocca, lasciandola senza fiato. Dov'erano finiti tutti gli anni passati? Era tornato il giovane signorino Melzer. E lei era di nuovo la sguattera di cucina della Villa delle Stoffe.

«Cosa stai facendo?» sussurrò Marie quando lui la lasciò respirare.

«Non dirmi che sei sorpresa.»

«Di sicuro non mi aspettavo un assalto come questo!»

«Vuoi che me ne vada?»

«No» rispose, stringendolo più forte. «Per favore, resta con me, Paul. Ti amo. Non m'importa cos'hai fatto. Non posso fare a meno di amarti.»

«Temo di provare la stessa cosa» ammise lui, posando la testa sulla sua spalla. «Sono legato a te per la vita, Marie. Anche se ogni tanto faccio qualche sciocchezza, nel profondo del mio cuore so di appartenere a una sola donna. E quella donna sei tu, tesoro mio.»

Rimasero ancora abbracciati, felici di essere finalmente insieme, senza più niente a separarli. Nessun oceano, nessuna bugia, nessun autoinganno.

«E ora cosa facciamo?» chiese lei, fra un bacio e l'altro.

«Andiamo a casa.»

«Alla Villa delle Stoffe? Ora? Nel cuore della notte?»

«Ho una chiave, sai?» scherzò lui.

«Ma Kitty ha detto...»

«Niente storie, Marie. Non ho intenzione di lasciarti nemmeno per un secondo, figuriamoci per una notte intera.»

Camminarono mano nella mano, riconoscendo i pochi edifici rimasti in piedi. Paul le mostrò le botteghe che avevano riaperto nei seminterrati, le case danneggiate e la fontana di Augusto, tornata al suo posto sulla piazza del municipio.

Il Jakobervorstadt era messo particolarmente male, tanto che, quando la corrente saltò, Paul spiegò a Marie che era un bene che non fosse costretta a vedere in che condizioni versava il quartiere. Guidati dal bagliore della torcia, proseguirono fianco a fianco fino al cancello del parco della Villa delle Stoffe.

«Attenta, amore. Il viale è ancora pieno di buche, aggrappati a me...»

«C'è una luce accesa in cucina, sembra una lampada a cherosene.»

«E anche di sopra, nella nostra camera da letto. Purtroppo al momento è occupata da Lisa, Sebastian e Charlotte.»

«E dove hai intenzione di ospitarmi stanotte? Nella lavanderia?»

«Non è una cattiva idea» replicò, divertito. «Ci dormo da mesi.»

«Santo cielo!»

Se Paul aveva pensato che potessero intrufolarsi in casa inosservati, si era sbagliato di grosso. Avevano appena salito il primo gradino della scalinata d'ingresso e stava estraendo la chiave dalla tasca quando la porta si aprì e Humbert apparve sulla soglia.

«Benvenuti!» disse, commosso. «Bentornata alla Villa delle Stoffe, signora. Non so dirle quanto sono felice, mi mancano le parole...»

«La ringrazio dal profondo del cuore, Humbert» disse Marie, anche lei commossa. «Ma cosa ci fa sveglio a quest'ora?»

«Non riesco a spiegarmelo nemmeno io, signora...»

E non era l'unico ancora in piedi. Quando entrarono nell'atrio, la porta della cucina si spalancò e ne uscirono Auguste ed Else. Un attimo dopo si sentì borbottare la cuoca.

«Fatemi passare. Voglio vederla con i miei occhi! Altrimenti non ci credo.»

Fanny Brunnenmayer arrivò nell'atrio zoppicando. *È diventata più piccola*, pensò Marie. Sul viso rotondo erano comparse più rughe, ma lo sguardo imperioso era quello di sempre.

«È davvero lei» disse, fermandosi di fronte alla signora. «Bentornata alla Villa delle Stoffe, Marie Melzer. Ora posso chiudere gli occhi in pace, perché la casa ha ritrovato la sua anima.»

Marie le strinse la mano ampia e callosa e si asciugò una lacrima. Oh, quanto le erano mancati i suoi fedeli domestici. E com'era bello ritrovarli tutti, sembrava che gli anni non fossero passati!

Arrivò anche Hanna. Liesl era rimasta in cucina con Hansl e solo Annemarie dormiva profondamente sulla panca accanto ai fornelli. A vegliarla c'era Willi, che si alzò lento e si stiracchiò per poi trascinarsi nell'atrio ad annusare Marie. Agitò la coda e tornò al caldo vicino ai fornelli.

Paul aveva assistito con un misto di gioia e sorpresa all'accoglienza che i domestici riservarono a Marie, ma adesso era impaziente di restare da solo con lei.

«Bene, ora che siete a conoscenza della novità» disse, «credo che possiamo andare a dormire in pace. Buonanotte a tutti.»

Mise un braccio intorno alle spalle della moglie e fece per salire le scale con lei, ma Auguste li fermò.

«Mi perdoni, signore... Ecco, abbiamo... Il signor Wilhelm Kayser si è spostato nella lavanderia.»

Paul si fermò e aggrottò la fronte.

«Perché? Te l'avevo detto, Auguste...»

«Mi scusi, ma ce l'ha chiesto sua figlia. Ci ha anche incaricati di preparare un letto di fortuna nel giardino d'inverno.»

«Dodo ha... Non capisco» si meravigliò Paul e guardò Marie con aria interrogativa. «Ne sai qualcosa, tu?»

«No, Paul, ma so che nostra figlia è una persona molto determinata.»

«Questo lo so anch'io, ma cosa pensava di...»

Marie era tornata alla Villa delle Stoffe. Gli occhi dei domestici erano fissi su di lei, in attesa d'indicazioni. Era compito suo decidere e organizzare. «Grazie, Auguste» disse, sorridendo. «Mia figlia ha avuto un'ottima idea, e sono certa sia stata eseguita magnificamente.»

«Abbiamo fatto il possibile, signora» intervenne Else. «La comodità è un'altra cosa, ma è senz'altro meglio della lavanderia.»

«Allora buonanotte a tutti!» disse Maric, prendendo la mano di Paul per salire al primo piano insieme a lui.

«Domani ci sarà una bella colazione in famiglia» sussurrò Hanna dal piano di sotto, sulla porta della cucina. «Abbiamo ancora la marmellata di fragole, signora Brunnenmayer?»

«Sì, in dispensa. Ci sono anche le uova, e grazie al signor Winkler abbiamo una fetta di pancetta...»

Marie e Paul si guardarono e sorrisero. Si baciarono di nuovo davanti alla porta del giardino d'inverno, poi entrarono e risero del letto di cuscini messo insieme con amore e del vecchio piumone che avrebbero dovuto condividere.

«Vieni» disse Paul. «Ti voglio finalmente tutta per me.»

Si infilarono sotto le coperte e Marie ebbe la sensazione di non essere mai stata più felice. Ora sapeva che non si sarebbero più lasciati.

«Domani dovrò parlare con Hilde» disse suo marito, sentendosi in colpa. «Mi sono comportato in modo davvero vergognoso con lei.»

Marie stava per rispondere che aveva ragione, quando all'improvviso si udirono dei sussurri fuori dalla porta.

«Tutti e due?»

«Sì, signorina. Sono arrivati circa mezz'ora fa.»

«Cosa le avevo detto, Humbert?»

«Potresti guadagnarti da vivere come indovina» ridacchiò una voce maschile.

«Zitto, Wilhelm! Staranno dormendo. Andiamo...»

Per un attimo ci fu silenzio.

Paul tirò un sospiro di sollievo, ma poi i bisbigli ricominciarono.

«Cosa ci fai qui, zia Elvira?»

«Gertrude ha detto che Marie è tornata alla Villa delle Stoffe. È vero?»

«*Shhh!* Sono nel giardino d'inverno.»

«Hai sentito, Lisa? Sono nel giardino d'inverno. Si muore di freddo lì dentro. Humbert, porti le coperte della defunta signora Alicia...»

«Mi perdoni, ma non credo sia il caso di disturbarli...»

«Che succede?» chiese l'inconfondibile voce di Kitty. «Cosa ci fate ancora tutti qui fuori? A letto! Una coppia felice non dev'essere disturbata.»

«Santo cielo, non sono più due novelli sposi!» obiettò Elvira.

«Questo lo dici tu, zia!» disse Dodo. «Ora basta. Tutti a letto.»

I rumori cessarono, insieme ai sussurri e alle risatine. Paul sistemò il piumone per coprire i piedi di Marie.

«È meraviglioso potersi infilare sotto le coperte con te» mormorò, baciandola. «Ora la notte è nostra.»

«E domani la vita ricomincia» disse lei, con tenerezza. «La nostra seconda vita, Paul. E la affronteremo insieme.»

Gli altri titoli della saga

Edizioni tascabili - euro 9,90

FSC
www.fsc.org
MISTO
Carta da fonti gestite
in maniera responsabile
FSC® C115118

Stampato presso
Elcograf SpA, stabilimento di Cles